Elia Barceló
Das Licht von Marokko

PIPER

Zu diesem Buch

Helena Guerrero hat es als Malerin zu Ruhm und Ehre gebracht. Doch ausgerechnet das Motiv, das ihre Gemälde weltbekannt machte, ist Sinnbild für ihre größte Qual: Ein düsterer Schatten, der sie in ihren Albträumen verfolgt und an den Tod ihrer Schwester Alicia erinnert. Schon lange ist Helena klar, dass sie sich auf die Spuren ihrer Vergangenheit begeben muss. Doch erst als sie zu einer Familienfeier nach Madrid reist und dort auf Kisten voller Briefe und alter Dokumente stößt, die ihre verstorbene Mutter ihr hinterlassen hat, findet sie den Mut zu diesem Schritt. Der Weg führt sie von Spanien nach Marokko, zu dem alten Anwesen La Mora, in dem Alicia und sie eine glückliche Kindheit verbrachten. Doch er führt Helena auch zu lange verdrängten Erinnerungen und düsteren Geheimnissen, die sie nicht nur auf die Spur von Alicias Mörder führen, sondern auch zu den Abgründen ihrer Familiengeschichte.

Elia Barceló, 1957 in Elda bei Alicante geboren, lebt seit vielen Jahren in Innsbruck, wo sie an der Universität Spanische Literatur unterrichtete. Sie ist mit einem Österreicher verheiratet und hat zwei Kinder. Bereits mit ihrem ersten auf Deutsch erschienenen Buch »Das Geheimnis des Goldschmieds«, dem die Frankfurter Allgemeine Zeitung einen »unwiderstehlichen Sog« bescheinigte, gelang ihr ein großer Erfolg, an den sie mit ihren weiteren Veröffentlichungen anknüpfte.

Elia Barceló

Das Licht von Marokko

Roman

Aus dem Spanischen von Anja Rüdiger

PIPER

Mehr über unsere Autoren und Bücher:
www.piper.de

Von Elia Barceló liegen im Piper Verlag vor:
Das Geheimnis des Goldschmieds
Das Rätsel der Masken
Die Stimmen der Vergangenheit
Töchter des Schweigens
Das schwarze Brautkleid
Das Labyrinth der Liebe
Das Licht von Marokko

Ungekürzte Taschenbuchausgabe
ISBN 978-3-492-31391-9
März 2019

Titel der spanischen Originalausgabe:
»El Color del Silencio«, Roca Editorial, Barcelona 2016

erschienen im Verlagsprogramm Pendo
Published by arrangement with UnderCover Literary Agency
Umschlaggestaltung: U1berlin/Patrizia Di Stefano
Umschlagabbildung: »Gelbe Tomaten« (Öl auf Leinwand)
von Edward B. Gordon
Mit freundlicher Genehmigung des Künstlers, www.gordon.de
Satz: Kösel Media GmbH, Krugzell
Gesetzt aus der Minion Pro
Druck und Bindung: CPI books GmbH, Leck
Printed in the EU

Dieser Roman ist für dich, der du ihn unter so vielen anderen ausgewählt hast.
Ich habe ihn für dich geschrieben. Danke dafür, dass du ihn lesen willst.

»Das habe ich getan«, sagt mein Gedächtnis. »Das kann ich nicht getan haben«, sagt mein Stolz und bleibt unerbittlich. Endlich … gibt das Gedächtnis nach.

F. W. Nietzsche: Jenseits von Gut und Böse, 1886

… hasta que llega un niño y se pone a hurgar con un palito en lo que tanto trabajo nos ha costado enterrar en el jardín trasero …

… bis ein Kind kommt und mit einem Stock in dem herumwühlt, was wir mit so viel Mühe im hinteren Garten vergraben haben …

Julio Cortázar

Freedom's just another word for nothing left to lose.

Kris Kristofferson

Prolog

Gestern habe ich von La Mora geträumt. Es war einer dieser Träume, die zunächst völlig real erscheinen und gleichzeitig wie eine Entdeckungsreise sind, weil sie nicht nur jene Euphorie erzeugen, etwas lieb und teuer Gewordenes wiederentdeckt zu haben, sondern auch das wunderbare Erstaunen über alles Neue, darüber, was schon immer existiert hat, das zu entdecken man zuvor jedoch nicht in der Lage war.

La Mora glitzerte wie ein Juwel tief unten in einem See, was zugleich absolut real und völlig unmöglich schien. Die Wasseroberfläche war unruhig; Wellen und Lichtspiegelungen enthüllten immer wieder etwas, was nicht dort sein sollte, aber dennoch vorhanden war, um es gleich wieder zu verbergen.

Ich folgte dem Verlauf der Wege und betrachtete die Brunnen, die Laternen aus Metall und buntem Glas, die in den Bäumen hingen, und die gefliesten Bänke, die mit blauen, grünen und schwarzen geometrischen Mustern verziert waren. Alles stand in voller Blüte, und ich wusste, dass ich in der schönsten Jahreszeit gekommen war, im frischen und duftenden atlantischen Frühling, der später unter der heißen Sommersonne verdorren würde, nun jedoch seine Reize voll entfaltete und sämtliche Sinne des Betrachters erfreute, des seltenen Spaziergängers, der sich von der reinen Schönheit des Lebens gefangen nehmen ließ, das nach dem lethargischen Winter neu erstand.

Schließlich hielt ich unter einem der Bäume inne, deren Namen ich nicht wusste und der über und über mit kugelförmigen rosafarbenen Blüten bedeckt war, als wäre es Weihnachtsschmuck, und genoss die Stille, die vollkommene Ruhe in jenem Garten, der einer der verwunschenen Gärten aus den Märchen zu sein schien. Aus einem orientalischen Märchen, das außer mir niemandem Einlass gewährte.

Die laue Meeresbrise versetzte die Äste in den Baumkronen in Bewegung, ließ die Spitzen der Zypressen vor dem makellos azurblauen Himmel hin und her schaukeln und strich durch die Palmenwedel, wobei jenes Geräusch erklang, das sich mit geschlossenen Augen wie Regen anhört. Dabei brachte der Wind von einem fernen Ort einen würzigen Nelkenduft mit, der sich mit dem Salzgeruch des Meeres mischte.

Ich wusste, dass sich niemand in diesem Garten aufhielt und auch nie jemand kommen würde, dass all die Magie nur für mich da war. Daher lachte ich vor Freude und rannte die Wege entlang, wobei sich hinter jeder Biegung ein bisher unbekannter Anblick bot: ein Buchsbaumlabyrinth, in dessen Mitte sich eine Sonnenuhr befand, ein großes rechteckiges Wasserbecken mit weißen Seerosen und einem Springbrunnen am anderen Ende, dessen diamantener Wasserregen in der Sonne glitzerte, ein Marmorpavillon mit einem wunderbaren Ausblick auf das Meer und einen einsamen Strand, eine römische Büste in einer Nische, die mit einer duftigen Wolke aus Teerosen bekleidet war.

Doch plötzlich wurde mir die Einsamkeit schwer, und ich war von dem intensiven Wunsch beseelt, diese Schönheit mit jemandem zu teilen, obwohl ich wusste, dass ich alle verlassen hatte, dass es meine Schuld war, dass niemand kommen würde, um mit mir die Last jener Schatten zu teilen, die unter den Büschen hervorkriechen würden, um sich der schönsten Ecken zu bemächtigen und alle diese Statuen und Blumen in Finsternis zu hüllen.

Ich rannte weiter und versuchte das Haus zu finden, um darin Schutz zu suchen. Denn ich wusste, dass es irgendwo ein Haus gab und dass es mir gehörte. Die Schatten verfolgten mich, und sie waren heiß und hungrig und seltsam lebendig.

In der Eile stieß ich an einen Brunnen und landete mit dem Gesicht im kalten Wasser. Als ich mich wieder aufrichtete, entdeckte ich in der Tiefe etwas Glänzendes, etwas, was zwischen den leuchtend grünen Algen auf dem Grund glitzerte. Ich steckte die

Hand ins Wasser und tastete nach dem funkelnden Etwas, doch das Wasser verdunkelte sich immer wieder, und die Schatten kamen näher.

Endlich schlossen sich meine Finger um etwas Metallisches, Kaltes. Ich zog es zwischen den ineinander verschlungenen Wasserpflanzen hervor, und als ich die Hand öffnete, um nachzusehen, worum es sich handelte, stellte ich fest, dass sich das Wasser rot verfärbt hatte, genau wie meine Hand, die blutete, während ich eine goldene Kette darin hielt, an der mehrere blutige, golden schimmernde Münzen hingen.

Ich ließ das Schmuckstück in den roten Brunnen fallen, und als ich den Blick hob, sah ich deinen Schatten, der mich mein ganzes Leben lang begleitet hat und den zu bannen mir niemals gelungen ist.

Dann erwachte ich in der Dunkelheit eines Zimmers, das nicht meines war, und begann haltlos zu weinen.

1. Kapitel

Australien. Gegenwart

Sie hatte schlecht geschlafen, sich im Bett hin und her gewälzt und war immer wieder kurz aufgewacht, voller Angst, abermals in einen dieser beunruhigenden Träume zu fallen, die keine echten Albträume waren und deren Inhalt sie gleich darauf schon wieder vergaß. Sie hinterließen jedoch eine diffuse Angst, eine gewisse Unruhe, als ob die Schatten, die sie seit jeher begleiteten und die sie ihr ganzes Leben lang durch die Malerei hatte bannen wollen, Gestalt annehmen und aus der Dunkelheit treten würden, um sie im hellen Tageslicht anzufallen und gierig zu verschlingen.

Sie hätte sich nicht überreden lassen sollen. Dann wäre sie nun in ihrem eigenen Bett aufgewacht, in ihrem Haus. Nachdem sie eine Weile im See geschwommen wäre, hätte sie ihr Atelier aufgesucht und sich wieder dem Bild gewidmet, das sie in der vergangenen Woche begonnen hatte. Stattdessen befand sie sich in einem Hotel in Sydney, um sich in weniger als einer Stunde an einen beunruhigenden, seltsamen Ort zu begeben, auf der Suche nach etwas vielleicht Unerreichbarem, das auf jeden Fall viele alte Wunden aufreißen würde. Wunden, die sie mit großer Umsicht gepflegt hatte, bis sie zu verschrumpelten Narben in ihrer Seele wurden und für nahezu alle anderen unsichtbar blieben.

Warum willst du die Vergangenheit aufrühren, Helena?, fragte sie sich, während sie in dem großen Spiegel am Schminktisch ihr Spiegelbild betrachtete. In deinem Alter und mit deiner Erfahrung müsstest du doch wissen, dass man die Vergangenheit nicht ändern, dass man sie nicht einmal begreifen kann. Dass die meisten Geschehnisse so weit verblasst sind, dass nicht einmal du selbst weißt, ob alles tatsächlich so war, wie du dich erinnerst, oder ob sich die

Ereignisse mit der Zeit durch das häufige Erzählen immer mehr verändert haben. Irgendwann waren sie dann ganz anders, eine andere Geschichte, die du selbst gewählt hast, indem du gewisse Einzelheiten weggelassen, andere gestrafft und versucht hast, das Ganze irgendwie in Zusammenhang zu bringen. Diese eigenartige Manie der Menschen, in allem einen Sinn zu suchen, dieser Impuls, der uns den Wolken im Sommer, den Flecken an der Decke und den Rissen in den Wänden und sogar der Oberfläche des Mondes bestimmte Formen zuschreiben lässt. Parädolie nennt man dieses Phänomen. Den gleichen Impuls, der uns glauben lässt, dass unser Leben ein zusammenhängendes Ganzes ist, dass es einen Sinn hat, dass alles, was uns widerfährt, einen positiven Effekt hat, etwas, das nur eintritt, wenn wir alle jene Momente des Schmerzes, der Opfer, des Scheiterns und des Verzichts durchgemacht haben.

Wärst du heute dieselbe, wenn das, was in jener Nacht im Jahr 1969 passiert ist, nicht geschehen wäre? Wenn Alicia nicht zu Tode gekommen wäre, wärst du dritte Teilhaberin des Unternehmens geworden, hättest dich um die Verwaltung gekümmert und nur in deiner Freizeit gemalt. Wäre sie nicht gestorben, hättest du nicht panisch die Flucht ergriffen, hättest Iñigo nicht geheiratet, wärst nicht ungeplant schwanger geworden und hättest nicht alles hinter dir gelassen, um dich in ein Künstlerleben zu stürzen, das dich in den Siebzigerjahren in die ganze Welt führte, als einen der vielen Rucksacktouristen, die damals in Massen durch Asien reisten. Auf der Suche nach etwas, was Asien ihnen nicht geben konnte, weil sie selbst es nicht besaßen. Du hättest nicht so viele Liebhaber gehabt, so viele gescheiterte Beziehungen hinter dir. Oder vielleicht doch, denn möglicherweise liegt der Jagdinstinkt in deiner Natur und hätte dir, wenn du ein konventionelleres Leben geführt hättest, viel mehr Probleme bereitet. Denn selbst den modernsten Ehemann stört es dann doch, wenn seine Frau sich derartige sexuelle Freiheiten herausnimmt.

Sie schüttelte den Kopf und schminkte sich die Lippen in dem neuen Orangerot, das ihre gebräunte Haut zum Erstrahlen brachte. Hör auf, dir damit das Hirn zu zermartern! Du hast dich bereits entschieden. Dein Leben ist, wie es ist, und es ist nicht schlecht.

Jetzt noch dieses verdammte Seminar, dieser Workshop oder was auch immer, und dann auf nach Spanien, zur Hochzeit der Kleinen. Ein paar Tage Madrid genießen, sehen, ob sich das mit der Ausstellung konkretisiert, bevor es zurück nach Hause geht, nach Adelaide, um weiterzuarbeiten. Die Vergangenheit ist abgeschlossen. Du wirst nie erfahren, was in jener Nacht geschehen ist. Du wirst eines Tages sterben, ohne es zu wissen, und im Grunde ist es auch gleichgültig. Wir Menschen müssen lernen, mit unserer Unwissenheit zu leben. Schluss, aus! Und jetzt los!

Sie verließ das Hotel so früh, dass ihr noch jede Menge Zeit bis zum vereinbarten Termin blieb. Dieser verdammte, von ihrem Vater eingetrichterte Pünktlichkeitswahn, der immer betont hatte, dass Pünktlichkeit die Höflichkeit der Könige sei. Der Könige – typisch für die Überheblichkeit ihres Vaters, die sie auch von ihm geerbt hatte.

Es war ihr immer noch selbst ein Rätsel, warum sie Carlos' stetigem sanftem Druck nachgegeben und sich zu dieser *Familienaufstellung* angemeldet hatte, das sie ein komplettes Wochenende kosten würde. Dabei wusste sie nicht einmal, worum genau es sich dabei handelte. Eine Art Psychotherapie, ein außergewöhnliches Gruppenerlebnis, etwas von dem Zeug, das sie mit dem Wort New Age assoziierte, irgend so einem Quatsch, um den Menschen das Geld aus den Taschen zu ziehen, Männern und Frauen, aber vor allem gut situierten, leichtgläubigen Frauen mittleren Alters. Schrecklich!

Aber nun wirklich Schluss mit den Grübeleien! Sie hatte sich darauf eingelassen, und jetzt musste sie sich damit abfinden. Egal, ob es irgendetwas nutzte oder nicht.

Sie wandte dem Meer den Rücken zu und drang in das Gassengewirr von The Rocks ein, dem historischen Hafenviertel Sydneys, bis sie zu der auf der Einladung angegebenen Adresse gelangte, einer türkisfarben gestrichenen Holztür mit einem einfachen Schild aus mattem Metall. Dort stieg sie eine enge Treppe hinauf, ohne irgendwo klingeln zu müssen.

Leises Stimmengewirr war zu hören, das durchweg weiblich klang. Und tatsächlich! Beim Eintreten sah sie sich vier Augenpaaren gegenüber, die zu vier Frauen gehörten, die sie anlächelten und sie offensichtlich zum Näherkommen ermunterten, nachdem sie tatsächlich zu erscheinen gewagt hatte. Genau, wie sie es erwartet hatte. Furchtbar!

Sie lächelte ebenfalls, obwohl sie es vorgezogen hätte, schreiend die Flucht zu ergreifen, und sofort kam die Gruppenleiterin mit ausgestreckter Hand auf sie zu. Es war eine knochige große Frau mit langem grauem Haar, das ihr, zum Pferdeschwanz gebunden, auf den Rücken fiel. Sie war in eine Art losen violetten Sack gekleidet und trug darüber eine Aborigineskette. Sicher war sie um einiges jünger als sie selbst, doch das ungefärbte Haar und das formlose Kleid machten sie älter, als sie wirklich war. Sie hatte diese halb esoterische Art, die Helena auf die Palme brachte, schien sich aber aufrichtig zu freuen, sie zu sehen. Wahrscheinlich weil sie bereits die Überweisung des Honorars für das Wochenende erhalten hatte. Und das war nicht gerade gering.

»Herzlich willkommen. Ich bin Maggie. Ich freue mich, dich hier begrüßen zu dürfen. Und du bist?«

»Helena. Helena Guerrero.«

»Super. Du kommst aus Adelaide, richtig?«

»Genau.«

»Sprichst du fließend Englisch?«

»Sicher.« Sie empfand die Frage beinahe als beleidigend. Doch gleich darauf fiel ihr ein, dass ihr Name nicht gerade angelsächsisch klang und Maggie ja nicht wissen konnte, dass sie bereits seit mehr als zwanzig Jahren in Australien lebte und seit über vierzig Jahren Englisch sprach.

»Gut, dann mach es dir bequem. Die Sitzungen werden in dem Raum hier rechts stattfinden, du kannst dich hinsetzen, wo du möchtest. In den Pausen gibt es hier draußen Wasser, Tee, Kaffee und Säfte und ein paar süße und herzhafte Kleinigkeiten zu essen. Ach ja, und Trockenfrüchte. All das ist in dem Preis inbegriffen, den du bereits bezahlt hast.« Maggie lächelte ihr noch einmal zu, bevor sie sich einer weiteren neu angekommenen Teilnehmerin zuwandte und Helena an der Tür stehen ließ, die in den Raum führte, in dem sie die nächsten drei Tage verbringen würde.

In dem großen Saal von etwa sechzig Quadratmetern mit Fenstern an drei der vier Wänden standen an die zwanzig Stühle im Kreis. Sieben von ihnen waren bereits besetzt – von fünf Männern und zwei Frauen, die freundlich nickten, als sie Helena eintreten sahen.

Nachdem sie sich zuerst auf dem Stuhl niederlassen wollte, der der Tür am nächsten stand, entschied sie sich schließlich für den genau in der Mitte des Kreises. Sie hatte keine Ahnung, ob die Gruppenleiterin aus dem gewählten Platz irgendwelche Schlüsse zog. Aber lieber galt sie als arrogant, weil sie sich den Stuhl in der Mitte ausgesucht hatte, als dass man ihr Furcht unterstellte, weil sie dicht neben dem Ausgang saß.

Nach und nach trafen die anderen Kursteilnehmer ein, bis jeder Stuhl besetzt war. Achtzehn an der Zahl. Sechs Männer, zwölf Frauen und Maggie. Alle wirkten völlig normal, dennoch ertappte Helena sich bei dem Gedanken, ob es sich nicht vielleicht doch um verkleidete Psychopathen handelte. Was für ein Quatsch!, rief sie sich selbst zur Ordnung. Carlos hatte bereits mehrere Familienaufstellungen hinter sich und war kein bisschen verrückt. Genau wie sie selbst, die sie schließlich auch gerade im Begriff stand, an einer solchen Sitzung teilzunehmen. Höchstwahrscheinlich waren alle Anwesenden vernünftige Menschen, die etwas über sich selbst herausfinden wollten oder die sich schon lange vergeblich bemühten, einen seelischen Schmerz zu überwinden, ein Trauma, eine Wunde, die nicht vernarbte. Oder sie hatten beschlossen, einmal etwas Unkonventionelles zu tun und einen solchen Kurs zu belegen. Für sie zumindest schien dies etwas Unkonventionelles zu sein. Wobei sie aus dem Verhalten verschiedener anderer Kursteilnehmer schloss, dass sie nicht zum ersten Mal gekommen waren. Und falls einige zum wiederholten Mal hier waren, bewies das möglicherweise, dass die Sache gar nicht so übel war.

Helena wusste nicht genau, worauf sie sich einließ, obwohl sowohl Carlos als auch Stefanie wiederholt versucht hatten, es ihr zu erklären. Soweit sie verstanden hatte, handelte es sich um eine Gruppentherapie, die darin bestand, dass nacheinander jeder Teilnehmer ein persönliches Problem zur Sprache brachte, das er lösen wollte und das er in den meisten Fällen bereits seit Jahren mit sich herumschleppte. Die betreffende Person beschrieb den anderen das Problem und wählte dann unter den Teilnehmern diejenigen aus, welche jene Familienangehörigen, Freunde oder Feinde verkörperten, die mit dem Problem konkret in Verbindung standen. Wenn dies geschehen war, wurde angeblich auf mysteriöse, vollkommen unverständliche Art eine Dynamik unter den Teilnehmern in Gang gesetzt, die gewisse Aspekte des Problems zutage förderte, die in vielen Fällen bisher verborgen geblieben waren. Wie Carlos und Stefanie erzählt hatten, hatte das Ganze etwas Esoterisches, weshalb sie sich viele Jahre lang geweigert hatte, an einer solchen Familienaufstellung teilzunehmen. Trotzdem war sie durchaus neugierig, ob das Seminar ihr helfen würde, den schlimmsten Schmerz ihres Lebens zu überwinden, jenen furchtbaren Schmerz, der sich in der Tiefe ihrer Seele festgesetzt hatte und seit ihrem dreiundzwanzigsten Lebensjahr ihre Existenz prägte. Ihr Optimismus hielt sich in Grenzen, dennoch glomm in ihrem tiefsten Innern unbestritten ein winziges Licht der Hoffnung. Es ging ihr wie einem kleinen Mädchen, das nicht mehr an das Christkind glaubt und weiß, dass die Geschenke von den Eltern kommen, das sich jedoch immer noch wünscht, dass die Magie existiert.

»Herzlich willkommen«, sagte Maggie und ließ ihren Blick über die Anwesenden schweifen. »Seid ihr bereit anzufangen?«

Zwei Tage später war Helena bei zwölf Familienaufstellungen zugegen gewesen und hatte an dreien davon aktiv teilgenommen. Sie hatte die anderen Teilnehmer weinen, lachen, sich auf dem Boden winden, vor Schmerz heulen und sich überglücklich darüber wundern sehen, dass sie auf einmal erkannten, was sie ihr ganzes Leben lang verfolgt hatte. Furchtbare Gespenster aus der Vergangenheit hatten sich erhoben, die die Träume dieser Menschen und damit ihr Leben vergiftet hatten. Einige hatten sich erleichtert und befreit gefühlt, andere hatten noch nicht verstanden, was während der Aufstellung geschehen war. Wieder andere hatten ihre Fragen bisher nicht zu stellen gewagt. In den vergangenen zwei Tagen hatte sich Helena nicht nur die Namen der anderen Teilnehmer gemerkt, sondern in den meisten Fällen war zwischen ihnen eine engere und intensivere Bindung entstanden, als es unter normalen Umständen nach zwei Jahren der Fall war. Von den Schmerzen der anderen zu erfahren, von den Wunden, die auch nach langer Zeit noch ein Leben prägten, hatte sie, von Maggies kundiger Hand geleitet, einander nähergebracht, zumindest die meisten von ihnen.

Helena selbst hatte allerdings wie immer eine gewisse Distanz gewahrt, sich diskret am Rand gehalten. Obwohl sie gemerkt hatte, dass die angewandte Methode hilfreich sein konnte, war es ihr nicht gelungen, sich zu lösen und vor den anderen davon zu sprechen, was sie im Lauf ihres Lebens nur wenigen Freunden und Lebenspartnern erzählt hatte. Außerdem war sie keinesfalls davon überzeugt, dass eine Nachstellung dessen, was im Jahr 1969 geschehen war, den harten Panzer aus Schuldgefühlen und Selbstvorwürfen aufzubrechen vermochte, der sie seitdem begleitete.

Tatsächlich wollte sie nicht zu jenen Tagen zurückkehren, nicht einmal in ihren eigenen Erinnerungen. Zum glühenden Licht Marokkos, zur Magie jenes Gartens Ende Juli, zu dem Schrecken, der danach kam.

»Möchtest du die heutige Sitzung eröffnen, Helena?«

Beim Klang von Maggies Stimme schreckte sie auf.

»Nein«, sagte sie und verneinte auch in Gedanken.

»Nein? Komm, meine Liebe! Für dich selbst hast du es sicher schon fertig formuliert. Fehlt nur noch, alles laut auszusprechen. Los, wie viele Mitspieler brauchst du? Wer von den anderen soll dich darstellen? Wer soll Helena sein, während du zusiehst?«

Ohne eine bewusste Entscheidung zu treffen, schweifte Helenas Blick in die Runde und ruhte schließlich auf Claire, einer Frau um die dreißig, blond, zierlich, die viel Erfahrung mit derartigen Aufstellungen zu haben schien. Sie war Familientherapeutin, aber Helena hatte sie nicht deshalb ausgewählt. Vielmehr schien diese so zart wirkende Frau eher als jeder andere Teilnehmer dazu befähigt zu sein, ihre Rolle zu übernehmen, obwohl sie beide äußerlich nicht unterschiedlicher hätten sein können. Claire nickte und stand auf.

»Und nun erzähl es uns, Helena!«, forderte Maggie sie auf.

Wie alle Australier, die sie bisher kennengelernt hatte, sprach

Maggie Helenas Namen mit behauchtem H und Betonung auf der ersten Silbe aus, während die Spanier nach stummem H auf der zweiten Silbe betonten. Was sie bei vielen Gelegenheiten als störend empfunden hatte, wirkte nun beruhigend auf sie. Als ob die Hélena, die nun ihre Seele bloßlegen würde, eine andere Person wäre.

Am ersten Kurstag hatte sie den anderen erzählt, sie sei Spanierin, habe aber viele Jahre ihres Lebens nicht in Spanien verbracht. Erst habe sie in Thailand, dann in Bali gelebt und sei anschließend nach Australien gezogen. Die Teilnehmer wussten auch, dass sie in ihrer Kindheit in Spanien, Marokko und der Schweiz gelebt hatte. Was sie verschwiegen hatte, war ihr beruflicher Werdegang. Wie es schien, hatte das auch keinen interessiert.

»Es passierte vor vielen Jahren«, begann sie zögernd, »am zwanzigsten Juli neunzehnhundertneunundsechzig, oder besser gesagt zwischen dem zwanzigsten und dem einundzwanzigsten, an dem Tag oder eher in der Nacht, als der erste Mensch den Mond betrat. Damals war ich zweiundzwanzig Jahre alt und verbrachte meine Ferien im Haus meiner Eltern in Marokko, wo ich mich als Kind fast jeden Sommer aufhielt. Meine Eltern, meine Schwester und mein Schwager waren ebenfalls dort. Und jede Menge Freunde unterschiedlicher Nationalitäten. Wir feierten mit einer Gartenparty die Mondlandung. Am Nachmittag hatte meine Schwester das Haus verlassen, um einige Stoffbahnen abzuholen, die wir in Auftrag gegeben hatten, um den Garten für das Fest zu schmücken.« Helena schluckte und blickte zu Boden. »Sie kehrte nie mehr zurück. Am nächsten Tag fand die Polizei ihren Leichnam. Am Strand, zwischen den Felsen, an der Flussmündung unterhalb der alten Festung des Oudaïa. Sie war vergewaltigt worden, und man hatte sie ermordet, wahrscheinlich um ihr das goldene Münzarmband zu stehlen, das sie an jenem Tag trug. Das Armband gehörte mir, ein Erbstück meiner Großmutter, das ich meiner Schwester für das Fest geliehen hatte. Es stand ihr besser als die Perlenkette, die sie geerbt hatte.

Seitdem fühle ich mich …«

Sie brach ab, und alle musterten sie schweigend. Sie warteten darauf, dass sie den Satz beendete.

Maggie ermunterte sie mit einer leicht auffordernden Geste dazu.

»Ich weiß nicht recht … Schuldig, nehme ich an«, schloss sie.

»Weil du noch lebst?«, half Maggie ihr nach einer Minute vollkommenen Schweigens. »Weil du weiterleben durftest und deine Schwester nicht?«

Helena nickte.

»Aber auch … hilflos, dumm, wütend, weil ich nie erfuhr, wer der Täter war, weil ich Alicia nicht rächen konnte«, ergänzte sie. »Seitdem wollte ich mein Leben lang damit abschließen, alles hinter mir lassen. Ich weiß, dass die Geschichte niemals geklärt wird, dennoch … hier bin ich und fühle mich schrecklich.«

Maggie kommentierte Helenas Worte nicht, sondern nickte nur.

»Gut, sag uns, wer wen darstellen soll! Deine Eltern?«, fragte sie.

»Ja.«

»Erzähl uns ein wenig von ihnen!«

»Mein Vater war Kaufmann, Unternehmer … ein Geschäftsmann, der in Spanien nach dem Bürgerkrieg viel Geld verdiente. Er war ein überzeugter Franquist, also politisch rechts, und hatte einen unglaublichen Geschäftssinn. Für Geschäfte jeder Art.« Sie unterbrach sich kurz, um den Blick über die Gesichter der Anwesenden schweifen zu lassen. »Wäre es für dich in Ordnung, meinen Vater darzustellen, Ted?«

Ted stand auf.

»Und deine Mutter?«, fuhr Maggie mit ihren Fragen fort.

»Eine schöne Frau. Mutter, Ehefrau, Hausfrau.« Helena lachte nervös. »Nun ja, Hausfrau in dem Sinn, dass sie den Dienstboten Anweisungen gab, Feste organisierte und die Beziehungen zu den diplomatischen Kreisen pflegte … Solche Aufgaben eben. Sandra, es wäre nett, wenn du sie darstellen könntest.«

»Wer noch?«

»Meine Schwester. Alicia. Meine große Schwester. Eine tolle Frau, viereinhalb Jahre älter als ich. Blond, zierlich, elegant. Sie studierte Modedesign in Mailand und Paris. Sie und mein Schwager führten ein Modehaus, und die Geschäfte gingen gerade richtig gut, als … als es passierte. Könntest du das übernehmen, Lily?«

»Nun fehlt noch dein Schwager, oder?«

»Mein Schwager gehört nicht zur Familie.« Helena presste die Lippen aufeinander. »Ich meine, er ist nicht blutsverwandt. Deswegen gehört er nicht dazu.«

»Hier geht es um familiäre Beziehungen, nicht um Blutsverwandtschaft. Er muss dabei sein.«

Helena schloss die Augen und stellte sich Jean Paul im Jahr 1969 vor: gut aussehend, gebräunte Haut, charismatisch, mit seinem strahlenden Lächeln und dem langen Haar. Nacheinander betrachtete sie die Anwesenden und wählte denjenigen aus, der ihm am wenigsten ähnlich sah.

»Dann mach du es bitte, Tom, wenn es für dich okay ist.«

»Noch jemand?«, hakte Maggie nach.

Helena schüttelte den Kopf.

»Soll auch jemand die Schuld darstellen? Ich habe den Eindruck, dass sie dich all die Jahre über am meisten belastet hat.«

»Wenn es etwas bringt…«

»Versuchen wir es. Fühlt sich einer von euch davon angezogen, die Schuld darzustellen? Danke, Andy! Legen wir los. Komm her, Helena, setz dich neben mich und sieh zu! Beobachte, was geschieht, und dann reden wir darüber.«

Als Helena bei den Aufstellungen der anderen eine bestimmte Person verkörpert hatte, war in ihr sehr wohl bereits das seltsame Gefühle aufgestiegen, von einem Moment zum nächsten nicht mehr dieselbe zu sein. Dennoch war sie jetzt überrascht, dass Ted, der ihren Vater darstellte und selbst ein schwammiger Typ mit Bauch von etwa fünfundvierzig Jahren war, sich gleich zu Anfang zu strecken schien, viel selbstsicherer wirkte und die sportliche, beinahe militärische Haltung annahm, die ihrem Vater bis ins hohe Alter zu eigen gewesen war. Wie konnte Ted wissen, was für ein Mensch ihr Vater gewesen war? Maggie war dies auch sofort aufgefallen, und sie stellte gleich eine Frage.

»Was fühlst du? Wie wirken die anderen auf dich?«

Mit großen, entschiedenen Schritten ging Ted umher, ballte dabei immer wieder die Fäuste und blickte in alle Richtungen.

»Wut. Vor allem Wut, Zorn. Am liebsten würde ich jemandem die Hände um den Hals legen und fest zudrücken.«

»Wem?«

»Ich weiß nicht. Völlig egal. Ich würde gern alles zerstören. Ich muss mich abreagieren, die Wut rauslassen.«

»Willst du deine Frau schlagen? Deine Töchter?«

Die beiden Frauen, die links von Helena saßen und bei dieser Aufstellung nicht mitwirkten, schrien leise auf.

»Er könnte sie misshandelt haben.«

»Nein!«, rief Helena mit lauter Stimme. »Mein Vater hat uns niemals etwas angetan. Meine Mutter hat er regelrecht angebetet. Das ist es nicht.«

Auch Ted reagierte.

»Niemals könnte ich meiner Familie etwas antun.«

»Aber dann diese Wut ... Gegen wen richtet sie sich?«

Ted hielt mitten im Raum inne und dachte nach. Inzwischen hatte er leuchtend rote Flecken auf den Wangen, die Sehnen am Hals traten hervor, genau wie die Adern an seinen Schläfen. Der Rest der »Familie« hielt sich weiter am Rand des Geschehens.

»Gegen den Mörder meiner Tochter. In meinem ganzen Leben habe ich noch nie eine solche Wut empfunden, einen derart glühenden Zorn, dass ich kaum mehr denken kann. Und ... ich weiß nicht ... da ist noch etwas, noch jemand, aber ich weiß nicht, wer es ist. Jemand hat mein Leben vergiftet, mich hintergangen. Ich könnte vor Zorn ersticken, wenn ich nur daran denke.«

»Deine Frau?«

»Nein, mit ihr hat dieser Zorn nichts zu tun.«

Es entstand eine kurze Pause. Die Frau, die die ermordete Schwester Alicia darstellte, wandte den anderen den Rücken zu und starrte mit verlorenem Blick aus dem Fenster. Jean Paul stand dicht bei Helena und legte ihr eine Hand auf die Schulter. Die Schuld drängte sich an die Mutter, die sie vergeblich abzuschütteln versuchte.

»Wenn die Mutter also nicht die Verräterin ist, warum fühlt sie sich dann so schuldig?«, fragte ein Mann namens John aus dem Kreis der Zuschauer.

»Warum fühlst du dich so schuldig?« Maggie richtete die Frage an Sandra, die Helenas Mutter verkörperte.

Sandra rang die Hände, versuchte sich von der Schuld zu lösen und brach mit hängenden Schultern in Tränen aus.

»Ich habe keine Ahnung. Ich weiß nur, dass eine furchtbare Last auf mir liegt. Eine Tat, die ich niemals hätte begehen dürfen.« Plötzlich beugte sie sich vornüber und hielt sich mit beiden Händen den Leib.

»Eine heimliche Abtreibung?«, flüsterte jemand.

»Nicht dass ich wüsste«, widersprach Helena, verblüfft von dem Verlauf, den die Familienaufstellung nahm.

»Gab es noch weitere Kinder in eurer Familie?«, fragte Maggie.

»Jetzt, da du es sagst … ja. Zwischen Alicia und mir gab es noch einen Jungen, Goyito, der als kleines Kind an Meningitis starb.«

»Vielleicht fühlt sich deine Mutter schuldig an seinem Tod.«

Helena zuckte mit den Schultern.

»Sie trug jahrelang nur schwarze Kleidung. Dabei war sie bildhübsch und zog sich gern nach der neuesten Mode an. Sie hat sehr lange gebraucht, um Goyitos Verlust zu überwinden, aber sie war vollkommen schuldlos daran. Diese Krankheit führte zu jener Zeit oft zum Tod. Wir Mädchen waren damals noch klein, zumindest ich. Ich kann mich kaum daran erinnern.«

»Und du, Alicia?«

Lily, die junge Frau, die Alicia darstellte, sah über die Schulter nach hinten, blickte für kurze Zeit also nicht mehr aus dem Fenster.

»Ich spüre einen fernen Schmerz, sehr diffus. Nicht stark.«

»Und was noch?«

»Ich möchte weit fortgehen. Ich liebe sie alle sehr, aber ich muss gehen, weg von ihnen, ich fühle mich eingezwängt wie in einem engen Käfig. Komm, Helena, umarme mich! Wir müssen uns verabschieden.«

Helena stand so unvermittelt auf, dass ihr Stuhl krachend umfiel. Maggie legte ihr eine Hand auf den Arm.

»Du noch nicht. Die andere Helena, die, die dich darstellt.«

Claire ging auf Lily zu, und sie umarmten sich fest und lange. Beide lächelten glücklich. Dann löste sich Lily und trat einen Schritt zurück.

»Ich muss gehen, Helena, aber ich werde immer bei dir sein.«

Der echten Helena füllten sich die Augen mit Tränen, während die Helena in der Gruppe der Darsteller sich in Jean Pauls Arme warf, der sie mit versteinertem Gesicht tröstete. Die Schuld entfernte sich langsam von der Mutter und stellte sich hinter die beiden, ohne sie zu berühren. Doch sie musterte sie eindringlich.

»Was fühlst du als Alicias Ehemann?«, fragte Maggie.

»Schmerz. Einen großen Schmerz. Und das Bedürfnis, Helena zu beschützen. Ich möchte an ihrer Seite sein.«

»Du hast nicht das Bedürfnis, an der Seite deiner Frau Alicia zu sein?«

»Sie ist bereits fort. Sie braucht mich nicht.«

Die Mutter näherte sich Alicia mit kurzen, zögernden Schritten von hinten. Sie umarmte sie, ebenfalls von hinten, und stützte das Kinn auf ihre Schulter.

»Verzeih mir!«, flüsterte sie.

»Warum sollte deine Tochter dir verzeihen?«, griff Maggie ein.

»Ich weiß nicht. Das ist mir einfach so über die Lippen gekommen. Ich weiß nicht, warum ich das gesagt habe.«

Maggie drehte sich zu Helena um, die sich mit einer Handvoll zerknitterter Papiertaschentücher die Tränen trocknete.

»Sagt dir das alles irgendwas? Siehst du etwas, das wir anderen nicht interpretieren können? Erkennst du etwas wieder?«

Bevor Helena antworten konnte, stand Martha plötzlich auf und trat entschieden in den Kreis. Sie war eine Frau mittleren Alters, die die ganze Zeit über noch nichts gesagt hatte.

»Maggie, ich gehöre auch dazu. Es fehlt jemand. Kann ich mitspielen?«

Die Gruppenleiterin machte eine einladende Geste mit der Hand.

»Warum? Wer bist du?«, fragte sie.

»Mhm …« Martha ging ein paarmal im Kreis umher, näherte sich sämtlichen anderen Personen und entfernte sich wieder. »Schwer zu sagen … Ich glaube, ich bin kein Jemand …«

Alle blickten sie erwartungsvoll an.

»Ich glaube …«, fuhr sie fort, »ich glaube … ich bin ein Etwas.«

»Ein Etwas?«, fragte Maggie, ohne eine Regung zu zeigen. »Was für ein Etwas?«

»Ich bin ein Schatten. Ja. Das ist es. Ein Schatten.«

Entsetzt starrte Helena die Frau an. Ein Schatten! Martha hatte gesagt, sie sei ein Schatten und gehöre zu der Gruppe. Wie konnte sie wissen, dass es in ihrem Leben immer einen Schatten gegeben hatte, dass es auch auf allen ihren Bildern einen Schatten gab? Sie presste die Hand auf den Mund, um nicht zu schreien, stand auf, floh über den Flur und schloss sich im Bad ein.

Die Kiste

Was als Erstes ins Auge fällt, wenn man die Kiste öffnet, ist ein länglicher cremefarbener Briefumschlag, auf dem in geschwungener alter Schrift, die vor langer Zeit einmal sehr hübsch gewesen sein muss, nun aber verblasst und abgenutzt wirkt, der Name *Helena* zu lesen ist. Wobei das *H* mit Schnörkeln und anderen Verzierungen geschmückt ist.

In dem Umschlag befindet sich eine beträchtliche Anzahl dünner Papierseiten, die mit derselben Schrift beschrieben sind, allerdings in verschiedenen Farben, und mit deutlichen Veränderungen in der Handschrift, als ob sie zu verschiedenen Gelegenheiten oder sogar über Jahre hinweg bearbeitet worden seien.

Auf der Rückseite wurde der Umschlag mit einem Lacksiegel verschlossen. Es ist ein violettes Siegel und trägt den deutlichen Abdruck eines Buchstabens. Eines *B*.

1. Foto

Das Foto – schwarz-weiß mit wellenförmigem Rand – zeigt ein Ehepaar mit seinen beiden Töchtern vor den Torres de Serranos in Valencia.

Die Eltern sind nicht viel älter als dreißig, doch aufgrund ihres Kleidungsstils, ihrer Frisuren und der Haltung, mit der sie in die Kamera blicken, wirken sie wesentlich älter. Sie scheinen eher auf die fünfzig zuzugehen, statt die Zwanziger knapp hinter sich gelassen zu haben. Die Mutter, eine zierliche kleine Frau, trägt ein weites Hängerkleid in einer hellen Farbe, dichte weiße Strümpfe und einen eng am Kopf anliegenden kleinen Glockenhut, aus dem an der Stirn einige hübsche Locken hervorlugen. Die Lippen sind herzförmig geschminkt und zu einem leicht schüchternen Lächeln verzogen. Sie trägt eine Handtasche unter dem Arm, während eine Hand auf der Schulter der jüngeren Tochter ruht und die Finger der anderen Hand mit einer Perlenkette spielen, die ihr fast bis zur Taille reicht.

Der Vater hat trotz seiner jungen Jahre bereits deutliche Geheimratsecken und einen beträchtlichen Bauchumfang. Er ist in einen hellen Sommeranzug mit Weste und Krawatte gekleidet. Auf dem Kopf trägt er einen Panamahut, und in der Hand, die auf der Schulter der anderen Tochter liegt, hält er eine qualmende dicke Zigarre. Er strahlt den entspannten Stolz eines zufriedenen Mannes aus, der es im Leben zu etwas gebracht hat: zu einer Frau, zwei Töchtern und deutlich sichtbarem Wohlstand.

Die Töchter sind gleich gekleidet wie Zwillinge, obwohl die eine unverkennbar zwei oder drei Jahre älter ist als die andere. Die ältere dürfte um die zehn Jahre alt sein, die jüngere etwa sieben oder acht. Beide Kinder tragen leichte Kleider, und jedes von ihnen hat eine große Schleife im Haar. Sie lächeln in die Kamera, die ältere brav, die jüngere schelmisch, was auf den Betrachter sofort äußerst sympathisch wirkt.

Im Hintergrund erheben sich massig und eindrucksvoll die Torres de Serranos. Ringsum sind mehrere Personen mit Hüten und Stöcken zu sehen, außerdem eine Straßenbahn und ein Teil eines schwarzen Autos, das ein Ford sein könnte.

In der rechten Ecke der Fotografie befindet sich das eingestanzte Firmensignet des Fotografen: *Martí, Fotografie. Calle Barcas 34.*

Auf der Rückseite steht in violetter, bereits ziemlich verblasster Tinte geschrieben: *Mama, Papa, Pilar und ich. Fronleichnam 1922.*

2. Kapitel

Australien. Gegenwart

In dem Moment, als Helena das unebene Pflaster der Nurse Street betrat, nur wenige Straßen vom Veranstaltungsort des Gruppenkurses entfernt, meldete sich ihr Telefon.

Carlos.

Unschlüssig ließ sie es ein paarmal klingeln. Sie hatte nicht die geringste Lust, mit Carlos zu sprechen, denn dann hätte sie ihm recht geben oder ihn anlügen müssen. Doch ihn zu belügen hatte wenig Sinn. Sie kannte sich selbst gut genug und wusste, dass sie es ihm früher oder später erzählen würde und er dann wüsste, dass sie ihn belogen hatte. Und das würde wieder zu einer dieser absurden Diskussionen führen, über Vertrauen, Verrat und die tausend anderen Themen, die sie immer wieder durchgekaut hatten, seit sie »zusammen waren«, wie er es nannte, was ihm so gut gefiel, weil er es nun ausdrücken konnte. Es wirkte fast lächerlich, wenn er sie stolz mit den Worten »Helena, meine Lebensgefährtin« vorstellte. Da sie niemals in Erwägung gezogen hatte, ihn zu heiraten, hatte sie ihm zumindest dies zugestanden, weil es ihn so glücklich machte, ohne dass es für sie irgendein Risiko bedeutete. Also durfte er sie in der Öffentlichkeit so bezeichnen.

Sie hatte einmal in ihrem Leben geheiratet. Ein einziges Mal. Und das war vollauf genug. Als sie dann endlich von Iñigo geschieden gewesen war, hatte sie sich geschworen, sich nie wieder so weit zu erniedrigen und ein Teil ihrer Freiheit aufzugeben. Und das war ihr bisher auch gelungen. Fünfunddreißig Jahre in Freiheit. Hin und wieder auf Bewährung, aber letztendlich frei. Schon längst hatte sie aufgehört zu zählen, wie oft sie das Bedürfnis nach Freiheit verspürt hatte.

Und nun … Carlos. Ruhe, Unterstützung, Zärtlichkeit.

Sie wurde alt.

Innerlich schulterzuckend ging sie ans Telefon. In Wahrheit war ihr nämlich danach, mit jemandem über das gerade Erlebte zu reden. Gleich darauf musste sie die dumme Art belächeln, wie sie sich selbst zu belügen versuchte. Warum sagte sie sich, dass sie mit »jemandem« darüber reden wollte? Die Wahrheit lautete, dass sie mit Carlos darüber sprechen wollte. Ein anderer Mensch, der dafür infrage kam, fiel ihr nicht ein. Es lag also nur an ihrer verdammten Marotte, so zu tun, als ob sie niemanden in ihrem Leben brauchte. Nicht einmal ihn.

Allerdings müsste sie zugeben, dass die Familienaufstellung sie heftig aufgewühlt hatte. Und es schien ihr noch zu früh, dies jemandem mitzuteilen. Schließlich hatte sie nicht einmal im Ansatz verarbeiten können, was gerade geschehen war.

»Du hattest recht«, sagte sie als Erstes, bevor sie seine Stimme auch nur gehört hatte.

Carlos lächelte. Sie hörte es an der Art, wie er die Luft ausstieß. Immer, wenn er sie anrief, hielt er zunächst die Luft an, als habe er Angst vor ihrer möglichen Reaktion.

»Los, erzähl!«

»Uff. Das ist gar nicht so einfach. Wie soll ich anfangen?«

»Also hat es dir etwas gebracht?«

»Ich weiß nicht. Ich verstehe es selbst nicht.«

»Aber es hat sich etwas getan …?«

Sie zögerte einen Moment lang, bevor sie antwortete. Dann wählte sie ihre Worte sorgfältig, wog sie genau ab, um ihnen nicht mehr Gewicht als nötig zu verleihen.

»J … ja … Ich denke, ja. Seltsam. Du hattest recht. Interessant. Eigenartig.«

»Komm, Helena, spann mich nicht auf die Folter! Wo bist du?«

»Ich komme direkt von dort. Heute war der letzte Tag, und ich habe mich eilig verabschiedet, damit mich niemand mit Beschlag belegt. Du weißt, wie ich diese Leute hasse, die sich an dich hängen und noch einen gemeinsamen Kaffee trinken wollen, um über wer weiß was zu reden. Gerade komme ich am Fährhafen vorbei. Vielleicht gehe ich hier, in der Nähe der Oper, in ein Restaurant und sehe mir den Sonnenuntergang in der Bucht an. Ich könnte auch etwas essen, bevor ich ins Hotel zurückkehre.«

»Dann wohnst du also doch nicht bei Ivy.«

Mist! Sie hatte komplett vergessen, dass sie Carlos erzählt hatte, sie komme bei Ivy unter.

»Sie hat Bronchitis«, improvisierte sie. »Gleich bei meiner Ankunft hat sie es mir gesagt, und ich wollte lieber kein Risiko eingehen. Schließlich wollte ich mich nicht anstecken, krank nach Spanien reisen und die Seuche weiterverbreiten. Und damit die Hochzeitsfeier ruinieren. Ich habe mir ein kleines Hotel gesucht, in der Gegend, in der der Workshop stattfand ... oder ... das Seminar ... oder wie immer das heißt.«

»Es heißt Familienaufstellung, Helena, das weißt du ganz genau. Hör mal, such dir doch ein gemütliches Restaurant, und ich rufe dich in einer halben Stunde noch mal an, in Ordnung? Dann hast du noch ein bisschen Zeit und kannst dir überlegen, was du mir erzählen willst.«

»Jawohl. Ganz schön hartnäckig, der Herr!«

»Das liegt nur daran, dass ich dich liebe. Ich kann es einfach nicht ertragen, dass du wegen einer Sache leidest, die sich wieder hinbiegen lässt.«

»Hinbiegen! Genau. Als ob es das erste Mal wäre, dass ich deswegen etwas unternehme ...«

»Bestell dir einen gut gekühlten Wein, und dann reden wir.«

Helena steckte das Handy wieder in die Tasche, atmete tief durch und genoss den atemberaubenden Anblick der mächtigen Eisenkonstruktion der Brücke, die die beiden gegenüberliegenden Seiten der Bucht von Sydney miteinander verband. Im Gegenlicht vor dem abendlichen, bereits pfirsichfarbenen Himmel war sie gespickt mit winzigen Gestalten, die wie schwarze Ameisen die Stahlbögen erklommen.

In vergangenen Zeiten hatte sie sich vorgenommen, auch einmal die vierzehnhundert Stufen auf den Pylon Lookout hinaufzusteigen, um die Stadt von oben zu betrachten. Dann jedoch war ihr aufgefallen, dass sie den gleichen Blick jedes Mal genießen konnte, wenn sie in einem Flugzeug landete oder aufstieg, und so hatte sie auf die Klettertour verzichtet. Ihr Leben war ermüdend genug und absolut vergleichbar mit der Brückenbesteigung: eine Stufe nach der anderen, ohne nach hinten oder nach unten zu blicken. Immer höher, bis man zu der Stelle kam, wo der Aufstieg endete, wo es nicht mehr höher hinaufging.

Und dann? Was? Wieder hinunter. Wenn man ganz oben war, ging es nur noch abwärts. Eine Stufe nach der anderen. Zuerst Schritt für Schritt. Dann vielleicht im Sitzen, um auf dem Hintern die Stufen hinunterzurutschen, vorsichtig, um nicht zu fallen.

Eine alte Opernsängerin, mit der sie zufällig einmal bei einem Abendessen zusammengesessen hatte, hatte ihr geraten, auf dem Weg nach oben alle Menschen, denen man im Berufsleben begegnete, gut zu behandeln. Später, wenn es abwärtsging, könnten diese Leute die Kissen sein, die den tiefen Fall von Stufe zu Stufe abfederten. Wenn man im Lauf seines Lebens versäumt hatte, sich diese Kissen zu suchen, konnte der Abstieg sehr hart werden.

Damals hatte sie den Rat nicht beherzigt. Inzwischen kam ihr aber immer öfter der Gedanke, dass der Ratschlag vielleicht gar nicht so schlecht gewesen war. Falls es für sie nämlich abwärtsgehen sollte, gäbe es viele Menschen, die sich über ihren Niedergang freuen würden, und sehr wenige, die den Sturz zu dämpfen bereit wären.

Zum Glück gab es Carlos. Sie sollte ihn besser behandeln. Er war ein guter Mensch und liebte sie aufrichtig – trotz ihrer charakteristischen schroffen Reaktionen, ihrer verletzenden Art, die Dinge beim Namen zu nennen, wenn sie sich in die Enge gedrängt fühlte und es nicht zugeben wollte. Trotz ihrer gelegentlichen Schwäche, die sie mit Aggression und Arroganz zu kaschieren versuchte.

Sie atmete tief ein und bemühte sich, auf andere Gedanken zu kommen. Es war absurd, sich bei dieser ungewöhnlich milden Temperatur an einem so schönen Fleckchen Erde zu befinden und dies nicht einfach nur zu genießen.

Ihr gegenüber schimmerte das Operngebäude wie Perlmutt. Dort würden wenig später für die nächste Aufführung die Lichter angehen. Obwohl sie es schon unzählige Male gesehen hatte, bescherte ihr der Anblick immer wieder einen Anflug von Glück. Der arme Utzon! Sie war glücklich, wenn sie sein Werk betrachtete, während er während der Bauarbeiten so viel Pech gehabt hatte, dass er niemals wieder nach Australien zurückkehrte, um sich das fertiggestellte Gebäude anzusehen.

Helena wählte ein Restaurant aus, das sie bereits kannte und in dem es wunderbare *linguine al cartoccio* mit Meeresfrüchten gab. Dazu bestellte sie eine Flasche Pinot Grigio, und während sie das erste Glas genoss, rief sie sich erneut ins Gedächtnis, was während der Familienaufstellung geschehen war.

Über Jahre hatte Carlos sie immer wieder damit genervt, dass sie es versuchen solle, dass es ihr helfen werde, ihr Leben besser zu durchschauen. Vielleicht lasse sich sogar jener Schmerz überwinden, der sie seit 1969 quälte. Dieser Schmerz war zwar tief vergraben, konnte sie jedoch jederzeit wie ein wildes Tier anfallen, um mit einem Prankenhieb den Panzer zu zerschlagen, in dem sie ihre Gefühle verschlossen hielt.

War es das, was die Familienaufstellung letztendlich bewirkt hatte? Die Möglichkeit, den Panzer aufzubrechen und nachzusehen, was sich darunter befand?

Nein. Nein, das war es nicht. Sie wusste sehr gut, was sie darunter entdeckt hätte: einen furchtbaren Schuldkomplex und unendlichen Schmerz. Das war nichts Neues. Neu hingegen war das, was zutage getreten war, was niemand außer ihr wissen konnte, in der Gruppe jedoch zum Vorschein gekommen war.

Und noch etwas – etwas, dessen Bedeutung nicht einmal sie selbst erfasste, was jedoch das Ende eines Fadens war, an dem zu ziehen sich vielleicht lohnte.

Sie nahm noch einmal ihr Handy aus der Tasche und tippte rasch eine SMS an Carlos. *Lass mich bitte in Ruhe zu Abend essen. Wenn ich zurück im Hotel bin, reden wir über Skype. Ich küsse dich.*

Zwei Stunden später war sie bereit, zu Bett zu gehen, und machte es sich in den Kissen bequem, um sich mit Skype zu verbinden. Dabei geriet sie durch Zufall auf den Button ihres Posteingangs und entdeckte die hereingekommenen E-Mails.

Ihr Sohn Álvaro bestätigte, dass er sie vom Flughafen abholen werde. Martín Méndez bestätigte den Termin mit dem Museumsdirektor. Almudena, ihre Enkelin, entschuldigte sich dafür, nicht zum Flughafen kommen zu können, und erinnerte sie an ihre Verabredung wegen des Brautkleids bei Paloma Contreras in der Calle Fuencarral. Mehrere Mails von Hotels und Fluglinien. Diverse Einladungen zu Vernissagen und Finissagen. Und ein Name, der ihr eine Gänsehaut verursachte, sobald sie ihn gelesen hatte: Jean Paul Laroche.

Für ein paar Sekunden schloss sie die Augen, und als sie sie wieder öffnete, war der Name immer noch zu sehen. Der Betreff lautete – typisch für ihn – *Long time no see.*

Und ob! Seit Alicias Beerdigung am 25. Juli 1969 hatten sie sich nicht wiedergesehen, wenn sie sich auch hin und wieder geschrieben hatten, das schon. Ein ausgiebiger Schauder, anders als sonst, lief ihr über den Rücken und bis zu den Zehen hinunter. Einen Moment lang war sie versucht, die E-Mail ungeöffnet zu löschen, dann jedoch siegte die Neugier. Oder war es vielleicht der Wunsch, sich noch einmal zu bestrafen, diesmal ein bisschen heftiger?

Meine liebe Schwägerin, wunderbare Helena, die von den Musen geküsste großartige Malerin, die dazu verdammt ist, in dieser absurden Zeit, in der wir die Banalisierung der Kunst und die Herabwürdigung von allem, was zählt, erleben, um allgemeine Anerkennung kämpfen zu müssen.

Ach! Aber wir haben andere Zeiten kennengelernt, nicht wahr, meine Hübsche? Es gab eine Zeit, in der wir vom Schicksal verwöhnte Kinder waren, jung und schön, Künstler, die unschuldig im Garten Eden lebten, sex and drugs and rock 'n' roll, *erinnerst Du Dich?*

Doch alles geht vorbei, ach ja. Und so auch dies. Vor langer Zeit.

Ich habe Dein Leben verfolgt, mit einigen Unterbrechungen. Zuerst in Zeitschriften und Magazinen. Später über Internet, diese magische Erfindung, die es mir erlaubt, jetzt mit Dir zu sprechen oder besser Dir zu schreiben, ohne auch nur zu wissen, wo Dich meine Worte erreichen werden. Früher musste man eine Adresse haben, die einen an einen Ort irgendwo auf dem Globus band. Man konnte mit ziem-

licher Sicherheit davon ausgehen, dass der Empfänger eines Briefes diesen dort las, wo man es sich vorstellte: in der Küche der Wohnung in Madrid, im Garten des Ferienhauses in Santa Pola, im Bett in der winzigen Dachwohnung in Montparnasse... Nun kann niemand mehr wissen, wo sich der andere befindet, wenn die Worte ihn erreichen. Wo bist Du jetzt, schöne Helena, während Du diese Zeilen liest? Ist es Dir kalt den Rücken hinuntergelaufen, als Du diese Nachricht erhalten hast?

Ich bin alt, aber immer noch eitel. Denn nur das erklärt den vorangehenden Satz, den ich, auch wenn ich mich dafür schäme, nicht löschen will. Mir gefällt die Vorstellung, dass ich Dich zum Erschaudern gebracht habe. Das kommt leider nicht mehr allzu häufig vor.

Wie ich erfahren habe, wirst Du nach Madrid reisen. Heutzutage lassen sich solche Pläne nicht mehr geheim halten.

Zufälligerweise bin auch ich in Madrid und werde, wie ich fürchte, länger dort bleiben, als mir lieb ist.

Schluss mit der Geheimniskrämerei. Man hat mich in eine Klinik eingewiesen. Wenn Du einwilligst, mich zu besuchen, gebe ich Dir die Kontaktdaten. Die Ärzte, die sich um mich kümmern, sind jung und angenehm. Die Klinik ist extrem teuer, und sie wissen, dass sie mich wie einen Gast behandeln müssen. Ich glaube nicht, dass ich dieses Haus noch einmal lebend verlassen werde. Falls mein Körper durch ein Wunder doch überlebt, gilt dies vermutlich nicht für meinen Verstand.

Ich möchte Dir mit diesem Elend des Alters nicht lästig fallen oder Dich bekümmern. Mit dem Elend meines Alters, schöne Schwägerin.

Kommst Du mich besuchen?

Ich weiß, das ist viel verlangt. Ich weiß, dass Du Dir nach der langen Zeit Schöneres vorstellen kannst. Es gibt jedoch gewisse Sätze, die niemals ausgesprochen wurden, Zusammenhänge, die ich Dir erklären möchte oder die Du mir auf meine Bitte hin vielleicht erklärst. Wir Menschen haben nun mal dieses absurde Bedürfnis, vor allem wenn das Ende naht, Zusammenhänge in unserem Leben herzustellen, die Logik unseres Handelns zu begreifen, die Kreise zu schließen. Vielleicht auch – oh Wunder! – von jenen Menschen Absolution zu erhalten, die uns irgendwann einmal lieb und teuer waren.

Ich weiß, dass ich nicht das Recht habe, irgendetwas einzufordern. Ich weiß, dass Du mich möglicherweise hasst, weil ich über vierzig Jahre lang das genossen habe, was Deines hätte sein sollen. Nun wirst Du es zurückerhalten. Ich versichere Dir, dass ich es gut behandelt habe, dass es das ist, was ich im Leben am meisten geliebt habe.

Ich will nicht vor Dir auf die Knie gehen, Du kennst mich ja. Dies ist bereits viel mehr, als ich jemals zu tun gedachte. Auch das weißt Du.

Wenn Du kommst, werde ich wissen, dass es einen Gott gibt.

Lass nicht zu viel Zeit vergehen, Helena.

Sie blinzelte mehrmals, um die dummen Tränen zu vertreiben, die ihr in die Augen gestiegen waren. Der Text, den sie gerade gelesen hatte, war so typisch für Jean Paul, dass es wehtat, dass es die glücklichste Zeit ihres Lebens wiederauferstehen ließ, die Jahre, in denen Alicia, Jean Paul und sie …

Der anhaltende Skype-Klingelton erschreckte sie derart, dass sie eine Hand aufs Herz presste, während die andere fieberhaft nach dem Icon suchte, über das sie die Verbindung herstellen konnte, damit das furchtbare Geräusch endlich aufhörte.

Carlos auf dem Bildschirm betrachtete sie besorgt.

»Ist etwas, mein Schatz?«

Sie hasste es abgrundtief, wenn er sie Schatz, Liebling oder Süße nannte. Obwohl sie ihm das bereits tausendmal gesagt hatte, konnte er es einfach nicht lassen.

»Du siehst aus, als hättest du ein Gespenst gesehen«, hakte er nach.

»So ungefähr.« Sie griff nach dem Glas Wasser, das auf dem Nachttisch stand, und nahm einen tiefen Schluck. »Ich habe gerade eine Mail von Jean Paul bekommen.«

»Jean Paul?«

»Von meinem Schwager. Alicias Mann.«

Es folgte ein Moment des Schweigens.

»Was will er?«

»Er ist in Madrid. In einer Klinik. Er will mich sehen.«

»Wirst du hingehen?«

»Ich weiß nicht.«

Erneute Stille.

»Wechseln wir das Thema. Komm, erzähl mir von heute Nachmittag!«

»Das nennst du einen Themenwechsel?« Sie hatte das Gefühl, laut lachen zu müssen, wenn sie sich nicht zusammenriss. Dann bekäme Carlos vermutlich den Eindruck, dass sie zu viel getrunken hatte oder allmählich hysterisch wurde.

»Erzähl mir, wie es war!«

»Du weißt ja bereits, dass in den ersten beiden Tagen nichts Besonderes geschah. Ich meine, was mich betrifft. Was die anderen angeht, schienen einige Teilnehmer mit der Lösung ihrer Probleme tatsächlich voranzukommen. Ich habe dir schon von dem Mann berichtet, der sich plötzlich daran erinnerte, dass sein Großvater nicht auf der Flucht vor den Nazis nach Australien kam, sondern im Gegenteil verbergen wollte, wer er in Deutschland gewesen war.«

Carlos nickte bestätigend.

»Heute Morgen fragte mich Maggie dann, ob ich es versuchen wolle, und bat mich, der Gruppe zusammenfassend zu erklären, in welche familiäre Situation ich mich gern hineinversetzen würde. Ich muss zugeben, dass ich es zu Anfang nicht gerade toll fand, solche Einzelheiten vor einer Gruppe fremder Menschen auszubreiten …«

»Allerdings«, hörte sie Carlos leise sagen.

»Doch dann fiel mir ein, dass ich letztendlich deshalb gekommen war und nichts zu verlieren hatte. Immerhin male ich schon mein Leben lang Bilder, in denen ich im Grunde nichts anderes tue, als meine Seele vor dem Betrachter bloßzulegen.

Nun gut. Nachdem die anderen also über das nötige Grundwissen verfügten, habe ich mich auf die Erwähnung beschränkt, dass meine ältere Schwester Alicia neunzehnhundertneunundsechzig zu Tode gekommen ist.« Helena schluckte, wie immer, wenn sie an diesem Punkt angekommen war. »Also … dass sie umgebracht wurde … und dass ich mich seitdem schuldig fühle, weil ich weitergelebt habe. Alicia hingegen, die ich angebetet habe und die die

Bessere von uns beiden war …« Helena brach die Stimme, und sie richtete den Blick aus dem Fenster, wo nur ein Stück dunkler Himmel zu sehen war, in dem ein einzelner Stern glitzerte. Helena schluckte abermals und sprach dann weiter.

»Maggie bat mich, Teilnehmer auszuwählen, die meine Eltern, meine Schwester und mich darstellen sollten … Es fiel auf, dass Jean Paul fehlte, und wir fügten eine Person hinzu, die ihn verkörpern sollte. Dann begannen die Darsteller, sich zu bewegen, zu interagieren … Du weißt ja, wie das ist.« Carlos nickte. »Ach ja, Maggie fand es gut, wenn noch jemand die Schuld darstellen würde. Natürlich begab sich mein Vater sofort in die Mitte, um die Situation zu beherrschen, und sorgte dafür, dass wir anderen uns neben ihm ganz klein fühlten, aber dann … Mysteriöserweise sagte er nach einer Weile, er sei furchtbar wütend. Das war aber nichts Ungewöhnliches, denn wenn er sich provoziert fühlte, wurde er leicht wütend. Doch als wir nachfragten, erklärte er, er sei wütend … wütend, weil er sich verraten fühle.

Wir suchten weiter, und dabei kam lediglich zweifelsfrei heraus, dass es nichts mit meiner Mutter zu tun hatte. Offenbar handelte es sich um keinen Seitensprung, um keine eheliche Untreue. Wir fanden nicht heraus, wie der Darsteller meines Vaters darauf kam, aber so merkwürdig es auch erscheinen mag, ich fühlte, dass es stimmte, und seitdem grübele ich darüber nach.

Meine Mutter wurde die ganze Zeit von der Schuld bedrängt und schien am Boden zerstört zu sein. In einem bestimmten Moment krümmte sie sich vor Schmerzen und hielt sich den Leib. Dabei fiel mir auf, dass ich den anderen nichts von meinem Bruder Goyito erzählt hatte, der als Kind an Meningitis gestorben war. Und meine Schwester …« Sie schluckte abermals. »Meine Schwester sagte nur, sie wolle weggehen.«

»Und was hat sie in Bezug auf dich getan?«

»Sie hat mich umarmt … also, sie hat die Frau umarmt, die mich verkörperte, und mir gesagt, dass sie mich sehr liebe, nun jedoch weggehen müsse. Das Beeindruckendste war allerdings, dass plötzlich eine der Zuschauerinnen aufstand und erklärte, dass sie an der Aufstellung teilnehmen wolle, dass dort jemand fehle. Maggie ließ es zu, und als sie sie fragte, wer oder was sie denn sei …« Helena versagte die Stimme.

»Ja? Was hat sie gesagt?«, drängte Carlos, wobei er sich zum Bildschirm vorbeugte.

»Sie sagte … Sie sagte, sie sei sich auch nicht sicher, aber … Sie sagte … Sie sagte … es sei wichtig, sehr wichtig.« Helena machte eine Pause, während sie mit dem Wort kämpfte, das sie aussprechen wollte und das ihr in der Kehle festzusitzen schien. »Dass sie ein Schatten sei«, brachte sie schließlich heraus.

»Ein … Schatten?«

Helena nickte schweigend.

»Hast du ihnen gesagt, wer du bist?«

»Das ist ja das Seltsame – nein. Mit keinem Wort.«

»Jemand muss dich erkannt haben.«

»Niemand erkennt einen Maler oder eine Malerin auf der Straße, Carlos. Red keinen Blödsinn! Diese Frau konnte nicht wissen, dass ich male und dass es auf meinen Bildern immer – ohne Ausnahme – einen Schatten gibt. Auf jedem meiner Bilder.«

»Ohne dass jemand weiß, was oder wer diesen Schatten wirft«, führte er ihren Gedanken zu Ende. »Aber es ist dein Markenzeichen, Helena. Vielleicht wollte sie dir nur schmeicheln.«

Sie schüttelte entschieden den Kopf.

»Also?«

»Wir haben es nicht herausgefunden.« Sie machte eine Pause. Sie würde ihm nicht erzählen, dass sie voller Entsetzen die Flucht ergriffen hatte, um sich im Bad einzuschließen, und sich danach geweigert hatte, mit Maggie und den anderen weiter über das Thema zu reden. »Und jetzt schreibt mir Jean Paul nach weiß der Teufel wie vielen Jahren und teilt mir mit, dass er mich sehen will. Er will mir etwas erklären und hofft, dass wiederum ich ihm einiges erklären kann. Hältst du es für möglich, dass er mehr darüber weiß, was damals geschehen ist?«

»Mach dir keine falschen Hoffnungen, Liebes! Wenn er krank ist … möglich, dass er im Kopf bereits nicht mehr ganz richtig ist. Wie alt ist er?«

»Siebenundsiebzig oder achtundsiebzig. Genau weiß ich es nicht.«

»Ah, dann ist er nicht ganz so alt, wie ich dachte.«

»Meine Schwester wäre jetzt dreiundsiebzig, viereinhalb Jahre älter als ich.«

»Komm, meine Liebe, leg dich schlafen! Wann geht dein Flieger?«

»Morgen Nachmittag.«

»Dann kannst du ausschlafen, noch ein bisschen durch Sydney spazieren und es ruhig angehen lassen. Morgen reden wir dann noch einmal.«

»Ja. Gute Nacht, Carlos.«

Ohne ihm Gelegenheit zu weiteren Bemerkungen zu geben, klickte Helena auf den roten Button und starrte dann auf den ausgeschalteten Bildschirm. Anschließend öffnete sie ihr Mailprogramm und las erneut Jean Pauls Mail. Doch was sie zu finden hoffte, entdeckte sie dort nicht. Denn das Gesuchte – wenn es noch existierte – befand sich in Marokko.

Die Kiste

2. Foto

Das Foto zeigt drei Personen in einem Lokal, möglicherweise einem Nachtklub oder einem zum Festsaal umfunktionierten großen Raum. Zu sehen sind kleine runde Tische mit weißen Tischdecken, auf denen jene breiten, niedrigen Gläser stehen, aus denen früher Sekt und Champagner getrunken wurde. Außerdem ragt die Ecke einer Bühne ins Bild, die mit weißen Nelken geschmückt ist. Der Mann im dunklen Anzug – um die fünfzig, beinahe kahlköpfig und mit beträchtlichem Bauchumfang – lächelt stolz in die Kamera, während er auf jeder Seite eine junge Frau in den Zwanzigern im Arm hält. Die Mädchen tragen Abendkleider und sind sicher seine Töchter, obwohl sie ihm nicht besonders ähneln. Die Natürlichkeit und Zuneigung, die ihr Zusammensein ausstrahlt, erwecken den Eindruck einer harmonischen Familie. Farben sind nicht zu erkennen, da es sich um eine Schwarz-Weiß-Aufnahme handelt, doch eine der jungen Frauen trägt ein helles Kleid, die andere ein dunkles.

Die mit dem hellen Kleid ist etwas größer und fülliger. Mit ihrer beträchtlichen Oberweite wirkt sie irgendwie mütterlich. Sie trägt das blonde Haar hochgesteckt und mit viel Haarspray so in Form gebracht, dass es auf der Stirn in Wellen aufliegt. Auf Schulterhöhe ist ihr Kleid mit den Glockenärmeln mit Stoffblumen geschmückt. Sie ist höchstens fünfundzwanzig Jahre alt, aber man sieht ihr bereits an, dass sie eine vorbildliche Ehefrau und Mutter sein wird oder es bereits ist.

Die Jüngere trägt das gewellte kurze Haar offen und seitlich gescheitelt, sodass ein Auge beinahe vollständig bedeckt ist. Die Augenbrauen sind, der Mode der Dreißigerjahre entsprechend, extrem dünn und deutlich nachgezeichnet, und die roten Lippen wirken auf dem Foto beinahe schwarz. Ihr Kleid, vielleicht von einem tiefen Blau oder Grün, ist schlicht, aber gewagt, ärmellos, seidig glänzend, eng anliegend und betont sogar die Hüften. Hüftabwärts öffnet es sich zu einem weiten Rock, der ihre Beine bedeckt, zumindest solange sie nicht in Bewegung sind.

Beide Mädchen lächeln. Die eine elegant und ein wenig schüchtern, die andere leicht herausfordernd wie ein Filmstar, als wolle sie den Fotografen verführen. Sie wirken nicht wie Schwestern, obwohl ihre Gesichter eine gewisse Familienähnlichkeit aufweisen. Und wer genau hinsieht, stellt fest, dass die gerade schmale Nase des Vaters sich in verkleinerter Form in den Gesichtern der Töchter wiederholt.

Die Aufschrift auf der Rückseite des Fotos, in schwarzer Tinte, die mit der Zeit bräunlich geworden ist, lautet: *Papa, Pilar und ich im Club Náutico. Juli 1935. Eine Stunde später werde ich Goyo kennenlernen, was ich da noch nicht wusste.*

Hinter dem letzten Satz ist ein Herz gezeichnet.

3. Kapitel

Madrid. Gegenwart

Nach fast dreißigstündiger Reise war sie, innerlich und äußerlich völlig erschöpft, im Madrider Flughafen unter Hunderten anderer Menschen auf einem Laufband unterwegs. Über sich die gewellte bunte Decke des Gebäudes, die sie an die Alpino-Farbmalkästen erinnerte, welche Alicia und sie trotz des Altersunterschieds jedes Jahr am 8. Dezember erhielten. An jenem im Mittelmeerraum üblichen Feiertag, der, wie sie später herausfand, den Nikolaustag ersetzte, wie er in anderen Ländern üblich war.

In der Schlange vor der Passkontrolle unterhielten sich zwei Frauen, die etwa in ihrem Alter waren, über die Ereignisse auf ihrer Mexikoreise, von der sie gerade zurückkehrten. Obwohl sie sich nicht sehr ähnlich sahen, waren sie an ihrer Redeweise und an der Art, wie sie sich ansahen und berührten, deutlich als Schwestern zu erkennen. Die Welt war voller Schwesternpaare, die zusammen verreisten, sich Hotelzimmer teilten, gemeinsam einkauften oder essen gingen, um sich bei diesen Gelegenheiten miteinander auszutauschen oder sich über Ehemänner, Schwiegermütter, Schwiegertöchter oder Schwiegersöhne zu beklagen. All das, was sie zusammen mit Alicia hatte erleben wollen und was im Jahr 1969 so plötzlich für immer zu Ende war, als sie gerade zweiundzwanzig Jahre alt und die kleine Schwester einer verheirateten Frau von siebenundzwanzig gewesen war.

Nie hatte sie die Möglichkeit, sich mit ihr auf Augenhöhe zu unterhalten, diejenige zu sein, die ihrer Schwester einen Rat erteilte, ihr etwas bieten konnte, ihre Hilfe, Geld oder ein Haus, in dem sie für eine Weile bleiben und Kraft tanken konnte. All das, was Alicia ihr in den zweiundzwanzig gemeinsamen Jahren gegeben hatte.

Sie fand es lustig, dass eine der beiden Schwestern in der Schlange vor ihr die Pässe von beiden in der Hand hielt. Sicher hatte sie auch die Hotelgutscheine, das Informationsblatt mit der Reiseroute und die Reiseführer in der Tasche. Alles perfekt organisiert in dem teuren Rucksack, der ihr über der Schulter hing. Die andere redete wie ein Wasserfall, lachte und trug einen geflochtenen roten Strohhut mit Blumen auf dem Kopf.

Helena fragte sich, welche Rolle ihr zugekommen wäre, hätte Alicia nicht ihr Leben verloren. Wäre sie die lockere, heitere, ein wenig verrückte Schwester gewesen? Oder die verantwortungsvolle, durchorganisierte, die es Alicia ermöglicht hätte, ihr künstlerisches Ich voll zu entfalten, über das sie zweifellos beide verfügten beziehungsweise verfügt hatten, wenn auch in verschiedenen Bereichen?

Fragen, auf die sie nie eine Antwort erhalten würde.

Sie griff nach ihrem Koffer, der so klein war, dass sie ihn nicht einmal hätte aufgeben müssen. Ohne Anstrengung hob sie ihn an und ging auf die automatische Tür des Ausgangs zu. Dabei bereitete sie sich innerlich auf die Begegnung mit Álvaro vor, den sie seit zwei Jahren nicht mehr gesehen hatte. Einem Sohn von beinahe sechsundvierzig Jahren, mit dem sie praktisch niemals zusammengelebt hatte.

Viel lieber wäre sie einfach hinausgegangen, hätte sich ein Taxi genommen und sich ins Zentrum fahren lassen. Ihr stand der Sinn weder nach Konversation noch nach der Behauptung, ihr gehe es hervorragend. Und genauso ungern wollte sie zugeben, dass sie erschöpft war, dass das Alter allmählich seinen Tribut forderte.

Belüg dich nicht selbst, Helena!, ermahnte sie sich. Natürlich bist du müde, aber in Wahrheit würdest du die Begegnung mit Álvaro gern vermeiden, der schon immer ein unerträglicher Snob war. Wenn er dich als Mutter anerkennt und dich abholt, dann doch nur, weil du eine Berühmtheit bist, derer er sich nicht schämen muss, wenn er einem Bekannten begegnet.

Sie schämte sich ein bisschen, dass sie so über den eigenen Sohn dachte, beschloss dann aber, nicht weiter darüber nachzugrübeln. Letztendlich war niemand dazu verpflichtet, seine eigenen Kinder zu mögen. Oder seine Eltern. Wobei sie zugeben musste, dass sie sich auch niemals wirklich Mühe gegeben hatte. Álvaro war zehn Jahre alt gewesen, als Iñigo und sie sich hatten scheiden lassen. Getrennt hatten sie sich jedoch lange vorher, und der Junge hatte immer bei seinem Vater gelebt. Es war also ganz normal, dass sie einfach nur höflich miteinander umgingen und keine engere Bindung hatten.

Die Tür öffnete sich, und da war er. Gut aussehend wie immer, lässig den Bügel seiner Sonnenbrille im Mund. In schwarzen Jeans und einem Designerjackett, das auffällig genug war, um die entsprechende Aufmerksamkeit zu erregen, in seiner dezenten Machart dann aber doch für seinen hervorragenden Geschmack sprach.

»Mama! Herzlich willkommen! Schön siehst du aus!«

Sie umarmten sich einige Sekunden lang. Es war ihr lieber, wenn er sie beim Vornamen nannte, was er sonst auch tat. Offenbar war er wegen der Hochzeit seiner Tochter aber gerade von so etwas wie familiärer Euphorie ergriffen.

»Ja, ja, diese dreißigstündigen Reisen und die Sportklamotten machen mich noch schöner.«

Trotz der bissigen Bemerkung lachte Álvaro, griff nach ihrem Koffer und dirigierte sie diskret am Ellbogen durch den Flughafen zu seinem Wagen, einem schwarzen Alfa-Cabriolet.

»Ein Vögelchen hat mir geflüstert, dass das *Reina Sofía* eine Retrospektive deiner Bilder zeigen wird«, begann er, als sie den Parkplatz verließen.

»Das Vögelchen ist nicht gut informiert. Es steht noch nichts fest.«

»Aber sie haben Interesse.«

»Sagen wir, im Prinzip schon. Allerdings liegen zwischen dem ersten Interesse und einer Ausstellung manchmal etliche Jahre, und es kann viel passieren.«

»Du hast es dir verdient, Mama.«

»Zweifellos.«

Lächelnd warf ihr Álvaro einen Seitenblick zu und schien herausfinden zu wollen, ob sie gescherzt hatte.

»Das meine ich nicht ironisch, mein Lieber. Ich male seit vierzig Jahren und habe in den angesehensten Galerien und Museen ausgestellt. Meine Bilder hängen in den berühmtesten Museen für moderne Kunst. Sie werden fast so teuer verkauft wie die von männlichen Künstlern. Ich gelte in der modernen Malerei als Leitbild, und wenn von bekannten Malerinnen die Rede ist, ist Helena Guerrero der Name, der als Erster genannt werden muss. Das sind objektive Tatsachen. Und dennoch ... In Spanien scheint die Uhr mit Picasso und Dalí stehen geblieben zu sein. Eine Frau zu sein ist immer noch ein unüberwindbarer Nachteil, sodass ... ich mir nicht allzu große Hoffnungen machen sollte. Wir werden sehen. Übrigens – wohin bringst du mich?«

»Zum Chalet.«

»An diesen gottverlassenen Ort? Am Ende der Welt?«

»San Sebastián de los Reyes ist nicht das Ende der Welt, Mama. Es liegt am Stadtrand von Madrid. Und wir sind gleich dort.«

»Ich möchte lieber irgendwo im Zentrum wohnen, damit ich im Taxi oder mit der Metro alles erreichen kann. Ist die Wohnung im Edificio España nicht frei?«

»Das gesamte Gebäude wurde vor einigen Jahren verkauft. An ein chinesisches Unternehmen. Ich bin sicher, dass ich dir geschrieben und es dir berichtet habe. Wobei es im Moment so aussieht, als ob eine spanische Holding es zurückkaufen wird.«

»Und die Wohnung im Torre Madrid?«

Álvaro schnaubte leise.

»Die wird immer für kurze Zeit vermietet, weil sich so das meiste Geld damit verdienen lässt.«

»Fein. Ist sie frei?«

»Ja. Zufällig ja, aber in drei Wochen zieht wieder jemand ein.«

»In drei Wochen muss ich in Chicago sein, also kein Problem.«

Álvaro presste die Lippen so fest zusammen, dass sie eine dünne Linie bildeten und dem Schnitt eines Messers ähnelten.

»Also willst du lieber dorthin?«

»Auf jeden Fall!«

Álvaro absolvierte ein brüskes Wendemanöver, um zum Stadtzentrum zurückzufahren.

»Alle erwarten dich«, sagte er eine Minute später in beinahe kindisch beleidigtem Tonfall.

»Wer sind *alle*?«

»Sara, meine Frau…«

»Ich weiß, wer Sara ist«, unterbrach Helena ihren Sohn.

»Marc, Almudena und ihr Zukünftiger … sogar Papa will am Nachmittag vorbeikommen, um dich willkommen zu heißen.«

»Wie aufmerksam! Entschuldige mich bei ihm, sag ihm, es reicht, wenn wir uns auf der Hochzeit sehen. Es eilt nicht. Sag mal, wie ist der Junge?«

»Der Junge? Marc?«

»Nein. Dein zukünftiger Schwiegersohn.«

»Ach so, Chavi. Er kommt aus einem guten Stall.«

»Wird er mir gefallen?«

»Ich glaube nicht. Es ist schon lange her, dass dir einer von uns gefallen hat. Wahrscheinlich sind wir nicht *bohémien* genug.« Er parkte in der zweiten Reihe vor dem Gebäude und zog die Handbremse an, als wolle er sie ausreißen.

»Komm, Álvaro, sei nicht kindisch! Natürlich mag ich euch. Ihr seid meine Familie. Ich bin halt etwas schroff, das weißt du doch. Und ich liebe meine Unabhängigkeit.«

»Ja. Das ist es wohl. Los, gehen wir! Der Wagen kann hier nicht lange stehen bleiben.«

»Was für einen klugen Sohn ich doch habe! Wie ich sehe, hast du die Schlüssel dabei.«

»Ja. Und ich muss meine Frau zum Essen einladen.«

Helena musterte ihn fragend.

»Wir haben gewettet. Sara meinte, dass du keine einzige Nacht im Chalet bleibst. Ich habe also verloren.«

»Sehr clever, deine Sara! Ich freue mich, dass du eine so intelligente Frau hast. Komm!«, sagte sie und stieß ihm den Ellbogen leicht in die Seite. »Lass mich bis sieben schlafen. Dann schickst du jemanden, der mich abholt, und ich esse mit euch zusammen im Chalet zu Abend.«

Álvaros Miene hellte sich auf.

»Und bleibst du über Nacht? Nur heute?«

»Du willst wohl unbedingt gewinnen, mein Sohn!« Helena lehnte sich im Aufzug an den Spiegel. »Darin gleichen wir uns. In Ordnung, ich bleibe über Nacht, damit Sara dich zum Essen einladen muss.«

Außerdem wird sie sich ärgern, dass ich doch nicht so leicht zu durchschauen bin, wie sie dachte, fügte sie still für sich hinzu. »Aber dann wohne ich hier, so wie ich will. Ich habe einen ungewöhnlichen Lebensrhythmus und bin es nicht gewohnt, Menschen um mich zu haben. Erst recht keine Kinder.«

»Almudena und Marc sind keine Kinder mehr, Mama. Sie steht kurz vor ihrer Heirat, und er wohnt auch nicht mehr zu Hause. Sie sind deine Enkel und kennen dich kaum.«

»Marc ist nicht mein Enkel, und ich habe ihn bisher nur einmal gesehen.«

»Er ist der Sohn meiner Frau, und wir haben ihn zusammen großgezogen. Aber gut, du hast recht. Mit ihm hast du nichts zu tun.«

Álvaro öffnete die Wohnungstür und ließ seine Mutter eintreten. Es roch nach Vanille, doch der Raumduft konnte den faden Geruch nach Staub und leer stehender Wohnung nicht gänzlich überdecken. Elegante, nichtssagende Möbel, an den Wänden Bilder, die farblich zu den Grundtönen passten, die der Innenarchitekt ausgewählt hatte: cremefarben und alle Rottöne, die die Farbskala hergab. Gekonnt umgesetzte Fantasielosigkeit.

Das Bett war riesig, üppig mit großen und kleinen Kissen dekoriert sowie einer Tagesdecke von schier orientalisch anmutender Opulenz. Der Ausblick war nach wie vor das Beste, denn vom fünfzehnten Stockwerk aus erstreckte sich die Sicht über die Plaza de España direkt unterhalb, über die Gran Vía gegenüber und zur Rechten über den Campo del Moro bis zum Palacio de Oriente.

»Beim Kauf dieser Wohnung hatte dein Großvater ein gutes Händchen«, meinte Helena, während Álvaro die Fenster öffnete, um zu lüften.

»Er muss sehr gute Beziehungen gehabt haben. Diese Wohnung war sicher nicht nur für Geld zu haben. Es war das zweite Hochhaus, das in Madrid gebaut wurde.«

»Ja. Das erste steht gegenüber, das Edificio España. Und die Wohnung dort war die erste, die mein Vater kaufte. Schon als sie noch in Planung war, in der Nachkriegszeit.«

»Wie ich gesagt habe: exzellente Kontakte zur damaligen Führungsspitze. Schade, dass ich Großvater Goyo nicht besser kennengelernt habe.«

»Er war ein fanatischer Franquist, aber ein guter Vater. Und letztendlich … Du tendierst ja auch eher nach rechts, also hättet ihr euch bestimmt gut verstanden. Er schätzte Menschen, die finanziell erfolgreich waren.« Selbst dann, wenn sie ihr Geld damit verdienten, Mode für Frauen zu entwerfen, wie es bei seinem französischen Schwiegersohn der Fall war, erinnerte sich Helena. Der Gedanke rief ihr sofort ihren Schwager in der Klinik ins Gedächtnis.

»So, wenn du alles hast, was du brauchst … Dann sehe ich zu, dass ich keinen Strafzettel bekomme.« Sie küssten sich flüchtig auf die Wangen. »Um sieben wirst du dann abgeholt.«

»Ich kann auch ein Taxi nehmen.«

»Lass dich ruhig ein bisschen verwöhnen, Mama! Wenn du schon mal hier bist.«

Als Álvaro gegangen war, sah sich Helena in der Wohnung um und versuchte sich vorzustellen, wie sie fünfundvierzig Jahre zuvor ausgesehen hatte, als Iñigo und sie hier eingezogen waren. Sie war damals dreiundzwanzig Jahre alt gewesen, schwanger und frisch verheiratet mit einem fünfundzwanzigjährigen Architekten, den sie damals schon nicht geliebt hatte. Alle diese Feste, die sie hier für ihre Freunde gegeben hatten! Das Leben, das nach Alicias Tod unaufhaltsam weiterging. Die Besuche ihrer Mutter, die von Kopf bis Fuß in Schwarz gekleidet war, dunkle Schatten unter den Augen hatte und unentwegt den Rosenkranz in Händen hielt, der jahrelang vergessen in der Kiste aus Palo-Santo-Holz gelegen hatte, nachdem sie nach und nach den Schmerz überwunden hatte, ihren einzigen Sohn im Alter von nur acht Jahren verloren zu haben.

Helena erinnerte sich kaum noch an Goyito. Als er starb, war sie gerade einmal fünf Jahre alt gewesen. Nun erst wurde ihr bewusst, wie sehr ihre Eltern darunter gelitten haben mussten, erst Goyito und danach Alicia zu verlieren. Später dann auch noch sie, nachdem sie sich von Iñigo getrennt hatte und ohne konkrete Pläne einfach so nach Thailand aufgebrochen war.

Doch für sie war es genau richtig gewesen, alles weit hinter sich zu lassen. Den Ehemann, den sie niemals geliebt hatte, den Sohn, der völlig ungeplant gekommen war, ohne dass ihn jemand gerufen hatte, die Eltern, für die sie zur einzigen Hoffnung geworden war, zur einzig möglichen Erlösung von den Fehlern, die sie im Lauf ihres Lebens begangen hatten. Die Schwiegereltern, die sie zu einer angesehenen Frau der gehobenen Madrider Gesellschaft im franquistischen Spanien hatten machen wollen, in diesem unkultivierten, engstirnigen, schäbigen, knauserigen Land, in dem alles verboten war und die Kirche weiterhin das Verhalten diktierte, vor allem das der Frauen.

Sie wusste, dass alle sie für egoistisch und verrückt hielten, für eine undankbare Tochter und eine schlechte Mutter … aber das spielte keine Rolle. Denn aus alldem war ihr künstlerisches Ich erwachsen. Aus jener jungen Frau von dreiundzwanzig Jahren, die sich durch ein Wirtschaftsstudium gequält hatte, um in das Modeunternehmen ihrer Schwester und ihres Schwagers einzusteigen. Aus der jungen Frau, die einen Mord und eine Geburt verkraften musste und ihre Familie verließ, wurde Helena Guerrero, eine der bedeutendsten Malerinnen des Jahrhunderts. Dennoch stand sie nach wie vor in Konkurrenz zu ihren männlichen Kollegen und musste bei Galeristen, Sammlern und Museumsdirektoren darum kämpfen, dass sie so bezahlt wurde, wie sie es verdiente, und nicht schlechter, nur weil sie eine Frau war.

Es war viel Wasser den Bach hinuntergelaufen, seit sie zum ersten Mal in dem Zimmer im Torre Madrid geschlafen hatte, in dem sie sich nun gerade auszog. Sie war nicht mehr jung, ihr Körper nicht mehr so zart, so fest wie damals. Ihr Verstand aber war gereift, und vor allem hatte sie gelernt, sich so anzunehmen, wie sie war, und sich selbst zu schätzen. Sie verzieh sich sogar viele ihrer Fehler. Außer einem.

Bereits auf der Freitreppe zum *Club Náutico* war die Musik, die aus dem Tanzsaal drang, deutlich zu hören. Mit großem Enthusiasmus intonierte das Orchester jenes Stück, das gerade in Mode war – *La Carioca* – und derzeit überall gespielt wurde, seit einige Monate zuvor Fred Astaire und Ginger Rogers in ihrem zuletzt in Spanien ausgestrahlten, überaus erfolgreichen Film *Flying down to Rio* dazu getanzt hatten.

Die beiden jungen Männer wechselten amüsierte Blicke und eilten auf den Soldaten zu, der sie nach kurzer Begrüßung nach ihren Namen fragte und ihre Einladungen kontrollierte. Während der Soldat sich versicherte, dass die beiden Offiziere auf seiner Liste standen, huschten mehrere junge Damen kichernd und mit neugierigen Seitenblicken durch den Eingangsbereich in Richtung Garderobe.

»Ah, jetzt habe ich Sie gefunden – Leutnant Vicente Sanchís und Hauptmann Gregorio Guerrero! Ich wünsche den Herren viel Vergnügen.«

Die Mädchen verweilten vor dem Spiegel und richteten sich das gewellte Haar, ohne die beiden Offiziere aus den Augen zu lassen. In Ausgehuniform, die Mütze unter dem Arm, zündete sich jeder von ihnen eine Zigarette an.

»Siehst du, Goyo? Ich habe dir doch gesagt, dass es sich lohnt herzukommen.«

»Sieht ganz so aus. Wobei … wenn ich bedenke, dass wir gerade aus Marokko zurückgekehrt sind, wirkt das hier im Moment recht … ich weiß nicht, wie ich es sagen soll …«

»Frivol?«

»Ja, das auch, aber irgendwie noch befremdlicher. Keine Ahnung … leicht irreal. Wie eine Szene, die man im Kino sieht und die nicht viel mit dem wahren Leben zu tun hat.«

»Das legt sich nach dem ersten Wermut und dem anschließenden Champagner … wenn wir Glück bei den Frauen haben«, meinte Vicente lachend und legte seinem Freund eine Hand auf die

Schulter, um ihn in den Saal zu dirigieren. »Sehen wir doch nach, was drinnen los ist! Viele Marineangehörige, nehme ich an. Natürlich. Schließlich wird das Fest vom hiesigen Marinekommandanten ausgerichtet, zu Ehren der Virgen del Carmen. Hättest du auf mich gehört und wärst zu San José hergekommen, hättest du die Fallas erlebt. Wenn die Kommandantur feiert, trägt nämlich jeder unsere Uniform.«

»Ich kann eben nicht immer so über meine Zeit verfügen, wie ich es möchte, und der März war ein harter Monat in Marokko.«

»Komm, jetzt hör auf, von den Mauren zu reden! Wir sind hier, um uns zu amüsieren.«

Sie betraten den großen Raum, der zum Tanzsaal umfunktioniert worden war. Im hinteren Bereich, gegenüber den großen Fenstern, die auf den Hafen hinausgingen, spielte das kleine Orchester inzwischen ein langsameres Stück. Die Sängerin war so blond und beinahe so aufreizend wie Jean Harlow. Auf der Tanzfläche widmeten sich Dutzende Paare lächelnd dem Tanz, die Männer in weißen Uniformen, die Frauen in langen Kleidern, die in allen Farben des Regenbogens schimmerten. Die wenigen jungen Frauen, die anwesend waren, hielten sich fast alle am Rand der Tanzfläche auf, standen oder saßen mit ihren Familien zusammen und taten so, als liege ihnen nicht viel daran, zum Tanz aufgefordert zu werden.

Nachdem die beiden jungen Offiziere salutiert und sich dem Kommandanten vorgestellt hatten, zog Vicente Goyo mit sich zur Bar, wo sie zwei Gläser Wermut mit Picon bestellten.

»Hör mal, Vicente, weißt du zufällig, wer dieses schöne Kind dort drüben ist?« Guerrero hatte seinen Freund am Ellbogen gefasst und lenkte seine Aufmerksamkeit in Richtung des Orchesters, wo ein in Zivil gekleideter Herr mittleren Alters mit beträchtlichem Bauchumfang mit zwei jungen Mädchen scherzte.

»Welches?«

»Die dort, in Grün.«

»Nun ja, wenn ich mich nicht irre, dürften das die Santacruz-Schwestern sein, Blanca und Pilar, denn der Mann mit dem Bauch ist Señor Santacruz höchstpersönlich.«

»Und wer bitte ist Señor Santacruz?«

»Ein bedeutender Unternehmer, einer von denen, die richtig viel Geld besitzen. Er produziert Herrenschuhe und Militärstiefel. Sämtliche Stiefel, die du während deiner Zeit in der Armee verschlissen hast, wurden in der Fabrik dieses Mannes hergestellt.«

»Kennst du ihn?«

»Flüchtig. Er spielt im Ateneo mit meinem Vater und meinen Onkeln Domino.«

»Dann stell mich ihm doch bitte vor! Und seinen entzückenden Töchtern natürlich auch.« Gregorio leerte das Wermutglas in einem Zug, strich sich mit einem Finger den Schnurrbart glatt und zwinkerte seinem Freund zu.

Gemeinsam durchquerten sie den Saal. Vicente blieb hin und wieder stehen, um den einen oder anderen zu begrüßen und seinen Kameraden vorzustellen. Gregorio bemühte sich um Geduld, wobei er die junge Frau in dem grünen Kleid nicht aus den Augen ließ. Den Fächer schwingend, stand sie noch immer mit ihrem Vater und ihrer Schwester zusammen.

Schließlich erreichten sie ihr Ziel, und Vicente nahm Haltung an, obwohl der Unternehmer keine Uniform trug.

»Don Mariano …«

»*Vicent, fill … Com está el teu pare?*«, begrüßte ihn der kräftige Mann auf Katalanisch und erkundigte sich nach Vicentes Vater. Dabei umarmte er den jungen Offizier und schlug ihm kameradschaftlich auf die Schulter. Seine Töchter musterten die jungen Herren neugierig.

»Gut, sehr gut, Don Mariano. Darf ich Ihnen meinen Kameraden vorstellen, der zurzeit auf Urlaub ist und unsere Stadt nicht kennt? Hauptmann Gregorio Guerrero, für seine Freunde Goyo.«

»Sehr erfreut, junger Mann.« Don Mariano reichte ihm die Hand und schien ihn mit scharfem Blick auf Herz und Nieren prüfen zu wollen. »Von woher auf Urlaub? Wo dienen Sie?«

»In Marokko, Señor.«

»Ein tapferer Mann.«

»Als Soldat gilt man immer als tapfer«, entgegnete Goyo bescheiden lächelnd.

»Und, wie ich sehe, in Ihrem Alter bereits Hauptmann … Haben Sie sich diesen Dienstgrad in Afrika verdient?«

»Zuerst in Afrika, Don Mariano; und die Beförderung zum Hauptmann erst vor Kurzem in Asturien.«

»Herzlichen Glückwunsch.« Der Unternehmer tauschte einen raschen Blick mit den jungen Männern und machte ihnen damit deutlich, dass er angesichts seiner weiblichen Begleitung das Thema zu wechseln wünschte. Der asturische Bergarbeiterstreik und die Niederschlagung durch das Militär, wobei sogar Exekutionen stattgefunden hatten, waren kein Gesprächsthema, das er in Gegenwart seiner Töchter vertiefen wollte. Andererseits hätte er selbst gern Einzelheiten aus erster Hand erfahren, in diesem Fall von einem Offizier, der an den Einsätzen teilgenommen hatte. »Kennen Sie meine Töchter? Dies ist Pilar, die Ältere. Die andere, Blanca, unsere Kleine, ist für mein graues Haar verantwortlich. Soweit mir überhaupt noch Haare geblieben sind …«

»Du übertreibst maßlos, Papa! Sehr erfreut.« Blanca war das erste der beiden Mädchen, das Goyo die Hand reichte. Sie hatte schmale grüne Augen, die wie die einer Katze glänzten. Auf dem Weg nach Valencia hatte Goyo in Sevilla in einem Musikcafé ein neues Lied gehört, das den Titel *Ojos verdes* – grüne Augen – trug und ihn sofort fasziniert hatte. *Ojos verdes, verdes como la albahaca, verdes como el trigo verde y el verde, verde limón. Ojos verdes, con brillo de faca que se han clavaíto en mi corazón – Grüne Augen, grün wie Basilikum, grün wie grüner Weizen und limonengrünes Grün. Tiefgrüne Augen, blitzend wie die Klinge eines Messers, die sich in mein Herz gebohrt haben.* Genau so waren Blancas Augen – blitzend wie eine Messerklinge.

»Die Freude ist ganz meinerseits, Señorita. Don Mariano, gewähren Sie mir die Ehre, mit Ihrer Tochter tanzen zu dürfen?«

»Warum fragen Sie nicht mich?«, wandte Blanca ein. »Ginge es um einen Stuhl in unserem Haus, sollten Sie meinen Vater danach fragen. Aber um mich zum Tanz aufzufordern … Ihnen dürfte doch bereits aufgefallen sein, dass ich einen Mund habe.«

»Und einen besonders hübschen noch dazu. Es gibt Dinge, die man nicht übersehen kann, Señorita.«

»Tanzen Sie, Hauptmann! Nehmen Sie meine Tochter und bringen Sie sie mir bitte erst in dreißig Jahren wieder zurück.«

»Passen Sie auf, ich nehme Sie beim Wort …«

Alle brachen in heiteres Gelächter aus, und Vicente bat auf den eindringlichen Blick des Unternehmers hin Pilar zum Tanz, was ihm sogleich gewährt wurde.

Die Sängerin zog sich für eine Pause zurück, woraufhin einer der Musiker die Violine einem Kollegen übergab und ans Mikrofon trat. Dann verkündete er, das nächste Stück, ein Tango, werde zu Ehren Carlos Gardels gespielt, der vor Kurzem bei einem Flugzeugunglück ums Leben gekommen war.

Goyo und Blanca sahen sich einige Sekunden lang in die Augen, bis er ihr eine Hand auf die Hüfte legte, sie entschlossen zu sich heranzog und ihre Taille umfasste.

»Beim Militär also …«, meinte sie.

»Von irgendetwas muss ich schließlich leben.«

»Dann sind Sie also nicht aus Überzeugung Soldat?«

»Aus Überzeugung, aus Berufung, vom Schicksal bestimmt, weil ich seit meiner Geburt nie etwas anderes werden wollte. Meine Worte waren nur eine Reaktion auf Ihren Tonfall. Ich fürchtete nämlich, die Wahrheit könne Ihnen missfallen, aber es war Blödsinn. Ich bin vor allem anderen Soldat, und das sollten Sie von Anfang an wissen, Blanca.«

»Warum?«

»Weil ich alles nur Erdenkliche unternehmen werde, damit Sie mich heiraten. Deshalb sollte einiges gleich klargestellt werden.«

Blanca legte den Kopf in den Nacken und lachte schallend.

»Sie sind ja von der ganz schnellen Truppe, Gregorio!«

»Goyo, für Sie.«

»Wir haben uns doch gerade erst kennengelernt …«

»Ihre wundervollen Augen haben sich schon bei meiner Geburt in meine Seele eingebrannt. Es hat lange gedauert, bis ich sie gefunden habe, das mag sein, ich bin längst kein Säugling mehr. Deshalb darf ich keine Zeit verlieren und das Wagnis eingehen, dass mir jemand zuvorkommt. Sie sind die schönste Frau, die ich in meinem Leben je gesehen habe.«

»Sie Schmeichler!«

»Das lag nicht in meiner Absicht. Ich sage stets die Wahrheit, Blanca, auch daran müssen Sie sich gewöhnen. Haben Sie Lust, ein wenig an die frische Luft zu gehen? Es ist ziemlich heiß hier drinnen.«

Die junge Frau betrachtete den gut aussehenden Hauptmann mit einem misstrauischen Seitenblick und versuchte einzuschätzen, wie weit sie ihm vertrauen konnte. Tatsächlich, es war sehr heiß im Saal. Es wäre sicher angenehm, hinauszugehen und aufs Meer zu blicken. Vielleicht war inzwischen eine leichte Brise aufgekommen. Obwohl sie deutlich spürte, dass er sie küssen wollte, war er doch offenkundig ein Mann von Ehre und würde nichts wagen, was sie ihm nicht erlaubte. Schließlich durfte man auf einem Fest der Kommandantur nicht zu weit gehen, zumal ihr Vater anwesend war. Daher senkte sie den Blick, was nie ohne Wirkung blieb, nickte leicht, und kurz darauf traten sie hinaus auf die Terrasse. Dort hielten sich bereits viele andere Paare auf, die den gleichen Gedanken wie sie gehabt zu haben schienen. Es war einigermaßen hell, allerdings gab es mehrere Stellen, die im Schatten lagen oder kaum von den angemalten Glühbirnen beleuchtet wurden. Der Mond spiegelte sich glitzernd im ruhigen Wasser und zauberte einen silbern glänzenden Pfad auf das Meer. Die Segelboote schaukelten leicht, der Zigarettenrauch verschleierte die Sterne, und von überallher waren das Klicken von Feuerzeugen, unterdrücktes Lachen und vertraulich geflüsterte Gespräche zu hören.

Goyo und Blanca gingen einige Meter schweigend über den Bootssteg, um dem Trubel zu entfliehen. Dann zog er ein silbernes Zigarettenetui hervor, in dem sich sechs makellos geformte Zigaretten befanden, und bot ihr in aller Natürlichkeit eine davon an. Blanca biss sich auf die Lippen, um ihre Freude zu verbergen, dass er sie wie eine erwachsene, weltgewandte Frau behandelte. Goyo zündete ihre Zigarette mit seinem Feuerzeug an, nahm sich dann selbst eine, und beide inhalierten tief, während sie ihre Blicke auf den Mond richteten. Blanca hätte brennend gern erfahren, wie lange er in Valencia zu bleiben gedachte. Allerdings wollte sie das Risiko nicht eingehen, diesen wunderbaren Mann danach zu fragen, damit er sie nicht für schamlos hielt. Wie heftig sie sich doch manchmal ärgerte, eine Frau zu sein und nichts tun zu können, sondern darauf warten zu müssen, dass die Männer die Initiative ergriffen!

»Ich werde nur noch wenige Tage in Valencia bleiben«, begann Goyo endlich. Gott sei Dank!, dachte Blanca. Der Hauptmann hatte ihre unausgesprochene Frage sofort beantwortet. »Wäre es allzu aufdringlich, Sie gleich für morgen um ein Wiedersehen zu bitten? Oder für übermorgen?«

»Übermorgen hat meine Cousine Amparo Geburtstag. Sie hat zahlreiche Freunde eingeladen. Möchten Sie vielleicht dazukommen?«

»Sehr gern. Aber ich meinte ein Treffen unter vier Augen.«

»Nur wir beide?«

»Ohne jegliche schlechte Absicht, Blanca. Es ist nur so, dass mir wenig Zeit bleibt, und ich würde Sie gern näher kennenlernen, mit Ihnen über alles Mögliche reden … Und auf einer Geburtstagsfeier … Es ist nicht das Gleiche.«

»Ja, da haben Sie recht.«

»Also?«

»Wir könnten morgen am frühen Abend in den Jardínes de Viveros spazieren gehen. Das ist eine wunderschöne Parkanlage, wo es niemals zu heiß wird, und wir könnten eine Mandelmilch trinken.« Obwohl sie sich inständig ein Wiedersehen wünschte, bemühte sich Blanca, ihren Worten einen möglichst leichten Klang zu verleihen. So als mache sie ihm einen Vorschlag wie zahllosen anderen Verehrern zuvor.

»Ich hole Sie zu Hause ab, Sie müssen mir nur sagen, wann ich dort sein soll.«

»So gegen sieben?«

»Ich werde auf die Minute pünktlich sein.« Er lächelte und sah ihr tief in die Augen. »Und da Sie gerade in der Stimmung zu sein scheinen, mir entgegenzukommen … Dürfte ich um einen weiteren Gefallen bitten?«

»Kommt darauf an.«

»Dürfte ich Ihnen aus der Ferne schreiben?«

»Kehren Sie nach Marokko zurück?«

»Zunächst ja, wobei ich möglicherweise bald an einen anderen Einsatzort versetzt werde. Wenn Sie mir erlauben, Ihnen zu schreiben, würden Sie mich sehr glücklich machen, Blanca.«

»Gut«, entgegnete sie nach einer Weile. »Allerdings weiß ich nicht, ob ich Ihnen antworten werde. Schließlich bin ich es nicht gewohnt. Ich schreibe eher selten Briefe und weiß nie, was ich darin berichten soll.«

»Wenn Sie mir nur erlauben, Ihnen zu schreiben, werden Sie schon sehen, dass alles andere von allein kommt.«

»Schreiben Sie gut?«

»Ich rühme mich eines gewissen Talents mit Feder und Tinte.«

»Sie reden wie ein altes Buch.«

Goyo lächelte, sagte jedoch nichts dazu. Er nahm sie sanft am Arm und führte sie am Ellbogen zurück in den Tanzsaal. Dabei berührten seine Finger ganz leicht ihre Haut.

»Für einen Kuss von Ihnen würde ich alles tun, Blanca«, sagte er, ohne sie anzusehen, während sie im Gleichschritt die Freitreppe hinaufstiegen.

Zum ersten Mal in ihrem Leben wusste Blanca nicht, was sie sagen sollte. Und so ging sie einfach weiter und tat, als hätte sie seine Worte nicht gehört.

»Sehen Sie nur!«, rief er, hielt inne und wies zum Himmel hinauf. »Eine Sternschnuppe!«

Beide blickten auf die funkelnde Spur am nächtlichen Himmel.

»Haben Sie sich etwas gewünscht?«, fragte er.

»Ja. Und Sie?«

»Ich auch.«

Sie gingen noch einige Schritte, bis sie unter einer Palme stehen blieben, deren Wedel über ihren Köpfen einen rauschenden Schirm bildeten. Blanca stellte sich auf die Zehenspitzen und näherte sich Goyos Lippen. Etwas mehr als ein keuscher Kuss. Etwas weniger als ein Kuss voller Leidenschaft.

»Haben Sie sich das von der Sternschnuppe gewünscht?«, flüsterte sie, während sie ihm im Halbdunkel in die Augen sah. Er umschlang sie mit den Armen, hielt sie fest und küsste sie, wie sie es sich den ganzen Abend über gewünscht hatte. Jedoch nur einmal.

»Gehen wir hinein, Blanca!«, sagte Goyo, während er tief einatmete. »Man wird schon nach uns suchen.«

Im Saal hatte sich die Stimmung aufgeheizt, die Wangen waren gerötet, die Augen glänzten vom Tanz und vom Alkohol. Kaum hatten die beiden den Raum betreten, stand Vicente Sanchís auch schon neben ihnen, gemeinsam mit Pilar, mit der er die ganze Zeit über getanzt zu haben schien.

»Wo habt ihr Schelme gesteckt?«

»Wir waren ein wenig an der frischen Luft.«

Sie tanzten noch eine Weile, und die Herren wechselten ein paarmal die Partnerin, bis sie beschlossen, sich hinzusetzen und sich auszuruhen. Ein Kellner stellte eine Champagnerflasche auf den Tisch, die bestellt worden war, nachdem die beiden Herren sich mit einem Blick darauf verständigt hatten, jeder die Hälfte zu zahlen. Vicente schenkte ein.

»Wie lange werden Sie noch in Valencia bleiben, Hauptmann?«, fragte Pilar, an Goyo gewandt.

»Leider nur noch sehr kurz. Schon am Mittwoch muss ich zurück nach Tetuán.«

»Dort soll es sehr schön sein, wenn es auch furchtbar weit entfernt ist.«

»Ja, sehr weit«, bestätigte Goyo mit einem Blick auf Blanca, die ihm gegenübersaß. »Aber Ihre Schwester erlaubt mir, ihr zu schreiben, sodass die Zeit mir nicht allzu lang vorkommen wird.«

»Oh, hegen Sie bloß keine allzu großen Erwartungen! Meine Schwester hat zahllose Verehrer und erhält viele Briefe, antwortet jedoch nie. Ich mag gar nicht daran denken, dass Sie zu viele Hoffnungen an diesen verrückten Kopf verschwenden könnten.« Pilar stieß Blanca leicht in die Seite, als sie neben ihr Platz nahm. Goyo lächelte nur.

Später traten sie zusammen auf die Terrasse hinaus, um sich das Feuerwerk anzusehen. Eine Stunde später kam Don Mariano auf seine Töchter zu und teilte ihnen mit, dass er den Wagen bestellt habe. Er meinte, es sei genau der richtige Zeitpunkt, um nach Hause zu fahren.

»Papaaa …«, beschwerte sich Blanca. »Es ist doch noch viel zu früh!«

»Für mich nicht. Und eure Mutter macht sich bestimmt schon Sorgen.«

»Unsere Mutter schläft sicher längst tief und fest.«

»Ist Ihre Frau etwa krank?«, erkundigte sich Vicente voller Anteilnahme.

»Nein, mein Junge, nichts Ernstes. Einer jener schrecklichen Migräneanfälle, die sie manchmal heimsuchen. Kommt, meine Prinzessinnen, auf nach Hause!«

Die Mädchen seufzten, nahmen die Aufforderung ihres Vaters jedoch widerspruchslos hin. Dieses Verhalten gefiel Goyo, schloss er doch daraus, dass sie in ihrer Erziehung gelernt hatten, wer den Ton angab und wann es zu gehorchen galt.

Mit festem Händedruck verabschiedete sich Don Mariano von den beiden jungen Herren.

»Sie wissen ja, Hauptmann Guerrero, dass ich Ihnen gern zur Verfügung stehe.«

»Kommen Sie doch morgen, um mit uns zu essen«, schlug Pilar vor und wich dem Blick ihres Vaters tunlichst aus. Sie fürchtete, der Vorschlag könne ihm missfallen. Doch nachdem die Einladung einmal ausgesprochen war, wäre es äußerst geschmacklos gewesen, sie wieder zurückzunehmen. »So gegen zwei Uhr.«

»Es wäre mir eine Ehre«, stimmte Gregorio sofort zu. »Haben Sie vielen Dank!«

»Mit größtem Vergnügen, Don Mariano«, fügte Vicente hinzu. »Aber wäre unsere Anwesenheit nicht eine Zumutung, wenn Doña Carmen sich nicht wohlfühlt …?«

»Machen Sie sich keine Sorgen! Encarnita vollbringt wahre Wunder in der Küche, und ich selbst gehe ihr zur Hand. Nun ja, Blanca und ich. Mama muss keinen Handschlag tun, und es freut sie immer, neue Gäste kennenzulernen. Dann ist es fast so, als wäre sie heute Abend dabei gewesen.«

Die beiden Offiziere verabschiedeten sich von den jungen Damen mit einem Handkuss. Goyo verbeugte sich leicht Blanca gegenüber und warf ihr von unten herauf durch seine dichten Wimpern einen Blick zu, bei dem ihr eine Gänsehaut über den ganzen Körper lief. Die Worte ihrer Schwester trafen zu – Blanca hatte schon immer zahlreiche Verehrer gehabt, doch dieser Mann war anders, vollkommen anders.

Die beiden Töchter hakten sich, jede auf einer Seite, bei Don Mariano unter, und als die drei durch die Tür gegangen und verschwunden waren, traten die beiden jungen Herren an die Bar und bestellten zwei Gläser Cognac.

»Also gefällt sie dir, die kleine Blanca …«, meinte Vicente.

»O ja, sehr. Und du? Wie war es mit Pilar?«

»Ich hatte vorher noch nie Gelegenheit, mich mit ihr zu unterhalten, obwohl ich sie schon lange kenne. Ehrlich gesagt haben wir uns sehr gut verstanden. Sie ist wesentlich zurückhaltender und freundlicher als ihre Schwester.«

»Findest du?«

»Eine Frau wie Blanca wäre nichts für mich. Sie ist so modern und sagt stets ihre Meinung. Hat sie dir erzählt, dass sie sogar Auto fährt?«

»Oh, tatsächlich?«

»Sie reitet, fährt Fahrrad und lässt sich keine Vernissage und keine Theaterpremiere entgehen. Sie besucht sogar die gewagten Stücke dieses Lorca, der derzeit in aller Munde ist. Da ziehe ich einen anderen Typ vor. Eine Frau, die weiß, wo ihr Platz ist und ihrem Ehemann nicht überlegen sein will.«

»Jedem das Seine«, beendete Goyo das Thema.

»Kannst du dir vorstellen, dass wir bald Schwäger sein könnten? Don Mariano wird seinen Töchtern eine ansehnliche Mitgift mitgeben. Meine Eltern hätten sicher nichts dagegen, mit der Familie Santacruz verwandtschaftlich verbunden zu sein.«

»Mach dir keine allzu großen Hoffnungen, Vicente! Du weißt doch, wie die Dinge stehen«, widersprach Goyo mit gesenkter Stimme. »Es ist gut möglich, dass die Zeit der Hochzeiten und Tanzabende bald Vergangenheit ist.«

»Gibt es Neuigkeiten?«

»Ich weiß so einiges, aber dies ist weder der Ort noch die rechte Zeit, um darüber zu reden. Ich muss dir einiges erzählen. Aber erst, wenn wir unter uns sind.«

»Später, zu Hause.«

Sie leerten ihre Gläser mit einem Zug, verabschiedeten sich vom Gastgeber, und als sie den Saal verließen, drehten sich ihre Gedanken nicht mehr um die Santacruz-Schwestern, sondern darum, dass Kommandant Tejada sie für den folgenden Abend zu einem Treffen gebeten hatte, das als brüderliche Zusammenkunft unter Offizieren verschiedener Waffengattungen getarnt war.

Wie es aussah, waren die Dinge bereits ins Rollen geraten.

4. Kapitel

Madrid. Gegenwart

»Du ahnst nicht, wie sehr ich mich freue, dass du mitgekommen bist, Helena.«

»Warum?«

»Den ganzen Abend über wollte ich mich mit dir unterhalten, aber du warst ständig von anderen belagert. Ich fand keine Gelegenheit dazu. Und nachdem ich eigentlich nicht einmal zur Familie gehöre …«

Helena wandte sich kurz dem jungen Mann am Steuer zu und richtete den Blick dann gleich wieder nach vorn. In letzter Zeit schmerzte ihr der Nacken, wenn sie den Kopf zu weit in die eine oder andere Richtung drehte.

»Nun ja … das mit der familiären Bindung sieht man heute längst nicht mehr so streng wie früher.«

»Ich bin nur der Sohn aus Saras erster Ehe, die inzwischen mit deinem Sohn verheiratet ist«, präzisierte Marc den Sachverhalt.

»Eben. Saras Sohn. Álvaros Stiefsohn. Als ich dich das letzte Mal traf, warst du, glaube ich, etwa zehn Jahre alt.«

»Elf. Das war, als wir nach Australien reisten, um dich zu besuchen, kurz nachdem meine Mutter Álvaro geheiratet hatte. Inzwischen bin ich fast dreiundzwanzig, genau wie Almudena.«

»Wie ich merke, hast du ein hervorragendes Gedächtnis.«

»Wahrscheinlich weil dein Haus mich so beeindruckt hat, genauso wie dein Atelier. Damals habe ich beschlossen, einmal Maler zu werden wie du.«

»Ach ja? Tatsächlich?«

Helena hätte lieber ein Taxi genommen, um sich nicht unterhalten zu müssen. Allerdings waren der Vorabend und der Sonntag wesentlich angenehmer gewesen als erwartet. Sie hatte sogar die Gelegenheit zu einer ausgiebigen Siesta bekommen, und alle hatten es ihr so bequem wie möglich gemacht. Trotzdem freute sie sich darauf, endlich wieder allein zu sein und nicht länger die Gesellschaft ihrer Familie ertragen zu müssen. Marcs Vorschlag, sie nach Madrid zu fahren, hatte sie dennoch angenommen. Das lag daran, dass sie nie Nein sagen konnte, wenn ein gut aussehender junger Mann mit einem schnellen Auto ihr seine Chauffeurdienste anbot. So dumm das auch war, es hatte ihr stets geschmeichelt. Und Marc war verdammt gut aussehend.

»Und ich habe den Beschluss von damals niemals aufgegeben, weißt du?«, vertiefte Marc das Thema, als er gemerkt hatte, dass sie nichts mehr hinzufügen wollte. »Ich wurde an der Kunstakademie aufgenommen und studiere dort. Aber wenn du die Wahrheit hören willst – ehrlich gesagt geht mir dieser ganze Konventionalismus gewaltig auf den Geist. Die wirklich großen Künstler sind nie an der Kunstakademie gewesen oder haben sich sogar bewusst dagegen entschieden, manche mitten im Studium. Ich überlege, die Ausbildung abzubrechen. Für meine Vorhaben brauche ich niemanden, der mir zeigt, wie es geht. Du hast nie studiert, oder?«

»Doch. Natürlich habe ich studiert!«, widersprach Helena entschieden. »In den USA. Eine akademische Ausbildung ist keine Erfolgsgarantie, aber zumindest erfährst du alles über die verschiedenen Techniken. Sieh mal, Marc, es ist ganz einfach! Zuerst musst du zeigen, dass du fähig bist, so zu malen wie Velázquez, und dann kannst du tun und lassen, was du willst.«

Aus den Augenwinkeln nahm sie wahr, dass Marc die Lippen zusammenpresste. Offensichtlich widersprachen ihre Worte seinen Erwartungen.

»Hör mal!«, sagte der junge Mann, als sei er gerade erst auf den Gedanken gekommen, nachdem sie einige Kilometer gefahren waren und sich beide darauf beschränkt hatten, der Musik aus den Siebzigerjahren im Radio zuzuhören. »Könnte ich dir mal meine Arbeiten zeigen? Deine Meinung wäre mir sehr wichtig und würde mir sicher weiterhelfen.«

Sie seufzte. Schließlich hatte sie nicht das geringste Interesse an einer Auseinandersetzung mit Saras Sohn, um damit der schlechten Stimmung Vorschub zu leisten, die sich erwartungsgemäß früher oder später innerhalb der Familie einstellen würde. Aber sie log niemals, wenn sie um ihr professionelles Urteil gebeten wurde, und irgendwie hatte sie das Gefühl, dass Marcs Bilder ihr nicht gefallen würden. Daher zog sie es vor, die Angelegenheit auf die lange Bank zu schieben, um einem möglichen Streit aus dem Weg zu gehen. Aus den Erfahrungen in ähnlichen Situationen hatte sie gelernt, dass niemand – und vor allem kein Anfänger – es mochte, wenn ein älterer Künstler ihn auf die Fehler hinwies, die er machte.

»Natürlich, Junge. Irgendwann in den nächsten Tagen … Nach der Hochzeit«, antwortete sie so unverbindlich und behutsam wie möglich.

»Und wenn wir jetzt gleich mal vorbeischauen? Ich wohne nicht weit vom Stadtzentrum. Tatsächlich liegt es fast auf dem Weg.«

»Es ist halb zwölf. Also mitten in der Nacht, junger Mann. Du willst doch nicht, dass ich mir deine Bilder im Dunkeln ansehe …«

»Mein Atelier ist mit elektrischem Licht ausgestattet. Das ist der Vorteil, wenn man aus einer gutbürgerlichen Familie stammt.« Mit seinem strahlenden Lächeln sah er aus wie ein unartiger, aber gutherziger Junge, der es faustdick hinter den Ohren hatte. Sie musste zugeben, dass dieses Lächeln seine Wirkung nicht verfehlte. »Komm! Ich bringe dich hin. Dann kannst du dir gleich mal ansehen, wie ich lebe. Ich mache dir einen Whisky, und du sagt mir deine Meinung.«

Helena lauschte in sich hinein, um herauszufinden, ob sie das noch durchhalten würde. Seit ihrer Ankunft in Spanien waren etwas mehr als vierundzwanzig Stunden vergangen, und sie konnte nicht sagen, wann ihr Organismus nach einer dringenden Ruhepause verlangen würde. Aber vor diesem Rotzlümmel wollte sie auch nicht zugeben, dass sie nicht mehr konnte, und tatsächlich fühlte sie sich in diesem Moment durchaus fit. Für ihren Körper war es angesichts der Zeitumstellung eher zwölf Uhr mittags als Mitternacht. Und ein Whisky täte ihr vor dem Zubettgehen durchaus gut.

»Dann bring mich bitte zuerst in ein Lokal, wo wir ein Glas trinken können. Wenn es dort Musik gibt, umso besser. Dann tanzen wir ein bisschen, und danach werfe ich einen Blick auf deine großartigen Werke. Es wäre besser, wenn sie wirklich gut sind, denn in professioneller Hinsicht sage ich immer, was ich denke. Anschließend bringst du mich nach Hause. Abgemacht?«

Marcs Antwort war ein heftiger Tritt auf das Gaspedal.

»Du bist unglaublich, Schätzchen!«

Helena wusste nicht, ob die überschwängliche Bezeichnung ihrer familiären Beziehung geschuldet war oder ob er sie für so jung geblieben hielt, dass er sie wie eine Frau seines Alters behandelte. Deshalb beschränkte sie sich darauf, zu lächeln und den Blick in die Ferne zu richten, auf die am südlichen Horizont auftauchenden Lichter Madrids.

Im Chalet in San Sebastián de los Reyes hatte Álvaro sich gerade einen Whisky mit Eis eingeschenkt und sah über den Rand des Glases hinweg zu seiner Frau hinüber, die den Blick zurückgab, ohne zu wissen, was sie davon halten sollte.

»Die Wette hast du verloren, mein Schatz«, sagte er mit triumphierendem Lächeln. »Ich werde mich also mit dem Gedanken beschäftigen, in welches Restaurant du mich einladen darfst. Insgesamt ist das Ganze doch gut gelaufen, und meine Mutter war sogar bereit, sich von deinem Sohn nach Madrid chauffieren zu lassen. Marc ist nicht dumm und überredet sie bestimmt, einen Blick auf seine Bilder zu werfen und … Wer weiß, vielleicht haben wir noch ein Genie in der Familie.«

»Deine Mutter ist wirklich unglaublich. Wie alt ist sie inzwischen? Siebzig?«

»Achtundsechzig. Aber tatsächlich hat sie sich überaus gut gehalten. Das muss an ihrem unmöglichen Benehmen liegen …«

Sara ging zu ihm hinüber und gab ihm einen Kuss aufs Ohr.

»Na ja, sie hat sich doch ganz gut benommen.«

»Abgesehen von den Unverschämtheiten, die sie meinem Vater während des Essens um die Ohren gehauen hat.«

Sara lachte.

»Das hat er sich absolut verdient. Iñigo ist und bleibt ein unverbesserlicher Macho. Über vierzig Jahre ist es her, dass er mit ihr verheiratet war, und für wie lange? Zwei Jahre oder drei? Gerade lange genug, damit du geboren werden konntest, und noch ein bisschen länger. Sie hat ihn verlassen, und seitdem haben sie sich nur wenige Male gesehen. Dennoch spricht er mit ihr, als wüsste er alles über sie und hätte noch immer ein Recht, ihr vorzuschreiben, was sie zu tun und zu lassen hat. Ich finde es vollkommen normal, dass sie ihm den Kopf zurechtgerückt hat. Ehrlich gesagt war sie mir noch nie so sympathisch wie diesmal.«

»Holla, das freut mich! Dann hat sich wenigstens einer von uns beiden wohlgefühlt.«

»Aber, Liebling, was hast du nur immer mit deiner Mutter? Schließlich wolltest du doch, dass sie kommt.«

Sie gingen zusammen hinaus in den Garten, setzten sich auf die Hollywoodschaukel und betrachteten das glitzernde Spiegelbild, das die Laternen auf das ruhige Wasser des Swimmingpools warfen. Álvaro nahm die Hand seiner Frau, während er mit der anderen die Eiswürfel in seinem Whiskyglas zum Klirren brachte.

»Es ist nur so, dass ich mir immer inständig eine Mutter gewünscht habe. Als Kind habe ich mich so sehr nach ihr gesehnt! Als mein Vater sich schließlich zu einer zweiten Heirat entschloss, war ich schon fast fünfzehn Jahre alt. Und obwohl ich Mayte immer mochte, war ich damals über das Alter hinaus, in dem sich ein Kind an eine neue Mutter gewöhnt. Also musste ich mich mit der zufriedengeben, die ich hatte und die nicht da war. Nach der Scheidung wurde mein Vater allerdings ein wenig nachsichtiger. Vom elften Lebensjahr an durfte ich sie hin und wieder besuchen – in Santa Pola, im Haus der Großeltern. Ach, das habe ich dir doch schon tausendmal erzählt!«

»Gut … und nun ist sie hier. Genieß das Wiedersehen!«

»Es ist nur so, dass … jedes Mal, wenn ich sie sehe … Ich weiß nicht … Natürlich hat sie ihre guten Seiten, aber … Wie soll ich es dir erklären? Sie ist eben nicht so, wie ich sie mir vorstelle, wenn ich weiß, dass sie kommt und ich mich auf sie freue. Keine Ahnung, was mit mir los ist.«

»Du wünschst dir, dass sie wie eine richtige Mutter für dich ist. Aber so ist sie einfach nicht«, fasste Sara die Situation zusammen.

»Ja. Vermutlich liegst du richtig«, gestand Álvaro ein.

»Genau wie sie für Almudena keine richtige Großmutter ist.«

»Natürlich nicht. Aber augenscheinlich freut sie sich, dass Helena zu ihrer Hochzeit extra aus Australien angereist ist.«

»Nun ja, wie man es nimmt ... Da ist ja auch noch die Sache mit der Retrospektive. Und außerdem liegt wohl einer ihrer Freunde hier in Madrid in einer Klinik, den sie besuchen möchte.«

»Davon hat sie mir nichts erzählt.«

»Sie erwähnte es Almudena gegenüber, als sie nach einem passenden Zeitpunkt suchten, um zu Paloma zu gehen.«

»Zu welcher Paloma?«

»Zu Paloma Contreras natürlich, der Modedesignerin.«

»Ihr Frauen seid wirklich komisch! Die Geschäfte hängen voller Kleider, aber ihr müsst euch eins anfertigen lassen, als wärt ihr irgendwie verwachsen.«

»Gibt es da nicht auch einen Mann, der schon seit Jahren maßgeschneiderte Anzüge trägt?«

Álvaro lachte leise.

»*Touché*. Aber wenn es mich und einige andere nicht gäbe, würde der Mann am Hungertuch nagen. Dabei ist er ein Künstler ...«

»Schon klar. So wie mein Sohn. Warum, verdammt noch mal, macht er nicht endlich sein Wirtschaftsstudium fertig, statt sich mit diesem Kunstquatsch zu beschäftigen?«

»Weißt du, dass meine Mutter früher mal Wirtschaftswissenschaften studiert hat?«

»Im Ernst?«

Álvaro nickte, leerte sein Glas und stellte es auf dem Rasen ab.

»Zu der Zeit hatte sie vor, in das Modeunternehmen ihrer Schwester und ihres Schwagers einzusteigen. Aber dann ist die Sache mit Tante Alicia passiert, und das Ganze hat sich erledigt.«

»Das arme Mädchen! Sie war noch so jung.«

»Ich glaube, sie war siebenundzwanzig oder achtundzwanzig. Meine Mutter war damals zweiundzwanzig, etwa so alt wie Almudena heute. Es geschah am zwanzigsten Juli neunzehnhundertneunundsechzig. Während Neil Armstrong die Raumfähre verließ und über den Mond spazierte, hat irgendein mieser Kerl in Rabat meine Tante vergewaltigt und getötet.«

»Du hast mir nie erzählt, was damals tatsächlich passiert ist.«

Für eine Weile herrschte Schweigen. Nur das sanfte Murmeln der Äste in den Baumkronen war zu hören, die sich in der am Boden kaum spürbaren leichten Brise hin und her bewegten.

»Ich habe es nie erfahren. Es ist vor meiner Geburt passiert. Auch mein Vater wusste nichts darüber. Meine Mutter war fort. Und meine Großeltern, die sicher etwas hätten erzählen können, wollten mit mir als Kind nicht darüber sprechen. Logisch, keine Frage. Und dann … verlor Großmutter Blanca den Verstand, und Großvater Goyo jagte sich eine Kugel in den Kopf. Ende der Geschichte.«

»Willst du denn nicht gern Näheres wissen?«

Álvaro fuhr sich mit beiden Händen durchs Haar.

»Doch. Manchmal schon.«

»Dann frag doch deine Mutter danach! Ich bin auch neugierig, mehr darüber zu erfahren.«

»Komm, lass uns zu Bett gehen! Das Wochenende war äußerst anstrengend. Dabei will ich gar nicht daran denken, was uns in zwei Wochen bevorsteht, wenn unser Mädchen heiratet.«

»Auch du hast mal geheiratet, und es war gar nicht so schlimm«, neckte Sara ihn, während sie die Kerzen in den Laternen rings um den Pool löschte.

»Weil ich heiraten musste, wie es damals hieß. Du weißt doch – Susana wurde schwanger, und ich hatte keine Wahl. Die Sache war schnell erledigt. Wir haben an einem Samstagmorgen geheiratet, sind danach im Reitklub essen gegangen, und das war's.«

»Jetzt mach mal halblang! Im Jahr neunzehnhundertdreiundneunzig, als Almudena geboren wurde, musste niemand mehr heiraten, wenn er es nicht wollte.«

»In meiner Familie schon.«

»Abgesehen davon, dass ich von unserer Hochzeit gesprochen habe, deiner und meiner«, sagte Sara leicht gekränkt.

»Ja, das war schön und auch nicht mit solchem Brimborium verbunden. Jetzt muss ich aber wirklich ins Bett. Ich bin völlig erledigt.«

»Geh schon nach oben! Ich schließe noch ab.«

Álvaro verschwand im Haus, während Sara wie jeden Abend durch den Garten ging und sich versicherte, dass alles gut abgeschlossen war. Dabei dachte sie, dass nach der Hochzeit alles viel einfacher würde. Dann wäre Almudena endgültig aus dem Haus und würde mit ihrem Mann zusammenleben, während Helena nach Australien zurückkehrte.

Als sie um zwei Uhr nachts schließlich Marcs Wohnung betraten, war Helena nach den drei Whiskys, die sie hintereinander getrunken hatte, schon ziemlich angeschlagen. In der Bar, die sie besucht hatten, war es extrem heiß gewesen, und sie hatten fast ununterbrochen getanzt. Einerseits hatte sie seit einer Ewigkeit nicht mehr getanzt und wollte die Gelegenheit nutzen, als ob es kein Morgen mehr gäbe. Andererseits ersparten ihr das Tanzen und Trinken die Mühe, sich an einem Ort unterhalten zu müssen, an dem sie ihren Begleiter kaum verstehen konnte, selbst wenn er schrie. Außerdem – worüber, zum Teufel, sollte sie mit dem Jungen reden außer über familiäre Belange? Und das waren Themen, nach denen ihr nicht der Sinn stand.

Da hatte ihr das Tanzen doch viel besser gefallen. Die Stirn an Marcs Schulter gelehnt, hatte sie sich von der langsamen Musik treiben lassen, die der DJ in der letzten halben Stunde aufgelegt hatte. Zunächst hatte sie sich hinsetzen und von den vielen Sprüngen und Verrenkungen ausruhen wollen. Dann aber hatte ihr der junge Mann wie selbstverständlich einen Arm um die Taille gelegt, und eng aneinandergeschmiegt hatten sie im Stehen beinahe geschlafen wie zwei müde Elefanten, denen es nicht gelingt, endgültig zur Ruhe zu kommen.

Es war ein angenehmes Gefühl gewesen, wieder einmal von einem jungen Mann umarmt zu werden. Es war eine Weile her, dass sie sich dies zuletzt erlaubt hatte. Denn durch Carlos' Einfluss hatte sie sich inzwischen schon recht lange in ihrem gutbürgerlichen Leben einer reifen Frau der Mittelschicht eingerichtet. Und die einzigen Verrücktheiten, die sie, die in ihrem Leben so viele verrückte Dinge getan hatte, sich zugestand, waren die, die sie in ihrem Atelier beging und die sich auf die Verwendung und die Kombination neuer Materialien beschränkten.

Sie lächelte, als sie sich Carlos zusammen mit Marc und ihr an diesem Ort vorstellte. Carlos, der ihr diskret ins Ohr geflüstert hätte: *Findest du nicht, dass es nach der anstrengenden Reise und dem Jetlag an der Zeit ist, sich zurückzuziehen?*

Nein! Die Zeit war gekommen, wenn sie beschloss, dass es so weit war. Keine Minute früher!

Und nun standen sie vor Marcs Atelier, und er öffnete die Tür und trat ein.

»Warte einen Moment, Helena! Ich mache erst Licht an, damit du dir nicht irgendwo den Kopf anschlägst.«

»Aber mach es nicht zu hell! Ich finde die Atmosphäre so sehr angenehm.« Sie wollte ihm gegenüber nicht zugeben, dass sie inzwischen heftige Kopfschmerzen hatte, die im Licht sicher noch schlimmer würden.

Ganz hinten im Raum stand ein Theaterscheinwerfer, den er nun anmachte und der die ganze Wand beleuchtete, an der ein halbes Dutzend Bilder mittlerer Größe zu sehen war. Auf den ersten Blick schienen sie alle von gespenstischen, leicht bekleideten Frauen bevölkert zu sein, die sich dem Auge des Publikums darboten und durch ein Fenster oder eine halb offene Tür zu betrachten waren.

Helena trat langsam näher, um dem leichten Schwindel entgegenzuwirken, der sie durch die Kombination aus Müdigkeit und Alkohol überkommen hatte.

Mit verschränkten Armen und ungeduldig an der Unterlippe nagend, stand Marc wartend neben dem Scheinwerfer.

»Kann ich mich hier irgendwo hinsetzen?«, fragte Helena, nachdem sie sich in dem unordentlichen Zimmer umgesehen hatte, in dem alle Stühle mit Büchern und Papierkram bedeckt waren.

»Hier ans Fußende des Bettes, wenn du möchtest.«

Helena nahm Platz und studierte die Bilder, die sich nun in einer Entfernung von etwa fünf Metern befanden.

»Und?«, drängte Marc. »Was meinst du?«

Sie wandte den Blick von den Gemälden ab und musterte ihn eindringlich und mit gewissem Widerwillen. Widerwillig angesichts des Urteils, das sie nun wie schon unzählige Male zuvor fällen musste.

»Ich meine, dass du ein lausiger Zeichner bist.«

»Ich bin Maler«, verteidigte er sich und trat von einem Fuß auf den anderen.

»Aha. Und daher bist du der Ansicht, dass Zeichnen unter deiner Würde ist.«

Unbehaglich fuhr sich Marc mit der Hand durchs Haar.

»Nein. Wenn es so wäre, würde ich abstrakte Bilder malen. Es ist nur ... ich weiß nicht ... es schien mir nicht so wichtig. Ich suche nach etwas anderem.«

»Was suchst du?«

Helena hörte geradezu, wie er angestrengt über eine Rechtfertigung seiner mangelnden zeichnerischen Fähigkeiten nachdachte, die einigermaßen plausibel und möglichst intellektuell klingen sollte. Es war offensichtlich, dass er sich diese Frage noch nie ernsthaft gestellt hatte.

»Es sind Gespenster ...«, sagte er schließlich, um der Antwort auszuweichen, auf die sie wartete. »Deshalb sind sie ... verschwommen ... verwischt ...«

»Deshalb und weil du nicht in der Lage bist, eine Gestalt zu malen, die gleichzeitig real erscheint und beinahe durchsichtig wirkt.«

Beleidigt hob Marc die Schultern.

»Komm, setz dich zu mir!« Sie klopfte mit der Hand neben sich aufs Bett. »Sieh sie dir noch einmal an! Du hast ihr keine richtigen Augen gegeben. Auf diese Weise musstest du dir nicht die Mühe machen, einen Blick malen zu müssen, stimmt's?«

»Du malst Schatten, um das nicht malen zu müssen, was die Schatten verbergen«, entgegnete Marc gekränkt, fast aggressiv. Sie lachte.

»Ja. Aber alles, was diese Schatten nicht verbergen, ist vorhanden. Und nicht nur das, sondern es ist außerdem hyperrealistisch. Das ist keine Technik, die etwas zu vermeiden sucht.«

Marc spielte mit dem Reißverschluss seiner Sommerjacke.

»Ich bin eben kein Hyperrealist. Jeder hat nun mal seinen eigenen Stil.«

»Das stimmt. Und… außerdem sind sie nicht so schlecht, wie ich befürchtet hatte«, schloss sie mit einem Lächeln.

Er wandte ihr den Blick zu und betrachtete sie wie ein kleiner Junge, dem eine verdiente Strafe erlassen wird und der sein Glück noch nicht recht fassen kann.

»Du musst noch viel lernen, aber so übel sind die Bilder wirklich nicht. Sie haben etwas… ich weiß nicht… etwas Undefinierbares. Du hast ein gewisses Talent.« Helena strich Marc über die Wange, wo bereits wieder leichte Bartstoppeln zu spüren waren.

»Glaubst du… glaubst du, dass sie verkäuflich sind? Du kennst doch alle bedeutenden Galeristen… Denkst du, wir könnten eine Ausstellung auf die Beine stellen?«

Sie sahen sich eindringlich in die Augen, keine zwanzig Zentimeter voneinander entfernt, und Helena hörte nicht auf, mit der Hand Marcs Gesicht zu erkunden, seinen Hals, seine Schultern.

»Ihr Anfänger seid immer so hungrig«, murmelte sie und streichelte ihn weiter. »Niemand will mehr lernen… bevor er an etwas anderes denkt. Verkaufen, verkaufen… das ist das Einzige, worum es euch geht.«

»Es ist doch nichts Schlimmes, von der Kunst leben zu wollen. Schließlich bist du mit deinen Bildern reich geworden«, presste er hervor.

»Ja. Auch ich war hungrig. Ich war schon immer sehr hungrig…«

Helena legte die Hand in den Nacken des jungen Mannes und zog ihn zu sich heran, um ihn gierig zu küssen. Das hatte Marc nicht erwartet, aber nach einigen Sekunden der Unentschlossenheit ging er bereitwillig darauf ein. Sie knöpfte ihm das Hemd auf.

»Was… was machst du da?«, keuchte er erschreckt. Helena lächelte wie eine Wölfin.

»Du bist doch hungrig, oder? Und du hast es eilig… sehr eilig. Komm! Lass uns das Spiel spielen! Was kostet dein Körper?«

Der junge Mann ihr gegenüber schluckte.

»Wirst du mir helfen?«

»Ich könnte es mir vorstellen«, entgegnete sie noch immer mit einem Lächeln auf den Lippen. »Mach den Scheinwerfer aus!«

Marc erhob sich, löschte das Licht, zog Hemd und Jeans aus und küsste sie wieder, bis sie zusammen aufs Bett sanken.

Valencia, 1935

Das Essen schmeckte köstlich, und das Gespräch verlief angenehm und entspannt. Doña Carmen, die Hausherrin, hatte die beiden Offiziere mit ihrer Eleganz und ihrer diskreten Freundlichkeit beeindruckt. Damit nahm sie ihnen jede Anspannung, obwohl die Einladung für sie nicht nur eine Überraschung, sondern auch eine Belastung gewesen sein mochte.

Nach dem Dessert hatten die Herren sich in das Büro des Gastgebers zurückgezogen, um sich einen guten Cognac zu genehmigen und Havannas zu rauchen, während die Damen sich mit Kaffee und Anislikör im kleinen Wohnzimmer niederließen.

»Was hältst du von Vicente, Mama?«, fragte Pilar scheinbar nebenbei.

»Er scheint ein guter Junge zu sein, wobei ich gehört habe, dass er ein wenig versponnen ist … oder es in jüngeren Jahren zumindest war. Heute ist er mir wirklich sehr sympathisch. Er ist Leutnant, oder?«

»Ja. Leutnant.«

»Und der andere junge Mann ist bereits Hauptmann?«

»Das liegt daran, dass er in Marokko stationiert ist, Mama«, mischte sich Blanca ein. »Dort wird ein Offizier für seine Verdienste im Kriegsdienst noch ausgezeichnet.«

»Ja, er macht den Eindruck, sich nichts gefallen zu lassen.« Blanca zog einen Flunsch, woraufhin ihre Mutter das Gesagte rasch genauer erklärte. »Ich will sagen … Ich weiß nicht … dass Vicente mehr wie ein Sohn aus gutem Hause wirkt, während Hauptmann Guerrero … nun, genau das zu sein scheint … ein Krieger, wie sein Name schon sagt. Erwachsener. Reifer … Wie alt ist er?«

»Dreißig.«

»Und noch unverheiratet?«

»Das Leben in der Armee lässt einem Soldaten kaum Zeit, um auf Brautschau zu gehen«, wandte Pilar nachdenklich ein. »Das zumindest sagt Vicente. Und Goyo hat sich die Beförderung zum Hauptmann nicht in Marokko verdient. Die vorangegangenen Auszeichnungen schon, aber die letzte war die Belohnung für seinen Einsatz in Asturien. Dort haben im letzten Jahr die Bergarbeiter gestreikt. Erinnert ihr euch?«

In diesem Moment trat Encarnita mit einem kleinen Silbertablett ins Zimmer, auf dem eine Visitenkarte lag.

»Oh, sieh an!«, rief Doña Carmen. »Wer möchte uns am heutigen Sonntag wohl beehren?«

Blanca sah ihre Schwester in einem Anflug der Verzweiflung hilfesuchend an. Pilar wusste, dass Blanca anschließend mit Goyo spazieren gehen wollte. Wenn sie nun jedoch Besuch erhielten, musste zumindest eine von ihnen zu Hause bleiben, um die Gäste zu unterhalten.

»Es ist die Familie Valls. Sind Solita und Joaquín auch mitgekommen?«, fragte Doña Carmen das Dienstmädchen. Encarnita nickte. »Geht schon vor in den Salon! Ich komme gleich nach. Haben wir noch etwas Gebäck, das wir zum Kaffee servieren können? Mal schauen. Kommt, Mädchen, geht hinaus und begrüßt unsere Gäste!«

Eilig verließ Doña Carmen den Raum, während die Mädchen sich ansahen und auf den richtigen Moment warteten, um ungestört miteinander reden zu können.

»Ich will jetzt gleich mit Goyo in die Viveros gehen«, erklärte Blanca in einem Ton, der keine Widerrede duldete. »Vicente ist immer hier in Valencia, Goyo hingegen reist übermorgen ab.«

»Du weißt sehr gut, dass Joaquín Valls deinetwegen gekommen ist. Und Solita ist todlangweilig. Außerdem habe ich gedacht, dass Vicente und ich euch vielleicht in den Park begleiten könnten.«

»Dann kommt doch nach!«

»Ich halte es für unangemessen, wenn du mit diesem Mann allein unterwegs bist. Letzten Endes ist er für uns noch immer ein Unbekannter.«

»Du hast nur keine Lust, dich um die Valls zu kümmern. Wie wäre es mit folgendem Vorschlag? Diesmal darf ich gehen, und wenn das nächste Mal etwas Langweiliges ansteht, bist du an der Reihe und gehst mit Vicente aus.«

Pilar lächelte.

»Abgemacht.«

»Dann entschuldige mich bitte bei ihnen und sag, dass ich einer Freundin einen Besuch abstatte. Ich verlasse das Haus durch die Dienstbotentür. Könntest du Goyo sagen, dass ich unten auf ihn warte?«

»Unten? Wo? An der Treppe wie die Verehrer der Dienstmädchen?«

»Dann beeilt er sich vielleicht mehr.«

Wenige Minuten später hatten sich alle im Salon versammelt. Auch die Herren aus dem Arbeitszimmer waren herübergekommen, um die Neuankömmlinge zu begrüßen.

»Und deine Schwester?«, fragte Doña Carmen ihre Tochter Pilar.

»Sie musste eilig aus dem Haus. Bei der ganzen Aufregung hat sie vergessen, dass sie bei Margarita einen Krankenbesuch machen wollte.«

»Es ist nicht zu fassen! Oh, und Sie wollen bereits aufbrechen, Hauptmann?«

»Es tut mir sehr leid, aber ich habe keine andere Wahl. Es war mir eine Ehre und eine große Freude, bei Ihnen zu Gast sein zu dürfen. Bitte richten Sie Ihrer Tochter beste Grüße von mir aus. Vielen Dank für alles, Don Mariano!«

Lächelnd und mit einem Händedruck verabschiedete sich Goyo von jedem der Anwesenden und nahm seine Mütze von Encarnita entgegen. Eine halbe Minute später hatte er bereits das Haus umrundet, um am Fuß der Dienstbotentreppe auf Blanca zu treffen. Mit schelmischem Lächeln und glänzenden Augen unter ihrem Strohhut erwartete sie ihn.

»Zeigst du mir nun die berühmten Parkanlagen Los Viveros?«

Lachend schüttelte sie den Kopf.

»Besser. Ich führe dich zum Jardín de Monforte. Der Weg dorthin ist auch nicht länger, aber so können uns Pilar und Vicente nach dem Besuch der Familie Valls nicht finden. Aber sag niemandem etwas davon!«, fügte sie hinzu und legte einen Finger an die Lippen.

»Ich bin darin geübt, Geheimnisse für mich zu behalten.«

Während sie über den schattigen Gehsteig schlenderten, wandte Blanca sich hin und wieder um und vergewisserte sich, dass ihnen niemand folgte. Goyo fand, dass seine Worte durchaus der Wahrheit entsprachen, wenn sie in diesem Zusammenhang auch eher spaßig gemeint waren. Er war tatsächlich darin geübt, Geheimnisse für sich zu behalten. In den letzten Monaten war er nämlich wesentlich häufiger auf Reisen gewesen, als sein Stützpunkt in Marokko es erahnen ließ. Francisco Franco war bei der erfolgreichen Landung von Alhucemas sein Kommandant gewesen und inzwischen zu einem guten Waffenkameraden sowie zu dem Mann geworden, den er am meisten bewunderte. Und Franco hatte ihn gebeten, als Verbindungsmann gewisse vertrauliche Botschaften zu überbringen, die weder über Telefon noch telegrafisch oder gar mit der Post weitergegeben werden sollten.

Dabei hatte Goyo oft lügen und vieles verschweigen müssen und sich manchmal sogar am Rand der Illegalität bewegt. Allerdings in dem Bewusstsein, auf die Unterstützung des jüngsten Generals Europas zählen zu können, jenes Mannes, der die furchtbare Lage möglicherweise beenden konnte, in der sich ihr Vaterland befand, das von Gesindel aus Moskau nach und nach zersetzt wurde.

Goyo hegte die Hoffnung, dass sich die Gelegenheit schon bald bieten würde. José Sanjurjo war des Wartens müde, und Emilio Molas Pläne lagen bereits fertig vor. Sie mussten sich nur noch der Hilfe einiger anderer Generäle versichern, besonders der Francos, ohne den die Verschwörung platzen würde, wie es bereits 1932 geschehen war. Bisher hatte dieser sein Einverständnis jedoch nicht gegeben. Er hielt die Situation noch nicht für reif, war der Meinung, der richtige Augenblick sei noch nicht gekommen. Und sicherlich hatte er recht, aber die Ereignisse brachten das Blut jedes Patrioten in Wallung, und das Abwarten fiel immer schwerer.

Goyo hatte Franco sagen hören, dass die Angelegenheit sich auf die Schnelle nicht klären lasse, dass viel Zeit vergehen und viel Blut fließen werde, was ihn persönlich jedoch nicht abschreckte. Der Kampf würde sich allemal lohnen, wenn das Blutvergießen und das heldenhafte Opfer, das ein Krieg forderte, zu einem würdigen Leben in Frieden und mit ausreichend Arbeit führen würden – ohne die Bomben der Anarchisten, ohne von Kommunisten und Sozialisten niedergebrannte Kirchen, ohne Vergewaltigungen von Nonnen und anständigen Frauen.

Das Dumme war nur, dass er Blanca zu einem Zeitpunkt kennengelernt hatte, da er nicht so frei wie gewünscht über seine Zeit verfügen konnte. Wenn Franco seine Entscheidung allerdings noch etwas hinauszögerte, blieben ihnen möglicherweise doch einige Monate, vielleicht sogar ein Jahr. Zumal es ihm sicher gelingen würde, sie und ihre Familie von einem bevorstehenden Krieg zu überzeugen. Und in diesem Fall wäre es für eine Frau besser, mit einem Militärangehörigen verheiratet als nur verlobt zu sein.

Nun jedoch musste er diese Gedanken für eine Weile hintanstellen und sich mit allen Sinnen darauf konzentrieren, Blanca zu gefallen, um seine Pläne in die richtige Richtung zu lenken. Und die glücklichen Momente genießen, bevor die Umstände hässlich wurden.

Bilder der Ereignisse in Asturien gingen ihm durch den Kopf, doch er wischte sie so entschieden fort, als würde er eine Fliege verscheuchen, die sich gerade auf eine Wunde setzen wollte. Dies war wirklich nicht der richtige Augenblick, um sich daran zu erinnern.

Blanca war mit einladendem Lächeln vor der Tür eines Gebäudes stehen geblieben. Davor erhoben sich zwei steinerne Löwen, von denen jeder eine Pfote auf eine Kugel stützte.

»Hier ist es.«

»Ein öffentlicher Park?«

»Nicht ganz«, entgegnete sie mit einem Schmollmund. »Früher war dies der Palast einer adligen Familie, und nun wird die Anlage gerade zu einem öffentlichen Park umgestaltet. Derzeit ist sie jedoch weder das eine noch das andere, weil die Arbeiten noch im Gang sind. Zu schade, wenn du Valencia verlassen müsstest, ohne diesen Ort gesehen zu haben. Was denkst du? Sollen wir es wagen und eintreten?«

Goyo strich sich über den Schnurrbart, und mit schelmischem Lächeln schien er an ihren Worten zu zweifeln.

»Mit dir an meiner Seite traue ich mir alles zu, sogar die beiden schrecklichen Steinlöwen herauszufordern.«

»Weißt du, dass sie eigentlich für den Abgeordnetenkongress in Madrid vorgesehen waren?«

»Tatsächlich? Und warum befinden sie sich dann hier?«

»Sie sind dem Künstler ein wenig zu klein geraten. Deshalb wurde beschlossen, ein weiteres Paar in Auftrag zu geben«, erklärte Blanca mit melodiösem Lachen, während sie sich mit einem Blick nach hinten vergewisserte, dass außer ihnen in der schmalen Straße niemand zu sehen war. Dann öffnete sie das Tor gerade so weit, dass sie hindurchschlüpfen konnten. »Schnell, wir müssen hinter uns gleich wieder zumachen!«

Goyo tat, wie ihm geheißen, und schloss das Tor dann eilig wieder. Anschließend gingen sie einige Schritte nach links. Der Weg führte zu einem Rosengarten, wo Blanca unter einem riesigen Kletterrosenstrauch stehen blieb. Die Blüten verströmten einen leichten Duft und leuchteten so hell, dass sie beinahe weiß wirkten.

»Gestern um diese Zeit waren wir uns noch gar nicht begegnet«, sagte er und sah ihr in die Augen. »Dabei fühlt es sich an, als würden wir uns schon ein Leben lang kennen. Geht es dir nicht genauso?«

Für einen Moment schloss sie die Augen, drehte sich um und ging in dem Bewusstsein, dass er ihr folgte, langsam auf den Teich zu.

Sie wollte ihm versichern, dass es ihr genauso ging, dass sie ihm auf seine Bitte hin und ohne eine Sekunde des Zögerns bis ans Ende der Welt folgen würde. Aber das konnte sie doch nicht sagen! Was sollte er von einer Frau denken, die ihm gleich bei der ersten Verabredung ein solches Geständnis machte?

»Sag doch etwas, Blanca! Mein Gott, sprich mit mir!«

»Auch ich spüre, dass uns etwas Besonderes verbindet. Aber es ist noch so früh.«

»Ich werde warten, Blanca. Ich warte so lange, wie es nötig ist. Bis du dich entschieden hast. Ich möchte nur, dass du mir eine

Frage beantwortest, und danach lasse ich dich in Frieden. Das verspreche ich dir.«

»Dann frag mich!«

»Kann ich mir Hoffnungen machen? Auch wenn sie noch so gering und ungewiss sind? Darf ich nachts an dich denken, wenn ich wieder in Marokko bin? Darf ich davon träumen, dass du hier in Valencia auf mich wartest?«

Sie hob den Blick und sah ihn an. Die letzten Sonnenstrahlen des Tages fielen durch die kleinen Löcher in ihrem Strohhut und hinterließen viele kleine Sommersprossen aus Licht auf ihrem Gesicht. Ihre grünen Augen glänzten wie zarte Knospen.

Er war ein tapferer Mann. Das hatte er schon oft bewiesen. Bereits zweimal war er für seinen Mut im Kampf gegen den Feind ausgezeichnet worden. In diesem Moment jedoch verspürte er Angst. Angst, dass sie ihn zurückweisen könnte, dass ihrer beider Leben, die sich am Abend zuvor erst berührt hatten, in auseinanderstrebenden Linien verlaufen würden. Angst, dass sie Nein sagen und er sie nie wiedersehen würde. Oder noch schlimmer – dass er sie an der Seite eines anderen wiedersehen würde.

»Ja, Goyo«, sagte Blanca endlich. »Ich warte auf deine Rückkehr.«

Er hob sie hoch und drehte sich, verrückt vor Freude, ein paarmal mit ihr im Kreis, bis sie protestierte und ihm auf die Schultern schlug, damit er sie auf dem Kiesweg wieder absetzte.

»Dann … sind wir nun einander versprochen?«, fragte Goyo, der die vorteilhafte Situation ausnutzen wollte.

Blanca senkte leicht errötend den Blick. Sie selbst war verwirrt von dem Gefühl, das dieser Mann in ihr auslöste. Sie war noch nie rot geworden, wenn sie mit einem ihrer Verehrer gescherzt hatte. Noch nie war es ihr schwergefallen, einem von ihnen gegenüber Nein zu sagen oder ihn sonst wie abzuweisen. Nun jedoch … mit Hauptmann Gregorio Guerrero …

»Ja«, sagte sie. »Wenn du möchtest … bin ich deine Verlobte.«

Daraufhin küssten sie sich wie am Vorabend, nur leidenschaftlicher und mit mehr Gefühl. So als litte jeder von ihnen an einem heftigen Durst, der sich nur an den Lippen des anderen stillen ließ.

Und in diesem Moment dachte Goyo Guerrero, dass er zum ersten Mal einen wahrhaft bedeutenden Sieg errungen hatte.

Madrid. Gegenwart

»Komm, lassen wir es!«, sagte Helena, schob den jungen Mann von sich weg und setzte sich, die Füße bereits am Boden, auf dem Bett auf. »Dafür sind wir jetzt beide zu betrunken. Vielleicht beim nächsten Mal.« Im Halbdunkel stützte Marc sich auf einen Ellbogen und sah sie verblüfft an, bis ihm bewusst wurde, dass sie es ernst meinte.

»Möchtest du, dass ich dir ein Taxi bestelle?«

»Nein. Ich möchte, dass du mich wie besprochen nach Hause bringst. Ich bin keine von diesen jungen Frauen, die sich für unabhängig halten, weil sie auf eigene Rechnung nach Hause fahren, während der Mann bequem im Bett liegen bleibt. Wir haben abgemacht, dass ich mir deine Bilder ansehe und du mich dann nach Hause bringst.« Während Helena sprach, zog sie sich an. Marc schien noch immer nicht vollends zu begreifen, was gerade vor sich ging. Er hatte verstanden, dass er ihr nicht gewachsen war, das schon. Allerdings war ihm nicht klar, ob sie aus diesem Grund gehen wollte oder aus anderen Motiven. Er hätte es deutlich vorgezogen, das Begonnene zu Ende zu bringen, um eine gewisse Macht über sie zu erlangen.

»In Ordnung«, sagte er schließlich und stand auf. »Ich bringe dich nach Hause.«

Helena lächelte in der Dunkelheit, ohne dass er es bemerkte.

In den Straßen waren an diesem frühen Morgen noch viele Menschen unterwegs. Helena, die das Leben in einer ruhigen, verschlafenen Stadt wie Adelaide gewohnt war, kam diese nächtliche Unruhe äußerst eigenartig vor. Angetrunkene Menschen zu sehen, die wie eine Invasion von Zombies ihren Hunger auf Fleisch und Blut bereits gestillt hatten, ohne den Wunsch nach Schlaf zu verspüren. Bei geöffnetem Fenster wehten ihr Haar und ihre langen Ohrringe im Fahrtwind. Sie schloss die Augen und verspürte so etwas wie

Glück, ein Echo vergangener Tage, als ihr die Sommernächte noch unendlich erschienen und sich zu jeder Stunde eine Überraschung an die andere reihte wie Perlen an einer unermesslich langen Kette. Als Marc das Radio einschalten wollte, legte ihm Helena eine Hand auf den Arm und hielt ihn davon ab.

»Nein, bitte nicht! Es ist gut so. Ich will meine Gedanken hören.«

»Um diese Zeit bist du in der Lage zu denken?«

»Die Macht der Gewohnheit... Oder? Ich bin normalerweise nicht so häufig unter Menschen wie an diesem Wochenende. Ich habe das Bedürfnis nach Alleinsein. Das wirklich Lohnende entsteht aus der Einsamkeit, wächst in der Einsamkeit, bis du es zur Welt bringst. Von Menschen umgeben, kann niemand kreativ sein.«

»Darüber habe ich noch nie nachgedacht.«

»Dann hol es nach!«

Sie waren an der Plaza de España angekommen, und Helena beeilte sich, aus dem Wagen zu steigen.

»Danke, Marc. Wir sehen uns.«

»Gibst du mir deine Nummer?« Der Junge leckte sich nervös über die trockenen Lippen. Seine Furcht bei dem Gedanken, dass er sie nur über seine Mutter oder Álvaro erreichen konnte, wirkte rührend.

»Natürlich, mein Lieber. Hier ist sie. Es ist meine spanische Nummer.«

»Ich klingele gleich mal kurz durch, damit du auch meine Nummer hast. Wenn du möchtest, könnte ich dich morgen abholen und dich zu jedem beliebigen Ziel fahren.«

»Lieber erst in ein paar Tagen. Morgen habe ich einiges zu tun.«

Kaum hatte sie die Worte gesagt, fiel ihr ein, dass sie der Wahrheit entsprachen. Am nächsten Tag würde sie Jean Paul besuchen. Ihr war nicht bewusst, dass sie diese Entscheidung irgendwann im Lauf des Abends getroffen hatte. Sie wusste aber, dass es so war, und zwar unwiderruflich. Gleich nach dem Aufstehen würde sie sich auf den Weg zu ihm machen. Was sie danach unternehmen würde, stand noch in den Sternen. Wie sollte sie vorausahnen, was sie nach dem Wiedersehen mit dem Mann empfinden würde, der vor so vielen Jahren ihr Schwager gewesen war?

Und die große Liebe ihrer Jugend.

Die Kiste

3. Foto

Das Foto hat Querformat, ist auf dickem Papier mit Goldrand abgezogen und leicht eingefärbt. Darauf ist ein Paar zu sehen – er in Militäruniform, sie in einem gemusterten Kleid. Die Hände ineinander verschlungen, sehen sich die beiden verzückt in die Augen. Sie ist die blonde junge Frau von den anderen Fotos. Hinter ihnen liegt eine gemalte Landschaft in einem Studio, die einen Garten mit Blumen und Palmen darstellt. Quer über dem Bild ist eine Widmung zu lesen: *Für meine geliebte Schwester Blanca in Erinnerung an den Tag unserer Verlobung.* Dann zwei Unterschriften, eine in derselben geschwungenen Schrift – *Pilar.* Und eine zweite, kleinere, unleserliche.

Auf der Rückseite steht in der gleichen Schrift wie auf den anderen Bildern: *Pilar und Vicente an dem Tag, als er um ihre Hand anhielt. April 1936.*

5. Kapitel

Madrid. Gegenwart

Die Clínica Guadarrama war ein funktionelles weißes Gebäude, das an ein Luxushotel aus den Sechzigerjahren erinnerte. Es war wie eine Perle von einer makellosen, typisch mediterranen Gartenanlage eingefasst, in der Palmen und Olivenbäume wuchsen, die wie bizarre Skulpturen geformt waren. Kleine Seen wurden von schmalen Holzbrücken überquert, Bougainvilleen standen in voller Blüte, und dazwischen breiteten sich zahllose für die Jahreszeit typische Blumen aus.

Es war klar, dass Jean Paul sich einen solchen Aufenthaltsort ausgewählt hatte. Er hatte schon immer das ausgeprägte Bedürfnis gehabt, von Pflanzen und Blumen umgeben zu sein.

Das Taxi hielt vor der Tür, und nachdem Helena an der Rezeption ihren Namen genannt hatte, begrüßte eine in Blau gekleidete junge Frau sie überschwänglich und führte sie durch einen lichtdurchfluteten breiten Gang zu einem Aufzug, der sie in den zweiten Stock brachte.

Sie sprachen nicht über den Patienten, sondern beschränkten sich darauf, einige Belanglosigkeiten über das Wetter und die Schönheit des Gartens auszutauschen, bis sie zu einer elfenbeinfarbenen Tür gelangten, wo wie bei allen anderen auf dem Schild an der rechten Seite kein Name stand. Die junge Frau klopfte an und hatte entweder ein besseres Gehör als Helena, die kein »Herein« vernommen hatte – oder sie öffnete die Tür einfach so, und sie traten ein.

Gegenüber der Tür lag das Fenster, und für einen Moment war Helena von dem hellen Licht geblendet. Sie wandte den Kopf zuerst nach links, wo ein orthopädisches Bett stand, von dem ein Tropf herabhing. Hinter dem Bett war ein abstraktes Gemälde in ockerfarbenen Tönen an der Wand zu sehen, an beiden Seiten stand jeweils ein Nachttisch voller Vasen mit Blumen und Karten mit Genesungswünschen. Der Mann, der am Fenster in einem Sessel gesessen hatte, war aufgestanden und sah ihr missmutig entgegen.

»Nein, Helena, das bin nicht ich«, hörte sie eine Stimme vom Bett her.

Erneut wandte sie den Kopf nach links, um nachzusehen, woher die ihr bekannte Stimme kam, die sie sofort mit Erinnerungen überflutete, auf die sie lieber verzichtet hätte.

In dem Bett lag eine Karikatur von Jean Paul und musterte sie amüsiert. Er stützte sich auf hellgelbe Kissen und hatte eine ebenfalls gelbe Bettdecke bis zur Brust hochgezogen. Der dünne Arm war von Altersflecken übersät und von einer im Vergleich zum Umfang des Arms riesigen Ader durchzogen. In dem pathetisch anmutenden Versuch, die Folgen der Chemotherapie zu verdecken, trug er auf dem fast kahlen Schädel eine bunte afrikanische Mütze. Ohne den immer noch intensiven Blick aus den strahlenden Augen hätte sie ihn nicht erkannt.

»Was?«, fragte er auf Französisch mit leichtem Spott in der Stimme. »Wie findest du mich? Und nun sag bloß nicht, dass ich mich seit damals nicht verändert habe. Dir steht das Entsetzen nämlich ins Gesicht geschrieben.«

Für einen Moment hatte sie tatsächlich sagen wollen, dass ihm die Jahre kaum anzumerken seien. Nach dieser Einleitung beschloss sie jedoch, sich auf die Wahrheit zu beschränken.

»Du bist uralt geworden.«

Jean Paul stieß ein brüchiges Lachen aus, das seinen skelettartigen Körper durchrüttelte.

»So feinfühlig wie immer, meine Liebe. Du hingegen hast dich wunderbar gehalten.«

»Im Rahmen des Möglichen.«

»Im Rahmen des Möglichen«, gestand er ihr zu. Dann wandte er sich an den missmutigen Mann am Fenster, der die beiden schweigend betrachtete. »Das ist Luc, mein Sohn. Mein einziger Sohn. Er hat mir einige Papiere zum Unterzeichnen mitgebracht, und es gab geschäftliche Dinge zu besprechen. Das Leben dort draußen geht weiter, dagegen ist nichts zu machen. Aber er wollte gerade gehen.«

»Ich bin keine zehn Jahre mehr, Papa, und weiß sehr wohl, wann ich störe. Es ist nicht nötig, es noch ausdrücklich zu betonen.« Luc trat auf Helena zu, reichte ihr die Hand und musterte sie eindringlich. »Ich habe schon viel über dich gehört.«

»Wirklich?« Helena sah ihn herausfordernd an. »Und jetzt, da du mich vor dir hast, was denkst du?«

Unangenehm berührt schlug Luc den Blick nieder. Er sah Jean Paul nicht besonders ähnlich. Zwar hatte er die Größe seines Vaters geerbt, doch er war wesentlich korpulenter, als Jean Paul es jemals gewesen war. Sein Gesicht war runder, und mit zunehmendem Alter würde er Hängebacken bekommen wie manche Hunde. Außerdem war sein Haar dunkler, und seine Augen waren nicht blau wie die seines Vaters, sondern beinahe schwarz. Und in seinem Blick lag ein Anflug von Misstrauen, möglicherweise von Geburt an, den er niemals ablegen würde.

»Du bist direkter, als man es mir erzählt hat.«

»O ja, wesentlich direkter. Mit zunehmendem Alter produzieren wir Frauen mehr Testosteron und werden männlicher. Daher übernehmen wir dann etliche Eigenheiten des männlichen Geschlechts, die uns vorher peinlich waren.«

»Dir war nie etwas peinlich, *chérie*«, sagte Jean Paul.

»Das stimmt. Wahrscheinlich war mein Hormonhaushalt schon immer etwas unausgeglichen.«

Jean Paul lachte erneut, während Luc das Ganze offenbar nicht lustig fand. Er kehrte zum Sessel zurück, sammelte die Papiere ein, die auf einem kleinen Tisch ausgebreitet waren, und legte sie in einen Aktenkoffer. Dann wandte er sich an seinen Vater und gab ihm zum Abschied die Hand.

»Dann mache ich mich mal auf den Weg, Papa. Ich bin mit Marlène zum Essen verabredet. Später sage ich dir, wie es gelaufen ist. Heute Nachmittag komme ich wieder. Pass auf dich auf!«

Dann reichte er auch Helena noch einmal die Hand.

»Hat mich gefreut, dich kennenzulernen.«

Sie musterte ihn spöttisch.

»Sieh mal an, das war ganz und gar nicht mein Eindruck. Aber in dieser Hinsicht irre ich mich häufig. In meinem Fall ist der erste Eindruck oft täuschend. Ich habe mich tatsächlich gefreut, dich kennenzulernen, Luc. Obwohl ich wusste, dass es dich gibt, fiel es mir doch immer schwer, mir Jean Paul als Vater vorzustellen.«

Luc zwang sich zu einem nichtssagenden Lächeln und verließ den Raum.

»Wusste dein Sohn nicht, dass ich komme?«, fragte Helena. »Er wirkte sehr überrascht.«

»Ja. Ich habe ihm erzählt, dass ich dir geschrieben habe und dass die Möglichkeit besteht, dass du in diesen Tagen vorbeikommst. Luc war immer sehr neugierig darauf, dich kennenzulernen. Wobei er sicher nicht gerade begeistert ist, dass du tatsächlich existierst und dich nicht auf der anderen Seite der Erdkugel befindest.«

»Ich kann dir nicht folgen.« Helena ließ den Blick durch den Raum schweifen, bis sie einen Stuhl entdeckte, den sie zu Jean Pauls Bett heranzog. Es war ihr lieber, ihm gegenüberzusitzen, als sich ihm zuwenden zu müssen, wenn sie mit ihm sprechen wollte.

»Luc weiß ganz genau, dass das wunderbare Haus nach meinem Tod dir gehören wird. Er hat es immer als sein Eigentum angesehen, obwohl ihm klar war, dass dem nicht so ist.«

»Das Haus?«

»Tu nicht so unschuldig, Helena! Der Garten in Rabat, La Mora.«

»Ah!«

Es war ein kaum hörbares Seufzen, und zu ihrer eigenen Überraschung füllten sich ihre Augen sogleich mit Tränen. So viele Jahre waren vergangen, seit sie diesen Namen zuletzt gehört, ausgesprochen oder gedacht hatte. Und es war unglaublich, wie viele Bilder, Gerüche und Schmerzen ein Wort heraufbeschwören konnte, ein einziges Wort: La Mora. Der schönste und schrecklichste Ort auf der Welt. Der Ort, vor dem sie länger als vierzig Jahre zu fliehen versucht hatte.

»Du weißt es doch nur zu gut«, fuhr Jean Paul fort, während sie um Fassung rang. »Im Testament deiner Schwester wurde festgelegt, dass mir, solange ich nicht wieder heirate, das Wohnrecht zusteht. Dennoch ist das Haus nicht mein Eigentum. Du bist die

Eigentümerin, und deshalb kann ich es Luc nicht vererben. Ehrlich gesagt würde ich das auch gar nicht wollen. Ich denke, es ist an der Zeit, dass du es bekommst, Helena.« Er legte eine Pause ein, und als er wieder sprach, klang seine Stimme sanfter. »Erinnerst du dich an La Mora?«

Helena nickte, ohne auf das Schreckgespenst im Krankenbett zu blicken, zu dem jener gut aussehende, charismatische Mann mit dem fein geschnittenen Gesicht und den hohen Wangenknochen geworden war, den Alicia mit zweiundzwanzig Jahren geheiratet hatte. Wie hätte sie sich nicht an La Mora erinnern sollen? An das Licht, die leuchtenden Farben, die blitzenden Fliesen, die Meeresbrise, deren Geruch sich mit dem Duft von Geißblatt, Rosen und den hohen Myrtensträuchern vermischte, die den kleinen Brunnen einfassten? Oder an die Abendessen im Kreis der Familie, die Feste, die sie dort gefeiert hatten, die Hitze des Sommers, die magischen Nächte in jenem Garten? Wenn sie sich an La Mora erinnerte, dachte sie zugleich an ihre Jugend, die beste Zeit ihres Lebens. Und auch die schlimmste.

»Und an Alicia, Helena? Erinnerst du dich an Alicia?«

Nun strömten die Tränen aus Helenas Augen, und sie versuchte gar nicht erst, sie länger zurückzuhalten. Seit Jahren hatte sie mit niemandem mehr über ihre Schwester gesprochen. Unter anderem deshalb, weil es niemanden mehr gab, der sie gekannt hatte. Seitdem ihre Eltern gestorben waren und Jean Paul im Nebel der Zeit und in der Ferne verschwunden war, konnte sie mit keinem Menschen über ihre Schwester reden.

»Jeden Tag, Yannick«, entgegnete sie mit stockender Stimme und sprach ihn dabei mit jenem Namen an, den seine bretonische Großmutter ihm gegeben hatte. Mit jenem alten Namen, bei dem sie ihn nur dann nannte, wenn sie allein waren. »Es vergeht kein Tag, an dem ich nicht an sie denke. Geht es dir auch so?«

Jean Paul streckte die freie Hand nach ihr aus. Helena erhob sich, setzte sich vorsichtig auf den Rand des Bettes und drückte sie. Sie schien nur noch aus Knochen zu bestehen. Eine Weile sahen sie sich in die Augen, unter Tränen, bis Helena seine Hand losließ und ihm über die Wange strich.

»Wie glücklich wir eine Zeit lang gewesen sind, nicht wahr?«, fragte er leise.

Sie nickte schweigend.

»Und wie sehr wir auch damals gelitten haben«, fügte sie hinzu.

Nun war es Jean Paul, der nickte.

»Damals, als ich dich verloren habe. Innerhalb weniger Tage Alicia und dich.«

»Auch ich habe alles verloren«, murmelte Helena mit erstickter Stimme. »Ah! Ich hätte nicht kommen sollen.«

Unvermittelt stand sie auf, und Jean Paul hielt ihr die Hand hin. Offenbar dachte er, sie wolle sich verabschieden.

»Nein, keine Sorge! Ich gehe noch nicht. Es ist nur so … ich mag das nicht. Ich bin es nicht gewohnt, auf diese Weise über die Vergangenheit zu reden. Mit jemandem, der weiß, wovon ich spreche.«

»Und mit jemandem, der es nicht weiß?«

Helena zuckte mit den Achseln.

»Mit einem Menschen, der nichts darüber weiß, ist es einfacher. Als einzige Version gilt jene, die jeder selbst den Ereignissen zukommen lässt. Von Erinnerungen zu sprechen, wenn es nur einen Erzähler gibt, ist das Gleiche, wie einen Roman zu schreiben. Die Vergangenheit erfindet man. Du weißt es.«

»Manchmal schon. Um weitermachen zu können.«

Für eine lange Weile schwiegen sie. Helena trat ans Fenster und schloss den Vorhang halb, um das helle Licht zu dämmen. Sie hatte Jean Paul noch immer den Rücken zugewandt, als sie erneut seine Stimme hörte.

»Gibt es jemanden in deinem Leben?«

»Wirklich eine hollywoodreife Art zu fragen, Yannick! Ja, natürlich. Du weißt, dass es immer jemanden in meinem Leben gibt. Ich schaffe es nicht, allein zu sein, da ich mich selbst nicht ertrage.«

»Wer ist es?«

»Carlos. Nein, in Wirklichkeit heißt er Charles Saint Cyr, aber alle nennen ihn Carlos. Als er jung war, konnte er sehr gut Gitarre spielen. Deshalb Carlos, wie Carlos Santana. Er ist Australier mit einer spanischen Mutter und einem britischen Vater. Von Beruf ist er Verleger, wobei er sich auf ganz besondere Bücher spezialisiert hat. Ein toller Mensch, der mich wirklich liebt.«

»Du kannst dich glücklich schätzen.«

Sie zuckte mit den Schultern.

»Und du?«

»Ich? Was?«

»Bist du mit jemandem zusammen?«

»Nein. Schon lange nicht mehr. Lucs Mutter ist vor zwölf Jahren gestorben. Seitdem hatte ich keine ernsthafte Beziehung mehr, und ehrlich gesagt ist es mir lieber so. Ich war schon immer ein schwieriger Mensch, wie du weißt, und habe mit der Firma und dem Garten genug zu tun. Mehr als genug. Eigentlich ist es zu viel.«

Für einige Minuten schwiegen sie beide. Still sahen sie sich in die Augen, wobei sie sich mehr sagten, als es mit Worten möglich gewesen wäre. Das Blau von Yannicks Augen war noch immer das eines Fjords, in dem sich sein Gegenüber verlieren konnte. Trotz der dunklen Höhlen, die die wunderschönen Augen seiner Jugend verschluckt hatten.

»Ginge es mir nicht so schlecht, würde ich gern mit dir nach Rabat reisen, um dir La Mora zu zeigen«, sagte Jean Paul schließlich. »Du ahnst nicht, wie zauberhaft es dort ist. Ich habe versucht, die Vergangenheit zu respektieren, aber in jedem gegenwärtigen Moment Einzelheiten für die Zukunft hinzugefügt. Es wird dir gefallen, du wirst sehen.«

»Ich weiß nicht, ob ich das möchte, Yannick.« Abermals betrachtete Jean Paul sie aufmerksam. Es war ein derart eindringlicher Blick, dass sie sich abwenden musste.

»Du hast Angst, dorthin zurückzukehren?«

Sie nickte.

»Seit mehr als vierzig Jahren versuche ich zu vergessen, was geschehen ist. Zurückzukehren wäre das Dümmste, was ich tun könnte.«

»Und warum bist du dann hier?«

»Gute Frage. Das weiß ich selbst nicht.«

Für einen Moment dachte sie daran, ihm von der Familienaufstellung zu erzählen, einschließlich der Einzelheiten, die sie sogar

Carlos verschwiegen hatte. Doch sich nicht sicher sein zu können, dass jener Jean Paul, der sie aus diesen tief in dunklen Höhlen liegenden blauen Augen ansah, derselbe war, den sie damals gekannt und geliebt hatte, hätte alles nur noch verschlimmert.

»Ich komme in den nächsten Tagen noch einmal vorbei. Jetzt bin ich müde und muss gehen.« Seltsamerweise machte es ihr nichts aus, ihm ihre Erschöpfung zu gestehen.

»Ja, *chérie,* auch ich bin müde«, sagte er und schloss die Augen. Er war bleicher als bei ihrer Ankunft eine knappe halbe Stunde zuvor. »Du hast ja meine E-Mail-Adresse. Schreib mir, wenn du möchtest. Ich habe hier nichts anderes zu tun als zu schlafen, wenn ich nicht mehr kann. Wir könnten eine schöne Brieffreundschaft beginnen, und wenn du Lust hast, komm zu mir! Einverstanden?«

Helena beugte sich über ihn und gab ihm einen Kuss auf die Lippen, die sich wie Reispapier anfühlten.

»Wie alt ich mich durch dich auf einmal fühle, Yannick!«

Er lächelte noch, ohne die Augen zu öffnen, als sie bereits gegangen war.

Kaum hatte Helena das Zimmer verlassen, lehnte sie sich mit dem Rücken gegen die Wand, atmete konzentriert mehrmals tief ein und aus und wäre am liebsten einfach zu Boden gesunken. Doch sie wollte beim Krankenhauspersonal auf keinen Fall den Eindruck erwecken, irgendeinen Anfall erlitten zu haben. Daher sah sie sich suchend um, bis sie gleich neben dem Flurfenster eine Anzahl blauer Sessel entdeckte, auf die sie dann mit langsamen Schritten zuging.

Sie sollte sich ein Taxi rufen. Und dann?

Dann musste sie dem Fahrer eine Zieladresse nennen, ihm sagen, welche Richtung er einschlagen sollte. Das war es, was es zu tun galt. Nur hatte sie nicht die geringste Lust, irgendwohin zu fahren.

Viel lieber wäre es ihr gewesen, wenn das Taxi sie nicht an einen anderen Ort, sondern in eine andere Zeit gebracht hätte. Dann hätte sie beim Einsteigen zum Fahrer gesagt: »Bringen Sie mich in die Zeit, als ich zwanzig war, in den Sommer siebenundsechzig, den

Summer of Love in San Francisco, wo ich zum ersten Mal im Leben die Freiheit entdeckt habe. Oder noch besser ein wenig später in den September desselben Jahres in La Mora.«

Sie machte es sich auf dem Sessel bequem, schloss die Augen und legte den Kopf an die Rückenlehne. Ihre Erinnerung war derartig genau, dass es wehtat. Sie war in Rabat angekommen, nachdem sie die Tage in Paris beinahe komplett verschlafen hatte, um die Müdigkeit und den Jetlag zu bekämpfen, die sie ergriffen hatten, als sie, aus New York kommend, in Europa gelandet war.

Am Flughafen von Casablanca wartete ihr Vater auf sie, leicht angespannt und steif wie ein Stock. Er wusste nicht, ob das junge Mädchen, das er gleich empfangen würde, noch dasselbe war wie immer, nachdem es auf dem Höhepunkt der Hippiebewegung in den USA studiert hatte. Ob es noch immer seine jüngere Tochter war, sein kleines Mädchen, das niedliche, zuerst von den Nonnen und dann in einem Schweizer Internat wohlerzogene Mädchen.

Deshalb hatte Helena sich sorgfältiger gekleidet als in New York und ein pinkfarbenes Minikleid mit weißen Verzierungen angezogen, dazu Sandalen mit niedrigem Absatz.

Das brachte sie auf den Gedanken, dass Yannick wirklich schwer krank sein musste, denn er hatte sich nicht zu ihrer Kleidung geäußert, die sie eigens zum Besuch bei ihm ausgewählt hatte: ein Ensemble aus einer Tunika und einer Hose, das von der Tradition der Aborigines beeinflusst war. Eine junge australische Freundin hatte es entworfen, die sich gerade einen Platz in der äußerst komplizierten Modewelt eroberte. Zu gern hätte sie May erzählt, dass Jean Paul Laroche ihren Entwurf gelobt hatte. Denn er war eines ihrer großen Vorbilder, aber Helena hatte ihr nie erzählt, dass sie sich kannten. Ja, sogar miteinander verwandt waren.

Der Yannick, der er einmal gewesen war, hätte sich sofort geäußert, ob ihm das Ensemble gefiel und wie man es verbessern könnte, um ihm das gewisse Etwas zu verleihen, das nur seine Entwürfe hatten.

»Saint-Laurent, oder?«, hatte er in jenem Sommer 1967 gesagt, sobald sie aus dem Wagen ihres Vaters ausgestiegen war. »Aus der neuen Prêt-à-porter-Kollektion.«

»Aber nein. Nur eine billige Kopie, die ich in New York gekauft habe.«

»Nun, dann ist es eine gut gelungene Kopie«, hatte er lächelnd entgegnet und damit deutlich gemacht, dass er ihr nicht glaubte. »Der Stoff ist nämlich ausgesprochen exklusiv.«

Während sie sich, neben dem Auto stehend, unterhalten hatten, hatte Jean Paul das Gepäck seiner Schwägerin ausgeladen. Ihr Vater hatte unterdessen die anderen Hausbewohner herausgerufen.

»Wir sind schon da! Wo habt ihr euch versteckt?«

Blanca, perfekt gebräunt und in Shorts und eine weiße Bluse gekleidet, hatte das Haus verlassen und eilig ihre jüngere Tochter umarmt, die sie seit Monaten nicht mehr gesehen hatte.

»Wie dünn du bist, Helena! Aber so hübsch, meine Süße, so hübsch! Ich habe mich so auf dich gefreut! Komm, ich war gerade dabei, einen Aperitif vorzubereiten. Zieh dir den Badeanzug an und ab ins Schwimmbad! Die Hitze hier ist die Hölle.«

In diesem Moment erhob sich ein durchdringendes Kreischen, das wie das Kriegsgeheul der Indianer in einem Wildwestfilm klang. Alicia war auf dem Weg zum Schwimmbad erschienen, nur mit einem hellblauen Bikini bekleidet. Das blonde Haar fiel ihr offen auf die Schultern, und eine riesige Sonnenbrille verdeckte ihre Augen. Beim Anblick ihrer Schwester konnte sie ihre Freudenschreie nicht zurückhalten.

Helena und Alicia umarmten sich mindestens eine volle Minute lang innig, während der Rest der Familie mit zärtlichen Blicken zusah und sich mit ihnen freute.

»Jetzt sind wir alle wieder zusammen«, erklärte Goyo zufrieden. »Wie erholsam! Los, Kinder, erweisen wir Mamas Aperitif die ihm gebührende Ehre! Du musst uns genau erzählen, was die Monate über passiert ist. Also solltest du dir die Stimmbänder gut ölen, Helena.«

Helena war sich bewusst, dass ein Teil dessen, was das Kopfkino ihr vorgaukelte, reine Erfindung sein musste. Es konnte doch nicht sein, dass sie sich nach fast fünfzig Jahren noch wortwörtlich an alles erinnerte, worüber sie damals miteinander gesprochen hatten. Aber sie wusste auch, dass vieles davon durchaus stimmte. Sie hatte noch exakt Alicias himmelblauen Bikini vor Augen, der für jene Zeit äußerst gewagt gewesen war, Jean Pauls helle Jeans und sein weißes Hemd sowie den stolzen Blick ihres Vaters. Und sie hatte auch nicht vergessen, wie sich die Umarmungen ihrer Mutter und ihrer Schwester angefühlt hatten. Und genauso konkret hatte sie noch den Duft nach dem würzigen gebratenen Fleisch in der Nase, der aus der offenen Küche im hinteren Teil des Hauses herüberzog, wo Suad gerade Fleischspieße zubereitete.

Ebenso konkret erinnerte sie sich an jenen Moment später am gleichen Tag, als ihr Schwager dem Schwimmbad entstieg. Es war in der Abenddämmerung, nachdem er einige Bahnen geschwommen war, während sie in einem Liegestuhl vor sich hin döste. Er hatte sich, höchstens einen Meter von ihr entfernt, das Gesicht und das Haar mit einem weißen Handtuch abgetrocknet. Das gab ihr die Möglichkeit, mit halb geschlossenen Augen seinen Körper zu bewundern. Seine Haut war sonnengebräunt, und leicht zeichneten sich seine Muskeln ab. Lächelnd fiel ihr ein, was sie damals gedacht hatte: Obwohl er schon über dreißig ist, sieht er noch verdammt gut aus!

Im Glauben, dass sie schlief, hatte Jean Paul sie mit seltsamer Intensität betrachtet, liebevoll und begehrlich, aber auch mit irgendetwas im Blick, das sie nie hatte benennen können. Vielleicht war es Scham oder ein Schuldgefühl gewesen, weil er eine zwölf Jahre jüngere Frau, die gerade der Kindheit entwachsen und zudem seine Schwägerin war, auf diese Weise ansah. In jenem Moment hatte sie halb unbewusst die Augen geöffnet, und sie hatten sich einige Sekunden lang gemustert. Es war ihnen jedoch viel länger vorgekommen, so als hätte die Zeit sich plötzlich verdichtet und die Konsistenz von klebrigem Honig angenommen. Sie im Bikini auf dem Liegestuhl, er mit nasser Haut, wirrem Haar und verträumtem Blick. Und zwischen ihnen ein festes Band, das zum Zerreißen gespannt war.

Plötzlich war der Muezzin zu hören und zerstörte den Moment. Jean Paul murmelte, dass er sich umziehen müsse, und ging ins Haus, während sie liegen blieb und auf die schwarze Silhouette der Palmen blickte, die sich vor den karmesinroten Wolken am dunkel werdenden Himmel abzeichnete. Und ihr Herz war beklommen, während Karim die Laternen anzündete, die ihre Schwester überall im Garten aufgehängt hatte und die alles ringsum in ein orientalisches Märchen verwandelten.

Es war ein besonderer Schmerz, wie wenn die Zungenspitze einen äußerst sensiblen Zahn berührt. Sie hätte sich ewig ihren Erinnerungen an diesen köstlichen Schmerz hingeben können, aber nicht an diesem Ort, auf dem blauen Sessel in einer Privatklinik in Madrid, während Yannick nur wenige Meter von ihr entfernt an Krebs starb, den kahlen Schädel mit einer afrikanischen Mütze bedeckt und einen Tropf im Arm, der seinen abgemagerten Körper ernährte.

Sie musste weg von hier, ins Leben zurückkehren, etwas mit der wenigen verbliebenen Zeit anfangen. In Kürze würde sie achtundsechzig Jahre alt. Die Zeit verging unerbittlich, die Sanduhr war beinahe schon abgelaufen. Ihre Eltern waren tot, Alicia war tot, und Yannick würde nicht mehr lange auf dieser Erde weilen. Sie musste leben, jetzt! Bevor es zu spät war.

Lächerlicherweise fühlte sie sich schwach und wünschte sich Carlos zur Seite, damit er ihr das Gefühl gab, dass sie noch genügend Zeit hatte, dass sie noch jung war, dass sie noch immer begehrt, geliebt und gebraucht wurde.

Sie stand auf. Durch das Fenster konnte sie den Eingang der Klinik sehen. Dort unten stand ein Taxi.

Sie strich sich das Haar glatt und biss sich auf die Lippen, damit sie ein wenig Farbe bekamen. Dann zwickte sie sich in die Wangen. Obwohl … Eigentlich war es doch vollkommen gleichgültig, was der Taxifahrer von ihr dachte. Eine alte Frau, die aus einer Klinik kam, in der sie einen sterbenden alten Mann besucht hatte.

Wie sollte der Taxifahrer wissen, dass sie einmal jung, attraktiv und verdammt sexy gewesen war? Dass sie den *Summer of Love* in San Francisco erlebt und 1968 an der Studentenrevolte in Paris teilgenommen hatte … Was machte es letztendlich? Was war schon das Besondere daran? Was bedeutete es schon für jemanden, der seine eigenen akut vorhandenen Probleme hatte, der jene Zeit, die heute so historisch klang, nicht miterlebt hatte?

Dennoch war es ihr wichtig, dass jemand ihre Existenz anerkannte, die über die körperliche Anwesenheit in einem Taxi hinausging, über das Geld hinaus, das sie am Ende der Fahrt bezahlte. Und dass diese Anerkennung nicht ihrem Namen oder ihrem Ruhm zukam, sondern ihr selbst, ihrer Gegenwart.

Sie ging grüßend an der Rezeption vorbei nach draußen, und während sie in das Taxi stieg, betrachtete sie den Garten. Es war ein aseptischer, verhätschelter, gestutzter Garten, der fast aus Plastik zu sein schien und sie dennoch an jenen anderen Garten erinnerte, den Garten von La Mora mit seinen Palmen, den blühenden Kakteen und geheimen Winkeln, in denen das Wasser vor sich hin plätscherte.

»Wohin fahren wir, Señora?«, fragte der Fahrer.

»Zum Prado«, hörte sie sich nach einigem Zögern antworten.

Sie war sich nicht wirklich darüber im Klaren, was sie dort zu finden dachte. Das Vertrauen in ihren Instinkt war aber so groß, dass sie ihm nicht widersprach. Die Malerei war die Basis ihrer Existenz, und es gab keinen besseren Ort als ein Museum, um sich dessen zu vergewissern. Wäre sie Schriftstellerin gewesen, dann hätte sie sich zu einer Bibliothek oder einer Buchhandlung bringen lassen. Obwohl eine ihrer Freundinnen, die tatsächlich Bücher schrieb, ihr schon oft von der Angst erzählt hatte, die sie beim Betreten einer Buchhandlung überfiel, wenn ihr nur allzu deutlich bewusst wurde, wie viele Menschen auf dieser Welt ein Buch nach dem anderen produzierten: immer mehr Bücher, immer mehr Geschichten, immer mehr Romane … ein anhaltender Fluss, den keiner in sich aufnehmen konnte.

In ihrem Fall war es anders. Museen beruhigten sie, und sie fühlte sich dort als Teil einer sehr langen Tradition, als eine mehr in der Reihe der Maler, die sich am Horizont verlor, anerkannt, verstanden, zugehörig.

Sie eilte auf kürzestem Weg zu Velázquez, dem Ursprung der modernen Kunst, obwohl Nachkömmlinge wie Marc nun entschieden hatten, dass sie nichts von ihm lernen konnten, dass er nur ein alter Barockmaler war, ohne jede Bedeutung für die jungen Löwen. Diese Narren!

Dummerweise wollte sich die Ruhe nicht einstellen, die sie sich von dem Besuch des Museums erhofft hatte. Sie war von zu vielen Touristen, Museumsführern und zu großer Unruhe umgeben.

Vor Velázquez' Werk *Prinz Baltasar Carlos zu Pferde* blieb sie länger stehen und betrachtete das Gemälde. Doch statt wie sonst die Technik und das Ergebnis zu bewundern, ertappte sie sich diesmal dabei, dass sie nach langer Zeit nicht das Kunstwerk vor sich sah, sondern das Kind, das mit siebzehn Jahren starb, bevor es erwachsen werden konnte. Ein unvollständiges Leben, genau wie das ihres Bruders und das von Alicia.

Langsam machte sie im Saal die Runde. Alle waren sie tot. Alle diese Menschen, die in jener Zeit auf der obersten Stufe der Gesellschaft gestanden hatten, waren nur noch Staub, genau wie die Hofnarren, die Trinker, die Soldaten, die Spinner und die jungen Frauen, die für die Bilder der Jungfrau Modell gestanden hatten … alle tot.

Sie erschauerte. Dabei hatten diese Menschen im Augenblick der Betrachtung ihres vom großen Meister angefertigten Abbildes doch bestimmt einen Anflug von Stolz empfunden und sich vergegenwärtigt, dass ihr Verweilen auf der Erde von nun an eine Spur für die Ewigkeit hinterließ. Diese Menschen mussten Pläne für den Rest ihres Lebens gehabt haben, Hoffnungen, Erwartungen, eine Zukunft eben.

Eine Zukunft, die in einem Museum geendet hatte, in dem Tausende von Besuchern sie aus der Distanz zwischen Leben und Tod betrachteten und sich dabei vielleicht nicht einmal bewusst waren, dass auch sie menschliche Wesen gewesen waren, die möglicherweise gestorben waren, ohne die Rätsel ihrer Existenz zu ergründen, die Geheimnisse und Mysterien ihrer Vergangenheit aufzuklären.

Jede Vergangenheit ist irgendwann einmal Zukunft gewesen, dachte Helena, und der Gedanke tat weh.

Nachdem sie so tief wie möglich eingeatmet hatte, lief sie eilig durch die Säle in Richtung Ausgang, um das Museum zu verlassen. Denn sie hatte das dringende Bedürfnis nach frischer, von den Bäumen gerade produzierter Luft, danach, die warme Sonne auf der

Haut zu fühlen und das Leben ringsum zu spüren. Es war kein guter Einfall gewesen, am Tag ihres Wiedersehens mit Yannick ein Museum zu besuchen. Zu viele Erinnerungen, zu viel Vergangenheit, zu viel Tod.

Kaum hatte sie das Gebäude verlassen, meldete sich ihr Handy und kündigte den Eingang einer SMS an. Von Carlos. *Was hältst Du davon, wenn ich meine Reise nach Madrid um ein paar Tage vorverlege? Ich vermisse Dich. Bitte antworte bald, damit ich mir das Ticket kaufen kann. Ich liebe Dich.*

Sie lächelte und schrieb zurück, ohne sich Zeit zum Nachdenken zu nehmen: *Wunderbar. Wann Du möchtest. Ich Dich auch.*

Carlos hätte sich sicher gewünscht, dass auch sie die Worte *Ich liebe Dich* ausgeschrieben hätte. Er kannte sie aber gut genug und wusste, dass dieses *Ich Dich auch* im Prinzip das Gleiche bedeutete.

Helena beschloss, einen Spaziergang im Retiro-Park zu machen und dann vielleicht ein nettes Lokal zu suchen, wo sie etwas essen konnte. Sie hatte seit dem Frühstück nichts mehr zu sich genommen, und es war bereits spät, sogar für spanische Verhältnisse. Dennoch hätte ihr ein Stück Tortilla oder eine Tostada mit Schinken gereicht, und das gab es überall.

Da klingelte ihr Handy, und für einen Moment spielte sie mit dem Gedanken, nicht darauf zu reagieren. Sie hatte keine Lust, mit wem auch immer zu reden. Andererseits befreite ein Gespräch sie vielleicht von dem Gefühl von Staub und Sterblichkeit, das sie gefangen hielt, seit sie die Klinik verlassen hatte.

Almudenas Stimme zu hören überraschte sie.

»Entschuldige, wenn ich dich störe, Groß…« Sie unterbrach sich kurz. »Aber das Atelier von Paloma Contreras hat angerufen und gefragt, ob wir die Anprobe des Hochzeitskleides vielleicht auf heute Nachmittag vorziehen könnten. Hast du Zeit?«

»Wann?«

»Um fünf. Sara kann nicht, aber das ist mir nicht so wichtig.«

Helena lächelte.

»Kein Problem. Die Adresse habe ich mir irgendwo aufgeschrieben, stimmt's?«

»Ja, in deinem Handy. Dort, wo du den Termin für morgen eingetragen hast. Du weißt doch, wo die Calle Fuencarral ist, oder?«

»Ja. Im Zentrum. Keine Sorge, ich finde es bestimmt.«

»Gut, bis ... na ja, dann sehen wir uns gleich.«

Es war sehr lustig zu hören, wie sehr Almudena sich bemühte, sie auf keinen Fall mit Großmutter oder Oma anzureden. Irgendwann hatte sie ihr erklärt, dass sie so nicht genannt werden wolle, sondern lieber bei ihrem Vornamen oder Gran, wie es in Australien üblich war. Denn das Wort Großmutter rief bei ihr sogleich furchtbarste Assoziationen von schwarz gekleideten Frauen mit Kopftuch, einem grauen Dutt voller Haarnadeln und einem Schultertuch hervor, wie sie in den Büchern ihrer Kindheit abgebildet gewesen waren. Doch wie es schien, hatte Álvaro mit der besten Absicht Almudenas ganze Kindheit über ständig von der Oma erzählt, die so weit weg lebte. Der Großmutter, die wie in *Rotkäppchen* im tiefen Wald wohnte.

Helena betrachtete ihr Spiegelbild in einem Schaufenster. Natürlich hatte sie das Alter einer Großmutter und sah für einige Menschen auch so aus, so modern und jung sie sich selbst auch fühlte. Sie versuchte, sich mit Distanz zu sehen, wie es vielleicht ein Außenstehender getan hätte: üppiges, in der Mitte gescheiteltes welliges Haar, das in seiner natürlichen Farbe, einem dunklen Kastanienbraun, gefärbt war, buschige Brauen über den geschminkten Augen. Von wegen Großmutter! Helena Guerrero war die Großmutter von niemandem, auch wenn sie Almudena das nicht so deutlich sagen wollte. Derartige Ansichten verstanden junge Menschen einfach nicht.

Sie zuckte mit den Achseln. Tatsächlich war es ihr vollkommen gleichgültig, was Almudena, Marc und der Rest der Familie, Alte und Junge, von ihr dachten. So lange schon lebte sie so, wie sie es wollte, ohne sich zu bemühen, irgendjemandem sympathisch zu sein, und es hatte wunderbar funktioniert.

Sie fand die Calle Fuencarral viel früher, als sie gedacht hatte, setzte sich in eine Bar, in der es Tapas aus unterschiedlichen Küchen der Welt gab, und aß ein paar japanische und mediterrane Kleinigkeiten. Trotz der Uhrzeit und der Hitze waren viele Menschen unterwegs, sahen sich die Schaufenster an, gingen in den vielen Geschäften auf beiden Seiten der Straße ein und aus, bei denen es sich fast ausschließlich um Modeboutiquen oder um Läden handelte, in denen hübscher, aber nutzloser Krimskrams angeboten wurde. Ihr war weder eine Buchhandlung noch eine Kunstgalerie aufgefallen. Die gab es wohl in einem anderen Stadtteil. Oder die Madrilenen hatten das Interesse an solchen Dingen verloren.

Um die Zeit totzuschlagen, nahm sie das Notizheft, das sie immer mit sich herumtrug, sowie ihren Lieblingsstift aus der Tasche. Langsam blätterte sie durch die Seiten und ließ anhand der Zeichnungen, Skizzen und eiligen Notizen, die sie in Momenten wie diesen an Flughäfen, Bahnhöfen, in Cafés oder Hotels … auf ihren häufigen Dienstreisen angefertigt hatte, das letzte Jahr Revue passieren.

Spontan fasste sie den Entschluss, weniger unterwegs zu sein und dafür mehr zu malen, öfter das Meer, ihr Zuhause und natürlich die Zeit mit Carlos zu genießen.

Es war ungefähr das millionste Mal, dass sie diese Entscheidung traf. Doch dann wurde ihr eine Ausstellung am Ende der Welt angeboten, und plötzlich fiel ihr auf, dass sie noch nie an diesem Ort gewesen war oder gern noch einmal dorthin gereist wäre. Dummerweise liebte sie nun einmal das Nomadenleben. »Hummeln im Hintern«, hatte ihr Vater immer gesagt und es vollkommen ernst gemeint.

Das Leben ihrer Eltern hatte sich ausschließlich in Valencia, Madrid, Rabat und Santa Pola abgespielt. Sie waren selten ins Ausland gereist, denn für sie war Marokko ein Teil ihrer Heimat. Dort hatten sie ihr Dasein als Ehepaar begonnen und lange Zeit über gelebt, bis ihre Mutter nach Alicias Tod nach Spanien zurückkehren wollte, nach Madrid, und im Sommer nach Santa Pola, wo die Erinnerungen nicht ganz so heftig schmerzten. Doch niemals hatten sie den Wunsch verspürt, andere Länder zu bereisen, nicht einmal zu der Zeit, als Helena auf Bali gelebt und ihre Eltern in einem langen Brief zu sich eingeladen hatte.

Mit wenigen gekonnten Strichen zeichnete sie nun das Gesicht ihres Vaters. Gregorio Guerrero, ein aufrechter, gebieterischer Mann mit militärischer Haltung, obwohl er nur zu Kriegszeiten in der Armee gedient hatte, von denen zu Hause niemals gesprochen wurde. Der Blick aus seinen dunklen Augen war so intensiv, dass ihm sein Gegenüber oft nicht standhalten konnte. Die gerade Nase, der gepflegte Schnurrbart über den dünnen Lippen, hohe Wangenknochen, ein Kinngrübchen … Hin und wieder zeigten sich weitere Grübchen in den Wangen, zusammen mit einem Netz an Fältchen um die Augen, wenn er glücklich war und lächelte. Was selten vorkam, dafür aber umso strahlender wirkte. Er war ein guter Vater gewesen, ziemlich streng, aber moderner als andere Väter zu jener Zeit. Ein Mann, der seine Töchter ins Ausland schickte, damit sie eine Erziehung auf europäischem Niveau erhielten. Der sich sichtlich gefreut hatte, als Helena sich zum Studium der Wirtschaftswissenschaften entschlossen hatte, sie dann aber auch für ein Jahr nach New York gehen ließ, damit sie dort an der Akademie für Schöne Künste studieren konnte.

Auf ihrer Zeichnung stattete sie ihn mit einer militärischen Kopfbedeckung aus, andernfalls hätte er irgendwie nackt gewirkt. Er hatte Mützen und Hüte in jeder Form geliebt. Und er hatte sie auf besondere Art stets so getragen, dass das rechte Auge betont wurde und der intelligente Blick zwischen den langen Wimpern zur Geltung kam. Er war ein gut aussehender Mann gewesen. Nein, eher charismatisch als gut aussehend. Ein Mann, dessen eiserner Wille ihn wie eine Aura umgab und der seine Ziele immer erreicht hatte.

Sie erinnerte sich an die Familienaufstellung, an die Worte des Mannes, der ihren Vater verkörpert hatte. Ohne selbst die Bedeutung seiner Aussage zu kennen, hatte er gesagt, er sei wütend, weil man ihn verraten habe.

Wer hat dich hintergangen, Papa?, fragte sie mit dem Blick auf das Porträt, das sie gerade angefertigt hatte und auf dem ihr Vater sie mit ernstem Blick musterte. War ich es? War ich es, als ich ging und euch alle verließ? Dich, Mama, Iñigo, Álvaro, meinen Sohn? Ist dies der Verrat, um den es geht?

Natürlich erhielt sie keine Antwort.

Ihr Handy meldete sich mit einem kurzen Piepton. Noch fünf Minuten bis zur Verabredung mit Almudena.

Sie stand auf und trat zum Zahlen an die Theke. Dann setzte sie die dunkle Sonnenbrille und den Sunvisor auf, um sich vor der Nachmittagssonne zu schützen, die eine bleierne Hitze ausstrahlte. Mit entschlossenen Schritten ging sie dem Treffen mit ihrer Enkelin entgegen.

Valencia, 1936

Hauptmann Gregorio Guerrero warf einen Blick auf seine Armbanduhr, sah, dass er bis zu seiner Verabredung noch fünf Minuten Zeit hatte, versicherte sich, dass seine Stiefelspitzen sauber waren, zog die Uniformjacke glatt, strich sich mit der Hand das Haar nach hinten und fuhr mit dem Finger über den Schnurrbart. Wie jedem anständigen Militärangehörigen war ihm sein Aussehen wichtig. Es drückte den Respekt vor sich selbst und seinem Körper aus, war aber auch eine freundliche Geste demjenigen gegenüber, mit dem er sich traf. Er hatte beschlossen, zu diesem entscheidenden Anlass in seinem Leben Uniform zu tragen. Schließlich wollte er deutlich machen, wer er war, und dies wurde vor allem durch seine Militärzugehörigkeit bestimmt. Also war es am besten, wenn sich alle gleich daran gewöhnten.

Es war ein sonniger, außergewöhnlich strahlender Tag. Ihm, der das helle Licht Marokkos gewohnt war, fiel dies nicht so deutlich auf wie seinen baskischen Kameraden, die sich am Abend zuvor über die Hitze und die blendende Helligkeit in Valencia beklagt hatten. Über genau das, was ihm, der aus Orihuela in der Provinz Alicante stammte, als Inbegriff der Vollkommenheit erschien.

Das massige Rathaus am Ende des Platzes auf der rechten Seite fiel sofort ins Auge. Genau gegenüber erhob sich das eindrucksvolle Postgebäude, und dazwischen erstrahlten die Blumenstände wie auf einem Gemälde von Sorolla in allen Farben. Wenn alles so verliefe wie erhofft, würde er in etwa einer Stunde an diesen Ständen drei Blumensträuße kaufen. Einen, den besten, für seine Braut Blanca. Den zweiten für seine zukünftige Schwiegermutter Doña Carmen und den dritten für seine zukünftige Schwägerin Pilar.

Er wandte sich dem Ateneo Mercantil zu, dem Vereinshaus der Kaufleute, das auch für kulturelle Veranstaltungen genutzt wurde. Kurz grüßend tippte er sich an die Mütze und ließ eine Frau mit ihrer Tochter vorbei, die möglicherweise auf dem Weg zum Markt waren. Das junge Mädchen schenkte ihm ein kurzes Lächeln, das er galant erwiderte und dann gleich aus dem Gedächtnis verbannte, bevor er den Eingangsbereich des Ateneo betrat.

»Ich bin in der Bibliothek oder im Salón Noble, dem großen Salon. Seien Sie so gut und bitten Sie den Portier, mich zu holen, sobald Sie eingetroffen sind«, hatte Don Mariano gesagt, als er ihn in der Fabrik angerufen hatte.

Nachdem der Besucher seinen Namen genannt hatte, machte sich der Portier auf die Suche nach Señor Santacruz, während Goyo sich in dem Finanztempel umsah, in dem die bessere Gesellschaft Valencias auch diversen Freizeitvergnügen nachging. Hier traf man sich zum Gespräch, zu Versammlungen, Vorträgen und Bällen. Außerdem beherbergte das Ateneo einen der besten Billardsäle Spaniens. Alles war geschmackvoll und elegant ausgestattet. Anders als in den billigen Casinos, in denen sich die Blasquisten zusammenrotteten, die Anhänger des republikanischen Revolutionärs Vicente Blasco Ibáñez, von denen es immer noch eine beträchtliche Anzahl gab, obwohl sie bei den letzten Wahlen im Februar katastrophal gescheitert waren. Zudem trieben sich dort halbseidene republikanische Intellektuelle und die übelsten linken, antiklerikalen republikanischen Arbeiter herum, wie immer sie sich auch bezeichneten.

Das Ateneo war da doch etwas ganz anderes. Man musste nur einen Blick auf die exklusiven Materialien der Einrichtung werfen, das schöne geölte Holz, die samtigen Teppiche, die erlesenen Vorhänge, den Marmor und die Kronleuchter aus feinstem Kristall.

»Guten Tag, Guerrero!«

Der Hauptmann wandte sich zur Treppe um, die Don Mariano gerade herabstieg, um mit ausgestreckter Hand auf den jungen

Mann zuzugehen. Die beiden begrüßten sich und blickten sich dabei einige Sekunden lang in die Augen, bis der Ältere eine einladende Geste in Richtung des Salón Noble machte.

»Steht Ihnen der Sinn nach einem Wermut, Hauptmann?«

»Nichts lieber als das, Don Mariano. Ich trinke gern mit Ihnen.«

Sie nahmen in zwei Ledersesseln Platz, die an einem Tisch an einem der großen Fenster standen, durch das man auf den von Autos, Straßenbahnen und Fußgängern stark frequentierten Platz im Zentrum der Stadt sah. Die Herren trieben ein wenig höfliche Konversation, während der Kellner ihnen zwei Gläser Wermut sowie ein Tellerchen mit getrockneten Kichererbsen brachte.

Für einen Aperitif war es noch recht früh, und der Salon hatte sich noch nicht gefüllt. Lediglich drei ältere Herren im Anzug saßen jeder an einem Tisch und lasen entspannt Zeitung.

»Also, was kann ich für Sie tun, Guerrero«, begann Don Mariano nach dem ersten Schluck.

»Vermutlich ahnen Sie bereits, warum ich Sie um dieses Treffen gebeten habe, Don Mariano.«

»Falls es sich um meine Tochter Blanca handelt, sollten wir dieses Gespräch meiner Ansicht nach nicht vertiefen, Hauptmann.« Don Mariano stoppte den Offizier. »Nicht dass ich etwas gegen Sie hätte, glauben Sie mir, doch das Ganze erscheint mir etwas überstürzt. Noch dazu ist dies wohl nicht der richtige Zeitpunkt für eine Verlobung oder Heirat. Ich sage Ihnen gewiss nichts Neues, wenn ich behaupte, dass die Situation in unserem Land das Schlimmste befürchten lässt.«

»Richtig, Don Mariano. Und genau deswegen wollte ich mit Ihnen sprechen.«

»Über die politische Lage?« Santacruz hob überrascht die Brauen. »Also geht es gar nicht um meine kleine Blanca?«

»Doch, aber nicht nur um sie.« Goyo beugte sich zu seinem Gegenüber vor und senkte die Stimme. »Könnten wir uns vielleicht an einem anderen … etwas privateren Ort weiter unterhalten?« Er warf dem Leser, der ihnen am nächsten saß, einen bedeutungsvollen Blick zu. Dieser schien die Zeitung eher als Wandschirm zu benutzen, als darin zu lesen.

Santacruz sah sich im Raum um. In der Tat saß Señor Samper, die reinste Plaudertasche, ein wenig zu dicht bei ihnen.

»Kommen Sie mit!«, sagte er und erhob sich mit dem Glas in der Hand. Goyo tat es ihm nach.

Schweigend stiegen sie in den fünften Stock hinauf. Dort öffnete Don Mariano eine Tür und betrat einen Raum, der komplett mit Mahagoniholz verkleidet war. In der Mitte stand eine samtbezogene Sitzgruppe aus dem neunzehnten Jahrhundert, und an den Wänden hingen zahlreiche alte Gemälde, die Heilige, Helden und idealisierte Landschaften darstellten. Das helle Mittagslicht, das durch die Fenster hereinfiel, wurde von einer weißen Gardine gefiltert, und die Geräusche des Hauses waren nur gedämpft zu hören.

»Das Fahnenzimmer. Machen Sie es sich bequem! Hier stört uns um diese Zeit sicherlich niemand.«

Sie stellten ihre Gläser auf einem runden Tischchen ab, und Don Mariano nahm auf dem Sofa Platz, während sich Goyo auf einem zierlichen Sessel niederließ.

»Also, reden wir nun über meine Tochter oder nicht?«

»Ja, Don Mariano, das ist mir das Wichtigste. Wie Sie bereits ahnen, habe ich Sie um dieses Gespräch gebeten, weil ich Sie um die Hand Ihrer Tochter Blanca bitten möchte. Bitte lassen Sie mich erklären!«, beeilte er sich hinzuzufügen, als der Ältere den Kopf schüttelte. »Natürlich verstehe ich, dass Sie als Vater gewisse Vorstellungen von Blancas zukünftigem Ehemann haben. Vielleicht sollte er Unternehmer sein wie Sie selbst, ein Arzt oder ein Rechtsanwalt mit gutem Namen. Was ich zu bieten habe, mag Ihnen zu wenig erscheinen. Ich möchte jedoch, dass Sie noch einmal genau darüber nachdenken, was wir vorhin angesprochen haben. Die Lage in unserem Land wird immer instabiler und für gut situierte Familien wie die Ihre ausgesprochen gefährlich. Einzelheiten kann ich Ihnen nicht mitteilen. Aber ich habe lange nachgedacht und bin zu dem Schluss gelangt, dass ich Ihnen als Freund zumindest Folgendes andeuten muss: In Kürze wird etwas geschehen, was unser Land für immer verändern wird. Ihnen dies zu sagen liegt mir umso mehr am Herzen, als ich die Absicht habe, in Ihre Familie einzuheiraten.«

Santacruz musterte sein Gegenüber aufmerksam, hatte jedoch nicht die Absicht, dem Hauptmann zu widersprechen. Dabei spürte er, wie ihm ein Anflug von Panik die Kehle zuschnürte, als hätte ihm jemand eine Schlinge um den Hals gelegt, die sich langsam zuzog.

»Wo gehobelt wird, fallen Späne, sagt man. Ich will Sie nicht belügen, Don Mariano, es wird Blut fließen. Viel Blut. Aber das ist nötig, um den Kurs dieses Landes zu ändern. Wir lassen nicht zu, dass die Bolschewiken die Zügel in die Hand nehmen. Um dies zu verhindern, sind wir zu allem bereit, was sich als nötig erweist.«

»*Wir?* Wen meinen Sie mit *wir*?«, fragte Don Mariano mit trockenem Mund.

»Die Männer, die wir unser Land lieben und bereit sind, alles zu seiner Rettung zu unternehmen. Mehr kann ich Ihnen leider nicht sagen, es tut mir leid. Aber ich bin mir sicher, dass Sie genauso denken wie wir.«

»Angenommen, Sie haben recht, betrachten Sie eine Hochzeit unter solchen Umständen doch sicher als das Letzte, woran wir denken sollten.«

Der Hauptmann schüttelte den Kopf.

»Gerade unter solchen Umständen sind Sie alle, einschließlich Ihrer Tochter, wesentlich sicherer, wenn Sie mit einem Mann wie mir familiär verbunden sind. Dann wird man Sie in Ruhe lassen. Derzeit bin ich nur Hauptmann, doch bedenken Sie, dass ich gerade erst dreißig Jahre alt bin. Angesichts dessen, was die nahe Zukunft für uns bereithält, wird es mit meiner weiteren Beförderung nicht lange dauern. Gleichgültig, was kommen mag … Ich versichere Ihnen, ich werde mich darum kümmern, dass weder Blanca noch ihrer Mutter oder ihrer Schwester etwas geschieht. Obwohl ich es ehrlich gesagt für ratsam halte, wenn Sie für eine Weile ins Ausland gehen oder zumindest Ihr Landhaus in der Nähe von Denia beziehen. In Valencia zu bleiben ist nicht empfehlenswert, glauben Sie mir.«

Santacruz ließ den Rest der Flüssigkeit in seinem Glas kreisen. Er war auf einmal bleich geworden.

»Steht es wirklich so schlecht?«

Goyo nickte schweigend.

»Wie viel Zeit bleibt uns noch?«

»Das kann niemand mit Sicherheit sagen, aber es wird nur noch wenige Monate dauern.«

»Also?«

»Deshalb habe ich es mit dem Heiratsantrag so eilig. Sie sollten ihm so früh wie möglich zustimmen, damit niemand auf den Gedanken kommt, dass wir überstürzt handeln. Spätestens im Juni sollten wir heiraten.«

»Ein Heiratsantrag im März für eine Hochzeit im Juni scheint mir immer noch recht übereilt. Es wird Gerüchte geben.«

»Im nächsten Jahr um diese Zeit werden die Menschen sich über andere Geschehnisse Gedanken machen. Das schwöre ich Ihnen.«

Santacruz stützte einen Ellbogen auf den Tisch und das Kinn in die offene Hand. Goyo schwieg, damit sein Gegenüber in Ruhe über das Gesagte nachdenken konnte. Kurz spielte er mit dem Gedanken, Vicente Sanchís' Absicht zu erwähnen, seinerseits Pilar zu heiraten. Dann entschied er sich jedoch dagegen. Warum sollte er für einen anderen die Kastanien aus dem Feuer holen? Wenn Vicente um Pilars Hand anhalten wollte, war es seine Sache, dies auch zu tun und ihren Vater genauso zu überzeugen, wie er es gerade versuchte.

»Haben Sie schon mit Blanca gesprochen?«, fragte Don Mariano nach einer Weile.

»Flüchtig. Es schien mir nicht korrekt, ihr die Ehe anzubieten, ohne vorab mit Ihnen gesprochen zu haben. Aber ich bin mir sicher, dass sie Ja sagen wird, vor allem wenn sie um das Einverständnis ihres Vaters weiß. Wir kennen uns noch nicht sehr lange, wie Sie wissen, gerade einmal sechs Monate. Blanca und ich lieben uns jedoch aufrichtig, und wir wären gern Mann und Frau, bevor die politische Lage schlimmer wird. Es würde vieles vereinfachen.«

»Dann habe ich nichts dagegen.«

Ein Lächeln zeichnete sich auf Goyos Gesicht ab.

»Nie hätte ich gedacht, dass ich meine Tochter einmal einem Soldaten zur Frau gebe – trotz der vielen Militärstiefel, die ich bereits hergestellt habe.«

»Sie werden es nicht bereuen, Don Mariano. Bei mir ist Ihre Tochter in Sicherheit. Ich liebe Blanca über alles und werde sie wie eine Prinzessin behandeln, da haben Sie mein Wort. Ihr wird es niemals an irgendetwas fehlen. Ich schwöre, dass ich sie glücklich machen werde.«

»Die Hand drauf, mein Junge! Lass uns zur Feier des Tages noch einen Wermut bestellen, und dann kommst du zum Abendessen mit zu uns.«

»Aber wir haben Doña Carmen nicht Bescheid gesagt.«

»Familienangehörige müssen nicht angekündigt werden, Guerrero. Das wird eine Riesenüberraschung für die Frauen.«

»Bitte nennen Sie mich Goyo, Don Mariano!«

6. Kapitel

Madrid. Gegenwart

Paloma Contreras' Atelier, in dem die Anprobe stattfand, hatte alles, was die Kundinnen der höheren Gesellschaft erwarteten: klassische Eleganz ohne Kitsch, sanfte Farben, Marmor, Beigetöne in Kombination mit Weiß und einzelnen metallischen Details in Gold und Silber. Polster, Kissen und Vorhänge waren aus den edelsten Stoffen gefertigt, und alles war üppig mit frischen Blumen dekoriert, die die nötigen Farbakzente setzten und dem Ganzen etwas Natürliches verliehen, soweit es in der kultivierten Umgebung angemessen war. Die Gesichter der Verkäuferinnen zeigten stets ein leichtes höfliches Lächeln. Sie trugen maßgeschneiderte schwarze Kostüme, dazu Perlen oder anderen dezenten Schmuck. Dies war genau das Ambiente, das den Kundinnen bestätigte, dass sie sich um nichts kümmern mussten, dass alles in besten Händen war, dass sie sich mit Geld auch Glück kaufen konnten, zumindest in diesem Geschäft.

»Bitte machen Sie es sich bequem!«, bat sie eine der Verkäuferinnen, nachdem sie die beiden Besucherinnen an der Tür empfangen hatte. »Paloma kommt sofort zu Ihnen.«

»Gleich wirst du es sehen, Großmama…« Erschrocken legte sich Almudena eine Hand auf den Mund. »…Helena, was für ein wunderbares Kleid es ist. Was wirst du anziehen?«

»Das weiß ich noch nicht. Aber ganz gewiss werde ich nichts mit Pailletten oder irgendetwas Steifes tragen. Und auf keinen Fall darf es unbequem sein. Ich war schon immer der Meinung, dass sich Kleider der Trägerin anpassen sollten und nicht umgekehrt.«

»Ein weiser Schluss«, sagte eine weibliche Stimme hinter ihnen.

Sie drehten sich zu der Rednerin um und sahen eine große,

schlanke Frau auf sich zukommen, deren honigblondes, mit silbernen Strähnen durchzogenes Haar in Form einer Banane hochgesteckt war, die absichtlich locker saß, um dem Ganzen einen gewissen nachlässigen Chic zu verleihen. Sie trug eine weite weiße Marlenehose und ein schlichtes schwarzes Top mit transparenten Ärmeln. Helena schätzte, dass sie etwa im gleichen Alter waren. Doch statt wie sie selbst schwungvollen Elan und ungezügelte Energie auszustrahlen, gab Paloma sich ruhig, zurückhaltend und dezent willensstark. Wie so oft, wenn Helena einer Frau begegnete, die ihr gefiel, dachte sie in diesem Moment, dass Alicia, wenn sie ein solches Alter erreicht hätte, nun so ähnlich aussähe.

Hinter Paloma näherten sich drei junge Frauen, die alles trugen, was für die Anprobe benötigt wurde.

»Almudena, meine Süße, bitte geh mit Betty, damit du dich gleich umziehen kannst. Hier ist heute die Hölle los! Helena! Wie sehr ich mich freue, Sie endlich kennenzulernen! Almudena hat so viel von Ihnen erzählt. Sie war ganz außer sich vor Freude, dass Sie zu ihrer Hochzeit kommen.«

Selbst als sie sprach, erinnerte Paloma an Alicia, deren Stimme ebenso melodiös, wie eine Silberglocke und immer aufrichtig geklungen hatte. Sie begrüßten sich mit einem Wangenkuss, dann klatschte Paloma in die Hände, damit ihre Verkäuferinnen die richtige Position einnahmen.

Almudena, die mithilfe einer der Assistentinnen das runde Podest erklommen hatte, erfreute sich an ihrem Kleid, das so gut wie fertig war.

»Gefällt es dir, Groß… Helena?«

»Nenn mich ruhig Großmutter, wenn es dich glücklich macht, meine Kleine! So schlimm hört es sich doch gar nicht an, und außerdem stimmt es ja. Schließlich bin ich deine Großmutter. Und ja, meine Liebe, es gefällt mir. Es ist ziemlich prunkvoll, aber zauberhaft.«

»Findest du?«, fragte Almudena mit einem Schmollmund, während sie sich in den großen Spiegeln betrachtete.

»Ich bitte dich! Massen an Stoff und eine Schleppe… und sicher wirst du auch noch einen Schleier tragen. Aber hör nicht auf mich, ich bin einfach nicht der Typ für solche Märchenkleider.«

»Es passt sehr gut zu ihrem Stil und ihrer Persönlichkeit«, meinte Paloma. »Und zu ihrer wunderbaren Figur.«

»Haben Sie es entworfen?«

»Ja. Das letzte, bevor ich in den Ruhestand gehe.«

»Sie gehen schon in den Ruhestand?«

»Ich bin dreiundsiebzig Jahre alt und habe mein ganzes Leben lang nichts anderes gemacht. Jetzt bin ich dessen müde. Ich brauche eine Luftveränderung, ein neues Leben, etwas ganz anderes. An der Côte d'Azur, in der Nähe von Saint Paul de Vence, habe ich ein kleines Haus, und seit Ewigkeiten freue ich mich darauf, dort das ganze Jahr über zu leben. Und nun ist der Zeitpunkt gekommen, denke ich. Nach Almudenas Hochzeit übergebe ich alles meinem Neffen und ziehe mich zum Malen zurück«, schloss sie ihre Ausführungen mit leicht verschämtem Lächeln.

»Sie malen auch?«

»Nicht wie Sie«, widersprach Paloma und spielte ihr Vorhaben ein wenig herunter. »Kleine Aquarelle, provenzalische Landschaften ... solche Motive. Mode zu entwerfen und Bilder zu malen, das hat viel gemeinsam.«

»Nun ja, ich bin noch nie auf den Gedanken gekommen, Kleider zu entwerfen. Obwohl meine Schwester und mein Schwager Modeschöpfer waren.«

»Tatsächlich?«

»Jean Paul Laroche ist mein Schwager.«

»Er ist wunderbar! Einer meiner liebsten Kollegen. Und Ihre Schwester? Arbeiten sie zusammen?«

»Alicia ist vor langer Zeit gestorben, nicht einmal dreißig Jahre alt. Wenn das Leben gerade erst anfängt.«

»Wie furchtbar! So jung!«

Paloma warf einen kurzen Blick auf die Angestellte, die Almudena bat, sich umzudrehen, um den Saum des Kleides abzustecken. Sie nickte bekräftigend und wandte sich wieder dem Gespräch zu.

»Sie werden es nicht glauben, aber ich habe noch ein Kleid von neunzehnhundertsiebenundsechzig, das entweder Ihre Schwester oder Ihr Schwager entworfen haben muss. Die Kollektion war damals ein Skandal. *Imagine* hieß sie. Erinnern Sie sich?«

Helena betrachtete Paloma aufmerksam. Zunächst war ihr nur das gleichnamige Lied von John Lennon in den Sinn gekommen. Aus welchem Jahr stammte es wohl? Doch gleich darauf brachen die Erinnerungen über sie herein, überfluteten sie geradezu, und die Knie zitterten ihr. Ein plötzlicher Regen aus Bildern und Worten, der ihr Schwindel verursachte. Wie in einem Film, der nur für sie gezeigt wurde, sah sie plötzlich Alicia vor sich, die zur Gare d'Austerlitz gekommen war und sie abgeholt hatte. »Das wird eine Sensation und wird *tout Paris* auf den Kopf stellen«, hatte sie aufgeregt verkündet. »Du kannst dir nicht vorstellen, was Jean Paul und ich entworfen haben, Helena! Marokkos Farben auf dem Laufsteg. Du wirst es nicht glauben.« Und dann hatte sie, noch mit Koffern beladen und mit kältegeröteter Nase, das Atelier betreten, wo Jean Paul sie bereits ungeduldig erwartete – inmitten eines Meeres aus Stoffen, die aus einem orientalischen Harem zu stammen schienen. Wundervolle Grüntöne, von sanftem Hellgrün, das an die frisch knospenden Blätter eines Mandelbaumes erinnerte, bis zum satten Dunkelgrün, das an die Wellen des Ozeans in seinen geheimnisvollen Tiefen denken ließ. Blautöne wie in einem arabischen Innenhof, die sofort die Fliesen in Erinnerung riefen, die zwischen Myrte und Jasmin einen Brunnen umgaben. Feurige Rottöne, die von goldfarbenem Orange durchzogen waren. Strahlendes kaiserliches Gelb … und dazu Schmuckelemente, Knöpfe, Schnallen, exotische Federn, Kisten über Kisten voller Pailletten in allen Farben und Größen …

»Wir werden Europa für die Magie Afrikas öffnen«, erklärte Yannick, während er ihr die Entwürfe zeigte, die sie gemeinsam kreiert hatten: orientalisch anmutende Pumphosen, Kaftane, Tuniken, Turbane. »Die kühlen Pariserinnen werden die Sinnlichkeit entdecken. Wer will sich nicht in diese Seide, diesen Satin hüllen? *Imagine*. So wird die Kollektion heißen.«

Trotz aller Einzelheiten, an die Helena sich erinnerte, konnte nicht mehr Zeit als wenige Sekunden vergangen sein, denn Paloma sprach bereits weiter.

»Stellen Sie sich vor, *Imagine*, das haben die beiden erfunden.

John Lennons Song kam vier Jahre später heraus, ist also aus dem Jahr einundsiebzig. Wenn Sie das nächste Mal kommen, um Almudenas Kleid abzuholen, bringe ich das Kleid von damals von zu Hause mit, damit Sie es sich ansehen können. Vielleicht erkennen Sie es wieder. Es ist wunderbar. Inzwischen gilt es als Kunstwerk, das ich irgendwann einmal einem Museum zur Verfügung stellen werde. Genau wie den Smoking von Yves Saint Laurent aus demselben Jahr. Damals habe ich das Geld, das ich verdient habe, entweder in mein eigenes Geschäft investiert oder mir davon exklusive Designermode gekauft. Das Ensemble, das Sie tragen, ist übrigens zauberhaft. Von wem ist es?«

Helena lächelte erfreut.

»Von May Sanders, einer jungen australischen Designerin, die gerade erst angefangen hat.«

»Sie hat Talent.«

»Sie werden an mir sicher noch andere Entwürfe von ihr sehen. Ich bin als Werbesäule für sie unterwegs.«

»Nein, Eva, um Gottes willen!« Paloma unterbrach das Gespräch mit Helena und war mit zwei Schritten bei Almudena. »Wenn das Kleid hinten zu stramm sitzt, kann die Ärmste ja nicht mehr atmen.«

»Aber das Kleid ist doch schulterfrei! Wenn es nicht eng genug sitzt, rutscht es in der Kirche herunter.«

»Komm, lass mich mal!«

Helena betrachtete ihre Enkelin mit amüsiertem Blick. Zu ihrer Zeit wäre es unmöglich gewesen, dass eine Braut mit nackten Schultern eine Kirche betrat, erst recht nicht zu ihrer eigenen Hochzeit. Aber die Zeiten hatten sich geändert, und heutzutage war eben alles anders. Männer trugen Turnschuhe zum Anzug mit Krawatte. Frauen waren überall in Shorts anzutreffen. Männer heirateten Männer, und Frauen heirateten Frauen, beide im Brautkleid.

Was sich jedoch nicht geändert hatte, war die Tatsache, dass Frauen für gleiche Arbeit immer noch schlechter bezahlt wurden als Männer. Dass sie wie Löwinnen um Führungspositionen kämpfen mussten, dass sie von den Männern nach wie vor entweder abgelehnt oder herablassend behandelt wurden. Oder die Herren hatten schlichtweg Angst vor ihnen, wenn sie mit der gleichen Härte vorgingen, wie sie bei den meisten Männern üblich war, und sich den Herausforderungen ebenso entschlossen stellten. Das alles war leider gleich geblieben.

Als sie das Atelier von Paloma Contreras verließen, hakte sich Almudena wie selbstverständlich bei ihrer Großmutter unter und schien nicht zu merken, dass Helena sich dabei leicht versteifte. Körperlichen Kontakt, der nicht sexueller Art war, war sie einfach nicht gewohnt.

»Ich soll dir von Tante Amparo ausrichten, dass sie dich gern sehen würde, Großmutter.«

»Wer ist Tante Amparo?« Die Frage war ernst gemeint. Denn im ersten Moment hatte Helena tatsächlich keine Ahnung, um wen es sich handelte, wenn der Name ihr auch bekannt vorkam.

Almudena lachte.

»Na ja, deine Cousine vielleicht? Die Tochter deiner Tante Pilar, der älteren Schwester deiner Mutter. Jetzt sag nicht, dass du sie nicht kennst! So schwierig ist das Ganze schließlich nicht. Sie waren nur zu zweit, mehr Geschwister gab es nicht, Blanca, deine Mutter, und Pilar, deine Tante.«

»Es ist bestimmt vierzig Jahre her, seit ich Tante Pilar zuletzt gesehen habe. Sie muss inzwischen uralt sein.«

»Würde sie noch leben, wäre sie jetzt hundertfünf. Zufällig weiß ich das ganz genau. Chavi und ich stellen anlässlich unserer Hochzeit nämlich die Stammbäume unserer beiden Familien zusammen.«

»Wenn sie nicht mehr lebt, wie kann sie mich dann sehen wollen?«

»Nicht sie will dich sehen, sondern ihre Tochter Amparo. Die ist etwa Mitte siebzig, aber noch so voller Energie, dass ich neidisch werden könnte.«

»Hat sie dir auch gesagt, warum sie mich sehen will, wenn ich mich nicht mal an sie erinnere?«

»Sie hat ein paar Dinge, die sie dir geben möchte. Dinge, die ihre Mutter hinterlassen hat und die offenbar von deinen Eltern stammen – und die ihrer Meinung nach besser nicht in falsche Hände geraten sollten.«

»Die besser nicht in falsche Hände geraten sollten? Was, zum Teufel, bedeutet das?«

Almudena zuckte mit den Achseln.

»Keine Ahnung. Mehr wollte sie mir nicht verraten. Vielleicht geht es um altes Porzellan oder irgendwelche Glasfigürchen«, fügte sie mit einem neckenden Lächeln hinzu. »Soll ich mitkommen? Ich habe Zeit bis neun.«

Helena konnte eine gewisse Neugierde nicht verleugnen, auch wenn sie keine große Lust hatte, Amparo zu besuchen und sich mit ihr unterhalten zu müssen. Schließlich war ihre Cousine ihr völlig unbekannt, obwohl sie derselben Familie angehörten. Wobei Almudenas Anwesenheit die Sache sicher erträglicher machte.

»Na, dann los! Gehen wir. Ich bin dir sehr dankbar, dass du mitkommst. Und wenn du um neun noch etwas vorhast, wird sich das Treffen auch nicht allzu lange hinziehen.«

»Ich habe um neun einen Termin, nicht du, Großmutter.«

»Wir können ja sagen, dass es mich auch betrifft«, meinte Helena mit einem Augenzwinkern.

Sie hielten ein Taxi an, und Almudena gab eine Adresse im Salamancaviertel an.

»Ich glaube, in dieser Gegend haben auch meine Eltern in ihren letzten Jahren gelebt. Ich bin zweimal oder dreimal dort gewesen«, erklärte Helena, als sie über den Paseo de la Castellana fuhren. »Eine riesige Wohnung und sehr pompös, in der nur die beiden wohnten. Kein Wunder, dass ihr Leben so traurig endete.«

»So wie du über die beiden sprichst, kann ich kaum glauben, dass sie deine Eltern waren.«

Helena wandte den Blick vom Wagenfenster ab und musterte ihre Enkelin mit überraschtem Blick.

»Findest du?«

»Aber hallo! Du bist so was von gefühlskalt...«

»Um meinen eigenen Weg gehen zu können, habe ich mich innerlich von allem verabschiedet. Mit meinem Vater habe ich jahrelang nicht gesprochen. Er konnte meine Flucht – wie er es nannte –, mein unverantwortliches Handeln, nie gutheißen. Und der Kontakt zu meiner Mutter war sehr sporadisch. Wir haben uns gelegentlich geschrieben und nur selten gesehen. Später, als mein Vater bereits sehr alt war, haben wir uns anlässlich einer meiner Reisen nach Madrid wieder vertragen. Kurz darauf nahm er sich dann das Leben. Weihnachten war ich dort, und im März hat er sich erschossen. Meine Mutter ist in ein Seniorenheim übergesiedelt, und als ich im folgenden Herbst noch einmal kam, hat sie mich schon nicht mehr erkannt. Natürlich verschwand ich auf der Stelle. Inzwischen sind viele Jahre vergangen, und ich habe nur positive Erinnerungen im Gedächtnis behalten. Aus der Zeit, als sie noch jung waren und wir die Sommerferien in Marokko verbrachten. Oder später in Santa Pola. An die Wohnung in Madrid denke ich dabei nie. Da du davon sprichst, fällt mir jetzt ein, dass sie übrigens mir gehört. Sie müsste noch genauso aussehen wie neunzehnhundertdreiundachtzig. Weißt du, ob dein Vater manchmal dort ist?«

Almudena schüttelte den Kopf. Sie hatte mit großem Interesse gelauscht, zumal dies die längste Rede gewesen war, die sie je von ihrer Großmutter gehört hatte.

»Heißt das Nein? Oder weißt du es nicht?«

»Ich habe keine Ahnung. Nicht mal von der Existenz dieser Wohnung habe ich gewusst. Und das scheint mir seltsam. Wäre es anders, hätte ich dich gebeten, sie mir und Chavi für die erste Zeit günstig zu vermieten. Da du sie ja für nichts anderes benutzt …«

»Ich werde mit deinem Vater darüber reden.«

Das Taxi hielt vor dem Eingang eines Gebäudes aus dem neunzehnten Jahrhundert, das offenbar erst vor Kurzem renoviert worden war. Die schwere Holztür glänzte frisch gewachst, der gesamte Eingangsbereich bestand aus glänzendem Marmor, und das Treppengeländer sowie der schöne alte Aufzug waren kunstvoll geschmiedet. Da Tante Amparo im ersten Stock wohnte, beschlossen Helena und Almudena, die Treppe zu nehmen.

Eine junge Frau in Dienstmädchenuniform öffnete die Wohnungstür. Ihren indianischen Zügen nach zu urteilen, stammte sie aus Südamerika. Sie geleitete die Besucherinnen durch einen langen Flur mit vielen geschlossenen Türen, der im Halbdunkel lag, und bat sie schließlich in ein lichtdurchflutetes Zimmer mit zwei Balkonen zur Straße hin, das sie als Arbeitszimmer bezeichnete. Es war mit einer hellgelb bezogenen alten Sitzgarnitur sowie einem Sekretär aus hellem Holz möbliert. Die Seidentapete an den Wänden vermittelte den Eindruck, sich in einem japanischen Garten aufzuhalten. Helena wunderte sich über den exotischen Geschmack ihrer Cousine. Sie hatte eher kastilische Möbel aus gedrechseltem dunklem Holz erwartet, doch diese Einrichtung gefiel ihr bedeutend besser.

Einen Moment später wurde die Tür geöffnet, und die Hausherrin trat ein. Amparo war eine ältere Dame mit sehr kurz geschnittenem grauem Haar und einem Kleid aus Rohleinen, das sie schlanker machte, als sie war.

»So lange haben wir uns nicht mehr gesehen, Helena! Welche Freude! Du hast noch immer dieselben Augen …«

»Immer noch die, mit denen ich geboren wurde.«

Almudena lachte kurz auf, woraufhin Amparo sie ein wenig unentschlossen ansah und offenbar nicht wusste, wie sie reagieren sollte.

»Damit hast du auf zauberhafte Weise ausgedrückt, dass ich eine uralte Schachtel bin und du mich nur an meinen Augen wiedererkannt hast«, fügte Helena rasch hinzu.

Amparo errötete.

»Das wollte ich damit nicht sagen.«

»Überhaupt kein Problem, meine Liebe … Es macht wirklich nichts. Ich bin manchmal ziemlich direkt. So war ich schon immer, vielleicht erinnerst du dich.«

»Ich erinnere mich an ein aufgewecktes, humorvolles Mädchen. Aus der Zeit, als wir euch in Rabat besucht haben.«

Helena wandte sich an ihre Enkelin.

»Wegen des großen Altersunterschieds haben wir nie miteinander gespielt. Amparo ist um einiges älter als ich. Stell dir vor, als ich zehn Jahre alt war, war sie bereits achtzehn oder so.«

»Ich habe mehr Zeit mit deiner Schwester verbracht, die damals fünfzehn oder sechzehn war.«

Helena wurde allmählich ungeduldig.

»Hör mal, Amparo, Almudena sagte mir, dass du mich gern sehen wolltest. Entschuldige, aber wir sind ein wenig in Eile, weil wir um neun noch einen Termin haben.«

»Ja, ja, keine Sorge! Ich möchte den Gottesdienst um acht nicht versäumen, deshalb halte ich euch nicht lange auf. Außerdem liegt schon alles bereit, für den Fall der Fälle.«

»Welchen Fall der Fälle?«

Amparo lachte auf seltsame Art.

»In meinem Alter weiß man nie. Vor ewig langer Zeit musste ich deiner Mutter versprechen, dir die Dinge zu geben, die sie für dich hiergelassen hat.«

Sie ging vor ihnen den Flur entlang und öffnete eine Tür auf der linken Seite, die offenbar in ein Gästezimmer führte, dessen Fenster zum Innenhof hinausging. Auf der hellen Tagesdecke des Bettes standen zwei Kisten mittlerer Größe.

»Was ist da drin, Amparo?«

»Tante Blanca – deiner Mutter – musste ich schwören, auf keinen Fall nachzusehen. Also habe ich es auch nicht getan. Ich weiß nur, dass es sich um Papiere, Dokumente, Bücher und Fotos handelt. Und dass die Kisten bleischwer sind. Wie sie mir sagte, ist der Inhalt ausschließlich für dich bestimmt. Ansonsten solle ich sie besser verbrennen, meinte sie. Sie glaubte nicht ernsthaft, dass du dir die Sachen ansiehst. Aber wie sie sagte, wollte sie dir wenigstens die Möglichkeit dazu geben, selbst wenn du dich nicht die Spur für die Vergangenheit interessierst.«

Helena hatte das Gefühl, als hätte ihre Mutter ihr aus dem Grab heraus eine Ohrfeige verpasst. Einem ersten Impuls zufolge hätte sie das Zeug am liebsten auf der Stelle verbrannt. Ihre Mutter hatte sie nie verstanden. Niemals! Sie hatte tatsächlich zu Amparo gesagt, dass sie, Helena, sich nicht für die Vergangenheit interessiere. Wäre es doch nur so gewesen! Hätte sie ihr doch wirklich nichts bedeutet! Dann hätte sie vielleicht nicht fast fünfzig Jahre lang immer wieder darüber nachgegrübelt, was in jenem Sommer passiert war, oder an andere schreckliche Ereignisse gedacht. Aber wie sollte ihre Mutter das wissen, nachdem sie sich höchstens ein halbes Dutzend

Mal gesehen und dabei immer darauf geachtet hatten, gewisse Themen auf keinen Fall anzusprechen?

»Wirst du die Dokumente lesen?«

Helena zuckte mit den Schultern.

»Früher oder später, wenn ich ein bisschen Zeit habe.«

»Warte nicht zu lange, Helena! Tante Blanca erwähnte oft, wie gut es ihr täte, wenn du über gewisse Zusammenhänge Bescheid wüsstest, die sie dir gegenüber nie erwähnt hat. Sie wollte, dass du alles erfährst. Immer mal wieder sprach sie die Hoffnung aus, dass du sie verstehst, sie beide, deine Mutter und deinen Vater.«

»Ich schwöre dir, ich habe keine Ahnung, was es sein könnte! Vielleicht war sie ja damals schon …?« Helena tippte sich mit einem Finger an die Stirn. War hier etwa von möglicher Verrücktheit die Rede? Doch Amparo schüttelte den Kopf.

»Nein, Helena. Sie wurde erst nach dem Selbstmord deines Vaters verrückt, möge Gott ihm verzeihen. Der Aufenthalt im Seniorenheim hat es dann noch verschlimmert. Ich habe sie jede Woche besucht, aber das war nicht genug, um das Vergessen zu bekämpfen.«

»Um Himmels willen, Amparo! Das hört sich ja an, als sei ich schuld an ihrer Alzheimererkrankung.«

»Nein, meine Liebe, natürlich nicht.« Amparo warf einen Blick auf ihre silberne Armbanduhr. »Es tut mir leid, wenn ich euch dränge, aber ich muss los.«

»Ich rufe ein Taxi«, erklärte Almudena, um die Spannung zu lösen, die plötzlich zwischen den beiden älteren Damen herrschte.

»Wenn du noch mal wiederkommst, genehmigen wir uns eine heiße Schokolade mit gerösteten Picatostes und reden in Ruhe«, schlug Amparo vor, während ihre Besucherinnen die beiden Kisten nahmen und durch den Flur zum Ausgang gingen. »Oder wenn du eine Frage hast … Ich weiß zwar nicht viel, aber an das eine oder andere kann ich mich erinnern. Oder meine Eltern haben es mir erzählt.«

Helena kämpfte mit dem Gewicht einer der Kisten und hatte den Eindruck, in ein unbekanntes Theaterstück geraten zu sein, ohne den Text bekommen zu haben, den sie sich merken und vorsprechen sollte. Sie hatte keinen blassen Schimmer, wovon ihre Cousine sprach, und wollte es zumindest in diesem Moment auch gar nicht wissen.

»Es gibt noch weitere Sachen aus der Wohnung deiner Eltern, die du dir vielleicht ansehen solltest. Frag deinen Sohn! Er hat sie.«

Sie waren bereits an der Tür, als Helena sich überrascht noch einmal zu Amparo umwandte.

»Álvaro? Was hat er?«

Amparo war völlig verblüfft über die Unwissenheit ihrer Cousine, der Künstlerin.

»Nun ja, die ganzen Wertsachen aus der Wohnung deiner Eltern natürlich. Alles, was du nach dem Willen deiner Mutter unbedingt bekommen solltest.«

»Aber ... nur damit wir uns nicht missverstehen ... Das ist doch alles noch in der Wohnung, oder?«

»In welcher Wohnung?«

»In der meiner Eltern natürlich.«

Amparo und Almudena wechselten einen kurzen Blick.

»Diese Wohnung gibt es so nicht mehr, Helena«, sagte Amparo schließlich. »Dein Sohn hat sie schon vor vielen Jahren verkauft. Wusstest du das nicht?«

Helena öffnete den Mund und schloss ihn wieder, denn ihr fiel keine passende Antwort ein. Seit Jahren, seit vielen Jahren hatte sie nicht mehr an diese blöde Wohnung gedacht, an die Bleibe der letzten Phase ihrer Eltern, wie sie jene Zeit immer genannt hatte. An dieses Zuhause, das sie kaum gekannt, in dem sie nie gelebt hatte. An eine Wohnung, die in ihrer Erinnerung voller dunkler Möbel und alter Gegenstände war, die sie nicht haben wollte.

Sie war stets davon ausgegangen, dass es die Wohnung noch gab und sich dort immer mehr Staub ansammelte, bis sie eines Tages beschließen würde, sie irgendwie zu nutzen. Doch diesen Plan hatte sie Jahr um Jahr vor sich hergeschoben. Schließlich hatte sie nie die Zeit dazu gehabt und hätte sich gegebenenfalls lieber allem anderen gewidmet als der Auflösung der letzten Wohnung ihrer Eltern. Gemeinsam mit ihrer Schwester hätte sie es sich vorstellen können. Allein jedoch nicht. Und ihre Schwester war inzwischen seit sechsundvierzig Jahren tot. Also war an den Umständen nichts zu ändern.

Das Gehirn gaukelt einem manchmal seltsame Vorstellungen vor. Alle diese Gedanken waren ihr in den vergangenen Sekunden offenbar durch den Kopf gegangen, denn ihre Cousine hatte weitergeredet, und bei ihren Worten war Helena erstarrt.

»Manchmal verstehe ich, was deine Mutter immer sagte. Dass du nämlich nicht ihre Tochter sein könntest. Und dass du eine Strafe für sie seist. Nichts ist dir wichtig. Nur du allein bedeutest dir etwas.«

»Was weißt du denn schon von mir, Amparo?«, entgegnete Helena deutlich verärgert. »Wir hatten ein Leben lang nichts miteinander zu tun.«

»Du hast recht, ich weiß nichts von dir. Und das waren auch nicht meine Worte, sondern die der armen Tante Blanca.«

Inzwischen waren sie im Erdgeschoss des Hauses angekommen, und Amparo nickte ihnen kurz zu, um dann eiligen Schritts durch den Hauseingang in Richtung Kirche zu verschwinden.

Aus einem ihrer typischen Impulse heraus bat Helena Almudena, sie zu der Wohnung im Torre Madrid zu begleiten und ihr beim Umzug in ein Hotel an der Gran Vía zu helfen. Sie mochte nicht länger in dieser Wohnung bleiben, die sie so eng mit der Vergangenheit, mit ihren Familienangelegenheiten verband. Sie hätte nicht darauf bestehen sollen, während ihres Aufenthaltes dort zu wohnen. Früher oder später würde sie sich mit Álvaro streiten, und sie hatte keine Lust, ihm dann für irgendetwas dankbar sein zu müssen. Lieber wollte sie völlig unabhängig sein. Sie würde in ein Hotel ziehen und ihr Zimmer selbst bezahlen, ohne jegliche Gefälligkeit, ohne irgendwem irgendetwas zu schulden, nicht einmal ihrem Sohn.

Ihr war durchaus bewusst, dass ihre Enkelin sie ansah, als hätte sie nicht mehr alle Tassen im Schrank. Sie war ihr dankbar, dass sie die Angelegenheit nicht weiter kommentierte.

»Du hast sicher schon gehört, dass wir Künstler seltsame Menschen sind, oder?«, meinte sie, als sich ihr Koffer und die beiden

Kisten aus Amparos Wohnung schließlich im Hotelzimmer stapelten.

»Klar, Großmutter, mach dir keine Gedanken! Und wenn ich noch nichts davon gehört hätte, haben wir ja Marc, Saras Sohn, als lebendes Beispiel zu Hause. Er bezeichnet sich auch als Künstler, und es fällt ihm überhaupt nicht schwer, sich entsprechend zu verhalten – seltsam zu sein, Künstlerallüren zu haben und sich vor allem zu drücken, was eigentlich seine Aufgabe wäre.«

»Du bist ganz schon frech, junge Dame!«

»Das liegt in den Genen. Ich muss jetzt los.« Almudena gab Helena mit spitzen Lippen zwei schnelle Küsse auf die Wangen. »Ich will dir nicht zu nahe treten, Großmutter«, fügte sie hinzu, als sie bereits an der Tür war. »Aber Marc, du, mein Vater und Sara laufen durch die Welt und sagen immer, wonach ihnen gerade ist. Dabei nehmen sie keine Rücksicht auf andere und bedenken auch nicht, dass sie jemandem wehtun könnten. Also sehe ich nicht ein, warum ich den Mund halten und ein braves Mädchen sein soll, das immer allen zur Verfügung steht. Du willst in ein Hotel umziehen, ohne den Grund dafür zu erklären? In Ordnung, was geht's mich an? Du hast die arme Amparo behandelt wie den letzten Dreck? Gut, das ist nicht meine Sache. Oder nur am Rande, weil sie so etwas wie meine Großtante ist und ich sie gernhabe. Aber verbiete mir nicht den Mund, denn das geht gar nicht! So, jetzt ist es raus, und ich fühle mich besser. Ich muss los, sonst komme ich nie an. Wirst du Papa deinen Aufenthaltsort mitteilen? Oder ist das ein Geheimnis?«

»Keine Angst, ich sage es ihm schon. Ich muss sowieso mit ihm reden. Ach ja, danke für die Hilfe!«

»Keine Ursache. Dafür ist das einfache Volk ja da«, entgegnete Almudena mit einem Lächeln, das Helena nicht einordnen konnte. War es reine Ironie oder ehrlich gemeint?

Als sie schließlich allein war, wollte sie eigentlich über die Worte ihrer Enkelin nachdenken. Zwangsläufig hätte dies allerdings dazu geführt, sich auch über Amparos Aussagen Gedanken zu machen. Vielmehr darüber, was laut Amparo ihre Mutter geäußert hatte. Und da Helena keine große Lust hatte, die üblichen Erinnerungen

Revue passieren zu lassen, beschloss sie, die Angelegenheit vorerst aufzuschieben. Ihr ganzes Leben lang hatte sie sich bemüht, nichts auf die Meinung anderer zu geben. Auch nichts auf das Urteil ihrer verstorbenen Mutter. Und wäre dies eine olympische Disziplin gewesen, hätte sie sich durchaus qualifiziert.

Es war bereits gegen neun Uhr abends, also griff sie zum Hoteltelefon und bestellte eine Flasche eiskalten Chardonnay und ein Clubsandwich aufs Zimmer. An diesem Tag hatte sie schon so viele soziale Kontakte gehabt, dass sie niemanden mehr um sich haben wollte, nicht einmal den Kellner im Hotelrestaurant. Sie würde allein zu Abend essen und sich dann einen Film ansehen oder sich einen guten Science-Fiction-Roman herunterladen.

Mit einem Fuß schob sie die Kiste zur Seite, die an der Badezimmertür stand, und nahm eine heiße Dusche. Dann schlüpfte sie in den Hotelbademantel, schlang sich ein großes Handtuch um den Kopf und öffnete dem Zimmerkellner, der ihre Bestellung lieferte. Als alles erledigt war, schloss sie die Tür hinter ihm ab. Welche Erleichterung! Endlich allein! Allein, ohne dass irgendjemand in ihr Leben eingreifen konnte. Sie bedauerte, Sammy nicht mitgebracht zu haben, ihren Sekretär, Freund und Helfer für alles, der schon seit fünfzehn Jahren für sie arbeitete. Er hatte jedoch schon seit Ewigkeiten keinen Urlaub mehr genommen, und deshalb hatte sie ihm drei Wochen freigegeben. Denn sie hatte geglaubt, in Spanien auf seine Unterstützung verzichten zu können. Ein großer Fehler. Sammy war einer der wenigen Menschen, denen sie tatsächlich vertraute. Und er war vermutlich der Einzige, der sie mit einem einfachen Lächeln oder einem kurzen Heben der Augenbrauen besänftigen konnte. Abgesehen davon war sein Markenzeichen der wunderbare Satz *Ich kümmere mich darum.* Tatsächlich, wenn Sammy sich um etwas kümmerte, musste sie sich darüber keine Gedanken mehr machen. Wäre er jetzt hier gewesen, hätte sie ihn gebeten, die beiden Kisten mit in sein Zimmer zu nehmen. Irgendwann hätte er ihr eine Zusammenfassung des Wesentlichen präsentiert. Die wenigen Dinge, die sie selbst lesen oder sich ansehen sollte, hätte er ihr dann überreicht. Doch er war nicht hier, also musste die Angelegenheit warten, bis Carlos kam. Schließlich war er Verleger und darin geübt, Manuskripte zu lesen und Unerträgliches auszusieben. Er würde sich der Sache annehmen.

Als sie später gerade das Licht ausmachen wollte, fiel ihr ein, dass sie den ganzen Tag über nicht auf ihr Handy gesehen hatte. Sie stand noch einmal auf, suchte in ihrer Tasche danach und fand es. Irgendwann musste sie es auf lautlos gestellt haben, und in der Zeit waren sieben Anrufe von Marc eingegangen. Sie musste lächeln. Wirklich ein ungeduldiger und hartnäckiger Junge! Eine Nachricht von Carlos: *In 36 Stunden bin ich bei Dir.* Und eine Information von Yannick: *Du hast Post.*

Sie stellte den Ton des Handys nicht wieder an, nahm ein leichtes Schlafmittel und kehrte ins Bett zurück. Das alles konnte noch zwölf Stunden warten. Ausnahmslos.

Die Kiste

4. Foto

Dokumente 1 und 2

In einem durchscheinenden DIN-A4-Umschlag befinden sich zwei weitere Umschläge und ein Foto. Der erste Umschlag ist satiniert, cremefarben. In dem Umschlag steckt eine Briefkarte aus dem gleichen Papier. Innen sind rechts unten zwei goldene Ringe abgebildet. Die Karte enthält folgenden Text:

> Das Ehepaar Santacruz,
> Don Mariano Santacruz und seine Ehefrau Doña Carmen Civera,
> freuen sich, Sie zur Vermählung ihrer Töchter
> Pilar und Blanca
> mit den Herren Vicente Sanchís Ballester,
> Leutnant der Landstreitkräfte,
> und Gregorio Guerrero Vázquez,
> Hauptmann der Landstreitkräfte, einzuladen.
> Die Trauung findet am
> 14. Juni um 9.00 Uhr
> in der Basilika Unserer Lieben Frau statt.
> Anschließend bitten wir ab 13.00 Uhr zum Lunch in den
> Real Club Náutico.
> Um Antwort wird gebeten.
>
> Valencia, 3. Mai 1936

In dem anderen, kleineren Umschlag befindet sich ebenfalls eine Briefkarte, auf deren Vorderseite das Wort *Lunch* zu lesen ist. Innen steht folgender Text:

Real Club Náutico de Valencia

Anlässlich der Vermählung von
Vicente und Pilar sowie
Gregorio und Blanca

Gemischte Vorspeisen
Garnelen aus Vinaroz
Fleischbrühe mit Sherry
Poulet Parisienne mit ausgewähltem grünem Gemüse
Seezunge Meunière mit Dampfkartoffeln
Profiteroles mit Schokolade, Nüssen und Sahne
Champagner und Hochzeitstorte

Zuletzt befindet sich noch ein großes Schwarz-Weiß-Foto in dem Umschlag, das in weißen Pappkarton mit doppeltem silberfarbenem Rand eingerahmt ist. Dieser ist außerdem mit zwei eingeprägten Tauben verziert, die sich wie zum Kuss Schnabel an Schnabel gegenüberstehen.

Zwei junge Paare lächeln in die Kamera. Die Damen tragen weiße Hochzeitskleider mit Diadem und Schleier. Pilars Satinkleid hat lange, schmale Ärmel und ist so hochgeschlossen, dass hinten sogar der Nacken bedeckt ist. Vorn ist es gerade so weit geöffnet, dass ein kleiner goldener Kreuzanhänger mit Perlen zu sehen ist. Das Kleid ist eng anliegend und figurbetont, und entsprechende Falten, die aus Hüfthöhe nach hinten verlaufen, lassen den Schluss zu, dass es eine Schleppe hat. Pilars Haar ist zu einem hohen Knoten aufgesteckt und mit einem wachsblumenverzierten Diadem geschmückt. Der üppige Schleier ist mit vielen kleinen Blumen bestickt.

Blancas Kleid ist tiefer ausgeschnitten, und die Ärmel sind kurz. Allerdings trägt sie lange Handschuhe, sodass nur wenige Zentimeter ihrer Arme zu sehen sind. Das enge Seidenmieder sitzt stramm an der Taille und betont die Üppigkeit des Rocks, der aus mehreren Tüllschichten besteht. Ihr Haar ist locker-romantisch hochgesteckt und mit einem Diadem mit Seidenblumen und Glitzersteinen verziert. Der Schleier besteht aus Seidenspitze und fällt wellig über Schultern und Rücken. Sie trägt den gleichen Kreuzanhänger aus Gold und Perlen wie ihre Schwester, der auf der nackten Haut jedoch eher ins Auge fällt als bei Pilars hochgeschlossenem Kleid.

Die Brautsträuße sind ebenfalls identisch, riesengroß und üppig mit Nardendolden bestückt, die einen inneren Kreis aus Rosen und einer anderen Blume umgeben, die auf dem Foto nicht gut zu erkennen ist und bei der es sich um Freesien handeln könnte. Insgesamt ist den Kleidern und dem ganzen Auftritt anzusehen, dass es sich um eine prunkvolle Hochzeit handelt, bei der keine Kosten gescheut wurden.

Die beiden Bräute in der Mitte lächeln Arm in Arm wie von innen erleuchtet, genau wie die Männer, die sie mit stolzgeschwellter Brust und triumphierendem Blick flankieren.

Beide tragen sie, der Mode entsprechend, gestutzte Schnurrbärte, das Haar sehr kurz und die gleichen Uniformen. Vicente hat etwas von einem Dandy, etwas Weiches, das entweder von den molligen Händen oder den leichten Pausbacken herrührt, die in nicht allzu ferner Zukunft zu Hängebacken würden. Gregorio hingegen blickt mit der Haltung eines Großwildjägers in die Kamera, der gerade einen Löwen erlegt hat. Oder er ähnelt einem Bergsteiger, der soeben als Erster einen bisher als unbezwingbar geltenden Berg erklommen hat. Er ist ein gut aussehender, charismatischer, strammer Kerl, der dort, wo Vicente rundlich wirkt, eher etwas Kantiges hat.

Im Hintergrund ist ein Bogen aus erhobenen Säbeln auszumachen, den die Waffenbrüder der beiden Männer zum Auszug aus der Kirche gebildet haben. In den Haaren der Männer glitzern einige Reiskörner.

Alle vier wirken unglaublich jung, für die Ewigkeit eingefroren in jenem Moment vollkommenen Glücks, nur einen Monat vor Ausbruch des Spanischen Bürgerkrieges.

Die Aufschrift auf der Rückseite des Fotos ist einfach nur die folgende: *Unsere Hochzeit, 14. Juni 1936.*

7. Kapitel

Madrid. Gegenwart

Marc war auf dem Weg ins *Gimlet*, in seine Lieblingsbar, ein winziges Lokal im Chuecaviertel. Seine Besitzerin Bea erlaubte sich seit zwölf Jahren die Kuriosität, nur Gin Tonics zu servieren. Dies war auf einmal Mode geworden, nachdem sich das Konzept der *Gintonería* durchgesetzt hatte, das Bea so viele Jahre zuvor erfunden hatte, ohne ihm einen besonderen Namen zu geben.

Marc dachte unentwegt über die verdächtige Tatsache nach, dass Helena nichts von sich hören ließ. Ständig fiel ihm eine andere Erklärung dafür ein: *Mein Verhalten letzte Nacht hat sie beleidigt.* Oder: *Sie schämt sich für ihr Verhalten letzte Nacht.* Oder: *Sie will mich auf die Probe stellen und herausfinden, wie lange ich es aushalte, sie nicht aufzusuchen.* Oder: *Sie spielt nur mit mir.* Oder: *Sie will, dass ich sie anflehe.* Oder: *Sie verachtet mich, weil ich mich so leicht habe kaufen lassen.* Dazu kamen die plausibleren Erklärungen, die er im Lauf des Tages bereits bemüht hatte: *Sie hat ihr Telefon ausgeschaltet. (Kann nicht sein, da es klingelt, bis die Voicemail angeht.) Sie hat ihr Handy in der Wohnung liegen lassen. (Aber irgendwann im Lauf des Tages wird sie es doch eingesteckt haben, oder? Nein, niemand ist den ganzen Tag ohne Handy unterwegs, ohne es irgendwann zu holen!) Der Akku ihres Handys ist leer. (Das Gleiche: einen ganzen Tag lang?) Sie will nicht mit mir sprechen*, war die einfachste Erklärung, die er bisher jedoch nicht ernsthaft in Betracht gezogen hatte. Wenn sie sich allmählich auch nicht mehr von der Hand weisen ließ, und in diesem Fall wäre nichts zu machen. Dabei brachte es ihn jedoch auf die Palme, dem Ziel so nahe gewesen zu sein und es dann doch nicht erreicht zu haben.

Er war zu allem bereit, um seine Absichten durchzusetzen. Das hatte er schon immer gewusst. Und letzte Nacht hatte sich ihm zum ersten Mal die Gelegenheit geboten, dies zu beweisen. Er schämte sich nicht dafür. Es war einfach ein Geschäft. Unzählige Frauen waren bereits diesen Weg gegangen, und die Gesellschaft hatte es immer hingenommen: Ein männliches, bereits betagtes Genie verguckt sich in eine hübsche junge Frau. Sie lässt es zu, woraufhin er ihr ans Ziel ihrer Träume verhilft. Viele Schauspielerinnen hatten sich auf diese Weise den Weg zum Erfolg ebnen lassen, Sängerinnen, Tänzerinnen, Fernsehmoderatorinnen … Und vielen Künstlerinnen war es erst im Schatten eines großen Mannes gelungen, endlich zeigen zu können, wozu sie in der Lage waren.

Auch unter Homosexuellen kam dies häufig vor: ein älterer Mentor und ein junger Mann, der noch am Anfang seiner Laufbahn stand.

Warum hatte dann eine ähnliche Beziehung zwischen einem jungen Mann und einer bedeutend älteren Frau diesen üblen Beigeschmack? Wäre es für ihn das Gleiche mit einer dreißig Jahre alten Helena gewesen? Auch dann wäre es nur auf ein Geschäft zwischen ihnen hinausgelaufen. Wie war noch einmal ihre Frage gewesen? *Was kostet dein Körper?* Hatte sie es so ausgedrückt? Völlig egal. Irgendetwas in der Art. Und sie war zu diesem Handel bereit gewesen. Genau wie er.

Du überlässt mir deinen Körper, und dafür unterstütze ich deine künstlerische Karriere. So hatte er es zumindest verstanden.

Seine Bilder waren gut. Er wusste, dass sie gut waren. Auf jeden Fall gut genug für eine Ausstellung in einer der großen Galerien, um endlich bekannt zu werden, Geld mit seiner Kunst zu verdienen und nicht bloß mit einem Lächeln, mit leeren Worten und einem Schulterklopfen abgespeist zu werden. Schließlich hatten viele andere es auch geschafft, die längst nicht so gut waren wie er.

Helena selbst war mit ihren Bildern zur Millionärin geworden. Ob sie auch auf diese Art angefangen hatte? Mit jemandem ins Bett gegangen war, der sie in die angesehene Kunstszene eingeführt hatte, wo es um das große Geld ging? Hatte sie nun beschlossen, den Kreis zu schließen, einem anderen das zu gewähren, was sie selbst erlebt hatte? Allerdings hatte sie auch viel Glück gehabt. Denn das war wohl nötig, um dorthin zu gelangen, wo sie sich befand, eine der ganz Großen zu werden, wie alle sagten. War sie tatsächlich so viel besser als er?

Ehrlicherweise hatte er sich diese Frage noch nie gestellt. Was erhob sie tatsächlich so sehr über alle anderen?

Eins ihrer ersten Bilder kam ihm in den Sinn, *Das Licht von Marokko.* Ein hyperrealistisches, drei mal fünf Meter großes Gemälde, auf dem ein sonnenbeschienener Platz voller Menschen ähnlich dem großen Platz in Marrakesch zu sehen war. Verkäufer, Gaukler, Schlangenbeschwörer, Touristen, Geschichtenerzähler … alles, was ein solcher Markttag zu bieten hatte. Eine Farbenexplosion in fotografischer Genauigkeit, flirrendes Licht, das sich beinahe greifen ließ. Und in der Mitte ein menschlicher Schatten, der sich dem Betrachter entgegenreckte, als wollte er ihn verschlingen. Dabei war nicht zu erkennen, wer diesen bläulich dunklen, beunruhigenden, Unheil verkündenden Schatten warf, der einen überwältigenden Gegensatz zu dem belebten Platz darstellte. Und niemandem auf dem Bild fiel dieser Schatten auf, als ob er nur für jene Menschen vorhanden war, die sich das Bild von außen ansahen. Inmitten der bewegten Landschaft wirkte der Schatten bedrohlich, ohne dass sich der Grund dafür erklären ließ.

Es war ein absolut geniales Bild. Eines jener Bilder, die man nie mehr vergaß, wenn man sie einmal gesehen hatte.

Ja, sie war eine der Großen. Helena Guerrero war eine der ganz Großen. Er hatte fast erreicht, dass sie ihm half, und war gescheitert. Am liebsten hätte er angesichts seiner eigenen Dummheit den Kopf gegen die Wand geschlagen, weil er die Sache überstürzt hatte, weil er gleich von Anfang an jegliche Vorsicht über Bord geworfen hatte. Wobei auch sie nicht gerade zurückhaltend vorgegangen war. Schließlich war der Satz *Was kostet dein Körper?* ziemlich deutlich. Da konnte sie ihm nun wirklich nicht vorwerfen, dass er sie missverstanden hatte.

Doch warum war sie dann mittendrin plötzlich aufgebrochen? Hatte sie ihren Vorstoß bereut? Hatte sie sich geschämt? Oder hatte er sich so tölpelhaft angestellt, dass er sie beleidigt hatte?

Er durfte nicht länger darüber nachdenken. Das würde sowieso zu nichts führen, und allmählich war ihm geradezu übel vor lauter Grübelei. Sicher böte sich irgendwann eine andere Gelegenheit. Oder er fände einen anderen Fürsprecher … was auch immer.

Es ging auf Mitternacht zu, und viele Nachtschwärmer waren selbst an diesem gewöhnlichen Wochentag im Viertel unterwegs. Von überallher war Gelächter zu hören, und die Luft war fast wie im Hochsommer von Gerüchen gesättigt. Im *Gimlet* war es angenehm kühl und noch relativ leer. Die meisten der üblichen Gäste waren bereits zum Abendessen gegangen, nachdem sie einen Gin Tonic zum Aperitif getrunken hatten, oder würden erst nach dem Abendessen kommen, um sich ihren Gin Tonic als Digestif zu genehmigen.

Sein bevorzugter Barhocker in der Ecke am Rand der Theke war frei. Bea begrüßte ihn von einem der hinteren Tische aus mit einem Kopfnicken, um dann dem Barkeeper Juanma ein Zeichen zu geben. Und so stand nur wenige Minuten später bereits ein Hendricks mit Fever Tree Tonic auf dem leuchtend grünen Untersetzer des Hauses vor ihm.

Auf einmal war Marc froh, allein zu sein, obwohl er bei seinem Aufbruch von zu Hause gehofft hatte, in der Bar einen Freund zu treffen. Mit ihm hätte er gern über etwas ganz anderes geredet, was nichts mit Helena, Ausstellungen oder Galeristen zu tun hatte.

Er ließ den Blick durch die Bar schweifen, die sich nicht verändert hatte, seit er sie mit achtzehn Jahren entdeckt hatte. Dankbar stellte er fest, dass sie zum Glück nicht zu jenen Lokalen gehörte, die alle zehn bis zwölf Monate mit neuem Design aufwarteten. Es war beruhigend, einen Platz aufsuchen zu können, wo alles so war, wie es sein sollte. Wo die Möbel noch immer aus rötlichem Holz und die Sitzbezüge aus dem gleichen dunklen Grün bestanden. Wo die Wände voller Drucke und Grafiken hingen, die das Leben im neunzehnten Jahrhundert in Indien darstellten: viktorianische Damen und ihre Männer in Uniformen, die literweise Gin mit Tonic Water tranken. Offiziell, um sich nicht mit Malaria anzustecken.

Er betrachtete die Bilder eine Weile und wurde sich zum ersten Mal ihrer Qualität bewusst.

Helena hatte recht. Er war nicht in der Lage, so zu zeichnen wie diese anonymen Künstler das Tadsch Mahal und die tropischen Landschaften an den Wänden des *Gimlet* wiedergegeben hatten, mit dieser Liebe, dieser Geduld, dieser Detailverliebtheit. Oder so wie Helena, die ein Bild so zu malen verstand, dass es aussah wie ein Foto.

Obwohl es ihm, wenn er es wirklich versuchte, vielleicht doch gelänge. Ob sich die Mühe lohnte? Würden seine Bilder tatsächlich besser, wenn er ein besserer Zeichner wäre?

»Alles nach Wunsch, mein Lieber?« Plötzlich stand Bea ihm auf der anderen Seite der Theke gegenüber. »Du bist so ernst heute.«

Marc lächelte leicht. Bea hätte vom Alter her seine Mutter sein können, doch sie war eine Frau, bei deren Anblick sich seine Laune stets hob. Groß gewachsen, mit kräftigen Hüften, üppiger Oberweite und einer flammend roten Lockenmähne, die sie an diesem Abend mit Haarnadeln aus Tropenholz hochgesteckt hatte, was ihr das Aussehen eines exotischen Cocktails verlieh. Sie hatte grüne Augen wie eine Katze und war komplett in Schwarz gekleidet – wie eine Hexe an Halloween.

»Sag mal, Bea, wenn ein Mann siebenmal bei einer Frau anruft und sie nie rangeht oder ihn zurückruft, was bedeutet das?«

»Dass sie nicht mit dir sprechen will.« Als sie seinen Gesichtsausdruck sah, fügte sie eine weitere Erklärung hinzu. »Oder dass sie extrem beschäftigt ist und keinen ruhigen Moment findet, um ungestört reden zu können.«

»Aber es ist schon halb eins.«

»Viertel vor eins. Die Uhr geht nicht richtig. Hast du was mit ihr oder nicht?«

»Ich weiß nicht genau. Ich glaube, noch nicht.«

»Du bist schon sehr seltsam, mein lieber Künstler!«

»Ändert das irgendwas?«

»O Mann! Wenn du etwas mit ihr hattest und sie auf deine Anrufe nicht reagiert, dann hat es ihr nicht gefallen, und sie will es nicht wiederholen. Oder sie ist verheiratet, und ihr ist im Nachhinein klar geworden, dass sie ihr Leben nicht unnötig kompliziert machen will. Wahrscheinlich denkt sie darüber nach, ob sich die Sache lohnt.«

»Und wenn nicht?«

»Könnte es bedeuten, dass sie es nicht eilig hat. Dass du sie interessierst, sie das Ganze aber langsam angehen will. Willst du noch einen?«

Marc schüttelte den Kopf

»Sie ist eine ältere Frau.«

»Eine gute Wahl. Das sind die besten. Gib ihr Zeit! Sicher hat sie Gewissensbisse, weil sie sich mit einem jüngeren Mann eingelassen hat. Aber das geht vorbei. Das kommt häufig vor.«

Bea wandte sich ab und bediente ein Paar, das gerade an der Theke Platz genommen hatte. Sie sah noch einmal zu ihm herüber, um ihn mit einem Blick zu fragen, ob er einen weiteren Gin Tonic wolle. Daraufhin schüttelte er abermals den Kopf.

»Geht aufs Haus, und jetzt ab ins Bett!«, rief sie ihm von Weitem zu. »Sie wird dich morgen anrufen.«

Kaum hatte Helena die Augen geöffnet, griff sie nach dem Hoteltelefon und bat darum, ihr in einer halben Stunde ein amerikanisches Frühstück auf dem Zimmer zu servieren. Dann zog sie sich einen Badeanzug an und ging zum Hotelschwimmbad hinauf, das um diese Uhrzeit menschenleer war. Sie schwamm intensiv etwa fünfundzwanzig Minuten lang, hüllte sich danach in den Hotelbademantel und kehrte mit dem Gefühl ins Zimmer zurück, dass der Tag beginnen konnte, sobald sie geduscht und sich eingecremt hatte und man ihr den ersten wunderbaren Kaffee brachte. Wenn ein Tag auf diese Art anfing, konnte nichts mehr schiefgehen.

Sie irrte sich.

Denn als sie es sich mit ihrem Frühstückstablett bequem gemacht hatte, fiel ihr dummerweise ein, den Computer anzumachen, und die Ruhe war dahin. Sie hatte komplett vergessen, dass Yannick ihr eine Nachricht angekündigt hatte. Im Betreff stand *Das Licht von Marokko*. Das war der Titel ihres ersten Bildes gewesen, das international Aufmerksamkeit erregt hatte. Leicht genervt verzog sie das Gesicht, während sie die Nachricht öffnete, und überlegte kurz, ob sie mit dem Kaffee oder dem Saft anfangen sollte. Sie entschied sich für den Saft, der recht sauer schmeckte, obwohl er frisch gepresst war. Oder gerade deswegen. Alles Natürliche, einschließlich des Lebens, war längst nicht so süß wie künstlich Erschaffenes.

Der Text begann ohne Einleitung, ohne eine Anrede oder eine Höflichkeitsformel.

Was geht Dir durch den Kopf, wenn Du an das Licht von Marokko denkst, Helena? Dein Bild? Schön, flirrend, schrecklich. Gnadenloses Licht und Unheil verkündender Schatten. Zu wem gehört dieser Schatten, der uns verfolgt, liebe Schwägerin? Ich glaube, dass ich es nicht mehr wissen will. Und so habe ich mir überlegt, mich darauf zu beschränken, Dich in jene Zeit zurückzuführen, Dir die Ereignisse ins Gedächtnis zu rufen, die Du vielleicht vergessen hast oder an die Du Dich anders erinnerst. Auf diese Weise erschaffen wir gemeinsam eine Geschichte, die uns hilft, zur Ruhe zu kommen, uns einzulullen.

Wenn ich vom Licht von Marokko spreche, denke ich allerdings nicht an Dein Bild. Ich denke an das wahre Licht in diesem gesegneten Land, das alles durchdringt, alles enthüllt und gleichzeitig Schatten wirft, die umso intensiver, erschreckender sind, je stärker das Licht ist. Jenes Licht, das in der Mittagszeit alles verbrennt und am Nachmittag die Farbe von Bernstein annimmt, um die Erinnerungen zu bewahren, kleine Fliegen, die für immer in honigfarbenem Harz gefangen sind.

Lass Dich von mir zu jenem fernen Nachmittag zurückgeleiten, an dem ich, müde, Dir im Haus aus dem Weg zu gehen, derart verzweifelt war oder vielleicht einfach nur auf unerträgliche Art mit den Nerven am Ende, dass ich beschloss, mich dem zu stellen, was ich vor mir selbst nicht mehr verleugnen konnte. Weißt Du, wovon ich spreche? Du weißt es, richtig?

Seit jenem seltsamen Moment, in dem ich Dich zum ersten Mal, seit wir uns kannten, als Frau gesehen hatte und nicht nur als Alicias kleine Schwester, konnte ich an nichts anderes mehr denken. Erinnerst Du Dich an jene in Gelb und Scharlachrot gehüllte Dämmerung? Du hast auf einem Liegestuhl neben dem Schwimmbad vor Dich hin gedöst. Ich war eine Weile geschwommen, einfach nur um mich abzukühlen, ohne jeglichen sportlichen Ehrgeiz. Und als ich aus dem Wasser kam und mich abtrocknete, hast Du den Kopf gehoben, und wir haben uns angesehen. Nicht mehr als das – ein langer verträumter Blick von Dir, während mir die Überraschung in den Augen stand. Ich erinnere mich daran, als ob es erst gestern gewesen wäre. Deine großen, noch verschlafen wirkenden Augen, in denen eine Weisheit stand, die bei einer so jungen Frau undenkbar schien, Deine festen kleinen Brüste, die der rote Bikini kaum verdeckte. Deine gebräunten langen Beine, die sich mir auf dem Liegestuhl darboten und die in dem kleinen roten Dreieck endeten, das gerade so eben Dein Geschlecht verbarg. Dein gelocktes Haar, das Dir üppig über die Schultern fiel. Du warst wunderschön, Helena, wunderschön auf eine vollkommen andere Art als Alicia mit ihrer eleganten, blonden, patrizischen, beinahe schwerelosen Schönheit der Darstellerinnen aus den Hitchcock-Filmen. Du dagegen warst nichts als Körper, Sex und Sinnlichkeit, was mir in jenem Moment plötzlich auffiel. Und von da an war ich verloren.

Dort war es, wo alles begann, an jenem späten Nachmittag am Schwimmbad. Von da an nahm die Katastrophe ihren Lauf. Die Gegenwart, die wir gerade erleben, ist die Folge jenes Augenblicks. Es scheint allzu dumm, dass ein einziger Moment im Leben alles zu verändern vermag. Doch seit Jahrzehnten denke ich darüber nach, und ich weiß, dass es so ist. Was meinst Du? Überleg, was danach geschah und wozu jener Blick während des Sonnenuntergangs über dem Horizont führte, der hinter den schwarzen Schatten der Palmen den Himmel in Flammen aufgehen ließ, als die Stimme des Muezzins die Luft des beginnenden Abends erfüllte.

Könntest Du noch sagen, was der nächste Schritt in der Tragödie war, die uns das nahm, was wir am meisten liebten?

Ich habe für mich diese Frage bereits beantwortet. Es war ebenfalls an einem Nachmittag, einige Tage später zur Zeit der Siesta. Seit der Episode am Schwimmbad waren mehr als zwei Wochen vergangen. Ich hatte versucht, Dir so gut wie möglich aus dem Weg zu gehen, nur während des gemeinsamen Essens mit Dir zusammen zu sein oder in Momenten, in denen wir nicht allein waren, weder im Haus noch im Garten. Du wusstest es. Ich weiß, dass Du es wusstest. Ich erkannte es an der Art, wie Du den Kopf abwandtest, wenn sich unsere Blicke begegneten, an dem elektrisierenden Kontakt unserer Hände, falls wir uns zufällig berührten, wenn wir den Salzstreuer oder die Salatschüssel weitergaben. Du kamst gerade aus Kalifornien, hattest den Sex und die Freiheit entdeckt, auch wenn Deine Eltern es lieber nicht wissen wollten. Du warst neugierig wie ein junges Kätzchen, unerschrocken, verspielt, beunruhigend gefährlich. Ich wusste es, und dennoch konnte, wollte ich nicht widerstehen.

Im Haus war es vollkommen ruhig. Es war jene intensive Ruhe um vier Uhr nachmittags im September, an dem es noch so heiß war wie im August. Wir alle hatten uns in unsere Zimmer zurückgezogen, um unter den Deckenventilatoren zu entspannen, uns möglichst wenig zu bewegen, um die höllische Hitze ertragen zu können, die erst nachts ein wenig nachlassen würde. Alicia war, nachdem sie geduscht hatte, beinahe sofort eingeschlafen und beanspruchte, Arme und Beine weit von sich gestreckt, fast das ganze Bett. Ich konnte nicht schlafen. Also schloss ich für eine Weile die Augen, döste vor mich hin. Erste Traumbilder erstanden, und plötzlich schreckte ich auf, weil ich irgendein Geräusch gehört hatte, das Zirpen der Zikaden, eine gurrende Taube auf der Fensterbank, eine Szene, die ich vor mir gesehen hatte und an die ich mich nicht erinnern konnte.

Ich stand auf, um in die Küche hinunterzugehen und mir ein Glas Limonade zu holen. Schnell zog ich mir die auf halbem Oberschenkel abgeschnittenen alten Jeans über und trat barfuß aus dem Zimmer, wobei ich die kühlen Lehmfliesen an den Fußsohlen spürte. Die pralle Nachmittagssonne, die durch Fenster aus buntem Glas fiel, blendete mich.

Als ich an Deinem Zimmer vorbeikam – die Tür war nur angelehnt –, hörte ich Deine Stimme.

»Jean Paul?«

Ich hielt auf dem Flur inne und blickte über die Schulter zurück, wie um mich zu vergewissern, dass sonst niemand da war. Mir war klar, dass ich dieses Zimmer nicht betreten sollte, aber ich tat es trotzdem. Das Bett voller glänzender, mit Glassteinen besetzter weißer und türkisfarbener Kissen war zerwühlt, aber leer. Aus dem Badezimmer erklang erneut Deine Stimme, die nach mir rief, also trat ich ein. Du trugst eines jener kurzen Trägerhemdchen mit passendem Höschen, die damals in Mode waren und Babydolls genannt wurden, hattest das Haar zu einem hohen Pferdeschwanz gebunden und nackte Füße. In der Dusche stehend, mühtest Du Dich mit dem Wasserhahn ab. Dann hast Du Dich lächelnd zu mir umgedreht.

»Ich weiß, es hört sich dämlich an, aber ich kriege ihn nicht auf.«

Ich trat zu Dir, wobei ich die Wärme spürte, die Dein Körper ausstrahlte, und zwang mich, die Hände an den störrischen Wasserhahn und nicht um Deine Taille zu legen, als plötzlich ein eiskalter Wasserregen auf uns niederging, der uns beinahe den Atem nahm. Du klammertest Dich an mich, zuerst erschrocken, dann lächelnd.

»Mmh, wunderbar.«, sagtest Du. Und bis heute weiß ich nicht, ob Du damit das Wasser meintest oder das Gefühl, von mir unter der Dusche umarmt zu werden.

Ohne darüber nachzudenken, suchte ich Deinen Mund und fand ihn, heiß, gierig, köstlich.

Wir küssten uns eine Zeit lang, deren Dauer ich niemals ermessen konnte. Und ich wusste sofort, dass ich verloren war, dass ich gefunden hatte, was ich für immer begehren würde.

Versteh mich nicht falsch, ich habe Alicia geliebt, unser gemeinsames Leben war anregend, vergnüglich, mit allem angefüllt, was man sich wünschen konnte. Wir waren ein hervorragendes Team, liebten es, zusammen zu sein, zusammen zu arbeiten, uns gemeinsam zu amüsieren. Wir hatten viel Spaß im Bett. Alicia war eine einfühlsame Partnerin, zärtlich, einfallsreich. Aber Du warst ganz anders. Oder vielleicht nicht allein Du, sondern wir. Erinnerst Du Dich? Du kannst es unmöglich vergessen haben. Wenn Du und ich zusammen waren, bebte die Erde. Alles veränderte sich, wurde intensiver, wie in einer anderen Dimension. Die Farben waren strahlender, die Straßen breiter, der Himmel war höher, von tieferem Blau. Wie hätte ich einer solchen Erfahrung widerstehen können, nachdem ich sie einmal genossen hatte?

Vielleicht war mein wirklicher Fehler, dass ich Alicia verschwieg, was mit uns geschah. Letztendlich lebten wir in der Zeit der freien Liebe. Die Ehe wurde in unseren Kreisen immer mehr als spießiges Bürgerlichsein angesehen, genau wie die Treue, die Monogamie. Vielleicht hätte Alicia, die doch so modern war, es als vollkommen natürlich empfunden. Ich weiß es nicht. Tatsächlich weiß ich es nicht und werde es niemals erfahren. Ich schwieg, und die folgenden Jahre wurden gleichzeitig zum Martyrium wie zu etwas Wunderbarem, einem Gemisch aus Lügen, Verstellung, Betrug, spontanen Reisen zwischen Paris, Madrid, Mailand, Zürich, Casablanca … wo auch immer ich Dich fand. Und das verlieh unserer Liebe einen zusätzlichen Reiz.

Ja, Helena, damals, das war, auch wenn Du es niemals zugeben wolltest, wahre Liebe. Was anfangs nur ein leidenschaftlicher sexueller Rausch in der Sommerhitze war, entwickelte sich zu einer wahren folie à deux, *die uns mit sich riss und alles und jeden anderen hintanstellte. Und zwei Sommer später war es, ohne dass jemand in der Familie es bemerkt hätte, zu einer Liebe geworden, die ich für unzerstörbar hielt. Wie war es für Dich? Erinnerst Du Dich noch? Wirst Du in der Lage sein, es mir zu sagen, so wie ich es gerade getan habe, bevor es zu spät ist?*

In jenem unheilvollen Sommer neunzehnhundertneunundsechzig wusste ich nicht mehr, wie ich mit alldem umgehen sollte. Du hattest Dein Wirtschaftsstudium abgeschlossen, und Dir fehlte nur noch der Kurs an der Mailänder Modeschule, der im kommenden September beginnen würde. Es stand fest, dass Du Teilhaberin bei Alice&Laroche *werden würdest, sobald dieser beendet wäre. Wir drei näherten uns immer weiter einander an. Wir drei und unser Geheimnis.*

Ich muss aufhören, geliebte Helena. Ich kann nicht mehr. Ich bin erschöpft und muss mich ausruhen. Wenn ein Arzt ins Zimmer kommt, tue ich so, als wäre ich mit einer Patience beschäftigt, damit er nicht merkt, dass ich meine Erinnerungen aufschreibe. Denn das bedeutet Anstrengung, und anstrengen darf ich mich nicht. Also mache ich genau das Gegenteil des Üblichen und tue so, als würde ich zur Zerstreuung irgendein Spiel spielen.

Bitte denk nach über das, was Du gelesen hast. Antworte mir, wenn Du kannst. Sei geküsst in der Erinnerung.

Helena wandte den Blick vom Bildschirm ab und goss sich mit zitternden Händen eine Tasse Kaffee ein. Jahrzehntelang hatte sie sich selbst zu überzeugen versucht, dass jene beiden verrückten Jahre mit Yannick für sie nicht mehr als so etwas wie eine hormonelle Vergiftung gewesen waren. Sie redete sich ein, dass sie die Sache niemals ernst genommen hatte. Dass er, wenn er in jener längst vergangenen Zeit das Unmögliche möglich machte, um sie zu sehen, dies hauptsächlich des Abenteuers wegen tat, dass er sich wie James Bond fühlte, wenn er Geheimnisse hatte, wenn er sich spontan ins Auto setzte und tausend Kilometer fuhr, nur um einige Stunden in ihrem Bett zu verbringen, und dann zum normalen Leben zurückkehrte, ohne dass jemand etwas ahnte. Zu erfahren, dass er sie wirklich geliebt hatte, traf sie unvorbereitet. Sie ihrerseits wollte ihm nicht gestehen, dass sie ihn geliebt hatte wie keinen anderen Menschen auf der Welt. Dass sie sich sogar mit der Frage beschäftigt hatte, ob sie mit Alicia brechen sollte, um ihr Leben an seiner Seite verbringen zu können.

Und dennoch, als mit Alicias Tod der Weg plötzlich frei wurde, war dies für immer unmöglich geworden. Sie fragte sich erneut, wie sie es schon so oft in ihrem Leben getan hatte, wie ihr Leben verlaufen wäre, wenn Alicia nicht zu Tode gekommen wäre, wenn Yannick und sie beschlossen hätten, für klare Verhältnisse zu sorgen. Wenn ihre Schwester und ihr Schwager sich hätten scheiden lassen und es von da an nicht mehr Alicia und Jean Paul gegeben hätte, sondern Jean Paul und Helena. Was hätten ihre Eltern gesagt? Wie hätte Alicia darauf reagiert, dass die beiden sie hintergangen hatten? Doch das Leben hatte dafür gesorgt, dass sie es nicht erfuhr und in der Überzeugung von dieser Welt ging, dass alles ringsum in Ordnung wäre.

Aber wenn dem so war … Warum hatte die Familienaufstellung dann ergeben, dass Alicia fortgehen wollte? Wohin? Warum?

Während des Seminars hatte Helena gedacht, Alicia wolle sich verabschieden, ihre Schwester wolle sie beruhigen und ihr sagen, dass es gut so sei und sie gehen müsse, dass Helena sich um sie keine Gedanken mehr machen solle. Doch nun, beim ruhigeren Nachdenken aus größerer Distanz, fiel ihr auf, dass ein Abschied von dieser Welt wohl nicht gemeint gewesen war. Alicia konnte ihre Ermordung schließlich nicht vorausgesehen haben. Also mussten die Ereignisse während der Familienaufstellung in einem anderen Zusammenhang stehen als in Bezug auf Alicias Tod – die Umarmung und der Abschied, die Notwendigkeit für Alicia, ihre Familie zu verlassen und weit fortzugehen. Aber in welchem Zusammenhang? War es auch nur im Entferntesten denkbar, dass Alicia von Jean Pauls und Helenas Affäre wusste und den Weg frei machen wollte?

Vielleicht wusste Yannick etwas darüber, aber dann würde sie ihm zurückschreiben müssen, damit er einen Grund hatte, seine Seele noch weiter zu entblößen und ihre Fragen zu beantworten.

Das Problem war nur, dass sie ihm nicht schreiben wollte, dass sie das Schreiben hasste, dass sie noch nie so viel Geduld aufgebracht hatte, ihre Gedanken umständlich in Worte zu fassen. Abgesehen davon, dass alles Geschriebene für immer so blieb, in gleicher Reihenfolge, mit gleicher Logik, in der Syntax gefangen, zum Fossil geworden. Und alles, was nicht in schriftlicher Form festgehalten war, zählte nicht, existierte nicht, verschwand und war für immer vergessen. Deshalb zog sie es vor zu reden, exakt aus dem Grund, wie man ihr als Kind immer gesagt hatte: *Das gesprochene Wort verweht, das Geschriebene bleibt bestehen.* Sie zog es vor, dass der Wind die Worte davontrug, die guten wie die schlechten, und dass einige von ihnen lediglich im Gedächtnis blieben oder dem Vergessen anheimfielen wie abgelegter Schmuck.

Sie würde Yannick noch einmal besuchen. Ihm persönlich konnte sie Gedanken mitteilen, die sie niemals aufschreiben würde. So konnte, wenn sie beide nicht mehr lebten, niemand diese Worte lesen, Worte, die ausschließlich ihnen zustanden.

Ihr Blick fiel auf die beiden Kisten, die vermutlich randvoll mit Worten waren, die nicht in Gedanken an sie aufgeschrieben worden waren, sich nun jedoch freizügig darboten, schamlos wie Dirnen in einem orientalischen Hafen. Bei sich zu Hause hätte sie alles einfach verbrannt. Doch nun hielt sie sich in Spanien auf, und sie konnte Álvaro nicht bitten, den Inhalt der Kisten in seinem Garten verbrennen zu dürfen.

Álvaro. Die Wohnung ihrer Eltern. Aahh! Sie hasste diese Assoziationsketten, vor allem dann, wenn sie sie auf ein Ziel zuführten, das sie von sich fernhalten wollte.

In dem Bedürfnis, etwas mit den Zähnen zu zerreißen, biss Helena wütend in ihre Tostada. Sie musste ihn anrufen und mit ihm reden, nicht weil die Sache mit der Wohnung sie wirklich belastete, sondern weil sie es hasste, für dumm verkauft zu werden. Und wenn er die Wohnung tatsächlich veräußert hatte, ohne ihr Einverständnis einzuholen und ihr den Erlös zukommen zu lassen, hatte er sie eindeutig für dumm verkauft.

Am liebsten hätte sie den Anruf bis auf Weiteres verschoben, doch sie kannte sich selbst gut genug und wusste, dass sie die Sache angehen musste, bevor ihr Zorn verraucht war. Daher griff sie nach ihrem Handy, doch noch bevor sie Álvaros Nummer heraussuchen konnte, klingelte es in ihrer Hand. Sie drückte auf den Knopf, ohne nachzusehen, wer anrief.

»Mama! Du bist ja schnell wie der Blitz.«

»Ich wollte dich gerade anrufen.«

»Ich habe eben mit Amparo gesprochen«, sagte er mit unfreundlicher Stimme.

»Aha!«

»Mir scheint, du hast Gedächtnisprobleme. Offenbar warst du überrascht, vom Verkauf der Wohnung der Großeltern zu erfahren. Wie ich dich kenne, denkst du jetzt, dass ich dich hintergangen habe.«

Helena schwieg.

»Also ja. Hast du vor, mir zu antworten?«

»Dann hast du mich also nicht hintergangen?«

Helena hörte ein Schnauben am anderen Ende der Leitung.

»Wäre es möglich, dass du allmählich senil wirst, Helena? Oder sind das etwa die ersten Anzeichen von Alzheimer?«

»Helena.« Er hatte sie Helena genannt, nicht Mama, und wurde boshaft ihr gegenüber. Sie lächelte. Ihr Sohn kehrte gerade zur Normalität zurück.

»Ich bin durchaus bereit, mein Gedächtnis auffrischen zu lassen.«

»Wie großzügig von dir! Gut, dann hör zu, vielleicht klingelt es bei dir. Großvater Goyo hat im März einundachtzig Selbstmord begangen. Im September war dann der ganze Papierkram erledigt, und du hast mir die Vollmacht gegeben, in deinem Namen alles zu unterzeichnen, was hier in Spanien geregelt werden musste. Kannst du mir folgen?«

»Ja.«

»Die Wohnung in der Calle Castellana moderte ein paar Jahre lang vor sich hin. Denn ich war vollauf damit beschäftigt, dank des Baubooms ein Vermögen zu verdienen, und du hast dich zur Abwechslung mal mit olympiareifer Konsequenz um gar nichts gekümmert. Aber worum es hauptsächlich geht, ist die Tatsache, dass ich dich im Jahr fünfundneunzig angerufen habe. Damals hatten die Wohnungspreise das höchste Niveau erreicht, und ich habe dir mitgeteilt, dass sich ein möglicher Käufer gemeldet hatte. Er war bereit, uns für die Wohnung ein Vermögen zu zahlen. In heutiger Zeit kommt es nicht selten vor, dass in der Calle Castellana eine Wohnung zum Verkauf steht. Damals jedoch musste ein Interessent, der ein Auge auf eine Wohnung in Madrids begehrtester Lage geworfen hatte, tief in die Tasche greifen. Und dreihundertfünfzig Quadratmeter zwischen zwei Straßen mit mehreren Terrassen und schönem Ausblick sind kein Pappenstiel.«

»Ich erinnere mich an eine furchtbar dunkle Wohnung voller schwarzer Holzmöbel mit gedrechselten Beinen.«

»Du hattest noch nie einen guten Riecher für Wohnungen oder geschmackvolle Einrichtungen.«

Helena lächelte wieder. Sie hatte Álvaro so richtig auf die Palme gebracht. Was ihr an diesem Morgen durchaus Vergnügen bereitete.

»Tatsache ist jedenfalls, dass ich die Wohnung an einen Russen verkauft habe, der *auf wunderbare Weise* zu Geld gekommen und bereit war, fast vier Millionen Euro dafür zu bezahlen. Wahrscheinlich war es nicht seine Kohle, sodass ich die Schrauben kräftig anziehen konnte. Zwei Abendessen im *Jockey Club* und ein wenig Überredungskunst genügten, um noch eine gute Kommission für mich herauszuschlagen. Und weil ich so dämlich bin, ein braver Sohn zu sein, obwohl du vom Gegenteil überzeugt bist, habe ich mit dir geteilt. Hast du wirklich vergessen, womit du deine Finca oder Ranch … oder wie immer du deine Behausung nennst, bezahlt hast? Dort lebst du schließlich seit zwanzig Jahren.«

»Ich verdiene jede Menge Geld«, entgegnete sie pikiert.

»Ja, klar. Aber in diesem Fall kam es aus jenem Verkauf.«

Tatsächlich sagten ihr Álvaros Worte etwas, wie ihr immer deutlicher bewusst wurde. Aber es war so lange her … Vor der Zeit mit Carlos, bevor das Dasein, das sie nun als ihren Alltag bezeichnete, ihr Leben prägte, bevor sie sich in Adelaide niedergelassen hatte. Allmählich dämmerte es ihr wieder! In genau jenem Moment, als ihr das Haus angeboten wurde, in dem sie noch immer lebte, hatte sie über die nötige Summe verfügt, um es ohne Kredit oder irgendwelche Kalkulationen sofort erwerben zu können. Das einzige Haus unter den vielen, die sie im Lauf ihres Lebens bewohnt hatte, das sie als ihr Heim bezeichnete, schien das letzte Geschenk ihrer Eltern gewesen zu sein. Und genau deshalb hatte sie die Umstände des Kaufs wahrscheinlich aus dem Gedächtnis gelöscht.

»Du hast recht, Álvaro«, sagte sie nach einer Pause und bemerkte, dass ihr Sohn die angehaltene Luft langsam entweichen ließ. »Ich bin es nicht gewohnt, mit anständigen Menschen zu tun zu haben. Im Lauf meines Lebens wollte mich nahezu jeder übers Ohr hauen.«

»Ich nicht.« Álvaro war der Ärger noch anzumerken.

»Ich weiß schon, mein Sohn. Entschuldige. Also habe ich dir damals einen Teil gegeben?«

»Ja, Mama, keine Sorge! Du warst ungemein großzügig. Almudena war damals noch klein, und du hast uns ein wertvolles Geschenk gemacht. Wir haben es für sie angelegt, damit sie es bei ihrer Volljährigkeit bekommt.«

»Das freut mich.« Es folgte eine lange Pause. »Weißt du, Álvaro? Mir entfällt so einiges, weil mich das alles im Grunde nicht sonderlich interessiert und ich an vieles andere denken muss …«

»Sicher, an die Kunst und so, nicht wahr?«

»Also … ja, die Kunst und so.« Aus irgendeinem ihr unerklärlichen Grund hatte sie die Herablassung der Menschen Künstlern gegenüber immer als einen Schlag ins Gesicht empfunden. Deshalb tat es so gut, dass sie mit ihrer Kunst Geld verdienen konnte. Denn nur so ist zu erreichen, dass die verdammte Gesellschaft einen ernst nimmt. Wenn du mit deiner Arbeit viel Geld verdienst, glaubt man, dass die Sache sich lohnt. So denken fast alle. Arschlöcher! Verdammte Arschlöcher! »Deshalb habe ich einen persönlichen Assistenten, der die lästigen Alltagspflichten für mich erledigt«, erklärte sie, um Álvaro zu provozieren. »Außerdem habe ich Carlos, und ich habe dich. So kann ich mich um die wirklich wichtigen Belange kümmern.«

»Du bist so was von gehässig, Helena.«

Sie musste lachen.

»Hast du denn überhaupt keinen Sinn für Humor, mein Lieber? Ist dir wirklich nicht aufgefallen, dass ich einen Scherz gemacht habe?«

»Aha. Ich lache mich tot.«

»Komm, Junge, nimm es mir nicht übel! Aber sag mal, die Sachen deiner Großeltern, die Amparo mir gegenüber erwähnte und die angeblich du hast, wo sind die?«

»In einem Möbellager, das ich von den Zinsen des Geldes bezahle, das nach dem Verkauf der Wohnung an mich gegangen ist. Ich habe es angelegt. Wenn du möchtest, gebe ich dir den Schlüssel, und wenn du die Sachen loswerden willst, können wir uns die Miete sparen. Ich habe nur die guten Erbstücke aufbewahrt, die ich ungern einfach so verhökert hätte. Außerdem viele persönliche Dinge, Fotoalben, seltene Bücher, Bilder, so etwas… Übrigens hat mir Almudena erzählt, dass du aus der Wohnung im Torre Madrid ausgezogen bist.«

»Ja. Ich wohne lieber im Hotel.«

»Wie du möchtest.«

»Morgen kommt Carlos. Habt ihr Lust, Sara und du, mit uns irgendwo hier im Zentrum gemeinsam zu Abend zu essen? Reservier einfach irgendwo, und wir treffen uns gegen acht im Hotel.«

»Das kann ich dir nicht versprechen.«

»Was das angeht, kommst du auf deine Mutter. Ich halte auch nicht viel von Versprechungen.«

Das fand er witzig. Denn bevor sie auflegte, hörte sie ihn lachen.

Als Helena und Carlos ins Restaurant kamen und zu ihrem Tisch geleitet wurden, erwarteten Álvaro, Sara und Marc sie bereits.

»Ich hoffe, es macht dir nichts aus, dass wir Marc mitgebracht haben«, sagte Álvaro leise zu ihr, als er sie mit einem Wangenkuss begrüßte. »Er wollte unbedingt mitkommen. Wenn dich seine Anwesenheit stört, sage ich ihm, dass er gehen soll.«

Marc sah sie erwartungsvoll an, während er betont lässig auf seinem Stuhl saß. In dieser Haltung schienen seine Augen und sein Körper zu zwei verschiedenen Personen zu gehören.

»Nein, schon gut«, antwortete sie laut genug, dass die anderen es hören konnten. »Es ist doch immer eine Freude, einen schönen Anblick zu genießen.«

»Du bist schrecklich, Mama.«

Nachdem sich alle begrüßt hatten, machten sie es sich an dem runden Tisch mit Blick auf die Lichter der Stadt bequem, die ihnen zu Füßen lag.

»Was für eine wunderschöne Terrasse, Álvaro!«, sagte Carlos. »Eine hervorragende Wahl. Wenn das Essen nur halb so gut ist wie die Aussicht, wird es ein großer Genuss.«

»Wir sind bisher noch nicht hier gewesen«, wandte Sara ein. »Das Restaurant wurde erst vor drei Monaten eröffnet. Aber die Küche hat einen sehr guten Ruf.«

Nach einem ersten Blick auf die Karte musste Helena lachen.

»O Mann, sind das verstaubte Snobs! Terrine von der Entenstopfleber an Gelee vom Ramandolo. Da könnte man meinen, dass die Ente adlig war und auf einem Schloss gewohnt hat.«

»Sei nicht bösartig, Helena! Hauptsache, es schmeckt …«

»Es ist nur so, dass ich diese Heuchelei nicht leiden kann, das affektierte Getue in solchen Etablissements … Die Art, wie der *Maître* uns anschleimt …«

»Das kommt von den vielen Jahren in Australien«, erklärte Carlos den anderen lächelnd. »Dort ist alles etwas einfacher. Abgesehen von den *europäischen* Restaurants, wo genauso ein Bohei veranstaltet wird wie hier.«

»Tante Amparo hat mir erzählt, dass sie dir endlich die beiden Kisten aus Großmutters Nachlass übergeben hat«, begann Álvaro, nachdem sie bestellt hatten. »Damit hat sie sich einer großen Last entledigt. Hast du schon hineingesehen?«

Helena schüttelte den Kopf, während sie an dem Negroni nippte, den sie zum Aperitif bestellt hatte.

»Und was hast du gestern den ganzen Tag über gemacht?«

»Nichts Besonderes. Ich bin viel herumgegangen und habe nach dem alten Madrid aus meinen Erinnerungen gesucht. Und ich habe nachgedacht ... Ich weiß nicht ... Wahrscheinlich habe ich darauf gewartet, dass meine Seele mich einholt.«

Die drei Madrilenen am Tisch sahen sich verständnislos an. Daher erklärte Carlos Helenas kryptischen Satz.

»Damit bezieht sie sich auf einen Ausspruch der nordamerikanischen Prärieindianer. Als dort die erste Eisenbahn gebaut wurde und einige der Indianer das neue Transportmittel ausprobiert hatten, wollten sie es angeblich nie wieder benutzen. Sie meinten, die Bahn bringe den Körper so schnell an einen anderen Ort, dass die Seele nicht mit der gleichen Geschwindigkeit mitkomme und man einige Tage auf sie warten müsse. Und Helena ist der Ansicht, dass genau das auch passiert, sogar noch öfter, wenn man mit dem Flugzeug unterwegs ist. Der Flug von Australien nach Spanien dauert zwanzig Stunden, die Seele indessen braucht wesentlich länger.«

»Das ist ein schöner Gedanke«, meinte Sara. »Und die ideale Entschuldigung, ein paar Tage lang gar nichts zu tun.«

»Schlaues Mädchen«, bestätigte Helena mit einem Augenzwinkern, bevor sie einen weiteren Schluck von ihrem Negroni nahm.

»Das heißt«, ließ Álvaro nicht locker, »dass du uns nicht sagen kannst, was Großmutter für dich aufbewahrt hat und wieso es ihr so wichtig war, dass du es bekommst.«

»Nein. Aber nun ist Carlos ja gekommen und kann einen Blick darauf werfen.«

»Mama!«, begann Álvaro vorwurfsvoll. »Großmutter wollte, dass du dir alles ansiehst und die Schriftstücke liest. Du. Höchstpersönlich.«

»Genau. Weil deine Großmutter wie fast alle Menschen dachte, dass sie auch aus dem Grab heraus noch Aufträge und Weisungen erteilen kann. Nur dass das ein Irrtum ist.«

»Nun ja, wenn du ihrem Wunsch nicht nachkommen willst ... Wäre es dann nicht besser, wenn ich mir die Dinge ansehe, der ich zumindest zur Familie gehöre?«, beharrte Álvaro. »Das geht nicht gegen dich, Carlos, aber man weiß ja nie, was die eigenen Vorfahren vielleicht …«

»Nein.« Helena fiel ihrem Sohn entschieden ins Wort.

Es folgte ein kurzes, aber angespanntes Schweigen, das Helena selbst mit einer Frage unterbrach.

»Was, zum Teufel, glaubst du, hat Großmutter Blanca uns hinterlassen, Álvaro? Die Nummer eines Schweizer Bankkontos, auf dem das ganze Geld liegt, das sie und ihr Ehemann zur Francozeit zur Seite geschafft haben?«

Einige Sekunden vergingen.

»Da wären sie nicht die Ersten gewesen«, entgegnete Sara scheinbar leicht dahin.

»Ihr seid wirklich unersättlich, meine Lieben. Regelrechte Aasgeier.« Angewidert verzog Helena das Gesicht und leerte den Negroni in einem Zug.

Álvaro tat, als hätte er die Beleidigung überhört, und ließ nicht locker.

»Es ist nur so, dass sie unablässig von diesen Kisten gesprochen hat, Mama. Darüber, wie wichtig es sei, dass sie in der Familie bleiben und nicht in falsche Hände geraten.«

»Ich werde sie umsichtig durchsehen, das verspreche ich dir. Und wenn ich etwas finde, wovon du erfahren solltest, werde ich es dir sagen. Und jetzt entspann dich! Denn sonst könnte ich auf den Gedanken kommen, dir auch ein paar Kisten zu hinterlassen, damit du dich an mich erinnerst, wenn ich nicht mehr lebe.« Sie lachte kurz auf, während alle anderen stumm blieben.

Marc sagte die ganze Zeit über kein Wort und beschränkte sich darauf, Helena anzusehen. Auf diese Weise wollte er ihr signalisieren, was er vor den anderen nicht laut sagen konnte – dass er nämlich fast drei Tage lang vergeblich auf eine Rückmeldung von ihr gewartet hatte. Schließlich brachte sie selbst das Thema zur Sprache und stellte ihm deutlich hörbar eine Frage, die die anderen irrtümlich für den Versuch hielten, von der unbequemen Angelegenheit mit den Kisten abzulenken.

»Und du, junger Künstler, was hast du in den letzten Tagen so gemacht?«

Marc zuckte mit den Achseln.

»Nichts Besonderes. Ich habe darauf gewartet, dass mich eine Frau zurückruft, an die ich häufig denke. Leider vergeblich.«

»Ich hoffe, du hast die Zeit genutzt und gearbeitet.«

»Ich habe es versucht. Ohne Erfolg. Ich glaube, dass ich alles noch einmal überdenken und von vorn anfangen sollte.«

»Alles?«, wandte Carlos ein. »Wäre es nicht besser, wenn Helena einen Blick auf deine Werke wirft und dir ein paar nützliche Ratschläge gibt, bevor du alles hinwirfst?«

Marc sah Helena lächelnd an. Aus Carlos' Worten war zu schließen, dass sie ihm den Besuch in seinem Atelier verschwiegen hatte. Von allen am Tisch wussten also nur Helena und er selbst davon.

»Was meinst du, Helena? Besuchst du mich mal in meinem Atelier und siehst dir meine Bilder an? Am Tag oder bei Nacht, wie es dir lieber ist.«

»Wir könnten dich und Carlos morgen Nachmittag dorthin begleiten, wenn ihr möchtet.« Sara wusste offenbar, wie wichtig die Sache ihrem Sohn war, und sie wollte ihm helfen.

»Was ist?«, fragte Helena angriffslustig. »Wird das Ganze jetzt ein Familienausflug? Wollt ihr vielleicht auch noch einen Picknickkorb mit Tortillas und Grillhähnchen mitbringen?«

Den anderen gefror das Lächeln im Gesicht.

»Hier geht es um eine wichtige berufliche Entscheidung, also um eine ernste Angelegenheit. Der junge Mann ist ein aufstrebender Kollege, der eine erfahrene Künstlerin um Hilfe bittet, den richtigen Weg zu finden. Wenn ihr das herabstuft auf ein Niveau nach dem Motto *Sehen wir uns doch mal an, was der Kleine so gemalt hat*, können wir gleich alles bleiben lassen. Und nur damit das klar ist – falls die Arbeiten nichts taugen, lasse ich mich von meiner Familie nicht erpressen, indem ich meine Beziehungen bemühe und einen bedeutenden Galeristen für ihn einspanne. Sind seine Bilder nicht gut genug, dann ist es eben so. Dann muss er erst noch etwas lernen. Schluss, aus! Oder er soll es sein lassen und sich eine andere Beschäftigung suchen.«

In diesem Moment traten die Kellner heran, um den Damen die bestellten Gerichte zu servieren. Wenig später wurden auch die

Herren bedient. Die einzigen Geräusche, die zu hören waren, verursachten die Bestecke, die das Porzellan berührten.

»Marc«, sagte Helena schließlich, »ich erwarte dich morgen um fünf in meinem Hotel. Denkst du, dass drei Stunden ausreichen, um in dein Atelier zu kommen und mir einen Eindruck zu verschaffen?«

»Ja, sicher.«

Sie wandte sich an Carlos.

»Das heißt, dass wir etwa um halb neun oder neun zu Abend essen könnten. Das ist etwas später, als wir es gewohnt sind, aber hier in Spanien ist das so üblich.«

»Für spanische Verhältnisse ist das beinahe noch zu früh«, meinte Sara und bemühte sich, ihren Zorn im Zaum zu halten. Helena hatte sich ihr gegenüber abscheulich benommen, hatte sie als Idiotin, als Landpomeranze hingestellt. Aber die große Künstlerin war bereit, sich Marcs Bilder anzusehen. Also tat Sara am besten so, als wäre nichts gewesen. Ging es doch bei der sozialen Interaktion immer darum, den Schein zu wahren, das Möglichste zu tun, um die echten Gefühle zu kaschieren. Sobald nämlich jemand die Schwachpunkte eines Menschen kannte, wurde dieses Wissen ausgenutzt, um den anderen zu verletzen.

Sara hasste ihre Schwiegermutter, auch wenn dies wie ein dummes Klischee klang. Nur die Tatsache, dass Helena in Australien lebte und bald dorthin zurückkehren würde, machte die Situation halbwegs erträglich.

Lissabon, 1940

Als der Zug endlich im Bahnhof Santa Apolonia hielt, erhob sich Blanca mit einem Seufzer der Erleichterung. Zwar wusste sie nicht, was sie erwartete, aber immerhin musste sie nicht länger die Enge, die Unbequemlichkeit und die schlechte Luft ertragen, die in diesem Waggon herrschten, obwohl sie erster Klasse fuhren. Sie würde die Beine ausstrecken und mal etwas anderes als die Bocadillos mit Thunfisch essen, die man ihnen für die Reise mitgegeben hatte.

Sie nahm ihre Puderdose heraus, und als sie sich in dem kleinen Spiegel sah, konnte sie nur mit Mühe einen Schreckensschrei zurückhalten. Ihr ganzes Gesicht war mit Kohlestaub befleckt, der unentwegt durch das offene Fenster hereingeweht war. Sie befeuchtete eine Ecke ihres Taschentuches mit etwas Spucke und versuchte den Staub zu entfernen. Dadurch verrieb sie die Kohle jedoch nur und sorgte für weitere Rußflecken.

Als sie den Blick hob, sah sie, dass Goyo sich mühsam das Lachen verbiss, und obwohl sie eigentlich verärgert reagieren wollte, musste sie schließlich ebenfalls lachen, weil sein Gesicht genauso schmutzig war.

»Ob man uns mit dieser Kriegsbemalung wohl ins Hotel lässt?«, fragte sie.

»Ich glaube schon. Und wenn nicht, können wir immer noch den Dienstboteneingang nehmen«, sagte Goyo und zwinkerte ihr zu.

Zwei Männer kümmerten sich um das Gepäck, und kurz darauf traten sie hinaus auf den Platz, wo ihre beiden Koffer im Gepäckbereich eines großen, dickbauchigen schwarzen Taxis verschwanden. Sie machten es sich auf dem Rücksitz bequem, und das Taxi fuhr los, über Straßen, die die meiste Zeit parallel zu einem breiten intensiv blauen Gewässer verliefen.

»Ist das der Atlantik?«, fragte Blanca aufgeregt.

»Das ist die Mündung des Tajo. Hier fließt der längste Fluss Spaniens ins Meer. Er ist zwar nicht der breiteste, aber an dieser Stelle wirkt er fast selbst wie ein Ozean. Angeblich ist er von unserem Hotel aus ebenfalls zu sehen. Und wenn nicht, haben wir sicher Gelegenheit, eine Rundfahrt durch das Stadtzentrum zu machen, um den Tajo ausgiebig zu betrachten. Vielleicht haben wir sogar die Zeit, mit dem Elevador de Santa Justa in die Oberstadt hinaufzufahren.«

»Wann müssen wir an Bord gehen?«

»Morgen Nachmittag.«

Blanca schmiegte sich an ihren Mann, während sie den Blick umherschweifen ließ und gierig alles in ihrer Umgebung aufsog, was sich dem Auge bot. Dabei wiederholte sie für sich immer wieder: Wir sind im Ausland. All das, was man hier sieht, gehört nicht zu Spanien. Es ist ein anderes Land, in dem eine andere Sprache gesprochen wird, wo wir die Ausländer sind. Zum ersten Mal in ihrem Leben befand sie sich in einem fremden Land, hatte zum ersten Mal eine Grenze überschritten. Plötzlich war ihr danach, albern zu kichern. Jetzt bin ich eine Ausländerin, dachte sie. Eine mysteriöse Ausländerin in Begleitung eines gut aussehenden Mannes, der ebenfalls ein mysteriöser Ausländer ist.

»Ist irgendwas?«, fragte Goyo mit leichtem Lächeln.

Sie schüttelte den Kopf und biss sich auf die Lippen.

»Nichts. Gar nichts«, sagte sie, als sie wieder sprechen konnte. »Ich finde das alles ganz wunderbar.«

Zufrieden drückte Goyo ihre Hand.

Sie erreichten das Hotel schneller, als Blanca es sich gewünscht hätte. Zwei Kofferträger brachten ihr Gepäck ins Haus, und während es zu ihrem Zimmer hinaufgebracht wurde, trug Goyo sich in das Gästeregister ein. Wie nebenbei sah sie ihm dabei unauffällig über die Schulter. *Gregorio Guerrero und Ehefrau*, las sie.

Ehefrau. Sie ließ sich das Wort wie ein Schokoladenbonbon auf der Zunge zergehen. Nun war sie eine richtige Señora.

Wenn sie doch nur auch bereits Mutter wäre! Pilar hatte schon ein kleines Mädchen von drei Jahren, während bei ihr selbst bisher kein Anzeichen einer Schwangerschaft festzustellen gewesen war. Natürlich hatten sie nur selten die Gelegenheit zum Zusammensein gehabt. Vielleicht jetzt, während der Reise, oder in den ersten Wochen in Marokko …

»Señora … Señora …«

Der Rezeptionist sprach sie an, und sie war mit ihren Gedanken ganz abwesend gewesen. Doch es war für sie immer noch ungewohnt, mit *Señora* angesprochen zu werden. Deshalb war ihr nicht aufgefallen, dass er sie meinte.

»Ja?«

»Bitte folgen Sie dem Pagen! Er begleitet Sie zu Ihrem Zimmer.«

»Und du?«, fragte sie erschrocken, an ihren Mann gewandt. »Kommst du nicht mit hinauf?«

»Ich muss unsere Schiffspassagen abholen.«

»Das könnten wir doch gemeinsam erledigen.«

»Nein, meine Süße. Geh hinauf und ruh dich eine Weile aus! Oder wasch dir das Gesicht«, sagte er leise in verschwörerischem Tonfall. »Und schreib ein paar Postkarten! Es wird nicht lange dauern, das verspreche ich dir.«

»Und du willst dich nicht waschen?« Sie wusste, dass sie sich wie ein kleines Mädchen benahm, das in der Dunkelheit nicht allein im Zimmer bleiben wollte. Aber schließlich wurde sie zum ersten Mal so weit weg von zu Hause allein gelassen. Im Ausland!

»Doch, keine Angst! So gehe ich nicht hinaus auf die Straße. Hier unten gibt es auch ein Bad. Die Sache eilt, wirklich. Ich möchte heute lieber schon alles erledigen, damit uns morgen mehr Zeit bleibt, um etwas Schönes zu unternehmen. Oder sogar, um dir ein Geschenk zu kaufen ...«, schloss er geheimnisvoll.

Sie nickte, stellte sich auf die Zehenspitzen und gab ihm einen flüchtigen Kuss auf den Mund.

»Beeil dich!«

»Zu Befehl, mein Feldwebelchen.«

Hinter dem Pagen stieg Blanca zu ihrem Zimmer hinauf und fühlte sich dabei wie die Heldin in einem Roman.

8. Kapitel

Madrid. Gegenwart

Helena, meine Liebe!« Jean Pauls Stimme klang aufgeregt und ein wenig rau. Er sprach Französisch. »Du musst sofort zu mir kommen, so schnell wie möglich!«

»Yannick, das passt leider im Moment überhaupt nicht. Ich bin gerade auf dem Sprung zu einer Verabredung. Um fünf werde ich abgeholt.«

»Sag ab, Helena! Du musst kommen, ich muss dir unbedingt etwas zeigen.«

»Was immer du mir zeigen willst, ist morgen früh auch noch da, stimmt's? Oder am Montag.«

»Das, was ich dir zeigen will, ja. Ich vielleicht nicht. Hörst du nicht, wie mir die Stimme zittert?«

»Dass du immer so übertreiben musst, verdammt!«

»Es hat etwas mit Alicia zu tun.«

Auf beiden Seiten der Verbindung stellte sich Schweigen ein. Helena fuhr sich mit der Hand über die Stirn, die von einem Moment auf den anderen feucht geworden war.

»Jetzt plötzlich soll es etwas Neues geben?«, fragte sie und konnte eine gewisse Verärgerung in der Stimme nicht vermeiden.

»Mich wundert es auch. Aber Luc hat etwas in La Mora gefunden. Bei seiner Rückkehr nach Paris hat er es hiergelassen. Du musst unbedingt kommen! Ich bin mir nämlich nicht sicher, ob es sich wirklich um das Vermeintliche handelt. Sieh es dir auf jeden Fall an! Willst du denn nicht mehr darüber erfahren, was in jener Nacht passiert ist?«

Yannicks Worte überzeugten sie. Wahrscheinlich war es nichts Wichtiges, aber …

»Gut, ich mache mich auf den Weg. Gib mir ein paar Minuten, um meine Verabredung abzusagen. Dann nehme ich ein Taxi, und die Fahrt dauert auch eine Weile. Bis gleich.«

»Danke, Helena.«

Nach Beendigung des Gesprächs überfielen sie schlimmste Befürchtungen. Sie wollte nicht zu Yannick fahren. Was auch immer Luc in La Mora gefunden hatte und wenn es noch so viel mit Alicia zu tun hatte, sie wollte es nicht sehen! Sie hatte ein schlechtes Gefühl bei der Sache. Außerdem lief ihr ein kalter Schauder den Rücken hinunter, der nichts Gutes verhieß.

Damals, vor fast fünfzig Jahren, hatte die Polizei alles durchkämmt, hatte mit der Lupe Alicias Zimmer abgesucht, hatte alles gelesen, was an Papieren auf ihrem Schreibtisch zu finden gewesen war, hatte sämtliche Taschen ihrer Kleider und Hosen durchwühlt, um irgendeinen Hinweis zu finden. Was also konnte Luc nach der langen Zeit im Haus entdeckt haben?

»Carlos, ich muss weg«, sagte sie eilig, während sie das Nötigste in ihre Tasche steckte und sich die Schuhe anzog. »Tu mir den Gefallen und ruf Marc an oder geh kurz runter, wenn er hier ist! Sag ihm, dass ich nicht mitkommen kann, um mir seine Bilder anzusehen, dass wir den Besuch bei ihm verschieben müssen.«

»Der Arme wird furchtbar enttäuscht sein. Er erhofft sich so viel davon ...«

»Ich weiß, aber jetzt geht es nicht.«

»Was hast du vor?«

»Ich muss zu Jean Paul. Er hat gerade angerufen.«

Mit versteinertem Gesichtsausdruck stand Carlos auf.

»Geht es ihm so schlecht?«

»Nein, das ist es nicht. Er liegt nicht im Sterben. Nun ja, das glaube ich zumindest nicht. Es ist ... Er will mir etwas zeigen. Es hat mit Alicia zu tun.«

»Soll ich mitkommen?«

Helena schüttelte den Kopf.

»Nein. Ich möchte allein hinfahren. Nachher erzähle ich dir alles. Hier habe ich dir Marcs Telefonnummer aufgeschrieben. Bitte ruf ihn an, tu mir den Gefallen! Oder besser, du wartest unten an der Rezeption auf ihn und lädst ihn zu einer Tasse Kaffee ein. Ich melde mich, wenn ich die Klinik verlasse, und dann gehen wir zum Essen. Nur wir beide. Ich möchte sonst keinen dabeihaben.«

Ohne Carlos' Antwort abzuwarten, eilte Helena durch den Flur, die Treppe hinunter und stieg in das erste Taxi aus der Reihe, die vor dem Hoteleingang wartete. Eine knappe Viertelstunde später klopfte sie bereits an die Tür von Jean Pauls Zimmer.

Sonnenlicht fiel in den Raum, wurde jedoch von einer grünen Markise und einer dünnen blauen Gardine gefiltert, die die Helligkeit beträchtlich abmilderte und das Zimmer in ein Aquarium mit tropischem Wasser verwandelte, in dem Yannick in seinem gelben Bett zu schwimmen schien wie ein exotischer Fisch. Er öffnete die Augen, als sie eintrat, und verzog den Mund zu einem Lächeln. Sein Kopf wirkte wie ein Totenschädel, der in der Tiefe des Meeres zurückgeblieben war. Seine Hände waren auf Bauchhöhe gefaltet und schienen etwas vor ihren neugierigen Blicken zu verbergen.

»Zieh dir den Sessel heran, Helena! Ich möchte dir in die Augen sehen.«

Sie folgte seiner Aufforderung, nahm Platz und blickte ihn an.

»Also, Yannick?«

Er seufzte.

»Erinnerst du dich an jenen Nachmittag des zwanzigsten Juli neunundsechzig, als deine Schwester in die Medina ging, um die Stoffbahnen abzuholen, die wir bestellt hatten?«

»Natürlich erinnere ich mich.«

»Sie trug das Münzarmband deiner Großmutter.«

»Ja. Das haben wir der Polizei immer wieder gesagt. Nach dem Frühstück hatten Alicia und ich die Kleider angezogen, die wir am Abend auf dem Fest tragen wollten, und hatten dazu alle möglichen Ketten, Armbänder, Ohrringe und ähnlichen Schmuck anprobiert. Alicia hatte eine unserer bunten Tuniken ausgewählt, sich ein Seidentuch wie ein Stirnband um den Kopf gebunden und trug das Haar offen. Sie bat mich um das Armband, das ich von Oma Carmen geerbt hatte. Ich gab es ihr, und sie legte es um. Es passte perfekt dazu. Später, nachdem wir uns schon wieder umgezogen hatten, behielt sie es an. Als ihre Leiche gefunden wurde, war das

Armband nicht mehr da, und deshalb ging die Polizei davon aus, dass sie ermordet wurde, als man ihr das Armband stehlen wollte.«

»Erinnerst du dich? Sie wollte mit dem Armband am Handgelenk aufbrechen. Ich warnte sie, wie gefährlich es sei, den Schmuck in aller Öffentlichkeit zu tragen.«

»Ja. Und sie meinte, dass ein solches Prachtstück nicht für echt, sondern für billigen Modeschmuck gehalten werde.«

Jean Paul richtete den Blick zur Decke und seufzte.

»Würdest du es denn wiedererkennen?«

»Das Armband meiner Großmutter? Ich denke schon«, antwortete Helena nach kurzem Zögern mit einem Schulterzucken.

Yannick öffnete die Hände.

»Ist es das?«

Helena blinzelte mehrmals, bevor sie glauben konnte, dass das Armband tatsächlich in Yannicks Händen lag. Sie hatte es so oft vor sich gesehen, so oft davon geträumt, dass sein wirkliches Vorhandensein unvorstellbar schien. Wahrscheinlich hatte sie wieder einen Albtraum, diese Art Albtraum von Nachmittagen in der Sommerhitze, aus dem sie letztendlich, in Schweiß gebadet und mit Kopfschmerzen, aber unendlich erleichtert in die Realität zurückkehren würde. Was sie hier sah, konnte einfach nicht sein!

»Woher hast du das?«, fragte sie schließlich. »Und sag bloß nicht, dass die Polizei es nach all den Jahren gefunden hat!«

»Ist es wirklich dasselbe?«, hakte Jean Paul nach und hielt ihr das Schmuckstück hin. »Sieh es dir genau an und sag mir, ob es wirklich das Armband deiner Großmutter ist!«

Helena stand langsam auf, wie hypnotisiert von dem glänzenden Gold in der Hand ihres Schwagers, nahm das Armband in die linke Hand und untersuchte nacheinander jede der einzelnen Goldmünzen, die an der Kette hingen. Eine erkannte sie sofort wieder. Sie hatte ihrer Großmutter ganz besonders gut gefallen, ein Geschenk von Großvater Mariano und die letzte Münze, die dem Armband hinzugefügt worden war. Sie war ziemlich groß und zeigte einen Indianer mit aufwendigem Federschmuck im Profil. Das eingravierte Datum war 1965, im Gedenken an den seit hundert Jahren beendeten Amerikanischen Bürgerkrieg, der von 1861 bis 1865 stattgefunden hatte. Ihre Großmutter war im Jahr 1967 gestorben und hatte ihr das Schmuckstück vererbt. Sie hatte es seit Juli 1969 nicht mehr gesehen, aber es war eindeutig dasselbe. Ohne jeden Zweifel.

»Ja, Yannick. Das ist es, ganz sicher. Wieso ist es so plötzlich wieder aufgetaucht? Wo wurde es gefunden?«

»In dem kleinen Brunnen am Wasserbecken. Erinnerst du dich an das Rohr in der Mauer, aus dem das Wasser in das kleine Wasserbecken läuft, um dann ins nächste Becken weiterzufließen? In das Becken, das von der Myrtenhecke umgeben ist?«

Sie nickte schweigend.

»In letzter Zeit schien das Rohr verstopft zu sein. Daher habe ich Luc gebeten, bei seinem nächsten Besuch in La Mora nachzusehen, woran das lag. Er bestellte einen Klempner und einen Maurer, die das Rohr untersuchten und feststellten, dass es am rückwärtigen Zulauf eine Öffnung gibt, die jedoch zugewachsen war. Sie legten die Stelle frei, und bevor sie nachsehen konnten, warum das Wasser nicht mehr floss, entdeckten sie etwas Glänzendes. Es war das Armband. Natürlich wusste mein Sohn nicht, worum es sich dabei handelte. Weil er aber erkannte, dass es ein wertvolles Schmuckstück ist, brachte er es mit und zeigte es mir vorhin vor seiner Abreise. Deswegen habe ich dich angerufen.«

»Und wieso war Großmutters Armband dort versteckt?«

Yannick zuckte mit den Achseln, ohne den Blick von ihr abzuwenden.

»Wie es scheint«, sagte er langsam, »hat Alicia doch auf mich gehört und es im Haus zurückgelassen, bevor sie ging. Allerdings kann ich mir nicht erklären, wie es in das Brunnensystem geriet. Sie hat es dort bestimmt nicht abgelegt.«

»Natürlich nicht. Was für ein Quatsch! Warum sollte sie es dort abgelegt haben? Wozu?«

»Aber wenn sie es nicht war … wer dann? Und wie du richtig fragst – wozu?«

Hilflos schüttelte Helena den Kopf.

»Außerdem …«, fuhr Yannick fort. »Wenn sie es nicht trug, ist die famose Theorie nicht mehr haltbar, dass sie wegen des Armbandes einem Raubmord zum Opfer fiel.«

Es folgte eine lange Stille.

»Stimmt«, sagte Helena schließlich. »In diesem Fall war es kein Raub. Aber es bleibt die Tatsache, dass sie vergewaltigt wurde. Und es könnte sein, dass der Mörder sie nur deshalb angegriffen hat. Dann lief etwas schief, und er hat sie erwürgt.«

»Ich habe nie verstanden, warum er sie zusätzlich vergewaltigt hat«, raunte Jean Paul.

»Das war nicht hundertprozentig schlüssig, solange man davon ausging, dass der Täter sie wegen des Armbands umgebracht hat. Wenn der wahre Grund für den Überfall aber die Vergewaltigung war … und das, was dann passierte … der Mord … ein … ich weiß nicht … Unfall war … Was glaubst du?«

Jean Paul ließ den Kopf wieder in die Kissen sinken.

»Ich weiß nicht, Helena. Ich weiß überhaupt nichts mehr. Dabei war ich schon fast so weit, nicht mehr ständig über den Fall nachzudenken. Und nun … taucht dieses Armband auf und verändert auf einmal alles. Deswegen musste ich mit dir reden – es ist ja sonst niemand mehr da. Verstehst du das, *ma belle*?«

Sie nickte.

»Du bist gesund und bei klarem Verstand. Vielleicht findest du heraus, was sich sonst noch alles im Schatten verbirgt.«

»Lass dieses Wort aus dem Spiel! Bitte, Yannick!« Helena schlang die Arme um sich, als wäre ihr kalt.

Er schien sie zu verstehen, nickte und schloss die Augen. Ohne sie wieder zu öffnen, hörte er, dass Helena das Armband auf den Nachttisch neben dem Bett legte.

»Behalt es, *chérie*. Es ist deins. Ein Geschenk aus einer anderen Zeit. Deine tote Schwester hat es dir zurückgegeben.«

Als sie den mit Carlos vereinbarten Treffpunkt erreichte, war sie noch zu keiner Reaktion fähig. Die ganze Fahrt über hatte sie aus dem Taxifenster gestarrt, ohne wahrzunehmen, was vor ihren Augen vorbeiglitt. Die Stadt, durch die sie fuhren, die offene Tasche auf ihrem Schoß. Die Finger, die mit dem Armband spielten, das von einer Hand in die andere wanderte, und die Münzen ertasteten, während sie an einzelne Sätze ihrer Großmutter dachte. *Meine beiden Töchter haben wohlhabende Männer geheiratet. Sie brauchen den Schmuck nicht, den ich die Jahre über aufbewahrt habe. Diese Dinge sollen meinen beiden Enkelinnen gehören, wenn sie alt genug dafür sind und Freude daran haben. Alicia soll die Perlen bekommen, Helena das Armband. Perlen stehen blonden Frauen besser, und Gold passt zu einem dunkelhaarigen Typ.* Sie dachte auch an ihre Mutter und die Worte, die sie unter Tränen gesagt hatte. »*Gut, dass Großmutter das nicht mehr erleben muss.*« Wobei offenblieb, ob sie Alicias Tod oder den Verlust des geliebten Armbands meinte.

Wieso lag das Armband fünfzig Jahre lang in diesem Brunnen verborgen? Wer hatte es dort versteckt? Warum?

Carlos öffnete die hintere Tür des Taxis im selben Moment, als Helena nach dem Bezahlen ihre Handtasche schloss.

»Ist es hier?«

»Im Hotel hat man mir das Lokal sehr empfohlen. Ich habe einen Tisch reserviert.«

Das Restaurant war dunkel, in Anthrazit und Bordeaux gehalten, mit Goldelementen und geheimnisvollen Winkeln, die von cremefarbenen Kerzen erhellt wurden. Antike Möbel, weiße Leinentischtücher, Silberbesteck. Der *Maître* sah aus wie ein englischer Butler und machte ein ernstes Gesicht.

»Da hätten wir auch ins Paläontologische Museum gehen können«, meinte Helena, nachdem sie Platz genommen hatten. »Dort ist wahrscheinlich mehr los als hier.«

»Wir haben noch nicht mal acht Uhr, meine Liebe. Sicher habe ich die Leute mit meiner Reservierung völlig aus dem Konzept gebracht.« Mit gesenkter Stimme fuhr Carlos fort. »Wetten, dass der Koch noch gar nicht in der Küche ist?«

Sie lächelte oder tat zumindest ihr Bestes, um sich den Anschein von Heiterkeit zu geben. Carlos redete weiter, wie immer, wenn er ihr die Entscheidung überließ, ob sie über sich sprechen wollte oder nicht.

»Ich habe Marc angerufen und ihm erzählt, dass dir etwas dazwischengekommen ist. Er hatte schon damit gerechnet. Um ihn vom Ernst der Situation zu überzeugen, habe ich leicht übertrieben und erklärt, dass dein Freund im Krankenhaus im Sterben liegt. Das war doch richtig so, oder?«, schloss er mit dem Gesicht eines kleinen Jungen, der es faustdick hinter den Ohren hat.

»Ja. Das hast du gut gemacht. Es würde mich auch wirklich nicht wundern, wenn es tatsächlich der Wahrheit entspricht.«

»Steht es so schlecht um ihn?«

»Er ist nur noch Haut und Knochen, und ehrlich gesagt glaube ich nicht, dass er noch lange leben wird.«

»Warum hat er dich angerufen?«

In diesem Augenblick drückte ihnen der Kellner mit der sauren Miene riesige Speisekarten in die Hand. Um ihn loszuwerden, bestellten beide einen Manzanilla zum Aperitif und Tapas als Vorspeise. Von irgendwoher setzte leise Musik ein, und erst jetzt fiel ihnen die Stille in dem Lokal auf. Sie waren nach wie vor die einzigen Gäste.

Helena schob eine Hand in die Tasche und legte das Armband vor Carlos auf den Tisch, während sie ihm erzählte, was sie in der Klinik erlebt hatte.

»Und du bist sicher, dass es das Armband ist, das Alicia am Tag ihres Todes trug, das deiner Großmutter? Und kein ähnliches Schmuckstück?«

Sie nickte schweigend, nahm das Armband wieder in die Hand, suchte eine kleine Münze heraus, die unmittelbar am Verschluss hing, und zeigte sie ihm. »Siehst du das H? Das hat meine Großmutter für mich dort eingravieren lassen. Und auf der Rückseite steht mein Geburtsdatum.«

Nachdem der Manzanilla gebracht worden war, prosteten sie sich zu, beide mit ihren eigenen Gedanken beschäftigt. Dann steckte Carlos die Hand in die Jacketttasche und zog einen länglichen Umschlag hervor. Er nahm eine Handvoll dünner Papierseiten heraus, die mit einer eleganten, kantigen Schrift beschrieben waren, setzte die Brille auf und suchte einen bestimmten Abschnitt.

»Was ist das?«, fragte Helena voller Anspannung.

»Ich sollte doch einen ersten Blick in die Kisten deiner Mutter werfen. Dies lag ganz oben. Es ist an dich gerichtet, und ehrlich gesagt finde ich, dass ab jetzt vor allem du dich damit beschäftigen solltest. Ich habe den Brief gelesen, weil du mich darum gebeten hast, und ich lese dir nur das Ende vor, weil es mit unserem Gespräch zu tun hat. Meiner Meinung nach liest du ihn am besten anschließend im Ganzen. Ach ja, bitte entscheide dich, was du essen möchtest, damit sie uns in Ruhe lassen. Hör zu!«

Heute fühle ich mich so gut, so klar im Kopf und so jung, dass ich ohne Mühe eine Liste der schlimmsten Irrtümer meines Lebens erstellen könnte, welche die übelsten Folgen für mich und uns alle mit sich gebracht haben. Eine nach der anderen könnte ich die Lügen oder die Halbwahrheiten aufzählen, auf denen unsere Familie jahrzehntelang ihre Existenz gründete. Doch ich werde es nicht tun. Und ich werde Dir gegenüber ehrlich sein. Ich werde es deshalb nicht tun, weil ich Dir nicht einfach auf dem Tablett servieren will, was mir so schwergefallen ist. Du sollst Dir die Antworten verdienen und bereit sein, etwas dafür zu tun, falls die Sache Dir wichtig genug ist, um in diesen Unterlagen nach der Wahrheit zu suchen, in jenen Hinweisen, die ich Dir für das Durchqueren des Labyrinthes anbiete.

Dabei muss ich gestehen, dass es mir nicht gelungen ist, jede der vielen offenen Fragen bis ins Letzte zu beantworten, und ich wünsche Dir mehr Erfolg.

Obwohl wir uns in den letzten Jahren kaum noch gesehen und lange nicht mehr darüber gesprochen haben, wodurch unsere Familie zerstört wurde, so bist Du doch immer noch die Tochter, die mir am ähnlichsten ist. Daher glaube ich, dass Du – auch wenn Du äußerlich kalt und hart wirkst, wie eine geborene Kämpferin, die in der Gegenwart lebt, über die Vergangenheit lacht und die sich rühmt, durch alle Schläge und Risiken im Leben gestählt worden zu sein – im Innern bist wie ich, eine Perfektionistin mit unbezähmbarem Drang, alles zu verstehen. Glaubst Du, mir ist nicht klar, was die Schatten auf Deinen Bildern bedeuten? Sie stehen für die unbeantworteten Fragen, die Dich belasten. Deswegen werden sie von niemandem in der dargestellten Szenerie wahrgenommen. Dieser Schatten ist nur auf der Suche nach Dir, meine Tochter, nach Dir allein.

Und was wirft nun diesen Schatten? Es können so viele Fragen sein … Wer tötete Alicia? Warum? Warum verließ Alicia an jenem

Tag das Haus? Wohin ging sie? Mit wem wollte sie sich treffen? Hast Du Dich das alles niemals gefragt? Und Goyito … Warum ist er gestorben? Um welche Sünde, welches Verbrechen zu strafen? Und Dein Vater … Weißt Du eigentlich, wer Dein Vater war und warum er Selbstmord beging?

Ich werde es nun dabei belassen, ich bin müde. Verzeih mir, Helena, ich habe mich gehen lassen und Dir zu viele Fragen auf einmal gestellt. Sicher mehr Fragen, als Du sie Dir selbst je gestellt hast.

Ich wünsche Dir Glück, meine Tochter. Und damit Du es nicht vergisst, wiederhole ich noch einmal, dass Du in diesem Moment der Mensch bist, den ich auf der ganzen Welt am meisten liebe, auch wenn Du weit fort bist, auch wenn Du mich vergessen hast. Und vor allem bin ich wirklich Deine Mutter, und ich liebe Dich.

Ich umarme Dich voller Liebe,
Blanca

»Verdammt!«, stieß Helena hervor und leerte ihr Glas in einem Zug. »Wie es aussieht, hat sie am Ende tatsächlich noch die Liebe entdeckt.«

»Mir scheint es ein sehr mutiger und aufrichtiger Brief zu sein. Sag mir, was du davon hältst, wenn du alles gelesen hast!«

»Was willst du? Mir ein schlechtes Gewissen machen?«

»Nein. Ich will nur, dass du dir die Fragen deiner Mutter noch einmal genau ansiehst. Sind es nicht genau jene Fragen, die du dir lebenslang immer wieder selbst gestellt hast?«

Entschieden schüttelte Helena den Kopf.

»Nein. Ich habe mich noch nie gefragt, warum Alicia an jenem Nachmittag das Haus verließ und mit wem sie sich treffen wollte. Welch ein Schwachsinn! Wir wussten schließlich alle, dass sie die Stoffbahnen abholen wollte.«

»Nun ja, wie es aussieht, hat Blanca an etwas anderes gedacht. Gut möglich, dass in den Kisten die Antworten zu finden sind.«

»Was wollte sie deiner Meinung nach damit andeuten, dass Alicia jemanden treffen wollte?«

Carlos zuckte mit den Achseln.

»Und was soll die Frage, warum Goyito gestorben ist? Welchen

Grund sollte es dafür geben? Das arme Kind ist an einer Meningitis gestorben, er wurde weder vergiftet noch aus einem anderen Grund umgebracht. Es ist einfach passiert. Meine Mutter hat nach und nach den Verstand verloren, Carlos.«

»Ich weiß schon. Sie selbst erwähnt es in ihrem Brief. Aber ich glaube ihrer Behauptung, dass sie klar bei Verstand war, als sie diese Zeilen schrieb.«

Helena schnaubte gereizt. Der Kellner servierte ihnen das bestellte Ajo blanco, und schweigend aßen sie die Mandelsuppe. Carlos hatte den Brief wieder eingesteckt, und Helena schien ihn nicht haben zu wollen. Das Armband lag immer noch zwischen ihnen und funkelte leicht auf dem Tischtuch. Helena legte es um ihr linkes Handgelenk, und Carlos schloss es.

»Heißt das, dass du die Herausforderung annimmst?«

Der Kellner servierte den lauwarmen Hummersalat und ließ sie dann wieder allein.

»Möglich«, entgegnete sie leichthin, während sie die Salatblätter mit der Gabel auf dem Teller hin und her schob.

»Lass mich dir helfen, Helena!«

»Bitte?« Sie hob den Blick und starrte ihn an, ohne zu blinzeln.

»Erzähl mir, wie es war, beantworte meine Fragen! Lass mich in dein Labyrinth ein, wie deine Mutter es genannt hat! Nimm mich mit in die Vergangenheit! Vielleicht sehe ich das Ganze mit anderen Augen. Vielleicht fällt mir etwas auf, was dir bisher entgangen ist.«

»In Ordnung. Versuchen wir es. Was willst du wissen?«

»Erzähl mir, wer in jenem Sommer, im Juli neunundsechzig, im Haus war! Stell mir die Menschen vor! Erzähl mir von ihnen allen!«

»Das ist fünfzig Jahre her, Carlos.«

»Fang einfach an, und dann wirst du merken, wie dir nach und nach alles wieder einfällt.«

»Später, wenn wir wieder im Hotel sind, wenn es dir nichts ausmacht.«

Er sah sie an und überlegte wohl, ob sie es ernst meinte oder ob es wieder eine ihrer vielen Ausflüchte war.

»Ich verspreche es dir. Ich will den Ereignissen auch auf den Grund gehen. Wirklich. Aber lass uns erst den Seeteufel genießen!«, schloss sie lächelnd.

Die Kiste

5. Foto

Ein Farbfoto mittlerer Größe mit jenen grellen, leicht unecht wirkenden Farben, wie sie in den Sechziger- oder Siebzigerjahren üblich waren. In einem Palmengarten lächelt eine große Gruppe junger Leute in die Kamera. Einige von ihnen machen das Friedenszeichen aus der Hippiezeit, andere posieren wie für eine Modezeitschrift oder haben die Arme geöffnet, als wollten sie die ganze Welt umschließen. Viele haben eine brennende Zigarette im Mund oder zwischen den Fingern. Andere heben ihre Longdrinkgläser, um dem Fotografen oder dem Betrachter des Fotos zuzuprosten. Sie sind mit Tuniken, Schlaghosen, Miniröcken, knappen weißen Häkelbikinis, transparenten Blusen oder Westen auf nackter Haut bekleidet. Ein Schwarm bunter Vögel mit psychedelischen Farbmustern und gefärbtem Haar, glatt oder im Afrolook, geschmückt mit Bändern, Schleifen oder Blumen. Auf den ersten Blick scheint es sich um Hippies oder Rucksacktouristen zu handeln, wie sie in den Siebzigerjahren durch die Welt reisten. Bei genauerer Betrachtung wird aber deutlich, dass fast alle teure Kleidung und edlen Schmuck tragen. Es sind Luxushippies, Hippies für eine Sommernacht, darunter auch das Paar in der Mitte der Gruppe. Sie ist um die fünfzig Jahre alt, er etwas älter. Beide sind in Weiß gekleidet, sie mit einem Kleid im Ibizalook, er in Leinenhose und südamerikanischem Leinenhemd. Dem aufmerksamen Betrachter fällt auf, dass es sich um das Paar auf dem Hochzeitsfoto handelt, viele Jahre später.

Auch Helena ist auf dem Foto zu sehen, neben ihrer Mutter, wunderschön mit üppiger Lockenmähne, stark geschminkten dunklen Augen und in ein Ensemble aus bedruckter Schlaghose und pinkfarbenem Minipullover gekleidet, einem jener knappen Oberteile, die oben hochgeschlossen sind, den Bauchnabel aber frei lassen. In der Hand hält sie ein Champagnerglas und lächelt glücklich in die Kamera.

Hinter ihr steht Jean Paul, unglaublich jung mit üppigem dunkelblondem Haar. Er hat eine Hand auf Helenas Schulter gelegt und den Blick nach rechts gerichtet, auf etwas, was sich außerhalb des Kameraobjektivs befindet und auf dem Bild nicht zu sehen ist. Sein Gesichtsausdruck verrät leichte Besorgnis oder Nervosität im Gegensatz zu allen anderen. Die scheinen nur an den gegenwärtigen Augenblick und das Fest zu denken, das höchstwahrscheinlich gerade erst begonnen hat. Alle wirken frisch zurechtgemacht, und der Himmel hinter ihnen weist noch die Farben des Sonnenuntergangs auf.

Im Hintergrund ist eine männliche Gestalt zu sehen. Der leicht unscharfe Umriss verleiht ihr ein gespenstisches Aussehen. Der Mann nähert sich der Gruppe – möglicherweise ein weiterer Gast, der sich zu den anderen gesellt.

Auf der Rückseite des Fotos steht lediglich: *20. Juli 1969. La Mora.*

Einige Stunden später lagen sie bereits im Bett, und das Licht war ausgeschaltet. Da griff Helena seufzend nach Carlos' Hand, räusperte sich und begann zu erzählen, als spräche sie zu sich selbst.

»Das Haus war ständig voller Menschen. Das ist das Erste, was mir einfällt, wenn ich an den Sommer neunundsechzig denke. Überall Menschen … ein einziges Rein und Raus. Besuch ohne Ende. Darunter ziemlich viele Marokkaner, die zu meinem Vater kamen. Den Grund dafür weiß ich nicht mehr. Ich erinnere mich nur, dass eine gewisse Feststimmung herrschte und den Marokkanern ständig gratuliert wurde. Allerdings blieben sie nie lange, tranken Tee, aßen Gebäck, und in weniger als einer Stunde waren sie wieder verschwunden.

Meine Mutter, die perfekte Gastgeberin, gesellte sich kurz dazu und sah nach, ob es an nichts fehlte. Dann zog sie sich gleich wieder zurück, damit die Männer sich in Ruhe unterhalten konnten. Sie hatte viele Jahre lang in Marokko gelebt und wusste, wie sie sich verhalten musste. Meine Schwester und ich wussten es auch, aber wir weigerten uns, uns so zu benehmen, als wären wir Musliminnen. Schließlich waren wir moderne junge Frauen, hatten in der Schweiz studiert. Alicia war eine erfolgreiche Geschäftsfrau, und ich stand kurz davor, in die Leitung des Unternehmens einzusteigen.

Lass mich überlegen … da waren wir vier: Papa, Mama, Alicia und ich. Wer war noch dabei? Jean Paul natürlich. Manchmal kam er nicht mit, sondern blieb in Paris, um die *fête nationale* zu feiern. Diesmal allerdings war er schon lange vorher gekommen, und wir hatten den vierzehnten Juli in Marokko gefeiert, mit einem Abendessen im Garten und einem kleinen Feuerwerk. Meine Tante Pilar war auch dabei. Warum, weiß ich nicht. Sie war allein angereist, ohne Onkel Vicente und ohne meine Cousine Amparo oder ein anderes ihrer Kinder. Und außerdem … keine Ahnung. Ansonsten kann ich mich an keine bestimmte Person erinnern. Es müssen aber noch mehr Gäste bei uns gewohnt haben. Später, an dem Tag, als das Fest stattfand, waren viele Freunde von uns gekommen. Die meisten von ihnen hatten kein Haus in Marokko, sodass sie höchstwahrscheinlich bei uns untergekommen waren. Allerdings kann ich nicht mehr sagen, wer genau dabei war. In einer der Kisten könnte ein Foto sein. Hast du nichts gefunden?«

»Ich habe nur kurz hineingesehen, Helena, aber die Kisten sind groß. Möglich wäre es. Beschreib mir das Haus! Vielleicht fällt dir dann noch etwas ein.«

»Wir haben es La Mora genannt. Es war ziemlich groß und anfangs leicht verwahrlost. Dann hat mein Vater es nach und nach hergerichtet. Dennoch war es ein völlig chaotisches Bauwerk wie der Palast von Knossos auf Kreta. Ja, damit könnte man es vergleichen. Wenn wir weiteren Platz brauchten, wurden einfach einige Zimmer angebaut, oder über der Garage oder dem Stall wurde das Haus aufgestockt. Ich glaube, es war ein Geschenk des Sultans an meinen Vater, kurz nachdem meine Eltern sich in Marokko niedergelassen hatten. Es war eine verwahrloste Villa auf einem großen Grundstück voller Palmen, Granatapfelbäume, Olivenbäume und Johannisbrotbäume. Sie lag in der Nähe des Meeres, das man von dort aus jedoch nicht sehen konnte. In La Mora war das Meer zu spüren und zu riechen, doch sehen konnte man es erst, wenn man eine halbe Stunde den alten Weg entlanggegangen war. Dann erst gelangte man an den Strand und den prachtvollen Atlantischen Ozean.

Im Erdgeschoss lag die Küche, die sehr groß war, ein riesiger Speiseraum, ein Wohnzimmer mit offenem Kamin, marokkanischen Sofas, Sitzkissen, niedrigen Tischen und jeder Menge Teppichen. Außerdem ein in Weiß und Grün gehaltenes, sehr geräumiges Badezimmer für die Familie. Es gab noch ein kleineres Badezimmer für Hausgäste und ein weiteres draußen, gleich neben der Küche, für das Personal. Das Haus hatte einen Innenhof mit einem kleinen Brunnen, weiß-blau gestrichenen Bögen, und der Sockel war mit andalusischen Fliesen verziert. Im Hof wuchsen Geranien und Duftpflanzen, wie Micaela sie nannte. Das Dienstmädchen hatte meine Mutter, als sie noch kinderlos war, aus Valencia mitgebracht. Micaela war so etwas wie unsere Haushälterin geworden. Im oberen Stockwerk lagen die Schlafzimmer, und es gab zunächst nur ein

Badezimmer. Dann wurde nach und nach angebaut. Wer draußen die Terrasse überquerte, gelangte zu weiteren sehr schlichten Räumen, in denen Gäste untergebracht wurden, wenn im Haus kein Platz mehr war. Doch das eigentliche Leben spielte sich vor allem draußen ab, im Garten, im Innenhof und am Schwimmbad. Das war anfangs ein einfaches Wasserbecken gewesen. Dann wurde es modernisiert, bis es ein marokkanischer Luxuspool war, der gut zu einem Traumhaus in Beverly Hills gepasst hätte.

Der Garten war riesig und großzügig mit kleinen Terrassen, Wegen, Labyrinthen aus Myrtenhecken, Pavillons, Brunnen und gefliesten Bänken ausgestattet. Außerdem gab es Pergolen voller Kletterpflanzen, kühle Schattenplätze gegen die Hitze. Der Bereich um den Eingang war fast ausschließlich mit Palmen und Kakteen bewachsen, und auf einem höher gelegenen Gebiet hatte mein Vater einen kleinen Park im Stil der Gärten des Generalife anlegen lassen, wo er nachts zwischen Zypressen und Nelken spazieren ging. Etwas Männliches und etwas Weibliches, sagte er manchmal.«

»Was machte dein Vater beruflich?«

»Das habe ich nie so genau gewusst. Er war Geschäftsmann, kaufte und verkaufte alle möglichen Waren. Dabei hatte er viel mit diplomatischen Delegationen zu tun. Und jeder, der in Marokko geschäftlich tätig sein wollte oder irgendeine Genehmigung brauchte, wandte sich an ihn. Er war häufig auf Reisen. Und er kannte praktisch jeden, hatte viele Freunde bei der Polizei und beim Militär. Gegen Ende seiner beruflichen Laufbahn, als er über fünfzig war, wurde er sogar Gouverneur von Ifni. Dann, nachdem das mit Alicia passiert war, ging er in den Ruhestand, kehrte nach Spanien zurück und arbeitete nicht mehr.«

»Und war er nie wieder in La Mora?«

»Nein. Aus irgendwelchen steuerlichen Gründen hatte er das Haus auf Alicia übertragen, wobei wir alle das Nutzungsrecht hatten. Später wollte er nicht mehr dorthin zurückkehren.«

»Dann hat Alicias Mann Jean Paul La Mora geerbt?«

»Davon war ich ausgegangen, aber nun habe ich erfahren, dass Jean Paul offenbar nur das Wohnrecht innehat, solange er nicht wieder heiratet. Und ich bin die Erbin.«

»Nun, dann sollten wir hinfahren und es uns ansehen.«

»Ich weiß nicht. Eher nicht.«

Carlos entgegnete nichts darauf. Er kannte Helena gut genug und wusste, dass sie reden würde, wenn er schwieg.

»Ich habe darüber nachgedacht, glaube aber nicht, dass ... Natürlich würde ich gern sehen, was aus La Mora geworden ist ... Aber ich habe Angst.«

»Angst? Wovor?«

»Vor den Erinnerungen. Dass mir Geschehnisse einfallen, die ich vergessen hatte und die dann wieder so wehtun wie damals. Mir graut davor, dass es eine Zeitreise werden könnte. Als ob ich in meine Kindheit, meine Jugend zurückkehren würde ...«

»Aber das wäre doch wunderbar, oder etwa nicht?«, wandte Carlos ein.

»Nein. Weil aus der damaligen Zeit niemand mehr lebt. Wenn ich dorthin zurückkehre ...« Ihr brach die Stimme. »Wenn ich zurückkehre, wird es ein Ort voller Gespenster sein, die auf mich warten und über mich herfallen.«

»Dann bin ich bei dir. Und ich lasse nicht zu, dass irgendein Gespenst dir etwas antut«, beteuerte Carlos und umarmte sie in der Dunkelheit.

Unter anderen Umständen hätte Helena nun gelacht und ihn wegen seiner väterlichen, machohaften Äußerung aufgezogen. Diesmal jedoch schmiegte sie sich an ihn, legte den Kopf an seine Schulter und weinte leise. In diesem Augenblick merkte Carlos, dass Helena ihre Worte ernst gemeint hatte. Noch nie hatte er sie so erlebt – so vollkommen verängstigt.

Marokko, 1940

Mit einem zufriedenen Seufzer öffnete Blanca die Augen und tastete in dem großen Bett zur rechten Seite hinüber. Als sie merkte, dass sie allein war, streckte sie sich lang aus, seufzte abermals, und ein glückliches Lächeln breitete sich auf ihrem Gesicht aus. Goyo war bereits aufgestanden, hatte sicher schon einen Kaffee getrunken und einen Spaziergang an Deck unternommen. Und nun wartete er vermutlich darauf, dass sie aufwachte und sie beide gemeinsam frühstücken konnten.

Es war ein eigenartiges Gefühl, sich nach beinahe vierjähriger Ehe auf einer Hochzeitsreise zu befinden, im *Honeymoon*, wie es in den amerikanischen Filmen hieß. Und auf einer solch unglaublichen Reise! Wenn ihre Freundinnen von Hochzeitsreise sprachen, dann ging es üblicherweise um einige Tage in Madrid, um die Hauptstadt kennenzulernen, in Barcelona oder auf Mallorca. Vor dem Krieg hatten die Wohlhabenderen von einer Woche in Paris geträumt, sofern der Ehemann zu jenen gehörte, die eine Auslandsreise wagten. Doch in diesen Zeiten, während in Europa Krieg herrschte, war Paris zu einem unmöglichen Ziel geworden, und auch die Lage in Spanien lud nicht gerade zu Vergnügungsreisen ein. Und nun hatte sie das große Glück, dass der Mann, den sie geheiratet hatte, nach Marokko versetzt worden war. Und das ermöglichte ihr, dieses exotische Land zu entdecken, in einem wunderbaren Haus mit zahlreichem Personal zu leben und interessante neue Menschen kennenzulernen. Wie sie gehört hatte, war Casablanca voller Durchreisender – Künstlern jeglicher Art, Millionären, die vor den Nazis flohen, Spionen aller Nationalitäten … für sie eine vollkommen neue Welt, die es zu erobern galt.

Zunächst hatten sie geplant, in Lissabon an Bord eines Schiffes zu gehen und über das Meer nach Casablanca zu fahren. Doch dann hatte man sie gewarnt, dass die derzeitige Lage dies nicht erlaube, dass es auf dem Atlantik von deutschen U-Booten und sonstigen Kriegsschiffen nur so wimmele. Sie sollten es lieber nicht riskieren, von einem irrtümlich auf ein Zivilschiff abgeschossenen Torpedo getroffen zu werden. Damit wären alle ihre Zukunftspläne zerstört worden. Daraufhin hatten sie sich über die Möglichkeit informiert, von Cartagena aus nach Melilla überzusetzen und von dort auf dem Landweg weiterzureisen. Die Verkehrsverbindungen waren allerdings denkbar schlecht, und Goyo hatte sich strikt geweigert, seiner Frau die wochenlange Strapaze einer Reise über Pfade zuzumuten, die sonst nur von Ziegenherden benutzt wurden.

Zuletzt hatte sich dann auf schier wunderbare Weise alles so geregelt, dass es fast aus einem amerikanischen Film zu stammen schien. Sie waren von Madrid aus mit dem Nachtzug nach Lissabon gefahren, hatten dort einige Nächte in einem guten Hotel verbracht und sich dann auf einem Überseedampfer eingeschifft, der von Lissabon aus nach Rio de Janeiro fuhr und sie unterwegs in der rosafarbenen Stadt Casablanca absetzen würde. Sie konnte es noch gar nicht glauben. Ein Traum war Wirklichkeit geworden!

Wenn sie nur daran dachte, fühlte sie sich gleich wie eine der Heldinnen aus den Romanen, die sie so gern las. Sie handelten von jungen Frauen, die aus familiären Gründen in weit entfernte Länder reisen mussten, um dort, jenseits der engen Grenzen ihrer Heimat, eine andere Welt zu entdecken. Auf diesen Reisen gab es viel zu lernen, reiften sie zu faszinierenden Frauen heran und fanden, nachdem sie viele Abenteuer bestanden und Schwierigkeiten überwunden hatten, die große Liebe und den Mann ihres Lebens. Was das Reisen anging, war sie selbst bisher lediglich nach Madrid und nach Lissabon gekommen. Dafür hatte sie die Liebe jedoch bereits gefunden. Goyo war der Mann, den Gott für sie bestimmt hatte, dessen war sie sich völlig sicher, obwohl sie noch nicht wirklich viel Zeit miteinander verbracht hatten. Denn in den drei Jahren des Bürgerkrieges hatten sie sich gerade viermal gesehen. Gleich nach ihrer Hochzeit hatten sie mit dem anderen frisch verheirateten Paar, ihrer Schwester Pilar und Vicente, mehrere Tage auf der Finca in Denia verbracht, woraufhin Goyo eilig zu den Kanarischen Inseln aufbrechen musste, wo er zur Erfüllung einer geheimen Mission gebraucht wurde. Kurz darauf hatten die Kämpfe begonnen, und Goyo hatte in einer sehr gefährlichen verdeckten Aktion die feindlichen Grenzen überwinden und erst im November wieder kurz nach Valencia kommen können. Danach hatten sie sich fast ein Jahr lang nicht mehr gesehen und kaum voneinander gehört. Doch nun wollte sie nicht mehr an die Vergangenheit denken. Eine exotische, leuchtende Zukunft lag vor ihr. Und die wollte sie unbedingt nutzen und bis zum letzten Tropfen auskosten.

Wenn sie an ihre Schwester dachte, empfand sie ein wenig Mitleid, denn Pilar hatte es nach Saragossa verschlagen, in die Stadt ihrer Namenspatronin Virgen del Pilar. Dorthin war Vicente versetzt worden. In ihrem letzten Brief hatte Pilar geschrieben, dass sie sich zwar nicht beklagen könne, sich aber dennoch beinahe wie in der Verbannung fühle – in jener Gegend, die so anders sei als ihr geliebtes Valencia. Die Menschen seien sehr kühl und misstrauisch, und viele lebten in Armut. Und da ihre arme Schwester genau wie sie selbst nicht an den Umgang mit Militärangehörigen und ihren Frauen gewöhnt war, fühlte sie sich sehr einsam. Wie sie schrieb, war es ihr bisher nicht gelungen, auch nur eine einzige Freundin zu finden.

Ich bitte Gott jeden Abend, dass er uns einen Sohn schenken möge. Nur das könnte mein Dasein, in dem derzeit eine solche Leere herrscht, erneut mit Leben füllen. Vicente ist den ganzen Tag in der Kaserne, und ich bin zu Hause und bemühe mich zusammen mit der jungen Frau, die Vicente als Hilfe eingestellt hat, dass sich kein Staubkorn auf dem blank geputzten Boden niederlässt. Wenn Vicente am Abend heimkommt, ist er müde und hat keine Lust, noch etwas mit mir zu unternehmen oder auch nur zu reden. Also schalten wir für eine Weile das Radio ein und gehen anschließend zu Bett.

Zum Glück habe ich die kleine Amparo, die so lieb und so niedlich ist. Leider schenkt Vicente ihr nicht besonders viel Beachtung, wahrscheinlich weil sie ein Mädchen ist und er sich eigentlich einen Sohn gewünscht hat. An manchen Sonntagen möchte er dann aber doch, dass ich die Kleine hübsch anziehe und mich schick mache. Dann gehen wir in die Kirche oder unternehmen einen Spaziergang. Wie gern nähme ich vorher einen Aperitif, wie es früher in Valencia üblich war, bevor das alles begann. Oder ich träfe mich mit anderen Familien zu einem gemeinsamen Kaffee, während die Kinder zusammen spielen. Aber da ist nichts zu machen.

Wenn ich nicht zum Markt, zur Kirche oder ab und zu mit der Kleinen an die frische Luft ginge, damit sie ein wenig Sonne abbekommt, gäbe es für mich nur die eigenen vier Wände. Zwar ist es eine geräumige und helle Wohnung, doch früher oder später stellt sich die Langeweile ein. Du ahnst ja nicht, was ich dafür gäbe, noch einmal gemeinsam mit Dir in Valencia zu sein, wie damals, als wir noch nicht verheiratet waren. Aber ich muss mich mit dem zufriedengeben, was ich habe, und sicher kommen auch wieder bessere Zeiten.

Blanca hatte den Brief gerade noch erhalten, bevor sie aus dem Haus ihrer Eltern abgereist war, und sie trug ihn in ihrer Tasche immer bei sich, um ihn jederzeit lesen zu können. Vor allem dann, wenn sie wieder einmal Angst vor der Zukunft oder das Gefühl hatte, alles zurücklassen zu müssen, was ihr lieb und teuer war. Der Brief verlieh ihr neuen Mut auf ihrer Reise in jene entlegene Gegend, zusammen mit einem Mann, mit dem sie zwar verheiratet war, den sie aber kaum kannte.

An den beiden Tagen, die sie in Lissabon verbracht hatten, hatte sie sich wirklich gefühlt wie auf einer Hochzeitsreise, und auf dem Schiff erging es ihr nun ebenso. Goyo war äußerst zuvorkommend gewesen, leidenschaftlich, wunderbar, genau wie in jenen ersten Tagen ihrer Ehe auf der Finca in Denia, nur noch humorvoller, schelmischer, mehr er selbst als jemals zuvor. Als ob die Tatsache, dass sie endlich ungestört zusammen waren, seinen Charakter zum Erblühen bringe und das Beste in ihm zutage fördere.

Sie legte eine Hand auf ihren Leib, wie sie es oft tat, wenn sie allein war, als könnte sie so das Vorhandensein einer kleinen Frucht heraufbeschwören, die in ihrem Innern keimte, wie sie es sich mit aller Macht wünschte.

In diesem Moment wurde leise an die Tür geklopft, und noch bevor Blanca nach ihrem Morgenmantel greifen konnte, wurde sie geöffnet, und Goyos lächelndes Gesicht erschien.

»Es wird Zeit, mein süßes Murmeltier. Ich habe noch nie einen Menschen kennengelernt, der so viel schläft wie du.«

»Weil du dein ganzes Leben in irgendeiner Kaserne verbracht hast und immer zum Morgenappell auf den Beinen sein musstest.«

Es war ein eigenartiges Gefühl, ihn in Zivil gekleidet zu sehen. Er sah gut aus, schien aber irgendwie nicht er selbst zu sein. Bisher hatte sie ihn lediglich nackt, in Badehose oder im Pyjama erlebt und ansonsten stets uniformiert. Manchmal in Ausgehuniform, doch niemals in ziviler Kleidung. Seit sie unterwegs waren, hatte sie so wie jetzt das Gefühl, einen Filmschauspieler vor sich zu haben, wenn er im Anzug oder in grauer Hose und kurzärmeligem weißem Hemd vor ihr stand. So gut aussehend und attraktiv wie Jorge Negrete, aber irgendwie unecht, als spiele er eine Rolle. Was in gewisser Weise auch zutraf, denn Goyo gehörte noch immer zum Militär. Gegen Kriegsende war er zum Oberstleutnant befördert worden, doch die Mission, die ihn nun nach Marokko führte, war geheim oder zumindest vertraulich, halb geheim, und niemand durfte wissen, dass er kein gewöhnlicher Beamter war. Das hatte er ihr gleich nach dem Ende des Krieges mitgeteilt und ihr dargelegt, wie sich ihr Eheleben in nächster Zukunft gestalten würde.

»In manchen Fällen werde nicht einmal ich selbst wissen, warum ich an den einen oder anderen Ort berufen werde. Einiges werde ich dir erzählen dürfen, anderes nicht. Du musst Geduld mit mir haben, meine süße Blanca, und darfst nicht zu viele Fragen stellen. Was ich dir erzählen kann, werde ich dir erzählen. Es mag vorkommen, dass ich für einige Tage verreisen und dich allein lassen muss. Mach dir deswegen aber keine Sorgen, denn wir werden Personal haben. Ich verspreche dir, dass immer ein Mann im Haus sein wird, der dich beschützt und sich um alles kümmert, was du benötigst. Vor allem bitte ich dich aber, mir keine Eifersuchtsszenen zu machen. Du weißt, dass ich dich über alles liebe. Ich werde dich niemals betrügen, mir keine Geliebte nehmen und nicht ins Bordell gehen. Wie du weißt, habe ich nicht einmal als Junggeselle derartige Ausschweifungen gesucht. Daher bitte ich dich, mir zu vertrauen, wenn ich zu ungelegenen Zeiten komme und gehe. Du musst wissen, dass mein Beruf Opfer verlangt und ich dir gegenüber mein Wort halte. Einverstanden?«

Was hätte sie daraufhin anderes antworten sollen als Ja? Zwar gefiel ihr eine derartige Geheimnistuerei ganz und gar nicht. Aber hatte sie eine andere Wahl, als alles klaglos hinzunehmen? Sie musste sich daran gewöhnen, über die tatsächlichen beruflichen Aufgaben ihres Mannes in Unkenntnis zu bleiben. Sie solle sich seine Tätigkeit wie die die eines Diplomaten vorstellen, hatte er ihr geraten. So bald wie möglich wolle er ihr mitteilen, welche Erklärung sie geben solle, wenn eine neue Freundin sie nach der Tätigkeit ihres Mannes fragte.

Inzwischen hatte sie sich ein einfaches gemustertes Sommerkleid und Sandalen angezogen, bürstete sich das Haar, schminkte sich die Lippen in hellem Rosa, und wenige Minuten später saß das Ehepaar im Speisesaal.

»Wir müssen gleich nach dem Frühstück unsere Sachen zusammensuchen. In zwei Stunden kommen wir an«, sagte er, während er eine Tostada mit Margarine bestrich.

»Wie schade! Am liebsten würde ich noch ein paar Tage auf dem Schiff bleiben.«

»Wenn das Meer wieder sicher ist, unternehmen wir eine Kreuzfahrt.«

Begeistert klatschte sie in die Hände, was ihm jedes Mal ein Lächeln entlockte. Wenn sie unter sich waren, liebte er ihre leidenschaftliche, sinnliche Art, und in der Öffentlichkeit genoss er es, sie lächeln oder sich wie ein kleines Mädchen freuen zu sehen. Mit der Zeit würde sich beides miteinander verbinden, und dann würde sie zu einer unwiderstehlichen Frau werden. Blanca Santacruz de Guerrero. Seine Ehefrau. Die Frau mit den blitzenden grünen Augen, in die er sich vor fast fünf Jahren hoffnungslos verliebt hatte.

Er hatte ein gutes Händchen und viel Glück gehabt. Und nun fing das Leben endlich an. Alles, was er bisher getan hatte, war nur das Vorspiel dessen gewesen, was nun begann. Sie hatten gesiegt. Nun konnten sie aus Spanien endlich das Land machen, was es zu sein verdiente und was im roten Chaos beinahe verloren gegangen wäre. Mit allen Kräften hatte er zu diesem Sieg beigetragen, und Gott hatte ihm den Triumph gewährt. Zwar hatte er sich etwas ganz anderes für den Tag vorgestellt, da das Vaterland wieder in den Händen der Seinen wäre, als diese geheime Mission. Aber vorerst hatte er keine andere Wahl. Er musste Befehle befolgen, so wie er es immer getan hatte – ohne Fragen zu stellen, in der vorgeschriebenen Zeit und ohne Skrupel. Anschließend würden andere Aufgaben kommen, die seinen Zukunftsplänen eher entsprachen.

Franco persönlich hatte ihm gesagt, dass er ihn nun in Marokko brauche, jedoch nicht für jedermann sichtbar in Uniform, sondern im Gegenteil als Zivilist getarnt, als Geschäftsmann. Nur so könne er aus erster Hand erfahren, was einem Militärangehörigen niemals zu Ohren komme, und gewisse Fäden ziehen. Er war der geeignete Mann für diese Mission, denn er war an das Leben in Marokko gewöhnt, hatte sich jedoch immer in einem anderen Gebiet aufgehalten, weiter im Norden, auf spanischem Boden. In Casablanca, das zum französischen Territorium gehörte, kannte ihn niemand. Er war jungverheiratet mit einer hübschen Tochter aus gutem Hause und hatte bei seinem letzten Einsatz vor dem Krieg auf den Kanarischen Inseln seine Treue unter Beweis gestellt. Außerdem sprach er marokkanisches Arabisch und fließend Französisch, war sowohl mit der Mentalität der Marokkaner als auch mit den Gepflogenheiten des Militärs vertraut. Zudem verfügte er über die nötige Eleganz, um sich unauffällig in geschäftlichen und diplomatischen Kreisen zu bewegen. Gleichzeitig besaß er aber auch die unvermeidliche Härte, um, wenn nötig, andere Aufgaben zu erledigen. Schlichtweg der richtige Mann am richtigen Ort.

Als einziges Problem erwies sich nur der Umstand, dass er sich für die Zeit nach dem Krieg etwas ganz anderes erhofft hatte. Er hatte sich vorgestellt, zum Oberst befördert und auf der Iberischen Halbinsel eingesetzt zu werden, um dort offiziell an der Neugestaltung seines Vaterlandes mitzuwirken. Und für später, wenn er genügend Größe bewiesen hätte, hatte er sich eine Stellung in einem Ministerium in Madrid gewünscht, einen politischen Posten, der es ihm erlaubte, sich an der Schaffung des neuen Spanien zu beteiligen. Dann hätte Blanca vorteilhafte Freundschaften schließen können, während seine Kinder gute Schulen besuchten und den richtigen Umgang pflegten.

Doch er durfte die Hoffnung nicht aufgeben. Dies war erst der Anfang. Und es war eine gute Gelegenheit, nützliche Beziehungen zu knüpfen, gewisse Personen von sich abhängig zu machen und die Basis für sein Vermögen zu schaffen.

Stolz betrachtete Goyo seine Frau. Blanca war nicht nur hübsch, sie war auch intelligent, humorvoll, gut erzogen und gebildet. Sie hatte studiert und vor dem Ausbruch des Bürgerkrieges sogar für einige Monate als Lehrerin gearbeitet. Sie war äußerst vorzeigbar und eine perfekte Gastgeberin, was vielen nicht so wichtig war, ihm jedoch unerlässlich schien. Blanca war eine moderne Frau und nicht so duckmäuserisch wie ihre Schwester Pilar, die vor allem Angst hatte und ständig in die Kirche rannte. Blanca war anders. Und mit etwas Glück würden sie gemeinsam die Welt erobern.

9. Kapitel

Madrid. Gegenwart

Abwartend standen die beiden Kisten auf dem Tisch im kleinen Wohnbereich des Hotelzimmers. Helena schienen sie tatsächlich zu warten und alle Zeit der Welt zu haben. Trotzdem wollten sie irgendwie auf ihr Vorhandensein aufmerksam machen. Das geschah manchmal mit Dingen, die sie an der Tür liegen gelassen hatte, weil die Zeit zum Wegräumen fehlte. Dann fielen sie ihr plötzlich ins Auge, und sie hatte das Gefühl, sich augenblicklich darum kümmern zu müssen.

Sie sah sich um, wo sie den Inhalt der Kisten ausbreiten konnte, und stellte fest, dass sie sich wohl mit dem Tisch und den beiden Sesseln zufriedengeben musste. Inzwischen bereute sie es, nicht in der Wohnung geblieben zu sein. Dort hätten sie mehr Platz gehabt, und niemand hätte sie gestört. Denn sie hatte keine Lust, die Sachen jeden Abend wieder einzusammeln, wollte aber genauso wenig alles gut sichtbar herumliegen lassen, wenn das Zimmer gereinigt wurde. Abgesehen davon, dass das arme Zimmermädchen gar nicht sauber machen konnte, wenn überall im Zimmer alte Papiere herumlagen.

»Ich habe gerade darüber nachgedacht …«, begann sie, als Carlos aus dem Badezimmer kam.

»Ich bekomme Angst vor dir, wenn du anfängst zu denken. Also los! Was ist dir nun wieder eingefallen?«

»Wir könnten uns eine Wohnung mieten, etwas Kleines hier im Zentrum, damit wir nicht jedes Mal aufräumen müssen, wenn wir uns nicht mehr mit dem alten Zeug beschäftigen wollen.«

»Guter Vorschlag.«

»Ernsthaft?«

»Das hört sich an, als ob ich niemals mit einem Vorschlag von dir einverstanden wäre.«

»Nein, nein! Ich freue mich, dass du dich meiner Meinung anschließt. Es hat mich nur überrascht, dass du überhaupt keine Einwände hast. Kümmerst du dich darum?«

»Ah, ich hätte wissen müssen, dass die Sache einen Haken hat... Gut, ich kümmere mich darum, aber nur wenn du in der Zwischenzeit den Brief deiner Mutter liest.«

»Noch vor dem Frühstück?«

»Ich lasse nicht zu, dass du es noch weiter hinausschiebst. Daher bestelle ich das Frühstück und suche uns eine Wohnung. Und du machst endlich deine Hausaufgaben. Hier ist der Brief.«

Mit spitzen Fingern nahm Helena den Umschlag entgegen, als hätte sie Angst, sich mit irgendeiner Krankheit anzustecken. Carlos ließ sie im Wohnbereich allein und ging zum Telefonieren in das andere Zimmer hinüber.

Auf dem Sofa gegenüber dem ausgeschalteten Fernseher sitzend, betrachtete Helena die Handschrift ihrer Mutter – schön, elegant, ein wenig altertümlich, aber nicht zu sehr. Als sie ihren Namen auf den Umschlag geschrieben hatte, war sie vermutlich schon ziemlich alt gewesen. Deutlich war zu erkennen, dass ihre Hand gezittert hatte. Die Linienführung des H wirkte ebenso wie der Strich unter dem Namen etwas unsicher.

Der Brief umfasste mehrere Seiten. Das meiste war auf jenem dünnen Papier geschrieben, wie man es früher für Luftpostbriefe verwendet hatte. Ihre Mutter hatte verschiedene Tinte benutzt, und auch der Schrift war anzusehen, dass der Brief zwar insgesamt von derselben Person stammte, jedoch zu verschiedenen Zeiten und in unterschiedlichen Situationen und Stimmungen geschrieben worden war.

Sie atmete tief ein. Worte aus der Vergangenheit. Worte von jenseits des Todes.

Meine liebe Helena!,
las sie.

Meine wunderschöne Tochter, die einzige, die mir noch geblieben ist nach einem langen Leben, in dem sich so viel ereignet hat. Manchmal kann ich gar nicht glauben, dass all das mir widerfahren ist, in einem einzigen Leben. Und dennoch ist die Zeit gleichzeitig verflogen.

Ich weiß nicht, wann Du diese Zeilen lesen wirst, aber ich male mir aus, dass Du dann bereits alt genug bist, um mich zu verstehen. Vielleicht ist auch Dir schon hin und wieder, ganz plötzlich, der verblüffende Gedanke gekommen, dass dies alles gewesen ist, dass Dir nicht mehr allzu viel Zeit bleibt. Vor allem dann, wenn Du diese Zeit mit den Jahren vergleichst, die bereits vergangen sind, die hinter Dir liegen – die unangenehm überraschende Feststellung, dass Du alt bist, obwohl Du Dich innerlich noch jung fühlst. Du wirst Dich wahrscheinlich nicht wundern, dass ich von einer überraschenden *Feststellung spreche. Sicher ist Dir bereits aufgefallen, dass diese Art der* Offenbarung *Dich blitzartig überkommt und nicht nach und nach, wie Du es Dir als junger Mensch vorgestellt hast. Ich meine, wenn Du Dich im Vorbeigehen im Spiegel siehst und im ersten Moment die alte Frau nicht erkennst, die Dir entgegenblickt.*

Wie auch immer, wir alle erleben eben das Gleiche. Niemand von uns entgeht dem Alter und dem Tod, dem Gefühl, aus erster Hand zu erfahren, was wir von früheren Generationen so oft gehört haben. Dabei glaubten wir in unserem jugendlichen Hochmut, dass uns dies niemals passieren würde. Nein, nicht uns, die wir so viel klüger, gut aussehender, moderner und schneller sind. Uns nicht!

Doch ich bin nicht nur alt geworden, meine liebe Tochter, sondern ich verliere auch nach und nach den Verstand. Ich sage das, ohne etwas beschönigen zu wollen. Ich merke es, obwohl die Menschen ringsum – wie meine liebe Nichte Amparo zum Beispiel – die Sache herunterspielen, indem sie von meiner Zerstreuung *sprechen. Du weißt, dass ich immer große Angst vor dem Verrücktwerden hatte. Es war ein häufiges Thema in den Romanen, die wir früher gelesen haben, genau wie in den Biografien von Ehefrauen und Geliebten großer Männer: Irrenanstalten,* Therapien *gegen die Hysterie, das*

Eingeschlossensein und die Selbstmorde. Alles, was mich damals so erschreckte, fürchte ich noch immer, obwohl ich es inzwischen relativieren kann. Es gibt Momente, in denen ich vor Angst und Hilflosigkeit weine, wenn ich feststelle, dass ich etwas Grundlegendes, Alltägliches vergessen habe. Zu anderen Zeiten hingegen bemerke ich an mir selbst eine wie in Watte gepackte Leichtigkeit. Wenn es nämlich keine Erinnerungen gibt, gibt es auch keine Angst, Unruhe oder Schuldgefühle. Und das ist wunderbar, Helena. Keine Schuld zu verspüren, sich nicht an die Sünden zu erinnern, an die Fehler, die man gemacht hat, an die unwiderruflich getroffenen Entscheidungen aus einer Zeit, zu der wir keinen Zugang mehr haben.

Ich schreibe Dir nun in einer meiner Phasen extremer Klarheit, wie sie immer seltener werden. Die Seiten in diesem Briefumschlag sind eine Auswahl unter vielen, die ich in den letzten Jahren beschrieben habe. Manchmal erzähle ich mir selbst gewisse Begebenheiten und stelle fest, dass ich mich dann besser daran erinnern kann und sie manchmal sogar verstehe. Zu anderen Gelegenheiten will ich Dir mitteilen, was Du nicht weißt, was Dir vielleicht nicht einmal etwas bedeutet.

Es ist inzwischen lange her, dass uns eine echte Beziehung verband. Und so bist Du zu einer imaginären Gefährtin geworden, wie man es heute nennt, zu einer letztendlich nicht existenten Gesprächspartnerin, die ich für mich erfunden habe. Damit werde ich meinem Bedürfnis gerecht, gewisse Umstände meines Lebens klarer zu sehen. Und nur am Rande erkläre ich Dir damit auch einiges, wofür Du Dich niemals ernsthaft interessiert hast. Doch vielleicht hat die mittlerweile vergangene Zeit Deine Neugier geweckt. Wenn nicht, kannst Du die Kisten mitsamt ihrem Inhalt einfach verbrennen und Dich von der Vergangenheit befreien, vor der Du Dein ganzes Leben lang geflohen bist.

Denn das ist es doch, was Du getan hast, oder? Auf Deiner Flucht immer nur nach vorn zu stürmen, wenn möglich, ohne auch nur einen Blick nach hinten zu werfen. Dies habe ich im Lauf der Jahre durch das Schreiben verstanden, schon vor längerer Zeit, als ich begreifen wollte, was wir Dir getan haben, dass Du uns alle derart deutlich zurückweist, uns, die wir Dich immer so sehr geliebt haben, die wir Dir alles gegeben haben, was wir hatten, das Beste, was es auf der Welt gab.

Ich habe begreifen *geschrieben, aber vielleicht wäre es richtiger zu sagen, dass ich zu einer Antwort gekommen bin, die mich bisher zufriedengestellt hat. Ich weiß nicht, ob Du es genauso siehst. Damals meinte ich verstanden zu haben, dass Du Dich am Tod Deiner Schwester schuldig gefühlt und Dir insgeheim gewünscht hast, jemand würde Dir Vorwürfe machen. Damit Du Dich verteidigen und bekräftigen könntest, dass Du nichts damit zu tun hattest. Aber keiner von uns hat vermutlich das Richtige getan. Papa wurde verrückt, und sein Zorn ließ erst viele Jahre später nach. Ich weiß nicht einmal, ob dieser Zorn am Ende einfach erlosch oder ob sein Selbstmord – Gott verzeihe ihm diesen Wahnsinn – zumindest teilweise nach der Einsicht erfolgte, dass er nichts gegen den Zorn unternehmen konnte, der ihn innerlich verbrannte. Ich bin, wie Du weißt, damals zerbrochen wie eine Kristallvase, die auf dem Boden zerspringt. Im Lauf der Jahre habe ich alles getan, um wieder ich selbst zu werden. Das ist mir jedoch nie gelungen und war sowieso nicht von Bedeutung, da Du ja nicht da warst. Und es bringt auch nichts, wenn ich Dir jetzt Folgendes sage: Als Du uns nach Alicias Beerdigung Iñigo vorstelltest und mitteiltest, dass Du Mutter würdest, entdeckte ich ein Fünkchen Hoffnung in der Dunkelheit, in die der Tod Deiner Schwester mich eingeschlossen hatte. Ich dachte, dass Deine Hochzeit, die Geburt Deines Kindes und Deine Entscheidung, Ehefrau und Mutter zu werden, uns vielleicht alle retten würde. Dass dies die furchtbaren Verluste, die wir erlitten hatten, zuerst Goyito, dann Alicia, irgendwie aufwiegen könnte.*

Doch so war es nicht. Ich habe nicht nur die beiden, sondern auch Dich verloren, obwohl Du noch lebst. Und in gewisser Weise verlor ich auch ihn, den ich eine Zeit lang für meinen Rettungsanker gehalten hatte: Álvaro, meinen Enkel, der erste und der einzige. Ja, ich weiß, dass viel später, nachdem Iñigo Deinen Weggang überwunden hatte, Álvaro regelmäßig einige Wochen mit uns am Meer verbrachte, manchmal sogar zusammen mit Dir. Aber es ist nicht das Gleiche, ob man seinen Enkel immer, jeden Tag, um sich hat oder nur zwei Wochen im Sommer.

Und Jean Paul … Was soll ich sagen? Ich habe ihn geliebt, wir alle haben ihn geliebt. Du auch, stimmt's? Du vor allem … Wahrscheinlich dachtest Du, dass ich es nicht wüsste. Ich habe versucht, es vor Deinem Vater zu verbergen, aber ich weiß nicht, ob es mir gelungen ist. Ich will auch nicht wissen, ob Alicia es bemerkt hat. Wenn Du noch Erinnerungen an jene Zeit hast, dann vielleicht auch daran, wie zerstreut sie war, als wäre sie gar nicht anwesend. Ich habe mich immer gefragt, ob sie es herausgefunden hatte und darüber nachgrübelte, auf wessen Seite sie stehen sollte. Oder ob ihr etwas Sorgen bereitete, was sie nicht mit uns teilen wollte. Ich weiß nur, dass sie einmal beklagte, nach sechs Jahren Ehe immer noch kinderlos zu sein. Woraufhin ich, der es ähnlich ergangen war, sehr wohl verstand, dass dies ein Problem für sie war. Bis dahin war ich der Meinung gewesen, dass sie gemeinsam beschlossen hatten, erst dann Nachwuchs zu bekommen, wenn das Unternehmen gut lief.

Ich habe auch Jean Paul verloren. Er schickt mir nicht einmal mehr eine Weihnachtskarte. Schon seit Jahren nicht mehr. Manchmal stelle ich ihn mir in La Mora vor, in dem Haus, an das ich mein Herz verlor und das mich darüber hinwegtröstete, dass ich so weit entfernt von der Heimat leben musste, dass ich die Zeit, als ich noch jung war, nicht in Madrid verbringen konnte, wie wir bei unserer Hochzeit geplant hatten. Und ich muss gestehen, dass es mich wütend macht. Es macht mich wütend, dass es so ausgegangen ist, dass wir so viel verloren haben, dass jemand, in dessen Adern nicht unser Blut fließt, nun das genießt, was Dein Vater praktisch aus dem Nichts geschaffen hat und ihm über so viel Bitterkeit hinweghelfen sollte.

Nun weißt Du, womit ich meine Zeit verbringe, Helena. Ständig grübele ich darüber nach, was geschehen ist und was nicht geschehen ist, was hätte sein können. Ich weiß, dass es töricht ist und vor allem nichts bringt, dass es zu nichts führt, außer dass es mich schmerzt und mir nachts den Schlaf raubt. Deshalb schreibe ich.

Helena atmete tief durch, unterbrach die Lektüre und starrte mit leerem Blick auf die Wand, bevor sie sich der letzten Seite zuwandte, die Carlos ihr im Restaurant bereits vorgelesen hatte.

Sie wollte nicht noch einmal zu jenen Fragen zurückkehren,

die sie schon den ganzen Abend über gequält hatten. Fragen, die nur zum Teil die gleichen waren wie jene, die sie sich die Jahre über immer wieder gestellt hatte. Denn es waren viele neue Fragen hinzugekommen, die ihr noch beunruhigender erschienen.

Sie überflog die Zeilen noch einmal. Was sollte die Frage danach, mit wem Alicia sich an jenem Nachmittag treffen wollte? Oder danach, wer ihr Vater war und warum Goyito sterben musste?

Sie massierte sich die Schläfen und zwang sich, das Ende des Briefes noch einmal zu lesen, obwohl sie bereits wusste, was ihre Mutter ihr nach der langen Zeit und Jahre nach ihrem Tod weismachen wollte. Es war eine ungeheure Lüge. Eine Lüge, um vor ihrem Tod das eigene Gewissen zu beruhigen oder – großzügig betrachtet – um ihre Tochter zu besänftigen. Eine fromme Lüge, wie Blanca es genannt hätte: *Und damit Du es nicht vergisst, wiederhole ich noch einmal, dass Du in diesem Moment der Mensch bist, den ich auf der ganzen Welt am meisten liebe …*

Natürlich, *in diesem Moment*. Weil alle anderen, die dir wirklich etwas bedeutet haben, nicht mehr am Leben sind: Goyo, Goyito, Alicia …

Sie merkte, dass ihr vor Wut die Hände zitterten. Mit einer energischen Bewegung steckte sie sie unter die Achseln. Wie konnte ihre Mutter behaupten, sie hätte sie geliebt, sie hätte sie immer geliebt? Zweimal in ihrem Leben, in den beiden entscheidenden Momenten ihres Lebens, hatte sie ihr schließlich zu verstehen gegeben, dass Helena das Kind war, das ihr am wenigsten bedeutete.

Aus den tiefsten Abgründen ihres Daseins stiegen erneut ihre Worte auf, jene Worte, die sie niemandem gegenüber je erwähnt hatte, die sie aus ihrem Gedächtnis löschen wollte und die sie nicht laut auszusprechen vermochte. Jene Worte, die auch fünfzig Jahre später noch wie glühende Kohle in ihrer Seele brannten.

Sie erinnerte sich noch genau an ihre Mutter in La Mora. Es war wenige Stunden nach der schrecklichen Nachricht, die dann wirklich zu ihnen vorgedrungen war und die ihnen nach und nach klarmachte, dass es stimmte – dass Alicia tot war. Dass sie niemals mit jenen Stoffbahnen zurückkäme, die sie abholen wollte, um damit für die abendliche Feier das Podium der Bühne zu dekorieren, die sie gebaut hatten.

Sie und Blanca, wie sie aneinandergeklammert auf dem Sofa im Wohnzimmer saßen und von Weinkrämpfen geschüttelt wurden, mit geschwollenen Augen und dröhnendem Schädel, während die Männer irgendwo anders waren, um bei der Polizei auszusagen oder sich um die Freigabe des Leichnams zu bemühen … was auch immer. Die beiden weinenden Frauen unter sich, die sich allmählich der Leere, des Verlustes bewusst wurden, die sich gegenseitig zu trösten und zu begreifen versuchten, dass sie von diesem Augenblick an nie mehr zu dritt sein würden, dass es nur noch sie beide gab, dass sie allein zurückgeblieben waren.

Plötzlich hatte Blanca noch heftiger zu weinen begonnen, verzweifelter, völlig außer sich vor Schmerz. Helena hatte ihre Mutter umarmen wollen, doch die hatte sie zurückgestoßen, mit den Fäusten aufs Sofa gehämmert und unzusammenhängende Worte geschrien. Und auf einmal hatte sie ihre Tochter unter Schluchzen angestarrt, mit eiskaltem Blick.

»Warum musste es Alicia sein? Warum?«, hatte sie gefragt. »Dabei hätte es dich treffen müssen.«

Es war fast eine Wiederholung des Vorfalls gewesen, der sich nach Goyitos Tod ereignet hatte. Wie eine Besessene war Blanca schreiend durchs Haus geirrt und hatte ihre Töchter entdeckt, die sich ängstlich unter dem Tisch versteckt hatten und nicht wussten, was sie tun sollten.

»Was habt ihr hier zu suchen?«, hatte sie ihnen zugerufen. »Geht mir aus den Augen! Zwei Mädchen. Nur Mädchen! Und mein Sohn, mein einziger Sohn, ist tot.«

Amina, Suads Mutter, war eilig hereingekommen, hatte sich die Hände an der Schürze abgetrocknet, die Mädchen umarmt und aus dem Raum geführt. Dabei hatte sie ihnen leise erklärt, dass ihre Mutter vor Schmerz verrückt sei, dass sie ihre Worte nicht so gemeint habe, dass sie ihre Töchter mehr liebe als ihr eigenes Leben, aber im Moment einfach nicht bei sich sei. Dann hatte sie den beiden eine Handvoll ihrer köstlichen Pistazienplätzchen gegeben. Suad, die einige Jahre älter war als Alicia und Helena, sollte mit den

Schwestern spielen, während Amina ins Speisezimmer zurückkehrte und Blanca zu trösten versuchte.

Die Worte, die ihre Mutter nach Alicias Tod geäußert hatte, hätten nichts als eine Wiederholung des Ausspruchs sein können, nachdem Goyito gestorben war, ein unkontrollierter Reflex auf den unfassbaren Schmerz, ein Kind zu verlieren. Doch das waren sie nicht. Als das mit Goyito geschah, waren sie zumindest zu zweit gewesen. Zwei Mädchen. Und wer als Mädchen in einem muslimischen Land aufwuchs, konnte bis zu einem gewissen Punkt verstehen oder sich zumindest nicht darüber wundern, dass einem Sohn mehr Wert zugesprochen wurde, dass eine Mutter lieber eine ihrer beiden Töchter verloren hätte als ihren einzigen Sohn. Doch wenn deine Schwester stirbt und nur noch du als Jüngere übrig bleibst, ist es besonders schmerzhaft, wenn die Mutter deinen Tod vorgezogen hätte.

Und das Schlimmste – sie konnte es verstehen, musste Blanca recht geben. Alicia war der größere Verlust. Sie war hübscher, zierlicher, intelligenter, kreativer, liebevoller gewesen. Alicia hatte einfach alles gehabt, weshalb sie von allen geliebt wurde. Alicia hatte keine Wutanfälle bekommen wie Helena, war niemals ungeduldig oder wankelmütig gewesen. Als sie sich in Jean Paul verliebt hatte, hatte sie ihn geheiratet und sich nicht mehr für andere Männer interessiert. Sie war treu, großzügig, lieb, fleißig und stets solidarisch gewesen. Natürlich hatte ihr Tod ein Loch gerissen, das nie wieder gefüllt werden konnte. Wenn Helena gestorben wäre …

Ja, sie war, damals zumindest, fröhlicher, humorvoller, naiver gewesen. Voller Energie, Einfälle und Pläne. Sie war niemals erschöpft, ständig in Aktion, wollte immer mehr, wechselte von einem jungen Mann zum nächsten, immer auf der Suche nach etwas Unauffindbarem, ohne jedoch traurig darüber zu sein.

Wenn sie gestorben wäre, hätte Blanca auch ihren Tod beweint, natürlich, dessen war sie sich sicher. Sie hätte aber schwören können, dass ihre Mutter zu Alicia niemals gesagt hätte: »Warum nicht du?« Und das war auch nach fast fünfzig Jahren noch ein Hieb, der ihr das Herz zerriss.

Casablanca, 1940

Sie waren inzwischen seit acht Monaten in Marokko, und nach und nach gewöhnte sich Blanca an ihr neues Leben. Alles, was ihr vorher ungewöhnlich und exotisch vorgekommen war, war ihr inzwischen einigermaßen vertraut. Wenn auch nicht völlig vertraut, so doch zumindest nicht mehr befremdlich oder überraschend.

Sie hatte sich daran gewöhnt, in einem großen Haus mit drei Dienstboten zu leben, einen Garten zu haben, der gepflegt werden musste. Ebenso an die Rufe des Muezzins, die sie tagsüber zunächst beunruhigt und nachts geweckt hatten und nach denen sie sich nun zeitlich richtete. Daran, dass sie nach dem Verlassen des Hauses unverhohlen von Männern angestarrt wurde, von jenen Männern, die im Schatten am Straßenrand, auf der Terrasse irgendeines Cafés oder in einem Hauseingang saßen und worauf auch immer zu warten schienen.

Genauso hatte sie sich an die Abende im Klub gewöhnt, wo ihr Mann und sie sich mit anderen Ausländern trafen – den *expats*, was für sie ein neues Wort war. Dort tranken sie einen Cocktail, unterhielten sich, machten Geschäfte und tauschten Gerüchte aus. Ebenso wurden ihr die Nachmittage vertraut, wenn sie beim Kaffee mit anderen Damen – Ehefrauen von Diplomaten oder Geschäftsleuten – Karten spielte. Zwar mochte sie diese Frauen nicht besonders, aber immerhin konnte sie mit ihnen über Mode oder über Filme reden, die in Marokko niemals gezeigt wurden, über den einen oder anderen Artikel, den sie in den Zeitungen von zu Hause gelesen hatte, und leider auch über Kinder, über die Kinder, die alle anderen zahlreich zur Welt gebracht hatten.

Es fiel ihr immer schwerer, so zu tun, als machte es ihr nichts aus, keine Kinder zu haben. Denn mehr oder weniger dezent wurde sie früher oder später von jeder Frau gefragt, ob sie sich keinen Nachwuchs wünsche, vielleicht gesundheitliche Probleme habe und ob sie schon einmal eine Fehlgeburt erlitten habe. Und sie war es leid, immer wieder zu erklären, dass sie natürlich Kinder wollten, dass Gott ihnen dieses Glück bisher jedoch verwehrt habe, obwohl sie bei mehreren Ärzten gewesen waren. Letztendlich waren sie bereits seit vier Jahren verheiratet, und es konnte vor allem in den vergangenen Monaten wirklich nicht die Rede davon sein, dass sie es nicht versuchten. Wobei ihr die letzte Bemerkung stets allgemeines Lächeln oder Kopfschütteln einbrachte.

Goyo gefiel allen. Unermüdlich wiederholten sie, dass er ein großartiger Mann sei, wie viel Sicherheit und Macht er ausstrahle, wie wunderbar es sein müsse, einen solchen Ehemann zu Hause zu haben. Leider blieben Blanca dabei auch mit gesenkter Stimme und vorgetäuschter Sorge gesprochene Andeutungen nicht erspart, dass man einen solchen Mann zufriedenstellen, ihm so schnell wie möglich Nachkommen schenken müsse, um ihn an sich zu binden, bevor eine Jüngere, Hübschere kam und ihn der Ehefrau entriss. Dies wäre nicht das erste Mal, und Casablanca sei voll von unzufriedenen Ehefrauen, alleinstehenden Frauen fraglicher Herkunft, die im Krieg hier gestrandet waren, Witwen aus verschiedenen europäischen Ländern, die auf dem Weg in die Vereinigten Staaten oder nach Südamerika in Marokko Station machten. Man müsse sich vorsehen.

Am schlimmsten waren die deutschen Frauen mit ihrem gutturalen Akzent und ihrem überheblichen Stolz auf ihre überragenden Ehemänner, die sich erlaubten, jedem Ratschläge zu erteilen und sich in das Leben anderer einzumischen, die jede Menge Geld hatten und auf jene herabsahen, die weniger besaßen. Zum Glück hatte Goyo ihr freie Hand gelassen, so viel Geld auszugeben, wie sie wollte. Wie es schien, bot Casablanca jedoch nicht allzu viele Möglichkeiten zur Verschwendung.

Es gab eine französische Schneiderin, die man Blanca sehr empfohlen hatte und bei der sie regelmäßig zwei oder drei Kleider in Auftrag gab. Hauptsächlich aber deshalb, weil sie das Haus verlassen und andere Menschen treffen konnte. Dann musste sie nicht ständig daheim herumsitzen und das Personal beaufsichtigen. Goyo war oft nicht zu Hause, und sie empfand eine zunehmende Leere in ihrem Leben. Unter diesem Gefühl litten wohl vor allem Frauen, die den Eindruck haben, zu nichts nutze und überflüssig zu sein.

Sie nahm bei Monique, die zu einer Freundin geworden war, Französischunterricht, oder sie ritt aus, wobei sie stets von Ahmed begleitet wurde, der sich immer mehrere Schritte hinter ihr hielt. Oder sie fuhr im Auto herum, um den Ozean zu betrachten, der ihr Heimweh nach dem Mittelmeer ein wenig linderte. Sie entdeckte auch kleine Dörfer mit schmutzigen, schlecht gekleideten Kindern, die mit strahlendem Lächeln hinter dem Auto herrannten und »Madame! Madame!« riefen. Diese Erlebnisse verscheuchten für kurze Zeit ihren Kummer, dass sie noch immer nicht schwanger war.

Sie hatte sich gerade die Augenbrauen nachgezogen, begutachtete ihr geschminktes Gesicht im Spiegel und legte ein wenig Parfüm auf, bevor sie, lediglich mit Unterwäsche bekleidet, seufzend vom Schminktisch aufstand. Sie hatte keine große Lust, das Fest zu besuchen, aber sie sah gut aus. Goyo konnte auf seine Frau stolz sein.

Sie hoffte, dass das Kleid, das sie sich hatte anfertigen lassen, nicht zu gewagt war. Aber letztendlich waren die Gastgeber *expats,* und die wenigen anwesenden Marokkaner waren den Umgang mit europäischen Frauen gewohnt. Also würde niemand in Ohnmacht fallen, wenn er ihre entblößten Schultern sah. Außerdem war das Kleid wunderschön, so geschnitten, wie es gerade in Mode war, und der blaue Stoff schimmerte im Licht wie ein See. Dazu legte Blanca die Saphirohrringe an, die Goyo ihr auf der Hochzeitsreise in Lissabon gekauft hatte. Dabei beließ sie es, denn noch mehr Schmuck zu tragen wäre vulgär gewesen. Sie hatte es nicht nötig, die Gelegenheit zu nutzen und ihre gesamten Juwelen vorzuführen.

Sie irrte sich nicht. Als Goyo die Autotür öffnete, glänzten seine Augen vor Stolz.

»Blanquita, du stellst wie immer alle anderen Frauen in den Schatten.«

Sie hauchte ihm einen Kuss auf die Wange, um ihn nicht mit Lippenstift zu beflecken. Trotzdem musste sie anschließend ihr Taschentuch hervorholen, um die rote Spur zu entfernen, bevor sie ihr Ziel erreichten.

»Der Gastgeber ist Monsieur Deleuze, ein bedeutender Industrieller, der sich für einige Monate in Marokko aufhält. Er will erkunden, wie sich die hiesige Infrastruktur verbessern ließe, was dem Land sicher zugutekäme – vor allem aber ihm selbst, wie du dir vorstellen kannst. Ich glaube, seine Gattin ist noch nicht eingetroffen. Wundere dich also nicht über das Fehlen der Frau an seiner Seite. Und …« Er näherte sich mit den Lippen ihrem Ohr, damit der Fahrer nicht hörte, was er ihr zuflüsterte. »Und möglicherweise kommt der Sultan, Seine Königliche Hoheit Mohammed Ben Jussuf. Wenn sich die Gelegenheit bietet, stelle ich ihn dir vor. Bleib also in meiner Nähe, falls ich dir ein Zeichen gebe! Sollte das der Fall sein, entschuldige dich bei deinem Gesprächspartner und komm sofort zu mir herüber, in Ordnung?«

»Du kennst den Sultan?«, fragte sie erstaunt.

»Wir wurden einander kürzlich vorgestellt. Und damit er mich nicht vergisst, bin ich sehr daran interessiert, unsere Bekanntschaft zu vertiefen. Und wenn er meine wunderschöne Ehefrau kennenlernt, wird er mich für immer in Erinnerung behalten.«

Sie stieß ihn zärtlich in die Seite. Es gefiel ihr, wenn er ihr Komplimente machte. Manchmal wusste sie allerdings nicht, ob er es ernst meinte oder sie auf diese Weise dazu bewegen wollte, sich seinen Wünschen zu beugen. Aber die Vorstellung, den Sultan kennenzulernen, reizte sie zugegebenermaßen ungemein.

»Wie muss ich ihn anreden?«

»Königliche Hoheit.«

»Wie aufregend!«

»Er scheint mir ein sehr angenehmer Mensch zu sein. Es gibt also keinen Grund zur Nervosität.«

»Wenn er aber für dich so wichtig ist …«

»Keine Sorge, Blanquita! Du bist zauberhaft und wirst ihm gefallen.«

Madrid. Gegenwart

Obwohl Helena und Carlos dies vermeiden und eine Wohnung anmieten wollten, sah das Hotelzimmer nach wenigen Stunden so aus, als wäre ein Tornado hindurchgewirbelt. Da keine andere größere Fläche vorhanden war, hatten sie die Tagesdecke glatt gezogen und alle Fotos und Papiere auf dem Bett ausgebreitet, die sie *vorübergehend* den Kisten entnommen hatten.

»Fass doch bitte kurz zusammen, wer alles zu deiner Familie gehört, mein Schatz! Damit ich weiß, wer wer ist. Hier auf dem Foto von neunzehnhundertzweiundzwanzig zum Beispiel«, sagte Carlos, der ein Schwarz-Weiß-Foto mit gezacktem Rand in der Hand hielt.

»Es steht doch hintendrauf. Siehst du? *Mama, Papa, Pilar und ich.*«

Er musterte sie mit hochgezogenen Brauen, bis ihr selbst auffiel, welchen Blödsinn sie gesagt hatte.

»Na ja, du weißt ja, dass meine Mutter die Fotos aufbewahrt hat, also musst du *ich* durch *Blanca* ersetzen.«

»Die, wäre sie noch am Leben, meine Schwiegermutter wäre.«

»Falls wir beide verheiratet wären, dann schon. Aber das sind wir nicht.«

Er lächelte.

»Und die anderen?«

»Das sind ihre ältere Schwester Pilar und ihre Eltern Mariano und Carmen. Sie haben ihr Leben lang in Valencia gelebt, in einem großen Haus an der Alameda, und sie müssen sehr wohlhabend gewesen sein. Sie hatten nur die beiden Töchter, meine Mutter und Pilar. Die Cousine, von der ich die beiden Kisten habe, ist Pilars Tochter Amparo. Alles klar?«

»Ja, keine Sorge.«

Helena hatte beschlossen, den Inhalt der Kiste nicht gleich zu lesen, sondern erst alles annähernd chronologisch zu ordnen. Daher legte sie alles aufs Bett, und Carlos sah nach, ob ein genaues Datum daraufstand oder ob sonst etwas seine Aufmerksamkeit erregte. Danach widmeten sie sich gemeinsam der Klärung aller Fragen.

»Wer ist *M*?«

»*M*? Einfach so, ohne Nachnamen? Keine Ahnung. Woher hast du das? Gib's mir mal!«

Carlos reichte ihr ein dünnes blaues Luftpostpapier, das tatsächlich nur mit einem einzigen Buchstaben unterzeichnet war, einem *M*. Der Brief war auf Englisch geschrieben, und es schien sich um die letzte Seite eines längeren Schreibens zu handeln. Sie enthielt lediglich zwei Zeilen, das Ende des Briefes.

not to do it, I'll be there in case you need me. This time I won't take no for an answer. You know I love you and I know you love me too. M.

es nicht zu tun, ich werde da sein, wenn Du mich brauchst. Diesmal werde ich kein Nein als Antwort hinnehmen. Du weißt, dass ich Dich liebe, und ich weiß, dass auch Du mich liebst. M.

Mit einem seltsamen Zittern in der Stimme übersetzte Helena die Sätze leise für sich selbst. Wer dieser *M* wohl war? Und an wen war der Brief gerichtet? Warum hatte Blanca ausgerechnet ihn aufbewahrt? Ob in der Kiste auch der Rest des Schreibens zu finden war oder zumindest die vorherige Seite?

Sie hob den Blick und sah Carlos an, der auf eine Erklärung zu warten schien.

»Ich habe immer noch keine Ahnung. Lies selbst!«

»Ich habe es bereits gelesen, bevor ich es dir gegeben habe. Wie es aussieht, scheint da jemand sehr entschlossen gewesen zu sein«, meinte er. »Fällt dir irgendetwas auf? Kannst du den Brief zeitlich einordnen?«

Sie drehte das Blatt um, doch die Rückseite war leer. Es gab auch kein PS oder irgendeinen anderen Hinweis.

»Wenn wir die anderen Seiten nicht finden …«

»Leg das Blatt erst mal zur Seite! Aber wir dürfen es nicht aus den Augen verlieren. Da kein Datum draufsteht, können wir es chronologisch sowieso nicht einordnen.«

Carlos legte das Blatt auf den Nachttisch und beugte sich wieder über das Bett, um nachzusehen, was Helena nach und nach aus der Kiste genommen hatte.

»Ich würde sagen, dass dieses Foto auf jenem denkwürdigen Fest gemacht wurde, von dem du mir gestern Abend erzählt hast, oder? Sieh nur, was hier steht! *20. Juli 1969. La Mora.*«

Vorsichtig nahm Helena das Foto entgegen und schien fast zu fürchten, dass es zuschnappen könnte. Carlos nahm neben ihr Platz und blickte ihr über die Schulter, während sie mit dem Finger über die von der Kamera eingefrorenen Gesichter strich.

»Wie viel Zeit wohl vergangen ist, seit ich das zuletzt gesehen habe? Papa und Mama, wie jung sie sind! So gut aussehend! Und ich natürlich. Schau nur, wie lang mein Haar ist! Und Jean Paul hinter mir. Dieses Mädchen ... Ich glaube, sie hieß Francine und war ein Model von *Alice&Laroche*. Ein Mannequin, wie man damals sagte. Sie hatte wunderschöne Augen. Das sind Luigi und Valentina, Italiener, die eine Seidenfabrik oder einen Großhandel betrieben, ich weiß es nicht mehr. Sie haben mit Alicia und Jean Paul zusammengearbeitet. Diese beiden ... Oje, ich erinnere mich nicht! Das sind ... Wie hießen die noch? Sie war ... Barbie ...«

»Barbie?«, fragte Carlos nach. »Wie die Puppe?«

»Ja. Damals gab es diese Puppen in Europa noch nicht, und man brachte den Namen nicht mit ihnen in Verbindung. Natürlich hieß sie eigentlich Barbara, aber sie sagte immer, dass ihr Name sie zu sehr an ihre Mutter erinnere. Sie waren zu dritt. Amerikaner. Freunde von mir, die ich im Sommer in San Francisco kennengelernt hatte. Sie lebten in einer Kommune zusammen. Sie hieß Barbie und die anderen beiden ... Die Namen der Jungen weiß ich nicht mehr.«

»Jedenfalls ist hier neben Barbie nur einer von ihnen zu sehen, der mit der Afrofrisur.«

»Ein Schwarzer, Jimi-Hendrix-Fan.«

»Und der andere?«

»Vielleicht hat er das Foto gemacht. Lass es mal hier liegen! Wenn ich ab und zu einen Blick darauf werfe, fallen mir bestimmt auch noch die Namen der anderen ein.«

»Das ist Jean Paul, sagst du?«

»Ja.«

»Er sah gut aus.«

»Ja, sehr. Und das wusste er auch«, sagte Helena, und in ihrer Stimme schwang eine sehnsüchtige Erinnerung mit, die Carlos nicht verborgen blieb. Er kommentierte sie jedoch nicht.

»Ich jedenfalls erkenne keinen«, meinte er lediglich, während er die Gesichter betrachtete. In den Jahren, seit sie zusammen waren, hatte er nur ein Foto von Alicia gesehen, das eingerahmt in Helenas Atelier hing. Ein Schnappschuss in Farbe, auf dem die Schwestern noch keine zwanzig Jahre alt waren und, mit dem Meer im Hintergrund, lachend in die Kamera blickten. Auf der linken Seite des Fotos fiel eine riesige Bougainvillea ins Auge. Die beiden trugen das Haar offen, lange Ohrringe, Jeans und Blusen mit Glockenärmeln, die mit Glitzersteinen bestickt waren. »Wo ist deine Schwester?«, fragte er. »Ich sehe sie nicht auf dem Bild.«

»Da war sie bereits unterwegs, um die verdammten Stoffbahnen abzuholen. Das Haus war voller Gäste, und das Fest hatte mit dem Einverständnis meiner Eltern schon begonnen. Zu dem Zeitpunkt machten wir uns um Alicia noch keine Sorgen.«

»Jean Paul offensichtlich schon. Er sieht nicht in die Kamera und hat das Gesicht nach rechts abgewandt, als warte er auf etwas oder blicke misstrauisch in eine bestimmte Richtung. Was könnte dort sein?«

Helena begutachtete das Foto erneut. Angestrengt versuchte sie sich vorzustellen, wo es aufgenommen worden war. Dann überlegte sie, was sich rechts und links daneben befunden haben könnte.

»Der schmale Weg, der von der Gartentür zur Terrasse des Hauses führte.«

»Von dort kamen also die Gäste, die nicht im Haus untergebracht waren, oder?«

»Genau. Wenn wir mal dort sind, kannst du dir die Stelle ansehen und dir alles besser vorstellen.«

»Und der Typ, der verschwommen im Hintergrund zu sehen ist?«

»Vermutlich ein Gast, der zum Fest kommt.«

»Nun ja, er ist der Einzige, der keine Hippiekleidung trägt.«

»Morgen kaufen wir uns eine Lupe. Mir ist schon ganz schwindelig, so sehr habe ich meine Augen angestrengt.«

»Guter Vorschlag.«

»Sieh nur, wie lustig! Hier sind die Geburtsurkunden von uns dreien – von Alicia, Goyito und mir. Mit den Fotokopien der Aufnahme im Krankenhaus.«

»Wie seltsam, dass deine Mutter nicht in ihrem Heimatland entbunden hat!«

»Das ist mir noch nie aufgefallen. Obwohl … Wenn ich jetzt darüber nachdenke … Meine Geschwister sind während des Zweiten Weltkriegs geboren. Vielleicht war die Reise zu jener Zeit zu gefährlich. Und wie es aussieht, wurde Alicia in einer Klinik in Tanger geboren, während Goyito und ich in Casablanca zur Welt kamen.«

»Wahrscheinlich war Blanca mit der ersten Klinik nicht zufrieden.«

»Meine Mutter hat nur selten über solche Themen gesprochen. Ich denke, sie hielt es für geschmacklos, darüber zu reden. Natürlich gab es die üblichen Fotos – der Vater stehend, die Mutter sitzend mit dem Säugling im Arm, der ein langes Kleid und eine Mütze mit Schleife trägt. Und auch Bilder von den Taufen gibt es, während Fotos aus den Zeiten der Schwangerschaft oder andere Indiskretionen nicht infrage kamen. In dieser Hinsicht war meine Mutter immer eine wahre Señora.«

»Die entsprechenden Bilder werden wir bestimmt noch finden. Aber erst müssen wir alles wieder einsammeln und mitnehmen.«

»Meine Güte, wie lästig!«

»Nun ja, du entscheidest. Die Wohnung ist schon gemietet. Sie liegt ganz in der Nähe, in der Calle de la Salud, dicht an der Plaza del Carmen. Um vier bekommen wir die Schlüssel, und vorher müssen wir noch etwas essen.«

Schweigend räumten sie den Inhalt der Kisten wieder ein, wohlgeordnet, um alles in gleicher Reihenfolge wieder herausnehmen zu können. Als sie fertig waren, packten sie ihr Gepäck zusammen und schlossen die Koffer. Dann verließen Helena und Carlos das Hotel, jeder mit dem Gedanken an das beschäftigt, was ihn am tiefsten beeindruckt hatte.

Die Kiste

6., 7. und 8. Foto

In einem Umschlag aus durchscheinendem Papier befinden sich drei sehr ähnliche Fotos. Auf allen ist Blanca zu sehen. Auf dem ersten sitzt sie in einem Sessel und hält einen offenbar erst wenige Wochen alten Säugling im Arm, der in eine lange bestickte Spitzendecke eingewickelt ist. Blanca hält das Kind, als wäre es ein Vogel, der jeden Moment davonfliegen könnte, und blickt entzückt auf das runde Gesichtchen mit den geschlossenen Augen und dem blonden Haarflaum. Blanca ist noch sehr jung, und um erwachsener zu wirken, hat sie das Haar zu einer Banane hochgesteckt. Nach dem wenigen zu urteilen, was auf dem Bild zu sehen ist, scheint das Kleid schlicht und von dunkler Farbe zu sein, vielleicht marineblau, da die Perlenkette sich deutlich vom Hintergrund abhebt. Es kann jedoch nicht schwarz sein, da die Präsentation des ersten Kindes ein erfreuliches Ereignis ist. Der Hintergrund ist neutral – das Foto kann überall aufgenommen worden sein.

Auf dem zweiten Bild ist Blanca hochschwanger, und der gewaltige Bauch wird kaum von ihrem weiten Kleid verdeckt. Anders als in jener Zeit üblich, scheint sie ihn stolz in die Kamera zu halten, voller Vorfreude auf das Kind, dessen Geburt kurz bevorsteht. Ihr Gesichtsausdruck ist eigenartig. In den Stolz und das Mutterglück mischt sich ein anderer, unerwarteter Zug – eine gewisse Arroganz, die sich in den Händen zeigt, die sie auf den gewölbten Leib gelegt hat. Außerdem ist eine gewisse Düsternis in ihrem Blick zu erkennen, die auf Angst oder Schuldbewusstsein hindeuten könnte. Sie wirkt so, als hätte sie etwas Unrechtes getan, jedoch beschlossen, dazu zu stehen und sich den Folgen zu stellen. Fast macht sie den Eindruck, als wäre sie unverheiratet und nicht schon Mutter eines

Kindes, sondern eine Erstgebärende, die das Muttersein noch nicht kennt. Oder als wäre sie eine ledige junge Frau, die dennoch beschlossen hat, das Kind zu bekommen, und deutlich machen will, dass sie nichts bereut.

Auf dem dritten Bild ist Blanca wieder schwanger. Es müssen einige Jahre vergangen sein, denn hinter ihr sind etwas unscharf die beiden älteren Kinder zu sehen, die auf dem Teppich sitzen und mit Sammelstickern oder anderen Bildern spielen. Das ältere Mädchen hat gewelltes Haar, das fast weißblond wirkt und mag etwa vier oder fünf Jahre alt sein. Der etwa vierjährige Junge hat dunkle Locken. Blanca trägt das Haar kürzer, sodass es fülliger wirkt, und blickt heiter in die Kamera, so als hätte sie sich inzwischen in ihre Mutterrolle hineingefunden. Sie wirkt zufrieden und sitzt auf einem schmiedeeisernen Stuhl auf der Terrasse, während die Kinder im Haus spielen. Sie hat bereits ein Mädchen und einen Jungen. Vielleicht denkt sie, dass sie diese Schwangerschaft genießen muss, weil es die letzte sein könnte.

Auf den Rückseiten der Fotos ist jeweils zu lesen: *Alicia, Goyito, Helena.* Sowie die Daten.

Mit geschultem Blick registrierte Goyo den kurzen Augenblick des Wiedererkennens vonseiten des Sultans, und sofort reagierte sein Körper. Sobald er ihm gegenüberstand, nahm er Haltung an – etwas weniger stramm als ein Offizier, etwas deutlicher als ein Zivilist. Dann senkte er für einige Sekunden den Kopf – zu kurz, um unterwürfig zu erscheinen, zu lang, um reine Höflichkeit auszudrücken.

Der Sultan lächelte und reichte ihm die Hand.

»Ah, der große Geschäftsmann, wie ich gehört habe! Mein Freund Gregorio Guerrero, dem es binnen weniger Monate gelungen ist, nicht nur die Bekanntschaft aller hier lebenden Spanier zu machen, sondern von *tout Maroc.*«

»Eure Hoheit gewährt mir die große Ehre, sich an mich zu erinnern.«

»Ich wäre ein schlechter Regent, würde ich mich nicht an die Menschen erinnern, die mein Land lieben.«

»Ich bin mit Körper und Seele Spanier, doch mit dem Herzen bin ich Spanien und Marokko gleichermaßen verbunden«, entgegnete Goyo so galant wie möglich und durchaus der Wahrheit entsprechend.

»Auch ich liebe Ihr Land, Señor Guerrero, obwohl es mir in letzter Zeit einige Unannehmlichkeiten bereitet.«

»Unannehmlichkeiten, Hoheit?«

»Vielleicht ist das ein wenig übertrieben, doch die spanischen Behörden haben in Tanger einen Mann festgenommen, den ich wie einen Bruder liebe. Bisher hat leider keiner der Schritte, die wir dagegen unternommen haben, die gewünschte Wirkung erzielt.«

»Um wen handelt es sich?«

»Um den Sohn eines guten Freundes meines Vaters – Sidi Ahmed Bin Hassan. Er ist für seine Koranrezitationen berühmt, und ich vermisse ihn sehr.«

»Darf ich fragen, was man ihm vorwirft?«

Der Sultan winkte ab und schien die Angelegenheit herunterspielen zu wollen.

»Im Grunde ist das alles völlig absurd. Es hat mit einem Teil des Landeigentums zu tun, das seine Familie seit jeher bewirtschaftet und das die spanischen Behörden nun für sich beanspruchen. Bekanntlich verwalten sie die vormals internationale Stadt derzeit allein, um *die Neutralität zu garantieren.*« Die letzten Worte hob der Sultan deutlich hörbar hervor. »Übrigens offiziell auch in meinem Namen«, schloss er mit ironischem Unterton. »Ich gehe davon aus, dass Sie darüber informiert sind.«

Goyo nickte bestätigend. Die Besetzung Tangers durch die Truppen von Oberst Yuste im Juni, gleich nach dem Sieg der Deutschen über Frankreich, hatte niemanden unberührt gelassen, am wenigsten die internationale Gemeinschaft.

»Es scheint gewisse Missverständnisse gegeben zu haben«, fuhr der Sultan fort. »Bin Hassan hat sein Missfallen wohl in einer Art und Weise deutlich gemacht, die der Obrigkeit des Militärs Ihres geschätzten Heimatlandes nicht gefiel. Er ist ein ... eher energischer Mensch, der seine Überzeugungen mit Leidenschaft vertritt und zu sagen pflegt, was er denkt.«

»Das tut mir sehr leid, Eure Hoheit. Wenn ich irgendetwas tun kann ...«

»Bisher hat sich, wie es scheint, der Konsul der Sache angenommen. Doch wie ich bereits erwähnte, mit wenig Erfolg. Falls Sie irgendetwas ausrichten können, was auch immer ... Ich wäre Ihnen unendlich dankbar, mein Freund.«

»Ich werde alles in meiner Macht Stehende versuchen.«

Mit einem Glas französischem Champagner in der Hand verfolgte Blanca vom anderen Ende des Saales aus das Gespräch ihres Mannes mit einem glatzköpfigen Herrn. Von Weitem betrachtet, strahlte der Unbekannte eine deutlich spürbare Autorität aus. Ob es sich um den Sultan handelte?

Unbestreitbar verfügte Goyo über eine gewisse natürliche Eleganz, die über das übliche Maß hinausging. Ein kurzer Blick und ein kaum merkliches Heben der Augenbrauen reichten aus, um

Blanca deutlich zu machen, dass sie zu ihm kommen solle. Sicherlich war das kleine Zeichen sonst niemandem aufgefallen, und sie hatte es nur bemerkt, weil sie seinen Hinweis nicht verpassen wollte und ihn seit Beginn des Festes nicht aus den Augen gelassen hatte. Ganz diskret natürlich, damit die anderen Damen nicht auf den Gedanken kamen, dass sie ihm nicht vertraute und ihn überwachen wollte.

Mit einer freundlichen Entschuldigung verließ sie den Kreis der Gäste, mit denen sie zusammenstand, und näherte sich Goyo und dem Herrn mit dem intensiven Blick, der ihr bereits aufgefallen war. Nur wenige Meter entfernt hielten sich weitere Männer auf, die ihn respektvoll schweigend umstanden.

»Eure Hoheit, erlaubt mir, Euch meine Gattin Blanca Santacruz vorzustellen. Meine Liebe, Ihre Königliche Hoheit, der Sultan von Marokko.«

Der Mann blickte sie mit seinen durchdringenden Augen an und nahm die Hand, die sie ihm hinhielt, um sie zu küssen.

Fast gleichzeitig ergriffen sie das Wort.

»Königliche Hoheit … Es ist mir eine Ehre.«

»Madame … Die Ehre ist ganz meinerseits. Ein Kavalier sollte sich stets vor der Schönheit verneigen.«

Gegen ihren Willen errötete Blanca. Der Sultan wandte den Blick nicht von ihr ab.

»Wie gefällt Ihnen unser schönes Land, Madame?«

»Sehr gut. Ich bin sehr glücklich hier, Königliche Hoheit.«

»Das freut mich zu hören. Und Ihre Kinder?«

»Wir haben noch keine Kinder«, beeilte sich Goyo zu erklären, wusste er doch, dass dies für Blanca ein schmerzhaftes Thema war.

»Oh, Sie sollten Kinder haben! Ein so junges Paar und beide voller Anmut! Ein großes Haus, ein großer Garten, vier oder fünf Kinder, Jungen und Mädchen … Das ist das größte Glück auf dieser Welt. Madame, es war mir ein Vergnügen. Guerrero, mein Freund, ich hoffe auf ein baldiges Wiedersehen.«

Der Sultan ging einige Schritte voran und blieb wieder stehen, um mit anderen Gästen zu reden. Goyo nahm Blanca am Arm und geleitete sie zu den großen Fenstern hinüber, die auf den Garten hinausgingen. Als sie an einem Kellner vorbeikamen, stellte er das Glas seiner Frau auf dessen Tablett ab und nahm zwei neue Gläser.

»Ist es gut gelaufen?«, fragte sie flüsternd.

Goyo beantwortete ihre Frage mit einem bejahenden Blick.

»Wenn alles glückt, kann sich der Sultan in Kürze bei mir für einen großen Gefallen bedanken«, entgegnete er lächelnd. Er hob sein Glas. »Auf uns, meine Schöne! Auf die Zukunft!«

Madrid. Gegenwart

»Charlie ...«

Carlos, der gerade eine der Kisten geöffnet hatte, um den Inhalt auf dem Wohnzimmertisch auszubreiten, hob den Blick. Zum Glück handelte es sich um einen ausziehbaren Tisch. Er würde sparsam mit dem Platz umgehen, dann passte vielleicht alles darauf.

»Ja, mein Schatz?« Wenn Helena ihn *Charlie* nannte, klang das so, wie wenn Katharine Hepburn in *African Queen* mit jener besonderen Sanftheit *Mister Allnut* sagte. Dann wollte sie ihn zu etwas bewegen, was ihm nicht gefiel.

»Macht es dir etwas aus, wenn ich dich eine Weile allein lasse? Mir ist gerade eingefallen, dass ich ein paar Sachen aus der Drogerie brauche ... Kleinigkeiten, die ich nicht von zu Hause mitgebracht habe. Nachdem wir nicht mehr im Hotel wohnen, muss ich mir Duschgel und Shampoo besorgen ... solche Dinge. Brauchst du auch etwas?«

Offensichtlich benötigte Helena eine Pause. Die Stunden, die sie im Hotel verbracht hatten, und das wenige, was sie bisher gefunden hatten, reichten ihr anscheinend. Carlos verzichtete jedoch auf den Ratschlag, den Kram in den Mülleimer zu werfen, da sie sich nicht dafür interessierte und ihm das Leben ihrer Eltern und der Tod ihrer Schwester im Prinzip völlig egal sein konnten. Helena war die Ungeduld in Person, und der einzige länger andauernde Vorgang, den sie schätzte, war ihre Malerei. Was alles andere anging, verlangte sie Antworten, keine Fragen, und der lange Weg zu den Antworten ermüdete sie. Sie war keine Forschernatur, so wie er, der einen großen Teil seines Lebens in der Vergangenheit gewühlt oder in Archiven und Bibliotheken zugebracht hatte.

»Wir könnten zusammen einkaufen gehen und später oder morgen weitermachen.«

Sie griff bereits nach ihrer Tasche und suchte nach der Sonnenbrille.

»Nein, nein! Es geht schneller, wenn ich allein bin. Außerdem möchte ich einen kleinen Schaufensterbummel machen und vielleicht das eine oder andere Teil anprobieren, ohne dass du im Geschäft auf und ab läufst wie ein Tiger im Käfig und auf mich wartest. Ich bin bald wieder zurück, und dann erzählst du mir, was du entdeckt hast, mein Detektiv.«

Sie küsste ihn flüchtig auf die Wange und stolzierte zur Tür. Ihr Drang, das Haus zu verlassen, war derart auffällig, dass er lächeln musste. Sobald sie draußen auf der Straße wäre, würde sie wahrscheinlich erleichtert aufseufzen.

Plötzlich fiel ihm etwas ein, er stürzte zur Tür und öffnete sie. Helena, die bereits vor dem Aufzug wartete, erstarrte bei seinem Anblick und befürchtete offenbar, dass etwas geschehen war, was sie zum Bleiben zwang.

»Bring etwas zu trinken mit, sei so nett! Ein paar Flaschen Wein oder etwas anderes Trinkbares, einverstanden? Mir ist gerade eingefallen, dass wir hier ja keinen Zimmerservice haben. Und Kaffee!«

»Mach ich.«

Als sich die Aufzugtüren hinter ihr schlossen, kehrte Carlos pfeifend in die Wohnung zurück. Das mit dem *Detektiv* hatte ihm gefallen.

Er nahm die Flasche Whisky zur Hand, die er am Flughafen von Dubai gekauft hatte, holte sich Eiswürfel aus dem Gefrierfach und betrachtete die beiden Kisten wie ein Entdecker, der von einem Hügel aus auf das unerforschte Land blickt, in das er einzudringen gedenkt. Dann besann er sich auf seine Disziplin und machte sich ans Werk. Stück für Stück nahm er die Unterlagen aus einer der Kisten und breitete sie auf dem Tisch aus.

Die Dokumente hatten für Carlos keinen ideellen Wert, sie verbanden ihn mit nichts und riefen keine Erinnerungen in ihm wach – mit Ausnahme der Fotos von Helena. Also kam er rasch voran, nahm Stück für Stück aus der Kiste und warf nur einen kurzen Blick darauf. So hatte er bereits nach einer Dreiviertelstunde alles in chronologischer Ordnung auf dem Tisch ausgebreitet.

Er beschloss, alles durchzusehen, was mit dem Mord an Alicia zu tun hatte. Wenn er Helena bei ihrer Rückkehr etwas Neues dazu sagen konnte, wäre schon das Wichtigste erledigt. Danach wollte er sich die Sachen aus den Vierziger-, Fünfziger- und Sechzigerjahren ansehen und später ein Auge auf die wenigen Belege aus der Zeit der Spanischen Transition in den Sechziger-, Siebziger- und Achtzigerjahren werfen. Seine Schwiegermutter – er fand es lustig, Blanca seine *Schwiegermutter* zu nennen – schien Unterlagen und Familienfotos aus dem gesamten zwanzigsten Jahrhundert aufbewahrt zu haben. Wenn er alles gelesen und ausgewertet hätte, ergäbe sich ein ziemlich zusammenhängendes Bild des Lebens der Familie Guerrero-Santacruz bis zu Blancas Tod im Jahr 1992. Es war eine Herausforderung, die ihn seltsamerweise ausgesprochen reizte. Wenn es ihm gelänge, eine der Fragen zu beantworten, die Helena so sehr beschäftigten, bekäme er das Gefühl, dass sich das Ganze gelohnt hätte. Sogar mehr als das! Dann hätte er ihr bewiesen, dass ihr Glück ihm wirklich am Herzen lag, nachdem er sich derart viel Zeit genommen und die Mühe gemacht hatte, ihre Probleme zu lösen.

Bei einem ersten umfassenden Blick über den gesamten Tisch fiel ihm sofort eine Mappe aus durchsichtigem Plastik voller Zeitungsausschnitte ins Auge. Er griff danach, nahm sein Whiskyglas und setzte sich in den Sessel am Fenster. Zu dieser Tageszeit lag die Plaza del Carmen wie ausgestorben vor ihm. In der sengenden Sonne erkannte er nur Laternen und einige verkrüppelte Bäume. Aufgrund des Wassermangels waren ihre Blätter völlig verdorrt. Waren es Platanen oder Kastanien? Auf die Bestimmung von Bäumen hatte er sich noch nie gut verstanden.

Er ließ die Jalousie halb herunter, schloss die Vorhänge und begann zu lesen.

Auf einem Ausschnitt der Tageszeitung *España* war ein Foto von Alicia abgebildet, auf dem sie am Ende einer Modenschau glückstrahlend dem Publikum zuwinkte. *Rätselhafter Mord an der berühmten Modeschöpferin Alicia Laroche geborene Guerrero,* lautete die Überschrift. Es war ein kurzer Artikel, in dem neben Alicias Kurzbiografie lediglich der Fundort der Leiche erwähnt wurde – in Rabat an der Flussmündung des Bou-Regreg, auf Höhe der antiken Festung des Oudaïa. Der Text endete mit einer Beileidsbekundung an die Familie, den *bekannten Geschäftsmann Gregorio Guerrero und seine Frau Blanca Santacruz, denen die Region um die Stadt Rabat so viel zu verdanken hat*, was ihn zu einem seltsamen Mischwerk aus journalistischer Objektivität und Spiegel der Gesellschaft machte.

Der Ausschnitt aus dem *Diario de África* war sogar noch kürzer und enthielt keine zusätzliche Information.

In anderen Publikationen für die in Marokko lebenden Spanier sowie den regionalen Zeitungen wurde mehrfach das Unternehmen *Alice&Laroche* erwähnt, die Großzügigkeit der Familie, ihr soziales Engagement betreffend, und die glänzende Zukunft, die Alicia bevorgestanden hatte. Niemand konnte sich erklären, was geschehen war. Die Polizei suchte weiterhin nach Spuren und bat die Bevölkerung um Hilfe, Zeugen zu finden, die Hinweise auf das Verbrechen geben konnten. In einem drei Tage später erschienenen Artikel in *L'Opinion*, der französischsprachigen Tageszeitung Rabats, wurde der ungefähre Todeszeitpunkt an jenem 20. Juli angegeben, den der Rechtsmediziner auf die Stunden zwischen sechs und acht Uhr abends eingegrenzt hatte.

Merkwürdigerweise war nie von der Todesursache die Rede. Carlos las, dass die junge Madame Laroche *auf hinterhältige Art ermordet* worden war, dass das Verbrechen möglicherweise begangen wurde, um ein äußerst wertvolles Armband zu stehlen, das die Tote am Handgelenk trug. Nirgends wurde jedoch erwähnt, auf welche Weise sie umgebracht worden war, ob sie beispielsweise erstochen, erwürgt oder erschossen wurde. Es gab auch kein Foto von der Leiche, lediglich von dem Ort, an dem man sie gefunden hatte.

Ein späterer Artikel derselben Zeitung erwähnte neben der Tatsache, dass es keine neuen Entwicklungen in dem Fall gebe, die Tote habe Prellungen und andere postmortale Verletzungen aufgewiesen. Aus diesen sei zu schließen, dass sie von der Festung geworfen worden sei, möglicherweise mit der Absicht, dass die Strömung sie ins offene Meer trieb. An anderer Stelle war zu lesen, die Leiche sei von Kindern entdeckt worden, die zwischen den Felsen spielten. Demnach habe die Ermordete gar nicht erst von der Strömung erfasst werden können.

Auffällig war, wie wenig informativ die Berichterstattung war. Was wohl bedeutete, dass entweder die Polizei so gut wie nichts herausgefunden hatte oder dass Alicias Vater seinen ganzen Einfluss geltend gemacht hatte, damit die Presse den Tod seiner ältesten Tochter so diskret wie möglich behandelte.

Niemand war interviewt worden, weder ein Familienmitglied noch der Kommissar, der mit dem Fall betraut war, und auch die Kinder nicht, die die Leiche gefunden hatten. Vielleicht galt es zu jener Zeit noch als geschmacklos, in der frischen Wunde einer wohlhabenden Familie zu bohren, die einen derartigen Verlust erlitten hatte. Als in Sydney die Presse immer mehr morbide Details von Kriminalfällen veröffentlichte, hatte Carlos' Mutter stets gesagt, so etwas sei in Spanien undenkbar. Abgesehen von Publikationen in der Art von *El caso*, einem Sensationsblatt für halbe Analphabeten, das sich auf besonders brutale Verbrechen spezialisiert hatte.

Wäre der Mord in der Gegenwart passiert, hätte sich die Presse mit Fotos, Einzelheiten und Interviews überschlagen. Man hätte so dämliche Fragen gestellt wie *Was haben Sie gefühlt, als man Ihnen den Tod Ihrer Tochter mitteilte?* In Fernsehsendungen hätten hirnlose, vulgäre und ungebildete Menschen stundenlang schreiend und sich gegenseitig ins Wort fallend über die Tote, ihre Familie und ihre berufliche Karriere debattiert und nebenbei weitere makabre oder schlüpfrige Details erfunden.

In mancher Hinsicht war die Vergangenheit doch besser, sagte sich Carlos, während er die Mappe und die Augen schloss.

Bisher hatte man angenommen, der Überfall auf Alicia wäre

begangen worden, um sie zu bestehlen. Dann wäre die Tat aus irgendeinem Grund aber aus dem Ruder gelaufen und hätte mit ihrer Ermordung geendet. Inzwischen wussten Helena, Jean Paul und Carlos jedoch, dass es so nicht gewesen war. Alicia hatte das Armband gar nicht getragen.

Und die Vergewaltigung? Davon war in der Presse zum Glück nicht die Rede. Offensichtlich hatte Goyo mit Geld oder Drohungen erreicht, dass der Familie die Demütigung ihrer Tochter noch nach ihrem Tod erspart blieb. Dennoch war es angesichts des Todeszeitpunktes ungewöhnlich, dass die Vergewaltigung überhaupt stattgefunden hatte. Schließlich war Alicia nicht nach Mitternacht in der Medina überfallen worden. Um sechs Uhr am frühen Abend war es im Juli noch hell, und die Festung des Oudaïa war, wenn Carlos es richtig verstanden hatte, ein öffentlicher Ort, wo der Vergewaltiger und Mörder sicher vielen Menschen begegnet war. Konnte das bedeuten, dass Alicia den Täter gekannt hatte und deshalb mit ihm irgendwohin gegangen war? In ein Haus vielleicht, wo man sie nach der Tat aus dem Fenster geworfen hatte? Gab es überhaupt Häuser dort? Oder war die Festung lediglich ein historisches Monument? Er musste Helena unbedingt danach fragen.

Die Polizei hatte sicherlich in die gleiche Richtung gedacht und die Häuser in der Gegend genauestens unter die Lupe genommen. Zumindest ging Carlos davon aus.

Er stand auf, stellte das leere Glas in die Spüle, legte die Papiere zurück an ihren Platz auf dem Tisch und griff nach einer anderen Mappe, die ihm aufgefallen war, als er sie aus der Kiste genommen hatte. Sie war ziemlich dick, bestand aus schwarzem Leder und hatte ein Metallschloss. Mit einem kleinen Schlüssel, der einem Kofferschlüssel ähnelte, ließ sie sich öffnen.

Jemand hatte die Mappe gewaltsam mit einem Draht oder einem ähnlichen Hilfsmittel geöffnet, denn an dem Schloss waren Kratzer zu sehen. Wer immer die Mappe auf diese Art bearbeitet hatte, war nicht im Besitz des Schlüssels gewesen.

Carlos kehrte zu seinem Sessel zurück und öffnete neugierig die Mappe. Darin befanden sich in unterschiedlichen durchsichtigen

Plastikhüllen Fotos, Papiere, Mitschriften von Befragungen, ein rechtsmedizinischer Bericht und diverse Dokumente.

Carlos pfiff durch die Zähne. Es sah ganz danach aus, als halte er die polizeiliche Ermittlungsakte im Mordfall Alicia Laroche in Händen.

10. Kapitel

Madrid. Gegenwart

Obwohl es bereits zwanzig nach neun war, lag Almudena noch im Bett. Zum Schutz vor dem hellen Licht, das durch die Ritzen des Rollladens fiel, hatte sie einen Arm über die Augen gelegt. Sie hatte nicht schlecht geschlafen, aber sie war noch müde und hatte keine Lust, aufzustehen und sich einem weiteren Tag voller Hochzeitsvorbereitungen zu stellen. Trotzdem freute sie sich auf ihre Hochzeit und ein richtig großes Fest. Zumindest an diesem Samstag konnte sie jedoch nach Herzenslust faul sein, und bestimmt würde niemand sie stören. Ihr Vater war wahrscheinlich im Golfklub, Sara im Fitnesscenter und Marc hatte sich seit Tagen nicht sehen lassen – seit dem letzten Wochenende, als er Helena nach Madrid gefahren hatte.

Helena. Die Großmutter. Ihre Großmutter, *die nie da war*, dachte sie mit Betonung auf dem Zusatz. Die nie da war und trotzdem stets anwesend, da ihr Vater sie immer wieder erwähnte. Mit seinen beinahe fünfzig Jahren war er noch immer nicht darüber hinweggekommen, dass ihn die Mutter verlassen hatte.

Wie seltsam Helena doch war! So als liege sie ständig mit der Welt im Krieg, misstrauisch jedem und allem gegenüber, immer auf der Hut, um sich wie eine Wölfin zu verteidigen – ihr Ansehen, ihre Stellung, ihre Kunst. Als ob die Tatsache, dass sie Künstlerin war, sie zu einem höheren Wesen machte. Jedenfalls nahm sie sich das Recht, links und rechts um sich zu schlagen, und verteidigte knurrend ihre frisch erlegte Beute gegen alles, was ihr zu nahe kam. Fühlte sie sich etwa aus irgendeinem Grund schuldig und griff daher lieber die anderen an, bevor sie ihrerseits angegriffen wurde? Oder war sie schon von klein auf so gewesen, und es gab keine weitere Erklärung? Letzteres war sicher das Wahrscheinlichste.

Almudena war stets für die nächstliegende Begründung. Ockham mit seiner Sparsamkeitstheorie wäre stolz auf sie gewesen.

Seit Wochen fragte sie sich, ob es vielleicht zu spät war, ihre Großmutter kennenzulernen. Aber warum sollte das der Fall sein? Natürlich war die Helena von heute nicht mehr dieselbe, die damals ihren kleinen Sohn verlassen hatte, um durch Asien zu reisen und eine weltberühmte Malerin zu werden. Auch nicht die junge Frau, die im Begriff stand, als Teilhaberin von *Alice&Laroche* in die Modebranche einzusteigen. Aber vielleicht sollte Almudena lieber herausfinden, wie die heutige Helena war, eine ältere Frau, die ein intensives Leben geführt hatte und viele Geheimnisse mit sich herumtrug. Nun, da ihre Enkelin selbst erwachsen war, ließ sich vielleicht eine Beziehung aufbauen, vielleicht würde Helena sich ihr gegenüber öffnen. Wie es schien, fand Helena es richtig, dass Almudena keinen künstlerischen Beruf ergriffen hatte, sondern eine junge Frau war, die mit beiden Beinen im Leben stand und einer Arbeit nachging, die, von außen betrachtet, nicht kreativ zu sein schien. Sie war Geschichtslehrerin an einer Privatschule.

Vermutlich hätte es Helena überrascht, dass ihre Enkelin, die sie immer für eine versnobte Göre gehalten hatte, ein eigenverantwortlich handelnder Mensch war und einen Beruf ausübte, von dem sie leben konnte. Nun würde sie einen jungen Mann heiraten, der zwar genau wie sie aus wohlhabender Familie stammte, aber schon früh unabhängig geworden war und ein eigenes Architekturbüro leitete.

Almudena nahm den Arm von den Augen, und das grelle Licht traf sie wie ein Keulenschlag. Es würde ein sehr heißer Tag werden, denn es war noch nicht zehn Uhr, und das Zirpen der Zikaden hatte bereits lautstark eingesetzt.

Sie sprang aus dem Bett, schlüpfte aus dem Nachthemd und zog einen Bikini an. Dann warf sie sich den Morgenmantel über die Schultern und trat hinaus in den Garten, um den Tag mit einer Runde im Pool zu beginnen.

Sie hatte viel Glück in ihrem Leben gehabt. Ihre Eltern waren zwar geschieden, aber immer freundschaftlich verbunden geblieben. Da sie bei der Scheidung bereits elf Jahre alt gewesen war, durfte sie wählen, bei wem sie leben wollte. Sie hatte sich für ihre Mutter entschieden, unter anderem deshalb, weil deren Wohnung im Stadtzentrum lag. Allerdings hatten ihre Eltern niemals erfahren, dass dies einer der wichtigsten Gründe für sie gewesen war. Erst mit achtzehn Jahren, als sie bereits studierte, war sie in das Chalet ihres Vaters nach San Sebastián de los Reyes gezogen. Die Woche über hatte sie jedoch bis zu ihrem Examen zusammen mit zwei Kommilitoninnen in einer Studentenwohnung im Chuecaviertel gewohnt.

Offenbar war es für ihre Generation fast normal, ein Scheidungskind zu sein. Und in ihrer Familie schien dies beinahe schon Tradition zu haben. Genau wie ihre Eltern hatten sich auch ihre Großeltern Helena und Iñigo bereits früh scheiden lassen. Ob sie selbst in zehn Jahren ebenfalls eine geschiedene Frau sein würde? Statistisch gesehen wurde die Hälfte aller Ehen geschieden, nicht mehr nur ein Drittel wie zur Zeit ihrer Eltern. Also war in ihrem Fall eine Trennung fast zu erwarten, und dennoch wehrte sie sich gegen den Gedanken. Warum hätte sie jetzt einen solchen Aufwand treiben und so viel Geld ausgeben sollen, wenn sie vom Misslingen ihrer Ehe überzeugt gewesen wäre? Nach Chavis Heiratsantrag hatte sie sich mit der Entscheidung viel Zeit gelassen. Sie wollte sich wirklich sicher sein, ob es sich lohnen würde, ob das mit ihnen wirklich ernst war. Und das war es.

Sie lächelte unsicher. War es tatsächlich eine ernste Sache zwischen ihr und Chavi? Und war es heutzutage wirklich nötig, einen Stapel Papiere zu unterschreiben, damit jeder wusste, dass man sich ernsthaft an einen Mann binden wollte? Noch immer musste sie lachen, wenn sie an die Entgegnung ihrer seit Schulzeiten besten Freundin Tania dachte, als sie ihr von ihren Heiratsplänen erzählt hatte. »Aber warum?«, hatte Tania gefragt. »Inzwischen heiraten doch nur noch Schwule.«

Natürlich wusste sie, dass es altmodisch klang, und sie hätte es auch niemals offen zugegeben – aber sie war glücklicherweise vor der Hochzeit nicht schwanger geworden wie alle anderen Frauen in ihrer Familie. Vielleicht war es Blödsinn, aber es bestärkte ihre

Überzeugung, dass sie aus eigenem Willen heiratete und nicht aus irgendeinem äußeren Zwang heraus.

Eigentlich hatte Almudena wirklich einige Bahnen schwimmen wollen, wie jeden Morgen, wenn die Zeit es erlaubte. Aber nun war sie zu faul, drehte sich nur ein paarmal im Wasser um und ließ sich treiben. Sie genoss es, dass es noch so angenehm leer im Haus war und sie in Ruhe ihren Gedanken nachhängen konnte.

Sie war ungeplant zur Welt gekommen, genau wie ihr Vater vor ihr. Sie waren keine Wunschkinder gewesen, die in Liebe gezeugt und sehnsüchtig erwartet wurden. In beiden Fällen war es ein Unfall gewesen, mangelnde Verhütung oder schlicht und einfach Nachlässigkeit. Natürlich ließ sich diese Nachlässigkeit mit der Behauptung kaschieren, die glühende Leidenschaft habe den Liebenden keine Zeit gelassen, ein Kondom zu benutzen. Was jedoch nur ein Vorwand war, denn im Grunde war ein solches Verhalten einfach nur verantwortungslos. Auch wenn anschließend versucht wurde, alles wiedergutzumachen, indem man dem ungewollten Kind ein Familienleben bot.

Sie persönlich hatte kein Problem damit, denn sie hatte sich immer geliebt und geschätzt gefühlt. Außerdem kannte sie eigentlichen keinen Menschen, der tatsächlich aufgrund der verantwortungsbewussten Entscheidung zweier Erwachsener gezeugt worden war. Bei ihrem Vater war immer zu spüren gewesen, dass er sich für seine Eltern und ihre überstürzte Hochzeit schämte. Später hatte er dann selbst mit zweiundzwanzig seine Freundin geschwängert, sodass Susana und er eilig hatten heiraten müssen. Das war dann für ihn eine Art Rache an seinen Eltern gewesen.

»Du bist schwanger«, hatte ihr Vater folgerichtig als Erstes gesagt, als sie und Chavi ihre Hochzeitspläne bekannt gegeben hatten. Es war keine Frage, sondern eine Feststellung gewesen. Beide hatten sie die Köpfe geschüttelt, woraufhin Álvaro eine Weile gebraucht hatte, um die Nachricht zu verarbeiten. Dann hatte er sie schließlich umarmt und beglückwünscht. Erst viel später hatte er sich die Frage doch nicht verkneifen können, ob sie sich wirklich sicher seien. Und er erinnerte sie daran, dass sie doch noch sehr jung waren und keine Eile hatten.

Inzwischen hatte sie ihren Vater mit ihrem Enthusiasmus angesteckt, und er freute sich beinahe genauso auf die Hochzeit wie sie beide. Sein ganzes Leben über hatte Álvaro aus dem einen oder anderen Grund das Gefühl gehabt, dass ihm eine richtige Familie stets verweigert worden war. Als Kind hatte er nach dem Weggang seiner Mutter bei seinem Vater und dessen wechselnden Partnerinnen gelebt, bis Iñigo schließlich mit Mayte zusammengeblieben war. Aber er war geschwisterlos geblieben. Álvaros Beziehung zu seinen Großeltern väterlicherseits war nie besonders eng gewesen, und seine Großeltern mütterlicherseits – Blanca und Goyo – hatte er erst mit zehn oder elf Jahren richtig kennengelernt. Zu jener Zeit hatte er im Sommer immer mehrere Wochen bei ihnen verbracht. Doch wenn es ihm gerade so richtig gefiel, waren die Ferien am Meer vorbei gewesen, und er hatte mit seinem Vater nach Madrid zurückkehren müssen. Daher hatte er nie das Gefühl gehabt, dass seine Großeltern wirklich zu seinem Leben gehörten. Susana und Álvaro hatten keine weiteren Kinder bekommen, und ihre Ehe war nie wirklich glücklich gewesen, sodass sie sich schließlich getrennt hatten. Und mit Sara, mit der ihr Vater nun schon zwölf Jahre zusammen war, hatte er auch nicht für weiteren Nachwuchs gesorgt. Deshalb gefiel ihm der Gedanke, dass Marc so etwas wie ein Sohn für ihn war und ein Bruder für Almudena. Hauptsächlich um ihren Vater glücklich zu machen, hatte sie immer so getan, als wären sie eine richtige Familie und als hätten sie und Marc durchaus Gemeinsamkeiten. Das war allerdings überhaupt nicht der Fall. Sie hielt Marc für einen verzogenen, egozentrischen, hypochondrischen, eitlen Jungen, der – das musste sie ihm zugestehen – ziemlich gut malen konnte. Letzteres gab ihm ihrer Meinung nach aber noch längst nicht das Recht, alle Menschen ringsum wie Fußabtreter zu behandeln. Im Lauf der Jahre hatten sie sich mal besser, mal weniger gut verstanden. Sie beide hatten sich jedoch immer bemüht, ihre Eltern aus ihrer Beziehung herauszuhalten.

Und nun drohte Helena zum Zankapfel zwischen ihnen zu werden, denn sie beide versuchten die Beziehung zu ihr zu vertiefen. Marc – darauf hätte Almudena den Hals verwettet – war eifrig dabei, seine Netze auszuwerfen, damit ihre Großmutter ihm die benötigte künstlerische Rückendeckung gab. Und sollte er den Eindruck gewinnen, dass Almudena Helenas Aufmerksamkeit von ihm ablenkte, kam es sicher zu Problemen.

Nur gut, dass sie sich schon bald nur noch zweimal oder dreimal im Jahr zu irgendwelchen Familienfeierlichkeiten sehen würden. Das machte die Sache wesentlich erträglicher.

Als Almudena gerade aus dem Wasser steigen wollte, erschien Gladys mit einem unaufhörlich klingelnden Handy in der Hand. Sie war das kolumbianische Hausmädchen, das Sara erst kürzlich als Ersatz für Nivia eingestellt hatte, die in ihr Heimatland zurückgekehrt war. Es dauerte einen Moment, bis Almudena begriff, dass es sich um ihr eigenes Handy handelte. Gladys reichte ihr ein Handtuch, damit sie sich die Hände abtrocknen konnte, und legte das Telefon an den Rand des Schwimmbeckens.

»Almudena, ich bin's, Paloma. Ist es gerade ungünstig?«

»Nein, nein. Was ist los?«

»Mir ist noch eine Kleinigkeit eingefallen, was dein Kleid betrifft. Ich glaube, es wird wunderschön. Würde es dir etwas ausmachen, es deshalb erst übermorgen abzuholen statt heute Nachmittag?«

»Aber nein, meine Liebe, wir haben alle Zeit der Welt.«

»Super. Ah, und sag Helena, sie soll mitkommen! Ich möchte ihr wie versprochen die Sachen zeigen, über die wir beim letzten Mal geredet haben. Und sie soll sich ein paar Stoffe ansehen, die wir gerade hereinbekommen haben. Mir schwebt etwas vor, was ihr fabelhaft stehen könnte, sofern sie noch keine anderen Pläne hat. Weißt du, ob sie schon ein Kleid für den großen Tag ausgewählt hat?«

»Ich glaube, sie hat für den Notfall etwas mitgebracht. Aber sie meinte, sie sei sich noch nicht sicher und wolle nichts allzu Auffälliges anziehen.«

»Natürlich nicht. Helena hat Charakter und einen guten Geschmack. Bring sie auf jeden Fall mit, ja?«

»Keine Sorge, ich sage es ihr. Und du, Paloma? Weißt du schon, was du anziehen wirst?«

Die Modedesignerin lachte leise.

»Ja, aber das ist ein Geheimnis. Ich will dich überraschen.«

»In Ordnung. Also, wann genau soll ich kommen?«

»Übermorgen Nachmittag, wann du möchtest.«

»Ich werde dort sein. Bis dann, meine Liebe!«

Almudena legte das Handy wieder an den Rand des Pools und tauchte glücklich erneut ins Wasser. Palomas Anruf war eine hervorragende Gelegenheit, sich bei Helena zu melden. Sie würde ihr vorschlagen, am Montag gemeinsam zu essen und anschließend zu Paloma zu gehen.

Als Helena die Augen öffnete, war Carlos bereits aufgestanden. Sie warf einen Blick auf die Uhr, stellte fest, dass es schon beinahe zehn war, und widerstand der Verlockung, noch länger faul liegen zu bleiben. Mit etwas Glück gab es schon frisch gekochten Kaffee.

Tatsächlich. Von Papieren umgeben, saß Carlos bereits im Sessel am Fenster, die dampfende Kaffeekanne sowie ein Paket Vollkornkekse neben sich.

»Na, du Schlafmütze?«, begrüßte er sie.

»Da bin ich in meiner Familie eine echte Ausnahme. Mein Vater ist immer schon im Morgengrauen aufgestanden, meine Mutter nur wenig später, um reiten zu gehen. Alicia war auch eher ein früher Vogel, ich dagegen schon immer ein Nachtmensch.«

»Komm her und gib mir einen Kuss! Wie du siehst, kann ich mich hier kaum noch bewegen.«

Helena holte sich eine Tasse und gesellte sich zu ihm, um ihm den Wusch zu erfüllen. Anschließend setzte sie sich ihm gegenüber in den anderen Sessel.

»Hast du gut geschlafen?«, fragte Carlos und nahm die Brille ab.

»Mehr oder weniger. Ich hatte einen seltsamen Traum von einem Armband, das an einem völlig einsam gelegenen weißen Strand im Meer lag. Die Wellen rissen es ständig hin und her. Ich wollte es zu fassen bekommen, aber es entwischte mir immer wieder. Wahrscheinlich habe ich wegen der Hitze so ein komisches Zeug geträumt«, fügte sie hinzu, während sie einige Papierblätter vom Tisch nahm und sich Luft zufächelte.

»Gab es Schatten?«

»Nein. Wie in den meisten meiner Träume. Die gibt es nur auf meinen Bildern. Schmecken die Kekse?«

»Probier einen!« Carlos hielt ihr das Paket hin. »Hör mal, Helena! Weißt du, wie genau deine Schwester zu Tode kam?«

Sie legte den Keks, in den sie gerade hineingebissen hatte, auf den Teller und schluckte mühsam.

»Sie wurde ermordet, das weißt du doch.«

»Ja, aber wie?«

»Was meinst du mit *wie*?«

»Wurde sie erschossen? Oder erwürgt? War sie sofort tot? Hast du dich das nie gefragt?«

Sie schüttelte den Kopf.

»Eigentlich nicht. Darüber haben wir nie gesprochen. Ich nehme an, dass die Polizei es uns gesagt hat, aber ich erinnere mich nicht. Ich weiß nur noch, dass es keine blutige Angelegenheit war. Als Alicias Leichnam zur Beerdigung freigegeben wurde und wir sie mitnehmen durften, war sie ...« Sie schluckte. »Unversehrt. Meine Mutter und ich haben sie nur ganz kurz gesehen. Papa hat uns sofort weggebracht. Dann wurde der Sarg geschlossen. Das war alles.«

»Noch eine andere Frage. Hältst du es für normal, dass sich zwischen den Unterlagen in den beiden Kisten auch die polizeiliche Ermittlungsakte über den Mordfall deiner Schwester befindet?«

»Sprichst du vom Original oder von Kopien?«

»Ich habe keine Erfahrung in solchen Dingen, aber ich würde sagen, dass es die originalen Dokumente sind.«

Helena strich sich mit der Hand die Kekskrümel von der Brust, die auf ihr Nachthemd gefallen waren.

»Ich glaube mich zu erinnern, dass mein Vater sich darum gekümmert hat. Als er merkte, dass die Ermittlungen ins Leere liefen, besorgte er sich die Akten oder bezahlte jemanden dafür. Er hatte einen guten Draht zur Polizei. Viele Freunde, die ihm einen Gefallen schuldeten ... solche Dinge. Wenn der Mörder schon nicht gefasst wurde, sollte nirgends festgehalten werden, was die Polizei über Alicia und uns herausgefunden hatte.«

»Möchtest du wissen, was über Alicias Todesursache in dem Bericht der Rechtsmedizin steht?«

»Nein!« Helena umklammerte ihre Kaffeetasse. Plötzlich war sie bleich geworden, und die Wärme, die der Kaffee ausstrahlte, wirkte irgendwie beruhigend auf sie. »Ich meine … Nun ja, wenn es … nötig ist … etwas bringt … Auch wenn, ehrlich gesagt … Was soll das nach so vielen Jahren?«

»Mir ist nämlich etwas Seltsames aufgefallen, musst du wissen.«

Sie blickten sich eine Weile schweigend an, bis sie ihm nur mit den Augen zu verstehen gab, dass er fortfahren solle.

»Deine Schwester ist an einer Überdosis Heroin gestorben.«

»Waaas? Da muss sich der Rechtsmediziner geirrt haben. Alicia hat noch nicht mal geraucht, während wir anderen alle gequalmt haben wie die Schlote. Sie hat so gut wie nie Alkohol getrunken, und ich habe sie in ihrem ganzen Leben kein einziges Mal betrunken erlebt. Sie hat sogar abgelehnt, wenn wir unter Freunden einen Joint im Garten geraucht haben … Ganz selten nahm sie einen Zug. Angeblich wurde sie sofort müde davon und bekam Kopfschmerzen.«

»Nun ja, laut dem Rechtsmediziner hat sie sich das Heroin nicht selbst injiziert. Der Einstich befand sich am Hals, unterhalb des rechten Ohrs. Die Droge gelangte offenbar direkt in ihre Halsschlagader, und die Dosis war tödlich.«

Helena schwieg, stellte die Tasse ab und wandte den Blick nach draußen in Richtung der Bäume, die auf dem Platz wuchsen.

»Damit steht fest«, fuhr Carlos schließlich fort, »dass sie gezielt ermordet wurde. Es handelte sich auch weder um einen Raub, der aus dem Ruder lief, noch um eine Vergewaltigung mit tödlichem Ende, die jeder anderen Frau ebenso hätte passieren können. Es war ein vorab geplanter Mord. Wer auch immer der Täter war – er hatte die Absicht, Alicia umzubringen. Er folgte ihr, als sie das Haus verließ. Oder er wusste, wo er sie antreffen konnte.«

»A … a … ber«, stotterte Helena. »Wer hätte denn meine Schwester töten wollen?«

»Genau das müssen wir herausfinden, falls es noch möglich ist. Möchtest du die Fotos sehen?«

»Welche Fotos?«

»Die Aufnahmen, die die Polizei gemacht hat, als die Leiche geborgen worden war, und die aus der Pathologie.«

»Nein, Charlie, die möchte ich nicht sehen. Ich bin nicht scharf auf weitere Albträume.«

»Ich glaube, dein Handy klingelt im Schlafzimmer.«

Helena schüttelte den Kopf, als wäre sie gerade aus dem Wasser aufgetaucht. Dann erhob sie sich langsam und ging nach nebenan. Wer wollte sie um diese Zeit erreichen?

»Für Montagmittag bin ich mit Almudena zum Essen verabredet. Anschließend holen wir ihr Brautkleid ab. Wie es aussieht, will mir Paloma einen Vorschlag machen, was ich an dem großen Tag anziehen könnte«, erklärte sie, als sie zurückkam. Ihre Gesichtszüge wirkten noch immer angespannt. »Kommst du mit?«

»Zu einer Modedesignerin?«

»Zum Essen mit der Kleinen. Und ehrlich gesagt fände ich es schön, wenn du Paloma kennenlernen würdest, denn ich mag sie. Außerdem könntest du dir die Stoffe ansehen, die sie mir zeigen will, um mir daraus ein Kleid für die Hochzeit zu schneidern. Vielleicht gefällt dir einer davon.«

»Klar, da du bekanntlich immer auf mich hörst, was deine Garderobe angeht…«

Helena lächelte nicht und war noch immer bleich. Ihr war deutlich anzumerken, dass ihr Gehirn nach wie vor auf Hochtouren lief, um das gerade Gehörte zu verarbeiten.

»Mit dir bis ans Ende der Welt, Rosie.« Dies war ein alter Witz von ihm und ein Zitat aus *African Queen*, doch Helena blieb ernst. »Los, komm her!«

Carlos stand auf und umarmte sie fest.

»Jetzt kann dich nichts mehr verletzen, Helena. Alles, was dich verletzen konnte, ist bereits passiert. Alles, was wir jetzt noch herausfinden, kann nur Licht ins Dunkle bringen. Du und ich, zusammen sorgen wir dafür, dass die Schatten verschwinden. Nimm es einfach als intellektuelle Herausforderung, als ein Rätsel, das gelöst werden muss. Es hat nichts mit dir, nichts mit uns zu tun. Stell dir eine Leinwand vor, die du bemalen willst. Bevor du anfängst, musst du noch herausfinden, was du darauf darstellen willst, wie du die Elemente anordnest, damit später ein umfassendes, zusammenhängendes, mächtiges Gemälde entsteht.«

»Es macht mir Angst, Charlie. Ich möchte nicht in alten Dingen wühlen. Dabei stößt man immer auf Schmutz und Ungeziefer, auf Spinnen, Würmer und Verfaultes. Manchmal auf Skorpione ... die tödlich sind.«

»Nun hör aber auf mit diesen furchtbaren Vergleichen! Ich nehme dich jetzt mit, um diese unbeschreibliche Massagedusche auszuprobieren, von der der Makler so geschwärmt hat. Und danach gehen wir irgendwo etwas Leckeres essen. Anschließend reden wir weiter. Und suchen nach Hinweisen, um das Puzzle zu vervollständigen. Was meinst du? Wenn es dir gelingt, ein wenig abzuschalten, könnte das Ganze ein spannendes Rätsel werden.«

Ausnahmsweise beschränkte sich Helena auf ein wortloses Nicken. Mit leichtem Lächeln nahm sie seine Hand und zog ihn mit sich zum Badezimmer.

»Willst du dich nicht bei mir bedanken?«, fragte er scherzhaft.

»Nein, Mister Allnut. Ich habe etwas viel Besseres vor«, entgegnete sie mit schelmischem Lächeln.

»Weißt du, ich habe immer wieder darüber nachgedacht, was deine Mutter in ihrem Brief geschrieben hat. Diese Frage: *Wohin ist Alicia gegangen? Mit wem wollte sie sich treffen?*«

Es war Sonntagmorgen, und in schweigender Übereinkunft hatten sie bisher nicht mehr über den Fall gesprochen. Nun waren sie zur Cuesta de Moyano unterwegs, um einen Blick auf die gebrauchten Bücher zu werfen, die dort an den Ständen angeboten wurden. Anschließend wollten sie einen Spaziergang im Retiro-Park unternehmen und ein nettes Restaurant zum Essen suchen.

»Und zu welchem Schluss bist du gekommen?«

»Stell dir einmal kurz vor, dass Alicia einen Liebhaber hatte.«

»Nun hör mal!«

»Stell es dir nur mal vor, es kostet ja nichts! Also: Alicia hatte für eine Weile einen Liebhaber. Dann ist ihr klar geworden, dass sie ihre Ehe und ihr Unternehmen aufs Spiel setzt, dass sie vielleicht sogar ihre Familie verlieren könnte. Daraufhin hat sie Schluss gemacht, und der Typ hat machomäßig überreagiert, so nach dem Motto *Entweder ich oder keiner.* Also hat er sie irgendwohin bestellt, oben auf die Festung oder anderswohin. Unter dem Vorwand, ihr etwas sehr Persönliches zurückgeben zu wollen … So könnte es in etwa gelaufen sein. Und dann hat er sie umgebracht. Das würde auch erklären, warum sie in ein Gebäude gegangen ist, in dem niemand sie sehen konnte, und dass sie vergewaltigt wurde. Meinst du nicht?«

»Nein, das glaube ich nicht.«

»Warum nicht?«

»Weil du Alicia nicht gekannt hast, ich aber schon. Außerdem … Wie kommst du darauf, dass sie ein Gebäude betreten hat?«

Carlos erklärte ihr, was er sich am Vortag überlegt hatte, woraufhin Helena an der Unterlippe nagte. Das war typisch für sie, wenn sie intensiv nachdachte.

»Das wäre möglich, natürlich. Es wäre möglich, wenn es ein Bekannter war, der sie angelogen hat, um sie in ein Haus zu locken.«

In Gedanken gingen sie schweigend einige Schritte weiter, bis Helena erneut das Wort ergriff.

»Das mit der Vergewaltigung …«

»Ja?«

»Wenn ihr tatsächlich eine tödliche Dosis Heroin injiziert wurde, dann geschah die Vergewaltigung also nach ihrem Tod?«

Carlos starrte sie verwundert an.

»Wurden Hautpartikel unter ihren Fingernägeln gefunden?«, fuhr Helena fort. »Oder irgendetwas anderes, was auf ihre Gegenwehr schließen lässt?«

»Ich erinnere mich nicht, dass etwas Derartiges im Bericht erwähnt wäre. Aber … nun ja, er ist auf Französisch verfasst, in einem seltsam formalen Französisch, das für mich nicht leicht zu lesen war. Es könnte also sein, dass ich etwas übersehen habe, was ich aber nicht glaube. Demnach scheint sie sich nicht gewehrt zu haben.«

»Dann muss sie bereits tot gewesen sein. Alicia hätte sich verteidigt wie eine Löwin. Wir haben oft darüber gesprochen und waren uns einig, dass wir bis zum Ende kämpfen und laut schreien würden, bis dem Kerl klar würde, dass er sich ein anderes Opfer suchen sollte.«

Wieder schwiegen sie. Sie überquerten den Paseo del Prado auf Höhe des Museums und gingen, den Horden an Touristen ausweichend, weiter unter den Bäumen entlang. Wie seltsam, an einem Sonntagmorgen zwischen Kindern mit Eis und Luftballons und Eltern in Shorts spazieren zu gehen und dabei über Vergewaltigung, Mord und mögliche Nekrophilie zu reden, dachte Carlos.

»Hat die Polizei im Drogenmilieu unter den Junkies ermittelt?«, begann Helena schließlich aufs Neue. »Nicht jeder hat einfach so eine Dosis Heroin und die dazugehörende Spritze zur Hand. Nur eine bestimmte Gruppe von Leuten hat Zugang zu solchen Dingen, oder?«

»Ich werde die Akte noch einmal Wort für Wort von vorn bis hinten durchlesen. Bisher habe ich mir nur einen Teil genau angesehen, vor allem die Fotos. Und ich habe die auf Französisch geschriebenen Zeitungsartikel übersetzt.«

»Das hätte ich doch tun können! Dir fällt das doch viel schwerer.«

»Und wenn sie eine Affäre mit einem Junkie oder einem Dealer hatte?«, hakte Carlos nach.

»Das schon wieder! Da hast du dich ganz schön festgebissen.«

»Ich versuche nur, Alicias Tod mit dem Ende des Briefes zu verknüpfen, das wir gestern gefunden haben. Den mit dem *M*, erinnerst du dich?«

Sie nickte brummend.

»Dazu kommt dann noch die Frage deiner Mutter, wohin Alicia gegangen ist.«

»Wieso glaubst du, dass der Brief, von dem wir nur die letzte Seite gefunden haben, an Alicia gerichtet gewesen ist?«

Carlos öffnete den Mund, um etwas zu sagen, schloss ihn jedoch gleich wieder, weil ihm nichts darauf einfiel.

»Stimmt. Du hast recht. Er könnte auch an eine andere Frau gerichtet gewesen sein. Obwohl – wie viele Frauen gab es im Haus? Dich, deine Schwester und deine Mutter. Du kannst die Adressatin nicht gewesen sein, denn daran könntest du dich erinnern. Wenn Alicia nicht gemeint war, dann müsste Blanca einen Liebhaber gehabt haben.«

»Oder mein Vater. Oder Jean Paul.«

»Bitte?«

»*M* könnte doch auch eine Frau sein, oder etwa nicht?«

Rabat, 1941

Als der Wagen endlich am Gehsteig hielt, stieß Blanca einen erleichterten Seufzer aus. Sie wusste nicht, was sie erwartete, weil Goyo es ihr nicht verraten wollte. Zumindest musste sie aber nicht mehr länger in dem unbequemen, engen Auto ausharren, in dem ihr leicht übel geworden war, während sie endlos lange über Straßen gefahren waren, die kaum als solche zu bezeichnen waren.

Sie nahm die Puderdose heraus und frischte ihr Make-up auf. Schnell zog sie sich auch noch die Lippen nach. Ihre Haut erinnerte an die von Kindern, die auf dem Land im Freien gespielt haben – leicht schmutzig und mit gelblichem Sand bestäubt, der während der Fahrt durch das offene Fenster ins Wageninnere geweht war. Ihren zerknitterten Rock konnte sie nicht glätten, aber ihr Gesicht war wieder einigermaßen vorzeigbar. Sie setzte den Hut auf und reichte ihrem Mann die Hand, der die Autotür geöffnet hatte und ihr beim Aussteigen half.

Zwei Helfer kümmerten sich um das Gepäck, und gleich darauf überquerten sie eine große Terrasse, die im Schatten dicht belaubter Bäume lag, direkt neben einem sonnigen Platz, an den sich ein palmengesäumter Boulevard anschloss. Wie in Casablanca hockten viele Männer in den Hauseingängen oder auf den wenigen mittäglichen Schattenplätzen. Soweit Blanca es beurteilen konnte, taten sie nichts anderes, als den Vorübergehenden nachzusehen. Auch in den Cafés saßen nur Männer. Frauen waren kaum zu sehen, und wenn, dann schienen sie eilig einem Ziel entgegenzustreben.

Die Atmosphäre wirkte ruhiger als in Casablanca, marokkanischer, und es gab viel weniger Ausländer.

»Sind wir noch nicht da?«, fragte Blanca erstaunt, als ihr Mann ihr den Arm reichte und sie zum Gehsteig geleitete, der im Schatten lag.

»Das Hotel ist nur noch fünf Minuten entfernt, und ich zumindest brauche dringend ein wenig Bewegung.«

Tatsächlich lag nach einem kurzen Fußweg das Hotel vor ihnen. Ein sechsstöckiges weißes Gebäude, das offensichtlich erst vor Kurzem erbaut worden war und eine schattige Terrasse hatte, auf der viele europäisch gekleidete Männer Kaffee tranken.

»*Hotel Balima*«, las sie laut. »Es wirkt sehr eindrucksvoll.«

»Das beste Hotel in Rabat und sehr modern. Es wird dir gefallen.«

Von den Blicken sämtlicher anwesender Männer verfolgt, die am späten Vormittag eine Pause zu machen schienen, gingen sie zwischen den Tischen hindurch. Für Blanca war es nichts Neues, prüfend gemustert zu werden. Hier jedoch empfand sie die Blicke als abschätziger. Zum ersten Mal im Leben hatte sie das Gefühl, nicht angestarrt zu werden, weil sie einen zerknitterten Rock trug und ihr Gesicht Sandspuren zeigte, was unverkennbar darauf hinwies, dass sie mehrere Stunden lang in einem Auto durchgerüttelt worden war, das über kaum asphaltierte Straßen gefahren und unzähligen Schlaglöchern ausgewichen war. Nein, hier schien sie aufgrund ihrer schmalen Taille und der Art aufzufallen, wie sie sich in ihren Schuhen mit den halbhohen Absätzen bewegte, die sie für die Reise angezogen hatte.

»Wird das immer so sein?«, fragte sie ihren Mann halblaut.

Er lächelte.

»Dass man dir nachsieht? Die Männer wären Narren, wenn sie dich nicht betrachten würden, meine Süße. Aber wehe, wenn einer von ihnen mehr will, dann bringe ich ihn um. Und ich kann mir gut vorstellen, dass ihnen das durchaus klar ist.«

Blanca wusste, dass Goyo die Drohung nicht ernst meinte, aber es schmeichelte ihr, wenn er sich so ritterlich verhielt. An seiner Seite fühlte sie sich sicher, beschützt, weiblicher als je zuvor in ihrem Leben.

Wenn sie doch nur endlich schwanger werden würde!

Sie hatte schon die beiden besten Spezialisten in Casablanca aufgesucht, einen französischen und einen deutschen Arzt. Beide hatten ihr versichert, dass sie völlig gesund sei. Möglicherweise müsse sich ihr Körper noch an das andere Wasser, die andere Ernährung gewöhnen. Sie möge auch die nervliche Belastung bedenken, die es mit sich bringe, wenn man das Land, das Klima, den Kontinent wechselte. Sie müsse einfach nur Geduld aufbringen. Sie sei noch jung, ihre Zeit werde schon noch kommen.

Goyo hatte ihr noch nie einen Vorwurf gemacht. Immer wieder ermutigte er sie und nannte Gründe, warum es völlig normal sei, dass sie noch keinen Nachwuchs bekommen hatten. Trotzdem musste sie ständig an Pilar und Vicente denken. Amparito war inzwischen schon beinahe vier Jahre alt. Sie hatten eben Glück gehabt. Pilar war vermutlich gleich in den wenigen Tagen schwanger geworden, die sie nach der Hochzeit kurz nach Kriegsausbruch in Denia verbracht hatten.

Und nun erwartete sie bereits ihr zweites Kind. Sie hatte es ihr in ihrem letzten Brief mitgeteilt. Obwohl Blanca wusste, dass ihre Reaktion verwerflich und wenig christlich war, war sie überaus wütend und neidisch geworden. Anstatt sich für ihre Schwester zu freuen, konnte sie nur daran denken, wie ungerecht das Leben war. Pilar hatte doch schon eine Tochter! Hätten die beiden nicht noch warten können, damit der Unterschied zwischen den Schwestern nicht noch deutlicher wurde? Blanca war überzeugt, dass Vicente Pilar gegenüber immer wieder betonte, wie typisch dies für Blanca sei. Sie war ihm zu modern, zu wenig mütterlich. Warum reiste sie so viel und wollte unbedingt etwas von der Welt sehen? Nun war es offensichtlich, dass sie sich wohl oder übel damit abfinden musste, wahrscheinlich niemals Mutter zu werden. Wenn es in fünf Jahren noch nicht geschehen war …

Sie hatte seine Worte geradezu im Ohr, während Amparito auf seinem Schoß saß und er mit Stolz Pilars gewölbten Leib betrachtete.

Hätte sie wenigstens eine Tochter gehabt, dann wäre ihr Leid nicht mehr ganz so groß gewesen.

Obwohl … eine Tochter war natürlich nicht das, was sich ein Mann und erst recht ein Militärangehöriger als erstgeborenes Kind wünschte. Sie hoffte genau wie ihre Schwester, ihrem Mann einen Sohn schenken zu können, damit sein Name fortbestand. Einen

Sohn, mit dem er mit Zinnsoldaten spielen, dem er Schießen und Reiten beibringen konnte, eben alle Betätigungen, denen Männer gern nachgingen.

Auch sie ritt gern. Seit sie in Casablanca lebte, stand ihr Hassan zu Seite, ein Mann, dem sie vertrauen konnte, wie Goyo ihr versichert hatte. Hassan begleitete sie stets, wenn sie zu Pferd unterwegs war. Während einer Schwangerschaft hätte sie diese Ausritte, die ihr so guttaten, natürlich einstellen müssen.

Wenn Pilar nun einen Sohn bekam, hatte sie wirklich alles Wünschenswerte im Leben erreicht. Hier in Marokko hingegen führte Blanca weiterhin ein Leben, das anderen wie in einem Kinofilm vorkam, ihr indes einfach nur leer erschien. Wenn sie jedoch an die Briefe dachte, die ihr Mutter und Schwester schickten, in denen von Hunger und dem Fehlen grundlegender Dinge die Rede war, vom Schmerz um alle jene Menschen, die im Krieg ihr Leben verloren hatten … dann fühlte sie sich schuldig, weil sie ein solches Luxusleben führte und dennoch nicht glücklich war. Und manchmal geriet sie geradezu in Wut, dass sie aus dem absurden Grund nicht glücklich war, bisher noch kein Kind empfangen zu haben. Schließlich war sie eine moderne Frau des zwanzigsten Jahrhunderts, die ihr Leben, wenn sie wollte, mit anderen Inhalten füllen konnte.

In letzter Zeit hatte sie öfter darüber nachgedacht, sich bei den europäischen Schulen zu erkundigen, ob sie dort vielleicht einige Stunden unterrichten konnte. Sie könnte dort den jüngsten Schülern das Lesen beibringen, wie sie es vor dem Krieg in Valencia getan hatte. Allerdings wusste sie nicht, ob es Goyo recht wäre, wenn seine Frau arbeitete. Sie musste unbedingt mit ihm darüber reden, das Thema taktvoll zur Sprache bringen, wenn er einmal besonders guter Laune war.

Ihr Kopf war voller Pläne, voller Ideen für die Zukunft, die jedoch gänzlich unsicher waren und ihrer Kontrolle entglitten. Sie war es leid, Pläne zu schmieden. Sie verlangte nach Realitäten, nach echten Tätigkeiten, nach richtiger Arbeit, die sie ermüdete und ihr das Gefühl von Nützlichkeit gab.

»Gut, meine Teure«, sagte Goyo, als die Kofferträger das Gepäck im Zimmer abgestellt hatten. »Ich mache mich ein wenig frisch, ziehe mich um und erledige dann einiges. Wir sehen uns heute Abend zum Essen.«

Blanca hatte das Gefühl, dass sich eine Hand um ihre Kehle schloss. In Casablanca war es üblich, dass er sich nur selten zu Hause aufhielt. Dennoch hatte sie gehofft, während dieser Reise öfter mit ihm zusammen zu sein.

»Du gehst? Und ich? Was soll ich tun?«

»Was du willst, mein Schatz. Du kannst die Koffer auspacken und die zerknitterten Teile aufhängen. Du kannst ein Bad nehmen und dich eine Weile hinlegen oder hinuntergehen, um etwas Kaltes zu trinken. Oder du unternimmst einen Spaziergang durch das Stadtzentrum, wenn dir das lieber ist. Allerdings solltest du dich nicht allein in die Medina wagen. Dort gibt es das eine oder andere Ungewohnte für dich, das ich dir lieber nach und nach nahebringen möchte.«

»Aber wohin gehst du? Wann kommst du zurück?«

Er betrachtete sie mit einem Ausdruck nachsichtiger Geduld.

»Das habe ich doch gerade gesagt. Ich muss noch einiges erledigen. So gegen acht oder neun bin ich wieder hier. Willst du nicht deinen Eltern schreiben, dass wir gut angekommen sind? Oder deiner Schwester gratulieren? Und du solltest dir unbedingt das Gesicht waschen«, schloss er neckend.

Sie warf mit einem Kissen nach ihm, das er auffing, bevor er ins Badezimmer ging.

Blanca setzte vom Zimmer aus das Gespräch fort.

»Wirst du mir irgendwann sagen, warum wir nach Rabat gekommen sind?«

»Natürlich. Später, wenn ich wieder hier bin. Es ist eine Überraschung, das kann ich dir schon verraten.«

Sie zog sich Schuhe und Strümpfe aus – wie angenehm die kühlen Bodenfliesen doch waren! –, knöpfte die Jacke auf und fuhr sich mit beiden Händen durch das Haar, ohne sich um die Frisur zu sorgen. Schließlich hatte sie genügend Zeit, sich wieder zurechtzumachen, bevor Goyo zurückkehrte.

Madrid. Gegenwart

Sie hatten sich in einem kleinen italienischen Restaurant in der Nähe der Calle Fuencarral verabredet, und als sie eintraten, hatte Almudena bereits an einem Tisch in einer Ecke Platz genommen, der als einziger zwischen üppig mit Theaterplakaten aus ganz Italien behangenen Trennwänden fast so etwas wie ein Separee bildete.

Almudena sah die beiden kommen und fand es ausgesprochen ärgerlich, dass sie aus dem einen oder anderen Grund niemals allein mit Helena reden konnte. Doch sie tröstete sich gleich wieder mit dem Gedanken, dass sich manchmal einfacher über familiäre Belange reden ließ, wenn ein Außenstehender anwesend war, dem man erst ausführlich erklären musste, was die anderen bereits zu wissen glaubten. Sie hatte die Erfahrung gemacht, dass auf diese Weise so manches Missverständnis aufzuklären war.

Almudena erhob sich, um die beiden mit einem Wangenkuss zu begrüßen. Helena stellte ihr Carlos vor, von dem sie bisher nur gehört hatte, dass er ein reizender Mensch, ein ziemlicher Bücherwurm und sehr ruhig sei sowie einen guten Einfluss auf Helena ausübe. Was ihr allerdings niemand gesagt hatte, war der Umstand, dass Carlos außerdem ein sehr gut aussehender Mann war. Sein Blick sprühte vor Intelligenz, und wenn er lächelte, überzog sich sein ganzes Gesicht mit winzigen Falten. Er war sicher schon über sechzig, vielleicht bereits siebzig, gehörte aber zu den Männern, die mit dem Alter immer attraktiver wurden. Ihre Großmutter hatte wirklich immer Glück!

»Gut, dann erzählt doch mal, was ihr am Wochenende so gemacht habt!«, begann Almudena, an einem Grissino knabbernd, nachdem jeder von ihnen ein Nudelgericht und dazu passenden Wein bestellt hatte.

Helena und Carlos tauschten einen amüsierten Blick.

»Du wirst es nicht glauben«, entgegnete Carlos.

»Mal sehen.«

»Wir haben uns als Detektive betätigt.«

»Wie das?« Mit der Bitte um Bestätigung sah Almudena ihre Großmutter an. Die nickte und kaute ebenfalls an einem Grissino.

»Kennst du diese Fernsehserie mit dem Titel *Cold Case*?«

»Sicher.«

»So etwas in der Richtung. Wir suchen Antworten auf Fragen bezüglich eines Falles, der sich vor einem halben Jahrhundert in Marokko ereignete. Wahrscheinlich kommen wir nicht weit, aber ehrlich gesagt ist die Sache ziemlich aufregend. Jedenfalls habe ich die ganze Nacht darüber nachgedacht.«

»Geht es um den Tod von Tante Alicia?«, fragte Almudena.

»Genau. Vielleicht weißt du ja mehr darüber, als wir ahnen.«

»Ich? Aber nein! Papa spricht manchmal darüber. Er betont aber immer, dass ihm niemand jemals wirklich etwas Konkretes erzählt hat. Wovon geht ihr denn aus? Habt ihr etwas in den Kisten gefunden, die Tante Amparo dir gegeben hat?«

»So ist es.«

»He, Großmutter, ich kann es nicht glauben! Du hast tatsächlich mit dem Lesen angefangen!«

»Der Inhalt der Kisten ist wesentlich interessanter, als ich dachte – Fotos, Briefe, alle möglichen Papiere … Vielleicht verstehe ich diese Familie, in die ich zufällig hineingeboren wurde, eines Tages doch noch«, schloss Helena gut gelaunt.

»Ich freue mich, dass dein Interesse geweckt ist. Papa sagt immer, dass du bei deinem Weggang sämtliche Brücken hinter dir abgebrochen und entschieden hast, nichts mehr mit alldem zu tun haben zu wollen.«

Helena verzog das Gesicht.

»Dein Vater hat keine Ahnung und sich auch nie bemüht, irgendetwas zu verstehen. Die Rolle des Opfers, des von der Mutter verlassenen Kindes, die reicht ihm.«

»Genau das sage ich auch immer. Mein Vater ist wirklich eine Heulsuse, Großmutter. Ich verstehe ja, dass er gelitten hat, aber er geht vollkommen darin auf. Und das finde ich absolut blödsinnig.«

Helena sah ihre Enkelin überrascht an und lächelte wieder.

»Wie es aussieht, hast du einiges von mir geerbt, meine Kleine.«

»Das würde mich freuen, wirklich. Hört mal, könnt ihr mir nicht erzählen, was ihr bereits herausgefunden habt? Oder ist das geheim?«

Abwechselnd, wie mit verteilten Rollen, erklärten die beiden, was sie bisher entdeckt hatten, und äußerten auch einige ihrer Vermutungen.

Schließlich stellte eine sehr junge Kellnerin drei dampfende Teller und eine Flasche Chianti vor ihnen auf den Tisch. Gierig wie hungrige Tiere stürzten sich alle drei auf ihr Essen.

»Das klingt ja total interessant! Wenn ihr mal jemanden zum Meinungsaustausch braucht, der alles aus einer anderen Sicht betrachtet oder gut zuhören kann, könnt ihr auf Chavi und mich zählen. Ich bin sicher, dass er sich mit Begeisterung in die Sache stürzen würde.«

»Vielen Dank, meine Liebe«, sagte Carlos.

»Widme du dich erst mal dir und deiner Hochzeit, dabei hat ein Mord nichts zu suchen. Übrigens, was wollte Paloma an deinem Kleid denn noch ändern?«

»Keine Ahnung. Sie sprach von einer Überraschung.«

»Kennst du sie schon lange?«

»Schon ewig. Ich glaube, meine Mutter ließ schon mein Taufkleid von ihr anfertigen. Und natürlich hat sie mein Debütantinnenkleid entworfen.«

»So etwas gibt es noch? Mitten im einundzwanzigsten Jahrhundert?«

Almudena musste lachen.

»In gewissen Kreisen schon, ja. Wir waren auch in Wien beim Opernball, als ich achtzehn geworden bin. Eine äußerst kostspielige gähnende Langeweile. Meiner Mutter war dieser Debütantinnenkram sehr wichtig. Aber wie es eben so geht … Unter den vielen unerträglichen Snobs, die ich schon mein ganzes Leben lang kannte, ist mir genau an diesem Tag Chavi über den Weg gelaufen, der gerade aus London zurückgekommen war, wo er Architektur studiert hatte. Auch er wollte eigentlich nicht zu dem Ball gehen. Seine Eltern haben ihn quasi genötigt. Die Wahrheit lautet: Du weißt nie, was dich erwartet und wo du deinem Schicksal begegnest.«

»Du bist sehr weise für dein Alter, Almudenita«, sagte Carlos lächelnd.

»Wo habt ihr beide euch kennengelernt?«

»Auf eine viel simplere Art und Weise, während eines Abendessens bei gemeinsamen Freunden, ganz einfach. Das ist inzwischen fast achtzehn Jahre her. Seitdem versuche ich deine Großmutter dazu zu bringen, dass sie mich heiratet. Allerdings ohne Erfolg.«

»Wechseln wir das Thema!«, entgegnete Helena in ihrer typischen Art, ein unangenehmes Gespräch zu beenden. »Ich habe keine Lust, darüber zu reden. Komm, Carlos, geh zahlen! Sonst kommen wir zu spät.«

Gehorsam erhob sich Carlos.

»Aber wir haben doch gar keinen festen Termin«, sagte Almudena leise.

Helena zwinkerte ihr zu, hob ihr Glas, lächelte hinterhältig und leerte es in einem Zug.

Nur wenige Minuten später betraten sie das elegante, angenehm kühle Atelier von Paloma Contreras.

Rabat, 1941

Als sie ihr Frühstück beendet hatten, bat Goyo Blanca, ein Paar Schuhe anzuziehen, in denen sie gut laufen konnte, und ohne weitere Erklärungen stiegen sie in einen Wagen mit Chauffeur.

»Wohin fahren wir?«

»Neugierde ist der Katze Tod, meine Liebe. Du wirst schon sehen.«

Der Wagen fuhr die breite Palmenallee hinauf bis zum Ende, bog an der Einfahrt zur Medina links ab, fuhr dann rechts herum die Stadtmauer mit den Toren entlang, und erst als sie das Meer erreicht hatten, ging es wieder nach links auf die Landstraße, an deren rechter Seite der Atlantik lag und die nach Süden führte.

Das Meer glitzerte derartig hell, dass es beinahe in den Augen schmerzte. Die mächtigen Wellen brachen sich an den Klippen, auf denen junge und ältere Männer zu angeln versuchten. Auf der

Landstraße überholten sie immer wieder Männer und Frauen, die auf einem kleinen Esel Gemüse oder Holzbündel transportierten. Hier und dort stiegen dünne Rauchsäulen in den Himmel auf. Auf der linken Seite machten die Hütten der Ärmsten nach und nach einer grünen Landschaft Platz, in der sich hier und dort Bäume erhoben, bei denen es sich möglicherweise um Johannisbrotbäume handelte. Der Boden war mit kleinen rosafarbenen Blumen bedeckt. Nachdem sie die Steilküste hinter sich gelassen hatten, führte das Gelände bergab, und schon bald bestand die Küste nur noch aus einsamen weißen Stränden.

»Oh, ist das wunderschön!«, rief Blanca glücklich.

»Gefällt es dir? Das freut mich. Wir sind gleich da.«

Nachdem sie noch einige Kilometer gefahren waren, bog der Chauffeur nach links in einen unasphaltierten Weg ab. Wenige Minuten später hielt der Wagen vor einer Mauer aus Naturstein.

»Komm! Ich will dir etwas zeigen.«

Blanca stieg aus dem Auto, rückte sich den Hut zurecht und setzte ihre Sonnenbrille auf. Goyo lächelte, jubelte beinahe. Er legte ihr den Arm um die Schultern, ohne sich darum zu kümmern, was der marokkanische Chauffeur darüber denken mochte. Und dann gingen sie zusammen zu einer schmiedeeisernen Gartentür, die Goyo mit leichtem Druck öffnete.

Für einen Augenblick fühlte Blanca sich an den lange zurückliegenden Moment erinnert, als sie ihm kurz nach ihrem Kennenlernen das Tor zu den Jardines de Monforte geöffnet hatte. Dies war inzwischen beinahe fünf Jahre her. Unglaublich, wie viel sich seither ereignet hatte!

Plötzlich standen sie auf einem Gelände, das früher offenbar einmal ein Garten gewesen war. Noch ließ sich erahnen, wo die Hecken einmal die Blumenbeete begrenzt hatten, bevor sie weit über die vorgesehene Größe hinausgewachsen waren. Die trockenen Wedel mehrerer Palmen knarrten im Wind, und der Boden zu ihren Füßen war mit wilden gelben und weißen Blumen bedeckt. An einigen Stellen links und rechts schimmerte es weiß zwischen dem Laubwerk hindurch, wo möglicherweise Statuen oder Brunnen von den wild wachsenden Pflanzen erstickt worden waren. Ein mit roten Blüten gesprenkelter Granatapfelbaum, eine weiße Feige mit gewundenem Stamm, die nur noch wenige trockene Äste hatte, Mandelbäume mit zarten Blättern und winzigen Früchten …

Unbekannte kleine Vögel hüpften wie in einer Prozession nacheinander von Ast zu Ast. Und als das Paar um die Ecke bog, sah es im Hintergrund ein leicht beschädigtes, großes weißes Haus mit kunstvoll gearbeiteten Holztüren und Gittern aus schwarzem Metall vor den Fenstern.

»Was ist denn das, Goyo? Es ist wunderschön. Wie im Märchen.«

»Wenn du möchtest, ist es von nun an unser Haus.«

»Unser Haus?« Überrascht schlug sie die Hände vor den Mund.

»Ein Geschenk des Sultans. Ich habe dir doch erzählt, dass ich ihm möglicherweise einen Gefallen erweisen kann. Erinnerst du dich? Nun ja, es ist mir gelungen, und Seine Hoheit hat mir als Dank dieses Geschenk gemacht. Möchtest du es?«

»Goyo!« Sie fiel ihm um den Hals und küsste ihn.

»Ist das ein Ja?«

Blanca löste sich aus der Umarmung und lief über den Weg bis zur Terrasse hinüber. Sie hatte sich auf der Stelle in das Haus verliebt. Ganz deutlich sah sie ihre zukünftigen Kinder vor sich, die in diesem wunderbaren Garten spielten und in dem zauberhaften Haus ein und aus gingen.

»Es wird uns ein Vermögen kosten, das Haus wieder herzurichten. Sicher ist dir aufgefallen, dass es gewissermaßen eine Ruine ist. Aber es lässt sich etwas daraus machen, stimmt's, Blanquita?«

»Es wird traumhaft werden!«

»Das Dumme ist nur, dass das Anwesen nicht in Casablanca liegt, sondern ein wenig einsam. Wie ich aber gehört habe, wird Rabat in naher Zukunft die neue Hauptstadt Marokkos. Der Sultan lebt bereits hier, und vor Kurzem erwähnte er, dass er sich ganz in der Nähe ein Sommerhaus bauen lässt. Es ist also gut möglich, dass wir bald Nachbarn sind.«

Sie hörte ihm kaum noch zu. Seit sie erfahren hatte, dass dieses Schmuckstück ihr Haus werden könnte, dachte sie sofort darüber nach, was alles geändert werden musste, welche Reparaturarbeiten nötig waren, was hinzugefügt werden musste. Und dabei ging es nur um den Außenbereich! Wenn Goyo einen Schlüssel hatte, musste sie sich unbedingt das Innere ansehen und sich ein Bild machen. Sicher gab es auch dort jede Menge zu tun.

Vom zugewachsenen Brunnen aus beobachtete Goyo seine Frau, wie sie vor und zurück eilte und Pläne machte, in sich hineinlächelte und alles berührte, woran sie vorbeiging. Am Vortag, als er das Haus besichtigt hatte, war er sich beinahe sicher gewesen, dass es ihr gefallen würde. Dennoch hatte er für kurze Zeit befürchtet, dass sie vielleicht nicht bereit wäre, sich hier in der Einsamkeit niederzulassen, weit entfernt von jeglichem gesellschaftlichen Leben. Vielleicht weigerte sie sich gar, Casablanca zu verlassen? Doch sein erster Eindruck hatte ihn nicht getäuscht. Er kannte sie gut. Dieses Haus, dieser Garten konnten zu ihrem gemeinsamen Projekt werden, zu einem Lebensmittelpunkt, der Blanca von dem schmerzhaften Kinderthema ablenkte, das ihn nicht im Geringsten belastete. Mit seiner Arbeit und Blanca war er vollkommen zufrieden. Er sah keine Notwendigkeit, seine wunderbare Frau mit einer schreienden Kinderschar teilen zu müssen, die ihre Zeit und ihre Liebe forderten. Allerdings wusste er, wie wichtig ihr Kinder waren und dass sie sich erst als Mutter wie eine vollkommene Frau fühlen würde. Das hatte man ihr seit ihrer Geburt eingeschärft, und ihre Mutter ließ sich nicht davon abhalten, die Tochter in jedem ihrer Briefe daran zu erinnern. Genau wie ihre Schwester, die bereits ihr zweites Kind erwartete.

Während seiner letzten Reise nach Madrid hatte er sich unter seinen Bekannten ein wenig umgehört und einige Adressen erhalten. Falls es mit dem Haus nach seinen Wünschen voranging, musste er daran aber vorerst nicht mehr denken. Blanca bekam viel zu tun, und wenn sie nicht länger ständig über ihren Kinderwunsch nachdachte, konnte es gut sein, dass sie bald schon schwanger würde.

Nun ging es erst mal darum, das Gelände in einen prächtigen Garten zu verwandeln, für den es ideal geeignet war. Den Überresten nach zu urteilen, hatte es den hier auch einmal gegeben.

Dem Freund des Sultans in die Freiheit zu verhelfen war für ihn ein Leichtes gewesen. Als er in Tanger angekommen war und mit dem Direktor des Gefängnisses gesprochen hatte, in dem Bin Hassan einsaß, hatte sich, wie erwartet, bald herausgestellt, dass es sich bei ihm um einen ehemaligen Waffenbruder aus dem Rifkrieg handelte, Leutnant Fraguas, der inzwischen zum Hauptmann befördert worden war. Der Mann hatte ihm einiges zu verdanken, und es wäre Goyo auch nicht schwergefallen, ihn ein wenig unter Druck zu setzen. Einem glücklichen Zufall zufolge war dies dann gar nicht nötig, sodass er Fraguas weder an die alten Zeiten erinnern noch den Gefallen einfordern musste, den dieser ihm schuldete.

Ihr Treffen verlief in äußerst entspannter Atmosphäre. Und nachdem sie eine Weile geplaudert und einige Gläser Bier getrunken hatten, gestand ihm der Hauptmann, dass er im Grunde keine Veranlassung sah, den Mann länger festzuhalten. Die Grundstücksfrage hatte sich letztendlich geklärt, und es war lediglich Yagües Sturheit und dessen Beförderung zum General zu verdanken, dass Bin Hassan noch nicht entlassen worden war.

Doch Yagüe war bereits wieder nach Madrid zurückgekehrt, und Antonio Yuste, der neue Gouverneur in Tanger, ließ sich sicher davon überzeugen, dem Sultan im Hinblick auf zukünftige Begegnungen in einer derart nebensächlichen Angelegenheit einen Schritt entgegenzukommen. Schließlich liebte der Sultan Bin Hassan wie einen Bruder und wünschte seine Freiheit nur, damit er für ihn in seinem Palast aus dem Koran rezitieren konnte. Er stellte keine Gefahr dar, und es gab keinen Grund, ihn zu bestrafen.

Am Abend lud Fraguas Goyo zu einem üppigen Abendessen ein, was auf den ersten Blick deutlich machte, dass seine Position ihm einige Vergünstigungen einbrachte. Anschließend schlug er einen Bordellbesuch vor. »In einem der besonderen, luxuriösen Art«, wie er es ausdrückte. »So etwas gibt es in Spanien nicht.«

Fraguas war überrascht, als Goyo Letzteres ablehnte. »Was ist los? Hat die kleine Valencianerin dich so sehr unter der Fuchtel? Hast du etwa Angst vor deiner Frau, Tiger?« Es war lange her, dass jemand ihn bei seinem Beinamen genannt hatte. »Oder liegt es daran, dass du dir, seit du das Militär verlassen hast, gewisse Abenteuer nicht mehr erlauben kannst?«

»Wohl eher Letzteres«, antwortete Goyo mit einem Augenzwinkern, während er sich eine Zigarre anzündete. »Du verstehst schon, dass ich dir keine Einzelheiten verraten darf, Fraguas. Außerdem kennst du mich. Ich war noch nie besonders erpicht auf die Gesellschaft von Dirnen.«

»Schon gut, ich erinnere mich«, hatte sein Gegenüber erwidert, ohne zu erklären, woran er sich erinnerte. »Genau wie Franco damals, stimmt's?«, hatte er dann hinzugefügt. »Keine Furcht, keine Frömmigkeit, keine Frauen!« Sie hatten laut gelacht, sich mit dem echten Cognac zugeprostet, den sie bei der kürzlichen Übernahme Tangers von den Franzosen konfisziert hatten. Und mit einem freundlichen Schulterklopfen und einem festen Händedruck hatten sie sich voneinander verabschiedet.

Madrid. Gegenwart

Der Raum, in dem in Paloma Contreras' Atelier die Stoffmuster auslagen, wirkte wie ein orientalischer Bazar mit dem riesigen Tisch, auf dem Dutzende von Stoffen jeglicher Art in sämtlichen Rot-, Rosa- und Orangetönen ausgebreitet waren.

»Ich habe auch Stoffe in vielen anderen Farben, wie du dir vorstellen kannst. Seit ich dich aber kenne, habe ich immer diese Farbtöne vor Augen, wenn ich an dich denke. Wenn sie dir nicht gefallen, probieren wir etwas anderes.«

Paloma war wie selbstverständlich zum Du übergegangen, was Helena bei dieser sympathischen Frau nur recht war.

Von hinten hielt eine von Palomas Assistentinnen schon eine Stoffbahn bereit, die sich Helena über die Schulter legte, um den Effekt im Spiegel zu betrachten.

»Nicht schlecht. Was meinst du, Carlos?«

Der arme Mann saß in einem Sessel im Stil von Louis-quatorze, Louis-seize oder welcher Zahl auch immer, der direkt einem französischen Palais entnommen zu sein schien. Offensichtlicht fühlte sich Carlos ein wenig fremd in diesem eindeutig femininen Raum voller Blumen, Stoffe und Düfte.

»Eine schöne Farbe! Sie passt gut zu deinem Haar.«

»Hast du vielleicht etwas mehr in Richtung Bordeaux oder Burgunderrot?«, fragte Helena, die sich vor dem Spiegel hin und her wendete, damit das Licht von verschiedenen Seiten auf den Stoff fiel.

»Welche Freude, mit einer Malerin über Farben zu sprechen, die die richtigen Bezeichnungen kennt!«, meinte Paloma. Helena lachte erfreut. »Sieh mal, wie wäre es zum Beispiel hiermit? Mit einer kräftigeren Farbe Richtung Weinrot ...« Die Assistentin wechselte den Platz. »Und wenn ich dir dann etwas in dieser Art mache ...« Mit raschen Strichen zeichnete Paloma einen Kleiderentwurf, der an die Mode im antiken Griechenland erinnerte. »Mit hoher Taille, einigen Falten, breiten Trägern ... Göttlich! Dann noch üppige Armreifen aus Gold, passend zu den Ohrringen. Damit siehst du aus wie eine Hohepriesterin.«

»Wie die Hohepriesterin eines ziemlich blutigen Kultes ...«, murmelte Almudena mit Gruselstimme. »Achte nicht auf mich, Großmutter! Der Stoff wäre ideal für dich. Ehrlich, das ist dein Kleid!«

In diesem Moment begann Carlos' Handy hemmungslos zu klingeln. Die anwesenden Damen sahen ihn überrascht an. Der Klingelton war die Musik von *Mission Impossible.* Carlos lächelte, wie in flagranti ertappt, und bat gestikulierend, dass ihm jemand zeigen möge, wo er in Ruhe telefonieren konnte.

»Komm, Carlos, hier herüber in mein Büro!«, bot Paloma an und ging ihm voraus zu einer Tür, die sich hinter Spiegeln verbarg. »Mach es dir bequem! Hier stört dich niemand.«

Kaum hatte er den Raum verlassen, erlaubten sich die jungen Damen ein leises Kichern, denn sie sahen, dass Almudena herzlich lachte.

»Dieser Mann ist unglaublich. Ich finde ihn toll!«, meinte sie, als sie wieder sprechen konnte.

»Meine Enkelin erzählt, dass du seit ihrer Geburt Kleider für sie entwirfst«, sagte Helena, um das Thema zu wechseln.

»Fast alle meine Kunden halten mir ein Leben lang die Treue, ja. Daher finde ich den Gedanken, etwas für dich zu machen, einfach wunderbar. Du bist für mich sozusagen *terra incognita.* Und du wirst es kaum glauben – einige meiner Kundinnen schauen oft einfach nur vorbei, um eine Weile zu plaudern und mit anderen Damen die neuesten Gerüchte auszutauschen … Allerdings werden solche Besuche immer seltener. Die Zeiten ändern sich.«

Paloma hatte sich ein neues Blatt Papier genommen und zeichnete nun mit mehr Details und in Farbe, wie sie sich Helenas Kleid vorstellte.

»Über viele Jahre hatte ich eine Kundin, die beinahe jeden Monat vorbeikam, einfach nur, um mich zu sehen und weil sie mich mochte. Sie hatte in Marokko gelebt, so wie ich als kleines Mädchen, und war es daher gewohnt, sich ihre Garderobe schneidern zu lassen. Die Prêt-à-porter-Mode gefiel ihr nicht. Ich habe viele Kleider für sie entworfen, die meisten in verschiedenen Grüntönen. Grün war ihre Lieblingsfarbe. Klar, wegen ihrer Augen …«

»Hatte sie schöne Augen?«, fragte Almudena.

»Die eindrucksvollsten grünen Augen, die ich je gesehen habe. Wie in dem Lied …« Sie summte vor sich hin. »*Ojos verdes, verdes, con brillo de faca – blitzend wie die Klinge eines Messers* … Erinnert ihr euch? Nun ja, genauso war sie. Eine echte Señora und bildschön dazu, auch im hohen Alter noch. Doña Blanca Santacruz.«

»Wie bitte?« Helena hatte nur mit halbem Ohr zugehört, da sie sich noch einmal zwischen den Stoffen auf dem Tisch umsah, während Paloma redete. Sie hatte die Fähigkeit, einfach abzuschalten, wenn ihr etwas erzählt wurde, das sie nicht weiter interessierte. Nun aber hatte die Erwähnung des Namens sie aus ihrer Versenkung gerissen.

»Doña Blanca Santacruz. Hast du sie etwa auch gekannt?«

»Sie war meine Mutter.«

»Das ist ja unglaublich! Aber du siehst ihr überhaupt nicht ähnlich. Entschuldige!«

»Nein, ich weiß. Weder ich noch meine Schwester Alicia. Wir waren alle grundverschieden. Nur unser Bruder Goyito hatte die grünen Augen unserer Mutter geerbt.«

»Ach, das erinnert mich daran, dass ich dir das Kleid zeigen wollte, von dem ich letztens sprach, das aus der *Imagine*-Kollektion.« Paloma gab einer ihrer Assistentinnen ein Zeichen, und gleich darauf nahm sie ein Modell aus einer Kleiderhülle, das Helena heiße Tränen in die Augen trieb, ohne dass jemand es bemerkte. »Sieh nur, welch ein Schmuckstück! Echte Seide und nicht das Zeug, das später als Seide verkauft wurde.«

Sie hielt eine bunte Tunika in Händen, die sehr weit geschnitten und sehr schlicht war. Der Ausschnitt war von einer schwarzen und einer goldfarbenen Litze eingefasst. Das Kleidungsstück glich jenem, das Alicia zu dem Fest anziehen wollte – am Tag, als sie ermordet wurde. Doch diese Tunika war für immer im Schrank in La Mora zurückgeblieben, als Helena für immer von dort fortging.

Die Kiste

3. Dokument

Denia, 18. Dezember 1942

Meine liebe Tochter,
wenn Du diesen Brief erhältst, bist Du hoffentlich bei bester Gesundheit und guten Mutes. Hier ist, Gott sei Dank, alles so weit in Ordnung.

Du ahnst nicht, wie froh und erleichtert ich war, als ich Deinen Brief erhalten und gewusst habe, dass es Dir gut geht und dass Ihr in jenen furchtbaren Tagen der amerikanischen Landung gar nicht in Casablanca wart. Wir haben die Nachrichten über die Bombardierungen im Radio verfolgt und anschließend nicht schlafen können, weil wir uns so viele Gedanken gemacht haben. Obwohl wir ja davon ausgehen konnten, dass Ihr wegen Goyos Diplomatenstatus sicherlich evakuiert worden seid, zumindest Du als Frau. In jedem Fall war es wundervoll, dass ich Deinen Brief bekommen habe und sicher sein konnte, dass Dir nichts passiert ist, dass Rabat nur am Rande von den Gräueln betroffen und kein militärisches Ziel ist und dass Du in dem Haus, von dem Du uns erzählt hast, auch wenn es gerade umgebaut wird, relativ zurückgezogen lebst. Wir haben in unserem Krieg schon genug gelitten, und wir werden alt. Alles macht uns Angst. Immer mehr.

Am meisten schmerzt uns der Gedanke, dass wir, solange dieser grausame Krieg nicht endet, in den die meisten europäischen Länder verwickelt sind, nicht daran denken können, Euch zu besuchen. Und wenn es wieder möglich sein sollte, erlaubt es vielleicht unsere Gesundheit nicht mehr. Aber dann wirst Du zu uns kommen, ja, Blanquita? Ich vermisse Dich so sehr, meine Süße! Es ist schon lange her, seit wir uns zuletzt gesehen haben. Bitte schick uns doch ein Foto von Dir, wenn es Dir möglich ist!

Und gerade jetzt, da Du endlich schwanger bist, möchte ich Dich umarmen und wäre in dieser kritischen Phase, die für eine Frau so wichtig ist, gern bei Dir. Der Gedanke, dass Du in Afrika entbinden wirst, erschreckt mich, ehrlich gesagt. So ganz allein, ohne Deine Mutter. Doch ich darf nicht allzu schwarzsehen und muss daran denken, dass schließlich alles in Gottes Hand liegt. Und bei ihm bist Du in guten Händen.

Außerdem, wenn Tanger, wie Du sagst, eine internationale Stadt ist, dann gibt es dort sicher ein gutes Krankenhaus, bestimmt mit spanischem Personal, dennoch bin ich leicht beunruhigt. Könntest Du nicht Goyo bitten, dass er Dich herbringt, damit Du die letzten drei Schwangerschaftsmonate in Valencia verbringen kannst, um anschließend Dein Kind in der Klinik zur Welt zu bringen, in der auch Deine Schwester beide Male entbunden hat?

Es ist zwar gerade alles andere als einfach, mit dem Zug zu reisen, da die Eisenbahn ständig überfüllt und es beinahe unmöglich ist, sich einen Fahrschein zu besorgen. Doch dank Vicentes Kontakten und da unser Generalísimo sich höchstpersönlich darum kümmert, dass alles besser wird, konnte Pilar mit der Kleinen herkommen, und ich konnte mich um sie kümmern, bis der kleine Vicentito vier Monate alt war und sie wieder nach Saragossa zurückgekehrt sind.

Ich bete jeden Abend dafür, dass bei der Entbindung alles gut gehen wird und dass Du uns so bald wie möglich besuchen kommst. Zusammen mit dem Brief schicke ich Dir ein Bild der Virgen del Carmen und eines des heiligen Ramón Nonato, die in der Zeit der Schwangerschaft und der Niederkunft ihre Hand über Dich halten werden. Versprich mir, dass Du sie immer bei Dir tragen wirst, meine Tochter!

Ich schreibe Dir von der Finca, da wir beschlossen haben, das Weihnachtsfest hier zu verbringen. Denn hier lagern wenigstens genügend Trockenfrüchte in der Speisekammer, mehrere Krüge Öl, Mehl, Knoblauch, Zwiebeln und Reis. Und überall laufen Hühner und Kaninchen herum. Es gibt den Gemüsegarten, der uns im Frühling mit einer guten Ernte ernähren wird. Zumindest hoffen wir das. Außerdem sind wir hier am Meer, und die Fischer bringen immer etwas mit. Auf dem Land ist das Leben derzeit ein wenig leichter als in den großen Städten wie Valencia. Dein Vater und ich brauchen nicht viel, immer weniger. Das kommt mit dem Alter.

Vor Kurzem haben wir Neuigkeiten von Quim erfahren, dem Sohn von Ricard, dem Gärtner. Erinnerst Du Dich an ihn? Er ist mit der Blauen Division in Russland, und es scheint, dass der Krieg dort noch viel härter ist, viel schlimmer als hier. Doch der Junge hat sich schon als Kind von den Roten einfangen lassen und dann Dinge getan, die er besser gelassen hätte. Daher hat sein Vater ihm geraten, sich freiwillig zu melden, damit er nach seiner Rückkehr gegen jeden Verdacht erhaben ist und sicher eine gute Arbeit finden wird. Der Arme schreibt, wie schrecklich der russische Winter ist und dass er uns alle schmerzlich vermisst. Wann immer es mir möglich ist, zünde ich eine Kerze für ihn an, damit Gott ihn in der Ferne beschützt. Ich habe ihm auch ein Paket mit warmen Socken, einem Schal und Lebensmitteln geschickt, weiß jedoch nicht, ob es ankommt.

Und Du, Blanca? Besuchst Du jeden Sonntag die Messe? Ich weiß, dass Du nie besonders gern in die Kirche gegangen bist, doch so weit entfernt und unter all diesen Ungläubigen wird es Deinen Seelenfrieden unterstützen und Dir helfen, eine gute Mutter und Ehefrau zu sein. Ich sage Dir nicht, dass Du Dir einen Beichtvater suchen sollst, da ich ja weiß, wie Du denkst und dass Du Dir nie Vorschriften machen lässt. Doch wenn Du wenigstens zur Messe gehst und den Kontakt zum Pfarrer sowie zu anderen guten Christen hältst, wird dies so weit weg von zu Hause eine Stütze für Dich sein.

Ich umarme Dich und küsse Dich tausendmal, meine Tochter. Sag auch Goyo alles Liebe von uns und dass er gut auf Dich aufpassen soll. Denn in Deinem Zustand braucht eine Frau besonders viel Zuneigung von ihrem Mann.

Bitte, Blanca, schreib uns so oft wie möglich, damit wir immer wissen, dass es Dir gut geht.

Mit aller Liebe Deiner Eltern

Carmen und Mariano

PS: Wisst Ihr schon, wie der oder die Kleine heißen soll?

11. Kapitel

Madrid. Gegenwart

Nachdem sie sich von Almudena verabschiedet und sich gleich mit ihr und Chavi für den nächsten Tag zum Abendessen verabredet hatten, fragte Carlos Helena noch auf der Straße, ob es ein Foto von Alicia aus den letzten zwei oder drei Jahren vor ihrem Tod gebe.

»Wahrscheinlich schon. Ich habe gesehen, dass Mama mehrere Alben aufgehoben hat. Vermutlich gibt es auch lose oder gerahmte Bilder von Alicia. Meine Mutter war eine jener Frauen, die überall Fotos ihrer Kinder aufstellen, und ich glaube nicht, dass sie sie am Ende ihres Lebens weggeworfen hat. Warum fragst du?«

»Weil mir aufgefallen ist, dass ich außer den furchtbaren Polizeifotos nur das Bild aus der marokkanischen Zeitung gesehen habe. Und darauf ist sie nicht besonders gut zu erkennen. Auf dem Foto in deinem Atelier wirkt sie auch jünger.«

»Sobald wir in der Wohnung sind, suche ich dir gleich ein Bild heraus.«

Helena hatte das Gefühl, dass Carlos etwas im Schilde führte. Er war ziemlich leicht zu durchschauen, und nun war ihm deutlich anzumerken, dass er aufgeregt war wie ein Jagdhund, der eine fette Beute gerochen hat. Sie überlegte, ihn danach zu fragen, beschloss dann jedoch, es nicht zu tun und mitzuspielen. Im richtigen Moment würde er es ihr schon erzählen.

»Weißt du, dass Paloma meine Mutter kannte? Sie hat es uns erzählt, als du telefoniert hast. Ach, übrigens, wer hat angerufen? Ich hoffe, es war nichts Dienstliches.«

»Nein, es war Marc.«

»Der Bursche ist wirklich hartnäckig.«

»Künstler eben«, meinte Carlos mit einem Lächeln, das Bände sprach.

»Was wollte er?«

»Was glaubst du wohl?«

»Ich muss ihn unbedingt loswerden. Hast du dich mit ihm verabredet?«

»Ich habe ihm versprochen, dich zu fragen, ob wir morgen früh bei ihm vorbeischauen können.«

»Mal sehen.«

»Ist er so schlecht?«

»Nein. Er muss noch viel lernen, aber er ist gar nicht so schlecht.«

Helena lächelte. Niemand auf der Welt hatte so viel Stil wie Carlos. Und dummerweise konnte sie nichts vor ihm verbergen. Er hatte ihr angemerkt, dass sie Marcs Bilder bereits kannte, und gab ihr nun die Gelegenheit, darüber zu reden.

»Woher weißt du, dass ich seine Arbeiten schon gesehen habe?«

»Weil ich dich seit fast zwanzig Jahren kenne.«

»Oder hat er es dir verraten?«

»Nein. Warst du ein böses Mädchen?«

»Böse? Ich?«

»Er ist noch ein Kind, Helena, gerade mal zwanzig Jahre alt. Hast du ihn schockiert oder so etwas?«

Sie lachte.

»So könnte man es sagen. Dieser junge Mann ist zu allem bereit – im wahrsten Sinne des Wortes –, um seine Ziele zu erreichen. Und ich weiß nicht, ob mir diese Vorstellung gefällt. Es ist wichtig, integer zu sein, vor allem als Künstler.«

»Und in der Politik.«

»Ja. Für einen Politiker ist es sogar noch wichtiger.«

»Besuchen wir ihn morgen in seinem Atelier?«

»Ja. Gehen wir!« Plötzlich musste Helena noch einmal laut lachen. »Ich bin äußerst neugierig, ob er mich erpressen will. Falls ich mich nicht so verhalte, wie er sich das vorstellt, erzählt er dir vielleicht, wozu es in jener Nacht in seinem Atelier fast gekommen wäre.«

»Nun, das gibt mir dann die Gelegenheit, ihn ebenfalls zu schockieren. Ich werde ihm nämlich erklären, dass mich das nichts angeht und dass die Frau an meiner Seite erwachsen genug ist, um ihre eigenen Entscheidungen zu treffen«, meinte Carlos.

Helena hakte sich bei ihm unter und zog ihn an sich. Es gab durchaus Momente, in denen ihr schlagartig bewusst wurde, warum sie inzwischen seit achtzehn Jahren mit ihm zusammen war. Und es gefiel ihr.

Rabat, 1943

»Und? Hast du ihn gesehen?«, fragte Blanca ihren Mann, als sie hinter ihm stand und ihm aus dem Jackett half. Er hatte für die Reise einen leichten grauen Anzug gewählt, wusste er doch, dass es bei seiner Ankunft in Casablanca warm wäre, während der Frühling in Madrid noch längst nicht begonnen hatte. »Hast du mit ihm gesprochen?«

Es folgten einige Sekunden der Stille, die sie nutzte, um zum Schrank zu gehen, einen Kleiderbügel herauszunehmen und die Jacke aufzuhängen.

»Mit Paco?«, fragte er in absichtlich beiläufigem Tonfall zurück, um die Sache herunterzuspielen. Doch sie ließ sich nicht täuschen und schwieg. »Ja. Er hat mich sofort empfangen. Wir haben sogar einen kleinen Rundgang durch den Palastgarten gemacht, nur wir beide.«

Goyo streifte die Krawatte ab und blickte durch die Glastür in den Garten. Dann legte er einen der goldenen Manschettenknöpfe nach dem anderen ab und ordnete beide gleichmäßig nebeneinander auf dem Schminktisch an. Stattdessen hätte er sie am liebsten wütend gegen die Fensterscheibe geschleudert.

»Und was hat er dir gesagt?«, drängte Blanca, während sie die Schultern des Jacketts bürstete und sich bemühte, ihre Unruhe nicht allzu deutlich zu zeigen.

»Was er mir gesagt hat?« In Goyos Stimme schwang spürbarer Zorn mit, den er nur mühsam unterdrückte. »Dass er mir sehr dankbar ist, dass der richtige Zeitpunkt noch nicht gekommen ist, dass ich hier am richtigen Platz bin, genau dort, wo er mich braucht. Den gleichen Unsinn wie immer.«

Sie hängte das Jackett in den Schrank, ging zu ihm hinüber und legte ihm eine Hand auf die Schulter. Bei anderen Gelegenheiten beruhigte es ihn, sie zu spüren. Dann umarmte er sie leidenschaftlich, zog sie aufs Bett, und eine Stunde später war seine Wut verflogen. Diesmal aber löste er sich sanft von seiner Frau und wandte sich wieder dem blühenden Hibiskus im Garten zu. Mit den Händen indes machte er eine Geste, als wolle er einen unsichtbaren Gegner erwürgen.

»Reich mir die Reitkleidung! Ich reite für eine Weile aus, bis es Zeit zum Abendessen wird. Wenn du erlaubst«, fügte er kurz darauf hinzu. Er nahm eine Zigarette aus dem silbernen Etui, das Blanca beim Leeren der Taschen seinem Jackett entnommen hatte, zündete sie mit dem dazu passenden Feuerzeug an und inhalierte tief. Dann knöpfte er sich das weiße Hemd auf. Auf seiner behaarten Brust glänzte ein kleines goldenes Kreuz.

»Aber ansonsten ist alles gut gelaufen, oder?«, hakte sie nach.

Er betrachtete sie mit einem Gesichtsausdruck, der zwischen Belustigung und Verärgerung wechselte.

»Ja, Blanquita, ja. Im Prinzip erfüllt er mir jeden Wunsch, bis auf einen – dass er sein früheres Versprechen wahr macht und mich hier herausholt. Aber wie wäre es, wenn uns eine vornehme Wohnung mitten im Zentrum von Madrid gehören würde, im ersten Hochhaus, das je in Spanien gebaut wird?«

Sie schlug die Hände vor den Mund, und ein Lächeln überzog ihr Gesicht.

»Mach dir nur keine Hoffnungen, in nächster Zeit nach Madrid zurückzukehren und dort zu leben! Aber wenn du die Wohnung willst, ist das kein Problem.«

»Nun ja, natürlich möchte ich die Wohnung. Alles andere wäre töricht.«

»Schon geregelt.« Zum ersten Mal lächelte er. »Die Wahrheit lautet – ich habe bereits Ja gesagt.«

Er schlüpfte aus dem makellos sauberen Hemd und warf es zu Boden. Dann legte er die Anzughose auf das Ehebett mit der Tagesdecke aus durchscheinender Spitze über einer apfelgrünen Unterdecke. Schließlich zog er die Reitkleidung an, die Blanca ihm bereitgelegt hatte.

Er hatte den Vertrag sofort unterschrieben. Wenn das verdammte Gespräch mit seinem ehemaligen Waffenbruder auch erniedrigend gewesen war, durfte er natürlich nicht so dumm sein und ein derartiges Geschenk ausschlagen. Es war nur ein Trostpreis, das war klar, eine Möglichkeit, ihn erst einmal loszuwerden, um später darüber nachzudenken, was mit ihm geschehen sollte. Ihm zu schmeicheln, bevor er murrte. Doch der Vertrag war besser als nichts.

Zum Glück hatte Paco ihn nicht warten lassen. Eine Viertelstunde in einem Vorzimmer. Nur Zeit für zwei Zigarettenlängen. Dann hatten sich die Türen geöffnet, und der Generalísimo höchstpersönlich war mit ausgestreckter Hand hinter seinem Schreibtisch hervorgetreten, um ihn zu begrüßen. Er hatte ein wenig zugenommen, doch obwohl er nicht gerade groß war, es nie gewesen war, strahlte er noch immer eine Kraft aus, eine Macht, die etwas Einschüchterndes hatte, selbst wenn man sich so lange kannte wie in ihrem Fall.

Er hatte nicht anders gekonnt, als Haltung anzunehmen.

»Mein General.«

»Guerrero, um Himmels willen, spar dir die Titel! Zumal du noch nicht mal eine Uniform trägst …«

»Zu deinen Diensten.«

»Wie es aussieht, tut Marokko dir gut. Wie ist es dort?«

»Gut, wie immer. Ruhig.«

Paco beehrte ihn mit einem leichten Lächeln, das bei ihm nur äußerst selten zu sehen war.

»Machen wir einen Spaziergang, Tiger! So vermeiden wir überflüssige Flurgerüchte, und ich brauche unbedingt ein wenig frische Luft.«

Sie waren in den Garten hinausgegangen und wurden von der Kälte empfangen, die an diesem Tag herrschte. Windböen rüttelten an den kahlen Ästen der Bäume. Das Gespräch verlief nicht gerade vielversprechend. Geduld, wie immer. Er hatte ihn um Geduld gebeten, um genügend Zeit, damit gewisse Leute sich auf ihren Posten sicher fühlten. Erst dann könne er ihm erlauben, nach Madrid zurückzukehren. Er brauchte ihn in Afrika, die guten Beziehungen nach Marokko waren maßgebend. Er konnte steinreich werden, wenn er die Gelegenheiten nutzte. Der Krieg in Europa versprach noch lange zu dauern, und es boten sich viele mögliche Märkte, sowohl auf der einen als auch auf der anderen Seite. Der ideale Zeitpunkt für einen ehrgeizigen Mann in einer günstigen Situation …

Goyo hatte Paco dezent auf die politischen Versprechungen hingewiesen, die dieser ihm einige Jahre zuvor gemacht hatte, als alles noch in der Zukunft lag, als sie alles auf eine Karte gesetzt hatten. Sein Kamerad von damals war inzwischen jedoch zu einem jener Politiker geworden, die er angeblich so hasste, und hatte ihn hingehalten.

Nach dem gemeinsamen Spaziergang hatte er Goyo einige *Geschäftsleute* vorgestellt, zumindest hatte er sie so bezeichnet. Und schon bald war ihm klar geworden, dass sein ehemaliger Freund und Mentor ihm damit eine Tür geöffnet hatte, die zum großen Geld führte. Das hatte er nie gewollt, aber er würde es auch nicht ablehnen.

Dennoch fühlte er sich benutzt, erniedrigt, in seiner militärischen Ehre verletzt.

»Nach allem, was ich für ihn getan habe …«, murmelte er.

»Wirst du es mir irgendwann erzählen, Goyo?«

Er schreckte auf, war ihm doch nicht bewusst gewesen, dass er seine Gedanken laut ausgesprochen hatte. Rasch schob er die Erinnerung beiseite, die ihm vor Augen stand.

»Da gibt es nichts zu erzählen. Ich habe nichts anderes getan, als meine Pflicht als Soldat, Patriot und Ehrenmann zu erfüllen. Das ist alles, Blanquita. Bitte bedräng mich nicht!«

Blanca kniff die Lippen zusammen, wandte ihm den Rücken zu und nahm die blank geputzten Stiefel aus dem Schuhschrank.

»Du vermisst die Armee, stimmt's?«

»Die Armee?«, entgegnete er mit der gesamten Verachtung, die er in die beiden Worte legen konnte. »Du hast keine Ahnung, wozu die Armee geworden ist! Zu einem Haufen geschniegelter Weichlinge, die nur daran denken, dem Generalísimo in den Arsch zu kriechen und ihre Schäfchen ins Trockene zu bringen. Ohne auch nur einen Schuss zu riskieren, ohne für irgendetwas ihr Leben aufs Spiel zu setzen. Deutschland hat sich auf den größten Kreuzzug der Geschichte begeben, und wir kraulen uns die Eier und töten irgendwelche armen Schweine, um mehr Geld zu machen. Erinnerst du dich an meine Theorie von den Tigern und den Aasgeiern, Blanca? Inzwischen gibt es nämlich immer mehr Aasgeier.«

Natürlich erinnerte sie sich, sogar sehr gut. Es war eine der Geschichten, die in den Kasernen die Runde machten und zur Legende wurden. Kurz vor der Erhebung gegen die Volksfrontregierung hatte Goyo alle in Afrika stationierten Offiziere zusammengerufen und ihnen in etwa Folgendes gesagt: »Männer, ihr habt die große Ehre, unserem spanischen Vaterland als Offiziere zu dienen. Lasst mich euch sagen, dass es unter den Offizieren nur zwei Arten von Männern gibt: die Tiger und die Aasgeier. Die Tiger sind jene, die auf die Jagd gehen, die etwas wagen, die alles geben, siegen und triumphieren. Die Aasgeier sind jene, die auf die Beute der Tiger warten. Dann stürzen sie sich auf das Aas, das übrig bleibt, kämpfen darum und teilen es unter sich. Schwört mir bei eurer Ehre, dass ich hier vor einem Rudel von Tigern spreche! Schwört mir, dass nie jemand sagen kann, meine Männer seien zu Aasgeiern geworden!«

Seitdem trug Goyo den Beinamen *Tiger*.

»Komm, ich helfe dir mit den Stiefeln!«

»Übrigens hat er mich bei meinem Beinamen genannt.«

»Der Generalísimo?«

Goyo nickte.

»Ist das gut?«

Er nickte erneut.

»Los, hinauf aufs Pferd! Um zehn gibt es Abendessen, wenn es dir passt. Hast du auf etwas Besonderes Appetit?«

»Sag Micaela, sie soll Schinkenkroketten machen! Und Milchreis.«

»Ich werde sie selbst machen, wie du es magst.«

»Du bist ein Schatz, Blanca.«

Sie lächelte kokett.

»Hast du mir etwas aus Madrid mitgebracht?«

Goyo stand auf, öffnete die Kommodenschublade und nahm seine bevorzugte Reitgerte heraus.

»Später.«

Sie klatschte in die Hände wie ein kleines Mädchen, denn sie wusste, wie sehr er das mochte.

Als er an ihr vorbeikam, verpasste er ihr einen leichten Klaps mit der Gerte auf das Hinterteil, ging den Flur entlang zur Hintertür und rief laut nach Hassan. Er sollte Loco für ihn satteln.

Madrid. Gegenwart

Eine der beiden Kisten enthielt auch eine kleine Schachtel, offensichtlich eine Schmuckschatulle aus dunklem Holz mit Intarsien aus Perlmutt, mit hellem und rötlichem Holz sowie einer Steinart, die Marmor sein mochte. Im Innern der Schachtel befanden sich paarweise Ohrringe in Samtsäckchen, ein Medaillon und ein angelaufenes Silberdöschen, in dem eine dunkle Haarlocke lag.

Es war Carlos, der die kleine Schachtel fand, und er gab sie an Helena weiter. Sie erfreute sich an dem Inhalt, während er konzentriert mit einer Lupe die Fotos aus dem Polizeibericht betrachtete.

Sie saßen schweigend am Tisch und waren, jeder an seiner Tischhälfte, intensiv beschäftigt. Aus einem der Samtsäckchen nahm Helena ein Paar Ohrringe im Art-déco-Stil aus Platin mit blauen Steinen. Saphire. Seltsam. Sie hatte immer gedacht, dass ihre Mutter Smaragde bevorzugte, um ihre grünen Augen zu betonen. Sie konnte sich nicht erinnern, dass sie diesen Schmuck je getragen hatte. Und nun gehörte er ihr.

Sie nahm das Medaillon und schloss die Hand darum. Daran konnte sie sich sehr wohl erinnern, wenn sie auch jahrelang nicht mehr daran gedacht hatte. Es war das einzige Schmuckstück ihrer Mutter, das ihr als Kind gefallen hatte: ein schlichter ovaler Anhänger aus hellem Gold, der an einer sehr langen, ebenfalls goldenen

Kette hing. Der Anhänger ließ sich öffnen, und man konnte ein Foto oder eine Haarlocke hineinlegen.

Tatsächlich enthielt das Medaillon zweierlei: ein Foto von Alicia, auf dem sie etwa vierundzwanzig oder fünfundzwanzig Jahre alt war, und eine winzige aschblonde Locke, die nur von ihrer Schwester stammen konnte. Zu erwarten wäre gewesen, dass die Fotos von beiden Töchtern in dem Medaillon aufbewahrt wurden, aber natürlich war es anders. Alicia war tot, und Tote konnten niemanden mehr enttäuschen. Verstorbene blieben immer mit ihren guten Eigenschaften zurück. Man erinnerte sich an sie in leuchtenden Farben, während die Lebenden sich veränderten, sich weiterentwickelten, Entscheidungen trafen, sich trennten, weggingen, einen verließen.

Helena schüttelte den Kopf, um die negativen Gedanken zu vertreiben, die sich angesammelt hatten, seit sie in Spanien angekommen war. Sie hatte genau das Richtige getan, als sie damals gegangen war. Nun würde bald alles wieder vorbei sein, und sie konnte in ihr Haus, in die vertraute Umgebung, in ihre Stadt am anderen Ende der Welt zurückkehren.

»Sieh mal, Carlos! So hat meine Schwester ein Jahr vor ihrem Tod ausgesehen.«

Er legte die Fotos, die er gerade betrachtete, mit der Vorderseite nach unten auf den Tisch und hielt die Lupe über das Bild, das Helena ihm zeigte.

»Sehr hübsch, stimmt's?«

»Ja, wirklich sehr«, gestand er zu. »Aber hier wirkt sie wie eine dieser kühlen Schönheiten, bei deren Anblick ich immer ein wenig erschaudere. Mir gefällt das Foto in deinem Atelier besser, auf dem ihr beiden so herzlich lacht. Hier wirkt sie wie eine gefährliche Frau, von der man sich besser fernhält.«

Helena musterte ihn argwöhnisch und fragte sich, ob er es ernst meinte oder ob er wusste, dass sie solch eine Äußerung gern hörte. Dann breitete sich eine wunderbare Wärme in ihrem Innern aus. Er meinte es ernst, denn er hatte sie nicht einmal angesehen, während er sprach. Noch immer blickte er konzentriert auf das Foto in dem Medaillon. Für einen Moment hatte sie schon befürchtet, dass sich

Carlos auf der Stelle in ihre Schwester verlieben könne, so wie im Märchen. Oder dass nach einem Vergleich mit ihr sein Blick das Bedauern verraten könne, es nicht mit Alicia versucht zu haben, sondern sich mit ihr, Helena, zufriedengeben zu müssen.

»Sie sieht so aus wie die eleganten Frauen aus den Hitchcock-Filmen«, fuhr er mit seiner Erklärung fort. »Jene, die am Ende den Hauptdarsteller verraten und voller Traumata und Komplexe sind. Die sind alle so anorgasmisch, frigide ... und so.« Er unterbrach sich und hob den Kopf. »Entschuldige, damit meine ich natürlich nicht deine Schwester, sondern ...«

»Keine Sorge!«, sagte sie mit einem dankbaren Lächeln. »Soweit ich weiß, ist Alicia von solchen Problemen verschont geblieben.«

»Jetzt verstehe ich, dass du dir letztens nicht vorstellen konntest, dass sie einen Liebhaber hatte.«

»Warum?«

»Weil sie nicht wie eine leidenschaftliche Frau wirkt, die sich schnell verliebt. Und nun bin ich mir fast sicher, jetzt kann ich es dir erzählen.«

»Was?«

Auf einmal wurde ihr die Kehle eng, und plötzlich wollte sie es nicht wissen. Er sollte es nicht sagen.

»Es mag dir seltsam vorkommen, aber eben bei Paloma, als ich zum Telefonieren in ihrem Büro war, habe ich ein Foto entdeckt, auf dem vermutlich Alicia zu sehen ist. Ich wollte jedoch sicher sein, weil ich mich sehr darüber gewundert habe. Deshalb habe ich nach einem Foto gefragt, auf dem sie etwas älter ist. Und nun bin ich mir ziemlich sicher, dass es sich wirklich um deine Schwester handelt. Wie du vorhin nämlich erwähnt hast, kannte Paloma deine Mutter. Vielleicht hat Blanca ihr das Bild geschenkt, was die Sache durchaus plausibel macht.«

»Ein Bild von Alicia? Wo? Aus welcher Zeit? Mit wem?«

»Warte ... Eine Frage nach der anderen. Also. Es ist ein altes Foto, eine Schwarz-Weiß-Aufnahme. Den Gesichtern und der Kleidung nach zu urteilen, stammt es etwa aus der Mitte der Sechzigerjahre. Darauf ist eine Gruppe junger Frauen und junger Männer zu sehen. Alle lächeln, eine Clique oder vielleicht mehrere Paare. Zwei der Mädchen sind blond. Außer Alicia habe ich niemanden erkannt, und ich war mir nicht sicher, bis du mir das Bild in dem Medaillon gezeigt hast. Hinter ihr steht ein junger Mann, der ihr die Hände auf die Schultern gelegt hat.«

»Wer?«

»Keine Ahnung. Er ist groß, dunkelhaarig und trägt eine Brille. Jedenfalls ist es nicht Jean Paul.«

»Das Foto muss ich mir unbedingt ansehen!«

»Ja, wenn du dein Kleid anprobierst. Bis dahin siehst du dir die Sachen aus den Kisten an. Wer weiß, welche Überraschungen darin noch zu finden sind. Und wenn Blanca Paloma das Foto geschenkt hat, können wir ohne Weiteres darüber reden.«

»Meine Mutter ist nur ab und zu dort vorbeigegangen, um ein bisschen zu plaudern. Warum sollte sie Paloma ein Foto ihrer Tochter mit ihren Freunden schenken? Paloma stellt doch kein Bild von der Tochter einer Kundin in ihrem Büro auf! Vielleicht haben sie sich gekannt, als sie jünger waren, denn sie könnten ungefähr derselbe Jahrgang sein. Ist Paloma mit auf dem Foto?«

»Uff, ich weiß nicht. Sie könnte die andere Blondine sein.«

Beide schwiegen. Helena hängte sich das Medaillon um den Hals und stand auf.

»Ich mache einen Tee. Willst du eine Tasse?«

Während Helena den Tee zubereitete, dachte sie über die Möglichkeit nach, dass ihre Schwester einen Liebhaber gehabt haben könnte, von dem niemand etwas ahnte. Konnte das sein? Natürlich. Schließlich war sie selbst zwei Jahre mit Jean Paul zusammen gewesen, ohne dass irgendjemand davon erfuhr. Obwohl … Wenn sie sich recht erinnerte, hatte ihre Mutter in dem Brief, der in der Kiste gelegen hatte, eine Andeutung in diese Richtung gemacht. Was genau hatte sie noch geschrieben?

Sie ließ das Wasser stehen, das sie zum Kochen aufgesetzt hatte, und suchte nach dem besagten Brief. Nachdem sie die Seiten überflogen hatte, fand sie die entsprechende Stelle.

Und Jean Paul … Was soll ich sagen? Ich habe ihn geliebt, wir alle haben ihn geliebt. Du auch, stimmt's? Du vor allem … Wahrschein-

lich dachtest Du, dass ich es nicht wüsste. Ich habe versucht, es vor Deinem Vater zu verbergen, aber ich weiß nicht, ob es mir gelungen ist. Ich will auch nicht wissen, ob Alicia es bemerkt hat. Wenn Du noch Erinnerungen an jene Zeit hast, dann vielleicht auch daran, wie zerstreut sie war, als wäre sie gar nicht anwesend. Ich habe mich immer gefragt, ob sie es herausgefunden hatte und darüber nachgrübelte, auf wessen Seite sie stehen sollte. Oder ob ihr etwas Sorgen bereitete, was sie nicht mit uns teilen wollte.

Also hatte Blanca über sie und Jean Paul Bescheid gewusst. Konnte auch ihre Schwester etwas bemerkt haben? Noch fünfzig Jahre später spürte Helena, wie ihr vor Scham die Röte ins Gesicht stieg. Eigenartigerweise schämte sie sich nun viel heftiger als damals. Wenn Blanca recht hatte und irgendetwas Alicia keine Ruhe ließ, könnte sie von der Affäre ihrer Schwester und ihres Mannes erfahren haben. Vielleicht wusste sie einfach nicht, wie sie reagieren sollte. Oder trug sie ein anderes Geheimnis mit sich herum? Während der Familienaufstellung hatte Alicia angekündigt, dass sie gehen wolle.

»Sag mal, war dein Vater nicht Geschäftsmann, Kaufmann oder so und später Politiker?«, hörte sie Carlos' Stimme aus dem Wohnzimmer.

»Ja. Und er hatte irgendwie mit dem Konsulat zu tun, bevor wir geboren wurden.«

»Nun ja, hier heißt es, er war beim Militär.«

»Da verwechselst du etwas. Mein Onkel Vicente war beim Militär. Er wurde bis zum Oberst befördert.«

Während Helena sprach, goss sie kochendes Wasser über die Teeblätter und maß die Zeit.

»Dein Onkel Vicente und dein Vater, beide. Hier trägt jeder von ihnen eine Uniform.«

»Das war sicher während des Krieges.«

»Nein. Kurz davor. Auf der Hochzeit.«

»Was? Es gibt ein Hochzeitsfoto? Ich habe noch nie ein Foto von der Hochzeit meiner Eltern gesehen! Alicia und ich haben manchmal nach Fotos gefragt, und wir bekamen immer die Antwort, dass sie so furchtbar kitschig seien und sie sie weggeschlossen hätten.«

Carlos hielt ihr das Foto hin, auf dem Blanca und Pilar in Brautkleidern zusammen mit ihren frisch angetrauten Ehemännern zu sehen waren.

»Und wenn du noch Zweifel hast – hier ist die Einladung. Da steht es schwarz auf weiß: *Vicente Sanchís Ballester, Leutnant der Landstreitkräfte, Gregorio Guerrero, Hauptmann der Landstreitkräfte.*«

Die Kiste

4. Dokument

Ein Notizbuch mit etwa hundert linierten Seiten und festem Einband mit einem Blumenmuster in den für die Siebzigerjahre typischen psychedelischen Farben.

Auf der ersten Seite steht *Alicia Guerrero* in königsblauer Tinte und mit breiter, geschwungener Schrift, die viel Platz braucht und für eine gesellige, spontane, intuitive Persönlichkeit mit ausgeprägtem Sinn für Ästhetik spricht.

Es handelt sich wohl um ein Tagebuch, obwohl die Einträge oft nicht datiert und viele Seiten mit Skizzen und Modezeichnungen gefüllt sind. Etwa in der Mitte hat jemand mehrere Blätter herausgerissen. Von da an sind die restlichen Seiten leer.

Heute werde ich fünfundzwanzig Jahre alt. Wie verrückt! Schon ein Vierteljahrhundert. Und ich bin schon beinahe vier Jahre verheiratet. Wieso habe ich mich nur so beeilt? Schließlich leben wir in einer Zeit, in der uns nichts zur Eile drängt. Anders als zu Anfang des Jahrhunderts, als ein Mädchen möglichst schnell einen Ehemann finden musste, weil es sonst in meinem Alter schon als alte Jungfer galt und nichts mehr zu machen war. Und ausgerechnet jetzt, da es möglich ist, die Freiheit und alle Möglichkeiten zu genießen, suche ich mir einen Ehemann und heirate mit noch nicht einmal zweiundzwanzig Jahren! Wobei JP nun einmal etwas Besonders war – na ja, ist –, ganz anders als alle anderen. Warum hätte ich da lange überlegen sollen? Wir hatten alles. Wir haben uns geliebt, hatten die gleichen Pläne, und Papa hat uns Geld gegeben, um das Geschäft aufzubauen. Was kann man da mehr erwarten?

Doch heute ist mein Geburtstag, und ich kann mir den Gedanken nicht verkneifen, dass ich mir mehr Zeit hätte lassen sollen, dass ich zu wenig ausprobiert habe, dass ich, abgesehen von einigen bedeutungslosen Männern, mit denen ich hin und wieder ausgegangen bin, nicht die Gelegenheit genutzt habe, mein Leben zu leben, Erfahrungen zu sammeln, etwas Verrücktes zu tun.

Helena dagegen hat es richtig gemacht. Im letzten Jahr, während JP und ich für Imagine *geschuftet haben, hat sie ein Jahr in New York und Kalifornien Malkurse besucht. Sie hat ihre Freiheit genutzt, hat jede Menge Leute kennengelernt, ein paar Drogen ausprobiert – ich muss dieses Tagebuch gut verstecken, damit Mama nicht die Wände hochgeht – und ist mit mehr Männern ins Bett gegangen als ich in meinem ganzen Leben. Sie hat sogar eine Weile in einer Kommune gelebt, mit richtigen Hippies mit Blumen in den langen Haaren, mitten in San Francisco. Sie hatte sogar Sex mit einer Frau. Ich bin fast zu Stein erstarrt, als sie es mir so ganz nebenbei erzählt hat. Und es würde mich nicht wundern, wenn sie noch ungewöhnlichere Sachen ausprobiert hätte.*

Es ist wirklich eigenartig, dass mir dieser Mann so gut gefallen hat, den ich letzte Woche, als ich aus Paris hierhergeflogen bin, am Flughafen kennengelernt habe. Wir haben nur fünf Stunden miteinander verbracht, weil der Flug nach Casablanca Verspätung hatte. Dabei habe ich das Gefühl, als würde ich ihn schon ewig kennen. Und ehrlich gesagt – wenn ich es hier schreibe, wird es ja niemand erfahren –, ehrlich gesagt vermisse ich ihn. Es geht um nichts Verbotenes oder Unmoralisches. Es ist nur so, dass ich mich zum ersten Mal, seit ich mit JP *zusammen bin, von einem anderen Mann angezogen fühle. Und das ist es endlich mal wert, in dieses Tagebuch geschrieben zu werden. Sonst wird darin ja nichts wirklich Lohnenswertes festgehalten, nur ein paar Bemerkungen über die Arbeit und meine Hoffnungen hinsichtlich der Ferien oder für die Zeit, wenn ich einmal Kinder haben werde.*

Ich verstehe nicht, warum, zum Teufel, das mit dem Kinderkriegen nicht funktioniert! Wir haben nie etwas getan, um es zu verhindern, von Anfang an nicht, aber es will nicht klappen. Mehrere meiner Freundinnen mussten eilig und überstürzt heiraten. Und ich, die ich offiziell verheiratet bin und mir Kinder wünsche … nichts.

Mal sehen, ob in diesem Jahr etwas daraus wird. Ich glaube wirklich, dass Kinder mehr Stabilität in unser Leben bringen würden. JP wäre sicher nicht so oft auf Reisen, wenn wir ein Baby hätten, immer mit dem Auto unterwegs, Kilometer um Kilometer, um Fragen zu klären, die er auch am Telefon besprechen könnte.

Letzte Woche hat er mich aus Mailand angerufen, weil ihm plötzlich eingefallen ist, persönlich nachsehen zu wollen, ob die Seidenstoffe, die wir bei Luigi und Valentina bestellt hatten, diesmal reine Farben haben und nicht zur Hälfte verfärbt sind wie beim letzten Mal, als wir sie zurückschicken mussten. Davor war er in Zürich. Ich erinnere mich gar nicht mehr, wozu. Immer Hummeln im Hintern.

Der einzige Ort, an dem er einigermaßen zur Ruhe kommt, ist in La Mora. Vor allem deshalb bin ich so gern hier, weil ich dann sehe, dass er sich gut fühlt und glücklich ist. Ich glaube, dass Papa und JP diejenigen sind, die die Zeit in La Mora am meisten genießen, und deshalb verstehen sie sich so gut. Beide lieben es, die Erde an den Händen zu spüren, sich um die Pflanzen zu kümmern, geheimnisvolle Ecken zu gestalten, überall Brunnen zu errichten. Und sie finden beide, dass die Moslems recht haben, wenn sie sagen, dass die Schönheit eines Gartens der Spiegel der göttlichen Herrlichkeit ist. Dabei ist JP Atheist, was Papa und Mama natürlich nicht wissen dürfen. Helena und ich sind lieber am Pool, genießen das Nichtstun und die Zeit mit Mama … Aber davon abgesehen, ist es hier ziemlich langweilig, und nach ein paar Wochen haben wir beide jedes Mal genug, und es zieht uns woandershin.

Wenn ich an die Zukunft denke, habe ich ehrlich gesagt ganz andere Pläne als JP, der sich gern fest in La Mora niederließe, um dann immer nach Paris zu reisen, anstatt umgekehrt, so wie jetzt. Ich fühle mich sehr viel mehr aus Paris als er, liebe die Stadt und die Geselligkeit. Wenn ich ihn mir im Alter vorstelle, dann sehe ich ihn in La Mora vor mir wie einen englischen Lord, der sein Schloss und seinen Garten liebt und das Anwesen niemals verlässt. Ich hingegen schicke ihm Postkarten aus allen möglichen Städten der Welt, in die ich zusammen mit Helena gereist bin.

Ich habe die Adresse des jungen Mannes vom Flughafen. Ob ich es wagen kann, ihm zu schreiben?

Madrid. Gegenwart

»Helena!«

Carlos' Stimme schallte ins Bad, als sie gerade aus der Duschkabine trat. Und noch bevor sie sich etwas überziehen konnte, um nachzusehen, was er wollte, hatte er bereits die Tür geöffnet und zeigte ihr ein kleines Fotoalbum.

»Das musst du dir unbedingt ansehen. Es ist wirklich eigenartig.«

Sie setzten sich aufs Sofa, und Carlos hielt das Album auf dem Schoß.

»Erkennst du diese Schrift?«, fragte er und wies auf eine Namensliste und einige Notizen in schwarzer Tinte und einer sauberen, strengen Schrift.

»Ja, natürlich. Die Schrift meines Vaters.«

»Das habe ich mir gedacht.«

»Was ist das?«

»Also ... um das zu erklären, muss ich etwas ausholen. In der Zeit, in der du die Siesta genossen hast, habe ich nämlich gearbeitet.« Helena streckte ihm die Zunge heraus. »Und aus dem Polizeibericht habe ich erfahren, dass der Typ, der wegen des Mordes an Alicia festgenommen wurde, im Gefängnis Selbstmord beging. Also ... ich glaube, als er noch in Polizeigewahrsam war. Wie es aussieht, ist es ihm gelungen, einem Polizisten die Waffe zu entwenden, und er hat sich in den Kopf geschossen.«

»Ja, das habe ich gewusst. Papa hat es uns erzählt, damit wir uns ein wenig besser fühlen.«

»Ein wenig seltsam, oder? Das mit dem Besserfühlen, meine ich. Anscheinend wurde der Mann festgenommen, als er das Goldkettchen mit dem kleinen Diamanten verkaufen wollte, das Alicia immer getragen hatte.«

»Ja. Das haben meine Eltern ihr zum einundzwanzigsten Geburtstag geschenkt. Genau wie mir später.«

»Der Beschuldigte hat Stein und Bein geschworen, dass Alicia bereits nicht mehr lebte, als er die Kette an sich nahm. *Weil die tote*

Frau sie nicht mehr braucht, wie er aussagte. Er habe eine Familie zu ernähren, mit dem Verbrechen jedoch nichts zu tun.«

»Dennoch hat er anschließend Selbstmord begangen, was wir damals zunächst für ein Schuldeingeständnis gehalten haben.«

»Zunächst?«

Helena zuckte mit den Achseln und erhob sich vom Sofa, um sich dann mit einem Handtuch das Haar trocken zu rubbeln. Dabei blickte sie aus dem Fenster auf die Straßenlaternen, die gerade zu leuchten begonnen hatten.

»Wenn so etwas passiert ... das ist sehr hart, weißt du? Man will die Wahrheit wissen, sich rächen, die Sache abschließen, beenden, verstehen, was geschehen ist, und nach vorn schauen. Deswegen waren wir alle erleichtert, dass die Angelegenheit offenbar geklärt war. Es war ein Unglück, ein furchtbares Unglück, sonst nichts. Nur dass dann ... Mit der Zeit ... nach und nach sahen wir ein, dass das Ganze zu einfach gewesen war, dass gegen diesen armen Teufel niemals Beweise vorgelegen hatten. Er war eigentlich nur ein polizeibekannter kleiner Gauner. Woraufhin uns immer mehr Zweifel kamen.

Und ich hatte zu der Zeit andere Probleme. Ich war in Spanien und hatte gerade festgestellt, dass ich schwanger war. Alle waren sehr glücklich darüber, dass es endlich mal wieder eine gute Nachricht gab, etwas Positives, und alle wollten, dass wir heiraten. Jean Paul war noch immer am Boden zerstört und zu der Zeit vermutlich noch in einer Klinik in der französischen Schweiz. Meine Mutter wirkte wie ein Gespenst, und nur der Gedanke an meine Hochzeit munterte sie ein wenig auf. Mein Vater hat sich dann in den Kopf gesetzt, unbedingt die Wahrheit über Alicias Tod herauszufinden. Mit mir hat er nicht darüber gesprochen. Du kennst doch die Manie dieser Männer der älteren Generation, derzufolge man eine schwangere Frau immer mit Seidenhandschuhen anfassen muss. Mehr habe ich dann auch nicht erfahren.«

»Nun ja, wie es scheint, hat dein Vater die Sache wirklich sehr ernst genommen. Sieh mal hier!«

Carlos blätterte in dem Album. Auf sämtlichen Seiten waren ausschließlich Fotos von dem Fest an jenem Abend zu sehen, und alle waren markiert. Es gab Notizen, Pfeile und Kreise. Und zwischen der letzten Fotoseite und dem hinteren Einband waren noch Blätter mit Anmerkungen, Fragen und Streichungen eingelegt.

»Er ist wohl zu dem Schluss gekommen, dass der Mörder auf dem Fest gewesen sein muss. Wie es aussieht, wollte er alle Gäste identifizieren und verfolgen. Sieh dir nur diese Liste an!«

Helena warf einen Blick darauf und las die Namen, wie Carlos sie gebeten hatte. Den meisten konnte sie nach und nach ein Gesicht zuordnen, Besuchern von damals, die sie bereits vergessen hatte.

»Ja, ich erinnere mich. Sasha, der blonde, nordisch aussehende Typ, hat fotografiert. Deshalb ist er nur auf diesem Foto zu sehen. Alicia und Jean Paul hatten ihn für die Modefotos engagiert. Und, sieh nur! Das hier ist der Mann, der auf dem anderen Bild gefehlt hat, der dritte der Amerikaner, die mich in Marokko besucht haben.«

»Die aus der Kommune?«

Sie lächelte.

»Wie ich merke, ist dir das im Gedächtnis geblieben. Barbie, Jimmy, na ja, er hieß anders, wollte aber Jimmy genannt werden, wegen Jimi Hendrix. Und John, der Chef.«

»Wieso Chef?«

»Das war ein Witz. Die anderen nannten ihn manchmal *Boss*. Er war der Einzige, der sich um die Flugtickets und Bahntickets kümmerte, der darauf achtete, dass alle pünktlich am Flughafen waren, der die Briefe schrieb. Zum Beispiel an mich, als sie mich in Marokko besuchen wollten. Derjenige, der zwar genauso viele Drogen nahm wie die anderen, aber noch einen halbwegs klaren Kopf behalten hatte.«

»Also, wie es aussieht, gehörte er zu den Gästen, die deinem Vater am verdächtigsten erschienen. Sieh mal, er hat ihn immer rot umkreist. Kannst du die Schrift lesen?«

»Wenn ich sie sehen könnte, ja, aber sie ist so klein… Gib mir mal die Lupe! Und bitte mach Licht an, wir sitzen hier ja völlig im Dunkeln.«

Sie legten das Album auf den Tisch, und Carlos bog die Tischlampe so, dass der Lichtkegel darauf fiel. Helena hielt die Lupe über einen weiteren Abzug des Gruppenfotos, auf dem die unscharfe Gestalt im Hintergrund zu sehen war. Der Kopf war rot eingekreist, und ein Pfeil wies auf eine Notiz am Rand.

Woher kommt er? Warum trägt er diese Kleidung, die überhaupt nicht zu seinem Stil passt?

»Seltsam. Deinem Vater ist das Gleiche aufgefallen wie mir. Erinnerst du dich?«

Drei oder vier Fotos danach, auf einem anderen Gruppenbild, waren wieder ein roter Kreis und eine Notiz am Rand vorhanden.

Er hat sich umgezogen und trägt wieder Hippiekleidung. Warum?

Auf einem anderen Foto sind nur er und Jean Paul zu sehen. Sie haben sich die Arme um die Schultern gelegt und halten beide Bierflaschen in der Hand.

Warum sieht er so glücklich aus? Er strahlt regelrecht. JP wirkt sehr besorgt. Da war es schon beinahe Mitternacht.

Sie schlugen eine Seite nach der anderen auf. Das Fest wurde mit der Zeit immer verrückter. Die Leute tanzten oder sprangen mit voller Montur in den Pool, lagen überall herum, zeigten den Hippiegruß oder rauchten Joints. Blanca wirkte bleich, beunruhigt, aber noch nicht verzweifelt. Als sich Helena und Carlos ihr Gesicht näher ansahen, entdeckten sie seltsamerweise den Anflug eines Lächelns darauf. Sie schien sich über etwas zu freuen, dessen sie sich noch nicht sicher war. Helena stieß mit Jimmy an, wirkte nervös, bereits ein wenig ängstlich, gab sich jedoch alle Mühe, ihre Gefühle zu überspielen.

Auf einem weiteren Foto tanzen die Gäste auf der Terrasse. Mit der Lupe genau zu erkennen ist durch das Fenster hindurch Goyo. Er telefonierte.

»Da ruft dein Vater wohl gerade bei der Polizei an.«

Helena blätterte noch einmal durch die Seiten, bis sie die Namensliste entdeckte. Mit dem Finger ging sie Namen für Namen durch, bis sie die gesuchte Zeile fand. Ihr Vater hatte die beiden Wörter doppelt unterstrichen.

»John Fleming. Genau. Jetzt erinnere ich mich wieder. So hieß der dritte Amerikaner.«

Blanca war in ihrem ganzen Leben noch nie so unruhig gewesen, obwohl Goyo keinen Moment von ihrer Seite wich. Doch es war ihr erster Krankenhausaufenthalt, und sie war von allem beeindruckt: den langen, peinlich sauber gehaltenen Fluren, dem Geruch nach Desinfektionsmittel, Bleichlauge und Medizin, den weiß oder schwarz gekleideten Nonnen, die in ihrer Eile wie Geister zu schweben schienen, den Betten mit den cremefarbenen Gestellen und weißen Matratzen, den Patienten im Bademantel…

»Und wenn wir hier jemandem begegnen, den wir kennen?«, fragte Blanca mit gesenkter Stimme.

»Es würde wohl niemanden verwundern, dass eine hochschwangere Frau ins Krankenhaus kommt, um zu entbinden. Denkst du nicht?«

Schweigend biss sie sich auf die Lippen.

Sie gelangten in ein weiteres Gebäude mit großen Fenstern, durch die das Licht hereinflutete, und einem schönen Ausblick auf einen Garten voller Palmen.

Eine beleibte Krankenschwester mittleren Alters, die auf Blanca leicht einschüchternd wirkte, nahm ihre Personalien auf und trug sie in ein Formular ein, wobei Blanca am liebsten im Boden versunken wäre.

Seit Monaten hatte sie sich selbst immer wieder Mut zugesprochen, wenn sie darüber nachgedacht hatte, was geschehen würde. Doch nun, da der Moment gekommen war, nahm ihr die Scham beinahe den Atem, und sie musste den Blick zu Boden senken. Niemals hätte sie gedacht, dass sie zu so etwas in der Lage wäre. Dennoch, als Goyo ihr den Vorschlag gemacht hatte, hatte sie nach kurzem Nachdenken gleich eingewilligt. Die Situation stieß sie ein wenig ab, aber es war wohl das Beste. Und wenn sie es erst überstanden hätte, war das Schlimmste vorbei, und sie würden es nach und nach vergessen.

»Ein Junge?«, fragte die Krankenschwester.

Beide nickten.

»Wenn Gott will«, fügte Goyo hinzu. Er wusste, dass dies in einem von Nonnen geleiteten Krankenhaus die beste Antwort war.

»Bald werden wir es wissen.«

Die Krankenschwester stand auf und übergab ihnen einige Papiere.

»Zimmer dreihundertfünfundzwanzig. Richten Sie sich dort ein! Entkleiden Sie sich und ziehen Sie das weiteste Nachthemd an, das Sie haben! Und dann warten Sie auf den Arzt!«

»Wie viel …«, begann Blanca, dann brach ihr die Stimme. Sie räusperte sich. »Wie lange wird es etwa dauern?«

Die Frau zuckte mit den Schultern.

»Das weiß man nie, meine Liebe. Es kann Stunden, Tage … sogar eine Woche dauern. Geburten setzen plötzlich ein und ziehen sich lange hin. Es gibt Medikamente, die den Vorgang beschleunigen. Dennoch müssen Sie Geduld haben. Und dann sind Sie auf einmal ganz rasch wieder zu Hause. Alle drei.«

Blanca hatte befürchtet, in einem Doppelzimmer untergebracht zu werden, doch Goyo hatte sich darum gekümmert, und alles war wie gewünscht. »Geld macht vielleicht nicht glücklich«, hatte er augenzwinkernd gesagt. »Aber es beruhigt die Nerven.«

Sie richtete sich ein, wie man es ihr gesagt hatte, und legte sich ins Bett. Nun konnte sie nichts anderes mehr tun, als zu warten. Und bald wäre alles vorbei.

Goyo vergewisserte sich, dass Blanca es bequem hatte und es ihr an nichts fehlte, und wollte sie dann für eine Weile allein lassen. Er hatte einiges zu erledigen, wollte den Aufenthalt in Tanger nutzen und seine Frau zwischendurch regelmäßig im Krankenhaus besuchen.

Bevor er sich verabschiedete, gab er seiner Frau einen Kuss. Auf Blancas Stirn perlte kalter Schweiß, und sie zitterte trotz der Wärme.

»Komm, meine Kleine, nur Mut! Keine Angst!«, sagte er und drückte ihr fest die Hand. »Alles wird gut gehen. Das versichere ich dir. Du wolltest doch unbedingt ein Kind, oder?«, endete er mit einem schelmischen Lächeln.

Blanca schloss die Augen, atmete tief ein und machte es sich in den Kissen bequem.

»Ja, du hast recht. Dann mach dich auf den Weg und komm bald zurück!«

Eine Nonne öffnete die Tür einen Spaltbreit und gab Goyo ein Zeichen, der sofort auf den Flur hinaustrat. Wenige Minuten später kam er zurück.

»Nein. Jetzt noch nicht. Ruh dich aus! Ich bin gleich wieder da.«

Als er erneut auf den Flur trat, wartete Schwester Virginia hinten am Fenster auf ihn. Ihre Gestalt zeichnete sich im Gegenlicht ab und wirkte wie ein Schatten, wie der Scherenschnitt eines großen Vogels.

»Es tut mir sehr leid, Don Gregorio, aber in der ganzen letzten Woche wurden nur Mädchen geboren. Gerade ist noch eine Entbindung im Gang, und wenn Sie möchten, gehört das Kind – Junge oder Mädchen – Ihnen. Wenn nicht … Sie wissen ja. Wir können immer noch so tun, als wäre die Angelegenheit nicht gut ausgegangen, als hätten Sie beide das Kind verloren, das Sie erwartet haben. Dann versuchen Sie es im nächsten Jahr erneut.«

»Wenn wir noch länger warten, wird meine Frau verrückt.«

»Ist es Ihnen denn so wichtig, dass es ein Junge ist?«

»Mir? Schwester, mir ist das völlig gleichgültig. Aber sie ist vollkommen darauf fixiert, dass ein Mann einen Erben braucht. Und das nur wegen irgendeiner blödsinnigen Äußerung meines Schwagers, der überhaupt keine Ahnung hat.«

»Also dann … Das Mädchen, das eben geboren wurde, ist eine kleine Schönheit. Ansonsten warten wir auf das Kind, das gerade das Licht der Welt erblickt, und dann können Sie wählen.«

»Und was wird dann aus dem anderen Kind?«

»Wir haben noch ein Paar auf der Liste, das auf ein Kind wartet. Aber Sie haben zuerst die Wahl.«

»Vielen Dank, Schwester. Ich werde Ihnen Ihre Mühe großzügig vergelten.«

Die Nonne schlug den Blick nieder, schob die Hände in die Ärmel des Habits und verschwand langsam über den Flur.

Goyo blickte ihr nach, bis sie jenseits der Glastür verschwand. Wenn alles gut ging, würde sie, wenn sie sich das nächste Mal sahen, seinen Sohn oder seine Tochter in den Armem halten. Über ein Mädchen wäre Blanca enttäuscht. Doch wenn sie dem Kind erst ins Gesicht geblickt hätte, wären keine weiteren Worte nötig. Wobei sie gar nicht über einen weiblichen Namen nachgedacht hatten. Einen Jungen würden sie nach ihm Gregorio nennen, weil seine Frau es sich so wünschte. Ein Mädchen könnte Blanca heißen oder Carmen wie die Großmutter in Valencia. Oder Rosa wie die andere Großmutter, die bereits in eine bessere Welt hinübergegangen war. Wobei er ehrlicherweise einen anderen Namen bevorzugen würde, einen moderneren Namen, der nicht so altbacken klang.

Er beschloss, noch einmal zu Blanca zu gehen, um sie an den Gedanken zu gewöhnen, dass sie vielleicht mit einem kleinen Mädchen nach Rabat zurückkehren würden.

»Wissen sie schon etwas?«, fragte sie nervös.

Goyo erzählte ihr, was Schwester Virginia gesagt hatte.

»Was meinst du?«, erkundigte sich seine Frau und sah ihn unverwandt an.

»Es kommt einfach nicht infrage, dass du alles noch einmal durchmachst und wir ein weiteres Jahr lang warten müssen. Stell dir nur vor, alle bekunden uns ihr Beileid und du musst so tun, als hättest du eine furchtbare Geburt hinter dir und unser Kind wäre gestorben. Nein, auf keinen Fall.«

»Dann ... ein Mädchen? Macht es dir nichts aus?«

»Warum sollte es mir etwas ausmachen, du Dummerchen? Dein Vater hat zwei Mädchen bekommen und ist äußerst stolz auf euch. Mit vollem Recht.«

Blanca legte die Hände auf den falschen Bauch.

»Wenn es nur wahr wäre ...«

»Vielleicht wäre es auch dann ein Mädchen. Also denk nicht weiter darüber nach!«

»Und ist es auch sicher, dass die Mutter das Kind nicht will? Nicht dass sie es sich noch anders überlegt ...«

»Nein, es ist sicher. Das Kind ist unehelich. Es wird unser Leben vollkommen machen und würde das ihre zerstören. Sie ist selbst noch fast ein Kind und verdient kein Geld. Und ohne einen Ehemann, der sie ernährt ... Sie hat Glück, dass es uns gibt, dass wir diesem Kind ein wunderbares Leben bieten können.«

»Aber sie ... die Mutter ... sie wird niemals erfahren, wer wir sind, stimmt's?«

»Das schwöre ich dir. Niemand wird jemals etwas erfahren.«

»Und der Kleine oder die Kleine?«

»Auch nicht, meine Süße. Wir werden es ihm oder ihr niemals sagen. In jeder Hinsicht werden wir die wahren Eltern sein, für immer.«

Erneut öffnete sich die Tür einen Spaltbreit.

»Don Gregorio, bitte kommen Sie mit mir! Beeilen Sie sich! Und Sie, Doña Blanca, bereiten Sie sich darauf vor, dass Sie gleich mit einer Trage abgeholt und in den Kreißsaal gebracht werden.«

Blanca und Goyo gaben sich eilig einen Kuss, dann trennten sie sich.

Madrid. Gegenwart

Als sie nach dem Abendessen zurückkamen, war es bereits sehr spät, weil sie sich so lange mit dem Fotoalbum beschäftigt hatten. Da machte Helena den Fehler, ihren E-Mail-Account zu öffnen. Sie wollte nachsehen, ob der Termin mit dem Museumsdirektor noch stand, der zwei Tage später stattfinden sollte.

Dazu gab es keine Neuigkeiten, doch gerade war eine Mail von Jean Paul hereingekommen, mit dem Betreff *Beeil Dich, Helena.*

Sie seufzte und war versucht, den Account gleich wieder zu schließen, doch Carlos hatte sich aufs Sofa gelegt und sah sich irgendetwas auf seinem Tablet an. Deshalb beschloss sie, vor dem Schlafengehen einen kurzen Blick auf die Mail zu werfen. Der nächste Tag war bereits verplant: am Morgen Marc und seine verdammten Bilder und später Almudena und Chavi. Es war wohl das Beste, die Mail sofort zu lesen, falls es sich wirklich um etwas Dringendes handelte.

Helena, meine Liebe,
vielleicht hast Du Dich gar nicht gefragt, warum ich Dir seit dem Donnerstag nicht mehr geschrieben habe, seit dem Tag, als ich das Armband in Deine Hände gelegt habe, das einmal Dir gehörte und fast fünfzig Jahre lang verschwunden war. Ich weiß, dass in der realen Welt, die jenseits dieser vier Wände und des Plastikgartens ringsum existiert, das Leben auf andere Weise vergeht und die quälende Phase, in der ich mich gerade befinde, für gesunde Menschen nur schwer nachzuvollziehen ist. Ich friste mein Dasein am Tropf, zwischen Analysen und sich abwechselnden Krankenschwestern, zwischen bunten Pillen, Kräutertees und der Auswahl des wöchentlichen Speiseplanes.

Zum Glück habe ich noch meinen Computer, der mir erlaubt, anhand des Kalenders zumindest indirekt die Tage zu verfolgen, die seit unserer letzten Begegnung vergangen sind. Vier. Vier lange Tage, an denen ich unablässig auf das Display meines Handys gestarrt habe – das ich weggepackt hatte und wieder hervorgeholt habe, nachdem Du mich besucht hattest –, in der Hoffnung, dass eine Mail oder eine Sms von Dir eingeht. Ständig habe ich gelauscht, ob jemand an die Tür klopft, der vielleicht Du sein könntest. Jedoch vergeblich.

Ich weiß, dass es pathetisch klingt, dass ich mich in Deinen Augen lächerlich mache, um Deine Aufmerksamkeit zu erregen, Dir Schuldgefühle einzureden, dass Du mich einfach so wieder verlassen hast, damit Du mich noch einmal besuchst. Ich will nicht bestreiten, dass es bis zu einem gewissen Punkt tatsächlich so ist, Helena. Mein Gehirn oder das wenige, was von meinem blitzschnellen, scharfen Verstand noch übrig ist, beschäftigt sich unaufhörlich mit dem, wovon wir beide wissen: mit der Vergangenheit, den Schatten, dem Schmerz, mit dem, was wir hätten tun können, um das alles zu verhindern. Und obwohl es nichts bringt, obwohl das Geschehene nun einmal passiert ist und sich nicht rückgängig machen lässt, kann ich nicht aufhören, darüber nachzudenken, mir Fragen zu stellen, mir einzubilden, dass ich auch Dich frage und Du mir antwortest.

Hast Du Dich damals nicht gewundert, warum ich Dich nach Alicias Beerdigung nie wieder angerufen habe? Denn ich – da ich mich nun zur Wahrheit entschlossen habe, will ich versuchen, mich auch daran zu halten – habe mich durchaus gefragt, warum Du Dich nicht mehr gemeldet hast. Ich hatte meine Gründe, die ich Dir früher oder später erklären werde. Du jedoch, meine Liebste, was war Dein Grund, den Kontakt zu mir abzubrechen? Warum bist Du nicht zu mir gekommen, als wir beide so gelitten haben? Wir hätten uns gegenseitig trösten können, uns die Kraft und den Mut geben können, die uns gefehlt haben. Wir hätten unserem Leben einen neuen Sinn geben können – so jung, wie wir waren –, weitermachen können, vielleicht gemeinsam oder auch getrennt, aber in Kontakt miteinander, als Schwager und Schwägerin, als Freunde.

Als die Monate vergingen und Du Dich nicht gemeldet hast, bin ich in einem Nebel des Schmerzes versunken, in einem düsteren, sterbenden Wald, in einem Morast, dem ich nicht mehr entkommen konnte. Irgendwann hat mir irgendjemand erzählt, dass Du geheiratet und ein Kind bekommen hast. Ich stürzte erneut ins Nichts, bis ich es dann irgendwie geschafft habe und weiterleben konnte. Nur dass dies dann nicht mehr mein Leben war; es war etwas anderes. Ein Leben ohne Alicia, ohne Dich, ohne Goyo und ohne Blanca, ohne die Kollegen von Alice&Laroche, *die sich in der Zwischenzeit andere Arbeitsstellen gesucht hatten, bis ich sie schließlich zurückgeholt habe. Nicht alle, aber die meisten.*

Das Einzige, was mir von meinem echten Leben geblieben war, war La Mora. Unglaublich, stimmt's?

Ich habe mit Deinem Vater gesprochen. Es schien mir nicht recht, dass ich dort blieb, während ihr anderen woanders wart. Doch er wollte vorerst nicht nach La Mora zurückkehren; er hatte nicht die Kraft dazu. Zu der Zeit hatte er gerade mit dem Bau des Ferienhauses in Santa Pola angefangen, hatte Gefallen daran gefunden, und begann nun, sich als Bauunternehmer an der Costa Blanca zu etablieren. Das hat ihn aufrechterhalten und von dem abgelenkt, woran er nicht denken wollte. Er hat mir versprochen, wieder nach Marokko zu reisen, wenn er die Kraft dazu hätte, mit oder ohne Blanca. Er hat auch versprochen, mit Dir zu reden, dass auch Du zurückkehrst, um dort Urlaub zu machen, einige Tage mit Deiner neuen Familie, wenn Du möchtest. Ich weiß nicht, ob er es getan hat. Und ob Du Dich geweigert hast.

Vier Jahre nach Alicias Tod bin ich wieder nach Rabat gereist. In der Zwischenzeit hatte Suads Familie sich um La Mora gekümmert. Ihr Mann war Polizist, erinnerst Du Dich? Ihre Brüder haben das Grundstück gepflegt, und ich habe sie dafür bezahlt, dass sie den Garten pflegen, während Suad und ihre Mutter das Haus instand gehalten haben. Alles war noch wie vorher, als ich dort eintraf, nur dass es Februar war. Die meisten Bäume waren kahl, das Schwimmbad leer, die abgefallenen Blätter häuften sich in allen Ecken, vor allem dort, wo sie für die Besen der beiden Frauen kaum erreichbar waren. Und auch ich habe mich gefühlt wie totes Laub.

Ich bin sechs Wochen geblieben, und es war die schwerste Zeit meines Lebens. Ich bin jeden Tag hinaus auf die Terrasse gegangen. Nach und nach, Meter um Meter habe ich den Garten zurückerobert, wobei alte und jüngere Erinnerungen – an den Vortag, an drei Tage zuvor – die gefährlichen Stellen bedeckten, die die intensivsten und schönsten Erinnerungen an unsere gemeinsame Geschichte bargen. Diese sechs Wochen waren die Hölle, Helena, als hätte mich Tag für Tag das Fieber des Begehrens, der Sehnsucht, der Unmöglichkeit verbrannt, jeden Tag ein bisschen mehr, bis die Haut meiner Seele verhornte. Und die Verbrennungen waren so stark, dass mein Geist vernarbte, das, was mein Ich ausmachte, wenn es auch von außen nicht zu sehen war.

Und dann die Nächte … jene unglaublich langen Nächte, in denen ich wie ein Geist durch das Haus irrte. Du weißt, wie sehr ich Klischees hasse, aber genau so habe ich mich gefühlt – wie ein lebendiger Toter, verdammt in alle Ewigkeit, ohne irgendwo Frieden zu finden, weder vor dem Kaminfeuer noch im Ohrensessel in der Bibliothek, der in La Mora immer mein Lieblingsplatz gewesen war, oder in dem Bett, das ich mit Alicia geteilt hatte. Auch nicht in Deinem Badezimmer, wo wir uns zum ersten Mal geküsst haben.

So habe ich unzählige Nächte verbracht, bis ich irgendwann abgehärtet war, bis ich mich eines Tages, ich glaube, Jahre später, wieder zu Hause gefühlt habe, jedoch nicht in dem Haus, das das Haus von uns allen war, das Heim einer Familie, sondern in einem neuen Haus, das aus meiner Einsamkeit errichtet wurde, das Schneckenhaus eines Einsiedlerkrebses, das mich vor äußeren Einflüssen schützte. La Mora und ich waren so eng miteinander verbunden, dass wir beinahe eins waren. Deshalb habe ich nicht versucht, Dich zu finden, Dich dorthin zurückzubringen. Ohne dieses Haus hätte ich nicht überlebt, ohne den Garten, denn sie enthielten das Beste und das Schlimmste meines Lebens.

Doch nun, da es mit mir zu Ende geht, ist der Moment gekommen. Schon bald wird La Mora Dir gehören, und Du wirst sie Dir genau wie ich neu erobern müssen. Komm zu mir, und ich übergebe Dir die Schlüssel.

Am liebsten wäre es mir, wenn schon alles andere unmöglich ist, dass Du sofort dorthin reist, solange ich noch atme, und dann zu mir zurückkommst, um mir zum Abschied davon zu erzählen. Wir beide werden bald fortgehen, Helena, Du auf die andere Seite der Erde und ich in eine bessere Welt, die wahrscheinlich nicht existiert und an die ich nicht glaube. Aber ich habe mich schon immer gern überraschen lassen.

Bitte, Helena, hol Dir die Schlüssel von La Mora. Ich möchte derjenige sein, der sie Dir gibt. Beeil Dich.

Sie schloss die Augen und seufzte wieder. Dieser Gefühlsüberschwang erdrückte sie, diese plötzliche Schamlosigkeit, mit der er sich vor ihr entblößte. Vor einem halben Jahrhundert war Yannick nicht so redselig gewesen. Ihre Begegnungen hatten sich auf leidenschaftlichen Sex beschränkt, gefolgt von geflüsterten Gesprächen in der Abgeschiedenheit des Bettes. Dabei war es niemals um ihre Gefühle gegangen, sondern um anderes: um Filme, Politik, Bücher, aktuelle Ereignisse, Kindheitserinnerungen … Nur selten hatten sie sich zärtliche Worte gesagt, ihnen beiden war es so lieber gewesen. Ohne Verpflichtungen. Ohne gebunden zu sein. Ohne Versprechungen für die Zukunft.

Und nun war es so, als wäre alles, was er einmal für sie empfunden hatte, seine zurückgehaltene Liebe, die sich im Lauf der Jahre angesammelt hatte, in einem Stausee zusammengeflossen und hätte sich plötzlich wie ein Sturzbach ergossen. Oder als ob das nahende Ende ihm seine früheren Empfindungen in übertriebener Form ins Gedächtnis gerufen hätte, um sein Leben in einem heroischeren, romanhafteren Licht erscheinen zu lassen.

Auch sie hatte ihn geliebt. Sehr. Es hatte Momente gegeben, da wäre sie zu allem bereit gewesen, um mit ihm zusammen zu sein. Sie hätte sogar ihre Familie verlassen, die ihr zu jener Zeit alles bedeutete. Doch das war seit Jahren vorbei. Lange, lange hatte es wie eine offene Wunde geschmerzt, doch irgendwann war der Zeitpunkt gekommen, da alles hinter einem Schleier verborgen war und sie nur noch die Umrisse dessen wahrnahm, was einmal gewesen war. Bis auch diese Umrisse auf einmal verschwunden waren.

Sie konnte sich noch genau an diesen Moment erinnern. Es war in Indonesien gewesen, einige Monate nachdem sie sich auf Bali niedergelassen hatte. Freunde, die durch Asien reisten, hatten sie dazu überredet, sie nach Java zu begleiten, um sich die großen Tempelanlagen anzusehen: Prambanan und Borobodur. Zu jener Zeit hatte sie für religiöse Gebäude jeglicher Art nicht viel übrig. Sie liebte es aber, zu reisen, in Bewegung zu sein, unbekannten Menschen zu begegnen, zu rauchen, was ihr angeboten wurde, mit anderen gemeinsam exotische Früchte und scharfe Gerichte zu essen, sich irgendwo einen Platz zum Schlafen zu suchen, auf einer Matte unter einem Dach, das sie vor dem tropischen Regen schützte, hin und wieder etwas zu malen, was sie dann an die Touristen verkaufte, um leben zu können, ohne sich an ihren Vater wenden zu müssen, und zu vergessen, dass sie irgendwann ein reiches, gut behütetes und verwöhntes Mädchen gewesen war.

Nachdem ihre Freunde alles gesehen hatten, weswegen sie gekommen waren, reisten sie ab. Sie indes hatte sich entschlossen, noch einige Tage zu bleiben, und sich in Yogyakarta einer Gruppe von Amerikanern angeschlossen, die in der Abenddämmerung Candi Ijo, den grünen Tempel, besichtigen wollten.

Über Stunden stiegen sie einen Weg bergauf, der sich immer weiter nach oben wand, durch tropische Wälder, vorbei an kleinen Häusern mit Palmendächern, an winzigen Gärten, in denen Hühner pickten, an wilden Orchideen in allen Farben, hoch aufragenden Palmen, von denen aus eine Affenhorde den Aufstieg der Menschen beobachtete.

Als sie schließlich ihr Ziel erreichten, hatte die Dämmerung bereits eingesetzt, und die untergehende Sonne beleuchtete die verfallenen Tempel mit ihrem warmen orangefarbenen Schein, der die

Steine mit goldglänzendem Firnis überzog und die Augen und die Hüften der tanzenden Statuen sowie das rätselhafte Lächeln der steinernen Prinzen an den Fassaden in ein weiches Licht tauchte.

Nachdem sie hineingegangen und eine Weile durch die dunkle Tempelanlage gestreift waren, traten sie wieder hinaus und setzten sich auf eine Steinmauer, ließen die Beine baumeln und rauchten, um dann dem Untergang der Sonne zuzusehen, die wie eine reife Mango in der Ferne der strahlenden Linie des Ozeans entgegensank, wobei das weite grüne Tal sich vor ihren Augen bis zum Meer hin erstreckte.

Es roch nach Rauch und nach dem Gebäck, das über dem Feuer erhitzt wurde, nach Tabak, Patschuli und Heu. Die Steine hatten sich von der Sonne aufgeheizt. In diesem Moment erschien das Leben leicht wie ein orangefarbenes Seidentuch.

Einige vorwitzige karmesin- und scharlachrot glühende Wolken lösten sich langsam auf, um dann wie ihre Gedanken immer neue Formen anzunehmen. Eine von ihnen glich der Silhouette Frankreichs, wo Yannick vielleicht gerade, von prächtigen Stoffen umgeben, eine weitere Kollektion entwarf, während sie sich wie die Wolken aufzulösen versuchte, um nicht mehr sie selbst zu sein.

In diesem Augenblick wusste sie aus einer unerklärlichen Ahnung heraus, wie man sie auch Epiphanie nennt, dass genau wie der Lauf der Sonne auch sie an einem Ende angekommen war, dass auch ihre vergangene Liebe endgültig vorbei sein musste, damit die Nacht sie reinigte und alles in ihr am nächsten Tag neu erstehen konnte.

Mit atemloser Spannung wartete sie, bis der letzte goldene Schein im Meer versank, sog ein letztes Mal gleichzeitig sanft und intensiv den Rauch ein und verhüllte den Geist Jean Pauls mit einem letzten Schleier. Für immer.

12. Kapitel

Madrid. Gegenwart

Bevor Helena Marcs Atelier betrat, blieb sie kurz auf der Schwelle stehen und blickte sich in dem Raum um. Es schien ein völlig anderer Ort zu sein. Wie es aussah, hatten sich an jenem Abend die Dunkelheit, die Müdigkeit und der Alkohol dazu verschworen, entweder die Realität zu verzerren oder aber ihre Erinnerung daran. Sicher Letzteres, entschied sie. Denn so schnell ändern sich die Dinge nicht.

»Wie sehr ich mich freue, dass ihr endlich gekommen seid!«, begrüßte Marc seine Besucher. Er wirkte gleichzeitig zufrieden und nervös. »Möchtet ihr etwas trinken? Ein Bier? Ein Glas Wein? Oder etwas Stärkeres? Einen Whisky vielleicht, Helena?«

»Whisky trinke ich nur nach Mitternacht, und so lange werden wir wohl nicht bleiben. Ein Bier bitte!«

»Für mich auch«, fügte Carlos hinzu. »Dann sehen wir doch mal, was du uns zu bieten hast.«

»Dort hinten sind die Bilder, die bereits fertig sind. Werft ruhig schon mal einen Blick darauf, während ich die Getränke hole.«

Es war ein großer Raum mit Fenstern an zwei Seiten, die einen Winkel bildeten, sodass das Ganze wie ein kleines Loft wirkte, jedoch ohne einmal industriell genutzt worden zu sein. Das mit einer marineblauen Tagesdecke verhüllte Bett war an den Rand geschoben worden, wobei es, aus den Abdrücken am Boden zu schließen, ansonsten mitten im Zimmer stand.

Hinten im Raum waren auf einer Seite fünf Bilder ausgestellt, von denen zwei auf Staffeleien standen und die anderen drei an der Wand hingen. Die Geisterfrauen wirkten bei Tageslicht konkreter, ihre Blicke jedoch noch abwesender.

Helena ging langsam von einem Bild zum nächsten, trat näher heran und wieder zurück und nahm hin und wieder einen Schluck von dem Bier, das Marc ihr schweigend in die Hand gedrückt hatte.

»Gibt es aus dieser Serie auch ein Bild, an dem du noch arbeitest?«

»Ja. Möchtest du es sehen?«

»Ja, bitte.«

Marc sah unschlüssig zu Carlos hinüber, der ihn anlächelte, als wolle er ihm Mut machen, und ging dann Richtung Küche. Gleich darauf kam er mit einem großen Gemälde im Arm zurück und stellte es auf eine der beiden Staffeleien vor das Bild, das die Besucher bereits betrachtet hatten.

Helena studierte es interessiert.

»Mhm … dieses hat etwas. Eine Tiefe, die bei den anderen nicht vorhanden ist. Auch hier fehlt der Blick, klar, und es ist nicht richtig definiert, das ist dein Schwachpunkt. Aber … es strahlt eine gewisse Kraft aus.« Sie griff nach der Palette, die auf einem Beistelltisch lag, der mit Farbflecken übersät war und auf dem schmutzige Terpentinflaschen standen und mehrere Pinsel lagen. »Darf ich?«

»Sicher, nur zu!«

Mit dem Bierglas in der linken und dem Pinsel in der rechten Hand arbeitete sie einige Minuten lang an dem einzigen Auge, das so zu sehen war, wie Marc die weibliche Figur positioniert hatte.

Die Frau auf dem Bild war lediglich mit einem weißen Unterhemd und einem Baumwollslip bekleidet und schien gerade aus einem unruhigen Schlaf erwacht zu sein, nachdem sie ein Geräusch gehört hatte, das sie nicht zuordnen konnte.

Als Helena von der Staffelei zurücktrat, hatte das Gesicht der Frau sich deutlich verändert, vielleicht überhaupt erst einen Ausdruck bekommen. In ihrem Blick lagen Angst, Überraschung und etwas, was im Ansatz – nur im Ansatz – einen gewissen Genuss verriet. Es sah so aus, als sei das mysteriöse Geräusch von etwas verursacht worden, das sie niemals erwartet, aber schon lange ersehnt hatte. Gleichzeitig lag in ihrem Lächeln, das sich nur schwach auf ihren Lippen abzeichnete, etwas Perverses, Bedrohliches.

»Vielleicht ist das nicht der Ausdruck, den du darstellen wolltest. Vielleicht wolltest du ihn anders haben. Aber jetzt erst hat das Gesicht Konturen bekommen. Jetzt ist die Frau zu einer Person geworden, findest du nicht? Du kannst den Ausdruck auch komplett entfernen und sie zu einem Monster, einer Erscheinung, einem leeren Geist machen … Das aber nur dann, wenn du es so beabsichtigst, und nicht, weil du deine Vorstellungen nicht umsetzen kannst. Verstehst du?«

Aufmerksam musterte Marc das Bild und versuchte zu erkennen, was genau Helena daran verändert hatte.

»Genau das ist dein Problem, du Kunstwelpe! Du musst noch viel lernen, von denen lernen, die es besser können als du«, fuhr sie fort. »Bilde dir nicht ein, dass du dein Ziel schon erreicht hast, dass du bereits alles weißt! Niemals. Wäre Velázquez noch am Leben, würde ich gern von ihm lernen. Wenn es sein müsste, würde ich sogar Hintergründe oder diese langweiligen Bilder voller goldener Blümchen malen. Kennst du die Zeichnungen von Parmigianino? Sieh sie dir an und lerne! Es gibt viele verstorbene Meister und einige, die noch leben. Und das ist ein großes Glück.«

Marc räusperte sich verlegen.

»Aber wie ich schon sagte«, fuhr Helena fort, »ist dir dieses Bild besser gelungen. Es vermittelt den Eindruck, dass es dir mehr bedeutet als die anderen. Es verfügt über eine gewisse Dichte, die den anderen fehlt. Hast du eine Frau gemalt, die dir wichtig ist? Oder ist dir wichtig, was sie in der Hand hält – das Messer?«

»Woher weißt du, dass sie ein Messer in der Hand hält?«, entgegnete Marc beinahe erschrocken.

»Genau, woher weißt du das?«, hakte Carlos nach. »Die Hand ist doch leer, zumindest die Hand, die zu sehen ist.«

Helena beachtete ihn nicht, sondern sprach weiterhin mit Marc.

»Gedanklich hast du ihr ein Messer in die Hand gelegt, stimmt's?«

Der junge Mann nickte.

»Gut. Das ist der Weg, dem du folgen solltest. Wenn du noch weitere Bilder dieser Art malst, sag mir Bescheid! Dann komme ich wieder und sehe sie mir an.«

Sie stellte die Bierflasche auf den Tisch, gab Carlos ein Zeichen und ging zur Tür. Carlos schüttelte Marc die Hand und hob mit einem entschuldigenden Blick auf Helena die Schultern. Dann folgte er ihr.

»Helena!«, rief Marc, bevor sie im Treppenhaus verschwand. »Wärst du bereit, mir einige Unterrichtsstunden zu geben?«

Sie lächelte, was die beiden Männer hinter ihr nicht sehen konnten, und wandte sich erst zu ihnen um, als das Lächeln von ihren Lippen verschwunden war.

»Wie kommt's?«

»Ich möchte es gut machen. So gut wie möglich. Nur so kann ich meine Albträume loswerden.«

»Das ist der richtige Anfang, ja. Einverstanden. Morgen und übermorgen habe ich keine Zeit, danach machen wir einen Termin aus. In der Zwischenzeit arbeitest du weiter. Sieh dir genau an, was ich geändert habe. Bring das auf die Leinwand, was du in dir spürst, was du malen musst. Denk nicht daran, was der Betrachter möglicherweise sehen oder kaufen will. Allein dein mentales Gleichgewicht zählt, junger Kollege. Du malst, und dann sehen wir weiter.«

Als sich hinter Carlos und Helena die Tür geschlossen hatte, fiel Marc aufs Bett. Zwar hatte er sich ein völlig anderes Ergebnis von Helenas Besuch erhofft, aber wie er merkte, war er doch zufrieden. Und er verspürte den drängenden Wunsch, sich ans Werk zu machen.

Die Kiste

5. Dokument

In dem Notizbuch mit den psychedelischen Blumen findet sich weiter hinten, nach mehreren Seiten mit farbigen Modeskizzen, eilig hingekritzelten Telefonnummern und Notizen, die nicht mehr von Bedeutung sind, ein weiterer undatierter Eintrag.

Er hat geantwortet. Ich kann es fast noch nicht glauben! Er ist häufig auf Dienstreise, zwischen Paris, Madrid, New York und Quebec unterwegs. Vielleicht können wir uns schon bald sehen, beim nächsten Mal, wenn er nach Europa kommt, und auf einem anderen Flughafen wieder ein Glas zusammen trinken. Ich würde mich sehr darüber freuen, und gleichzeitig fühle ich mich schuldig, und das, obwohl ich mir doch noch gar nichts vorzuwerfen habe. Aber es ist ein seltsames Gefühl, so etwas zu tun, obwohl ich eine verheiratete Frau bin und nicht frei über meine Zeit verfügen und Freundschaften knüpfen kann, ohne vorher mit JP darüber gesprochen zu haben. Dabei ist auch er ständig unterwegs, manchmal ohne mich zu fragen, und schließlich leben wir im zwanzigsten Jahrhundert. Die Frauen haben fast hundert Jahre lang um die Rechte gekämpft, die sie heute haben. Vor kaum zwei Wochen haben fast fünfzig Frauen in den Vereinigten Staaten öffentlich ihre BHs verbrannt. Damit wollten sie zum Ausdruck bringen, dass der Körper einer Frau ihr gehört und nur sie darüber entscheidet. Ich will letztendlich mit einem Mann, der mir gefällt, ja nur ein Glas trinken oder etwas essen.

Natürlich geht es nicht nur darum, dass er nett ist und wir auch zu dritt zum Essen gehen könnten, um uns besser kennenzulernen. Vielmehr gefällt *er mir, und zum ersten Mal, seit ich mich in JP verliebt habe, interessiere ich mich für einen anderen Mann. Er gefällt mir,* weil *er nicht JP ist. So, jetzt steht es da! Jetzt habe ich es niedergeschrieben. Hoffentlich liest nie jemand diese Zeilen!*

Ich habe es immer merkwürdig gefunden, wenn das Tagebuch eines bekannten Künstlers veröffentlicht wurde. Oder auch eine Sammlung von Briefen, die zwei Schriftsteller oder ein Philosoph und seine Geliebte gewechselt haben ... solche Dokumente eben. Darin gibt es immer eine Stelle, an der der Autor verspricht, vor seinem Tod alle Schriften zu verbrennen. Doch das tut er niemals, und Jahre oder Jahrzehnte später kann jeder die Sätze lesen, die er allein für sich niedergeschrieben hat, um sie später noch einmal zu lesen. Oder sie waren an jenen Menschen gerichtet, der für ihn der wichtigste auf der Welt war.

Ich frage mich, wie sie sich fühlen würden, wenn sie beim Schreiben wüssten, dass irgendwann in der Zukunft Tausende Unbekannte ihre Zeilen lesen werden oder – noch viel schlimmer – dass die eigene Familie sie nach dem Tod des Betreffenden lesen wird, um gewisse Zweifel zu klären und gewisse Auffassungen zu relativieren.

Denn das ist das Schöne an einem Tagebuch – dass man einfach aufschreibt, was einem gerade in den Sinn kommt, ohne sich zu fragen, ob es gut formuliert ist, ob es zu dem Eintrag vorher passt, ob die Worte und Gedanken die Gefühle eines geliebten Menschen verletzen könnten, der die Notizen irgendwann einmal liest.

Ich werde dieses Tagebuch wirklich verbrennen, wenn ich alt bin, nachdem ich es noch einmal gelesen habe. Wahrscheinlich werde ich mich dabei über die Ängste kaputtlachen, die dann schon lange zurückliegen, über die Entscheidungen, die zu treffen mir so schwergefallen sind und die nicht mehr die geringste Bedeutung haben.

Das Schwierige ist dabei natürlich, den Moment zu bestimmen, wann man alt genug ist, um kompromittierende Unterlagen zu verbrennen, damit sie nicht in falsche Hände geraten. Etwas über fünfzig, so alt wie Mama jetzt ist? Sechzig? Siebzig?

Tatsächlich sollte es viel später nicht sein. Schließlich kann ich mir kaum vorstellen, dass ich achtzig Jahre alt bin und mit Gehstock und weißem Haar wie eine Großmutter aus den Märchen aussehe.

Mir sträubt sich bereits das Haar, wenn ich mich mit vierzig vor mir sehe, im Kampf gegen Falten und Cellulitis und mit der Angst, dass meine Kundinnen sich vor meinem Verfall erschrecken und sich eine andere Designerin suchen.

Aber Schluss mit diesen furchtbaren Zukunftsbildern!

Schließlich habe ich mit dem Schreiben begonnen, um etwas festzuhalten, was mich zwar erschreckt, gleichzeitig aber auch glücklich macht.

Ich fühle mich ein wenig wie damals, als ich JP kennenlernte und mich tagelang danach sehnte, dass er mich anrief oder wir uns zur Essenszeit zufällig in einem der kleinen Bistros in der Umgebung begegneten.

Natürlich ist dieses Gefühl nicht wirklich vergleichbar und logischerweise das Erste, was verloren geht, wenn das Zusammensein alltäglich wird, wenn man morgens neben diesem wunderbaren Mann aufwacht, bis zu jenem fernen Moment, wenn das gemeinsame Essen zur täglichen Gewohnheit wird.

Deswegen erscheint es mir ganz normal, dass diese Magie zwischen JP *und mir nicht mehr vorhanden ist, doch ich vermisse sie. Es ist so schön, verliebt zu sein, zu hoffen, zu zweifeln, dafür mit kleinen Gesten belohnt zu werden – wenn er meine Hand streichelt, wenn er mir einen Arm um die Taille legt, wenn er mir tief in die Augen sieht oder mich verschwörerisch anlächelt. Und wie herrlich ist der Wunsch, dass es öfter geschieht, dass es intensiver wird!*

JP *ist noch immer ein wunderbarer Ehemann, darüber kann ich mich wirklich nicht beklagen. Allerdings ist er in letzter Zeit dauernd mit den Gedanken woanders, ständig unterwegs oder länger im Atelier, wenn ich schon nach Hause zurückkehre oder mit meinen Freundinnen ausgehe. Jedenfalls ist es nicht mehr so, wie es war, als wir geheiratet haben. Ich habe nicht mehr das dringende Bedürfnis, ihn zu sehen oder von ihm berührt zu werden, zu hören, dass er mich liebt. Ich spüre keine Schmetterlinge mehr im Bauch, wenn ich denke: Dieser wunderbare Mann ist mein Ehemann. Ich liebe ihn noch, sicher, und wir haben nach wie vor viel Spaß im Bett, wenn es dann mal vorkommt – was auch nicht mehr so ist, wie es mal war. Wir arbeiten toll zusammen, sind ein gutes Team, dennoch sehne ich den Moment herbei, wenn Helena zu uns stößt und wir das Unternehmen zu dritt leiten, nicht nur zu zweit und dann noch als Paar.*

Helena und JP verstehen sich gut, scherzen viel miteinander, ergänzen sich gegenseitig, obwohl beide sehr temperamentvoll sind und gelegentlich auch die Fetzen fliegen. Außerdem beruhigt mich Helenas Nähe, worüber sie sich, wenn sie es wüsste, wahrscheinlich kaputtlachen würde. Sie liebt dieses Spiel ältere Schwester – jüngere Schwester, *was für mich überhaupt keine Bedeutung hat, zumal es oft eher umgekehrt scheint, weil Helena viel vernünftiger ist als ich und ein viel besseres Händchen für Zahlen und unternehmerische Entscheidungen hat. Helena ist in der Lage, Nein zu sagen, ohne mit der Wimper zu zucken, ohne sich deswegen fortwährend Gedanken zu machen, wie es bei mir der Fall ist. Dabei muss ein guter Unternehmer diese Fähigkeit haben.*

Schon bald, in den Weihnachtsferien, werden wir wieder in La Mora sein. Dort haben wir viel mehr Freiheit, können uns die Zeit besser einteilen. Die Gäste sorgen immer für willkommene Abwechslung, und ständig gibt es irgendwas zu tun. Vielleicht kann ich an einem der Tage, wenn Papa und JP im Garten arbeiten, nach Casablanca fahren – und vielleicht könnte ich ihn dort treffen.

Madrid. Gegenwart

Als Carlos und Helena an der Plaza del Ángel im Restaurant *Ginger* ankamen, hatten sich Almudena und Chavi bereits an einem Fensterplatz niedergelassen.

Schon in Álvaros Chalet am Tag ihrer Ankunft war der zukünftige Ehemann ihrer Enkelin Helena sehr sympathisch gewesen, nur hatten sie dort keine Gelegenheit zu einem Gespräch gehabt. Als sie ihn nun näher kennenlernte, überzeugten sie sein aufrichtiges Lächeln und die Art, wie er mit Almudena umging, endgültig davon, dass er zum Glück nicht der typische Sohn reicher Eltern war, sondern ein junger Mann, der mit beiden Beinen im Leben stand und sich eine eigene Existenz aufbauen wollte.

»Ich fände es toll, wenn ihr mir erzählen würdet, was ihr bisher herausgefunden habt«, begann Chavi schließlich. »Nach allem, was Almudena mir berichtet hat, möchte ich unbedingt mehr erfahren. Lasst uns gleich das Essen auswählen und dann sofort zur Sache kommen!«

»Du hast es aber eilig, Junge«, sagte Helena lächelnd.

»Das liegt daran, dass ich nicht nur immer über die Hochzeit reden will. In letzter Zeit gibt es kein anderes Thema mehr – Was ist mit dem Kleid? Was mit dem Abendessen? Und was, zum Teufel, sonst noch … Mir wäre eine einfache Hochzeit viel lieber gewesen, nur mit der Familie und Freunden. Nun bin ich plötzlich in eine Riesensache verwickelt, die aufsehenerregender als eine Staatsaffäre zu sein scheint. Aber wie es aussieht …« Er wies auf seine zukünftige Frau. »Wie es aussieht, ist diese junge Dame anders, als ich dachte, und im Herzen das kleine Mädchen geblieben, das sie mit sieben Jahren war.«

»Es ist nur so, dass ich nur einmal im Leben zu heiraten gedenke. Und das muss ich eben ausnutzen. Ihr versteht mich doch, oder?«

Helena war im Begriff zu widersprechen. Schon wollte sie ihrer Enkelin entgegenhalten, dass sie es nicht verstehe, sich nicht erklären könne, warum eine junge Frau sich derart einschränke, sich mit zweiundzwanzig oder dreiundzwanzig Jahren darauf festlege, dass dieser Mann der einzige sei, mit dem sie für den Rest ihres Lebens zusammen sein wolle. Nur mit ihm. Die Erwiderung lag ihr bereits auf der Zunge, doch dann beschloss sie, lieber über ihre Recherchen zu reden, als eine Diskussion über eheliche Treue, Monogamie und so weiter loszutreten.

Eilig wählten sie ihr Essen aus, was gar nicht so einfach war, weil sie auf fast alles Appetit hatten. Doch gleich darauf begann Carlos mit einer Zusammenfassung ihrer Ergebnisse, wobei Helena ihn hin und wieder mit einem Einwand unterbrach oder die beiden jungen Leute die eine oder andere Zwischenfrage stellten.

»Das heißt, wir stehen vor vielen ungeklärten Tatsachen und Einzelheiten, die sich anders darstellen als angenommen. Es gibt mehr offene Fragen als vorher, und uns fehlen die Antworten.«

»Ich habe schon oft gehört, dass es in jeder Familie Geheimnisse gibt, Ereignisse, über die aus Angst, Scham oder Feingefühl niemand sprechen will. Allerdings habe ich das immer nur für Gerede gehalten. Ich dachte, dass sich die Leute damit nur wichtigmachen wollen. Und nun stellt sich heraus, dass es tatsächlich stimmt. Zumindest was eure Familie betrifft«, sagte Chavi. »Eure Familie, die bald auch meine Familie sein wird.«

»Eine Sache kommt mir am seltsamsten vor, Großmutter«, wandte Almudena ein. »Dein Vater war angeblich vor dem Krieg beim Militär, aber später zu Hause sprach er nie darüber.«

»Kein einziges Mal. Seine Armeezugehörigkeit wurde nie erwähnt, selbst dann nicht, wenn wir uns aus irgendeinem Grund über Onkel Vicente unterhielten, zum Beispiel wenn er befördert worden war. Auch meine Mutter sprach nie davon. Als ich ihn gestern auf dem Foto in Uniform entdeckte, war ich tief beeindruckt. Tatsächlich sah er ausgesprochen gut aus. Warum mag er die Armee verlassen haben?«

»Vielleicht wollte er nach seinen Kriegserlebnissen nicht länger bei der Armee bleiben. Weißt du, wo er stationiert war?«

»Eins noch, vorsichtshalber – er war ein überzeugter Franquist. Ich gehe davon aus, dass ihr darüber informiert seid. Ich weiß, dass er zunächst in seiner Heimatgegend stationiert war, im Süden von Alicante, Orihuela. Dort hatten die Roten – die Republikaner – vor dem Krieg anscheinend das Anwesen seines Vaters konfisziert, die Felder, die Häuser der Landarbeiter und anderen Besitz. Hin und wieder hat er sich sehr kryptisch darüber geäußert, dass er das alles geregelt habe. Das Erbe ging an seine Schwester Paz, mit der er so gut wie keinen Kontakt hatte. Ich weiß nicht, ob *geregelt* in etwa das bedeutet, was ich befürchte, nachdem ich mittlerweile so einiges über die Politik der Unterdrückung zu jener Zeit gelesen habe. Aber ehrlich gesagt kann ich mir meinen Vater nicht als Mörder vorstellen. Er war meines Wissens auch in Madrid, als dort während des Bürgerkrieges neunzehnhundertsechsunddreißig die Schlacht um die Hauptstadt auf dem Gelände der Ciudad Universitaria tobte, des im Bau befindlichen Universitätsgeländes. Das muss ganz furchtbar gewesen sein. Aber wie ich bereits sagte, sprach mein Vater nie über diese Ereignisse.«

»Soll ich versuchen, etwas darüber herauszufinden?«

»Wie bitte?«

»Nun ja, schließlich gibt es Militärarchive, meine Liebe. Und ich bin Historikerin. Was bedeutet, dass ich mich darauf verstehe, in Archiven und Bibliotheken zu wühlen.«

»Das könnte etwas bringen.«

»Und nach dem Krieg war er Handelsattaché im Konsulat von Casablanca …«, begann Chavi.

»So etwas in der Art«, bestätigte Helena.

»Und dann war er als Geschäftsmann in Marokko tätig und am Ende seines Aufenthaltes dort Gouverneur von Sidi Ifni«, ergänzte Almudena die Aufzählung.

»Das klingt so, als hätte man ihn am Ende seiner beruflichen Karriere für seine Verdienste um den Staat belohnt«, meinte Chavi.

»Ja? Glaubst du? Womit könnte er sich denn verdient gemacht haben?«

Chavi zuckte mit den Achseln.

»Mit Spionage?«

»Also bitte! Mein Vater, ein Spion? Nun hör aber auf!«

»Du hast doch erzählt, dass dein Vater im Frühsommer neunundsechzig sehr glücklich war und viele Marokkaner in seinem Haus empfing, oder?«, fragte Almudena.

»Ja.«

»Weißt du, was im Juni neunundsechzig passiert ist?«

»Keine Ahnung.«

»Spanien hat damals Ifni an Marokko übergeben. *Rückübertragung* wurde das genannt, nicht Rückgabe oder Rückerstattung, sondern so, als wäre es ein Akt der Großzügigkeit seitens der spanischen Regierung gewesen. Wenn dein Vater dort Gouverneur war und befürwortete, dass Ifni an Marokko übergeben wurde, dann könnte er sich persönlich für den Sultan eingesetzt haben, den späteren König Mohammed den Fünften.«

»Der ihm ja auch aus irgendeinem Grund, den wir nicht kennen, La Mora geschenkt hat«, ergänzte Carlos.

»Ja, aber viel früher, schon im Jahr dreiundvierzig«, konkretisierte Helena.

»Vielleicht war er ein Doppelagent, der sowohl für Spanien als auch für Marokko tätig war.«

»Jetzt übertreibt aber nicht, meine Lieben! Außerdem bringt uns das erst einmal nicht weiter. Schließlich interessieren wir uns im Moment vor allem für den Mord an meiner Schwester.«

»Dazu jetzt noch etwas herauszufinden halte ich für ziemlich unmöglich«, meinte Chavi, bevor er den Blick hob und dem Kellner dankte, der gerade den Salat gebracht hatte.

»Nichts ist unmöglich«, sagte Carlos mit einem Augenzwinkern, »wenn auch sehr unwahrscheinlich.«

»Mal sehen. Was haben wir denn?«

»Wir wissen, dass sie nicht ermordet wurde, um ihr das Armband zu stehlen. Das hatte sie zu Hause gelassen. Auch nicht wegen der Kette. Die Aussage des armen kleinen Gauners erscheint mir durchaus glaubwürdig. Er nahm das Schmuckstück erst an sich, als Alicia schon tot war, also nachdem er ihre Leiche im Fluss gefunden hatte«, erklärte Carlos. »Wobei der anschließende Selbstmord im Gefängnis natürlich als Geständnis ausgelegt werden kann. Außerdem wissen wir, dass Alicia an einer Überdosis Heroin starb. Es wurde ihr an einer Stelle des Körpers injiziert, an der sie es sich nicht selbst gespritzt haben konnte. Abgesehen davon, dass sie keine Drogen nahm. Ob sie zum Zeitpunkt der Vergewaltigung noch lebte oder schon tot war, können wir nicht wissen. Es sei denn, jemand mit mehr Ahnung von solchen Dingen als ich nimmt sich den Obduktionsbericht vor und überprüft, ob sich vielleicht doch ein Hinweis darin findet. Und wir wissen auch nicht wirklich, warum Alicia die Festung des Oudaïa aufgesucht hat. Wenn sie wirklich nur die besagten Stoffbahnen hätte abholen wollen, hätte sie sich in die Medina begeben müssen und nicht oben auf die Festung.«

»Zu einem kleinen Geschäft in der Rue des Consuls in der Medina«, ergänzte Helena. »Das lag allerdings nicht weit von der Festung entfernt. Fünf Minuten zu Fuß.«

»In ihrem Brief deutet Blanca an, dass Alicia sich mit jemandem treffen wollte. Wir wissen nicht, mit wem, und wir wissen auch nicht, warum heimlich und zu jenem Zeitpunkt. Und dann haben wir noch die letzte Seite des Briefes eines gewissen *M*...«

»Oder einer gewissen *M*«, präzisierte Helena.

»Oder einer gewissen *M*«, stimmte Carlos zu. »Er oder sie schreibt, dass er oder sie ein Nein als Antwort nicht hinnehmen wird.«

»Wissen wir, ob dieser Brief an Alicia gerichtet war?«, fragte Almudena.

Helena und Carlos schüttelten den Kopf.

»Er könnte an jeden der drei gerichtet gewesen sein – an Goyo, Blanca oder Alicia.«

»Und dann gibt es noch die Aussage der Frau, die Alicia in der Familienaufstellung dargestellt hat«, schloss Carlos. »Die dürfen wir auch nicht außer Acht lassen.«

Helena schnaubte nicht gerade diskret. Sie hatte gehofft, dass dieses Thema nicht zum Gegenstand der allgemeinen Diskussion würde. Das Seminar hatte sie zwar beeindruckt, aber offen darüber sprechen wollte sie nicht. Sie fürchtete, dass man sie für verrückt oder vielleicht sogar für leichtgläubig halten könnte. Schlimmstenfalls schlichtweg für bescheuert. Wütend hieb sie die Gabel in ihre Nierchen in Sherry und schloss demonstrativ den Mund.

»Du hast bei einer Familienaufstellung mitgemacht? Was ist dabei passiert?«, fragten die beiden jungen Leute beinahe wie aus einem Mund.

»Ihr wisst, was das ist? Eine Familienaufstellung?« Helena war völlig verblüfft.

»Sicher«, entgegnete Almudena. »Schließlich sind solche Selbsterfahrungsgruppen in den letzten Jahren immer mehr in Mode gekommen. Du musst das Wort nur mal in eine Internetsuchmaschine eingeben, dann bekommst du allein auf Spanisch über eine halbe Million Ergebnisse. Bekannte von uns haben es schon mal ausprobiert. Dass ich noch nicht mitgemacht habe, liegt nur daran, dass ich nicht weiß, was ich dort vorbringen könnte. Ich weiß, es klingt unglaubwürdig, aber ich habe keine Traumata, unter denen ich leide. Zumindest bin ich mir dessen nicht bewusst, was auf das Gleiche hinausläuft.«

»Komm, Helena, erzähl uns, was dabei herausgekommen ist!«

Helena gab sich geschlagen und warf Carlos einen Hilfe suchenden Blick zu. Der fing den Ball sofort auf und erzählte, was sie nicht in Worte fassen wollte.

»Interessant«, bemerkte Chavi, als Carlos geendet hatte, aß die letzten Salatblätter auf und lehnte sich auf seinem Stuhl zurück. »Das heißt also, dass Alicia euch verlassen wollte. Warum?«

Helena zuckte mit den Schultern. Sie hatte nicht vor, den beiden gegenüber zu erwähnen, dass Alicia möglicherweise hinter ihre Affäre mit Jean Paul gekommen war und gehen wollte, um Helena nicht im Weg zu stehen. Sie hatte sich immer sehr uneigennützig gezeigt, wenn es um ihre kleine Schwester gegangen war. Daher war diese Möglichkeit nicht auszuschließen. Und nach so langer Zeit konnte Helena viel distanzierter und gelassener mit dem Thema umgehen. Was ihr seinerzeit nie in den Sinn gekommen wäre, erschien ihr inzwischen durchaus plausibel – dass Alicia damals vielleicht wirklich gehen wollte.

Doch wenn sie nun Chavis Frage beantwortete und ihre Vermutung erläuterte, war das ein offenes Eingeständnis, dass sie und ihr Schwager ein Liebespaar gewesen waren und Alicia sowie ihre Eltern zwei Jahre lang hintergangen hatten. Und das wollte sie nicht. Schließlich wusste nicht einmal Carlos davon, und er durfte es auf keinen Fall erfahren, nicht hier in einem Restaurant und im Beisein ihrer Enkelin und deren Bräutigam.

»Vielleicht hatte sie sich ja in einen anderen Mann verliebt.«

»Ach was! Warum fällt das allen immer als Erstes dazu ein?«

»Weil es am wahrscheinlichsten ist. Und es ergibt einen Sinn. Der Liebhaber wollte zu dem großen Fest kommen, damit Alicia ihre Beziehung nicht länger verheimlicht und endlich reinen Tisch macht. Sie hat ihn beruhigt und ihm gesagt, dass sie sich an der Festung treffen könnten, dass sie mit der Ausrede, die Stoffbahnen abzuholen, für einige Zeit das Haus verlassen könne, um dann Tage später vielleicht mit der Wahrheit herauszurücken. Und als sie nach Hause zurückkehren wollte, ist er ausgerastet und hat sie getötet«, fantasierte Almudena.

»Indem er ihr eine Überdosis Heroin injiziert?« Chavis Gesichtsausdruck machte deutlich, dass er diese Version für höchst unwahrscheinlich hielt. »In einer Situation, wie du sie schilderst, könnte ich mir vorstellen, dass er sie erwürgt, erschlagen oder mit einem Messer getötet hat ... Alle diese furchtbaren Vorstellungen, die sich bei einem Verbrechen aus Leidenschaft einstellen. Aber dass er ihr eine Spritze in die Halsschlagader jagt, sie vergewaltigt, während die Droge wirkt, und sie dann aus dem Fenster wirft oder von der Brüstung der Festung stößt ... Das ist eine andere Art von Verbrechen, die mit Liebe oder Leidenschaft nichts zu tun hat.«

Die drei anderen dachten über seine Äußerung nach, während der Kellner die Teller abräumte und Wein nachschenkte.

»Reden Sie gerade über eine Fernsehserie?«, fragte er mit einem strahlenden Lächeln, während er die Gläser füllte.

»Es ist noch ein Geheimnis«, entgegnete Chavi mit einem Augenzwinkern.

»Es ist nur ...« Der junge Mann warf einen Blick über die Schulter zurück, um sich zu vergewissern, dass sein Chef nicht in der Nähe war. »Ich bin Schauspieler. Wenn Sie also noch Darsteller suchen ... Das wenige, was ich mitbekommen habe, klingt genial.«

»Es ist noch nichts entschieden, wissen Sie?«, erklärte Chavi mit gesenkter Stimme. »Die Finanzierung ist noch nicht geregelt, wie üblich.. Aber wir behalten Ihr Angebot im Auge.«

»Du bist vielleicht abgebrüht!«, murmelte Almudena mit leicht unsicherem Lächeln, nachdem der Kellner sich zurückgezogen hatte.

»Ich hätte auch sagen könnten, dass es sich um einen realen Fall handelt und wir Polizisten sind. Aber warum soll ich dem armen Mann die Hoffnung nehmen? Schließlich müssen wir alle von irgendwas leben …«

»Großmutter.« Almudena legte Helena eine Hand auf den Arm. Die hob den Blick, den sie gedankenverloren aus dem Fenster gerichtet hatte. »Welches Gefühl hattest du, als die Alicia in der Gruppentherapie gesagt hat, dass sie gehen will? Was hast du die Jahre über gefühlt?«

Helena schüttelte ungeduldig den Kopf. Sie hasste es, nach ihren Gefühlen gefragt zu werden, vor allem in der Öffentlichkeit.

»Nichts. Ich weiß nicht. Es hört sich dämlich an … Ich habe gespürt, dass es stimmte, dass sie tatsächlich seit einer Weile gehen wollte und nicht wusste, wie sie es uns sagen sollte, ohne uns wehzutun. Und die Jahre über … Das klingt noch blöder … Ich habe die ganze Zeit gefühlt, dass Alicia irgendwie noch da ist. Dass ich die Ereignisse verstehen soll, dass ich das Rätsel lösen muss, dass sie mich erst in Ruhe lässt, wenn … Dass sie immer bei mir ist. So einen Blödsinn eben. Was ich sage, ist unmöglich, das weiß ich. Es klingt völlig absurd. Aber … letztendlich … du wolltest wissen, was ich fühle, oder?«

Die drei anderen nickten bedächtig und ließen ihr Zeit, noch etwas hinzuzufügen und sich von diesem Geständnis zu erholen.

»Es ist durchaus möglich, etwas scheinbar Unglaubliches zu fühlen, das aber den Tatsachen entspricht«, begann Chavi vorsichtig. »Ich hatte einen Freund, der davon überzeugt war, einen älteren Bruder zu haben, der auf ihn aufpasste. Einen Schutzengel oder einen unsichtbaren Freund, einen Leibwächter. Als Erwachsener erfuhr er dann, dass seine Eltern tatsächlich vor ihm bereits ein Kind hatten, das noch im Mutterleib gestorben war. Die Eltern hatten beschlossen, meinem Freund nichts davon zu erzählen, solange er noch ein Kind war. Irgendwie wusste er es aber und spürte die Gegenwart an seiner Seite. Seltsam, nicht wahr?«

»Mir hat eine Bekannte etwas Ähnliches erzählt«, meldete sich

Almudena zu Wort. »Ihr Leben lang sehnte sie sich nach einer Schwester, aber nicht deshalb, weil sie gern eine Schwester gehabt hätte, sondern weil sie wusste, dass es irgendwo in der Ferne eine andere Hälfte von ihr gab. Die war nicht tot oder eine unsichtbare Freundin, sondern meine Freundin fühlte sich wie die Hälfte von zweien. Manchmal spürte sie, dass ihre andere Hälfte glücklich war oder litt, und jedes Mal passte diese Stimmung zu ihrer eigenen Befindlichkeit in jenem Moment. Niemand glaubte ihr, aber sie beharrte jahrelang darauf. Schließlich gab ihre Mutter nach und erzählte ihr, dass sie einen Zwilling hatte, der bei der Geburt gestorben war, einen Bruder.«

»Da läuft es mir ja kalt über den Rücken«, murmelte Carlos.

»Also, ihr könnt glauben, was ihr wollt, aber ich halte das für dummes Gerede.« Helena leerte ihr Weinglas in einem Zug.

»Nun ja, das Lustige war, dass meine Bekannte weiterhin die Gegenwart einer lebenden Schwester spürte und nicht die eines toten Bruders, bis sie plötzlich einen furchtbaren Schmerz empfand. In diesem Augenblick wusste sie, dass sie von nun an allein bleiben würde, dass ihre Schwester nicht mehr da war.«

»Ich glaube, dass diejenige, die dir das erzählt hat, ein bisschen …« In einer eindeutigen Geste tippte Helena sich an die Stirn.

»Im Moment weiß ich nicht mehr, wer mir die Geschichte erzählt hat, aber ich hatte nicht den Eindruck, dass die Betreffende verrückt war. Die Geschichte hat mich sehr beeindruckt, weshalb ich ein wenig im Internet recherchiert habe. Dabei hat sich herausgestellt, dass dies bei getrennt aufgewachsenen Zwillingen recht häufig vorkommt. Sie spüren das Leben des anderen wie ein Echo, und wenn sie sich irgendwann begegnen und ihre Lebensläufe miteinander vergleichen, stellen sie fest, dass sie eine ähnliche Berufswahl getroffen oder ähnliche Partner gewählt haben … solche Dinge.«

»Wie sind wir noch mal auf das Thema gekommen?«

Der kellnernde Schauspieler servierte Helena das Hauptgericht.

»Über die Frage, ob es möglich ist, die Gegenwart eines geliebten Menschen zu spüren, obwohl er nicht mehr lebt oder niemals ein Teil unseres Lebens war«, fasste Chavi zusammen. »Empfindest du nicht etwas Ähnliches in Bezug auf deine Schwester?«

»Nein. Ich glaube nicht, dass ihr Geist mich begleitet, auf Rache sinnt, mich beschützt oder was auch immer. Wahrscheinlich liegt es einfach nur daran, dass ich unbedingt wissen will, was damals passiert ist. Offensichtlich ging es meinem Vater ähnlich, allerdings ohne Erfolg. Sonst hätte er es mir bei unserer letzten Begegnung sicher erzählt. Laut meiner Mutter war er lange Zeit regelrecht besessen davon, den Mord aufklären zu wollen. Doch auf einmal war es vorbei. Ich habe immer gehofft, dass es mir irgendwann genauso geht. Bisher allerdings vergeblich.«

Eine Weile aßen sie schweigend und hingen ihren Gedanken nach.

»Großmutter«, nahm Almudena plötzlich das Gespräch wieder auf, »hast du nicht manchmal das Gefühl, dass du deine Familie nie wirklich gekannt hast, dass du irgendwie nur am Rand mitbekommen hast, was den Menschen widerfahren ist, die dir am nächsten standen?«

Helena musterte ihre Enkelin.

»Möglicherweise hast du recht. Ich dachte aber immer, dass es allen Menschen so ergeht.«

»Ja, vielleicht. Wobei es in deinem Fall besonders auffällig ist.«

In Helenas Augen funkelte es gefährlich. Hätte Almudena sie besser gekannt, hätte sie in diesem Moment gemerkt, dass ihre Großmutter sich angegriffen fühlte, dass sie die Situation entspannen und das Thema wechseln sollte. Allerdings war Helena nach wie vor eher eine Fremde für ihre Enkelin, und alles, was sie wusste, hatte sie im Lauf der Jahre von ihrem Vater oder von Sara erfahren.

»Weißt du denn, was in deinem Vater vorgeht, was er so treibt? Was wirklich hinter diesen Baugeschäften und dem Immobilienhandel steckt? Warum er so viele Freunde in politischen Kreisen hat?« Helenas Stimme klang aggressiv. »Weißt du, womit er wirklich sein Geld verdient, das ihr so fröhlich ausgebt? Ob das alles saubere Geschäfte sind und ob er alles brav versteuert? Ob er nicht irgendwann im Gefängnis landen wird, heutzutage, da jeder jeden beschuldigt? Weißt du, ob deine Mutter vor oder nach ihrer Ehe einen Liebhaber hatte, vielleicht sogar während sie verheiratet war? Bis vor einer Woche hast du nichts über mich gewusst, obwohl ich deine Großmutter bin, und auch nichts über deine Urgroßeltern. Weißt du zum Beispiel, was Marc fühlt, mit dem du jahrelang zusammengelebt hast und der fast wie ein Bruder für dich ist? Weißt du, womit Chavi sich befasst, wenn er auf Reisen geht oder wenn er nicht bei dir ist?« Helenas Stimme wurde immer lauter, und sie erregte sich zunehmend, während sie weitersprach. »Niemand weiß irgendetwas über die anderen, Almudena. Nichts. Nichts über ihr Handeln und schon gar nichts über ihre Gedanken, ihre Wünsche, Fantasien, Hoffnungen, Enttäuschungen ... Jeder Mensch birgt einen immensen Geist in einem kleinen Körper, der rasch altert, innerhalb eines lächerlichen familiären Umfelds und eines winzigen Freundeskreises ... Und niemand weiß etwas über die anderen. Niemand. Weiß. Irgendetwas. Hörst du? Und will es auch gar nicht wissen. Denn etwas zu wissen tut weh. Es tut weh, und du plumpst von deiner rosaroten Wolke und deiner Liebe zu einem anderen Menschen hinunter in die harte Wirklichkeit. Je mehr du über jemanden weißt, desto weniger entspricht er deinem Ideal, so ist es nun mal. Wir alle sind Unbekannte. In uns selbst eingeschlossen. Auf ewig in die Einsamkeit verbannt. Jeder von uns ruft verzweifelt nach den anderen, damit sie uns verstehen, damit sie uns lieben. Marc und ich, indem wir malen, Carlos, indem er seltsame Bücher veröffentlicht, die kein Mensch liest. Du, Chavi, vielleicht, indem du Häuser baust, die dein Wesen repräsentieren, ohne dass es jemand merkt. Und du, Almudena, indem du Kindern Geschichte beibringst, so wie du sie verstehst, damit sie die Welt mit deinen Augen sehen. Keiner weiß etwas über den anderen. Und, ja, ich weiß tatsächlich sehr wenig über meine Familie.«

Helena atmete tief durch, leerte erneut ihr Glas und lächelte.

Almudena war vor Schreck wie versteinert. Chavi starrte sie mit offenem Mund an. Carlos ließ den Wein in seinem Glas kreisen und tat so, als wäre nichts geschehen. Er hatte schon oft miterlebt, wie Helena auf diese Weise explodierte, und wusste, dass er am besten den Mund hielt.

»Entschuldigt. Vielleicht bin ich ein wenig aus der Rolle gefallen. Dennoch ist es die Wahrheit, und ich bin froh, es gesagt zu haben. Möchte jemand einen Nachtisch?«

Auf die Kissen in ihrem Krankenhausbett gestützt, stillte Blanca ihre neugeborene Tochter und wünschte sich, dass die Frau im Nebenbett, die ihrem Kind ebenfalls gerade die Brust gab, für eine Weile den Mund hielt, damit sie das Gefühl genießen konnte. Diesmal war die Entbindung nicht ganz so schlimm gewesen wie bei Goyito, und zumindest im Moment hatte sie keine Risse in der Brustwarze, sodass sie von Glück, Sicherheit und Ruhe erfüllt war und auf Goyo wartete. Er war mit den beiden älteren Kindern unterwegs, die ihre kleine Schwester kennenlernen sollten. Nun waren sie auch eine große Familie wie die von Pilar, und auch sie hatte es geschafft, ihrem Mann einen Erben zu schenken, damit der Name Guerrero fortbestand, einen echten Sohn aus ihrem Fleisch und Blut.

Sie fühlte sich wohl in ihrem Bett, noch leicht benommen, warm und ruhig, während Helenas winzige Hände ihren kleinen Finger umklammerten. Doch die Frau neben ihr hörte einfach nicht auf zu reden, und Blanca hätte ihr am liebsten die Wiege an den Kopf geworfen, damit sie endlich den Mund hielt. Vielleicht war das mit dem Doppelzimmer doch keine gute Wahl gewesen. Ihr hatte aber der Gedanke gefallen, dass möglichst alle mitbekamen, wie sie mit Wehen ins Krankenhaus kam. Und ihre Bettnachbarin konnte bezeugen, dass das kleine Wesen, das sie an ihre Brust drückte, ihre leibliche Tochter war, von Goyo gezeugt, von ihr empfangen und geboren, wie Gott es seit Anbeginn der Zeiten vorgesehen hatte.

Das mit Alicia hatte sie noch längst nicht vergessen. Vielleicht würde es sie ihr Leben lang belasten. Es war ein Fehler gewesen, ein furchtbarer Fehler! Nein, noch schlimmer! Sie hatte den Glauben an Gott verloren, ihr Gottvertrauen, und aus Hochmut gesündigt. Aber sie hatte nicht mehr warten können. Wie sehr hatte sie Pilar um ihre beiden Kinder beneidet, während sie einfach nicht schwanger wurde. Obwohl Goyo ihr immer wieder versicherte, dass sie ein gutes Werk getan hatten, als sie das kleine Wesen zu sich genommen hatten, das in jedem Fall von seiner Mutter verlassen worden wäre. Und wer weiß, wo das Kind gelandet und wie sein Leben verlaufen wäre, wenn sie es nicht zu sich genommen hätten? Das beruhigte sie ab und zu. Dennoch bereute sie immer wieder zutiefst, nicht die Kraft gehabt zu haben, noch ein wenig zu warten. Dann hätte sie ihre Kinder bekommen, ohne auf eine so furchtbare Lüge zurückgreifen zu müssen. Neun Monate lang so zu tun, als ob sie schwanger wäre, die vorgetäuschte Geburt, die angebliche Stillzeit, die Lügen, die sie ständig hatte wiederholen müssen, wenn Bekannte sie gefragt hatten, ob alles gut gegangen sei.

»Also, es ist tatsächlich so«, sagte die Frau neben ihr mit noch lauterer Stimme, nachdem sie bemerkt hatte, dass Blanca nicht zuhörte. »Wie ich bereits sagte, werden in diesem Krankenhaus, genau wie in anderen, und nicht nur in Madrid, neugeborene Kinder ihren Müttern weggenommen und irgendwelchen reichen Frauen gegeben. Die bezahlen dafür, weil sie sich nicht an ein Waisenhaus wenden wollen.«

»Bitte? Was haben Sie gesagt?« Blanca war sich nicht sicher, ob sie richtig verstanden hatte. Aber irgendwie hatte sie die Äußerung der Frau aus ihren Gedanken gerissen.

»Und was so zum Himmel schreit, ist die Tatsache, dass viele von diesen Krankenhäusern von Nonnen geleitet werden«, erklärte die Frau nun mit gesenkter Stimme und warf einen raschen Blick zur Tür. »Von Nonnen! Stellen Sie sich das nur vor! Natürlich behaupten sie, dass die leiblichen Mütter unverheiratete junge Mädchen waren, die sich nicht um das Kind kümmern konnten. Oder es hat sich herausgestellt, dass sie Töchter aus Familien waren … von den anderen eben … Sie verstehen mich …«

Mit schreckgeweiteten Augen schüttelte Blanca den Kopf.

»Von den Roten«, erklärte die Frau, die ihre Stimme nun so weit gesenkt hatte, dass sie kaum noch zu hören war. »Kommunisten, Sozialisten, Anarchisten, denen man nicht so viele Kinder zugestehen will, während es so viele anständige Familien gibt, die keine Kinder bekommen können. Schamlos ist das! Aber natürlich lässt sich damit viel Geld verdienen. Ich will mir gar nicht vorstellen, wie viel eine reiche Familie zu zahlen bereit ist, um so auf angeblich offiziellem Weg an einen Säugling zu kommen, ohne jahrelang warten zu müssen.«

»A… aber«, stotterte Blanca und drückte die kleine Helena dabei unbeabsichtigt so fest an sich, dass das Kind schließlich laut schrie. »Aber diese Mütter … Sie wehren sich doch dann, erstatten Anzeige, oder nicht?«

»Pff! Wenn es Rote sind, können sie nichts machen. Hier in Marokko scheint es das nicht so oft zu geben, aber in Spanien passieren, wie man so hört, alle möglichen Dinge; ganz furchtbare Sachen. Und die Unverheirateten … Wenn es ein uneheliches Kind ist und den Müttern bewusst ist, was ihm in der Schule, in der Kirchengemeinde, in der Zukunft bevorsteht … Ich nehme mal an, dass sie es dann vorziehen, wenn sich eine Familie um das Kind kümmert, die ihm eine gute Ausbildung ermöglicht und alles, was es sonst noch braucht. Und die, die das nicht tun …«

»Was?«

Die Frau im Nebenbett beugte sich zu Blanca herüber und forderte sie mit einer Geste auf, das Gleiche zu tun. Es erfüllte sie mit Genugtuung, dass die eingebildete Schnepfe sich endlich dafür interessierte, was sie ihr zu erzählen hatte.

»Und die, die das nicht tun«, flüsterte sie, »denen wird erzählt, dass das Kind tot geboren wurde.«

Blanca schlug sich eine Hand vor den Mund.

»Sie bekommen die Geburts- und die Sterbeurkunde gezeigt.«

»Und wollen sie das Kind dann nicht sehen?«

»Man sagt ihnen, dass der Schock in ihrem Zustand zu groß wäre. Und wenn sie darauf bestehen … Na ja, ich weiß nicht, ob das stimmt, weil es sich für mich völlig verrückt anhört … Vielleicht ist es auch erfunden.«

»Was?«

»Dass sie immer einen toten Säugling in der Kühlkammer aufbewahren, um ihn notfalls vorzeigen zu können. Unter diesen Umständen sieht wohl keiner so genau hin, abgesehen davon, dass Neugeborene sich alle ziemlich ähnlich sehen. Eine Ähnlichkeit mit den Eltern lässt sich da noch nicht feststellen. Fragen Sie mich mal – das hier ist mein sechstes.«

In diesem Moment betrat die Krankenschwester das Zimmer, um nach ihnen zu sehen und zu fragen, ob sie die Kinder in die Wiegen legen wollten. Blanca klammerte sich verzweifelt an Helena, während die wildesten Gedanken in ihrem Kopf tobten.

Madrid. Gegenwart

Marc hatte alle Bilder in seinem Atelier mit der Vorderseite an die Wand gelehnt, damit er sie nicht mehr sah und nicht von früheren Ideen beeinflusst wurde. Dann stellte er die Staffelei in die Mitte des Raumes, sodass das Licht möglichst gleichmäßig darauf fiel und keine ungewollten Schatten warf. Er vergewisserte sich, dass er alles Benötigte hatte, und atmete tief durch. Wie immer, wenn er etwas anging, worauf er sich freute, verspürte er ein Kribbeln in den Fingerspitzen und griff nach dem Stift. Dann begann er mit einer Skizze, die ihm in den Sinn gekommen war, nachdem er das Interview mit Helena gelesen hatte, das ihm am Vorabend im Internet zufällig aufgefallen war.

Zum ersten Mal hatte er bis zum Ende gelesen, was eine Künstlerin über einen Aspekt ihrer Kunst oder ihre Arbeitsweise zu sagen hatte. Bisher war er immer der Meinung gewesen, dass er seine Arbeit am besten auf die eigene Art anging, ohne irgendetwas von anderen zu wissen. Er glaubte, damit möglichst unbeeinflusst ausdrücken zu können, was sein Bewusstsein ihm eingab, damit das Ergebnis wirklich von ihm stammte. Doch nachdem er dieses Interview gelesen hatte, war ihm klar geworden, was er falsch machte, und ihm war etwas Neues eingefallen. Etwas völlig anderes, vielleicht das, wonach er suchte, oder auch nicht. Auf jeden Fall war es einen Versuch wert.

Jana Mistral und Helena Guerrero stehen Hand in Hand auf der Bühne, um im Rahmen des neuen New Yorker Kulturfestivals Word-Art mit zweiundzwanzig anderen Schriftstellern und bildenden Künstlern, die derzeit zu den besten gehören, in den nächsten fünf Tagen ihre Werke auszustellen, sich untereinander und mit dem Pub-

likum auszutauschen, ihre Texte zu lesen und über die Fragen des künstlerischen Schaffens zu diskutieren.
In einem Zelt mitten im Park sitzen sich zwei Frauen in schwarzer Kulisse vor etwa hundert Zuschauern an einem kleinen Tisch gegenüber. Nach der Begrüßung eröffnet Jana die Diskussion mit einer ersten Frage.
»In einem der vielen Interviews, die du in den letzten Jahren gegeben hast, hast du etwas gesagt, was meine Aufmerksamkeit erregt hat und was ich dich zu erklären bitte.«
»Wenn ich dazu in der Lage bin. Und wenn sich meine Ansichten seitdem nicht verändert haben …«
»Änderst du häufig in so kurzer Zeit deine Ansichten?«
»Manchmal. Ja, natürlich. Ich war niemals der Meinung, im Besitz der Wahrheit zu sein, und noch weniger, ein Monopol darauf zu haben. Ein Künstler entwickelt sich weiter, wächst, vergleicht seine Ideen mit denen anderer, irrt sich, zerstört, beginnt von Neuem. Wie Chaplin einmal sagte, oder war es Groucho Marx: *Ich denke nicht daran, auf die wunderbare Freiheit zu verzichten, mich zu irren.* Und in meinem Heimatland sagt man: *Der Klügere gibt nach.*«
»In Australien?«
»Nein. In Spanien.«
»Du siehst dich selbst also immer noch als eine spanische Künstlerin?«
»Ich sehe mich selbst einfach nur als Künstlerin. Wir Künstler haben keine Heimat. Vielleicht könnte ich mich als kosmopolitische Künstlerin bezeichnen, aber das Land, aus dem ich stamme, ist Spanien.«
»Obwohl du in Marokko geboren wurdest.«
»Weil meine Eltern zu jener Zeit dort lebten und dort in die Klinik gegangen sind.«
Lachen des Publikums.
»Kommen wir zu meiner ursprünglichen Frage zurück. In dem Interview, das ich meine und bei dem es sich um so etwas wie eine Debatte mit einer Schriftstellerin handelt – Anne Marie O'Brian, wenn ich mich nicht irre –, hast du gesagt, dass Schriftsteller gegenüber Malern einige Vorteile haben, wenn es darum geht, etwas zu verschleiern, was bei Malern nicht möglich ist. Erinnerst du dich an diese Worte?«
»Ja, ganz genau. Und ich bin immer noch davon überzeugt. Ein

Schriftsteller kann äußerst klar und präzise sein, wenn er möchte, aber auch äußerst undeutlich. Ein Maler hingegen muss sich erklären. Immer. Er kann weder lügen noch etwas verbergen. Das Geschriebene muss nicht verbindlich sein; es gibt viele Möglichkeiten, etwas mehr oder weniger undeutlich auszudrücken, ohne dass es jemandem auffällt, womit man unterschiedliche Effekte erzielt. Der Maler jedoch muss sich entscheiden.«

»Ich kann dir nicht folgen.«

»Mal sehen ... Ein Beispiel.« *Helena richtet für einige Sekunden den Blick zur Decke und ergreift gleich wieder das Wort.* »In einem Roman kann man schreiben: *Das Haus lag am Ende einer Allee. Ich klopfte an die Tür, die von einer sehr schönen Frau und einem sehr hässlichen Hund geöffnet wurde.*«

»Das ist kein großartiger Satz, aber natürlich könnte man ihn so schreiben.«

»So, und nun versuche, genau das zu zeichnen!«

»Das gelänge mir nicht. Ich bin eine miserable Zeichnerin.«

»Darum geht es nicht, Jana, sondern darum, dass es schlichtweg unmöglich ist. *Das Haus,* steht in dem Satz. Welches Haus? Wie sieht es aus? Wie in einem Märchen, winzig klein und mit rauchendem Schornstein? Oder ein neureicher Bungalow mit einem perfekt angelegten Garten und einem feudalen Pool? Oder ein gotisches Haus mit vielen Kaminen, Spitzbogenfenstern und dunkler Fassade? Und so ist es mit allem ... Ein Maler kann nicht einfach einen Baum malen. Er muss sich entscheiden, ob es ein Kastanienbaum, eine Zypresse oder eine Palme sein soll. Und wenn der Baum dann gemalt ist, ist er kein Baum mehr. Es ist eine Kastanie, eine Zypresse oder eine Palme. Es ist nichts zu machen; man muss eine Wahl treffen.«

»Gut, okay. Aber jeder gute Schriftsteller muss ebenfalls eine Wahl treffen, sich entscheiden, was der Leser vor sich sehen soll, und entsprechend präzise Substantive wählen: *Hütte, Reihenhaus, Schloss* ... Wenn man einfach *Baum* schreibt statt *Birke,* ist das ein Zeichen von lexikalischer Armut und sogar mangelnder Respekt dem Leser gegenüber.«

»Ja, einverstanden, dann handelt es sich nicht um hohe Literatur, sondern um einen sehr schlechten Stil. Aber es ist möglich. Und darum geht es, Jana, dass es möglich ist. Dass man beim Schreiben gewisse Strategien der Vermeidung anwenden kann, zum Beispiel in dem man schöne *Frau* oder *Hund* schreibt, ohne dass jemandem dabei etwas auffällt, es sei denn, man beschäftigt sich sehr intensiv mit dem Text. Aber wenn man *Hund* liest, versteht man sofort, auf einer grundlegenden Ebene, was gemeint ist, auch wenn man sich später fragt, ob der Hund eine Dänische Dogge, ein Boxer oder ein Chihuahua ist. Wir Maler können nicht einfach einen *Hund* malen. Wir müssen wissen, von welcher Rasse er ist, wie groß er ist und welche Farbe sein Fell hat, um ihn darzustellen. Und der Betrachter sieht genau diesen Hund und keinen anderen. Er ist also völlig passiv.«

»Das stimmt. Wenn allerdings das Bild eines Malers im *Menü* des Betrachters abgespeichert ist, kann er es nicht mehr verschwinden lassen. Denk zum Beispiel an Lady Godiva, was siehst du dann? Eine nackte Frau mit sehr langem Haar, die auf einem weißen Pferd sitzt. Immer. Seit der Präraffaelit John Collier sie so gemalt hat.«

»Ich versuche nicht, die Vorteile einer Kunst gegenüber der anderen herauszustellen. Ich weiß, dass die Malerei in vielen Fällen Wunderbares bewirken kann. Außerdem habe ich mich vor langer Zeit dafür entschieden, und es ist das Medium, durch das ich mich ausdrücke, mit allen Vor- und Nachteilen. Aber das Gefühl der Ohnmacht, dass ich gewisse Dinge niemals werde tun können, erstickt mich. Und dass ich dazu niemals in der Lage sein werde, liegt nicht an meinen mangelnden Fähigkeiten, sondern daran, dass es einfach nicht möglich ist. Wir Maler können auch nicht auf Metaphern zurückgreifen. Weder in der Malerei noch in der Fotografie. Und dabei geht es nicht um die Frage real/nicht real. Natürlich können wir Maler irreale, fantastische, in unserer Welt völlig unmögliche Dinge erfinden und malen, aber wenn von einem *Monster* die Rede ist, müssen wir Maler es konkretisieren, ein bestimmtes Monster präsentieren, genau dieses Monster und kein anderes. Die Tatsache, ihm die Unklarheit zu nehmen, bedeutet auch, ihm etwas von seiner Kraft und dem Geheimnisvollen zu nehmen. So ist es dem Betrachter nicht gegeben, sich an der Schaffung des Kunstwerkes zu beteiligen, wie es in der Literatur möglich ist.«

»Da wir gerade von Monstern und Geheimnissen reden: Hat das etwas mit den Schatten auf deinen Bildern zu tun?«

»Es hat sehr viel damit zu tun. Wenn es auch zugegebenermaßen ziemlich lange gedauert hat, bis es mir aufgefallen ist und ich es in Worte fassen konnte. Ich denke, dass es meine Art ist, mich auf etwas so Allgemeines, Vages zu beziehen wie in dem Beispiel mit dem *Baum* oder dem *Hund.* Oder auf etwas Unbeschreibliches wie *Angst,* wie die verschiedenen Stufen der Angst, die verschiedenen Konkretisierungen der Angst, ohne dem eine konkrete Gestalt verleihen zu müssen, es zu fossilisieren. Wenn ich einen viktorianischen Mann mit Umhang und spitzen Zähnen malen würde, würde das Publikum sagen: *Ah, Helena Guerrero hat Angst vor Vampiren!* Oder wenn ich Insekten oder Wolfsmenschen malen würde oder sonst etwas. Wenn ich jedoch Schatten male, die manchmal menschliche Schatten sind, manchmal auch nicht, wer kann dann schon wissen, was mich verfolgt? Nicht einmal ich selbst weiß es.«

»Laut der Psychologie liegt diese Art von Angst oder Besessenheit in der Vergangenheit begründet, in den während der Kindheit oder Jugend erlittenen Traumata.«

»Das ist gut möglich. Und ich gebe durchaus zu, dass in meinem Leben einiges geschehen ist, was mich für immer geprägt hat, was ich noch immer zu verstehen versuche, auch wenn ich den Verdacht habe, dass ich irgendwann sterben werde, ohne eine Erklärung dafür gefunden zu haben.«

»Hast du Angst vor dem Tod, Helena?«

»Nein. Nicht mehr. Ich hatte Angst, jung zu sterben, einen großen Teil meines Lebens zu verpassen, vieles nicht getan zu haben, was ich ausprobieren wollte, ohne etwas geschaffen zu haben. Jetzt hat das an Bedeutung verloren. Ich habe getan, was ich tun wollte. Aber ich möchte, wenn ich sterbe, gern diese Unklarheiten, die ich eben erwähnt habe, verstanden haben, die Antworten auf gewisse Fragen gefunden haben. Auch auf die Gefahr hin, nicht mehr malen zu können.«

»Wir hoffen und wünschen dir, dass du diese Antworten findest, Helena. Wenn es aber bedeutet, dass wir dann keine Bilder mehr von dir bekommen, ist es wohl besser, wenn du weiterhin danach suchst.«

Helena senkt lächelnd den Kopf.

»Das ist grausam, aber schmeichelhaft. Vielen Dank, Jana. Vielen Dank an Sie alle, dass Sie hier waren.«

»Vielen Dank an dich. Helena Guerrero, eine der großartigsten Malerinnen unserer Zeit.«

Artepalabra
Gedenkzeitschrift anlässlich der Premiere des Festivals im Februar 2014
Zusammenfassung des öffentlichen Interviews von Helena Guerrero durch Jana Mistral

Während Marc mit dem Stift Linien auf die Leinwand zeichnete, dachte er über seine vorherigen Bilder nach. Ohne dass es ihm bewusst war und ohne zu wissen, was er tat, hatte er versucht, *Gespensterfrauen* zu malen. Genau wie Helena kannte auch er den Grund dafür nicht. Er hatte keine Ahnung, welchem Teil seines Bewusstseins oder Unterbewusstseins oder woher auch immer der Drang entsprang, diese unkonkreten Gestalten zu malen, die aus Rauch zu bestehen schienen und leere, verlassen wirkende Räume einnahmen.

Doch darauf kam es nicht an. Der Ort, von dem sie stammten, oder der Grund für ihr Vorhandensein waren in diesen Momenten überhaupt nicht von Bedeutung. Das eigentlich Entscheidende war, wie er nun gelernt hatte, dass er bisher immer versucht hatte, *Gespensterfrauen* an sich zu malen. Und das kam dem Bemühen nahe, einen *Baum* oder einen *Hund* zu malen.

Deshalb sagten sie dem Betrachter nichts, deshalb waren sie leer, weil sie nichts und niemand waren, weil es keine Verbindlichkeit, Entscheidung oder Herausforderung gab. Es war, als hätte er einen Tisch mit Tischtuch gemalt, ohne zu wissen, wie der Tisch darunter aussah, oder einen bekleideten Menschen, ohne zu wissen, wo sich die Knochen und die Muskeln befanden und wie beide miteinander verbunden waren.

Sein letztes Gemälde jedoch hatte etwas, was auf den anderen nicht vorhanden war. Es war jenes Bild, das noch nicht vollendet war und auf dem Helena den Blick überarbeitet und versucht hatte, seine *Geisterfrau* damit von der Vorhölle erzählen zu lassen. Als er damit begann, wollte er seine Enttäuschung ausdrücken, ebenso wie den Wunsch, Helena zu töten. Er spürte den Drang, ihr ein Messer ins Gesicht zu stoßen und den Hochmut darin zum Erlöschen zu bringen, mit dem sie seine kläglichen Versuche beurteilt hatte, ein Werk zu erschaffen, das den Moment überdauerte. Und wie es schien, war ihm das fast gelungen. Helena hatte das Messer gesehen, das nicht vorhanden war.

Nun war er bereit, noch mehr zu versuchen, die *Geisterfrau* aus seinen Träumen von Anfang an wirklich darzustellen, vom ersten Strich mit dem Zeichenstift an. Jene Frau, die eine Mischung aus Schrecken und Verführung war, halb Eros, halb Thanatos, und ihm in verlassenen Fabrikgebäuden, verfallenen Kinosälen oder im Abriss befindlichen Kongresshallen erschien.

Er selbst wusste auch nicht, warum, aber wenn Helena fast ein halbes Jahrhundert überlebt hatte, indem sie Schatten malte, die sie nicht verstand, ertrug er es bestimmt einige Jahre lang, konkrete Gespenster zu malen. Er hatte nicht vor, sich dem Hyperrealismus zuzuwenden, auch nicht dem schmutzigen Realismus oder irgendeiner Form des Surrealismus. Er würde malen, was er malen wollte. Und diesmal würde er nicht daran denken, ob er seine Werke in namhaften Galerien würde ausstellen können, ob er zu Messen und Festivals eingeladen werden würde. Er würde etwas malen, worauf er stolz sein konnte, wovon er sagen konnte: *Das ist das Beste, wozu ich in der Lage war, um darzustellen, was ich darstellen will.* Das musste reichen.

Nachdem Helena die ganze Nacht darüber nachgedacht, sich dabei unruhig im Bett hin und her gewälzt und sich gewünscht hatte, nicht nach Madrid gekommen zu sein und vor allem die Vergangenheit endlich ruhen lassen zu können, beschloss sie, in Begleitung von Carlos noch einmal zu Jean Paul zu gehen. Allerdings ohne Carlos zu erzählen, was sie damals für ihren Schwager empfunden hatte. Warum sollte sie die alten Geschichten aufwärmen? Was sollte es bringen, wenn sie sich erneut mit diesem Frage-und-Antwort-Spiel quälte? Habe ich ihn wirklich geliebt? Habe ich ernsthaft mit dem Gedanken gespielt, meine Familie für ihn zu verlassen? Habe ich tatsächlich überlegt, es meiner Schwester zu sagen? Habe ich deswegen alles aufgegeben, was mir wichtig war? Habe ich wirklich so lange gebraucht, alles zu überwinden und zu vergessen? Sollte sie wieder wie früher *Wahrheit oder Pflicht* spielen, wobei man für Lügen bestraft wurde und ein Pfand abgeben musste?

Schließlich war inzwischen fast ein halbes Jahrhundert vergangen. Jean Paul würde nichts sagen. Was brächte es jetzt noch? Sie würden ihn besuchen, die Schlüssel abholen und dann weitersehen.

Wollte sie wirklich nach Rabat reisen? Um Yannick zufriedenzustellen und sozusagen seinen letzten Wunsch zu erfüllen? Oder um sich noch einmal anzusehen, was zurückgeblieben war, und ein für alle Mal damit abzuschließen? Zumindest müsste sie nicht allein reisen. Sie war sich absolut sicher, dass Carlos es sich nicht nehmen ließ, sie zu begleiten. Und scheinbar würde sie seinem Wunsch dann nachgeben, statt ihn um Hilfe zu bitten und ihm dafür zu danken. Jedes Paar hatte seine Gewohnheiten, spielte immer die gleichen Spielchen. So sind wir nun einmal, dachte sie. Er weiß es, und ich weiß es. Mehr gibt es dazu nicht zu sagen.

»Wahrhaftig ein Luxuskrankenhaus!«, staunte Carlos, bevor sie an die Tür von Jean Pauls Zimmer klopfte. »Ich habe das Gefühl, in einem dieser teuren All-inclusive-Hotels zu sein.«

»Aber das Sterben ist überall gleich«, entgegnete Helena lakonisch und öffnete die Tür.

Jean Paul war gerade dabei, einige Papiere zu unterschreiben, die sein Sohn auf dem Klapptisch am Bett ausgebreitet hatte, damit sein Vater liegen bleiben konnte. Als Jean Paul Carlos und Helena sah, verharrte er mit dem Stift in der Luft und hob die Brauen.

»Ist es in Australien nicht üblich, seinen Besuch telefonisch anzukündigen, *chère belle sœur*?«

»Es war eine spontane Entscheidung. Sollte der Zeitpunkt ungünstig sein, kommen wir ein andermal wieder.« Er hatte Französisch gesprochen, sie dagegen auf Spanisch geantwortet, damit Carlos sich nicht ausgeschlossen fühlte.

»Nein, bitte bleibt hier! Wir sind fast fertig.«

Sie schüttelten einander die Hände. Carlos wurde ohne weitere Erklärung einfach als Carlos vorgestellt. Luc sammelte die Papiere ein und trat dann von einem Fuß auf den anderen, wohl in der Überlegung, ob er etwas sagen oder einfach ohne Gruß gehen sollte. Jean Paul lehnte sich in die Kissen zurück und schloss die Augen.

»Ich wusste nicht, dass es so eilt. Und so ist in La Mora vieles zurückgeblieben«, sagte Luc schließlich. »Wenn du also in den nächsten Tagen hinreisen möchtest, findest du jede Menge Dinge vor, die dir nicht gehören und die ich so schnell wie möglich abholen werde.«

»Keine Sorge! Ich eigne mir nichts an, was mir nicht gehört.«

»Du musst verstehen, dass dieses Haus mein Leben ist. Unser Leben«, fügte er hinzu und schloss mit einer Geste seinen Vater mit ein. »Ich kann das nicht so schnell erledigen oder alle meine Sachen in ein einziges Zimmer räumen.«

»Das kann ich gut verstehen. Ich habe nicht vor, dir etwas zu stehlen.«

»Luc will damit nicht sagen …«, begann Jean Paul.

»Dein Sohn ist erwachsen. Es ist nicht nötig, dass du ihn verteidigst. Außerdem kann ich gut verstehen, dass es ihn stört. Keine Sorge, Luc! Wir werden nur ein paar Tage dort sein und nichts anfassen, was uns nicht gehört. Allerdings möchte ich, falls es möglich ist, gern ein paar Sachen von früher mitnehmen, falls sie noch dort sind. Dinge, die mir gehören, auch wenn du sie dein ganzes Leben lang benutzt hast.« Helena wusste, dass ihre Worte ziemlich gemein klangen, aber sie hatte noch nie auf einen Gegenangriff verzichtet, wenn sich die Möglichkeit bot.

Luc stand die Wut ins Gesicht geschrieben, doch er sagte kein Wort. Er trat ans Bett, strich seinem Vater über die Wange und ging, ohne sich zu verabschieden.

»Es ist sehr schwer für ihn«, sagte Jean Paul. »Luc liebt La Mora beinahe so sehr wie ich. Aber was sein muss, muss sein. Es ist nur gerecht. Hier, nimm!« Er schob eine Hand unter das Kopfkissen und zog einen Schlüsselbund hervor. Die Schlüssel waren an einem Ring befestigt, an dem ein kleines Stoffdromedar mit roten Satteltaschen und bunten Troddeln hing. »Das sind alle. Du wirst schon herausfinden, welcher Schlüssel zu welchem Schloss gehört. Das erhöht die Freude. Wirst du hinfahren?«, fragte er, wobei er sich plötzlich an Helenas Hand klammerte und sie verzweifelt anblickte, als suche er in ihren Augen nach der positiven Antwort auf seine Frage.

»Ja«, entgegnete sie leiser als beabsichtigt. »Ich werde hinfahren.«

»Und dann kommst du wieder her.«

»Ja.«

»Versprich es mir!«

»Ich verspreche es dir, Yannick.«

»Gut.« Wieder schloss er für eine Weile die Augen. »Carlos, würde es dir etwas ausmachen, noch einen Moment zu bleiben?«

Helena sah die beiden Männer überrascht an. Carlos gab ihr mit einem kurzen Blick zu verstehen, dass sie nicht widersprechen solle. Also beschränkte sie sich darauf, sich über das Bett zu beugen und dem Kranken einen raschen Kuss auf die Wange zu geben. Dann verließ sie das Zimmer.

»Entschuldige, Carlos, aber mir ist keine dezentere Möglichkeit eingefallen, und ich muss dich unbedingt um einen Gefallen bitten.« Jean Paul klopfte mit der Hand neben sich aufs Bett. »Komm, setz dich für einen Moment hierher!«

Als Carlos draußen auf dem Flur wieder auf Helena traf, erwartete sie ihn auf einem der blauen Sessel gegenüber dem Aufzug, wo sie einen Schlüssel nach dem anderen begutachtete und sich vorzustellen versuchte, zu welchem Schloss er passte.

»Was wollte er?«

»Nicht der Rede wert. Es ging um einen kleinen Gefallen.«

»Du verrätst es mir nicht, stimmt's?«

»Stimmt. Es ist ein Geheimnis – und eine Überraschung für dich. Sei also nicht so neugierig und warte auf den richtigen Moment! Reisen wir wirklich nach La Mora?«

»Ich schon. Und wir müssen uns beeilen, damit wir die Hochzeit nicht verpassen.«

»Ah, du möchtest, dass ich dich begleite?«

»Das war nur ein *lapsus linguae.*«

»Wohl eher eine freudsche Fehlleistung.«

Sie lächelte.

»Hast du am Mittwoch und an den folgenden Tagen schon etwas vor, Charlie?«

»Du meinst, abgesehen davon, *deine* Kisten zu durchsuchen und Fragen über *deine* Familie zu beantworten?«, fragte er mit nachdrücklicher Betonung auf den Possessivpronomen. »Nein, Rosie.«

Helenas Lächeln wurde breiter.

»Na, dann gehen wir doch gleich bei einem Reisebüro vorbei und erkundigen uns, was es an Direktflügen nach Rabat gibt.«

13. Kapitel

Madrid. Gegenwart

Ich sehe mich mal ein bisschen in den Geschäften um.«

»Aber komm nicht erst auf den letzten Drücker zurück! Du weißt, wie nervös ich dann werde.«

»Schon gut, in Ordnung. Und was machst du?«

»Lesen natürlich.«

»Natürlich.«

»Ich habe alles mitgenommen, was wir uns bisher aus Zeitmangel noch nicht angesehen haben.«

»Ah, deswegen der große Handgepäckkoffer …«

»Genau.«

Carlos setzte die Lesebrille auf und blickte Helena über den Brillenrand hinweg nach, bis sie in einem der Duty-free-Shops verschwunden war. Noch nie hatte er diesen – nicht nur bei Frauen zu beobachtenden – Drang verstanden, in Geschäften zu stöbern, vor allem an Flughäfen, wo alles dreimal so teuer war. Dabei musste es sich um eine jener modernen Gesellschaftskrankheiten handeln, in der Art von *Ich kaufe, also bin ich.* Irgendwann würden die Bürger einfach nur noch *Konsumenten* genannt werden, und jene, die nichts kaufen konnten, würden ihr Wahlrecht verlieren. Lesen würde als eine Krankheit angesehen, heilbar, aber ziemlich peinlich.

Er zuckte mit den Achseln und nahm ein Briefbündel aus dem Koffer, das von einem breiten, ziemlich alten Gummiband zusammengehalten wurde. So alt, dass er nach dem Versuch, das Band abzuziehen, plötzlich nur noch trockene grüne Gummistücke zwischen den Fingern hielt.

Sämtliche Briefe waren an die Adresse von La Mora gesandt

worden, und die Empfängerin war Blanca. Die Absender indes sehr unterschiedlich: Pilar Santacruz, Carmen Civera, Alicia Guerrero, Alicia und Jean Paul Laroche, Helena Guerrero oder Gregorio Guerrero. Das bedeutete also, dass Blanca Briefe ihrer Schwester, ihrer Mutter, ihrer älteren Tochter, ihrer Tochter und ihres Schwiegersohnes, ihrer jüngeren Tochter und ihres Mannes aufbewahrt hatte. Hierbei war davon auszugehen, dass diese Briefe nur eine kleine Auswahl derer war, die sie im Lauf ihres Lebens erhalten hatte. Dass sie diese wenigen Briefe aufbewahrt hatte, ließ darauf schließen, dass sie eine gewisse Bedeutung für Blanca gehabt hatten. Oder Blanca war der Meinung gewesen, sie könnten für ihre Tochter Helena von gewisser Bedeutung sein, wenn sie die Kisten öffnete.

Carlos warf einen Blick auf das erste Schreiben. *Madrid 1957. Meine liebe Schwester, lieber Schwager, meine lieben Nichten! Ich hoffe, dass Ihr, wenn Ihr dieses Schreiben erhaltet, bei bester Gesundheit seid. Uns allen geht es gut, dem Herrn sei Dank …*

Wie gekünstelt das klang!, dachte Carlos. 1957. Einige Jahre nach Goyitos Tod. Alicia war damals vierzehn, Helena zehn Jahre alt gewesen.

Er überflog den Text, doch wie es schien, hatte Pilar nur alltägliche Kleinigkeiten zu berichten, abgesehen davon, dass sie sich freute, nach den Jahren in verschiedenen Provinzstädten endlich nach Madrid umgezogen zu sein. Außerdem erkundigte sie sich nach den Mädchen und ob Helena das Internat in der Schweiz gefalle. Carlos fand es lustig, sich seine Helena mit ihrem aufbrausenden Charakter und ihrem extremen Freiheitsdrang als zehnjähriges Mädchen vorzustellen, das sich an die Disziplin in einem Schweizer Internat für höhere Töchter gewöhnen sollte.

Er hob den Blick, um nach ihr Ausschau zu halten, aber wie immer ließ sie sich Zeit. Nachdem er kurz auf sein Handy gesehen hatte, um sich zu vergewissern, dass er keinen Anruf verpasst hatte, wandte er sich wieder den Briefen zu. Doch die enthielten auf den ersten Blick nichts Aufschlussreiches. Der Brief, dessen Absender Alicia war, fiel auf, weil er viel dicker war als die anderen. Möglicherweise hatte sie ihrer Mutter einige Modeskizzen ihrer nächsten

Kollektion geschickt. Doch als er den Umschlag geöffnet hatte, stellte er fest, dass sich darin ein weiterer Brief befand, der diesmal an Alicia Laroche gerichtet war. Als Carlos den Absender las, richtete er sich abrupt auf.

M
197, Breckenridge Row
Halifax. Canada

M. Der mysteriöse *M*!

Der Umschlag enthielt lediglich zwei Seiten sehr dünnen blauen Papiers, das genau dem einzelnen Blatt entsprach, das sich in der Kiste befunden hatte. Beide Seiten waren mit schwarzer Tinte beschrieben. Die Schrift konnte ebenfalls dieselbe sein, allerdings hatte er das andere Blatt nicht dabei, um es mit den vorliegenden Seiten zu vergleichen. Es war eine regelmäßige, schlichte, kleine und deutliche Schrift, die in geraden oder leicht nach oben geneigten Zeilen verlief. Jener Schrifttyp, den sich jeder Lehrer wünscht, wenn er nach den Prüfungen die Arbeiten zur Korrektur erhält. Der Brief war auf März 1968 datiert, auf Englisch geschrieben und begann mit den Worten *Dearest Alice, my love.*

»Dieser Brief muss ja wirklich interessant sein, wenn du nicht mal merkst, dass unser Flug zum Einsteigen bereit ist«, hörte er hinter sich Helenas belustigte Stimme.

Fluchend legte Carlos alles, was er aus dem Koffer genommen hatte, wieder hinein, bis auf den Brief an Alicia, den er in die Jacketttasche steckte, um ihn im Flugzeug in Ruhe lesen zu können.

»Von wem ist er?«

»Von Alicia. Nein, umgekehrt. Für Alicia, meine ich. Von *M.*«

Mit auffordernder Geste streckte Helena die Hand danach aus.

»Gib ihn mir!«

»Kommt überhaupt nicht infrage. Sobald wir sitzen, lesen wir ihn gemeinsam.«

»Du wirst noch zu einem richtigen Drachen, Charlie, einem Drachen, der den Schatz nicht aus den Augen lässt.«

»Vielleicht wirst du mit ein bisschen Glück zu der wunderschönen Jungfrau, die für den Drachen singt.«

»Pfft. Vergiss es!«

Sie setzten sich auf ihre Plätze in der siebten Reihe, sie am Fenster, er daneben, und lasen den Text, den Helena für sich selbst übersetzte.

Liebste Alice, Geliebte,
es ist bereits mehr als einen Monat her, dass wir uns zum letzten Mal gesehen haben, und ich kann die Trennung von Dir kaum noch ertragen. Ich habe eben Deinen Brief bekommen, in dem Du mir mitteilst, dass Du an dem Datum im April, an dem ich in Paris sein werde, nicht dort sein kannst. Ich schwöre Dir, dass ich fast laut geschrien hätte, da allein die Vorstellung, Dich bald wiederzusehen, mich aufrechterhalten hat.

Daher bleibt mir wohl nichts anderes übrig, als nach Rabat zu fliegen, und Du musst es irgendwie einrichten und Zeit für mich haben. Ich habe Deinen Vorschlag nicht vergessen, dass wir uns im Hotel Firdaous *an der Plage des Nations treffen könnten, wenn es auch ein wenig abgelegen zu sein scheint. Vielleicht hast Du es ja genau deswegen ausgewählt. So könnten wir das Risiko vermeiden, dass wir gemeinsamen Bekannten von Dir und Deinem Mann begegnen. Es ist ein Hotel weiter im Norden von Rabat statt weiter im Süden, näher beim Haus Deiner Eltern. (Du siehst, ich habe meine Hausaufgaben gemacht und mir eine genaue Karte von Marokko besorgt. Dort sehe ich Dich in meiner Vorstellung – uns beide zusammen.)*

Nein, Alice, ich fange nicht wieder davon an. Ich weiß, dass ich nicht das Recht habe, Dir Vorwürfe zu machen, dass wir uns noch nicht lange kennen. Ich weiß, dass Du eine verheiratete Frau bist. Bitte glaub mir, wenn ich Dir sage, dass Deine moralischen Bedenken durchaus für Dich sprechen. Aber ich weiß auch, dass Du niemals eine Beziehung wie die unsere eingegangen wärst, wenn es nichts Ernstes wäre, wenn Du Dich nicht wirklich in mich verliebt hättest so wie ich mich in Dich. Wir hatten nur einfach das Pech, uns erst kennenzulernen, nachdem Du einem anderen Mann das Jawort gegeben hattest.

Zum Glück ist das jedoch heutzutage kein Hindernis mehr, und wir können einer gemeinsamen Zukunft entgegensehen, wenn Du es möchtest und wenn Du Dich dazu in der Lage fühlst. Ich werde warten, so lange es nötig ist, das verspreche ich Dir, meine Liebste, ich werde warten, auch wenn die Ungeduld mich manchmal aufzufressen scheint.

Bitte, schreib mir bald wieder! Gib mir Dein Einverständnis, dass wir uns im April in Rabat sehen können! Nur darum bitte ich Dich. Ich bitte Dich nicht, die Sache mit Deinem Mann zu klären. Ich bitte dich nicht, mich Deiner Familie vorzustellen, und auch nicht, dass Du bereits entscheiden sollst, wie es beruflich für Dich weitergehen könnte, wenn Du zu mir nach Kanada ziehst. Natürlich können wir auch in einem anderen Land leben, wenn Du das möchtest. Dort, wo Du bist, wird mein Zuhause sein, denn mein Zuhause, das bist Du.

You're home to me, stand in dem Brief. Carlos war auf einmal gerührt und sah aus den Augenwinkeln zu Helena hinüber. Denn genau das fühlte er. Sie bemerkte es nicht und fuhr fort, den Brief mit leiser Stimme zu übersetzen. *In all meiner Liebe und meiner Sehnsucht, für immer Dein, M*

»Wie es aussieht, hat er sie wirklich geliebt«, meinte Carlos, als beide den Brief gelesen hatten.

»Und er hatte es ziemlich eilig«, fügte Helena verstimmt hinzu.

»Ist irgendwas?«

Sie schnaubte.

»Ich weiß, es klingt bescheuert, aber es nervt mich, dass ich mich so geirrt habe. Ich fand die Vorstellung lächerlich, Alicia könne einen Liebhaber gehabt haben. Auf solche Gedanken, glaubte ich, könne nur jemand kommen, der sie nicht gekannt hat. Und nun … du siehst ja. Meine Schwester! Wie alle anderen.«

»Höre ich da etwa eine Nuance machomäßiger Geringschätzung aus deinen Worten heraus, Señora Guerrero? Aus diesem … *wie alle anderen*?«

»Nein. Oder ja. Was weiß ich? Sie hatte Jean Paul. Sie haben sich geliebt. Sie haben zusammen gearbeitet. Wir drei waren … ich weiß nicht … wie Geschwister.«

Um Helena nicht zu verärgern, antwortete Carlos so vorsichtig wie möglich.

»Wie Geschwister zu sein ist nicht wirklich die ideale Voraussetzung für eine glückliche Ehe, mein Schatz.«

»Genau. Du hast recht. Wer weiß schon, was in den Köpfen der anderen vorgeht? Die Menschen sind ein immerwährender Quell der Enttäuschung.«

Die Stewardess von Air Maroc stellte mit einem aufrichtig wirkenden Lächeln jeweils ein Tablett mit einem Imbiss auf die Klapptische vor ihnen, und beide aßen schweigend. Carlos dachte darüber nach, wie *M* wohl ausfindig zu machen war, nun, da sie eine Adresse hatten, auch wenn der Brief mit dem entsprechenden Absender bereits fünfzig Jahre alt war. Während Helena darüber nachgrübelte, wie viele Lügen und wie viel Leid sie sich hätten ersparen können, wenn sie und ihre Schwester es damals gewagt hätten, sich einander anzuvertrauen.

Wenn ihre Mutter recht hatte, war Alicia an jenem 20. Juli 1969 mit der Ausrede, die Stoffe abzuholen, aus dem Haus gegangen, um sich mit ihrem Liebhaber zu treffen, und war stattdessen dem Tod begegnet. Wenn sie beide vorher miteinander geredet hätten, hätte Alicia vielleicht gar nicht weggehen müssen. Alicia hätte ihnen *M* vorstellen können, und Helena hätte ihrer Familie sagen können, dass Jean Paul und sie sich liebten.

Eine Szene wie in einer Komödie von Lope de Vega, ein Ende wie in einem Stück aus dem Goldenen Zeitalter – jedem Töpfchen sein Deckelchen, alle unter der Haube, doppelte Freude.

Aber es gab auch noch eine andere Möglichkeit, nämlich dass *M* Alicia ermordet hatte. In jedem Fall war es wichtig, ihn ausfindig zu machen.

Im Süden Marokkos, 1957

Der Jeep rumpelte und ruckelte über den sandigen Boden, so schnell es bei den erbärmlichen Straßenverhältnissen möglich war. Sie waren bereits zwei Stunden in Richtung Norden unterwegs, um dann über die besser ausgebaute Landstraße in wenigen Stunden auf der Höhe von Marrakesch auf die Nationalstraße zu stoßen. Der Sand reflektierte die Sonne, und trotz der Sonnenbrille und der Schirmmütze, die er trug, spürte Goyo, dass sich hinter seiner Stirn ein pulsierender Kopfschmerz ankündigte.

Die vier Insassen des Wagens – der Fahrer, Goyo und zwei weitere Männer – schwiegen, jeder in seine Gedanken versunken.

Die Operation war gut verlaufen, die Waffen übergeben worden, und nun waren die vier Reisenden mit ihren Jagdgewehren nicht mehr von anderen Touristengruppen zu unterscheiden, die sich zu einem mehrtägigen Camp in der Wüste entschlossen hatten.

Goyo zündete sich eine Zigarette an und sog den Rauch tief ein. Allmählich hatte er mehr als genug von alldem und – viel schlimmer – verlor vollkommen die Hoffnung. Denn nun war er so gut wie sicher, dass er nie wieder eine Stellung in einem richtigen Heer bekleiden, dass er nie wieder eine Uniform tragen würde.

Ja, man hatte ihn befördert, nun war er Oberst, doch niemand außer seinen engsten Mitarbeitern durfte das wissen. Schließlich war er für den militärischen Geheimdienst tätig, und das musste von der Natur der Sache her vor aller Augen verborgen bleiben. Nicht einmal Blanca durfte es erfahren. Genauso wenig wie Vicente, sein törichter Schwager, der ebenfalls befördert worden war. Aus Gründen, die ihm vollkommen schleierhaft waren, es sei denn, in den Landstreitkräften stieg man inzwischen entsprechend der Breite des Hinterns auf. Vicente war schon immer ein Faulpelz gewesen, doch seit Spanien nicht mehr Krieg führte, war er ein richtiges Arschloch geworden, das sich darauf konzentrierte, immer fetter zu werden, die regimetreue Presse zu lesen und seine Männer zu schinden.

Wenn Goyo daran dachte, wie grundlegend sich das Militär verändert hatte, war er eigentlich erleichtert, nicht mehr dazuzugehören. Hier in Marokko hatte er wenigstens bedeutende Aufgaben zu erledigen, wusste in den meisten Fällen, wozu seine Aufträge dienten, und konnte alle Waffen benutzen, die er benötigte. Wer konnte schon sagen, wie sein Leben verlaufen wäre, wenn er nun, in Friedenszeiten, irgendwo in Spanien stationiert wäre? Viele jener Männer, die er als tapfere Soldaten kennengelernt hatte, die für ihr Ideal gebrannt hatten, waren anfangs – während der berüchtigten *Säuberungen von Roten* – von Ort zu Ort gezogen und zu simplen Mördern geworden, um dann als besoffene Hurenböcke und Spieler die Zeit in ihrem ziellosen Leben totzuschlagen. Ein Rudel Aasgeier. Wie so oft dachte er, dass er gern an dem Krieg in Europa teilgenommen hätte, doch angesichts des furchtbaren Scheiterns des Dritten Reiches war es sein Glück, dass es nicht dazu gekommen war. Aber was konnte sich ein Soldat aus Überzeugung und aus tiefstem Herzen anderes wünschen, als in den Kampf zu ziehen?

Natürlich fand immer irgendwo ein Krieg statt, doch er war kein Söldner, obwohl die Missionen, die er zu erledigen hatte, diesem Beruf manchmal ziemlich nahekamen. Er wusste sehr gut, dass man ihn an diese Front geschickt hatte, damit er sich nach Herzenslust bereichern konnte, während er seine Aufgaben erfüllte. Und daher konnte er nichts anderes tun, als die Situation so gut wie möglich auszunutzen.

Manchmal musste er lachen, wenn er daran dachte, dass er, ein unbekannter Oberst, mehr Geld auf seinem Schweizer Konto hatte als viele der bedeutendsten Männer Spaniens. Dass er der Eigentümer zweier traumhaft schöner Wohnungen in den beiden ersten in Spanien erbauten Hochhäusern war. Dass er wie ein Pascha in einem Haus lebte, das fast ein Palast war. Dass er es sich leisten konnte, seine beiden Töchter in ein Internat zu schicken, in dem auch die Kinder mehrerer europäischer Königsfamilien zur Schule gingen. Vor allem aber freute es ihn, dass er sich das Vergnügen erlauben konnte, seiner Schwägerin Geld zu schenken, nur um Vicente dadurch zu demütigen, dass seine Frau das Leben einer Millionärin führte.

Dennoch hatten sein ganzes Geld, seine Kontakte und seine Waffen seinen einzigen Sohn nicht retten können. Goyito war an einer Meningitis gestorben, ohne dass irgendjemand etwas für ihn hätte tun können. Das war nun bereits sechs Jahre her. Hätte er noch gelebt, wäre er jetzt fast fünfzehn Jahre alt und könnte schon als Kadett an einer der besten Militärakademien dienen. Er war ein so hübsches, intelligentes Kind gewesen, hatte schon als kleiner Junge mit Pistolen gespielt und wollte das Kämpfen lernen.

Blanca war nicht darüber hinweggekommen. Nichts hatte ihr aus dem dunklen Loch heraushelfen können, in das sie nach Goyitos Beerdigung gefallen war. Weder Reisen noch Geschenke oder die Psychiatrie. Sie war zu einem ewig trauernden Klageweib geworden, zu einer frommen Kirchgängerin, die sich Gott verschrieben hatte, um ihre Schuld zu büßen. Dabei bemühte er sich Tag für Tag, sie davon zu überzeugen, dass niemand den Tod ihres Sohnes verschuldet hatte, dass es keine Strafe Gottes gewesen war.

Doch es war nichts zu machen. Seit dieses törichte Weib im Krankenhaus ihr den Unsinn über die gestohlenen Kinder erzählt hatte, war Blanca davon überzeugt, dass Alicias Adoption ein Verbrechen und eine Sünde gewesen war und Goyitos Tod die Strafe, die sie dafür verdient hatten. »Gott verzeiht nie, Goyo«, wiederholte sie immer wieder unter Tränen, wenn es ihm gelang, das Thema zur Sprache zu bringen. »Wir müssen für unsere Tat bezahlen.« Es nutzte auch nichts, wenn er ihr versicherte, welch gutes Werk sie getan hatten, ein kleines Mädchen vor einem elenden Leben mit einer unverheirateten und roten Mutter bewahrt zu haben. Das entsprach zwar nicht ganz der Wahrheit, aber Blanca musste das nicht unbedingt erfahren.

Alicias Mutter war nicht unverheiratet gewesen, sondern Witwe und zur Zeit der Republik die Frau eines Sozialisten. Später war die Ehe annulliert worden, weil sie nicht kirchlich geschlossen worden war. Alicias Vater hatte für mehrere Jahre im Gefängnis gesessen, und kurz nach seiner Entlassung war seine Frau schwanger geworden. Doch dann war er an Tuberkulose gestorben und hatte sie völlig mittellos zurückgelassen. Die Frau hatte sich mit Näharbeiten über Wasser gehalten, doch 1943 hatte es viele arme Menschen gegeben, die es sich nicht leisten konnten, zu einer Schneiderin zu gehen, erst recht nicht in Tanger. Goyo wusste nicht, ob die Mutter ihr Kind zur Adoption freigegeben hatte, dazu gezwungen worden war oder man ihr erzählt hatte, das Kind wäre tot zur Welt gekommen. Das alles war auch nicht von Bedeutung. Blanca hatte ein Kind gebraucht, und die andere Frau war von einer Last befreit worden. Und selbst wenn es anders gewesen war, wenn die Näherin ihre Tochter trotz allem hatte behalten wollen, ging Blanca vor. Das kleine Mädchen hatte sie so glücklich gemacht, dass alles andere dagegen verblasste. Anschließend war sie tatsächlich selbst schwanger geworden, hatte einen Jungen zur Welt gebracht, und ihre Freude hatte sich noch verdoppelt. Und dann wurde Helena geboren, und damit war alles perfekt. Blanca hatte drei Kinder, genau wie Pilar. Zwei eigene und ein adoptiertes, wobei Letzteres ihr bestgehütetes Geheimnis war. Seit Jahren versuchte er sie davon zu überzeugen, dass es keinen Unterschied machte, dass alle ihre Kinder für sie gleich waren und dass sie die Sache mit Alicia genau richtig gemacht hatten.

Blanca jedoch sah das anders, und das hatte eine Distanz zwischen ihnen geschaffen, die so weit ging, dass er nicht mehr so gern nach Hause zurückkehrte wie früher. Nun, da die beiden Mädchen in der Schweiz waren, kam er zurück und traf auf eine trauernde, verweinte, in Schwarz gekleidete Blanca. Sie klammerte sich an einen vom Papst gesegneten Rosenkranz aus Elfenbein, den Gianna, die Frau des italienischen Handelsattachés, aus Rom mitgebracht hatte. Das einzig Gute zu Hause waren das aufgeregte Bellen und die Freudensprünge seines Hundes und der Milchreis von Micaela. Das allerdings war nicht viel für einen Mann, der zurückkehrte, nachdem er so gut wie jedes Mal sein Leben aufs Spiel gesetzt hatte und sich mit verabscheuungswürdigen Männern ohne einen Funken Ehre im Leib abgeben musste.

Genau das war auch der Grund, warum er Moira nicht hatte widerstehen können, einer irischen Schönheit, die im Konsulat arbeitete, einer jungen, fröhlichen, modernen Frau, so wie Blanca auch einmal gewesen war.

»Herr Oberst …«

Eine Hand legte sich auf seine rechte Schulter, und jemand hielt ihm von links eine silberne Taschenflasche hin. Er nahm einen guten Schluck Whisky, der zwar warm war, aber dennoch guttat, und zündete sich eine weitere Zigarette an.

Abgesehen von der finanziellen Seite, war alles in seinem Leben vor die Hunde gegangen. Inzwischen sparte er sich auch die Mühe, Franco zu schreiben oder ihn gar zu besuchen. Franco, den er früher so sehr bewundert hatte, als er in der Militärakademie in Saragossa sein Vorgesetzter und später sein Mentor gewesen war. Er war für ihn längst zu einer weit entfernten Gestalt in Schwarz-Weiß geworden, so wie er in den Nachrichten erschien. Er wurde immer dicker und stumpfte immer mehr ab, ein zweitklassiger Politiker, umgeben von einem Haufen Hurensöhnen, die nach seiner Pfeife tanzten und ihn immer weiter von den soldatischen Tugenden entfernten, die man ihm beigebracht hatte, als er noch ein kleiner Kadett in der Militärakademie gewesen war: Pflichterfüllung, Verantwortungsbewusstsein, Patriotismus, Disziplin, Tapferkeit, Entsagung, Mut und Opferbereitschaft.

Auch wenn er es selbst nicht wahrhaben wollte, schämte er sich inzwischen für sein Land. Wie sehr hatten sie gekämpft und gelitten und wie viele Opfer hatten sie gebracht, um Spanien zu einem großartigen Land zu machen, edel und rein, frei von der roten Verseuchung. Alles war umsonst gewesen! Wenn es auch von den Roten kaum noch welche gab. Mit Fäusten, Pistolen und Erschießungen hatten sie erreicht, was sie wollten, doch ihr Vaterland war dadurch nicht besser geworden, sondern entwickelte sich in rasender Geschwindigkeit zu einem Saustall, in dem Furcht und Habsucht herrschten. Und dieser nichtswürdige Staat fühlte sich Marokko überlegen und wollte ihm seinen Willen aufzwingen. Es war lächerlich!

Seine Gespräche mit dem ehemaligen Sultan und derzeitigen König, der im Lauf der Jahre unter Wahrung der dem Rang geschuldeten Distanz fast zu einem Freund geworden war, hatten ihn inzwischen überzeugt, dass die Unabhängigkeit Marokkos ein Ziel war, um das es sich zu kämpfen lohnte. Daher unterstützte er inzwischen die Istiqlal, die marokkanische Partei der Unabhängigkeit, sowohl offiziell in seinen Berichten an die spanische Regierung als auch verdeckt in Operationen, von denen man in Spanien keine Ahnung hatte.

Kurioserweise war der Mann, für dessen Befreiung aus dem Gefängnis er sich vor Jahren eingesetzt hatte, nicht nur berühmt für seine Koranzitate und mit dem Sultan befreundet, sondern auch einer der Anführer der Istiqlal.

Es war viel geschehen, seit er sich erst in Casablanca und dann in

Rabat niedergelassen hatte, bereit, die Welt zu erobern. Viele Jahre lang war er sehr glücklich gewesen. Es war ihm gelungen, aus seinem Haus ein wunderschönes Heim und aus seinem Garten ein Abbild von Gottes Herrlichkeit zu machen, wie die Moslems sagten, obwohl er selbst nicht mehr an Gott glaubte.

Denn wie war es möglich, dass dieser Gott, zu dem sie vor dem Kampf gebetet hatten, für den sie bis zum letzten Atemzug gekämpft hatten, damit seine Wahrheit erstrahle und seine Kirche sein Wort des Heils in die Welt trug … Wie war es möglich, dass dieser Gott einfach zusah, was aus alledem geworden war, und keinen Finger krümmte? Dass er trotz ihrer Gebete Goyito nicht gerettet hatte, war bis zu einem gewissen Grad verständlich. Auch wenn Goyito für sie das Wichtigste auf der Welt gewesen war, war er doch nur ein einzelnes Kind gewesen, das Gott vielleicht tatsächlich zu sich gerufen hatte, wie Don Tomás ihnen zum Trost gesagt hatte. Dass Gott aber für ein ganzes Land nichts tat, für Spanien, das für seinen Sieg freiwillig so viel Blut vergossen hatte, war für Goyo der Beweis, dass Gott nicht existierte. Und deshalb erzürnte es ihn so, seine Frau vor sich zu sehen, die einmal so hübsch, so modern und so fröhlich gewesen war und nun, in einen schwarzen Schleier gehüllt, Tag für Tag vor dem Altar kniete. Vor einem leeren Altar. Vor einer großen Lüge.

Beichten, Schuldbekenntnisse, Buße tun, Rosenkränze beten. Jeden Tag entfernte sie sich weiter von ihm und ihrer Liebe.

Und abgesehen davon, dass sie sich mit einer schwarzen Trauerwolke umgab, vergaß sie ihre beiden Töchter, die sie brauchten und die der Gedanke schmerzte, dass für ihre Mutter nur der verlorene Sohn von Bedeutung war. Daher versuchte er die Tatsache, dass Blanca sie vergessen hatte, mit Geschenken, Kleidern und Reisen wiedergutzumachen, mit dem Besten, was für Geld zu bekommen war. Allerdings wusste er, dass dies längst nicht genug war.

Am Horizont im Westen tauchten im Gegenlicht die ersten Hütten am Rand von Marrakesch auf. Sie duckten sich zwischen Palmen, die wie dunkle Scherenschnitte einer Krippe aufragten. Schon bald würden sie den Wagen am Djemaa el Fnaa abstellen, dem Platz der Gaukler, sich auf dem Weg zum Riad, die Beine vertreten, eine kalte Dusche nehmen und zum Abendessen ein Lokal aufsuchen, in dem würzige Lammspieße serviert wurden. Und wenn es am nächsten Tag nach Rabat weiterging, würde er sich entscheiden, ob er gleich nach Hause fuhr oder erst noch Moira besuchte.

Er dachte daran, Blanca anzurufen und ihr seine Ankunftszeit mitzuteilen. Die Telefonverbindungen waren jedoch eine Katastrophe, und oft kam nur nach langer Wartezeit ein Gespräch zustande. Also beschloss er, sich erst am nächsten Morgen vor dem Aufbruch bei ihr zu melden. Und je nachdem, wie sich ihre Stimme anhörte, würde er sofort nach La Mora fahren oder auch nicht.

Rabat. Gegenwart

Als sie die Schlüssel für den Mietwagen erhalten hatten und endlich ins Freie traten, nachdem sie auf das Gepäck gewartet und dann die Einreiseformalitäten erledigt hatten, blieb Helena für einen Augenblick stehen und blickte zum Himmel auf.

In diesem Moment wäre sie gern allein gewesen, um ein paar Minuten einfach nur die Farbe des Himmels über Rabat zu genießen, der der Himmel ihrer Kindheit war und den sie beinahe fünfzig Jahre lang nicht mehr gesehen hatte. Allerdings war ihr der Gedanke unangenehm, dass Carlos sie fragen könnte, warum, zum Teufel, sie wie eine Blöde in den wolkenlosen blauen Himmel starrte. Deshalb atmete sie tief durch und sah sich nach der Nummer des Parkplatzes um, auf dem ihr Wagen stand. Es würde sich schon noch eine Gelegenheit finden, den Himmel allein für sich zu genießen.

Sie hielt Carlos den Schlüssel hin, der jedoch den Kopf schüttelte.

»Vergiss es! Ich habe mich schlaugemacht, wie hier gefahren wird, und werde es gar nicht erst versuchen. Mein halbes Leben lang fahre ich inzwischen Autos mit Automatik und bin Linksverkehr gewohnt. Dies ist ein Auto mit Schaltgetriebe, es herrscht Rechtsverkehr, und wie ich gelesen habe, fahren alle wie die Henker. Wenn du Auto fahren willst, dann musst du dich selbst ans Steuer setzen.«

»Angsthase!« Helena stellte den Sitz ein, probierte das Licht aus, legte den Sicherheitsgurt an und verließ das Flughafengelände. Sie vertraute darauf, dass sie sich noch gut genug an die Stadt erinnerte, um die Medina zu erreichen. Von dort aus durfte es dann nicht mehr schwierig sein, La Mora zu finden.

»Wie Jean Paul mir sagte, hat er Suad und ihrer Tochter Bescheid gegeben, damit das Haus bei unserer Ankunft entsprechend vorbereitet ist. Bist du dir sicher, dass du dort wohnen willst? Wäre es nicht besser, ein Hotelzimmer in der Stadt zu nehmen?«

»Ich weiß es nicht, Carlos. Aber wir haben genügend Zeit. Wir sehen uns La Mora erst einmal an, und dann entscheiden wir uns. Was meinst du?«

Das Licht in der Stadt war unglaublich, ein atlantisches Licht, extrem klar, als hätte es eine eigene Textur. Ein Licht, das gleißend auf die weißen Fassaden traf und flüssiges Gold über die Palmenblätter goss, die sich in der sanften Meeresbrise nur leicht bewegten.

Ohne nach dem Weg suchen zu müssen, fuhren sie die Mauer entlang, ließen das Minarett hinter sich und gelangten zu dem Bahnhofplatz sowie dem Springbrunnen, der jedoch nicht eingeschaltet war. Dann bogen sie auf die palmengesäumte Avenue Mohammed V. ein.

»Dies scheint eine schöne Stadt zu sein«, meinte Carlos.

»Sie ist wunderschön, wie du noch sehen wirst. Auch wenn sie nicht so berühmt ist wie Casablanca oder Marrakesch, aber viel koketter, eleganter, heiterer. Sieh nur, das *Hotel Balima*!«

»Sollte mir das etwas sagen?«

»Wohl eher nicht. Kurz nach seiner Eröffnung verbrachten meine Eltern dort ihre ersten Nächte in Rabat, irgendwann in den Vierzigerjahren. Wenn wir hier vorbeikamen, haben sie es uns jedes Mal erzählt. An der Mauer gegenüber liegt der Eingang zur Medina – vielmehr ist es einer der Eingänge. Und dort links siehst du die Buchhandlung, wo meine Eltern ihre Bücher und Zeitungen gekauft haben. Jetzt müssen wir … mal sehen … nach rechts, wenn ich mich nicht irre … Wir müssten … Mist! Was für ein Verkehr!«

Helena fluchte ein paarmal auf Französisch und fuhr dann weiter, als ob nichts gewesen wäre. Dabei quetschte sie sich mit Gewalt zwischen zwei Autos, um an der Ampel nach rechts abbiegen zu können.

»Jetzt gleich können wir das Meer sehen, also den Ozean, den Atlantik. Sieh nur, da ist er!«

Carlos musterte sie erstaunt. Schon lange hatte er sie nicht mehr so aufgedreht, so begeistert erlebt. Inzwischen hatte er sich bei ihr an den typischen Ausdruck der blasierten Künstlerin gewöhnt, an eine Frau, die nichts mehr überraschen konnte und die alles schon hundertmal erlebt hatte. In ihrer derzeitigen Verfassung kam sie ihm geradezu fremd vor. Das brachte ihn auf den Gedanken, wie gern er vor fünfzig Jahren schon mit ihr zusammen gewesen wäre und ihre Jugend, ihre Unschuld und ihren Enthusiasmus genossen hätte. In diesem Moment schien Helena wieder fünfunddreißig Jahre alt zu sein.

»Bitte, achte mit auf die Schilder! Wenn du irgendwo *Temara* liest, sind wir richtig.«

»Dort steht es.«

»Gut! Dann kommen wir gleich an die Steilküste, danach zu den Stränden. Dann müssen wir nur noch links über den Geheimweg, und schon sind wir da.«

»Geheimweg?«

»So haben wir ihn damals genannt, weil es ein so schmaler, unasphaltierter Weg war und es kein Hinweisschild gab. Wenn wir gefeiert haben, musste immer einer bis zur Landstraße gehen und dort ein Schild aufstellen.«

Carlos konnte den Blick nicht von ihr abwenden – er war völlig fasziniert. Sie atmete schneller, hatte sich die Sonnenbrille auf die Stirn geschoben, und ihre Augen glänzten wie Flusskiesel.

»Der Weg«, flüsterte Helena, »er ist noch da!«

Carlos biss sich auf die Zunge und verkniff sich die Bemerkung, dass der Weg natürlich noch da war. Schließlich hatten Jean Paul und seine Familie viele Jahre über in La Mora gelebt. Doch obwohl sie sich nicht gerade auf dem Weg zu einem verwunschenen Schloss befanden, wollte er weiterhin nichts sagen, sondern als schweigender Begleiter Helenas Entdeckungsreise beiwohnen. Sie gelangten an das Gartentor, aber statt es zu öffnen und mit dem Auto bis zum Haus vorzufahren, parkte Helena den Wagen vor dem Tor. Sie schloss ihn ab und ging, nur mit ihrer Handtasche am Arm und ohne auf Carlos zu warten, wie von einem inneren Zwang geleitet, zu Fuß zum Hauseingang hinüber. Carlos folgte ihr bis zu einem türkisfarben gestrichenen, von strahlend roten Rosen umrankten Gittertor. Er sah, dass Helenas Hand zitterte, als sie es öffnete. Nach wie vor schwieg er jedoch und konnte sich vorstellen, dass sie gerade von einer Erinnerungslawine überrollt wurde.

Schweigend schritten sie über einen schmalen Weg. Er lag im Schatten von Bäumen, an denen Kugeln aus rosafarbenen kleinen Blüten hingen, die wie Weihnachtsschmuck über ihren Köpfen schwebten. Der Boden war mit Ziegelsteinen im Fischgrätmuster belegt. Von irgendwoher war plätscherndes Wasser zu hören, vielleicht von einem kleinen Brunnen oder einem Wasserlauf.

Mitten in der kargen Landschaft, die sie durchfahren hatten, wirkte dieser Garten wie eine Fata Morgana. Die Stille war beinahe greifbar und wurde durch das Brummen der Insekten und dem plötzlichen Flügelschlag der Vögel hervorgehoben, die im Blätterwerk verschwanden, bevor das menschliche Auge ihre Farben erfassen konnte.

Eine Minute später öffnete sich der Weg zum Haus hin, das weiß und blau mit dunkelroten arabischen Ziegeln und grünen Fensterläden vor ihnen lag. Ein riesiger Jasminstrauch und rosafarbene Bougainvilleen überzogen einen Teil der Fassade. Vor dem Gebäude erstreckte sich eine breite Terrasse mit einem Tisch, den weiße Metallstühle mit floralen Verzierungen umstanden.

»Jetzt fehlt nur noch das Bellen unseres Hundes Capitán«, murmelte Helena.

Wie von Helenas Erinnerung herbeigerufen, bellte im gleichen Augenblick ein Hund. Eine Seitentür öffnete sich, eine Frau mittleren Alters trat auf die Terrasse heraus und trocknete sich die Hände an einer Schürze ab.

»Suad …«, begann Helena, obwohl sie es natürlich nicht sein konnte. Denn Suad war nur wenige Jahre jünger als sie selbst.

»Nein, Mademoiselle Helena, ich bin ihre Tochter Aixa. Meine

Mutter ist drinnen im Haus, aber ihr tun die Knie weh. Deshalb bin ich gekommen«, entgegnete die Frau auf Französisch.

Sie betraten das Haus durch die Eingangstür und gelangten in einen Bereich, von dem aus eine eher schmale Treppe nach oben führte. Durch eine hohe Tür aus buntem Glas fiel das Licht herein.

»Es ist noch alles genauso wie früher«, wandte sich Helena erstaunt an Carlos. »Als befände ich mich mitten in einem dieser Träume, die wahr zu sein scheinen.«

Er drückte ihren Arm und folgte ihr.

Auch das Wohnzimmer, dessen Glastüren auf die Terrasse hinausgingen, glich nahezu dem Raum auf den Fotos von dem Fest, die Carlos in dem Album gesehen hatte: hohe weiße Regale voller Bücher, ein offener Kamin, die Sofas mit Bezügen aus Rohleinen und geometrisch gemusterten Kissen in Rottönen, Puffe aus hellem Leder auf einem flauschigen weißen Teppich. Und es gab sogar ein massives schwarzes Telefon im Stil der Vierzigerjahre, das auf einem Tischchen neben den großen Fenstern stand und genauso aussah wie das, das Goyo in jener Nacht im Jahr 1969 benutzt hatte, um die Polizei zu rufen.

Sie durchquerten das Wohnzimmer, ohne stehen zu bleiben, und gelangten in die Küche. Dort saß eine Frau an einem großen weißen Marmortisch und erwartete die Ankömmlinge. Sie war in Helenas Alter, wirkte aber aufgrund der vielen Arbeit und weil sie sich sicher nie gepflegt hatte, wesentlich älter.

»Suad!« Helena stieß den Namen laut hervor und breitete die Arme aus.

»Mademoiselle Helène! Dank sei Gott für dieses Geschenk! Oh, die vielen Jahre, die wir uns nicht gesehen haben! Wie hübsch und wie jung Sie sind, als ob die Zeit stehen geblieben wäre!« Mühsam erhob sich die Frau, und die beiden umarmten sich lange. »Sie ahnen ja nicht, wie oft ich Monsieur Jean Paul gefragt habe, wann Sie endlich hierher zurückkehren. Am Ende habe ich nicht mehr gefragt, weil Monsieur Luc sich darüber geärgert hat. Aber Gott hat mich erhört und mir diesen Wunsch erfüllt.«

»Ich bin wieder da, Suad. Vielen Dank, dass du während der langen Zeit alles so gut gepflegt hast.«

»La Mora ist auch mein Zuhause, Mademoiselle. Seit ich vierzehn war, habe ich für Ihre Mutter, Madame Blanche, hier gearbeitet. Möchten Sie einen Pfefferminztee?«

»Ja, wir richten uns nach euch. Das ist ... Carlos.«

Helena merkte, dass die beiden Frauen auf eine Erklärung warteten.

»Mein ...« Beinahe hätte sie *Ein Freund* gesagt, wusste aber, dass Carlos ihr das nie verziehen hätte. Dann dachte sie an *Mein Lebensgefährte*, was Carlos sicher gefallen hätte, in ihren Ohren aber seltsam klang. *Mein Freund* wirkte in ihrem Alter schlichtweg lächerlich. Schließlich sprang sie ins kalte Wasser. »Mein Mann«, erklärte sie und sah ihn dabei nicht an.

Carlos erstarrte, suchte ihren Blick, ohne ihn zu finden, lächelte und reichte den beiden Frauen die Hand, die sie schüchtern ergriffen.

»Wenn es euch nichts ausmacht, sehen wir uns schnell im Haus um und kommen gleich wieder herunter. Dann trinken wir gemeinsam Tee. Ganz gewiss haben wir uns viel zu erzählen.«

Hintereinander stiegen sie die Treppen hinauf, Helena immer zwei Stufen vor ihm. Als sie im ersten Stock ankamen, warnte sie ihn, ohne sich umzudrehen.

»Wenn du irgendetwas sagst, bringe ich dich um, Charlie!«

Schweigend nahm er ihre Hand und küsste sie. Dann gingen sie den Flur entlang.

»Sieh nur!«, forderte Helena ihn leise auf. »Das ist mein Zimmer. Möchtest du es sehen?« Sie drückte die Klinke hinunter, doch die Tür öffnete sich keinen Millimeter. »Wie seltsam! Sie ist abgeschlossen.«

»Aber du hast doch alle Schlüssel, oder?«

Sie nahm den Schlüsselbund aus der Tasche und probierte einen Schlüssel nach dem anderen, bis sie den passenden gefunden hatte. Nachdem sie ihn zweimal umgedreht hatte, öffnete sie die Tür und blickte ins Halbdunkel. Durch die Ritzen in den Fensterläden drang Licht herein und durchzog das Zimmer mit hellen Streifen. Ihre Augen benötigten eine Weile, bis sie sich an die Düsternis gewöhnt hatten. Bald aber erkannte sie die Umrisse der Möbel. Das große

Bett, sehr weiß, mit Kissen bedeckt, einige mit Pailletten oder Glassteinen verziert, die das Licht reflektierten. Der Schreibtisch, auf dem Papiere lagen und eine Dose stand, die mit Federhaltern und Kugelschreibern gefüllt war. An den Wänden Veranstaltungsplakate aus dem Paris und New York der Sechzigerjahre. Der bunte Teppich gleich neben dem Bett.

»Es ist alles noch so, wie ich es zurückgelassen habe.« Helenas Stimme war ein erschrecktes Flüstern. »Genau wie vor über vierzig Jahren.«

»Anscheinend hat dein Schwager beschlossen, die Vergangenheit zu bewahren, um dir das Haus ohne Makel zu übergeben.«

Helena ließ sich auf das Bett fallen.

»Geh ins Badezimmer und sag mir, was du dort siehst! Bitte!«

Carlos öffnete eine weitere Tür aus ziseliertem Holz.

»Eine durchsichtige Kiste voller Schminksachen auf der Ablage, eine Zahnbürste mit Schutzkappe, eine Haarbürste, ein weißes Handtuch, ein weißer Bademantel und ein Morgenmantel aus rosafarbener Seide mit Blumenmuster. Die Seife ist neu und unbenutzt.«

»Wir sind ins Dornröschenschloss zurückgekehrt, Charlie«, meinte sie. »Ehrlich gesagt weiß ich nicht, ob mir diese Vorstellung gefällt. Es läuft mir eher ein bisschen kalt über den Rücken.«

»Wenigstens sind wir zusammen. Komm, trinken wir unten eine Tasse Tee!«

»Wie geht es Monsieur?«, fragte Suad, während sie die Tassen auf den Terrassentisch stellte. »Monsieur Luc erzählt nicht viel, wenn er hier ist.«

»Es geht ihm wirklich sehr schlecht. Wenn ich ehrlich bin, glaube ich nicht, dass er noch lange lebt.«

Die beiden Frauen sahen sich betrübt an und senkten dann die Köpfe.

»Der arme Monsieur!«, murmelte Aixa und bot ihren Gästen einen Teller mit verschiedenem Gebäck an.

»Und nun? Was wird mit dem Haus passieren, Mademoiselle?«, fragte Suad. »Wer wird es erben, Sie oder Monsieur Luc?«

»Ich, Suad.«

»Gelobt sei Gott!« Als die Frau lächelte, war ihr welkes Gesicht von Falten durchzogen, und sie wirkte plötzlich viel jünger. »Können wir bleiben und uns weiterhin um das Haus und den Garten kümmern?«

»Aber natürlich, meine Liebe. Wie du weißt, war ich noch nie eine gute Hausfrau. Den Garten liebe ich zwar sehr, aber ich habe überhaupt keinen grünen Daumen.«

Mutter und Tochter wirkten auf diese Nachricht hin äußerst erleichtert.

»Und werden Sie von nun an hier leben? Oder kommen Sie nur in den Ferien her?«

Verwirrt sah Helena zu Carlos hinüber. Darüber hatte sie noch gar nicht nachgedacht. Was sollte sie auf diese Frage antworten?

»Suad, Aixa, wir leben in Australien. Wisst ihr, wo das liegt?« Um den beiden Frauen eine Verneinung zu ersparen, setzte sie zu einer Erklärung an. »Genau auf der anderen Seite der Erde. Von hier aus sind das vierundzwanzig Flugstunden. Dort ist mein … unser Haus, und dort arbeiten wir.«

»Sie arbeiten noch, Mademoiselle? Sind Sie noch nicht im Ruhestand?«

Helena bekam beinahe einen Lachkrampf und stellte sich ihren Alltag als Rentnerin vor.

»Nein. Ich bin Malerin. Maler gehen nicht in den Ruhestand. Sie sterben und ruhen in Frieden.«

Carlos verpasste ihr einen leichten Tritt unter dem Tisch.

»Aber Sie wollen das Haus doch nicht etwa verkaufen, oder?«, fragte Aixa besorgt.

Helena wurde allmählich ernsthaft nervös angesichts so vieler Fragen zu einer Zukunft, an die sie noch keinen Gedanken verschwendet hatte. Was sie im Moment viel mehr interessierte, war die Vergangenheit. Um Eintracht bemüht, antwortete Carlos an ihrer Stelle.

»Nein, natürlich nicht. Von Verkaufen kann gar keine Rede sein. Dieses Haus ist Helenas Vergangenheit, und es kann nicht einfach so in andere Hände gegeben werden.«

Die beiden Frauen nickten erfreut und erleichtert.

»Und genau deswegen sind wir gekommen«, fuhr er fort. »Um einige Ereignisse in der Vergangenheit zu verstehen. Vor langer Zeit, als ihr alle noch jung wart. Vor Alicias Tod.«

»Damit ging alles zu Ende«, seufzte Suad.

»Was wissen Sie noch von damals, als es passierte? Was immer Ihnen einfällt, hilft uns weiter. Vielleicht erinnern Sie sich an einen bestimmten Satz, der gesagt wurde … an den Tagen vor oder nach der Todesnachricht.«

Die Frau schien sich förmlich nach innen zu wenden, während sie in ihrem Gedächtnis kramte.

»Ich erinnere mich noch, dass alle wegen des Festes völlig verrückt spielten. Das Haus war voller Gäste, und vom Schwimmbad drangen Geschrei und Gelächter herüber, von morgens bis abends. Bis Madame sagte, dass auch wir das Recht auf Ruhe hätten. Wenn jemand außerhalb der normalen Mahlzeiten etwas essen wollte, sollte er es sich selbst zubereiten und anschließend sauber machen. Madame war die ganze Zeit über sehr unruhig, und sie ließ Mademoiselle Alicia nicht aus den Augen.«

»Warum?«, fragte Helena und beugte sich neugierig zu Suad hinüber.

»Wahrscheinlich hat sie sich um ihre Tochter Sorgen gemacht. Mehrmals habe ich gehört, dass beide miteinander sprachen und Mademoiselle ihrer Mutter nicht erklären wollte, was mit ihr los war. Erinnern Sie sich nicht daran, dass Ihre Schwester ständig nervös war und nicht schlafen konnte?«

Helena schüttelte den Kopf. Soweit sie noch wusste, hatten sie selbst, Jean Paul, die Amerikaner, die Italiener und andere Leute von *Alice&Laroche* die Nächte am Pool verbracht. Mit Gitarren und Weinflaschen, singend und plaudernd bis zum frühen Morgen. Alicia hatte sich immer früh zurückgezogen, und niemals wäre sie auf den Gedanken gekommen, dass ihre Schwester nicht schlafen konnte. Dann hätte sie ja genauso gut bei ihnen bleiben können.

Obwohl ihr das Ganze nun ein wenig plausibler erschien. Offenbar war die Sache mit *M* mehr als nur ein kleiner Flirt nebenbei gewesen, und Alicia hatte tatsächlich vorgehabt, sich von Jean Paul zu trennen. Da hatte sie natürlich über vieles nachdenken müssen und war kaum zu nächtlichen Scherzen und Gesang aufgelegt gewesen. Sicher hatte Alicia sich auch gefragt, wie sie ihrer Mutter beibringen sollte, dass sie ihren Mann mit einem anderen betrog und sich von Jean Paul scheiden lassen wollte. Blanca hätte furchtbar darunter gelitten. Ihre Ansichten, die Moral und den Ruf ihrer Töchter betreffend, waren wesentlich strenger als die ihres Mannes. Manchmal einfach nur als Reaktion auf die Sturheit seines Schwagers Vicente, eines unbelehrbaren und antiquierten Machos, hatte Goyo seine Töchter stets ermuntert, sich mutig dem modernen Leben zu stellen und kritisch gegenüber der Kirche zu sein. Und er hatte immer versucht, auch seiner Frau die Augen für den Fortschritt zu öffnen, damit sie nicht länger so dachte wie ihre Schwester Pilar und so tat, als würden sie im Mittelalter in einem kleinen kastilischen Dorf leben. Dies hatte bei Blanca allerdings nur zu einer Persönlichkeitsspaltung geführt.

Nach außen hin hatte sie sich sehr offen, modern und kosmopolitisch gegeben. Eine Frau, die ritt, rauchte und Auto fuhr, die allein reiste, um ihre Eltern oder ihre Töchter zu besuchen, mit der man sich über die neuesten französischen Romane und die angesagtesten italienischen Musiker unterhalten konnte. Innerlich jedoch war sie eine gottesfürchtige Christin geblieben, in steter Sorge um die familiäre Ehre und vor der Strafe des Herrn. Immer darauf bedacht, vor ihrer Schwester und ihrem Schwager, dem Offizier, alles zu verbergen, was nicht hundertprozentig in Ordnung war. Deshalb kam Pilar mit ihrer Familie auch nur selten zu Besuch, denn Blanca litt jedes Mal Höllenqualen, meinte sie doch, sich ständig verstellen zu müssen. Abgesehen davon, dass Vicente und Goyo sich auf den Tod nicht ausstehen konnten, irgendwann über Politik stritten und sich alle möglichen Schimpfwörter an den Kopf warfen.

Helena merkte, dass sie Suad eine ganze Weile nicht mehr zugehört hatte. Sie würde Carlos später danach fragen.

»Also … dieser Besuch für Alicia kam am Tag nach ihrem Tod, sagen Sie. Sind Sie sicher?«

Helena zweifelte, richtig verstanden zu haben, wovon die Rede war. Sie wollte das Gespräch aber nicht unterbrechen und beschränkte sich darauf, einfach Suads Bericht zu folgen.

»Völlig sicher. Ich selbst habe die Tür geöffnet und ihm gesagt, dass Madame nicht in der Lage sei, jemanden zu empfangen. Darum hatte sie mich gebeten, aber plötzlich kam sie aus dem Salon, wo sie sich ein wenig aufs Sofa gelegt hatte. Sie fasste ihn am Arm und führte ihn herein. Sie schloss die Tür, und eine halbe Stunde später ist der Mann wieder gegangen. Ich habe ihn nie wieder gesehen. Madame hat mich anschließend gebeten, es ihrem Mann nicht zu erzählen, und ich habe nichts gesagt. Wenn ich es heute tue, dann nur deshalb, weil es keine Bedeutung mehr hat.«

»Wer war das?«, fragte Helena, die sich nur mit Mühe von ihren eigenen Erinnerungen lösen konnte.

»Ich weiß es nicht, Mademoiselle. Ein junger Mann, sehr gut aussehend, groß, blond. Vom Militär oder von der Polizei, nehme ich an. Wegen der Uniform.«

Und das war's dann wieder, dachte Helena. »Sehr gut aussehend.« Was brachte es, dass Suad ihn damals sehr gut aussehend fand? Wie sollten sie nach mehr als vierzig Jahren einen großen blonden Mann ausfindig machen? Eine Zeichnung wäre in diesem Moment wesentlich nützlicher gewesen als Suads Worte.

»Welche Uniform, Suad? Können Sie sich an irgendwas erinnern?«, hakte Carlos nach.

»Sie war schwarz, die Jacke mit Knopfdoppelreihe, der Stoff von guter Qualität. Und er trug eine weiße Schirmmütze unter dem Arm.«

»Es ist unglaublich, dass Sie sich an diese Details erinnern!«

»Das liegt daran, dass mein Mann bei der Polizei war, Monsieur. Ich musste diese Uniform mit der meines armen Karim vergleichen. Sie sah aus wie aus einem Hollywoodfilm.«

»Haben Sie Blancas Mann von dem Besuch erzählt?«

Suad schüttelte den Kopf.

»Madame hatte mir verboten, mit irgendjemandem darüber zu sprechen. Es schien nicht weiter wichtig zu sein, und der Mann war wohl vom Militär oder der Polizei. Also nahm ich an, dass es um den Mord an der armen Mademoiselle Alicia ging. Darum habe ich es nicht erwähnt.«

»Könnten wir auch mit Ihrem Mann sprechen?«

»Sicher, wann Sie möchten. Er befindet sich tatsächlich im Ruhestand.« Sie lächelte. »Gewöhnlich ist er irgendwo in der Nähe beschäftigt, mit irgendeinem Beet oder sonst wo im Garten. Aixa, bitte geh und hol deinen Vater!«

»Nein«, erklärte Helena und stand unvermittelt auf. »Das eilt nicht. Wir reden später weiter. Carlos, lass uns zum Auto gehen und das Gepäck holen! Nein, Suad, das ist kein Problem, wir brauchen keine Hilfe.«

»Um wie viel Uhr möchten Sie zu Abend essen, Madame?«, fragte Aixa, und in diesem Moment wurde Helena bewusst, dass nun sie die Hausherrin von La Mora war, in diesem Haus, das so lange verwaist gewesen war.

»Gegen acht, wenn es euch recht ist.«

»*Pastella?*«, fragte Suad neckend und mit blitzenden Augen.

»Wie ist es möglich, dass du dich noch an mein Lieblingsgericht erinnerst?«

Suad antwortete nicht, aber ihre Wangen röteten sich vor Stolz. Die Tochter stellte das Teegeschirr auf ein kleines Tablett, das sie mit einer Hand tragen konnte, und bot ihrer Mutter den Arm, um sie zur Küche zu geleiten. Dabei unterhielten sie sich auf *Darija*.

»Wohnen sie hier?«, fragte Carlos.

»Ich gehe mal davon aus. Das Haus ist groß, und hinter dem Schwimmbad gibt es noch ein separates kleines Gebäude. Wir werden es erfahren. Wahrscheinlich hatten sie deswegen Angst, dass wir La Mora verkaufen könnten.«

»Warum wolltest du ihr keine weiteren Fragen stellen?«

»Weil bei ihrer Erzählung meine Erinnerungen durcheinandergeraten sind. Ich muss mich erst mit meinen eigenen Gedanken beschäftigen, bevor ich mir ihre Version anhöre.«

Mit einer Geste forderte Carlos sie zum Weiterreden auf.

»Als sie diesen mysteriösen Besuch erwähnte...«

»Ja, was?«

»Nun ja, logischerweise war ich an jenem Morgen auch zu Hause. Soweit ich mich erinnere, war ich die ganze Zeit mit meiner Mutter zusammen, und wir haben auf neue Nachrichten gewartet.

Wann hätte sie jemanden empfangen sollen, ohne dass ich es mitbekommen hätte? Und ich erinnere mich an keinen gut aussehenden, großen blonden jungen Mann.«

»Du hättest ihn ganz bestimmt nicht vergessen«, neckte er Helena. Sie streckte ihm die Zunge heraus.

»Damals war ich noch ein braves Mädchen.«

»Na, komm! Du bist in deinem ganzen Leben nicht brav gewesen.«

»Los, ich führe dich hier noch ein bisschen herum, und dann holen wir das Gepäck.«

Mit wilden Blümchen bewachsene Steinstufen führten zum Schwimmbad hinunter. Es war noch nicht Sommer, aber es war bereits gereinigt und mit Wasser gefüllt worden, das jedoch nicht mehr so strahlend blau war wie in ihrer Erinnerung. Das Schwimmbad war neu gefliest worden und schimmerte nun in einem dunklen Blaugrün, sodass es mehr wie ein Teich oder ein Natursee wirkte als wie ein Pool. Daneben waren weich gepolsterte weiße Liegestühle aufgestellt. In allen Ecken wuchsen weiße Kletterrosen, und in großen Töpfen blühten die verschiedensten Blumen, alle in unterschiedlichen Rot-, Violett- und Blautönen. Im westlichen Teil des Gartens standen immer noch die Palmen und der uralte Olivenbaum. Die Bar für die Getränke war einem Pavillon aus Bambus gewichen, der beinahe balinesisch wirkte, und es gab Holzbänke mit weißen Auflagen und blauen Kissen.

»So wie es jetzt ist, ist es viel schöner«, meinte Helena und setzte sich mit dem Gesicht zum Schwimmbad in den Pavillon. »Jean Paul hatte schon immer einen exzellenten Geschmack, und zugegebenermaßen war mein Vater in mancher Hinsicht etwas gewöhnlich. Wie es ja bei Neureichen öfter der Fall ist.«

»Stammte er nicht aus einer vermögenden Familie?«

»Nein. Seine Eltern hatten in Orihuela zwar ziemlich viel Land, sie waren Landwirte oder eher Großgrundbesitzer, aber nicht reich, keine Leute von Welt. Ich habe sie nie kennengelernt. Sie sind vor dem Krieg oder zu Beginn des Krieges gestorben, ich weiß es nicht mehr genau. Mein Vater hat nur selten von ihnen gesprochen.«

»Anscheinend hat deine Enkelin recht, wenn sie sagt, dass du beinahe nichts über deine Familie weißt.«

Helena zuckte mit den Schultern.

»Meine Eltern waren sehr selbstgenügsam. Sie hatten einander, und sie hatten uns. Das hat ihnen gereicht. Ehrlich gesagt habe ich mich nie besonders für Familienangelegenheiten interessiert, und wir haben meine Eltern nicht oft nach der Vergangenheit gefragt. Ihr Leben schien erst in Marokko begonnen zu haben.«

»Aber dein Vater hat doch studiert, oder?«

»Ich weiß, dass mein Vater einen Teil seiner Kindheit in Marokko verbrachte. Sein jüngerer Bruder war wohl an Tuberkulose erkrankt und wurde zu einer Tante geschickt, die einen Arzt geheiratet hatte. Der war als Offizier im Militärkrankenhaus in Ceuta stationiert. Dort hat mein Vater sich dann in dieses Land verliebt. Und zu jener Zeit ist die Freundschaft mit Franco entstanden.«

Carlos sah sie überrascht an.

»Wir sind seit achtzehn Jahren zusammen, und auf einmal erwähnst du ganz nebenbei, dass dein Vater mit Franco befreundet war.«

»Es war einfach nicht von Bedeutung. Als ich und meine beiden Geschwister noch klein waren, hat er manchmal davon erzählt.«

»Lass hören!«

Helena machte es sich auf den Polstern bequem und blickte in den strahlend blauen Himmel hinauf, der zwischen den Rosensträuchern, den Palmen und den großen Blättern eines Busches zu sehen war, den sie nicht zu benennen wusste.

»Ich kann mich nicht mehr gut daran erinnern. Es ist so lange her, und uns kam es so vor, als würde er ein Märchen von Hans Christian Andersen erzählen. Es war wohl so, dass das spanische Heer gegen die Marokkaner um die Vorherrschaft in Nordafrika kämpfte, und sie befanden sich an einem Ort namens El-Biutz. Das Ganze passierte wohl im Jahr … neunzehnhundertsechzehn, glaube ich. Mein Vater erwähnte nämlich, dass er damals elf Jahre alt war. Franco war zu der Zeit Hauptmann bei der zweiten Einheit der Regulären Indigenen Kräfte und musste den Befehl übernehmen, weil sein Kommandeur im Kampf verletzt worden war. Wenig später wurde er selbst dann auch verwundet. Es war eine heftige Bauchwunde, an der er eigentlich sofort hätte sterben müssen. Zwei

Wochen lang kämpfte er in einem Zelt ums Überleben, weil er nicht transportfähig war und den acht Kilometer langen Weg von Cudia Federico nach Ceuta nicht überlebt hätte. Doch schließlich brachte man ihn doch nach Ceuta, und er überlebte. Allerdings musste er lange im Militärhospital bleiben, um wieder gesund zu werden. Mein Vater, der Neffe des behandelnden Arztes, hat Franco besucht, ihm viel erzählt, ihn mit spanischen Zeitungen versorgt und ihn gebeten, ihm von den Schlachten und dem Heer zu berichten. Ich glaube, zu der Zeit war Franco noch nicht verheiratet, war vierundzwanzig Jahre alt und in den Augen eines spanischen Jungen ein wahrer Held. Mein Vater meinte, dass sie gute Freunde wurden und dass Franco ihm seine Unterstützung versprach, falls er sich eines Tages für die militärische Laufbahn entscheiden sollte.«

»Wie es aussieht, hat er das auch getan.«

»Was mein Vater uns aber nie erzählt hat«, beharrte Helena. »Er hat nie erwähnt, dass er beim Militär war, und ich habe nie ein Bild von ihm in Uniform gesehen. Bis du mir das Hochzeitsfoto gezeigt hast.«

»Weißt du, ob sie sich im Krieg irgendwann mal getroffen haben?«

»Keine Ahnung, Carlos. Ich weiß nur, dass er in meiner späteren Jugendzeit, wenn das Thema Franco zur Sprache kam, immer sofort abgewinkt und das Thema gewechselt hat.«

»Er hat ihn verraten«, sagte Carlos sehr ernst.

»Was meinst du damit?«

»Ich weiß selbst nicht, was ich damit meine. Aber wenn ich mich recht erinnere, hast du das doch bei der Familienaufstellung erfahren, oder? Dass dein Vater sich verraten fühlte. Und das könnte es gewesen sein.«

Beide sahen sich an, bis Carlos das Schweigen schließlich brach.

»Wir sollten Almudena anrufen und fragen, was sie über die Vergangenheit von Gregorio Guerrero herausgefunden hat.«

Die Kiste

9. Foto

Weit unten in der Kiste liegt, zum Schutz in eine Zeitungsseite der *ABC* aus dem Jahr 1984 eingewickelt, ein Foto in einem stark angelaufenen Silberrahmen. Blanca und Gregorio in Sommerkleidung am Trevibrunnen in Rom. Auf dem Farbfoto ist zu erkennen, dass sie eine rote Bluse und eine weite weiße Hose trägt. Ihr dunkles Haar ist zu einem Bob geschnitten und wird von einem ebenfalls roten Band mit weißen Punkten zurückgehalten, während eine Sonnenbrille ihre Augen verdeckt. Er im offenen weißen Hemd hat das Leinenjackett an einem Finger über die Schulter gehängt und trägt ebenfalls eine Sonnenbrille. In seinem gebräunten Gesicht strahlen das Lächeln und die weißen Zähne um die Wette. Das Foto ist nicht datiert, doch nach der Kleidung muss es in den späten Fünfzigerjahren aufgenommen worden sein. Auf jeden Fall deutlich nach dem Spanischen Bürgerkrieg und auch nach dem Zweiten Weltkrieg, denn vor den Fünfzigern war Rom kein geeignetes Touristenziel.

Beide sind in den Vierzigern, haben sich gut gehalten und vermitteln den Eindruck, ein harmonisches Paar zu sein. Gemeinsam scheinen sie etwas erlebt zu haben, was ihnen ein neues Gefühl von Jugendlichkeit vermittelt. Vielleicht auf dieser Auslandsreise genau zu der Zeit, als Federico Fellini am selben Ort *La dolce vita* drehte oder in Kürze drehen würde.

Im goldenen Licht, das von dem weißen Brunnen und den ockerfarbenen Fassaden der Gebäude reflektiert wird, liegt eine Verheißung, die die Sehnsucht nach vergangenen Zeiten weckt, nach dem Augenblick, da die Zukunft in ihrer ganzen Fülle vor einem liegt, nach den unendlichen Möglichkeiten für alle, die den Mut haben und danach greifen.

Irgendwie tut der Gedanke weh, dass dieses Paar inzwischen zu Staub und Knochen zerfallen ist und in einem vergessenen Grab ruht. Doch dieses Foto hält für einen Moment die Wirklichkeit fest. Vom glanzvollen römischen Licht gesalbt, bleiben Blanca und Gregorio für immer sichtbar – wie ein Tropfen Harz, der zu Bernstein wird und so eine Blume erhält, die vor Millionen von Jahren blühte.

14. Kapitel

La Mora. Rabat. Gegenwart

Während Helena in die Küche ging, um mit Aixa und Suad zu reden, setzte sich Carlos an den runden Tisch im Wohnzimmer. Dort war es gemütlicher als an der riesigen Tischplatte aus grobem Holz, die praktisch das gesamte Speisezimmer ausfüllte und an der zwanzig Personen Platz hatten.

Das WLAN funktionierte, wie er mit einem Seufzer der Erleichterung zur Kenntnis nahm. Also beschloss er, im Internet nach etwas zu suchen, was ihm gerade in den Sinn gekommen war. Wenn Helena nachher wieder bei ihm war, würden sie versuchen, Almudena zu erreichen.

Carlos öffnete Google Maps, gab den Absender des Briefes von *M* ein und wartete geduldig, bis die Karte von Halifax heruntergeladen war. Er setzte keine großen Hoffnungen in diese Adresse, die ja bereits fünfzig Jahre alt war. Wenn er jedoch Glück hatte und das Haus ein Familienbesitz war wie zum Beispiel La Mora, würde er vielleicht fündig. Wenn es sich aber um eine kleine Eigentumswohnung oder nur um eine Mietwohnung handelte, brächte es wohl nichts, die derzeitigen Bewohner zu befragen.

Doch in Halifax gab es die Adresse überhaupt nicht.

Carlos starrte auf den Bildschirm und überlegte, was er nun unternehmen sollte. Hatte *M* Alicia eine falsche Adresse gegeben? Warum, wenn er sich doch danach sehnte, mit ihr zusammen zu sein?

Er erweiterte die Suche auf die Orte, die Halifax am nächsten lagen, falls sich das Haus in einem Vorort befand, der zu jener Zeit zum Stadtbezirk gehörte.

Nichts.

Er probierte es mit der Adresse und dem Zusatz *1968*. Daraufhin wurden siebenundzwanzig Resultate angezeigt, einschließlich einiger PDF-Dokumente, die er jedoch nicht ansehen mochte.

Als er gerade im Begriff war, die Suche abzubrechen, fiel ihm etwas Vielversprechendes ins Auge: *Breckenridge Row, Halifax, to be renamed.*

Es handelte sich um einen Zeitungsartikel aus dem Jahr 1976, in dem es um den bevorstehenden Bau eines großen Einkaufszentrums auf einem Grundstück ging, auf dem zuvor Bungalows gestanden hatten. Die waren gerade abgerissen worden, und die Straße, an der das Grundstück lag, sollte einen neuen Namen bekommen und von nun an *Northern Lights* heißen. Genauso wie der ganze Komplex, der auch einige Freizeitaktivitäten bot.

Nun war er wirklich in eine Sackgasse geraten, obwohl das ehemalige Vorhandensein der Straße bewiesen war. *M* hatte also keine falsche Adresse angegeben, das war das Positive. Negativ war allerdings die Tatsache, dass er keine Möglichkeit mehr hatte, diesen Mann ausfindig zu machen.

Carlos nahm noch einmal den Brief heraus, den sie im Flugzeug gelesen hatten. Leider hatte er die letzte Seite nicht mitgenommen, die mit dem einzelnen Absatz, der mit *M* unterzeichnet war. Damit hätte er die Schriften vergleichen können.

Das Papier war nichts Besonderes, das dünne, unpraktische blaue Papier, das man früher für Luftpostbriefe benutzt hatte. Nur war dieses Material strukturiert, als wäre es aus zusammengepresstem Konfetti hergestellt worden. So wie das Papier der Briefe, die seine Mutter in Australien erhalten hatte, als er noch ein Kind gewesen war.

Ohne besonderen Grund hielt er das Blatt vors Fenster, durch das gerade der orangefarbene Schein des Sonnenuntergangs fiel, und betrachtete es im Gegenlicht. Auf dem Papier befand sich etwas, eine Zeichnung. Ein Wasserzeichen?

Er nahm die Lupe und konzentrierte sich. Es sah ein wenig aus wie ein Globus: ein Kreis mit einer senkrechten Linie in der Mitte und mehreren Linien, die ihn auch in der Breite unterteilten, dazu einige Buchstaben im Zentrum. Das Logo kam ihm irgendwie bekannt vor, doch er konnte die Buchstaben nicht entziffern. Der erste war ein großes *P*, der letzte ein *M*. Wo hatte er so etwas schon einmal gesehen?

Flugzeuge, es musste mit Flugzeugen zu tun haben. Vielleicht mit einer Fluggesellschaft.

Er gab *Airline Logos* ein und klickte in Google auf *Bilder.*

Zehn Minuten später hatte er den Eindruck, alle Logos gesehen zu haben, doch das, was er suchte, war nicht dabei. Vielleicht war es doch keine Fluglinie.

Oder eine, die es nicht mehr gab. Schließlich stammte der Brief aus dem Jahr 1968.

Er änderte die Suche und schrieb *Old airline logos*.

Continental, Singapore Airlines, Transworld Airlines, TWA, BOAC ... in der Mitte der Seite fand er schließlich, was er suchte: *PAN AM*. In Weiß und Blau.

Nun gab er *PAN AM logo* ein, und sofort sah er es vor sich: *Blue Globe Logo,* auch *The blue meatball* genannt, *der blaue Fleischklops*, das Symbol der modernsten und schicksten Airline der Sechzigerjahre. *The Ritz-Carlton of airlines, located at John F. Kennedy International Airport, New York.*

Carlos lächelte. Immerhin hatte er etwas gefunden. Wenn er auch nach wie vor nichts über den rätselhaften *M* wusste, so doch immerhin, dass er seine Briefe auf Papier geschrieben hatte, das man gratis im Flugzeug bekam. Möglicherweise war er also oft geflogen.

Carlos strich sich mit der Hand über die Stirn, schob die Lesebrille nach oben und massierte sich die Nase. Alles das war einfach zu lange her. Was glaubte er denn heute noch darüber herausfinden zu können? Er seufzte und setzte die Brille wieder auf. Wie auch immer ... Bald gab es Abendessen, und schließlich musste er sich bis dahin noch irgendwie beschäftigen.

Er beschloss, nach einem anderen Ziel zu suchen.

Wenn *M* nicht aufzufinden war, konnte er noch nach dem anderen Namen von damals fahnden, den er hatte, den des dritten Amerikaners, *the boss.*

Er gab *John Fleming* in die Suchmaschine ein, wobei ihm vollkommen bewusst war, dass sicher mindestens anderthalb Millionen Männer so hießen. Und das Ergebnis war genau so, wie er es erwartet hatte: Namen über Namen. Also fügte er ein mögliches Geburtsdatum hinzu: *1945*. Doch die Auswahl reduzierte sich nicht deutlich. Er gab zusätzlich + *Fotografie* ein. Hatte Helena nicht irgendwann erwähnt, dass John Fleming Fotograf gewesen war? Dann fügte er noch *Bilder* hinzu. Daraufhin öffnete sich eine Seite mit Fotografien jeglicher Art. Es musste wohl mehrere Fotografen mit diesem Namen geben.

Plötzlich blieb sein Blick an einem der Fotos hängen. Er hätte schwören können, dass dieses Bild genau in dem Garten gemacht worden war, den er in diesem Moment durchs Fenster sehen konnte. Und das Haus im Hintergrund war La Mora.

Er ging auf die entsprechende Website. Sie enthielt nicht sehr viele Informationen, doch was dort stand, war für Carlos völlig neu.

Unterhalb des Fotos war zu lesen: *Geheimer Garten* von John Fleming, 1973.

Und darunter in einem kurzen Absatz:

John Fleming, 1946 in Albuquerque, Neu-Mexiko, geboren, war einer der ausdrucksstärksten amerikanischen Fotografen der Sechzigerjahre. Berühmt wurde er durch seine Fotos aus der Zeit der Flower-Power genannten soziokulturellen Bewegung, von den ersten Massenkonzerten wie dem in Woodstock (1969) und dem Isle-of-Wight-Festival (1970) sowie von seinen häufigen Nordafrikareisen, vor allem nach Marokko und Tunesien.
Er starb 1979 in einem Hotel in Rabat an einer Überdosis Heroin.

Rabat, 1957

In ein weißes Badetuch gehüllt und ein weiteres Handtuch wie einen Turban um das Haar geschlungen, trat Blanca aus dem Badezimmer. Unvermittelt blieb sie mitten im Zimmer stehen und starrte überrascht auf das Kleid, das auf dem frisch gemachten Bett lag.

»Micaelaaa!«, rief sie schlecht gelaunt.

Mit einem leichten Lächeln auf den Lippen streckte das Dienstmädchen den Kopf zur Tür herein.

»Dürfte ich wissen, was das bedeuten soll? Was soll dieses Kleid hier? Falls es dir noch nicht aufgefallen ist – ich bin in Trauer um meinen Sohn.«

»Das ist uns allen hier schon lange aufgefallen, Doña Blanca«, sagte Micaela mit sanfter Stimme, um den Ärger der Señora nicht noch weiter zu schüren. »Vor allem Don Goyo.«

»Was, bitte, hat der Señor damit zu tun?«

Micaela trat näher, hielt Blanca den Morgenmantel hin und half ihr, ihn überzuziehen. Erst dann antwortete sie langsam, was sie schon so lange zu sagen versuchte.

»Doña Blanca, Sie wissen, wie sehr ich Sie schätze. Seit mehr als fünfzehn Jahren haben wir alles zusammen durchgemacht, das Gute und das Schlechte. Es tut mir sehr leid, dass ich Sie verlassen muss, aber mein Vater braucht mich…«

»Ich weiß schon«, unterbrach Blanca sie gereizt. »Wir haben ausführlich genug darüber gesprochen. Es ist nicht deine Schuld.«

»Darüber will ich gar nicht reden. Würden Sie mir zuhören? Bitte, Doña Blanca, um Ihretwillen, zum Wohl Ihrer Familie!«

Allmählich wurde Blanca angst und bange. Worüber wollte Micaela mit ihr sprechen? Zwei Tage, bevor sie sie verließ, bevor sie sie endgültig alleinließ? Sie wies auf die beiden Sessel, die neben dem Schminktisch standen, und sie setzten sich.

»Doña Blanca, Sie wissen, wie dankbar ich Ihnen und Don Goyo für alles bin, was Sie für mich und meine Familie getan haben: Ich liebe Sie wie eine ältere Schwester. Deshalb muss es einfach heraus. Darf ich?«

Blanca nickte und hielt sich dabei beklommen den Morgenmantel am Hals zusammen.

»Sie leben jetzt seit sechs Jahren so. Sechs Jahre, das ist eine lange Zeit! Wir alle warten seit sechs Jahren darauf, dass es Ihnen wieder besser geht, dass Sie endlich Schritt für Schritt einen Weg aus der Trauer finden, dass Sie wieder Sie selbst werden. Doch es ist nichts zu machen, jeden Tag werden Sie noch schweigsamer, sind Sie noch mehr in sich gekehrt, beinahe wie eine lebende Tote. Nicht einmal die Mädchen können Sie aufmuntern. Dabei sind sie so reizend. Und Ihren Mann, der ein so guter Ehemann ist, beachten Sie überhaupt nicht mehr.«

»Ich habe einen Sohn verloren, Micaela, meinen einzigen Sohn!«

»Ich weiß, Señora. Wir alle haben deswegen schwer gelitten. Sie noch mehr, viel mehr natürlich, aber irgendwann muss es genug sein! Sie müssen es hinter sich lassen. Wenn Sie sich nicht bemühen, werden Sie alles verlieren. Ihre Töchter, Ihren Mann, Ihr eigenes Leben. Sie müssen sich zusammenreißen, nach vorn schauen, bevor es zu spät ist.«

Micaela biss sich auf die Lippen und wartete darauf, dass ihre Worte, dass ihre Andeutungen den harten Panzer durchdrangen, den Blanca um sich gelegt hatte.

»Was willst du damit sagen? Weißt du etwas, was ich nicht weiß?«, fragte Blanca. Dabei blickte sie Micaela eindringlich in die Augen und presste die Hände zusammen.

»Ja. Und Sie wüssten es auch, wenn Sie die Augen öffnen und die Welt um sich herum wieder wahrnehmen könnten.«

»Mein Mann hatte immer ungewöhnliche Arbeitszeiten.«

»Aber wenn er jetzt zurückkommt, riecht er nach dem Parfüm einer anderen.«

»Das ist mir gar nicht aufgefallen.«

»Genau das ist das Problem.«

Micaela hielt inne und kämpfte mit sich, ob sie noch klarere Worte sprechen sollte oder nicht. Schließlich entschied sie, dass sie am besten kein Blatt vor den Mund nahm. Schließlich wäre sie zwei Tage später nicht mehr im Haus und müsste die Folgen nicht tragen.

»Hören Sie, Doña Blanca! Schon seit einer Weile habe ich davon gehört, und mir sind gewisse Eigentümlichkeiten aufgefallen. Aber ich habe nichts Genaues gewusst. Nun allerdings, als Sie mich letztens nach der Kirche zu *Chez Paul* geschickt haben, um dem Señor die *Panecillos* zu bringen, sah ich, wie er über die Straße ging. Mit einer anderen Frau.«

»Das ist nicht verboten.«

»Verschließen Sie nicht die Augen! Mit einer jüngeren Frau, sehr ansehnlich, rothaarig und mit grünen Augen. Sie hatte nicht so schöne Augen wie Sie, aber sie waren auch sehr hübsch. In einem geblümten Kleid, und sie haben zusammen gelacht. Er hat ihr die Autotür geöffnet, als sie eingestiegen war, den Kopf hineingesteckt und sie geküsst.«

Es folgte eine lange Stille. Blancas Lippen gerieten ins Zittern, und ihre Augen füllten sich mit Tränen, die ihr kurz darauf über die Wangen liefen. Sie machte keine Anstalten, sie wegzuwischen.

»Ich will Don Goyo nicht verteidigen, aber Sie müssen sich im Klaren sein, dass das abzusehen war, Señora. Seit sechs Jahren tragen Sie Trauer und würdigen ihn keines Blickes. Sie verbringen mehr Zeit in der Kirche als zu Hause. Das kann so nicht weitergehen!«

»Und was soll ich deiner Meinung nach tun?«, fragte Blanca schluchzend.

»Um ihn kämpfen! Ziehen Sie sich das wunderschöne grüne Kleid an, das ich für Sie aus dem Schrank genommen habe und das Sie noch nicht einmal getragen haben! Ziehen Sie Schuhe mit hohen Absätzen an, schminken Sie sich, parfümieren Sie sich! Erwarten Sie ihn heute Abend, als ob die letzten sechs Jahre nur ein Albtraum gewesen wären, der endlich vorbei ist!«

Micaela stand auf, ging zum Schminktisch hinüber und kam mit einigen Stofftaschentüchern zurück.

»Putzen Sie sich die Nase und probieren Sie das Kleid an! Denn wenn es nicht passt, bleibt mir noch genug Zeit, es zu ändern.«

»Aber wenn Goyo ... Wenn es stimmt, dass er beim Nachhausekommen nach dem Parfum einer anderen riecht, dann bin ich ihm doch gleichgültig geworden. Dann hat er schon beschlossen, mich zu verlassen.« Blanca weinte so heftig, dass ihre Worte kaum zu verstehen waren.

»Señora, Don Goyo ist sehr klug. Er könnte sich doch waschen, bevor er nach Hause kommt. Dass er es unterlässt, ist doch ein eindeutiges Zeichen. Er will, dass Sie es bemerken. Verstehen Sie das nicht?«

»Das ist nur eine weitere Strafe Gottes!«

Micaela stand auf, und ihre Augen schossen Blitze. Sie war nicht groß, doch wenn sie so wütend war wie in diesem Augenblick, wirkte sie wie ein bedrohlicher dunkler Turm mit ihren schwarzen Augen, dem ebenfalls üppigen schwarzen Haar, das zu einem hohen Knoten aufgesteckt war, und der schwarzen Kleidung, die sie auf Blancas Wunsch hin trug.

»Tun Sie mir den Gefallen und lassen Sie Gott aus dem Spiel! Der hat Besseres zu tun, als Sie mit irgendwelchem Unsinn zu strafen. Wann verstehen Sie endlich, dass Sie nicht der Mittelpunkt des Universums sind? Dass viele Menschen ihre Söhne, Mütter und Brüder im Krieg verloren haben? Die nach dem Krieg, der uns hier erspart blieb, noch viel größere Opfer bringen mussten? Jetzt kommen Sie! Ziehen Sie das Kleid an! Ich nehme alle diese schwarzen Fetzen aus dem Schrank und gebe sie weg. Wenn Sie in nächster Zeit an einer Beerdigung teilnehmen müssen, dann gehen Sie in bunter Kleidung, denn ich lasse in diesem Haus kein einziges schwarzes Taschentuch zurück.«

Gegen ihren Willen erschien ein leichtes Lächeln auf Blancas Lippen. Mit unsicheren Bewegungen stand sie auf und trat an den Schminktisch, zog den Morgenmantel aus und legte den Handtuchturban ab. Sie schämte sich nicht, sich vor Micaela nackt zu zeigen. Schließlich hatte sie ihr während der vorgetäuschten Schwangerschaft monatelang den falschen Bauch angelegt und nach den beiden echten Entbindungen ihre Wunden versorgt.

Sie betrachtete sich im Spiegel, ging immer näher heran. Mit den Fingerspitzen fuhr sie über die Falten an den Augen und über den Mund, über die Augenbrauen und die Furchen, die sich auf ihrer Stirn gebildet hatten, über den Scheitel, wo die ersten grauen Strähnen zu sehen waren, über die Spitzen des offenen Haars, das sie sonst immer zu einem Knoten hochsteckte.

Dann strich sie sich über die Brüste, die noch klein und rund waren, über den Bauch, der nicht mehr so fest war, wie sie es sich gewünscht hätte. Über die Oberschenkel, die auch nicht mehr so stramm waren wie zu der Zeit, als sie noch regelmäßig geritten war.

»Ich bin fünfundvierzig Jahre alt, Micaela, und ich sehe furchtbar aus. Da kann man nichts mehr tun.«

»Ach was, im Gegenteil! Es gibt viel zu tun, wie Sie selbst sehen.«

Ihre Blicke kreuzten sich im Spiegel, und gleichzeitig mussten beide lachen.

In dem Moment war vom Flur her Suads Stimme zu hören.

»Madame, die Friseurin ist da! Sie wartet in der Küche auf Sie.«

»So eine Heimlichtuerei! Du und Suad, ihr steckt unter einer Decke!«

»Das wünsche ich mir als Abschiedsgeschenk von Ihnen. Wenn Sie mich morgen zum Flughafen bringen, möchte ich, dass Sie wieder so schön sind wie früher, am Arm Ihres Mannes. Dann kann ich beruhigt abreisen. Die arme Suad hat genauso gelitten wie ich, wenn sie Sie in diesem Zustand sah. Kommen Sie, ziehen Sie den Morgenmantel an, damit Sie sich nicht erkälten!«

Blanca umarmte sie, und als sie sich wieder voneinander lösten, war Micaelas Schulter nass von Tränen, und beide lächelten sich an.

Rabat. Gegenwart

Sie brachen früh in La Mora auf und fuhren den Weg zurück in die Stadt. Helena am Steuer, Carlos auf dem Beifahrersitz und Karim, der sich geweigert hatte, vorn einzusteigen, auf dem Rücksitz.

Am Vorabend hatten sie via Skype einige Minuten lang mit Almudena telefoniert, die jedoch noch nicht genügend Informationen gesammelt hatte und ihnen vorerst nichts sagen wollte. Sie hatte einen arbeitslosen Kollegen um Hilfe gebeten und war zuversichtlich, dass sie zu zweit etwas Konkretes herausfinden konnten, was berichtenswert wäre. Paloma hatte angerufen und Bescheid gegeben, dass Helenas Kleid zur Anprobe bereitlag. Daraufhin hatte Almudena ihr mitgeteilt, dass ihre Großmutter eine Blitzreise nach Marokko eingeschoben hatte und nach ihrer Rückkehr vorbeikommen wolle.

Dann hatte Helena eine ganze Weile mit dem Museumsdirektor telefoniert und versucht, ihn zu besänftigen, nachdem sie das verabredete Treffen abgesagt hatte. Sie vereinbarten einen neuen Termin für die kommende Woche, und schließlich hatte Helena das Gespräch mit einem rätselhaften Lächeln auf den Lippen beendet.

»Hat es trotzdem geklappt?«, fragte Carlos verwundert. »Du hast den armen Mann sitzen gelassen und eine Wochen vorher abgesprochene Verabredung abgesagt. Schließlich ist er nicht irgendjemand! Er ist immerhin der Direktor eines der bedeutendsten Museen der Welt.«

»Wenn Picasso, Rothko oder Cy Twombly sich so verhalten hätten, hätte er es einfach weggesteckt. Ich bin nicht weniger wert als diese Maler. Jetzt ist sein Interesse erst so richtig erwacht. Und wenn es nicht klappt, was soll's? Die Welt ist voller Museen.«

Nachdem Carlos sie über alles informiert hatte, was er im Internet herausgefunden hatte, hatten sie sich einen Cognac auf der Terrasse genehmigt und erst dann überlegt, wo sie schlafen sollten. Suad hatte ihnen erklärt, dass alle Betten sauber und frisch bezogen seien und dass Monsieur Luc bei seinem letzten Aufenthalt nicht gesagt hatte, dass sie irgendein Zimmer nicht benutzen sollten.

Daher waren sie in den ersten Stock hinaufgestiegen und hatten sich die verschiedenen Schlafzimmer angesehen, als ob sie sich in einem Hotel oder einer möblierten Wohnung befänden.

»Das war mein Zimmer«, erklärte Helena. »Das kennst du ja schon. Hier haben Alicia und Jean Paul geschlafen, und vermutlich ist es noch immer Jean Pauls Zimmer. Das war das Zimmer meiner Eltern. Nach den Büchern auf dem Tisch und den Utensilien auf der Ablage zu urteilen, wird es derzeit von Luc bewohnt. Als wir klein waren, haben Alicia und ich in einem Zimmer geschlafen. Der Raum, der jetzt mein Zimmer ist, war der von Goyito. Alle anderen waren Gästezimmer. Daher … du hast die Wahl.«

»Wenn es dir nichts ausmacht, möchte ich gern in deinem Zimmer schlafen«, sagte Carlos.

»Es ist nicht das beste Zimmer. Das meiner Eltern geht zum Pool hinaus.«

»Mir gefällt die Vorstellung, dass wir in die Sechzigerjahre zurückgekehrt sind und ich mich in dein Bett geschmuggelt habe.«

Helena hatte sich lächelnd an Carlos geschmiegt, und sie hatten sich im Flur geküsst. Dann waren sie auf Zehenspitzen zur Tür gegangen und hatten so getan, als dürfe keiner sie bemerken. Helena hatte die Tür geöffnet und Carlos mit dem Zeigefinger ein Zeichen gemacht, er solle näher kommen. Den anderen Zeigefinger hatte sie an die Lippen gelegt und ihm bedeutet, still zu sein. Lachend waren sie eingetreten.

Im ersten Morgenlicht waren sie aufgewacht, als draußen die Vögel umherflatterten und die Tauben gurrten. Sie hatten das Gefühl, an einem Ort tiefsten Friedens zu sein.

»Dieses Haus ist gut für die Seele«, hatte Carlos leise gesagt, ohne sich zu bewegen, warm und geborgen zwischen den frisch gebügelten, nach Sonne und Gras duftenden Laken. »Ich frage mich, wie du so lange von hier fernbleiben konntest.«

»Es war nicht mein Haus.«

»Jetzt schon.«

»Wenn Jean Paul stirbt.«

»Weinst du?« Carlos hatte sich zu ihr umgedreht und sie umarmen wollen. Helena aber hatte sich eilig zurückgezogen, war aus dem Bett gesprungen und hatte sich die Augen gerieben.

»Nein. Ich gehe schnell duschen, und dann fahren wir nach Rabat.«

Und nun saßen sie im Auto und versuchten mit Karims Hilfe Alicias letzten Tag nachzuvollziehen.

»Hier, Madame, parken Sie hier! Das ist ungefähr die Stelle, wo wir das Auto von Mademoiselle Alice gefunden haben.«

»In diese Richtung? Zur Stadt hin?«

»Ja. Auf der Hälfte der Strecke zwischen der Rue des Consuls und der Festung. Wir sind davon ausgegangen, dass sie hier einen guten Parkplatz gefunden hatte und zu Fuß zum Geschäft gehen wollte. Aus irgendeinem Grund muss sie aber zuerst zur Festung hinaufgegangen sein, um die Stoffe dann auf dem Rückweg mitzunehmen. Nur ist sie nicht mehr zurückgekehrt. Die Stoffe lagen noch im Geschäft, und der Kofferraum war leer.«

»Ich möchte mir die Stelle ansehen, an der die Leiche gefunden wurde«, sagte Helena und zwang sich, so gelassen wie möglich zu klingen.

»Hast du sie damals denn nicht gesehen?«, fragte Carlos verwundert.

Sie schüttelte den Kopf.

»Mama und ich sind die ganze Zeit über im Haus geblieben. Papa und Jean Paul sind hergekommen, um die Leiche zu identifizieren und den Ort zu begutachten.«

»Ich kann mich noch sehr gut daran erinnern«, sagte Karim. »Nie habe ich einen derart am Boden zerstörten Mann gesehen wie Monsieur Jean Paul in diesem Moment. Er konnte es nicht glauben. Er weinte wie ein Kind und klammerte sich an seinen Schwiegervater, der bleich und starr danebenstand. Ich weiß nicht, wie lange wir so verharrten, ohne dass jemand etwas sagte. Ich wusste nicht, was ich tun sollte. Das arme Fräulein tat mir so leid! Wie konnte es möglich sein, dass jemand sie töten wollte? Und dann, als sie uns gesagt haben, was passiert war ... Monsieur Jean Paul ist vollkommen durchgedreht, als er das von der Vergewaltigung erfuhr. Hätte es einen Verdächtigen gegeben, hätte er ihn in dem Moment mit den eigenen Händen erwürgt.« Während Karim sprach, geleitete er Helena und Carlos über den Gehsteig, der an der Mauer entlang bis zum Eingangstor steil nach oben führte. »Genau wie der Señor. Aber Ihr Vater war immer etwas kühler, abgehärteter. Schließlich hat Monsieur Jean Paul Kleider für Frauen gemacht ...«

Carlos warf Helena einen diskreten Blick zu, begleitet von einem leichten Lächeln, was sie nicht wahrnahm. Offenbar war für Karim ein Mann, der sein Geld mit dem Entwerfen von Frauenkleidung verdiente, kein richtiger Mann.

Sie durchschritten den Eingang der Festung, bogen nach rechts in den kleinen arabischen Garten ab und gelangten zu einem Café im Freien, von dessen Terrasse aus sich eine wunderbare Aussicht auf die Mündung des Bou-Regreg und die Nachbarstadt Salé am anderen Flussufer direkt am Meer bot. Nur wenige Tische waren mit Touristen besetzt, die Tee und Gebäck zu sich nahmen.

Karim führte sie nach rechts durch eine enge blau gestrichene Gasse bis zu einer Brüstung, von der aus man in die Tiefe sehen konnte. Mit dem Finger wies er auf einen Punkt zwischen den Felsen.

»Da, wo in etwa der Angler steht, haben wir sie gefunden. Es ist möglich, dass sie aus diesem oder aus jenem Fenster dort gestoßen wurde und die Strömung sie zu den Felsen trieb, wo sie dann hängen blieb. Wenn das nicht geschehen wäre, hätte das Meer die Tote vielleicht davongetragen, und wir hätten sie niemals gefunden.«

Was hast du hier gewollt, Alicia?, fragte sich Helena und versuchte zu verstehen. War *M* hier, und du warst mit ihm verabredet? Warum hast du mir nichts davon erzählt, du dumme Gans? Ich hätte dir geholfen. Ich hätte dich gedeckt. Hat er dich getötet?

»Ja, es wurden Hautreste unter den Fingernägeln von Mademoiselle Alice gefunden. Damals gab es aber noch keine DNA-Tests, wie sie heute möglich sind. Daher haben sie uns nicht wirklich weitergeholfen. Bei seiner Festnahme hatte der Verdächtige, der das Kettchen mit dem Brillanten verkaufen wollte, einen Kratzer im Gesicht. Seine Frau hat ausgesagt, den habe sie ihm während eines Streites zugefügt, aber … Nun ja, seine Frau eben, was hätte sie sonst sagen sollen?« Karim sprach mit Carlos, weil ihm aufgefallen war, dass Helena mit ihren eigenen Gedanken beschäftigt war.

Gut, Alicia, gut, du hast dich verteidigt. Es hat nichts gebracht, aber du hast dich verteidigt.

»Er hat sich später im Gefängnis das Leben genommen, richtig?«

Karim nickte, ohne etwas hinzuzufügen. Carlos hatte den Eindruck, dass er gern noch etwas gesagt hätte, dies aber nicht wagte. Vielleicht war es auch Helenas Anwesenheit, die ihn davon abhielt. Er würde ihn später noch einmal danach fragen, sobald sie allein waren. Vielleicht war es etwas, was Karim vor einer Frau nicht zur Sprache bringen wollte.

Sie kehrten ohne Karim nach La Mora zurück, da dieser noch einiges in der Stadt erledigen wollte. Zwar hatten sie vorher überlegt, einen Spaziergang durch die Medina zu machen und in einem landestypischen Restaurant zu essen, aber der Abstecher zur Festung hatte ihnen die Lust darauf verdorben. Und so beschlossen sie, zurückzufahren und sich weiter mit den alten Papieren zu beschäftigen. Beide merkten, dass der Drang, die Zusammenhänge zu verstehen, immer stärker wurde. Sie wussten aber auch, dass ihre Erfolgsaussichten überaus gering waren. Und allmählich konnte Helena nachvollziehen, dass ihre beiden Eltern, jeder auf seine Weise, nicht damit abschließen konnten. Sie wollten alles geklärt wissen, und der Fall ließ sie viele Jahre lang nicht in Ruhe. Helena indessen hatte sich in der Zwischenzeit weit weg auf der Suche nach sich selbst den Drogen, dem Reisen, dem Sex und der Malerei hingegeben.

Und schließlich war es ihren Eltern irgendwie doch gelungen, ihren inneren Frieden zu finden. Sie wusste nicht, wie und wann, aber es hatte eindeutig einen Zeitpunkt gegeben, an dem sie es verstanden hatten oder verstanden zu haben glaubten. Oder sie hatten einfach irgendwann eingesehen, dass es genug war, dass sie von vorn anfangen mussten. Soweit Helena sich erinnern konnte, waren ihre Eltern gegen Ende der Siebzigerjahre wieder ausgeglichene, fröhliche Menschen gewesen, die sie und Álvaro mit Freuden in den Ferien bei sich in Santa Pola empfangen hatten. Sie hatten im Garten Paella gegessen, waren zum Tauchen zur Insel Tabarca gefahren, über die abendlichen Märkte geschlendert und mit Álvaro zum Karussellfahren gegangen. Zumindest von außen betrachtet hatten sie wie eine ganz normale Familie gewirkt. Nun erst wurde ihr bewusst, wie schön diese Zeit in ihrem Leben gewesen war, wenn ihre Eltern für einige Wochen ihre Gegenwart genossen und sich alle der sommerlichen Untätigkeit hingegeben hatten. Sie war nur im Meer geschwommen, hatte gegessen und sich ausgeruht, war spazieren gegangen und hatte mit ihrem Sohn gespielt, der sich immer mehr geöffnet, gelacht und ihr Begebenheiten aus seinem alltäglichen Leben erzählt hatte. Plötzlich konnte sie sich nicht mehr erklären, warum sie freiwillig darauf verzichtet und zwei Wochen im Jahr für ausreichend gehalten hatte.

Nun konnte sie es aber nicht mehr ändern. Ihre Eltern waren seit langer Zeit tot, und ihr Sohn war ein Mann mittleren Alters, mit dem sie inzwischen kaum noch etwas verband, der mit einer Frau verheiratet war, die sie nicht einmal mochte. Es war zu spät für eine Umkehr. Vielleicht abgesehen von der Beziehung zu ihrer Enkelin. Almudena war im gleichen Alter wie sie, als sie alles verloren hatte.

Es war einen Versuch wert.

Wenn sie eine Antwort bekam, wenn sie Gewissheit fand und mit den alten Zeiten abschließen konnte, würde ihr mit ihrer Malerei vielleicht das gelingen, was sie dem Museumsdirektor so gut wie versprochen hatte – als Krönung der Ausstellung ihr neuestes Werk zu präsentieren. Ein Werk, über das sie noch nicht einmal nachgedacht hatte und das, wenn sie es am Telefon richtig verstanden hatte, den Beginn einer neuen Periode darstellen sollte, den ersten Schritt in eine andere Richtung. Bisher hatte sie Carlos gegenüber nichts erwähnt und beabsichtigte auch nicht, mit ihm darüber zu reden, bis sie das Familiengeheimnis gelüftet hätten. Danach würde sie sich wieder mit dem Malen beschäftigen.

Als sie nicht mehr weit von La Mora entfernt waren, wies Carlos auf ein riesiges Werbeplakat, das den baldigen Bau eines 18-Loch-Golfplatzes ankündigte.

»Unglaublich, was in Gegenden gebaut wird, wo es vor allem an Wasser fehlt!«

»Jetzt, da du davon sprichst … Wir sollten uns informieren, wie viel Wasser La Mora braucht, um in diesem Zustand erhalten zu werden. Ich habe keine Ahnung von den Preisen und wie das Wasser geliefert wird.« Helena setzte den Blinker und bog in den Weg nach La Mora ein, während Carlos in sich hineinlächelte. Seit sie in Marokko waren, formulierte Helena Worte, die kurz zuvor undenkbar gewesen wären. Zum Beispiels dieses *Wir sollten uns …* statt *Ich sollte …* Wenn die Familienaufstellung vorerst auch nicht wesentlich zur Entschleierung der Vergangenheit beigetragen hatte, so hatte Helena mittlerweile doch verstanden, dass sie ein Team bildeten. Es war lange her, dass sie so zärtlich, so gesprächig und so offen ihm gegenüber gewesen war. Allein deswegen hatte sich der ganze Aufwand schon gelohnt.

Sie setzten sich an den Tisch im Wohnzimmer, und während Helena kurz in die Küche ging, um etwas zu essen zu holen, überdachte Carlos noch einmal die Fakten, die er am Vortag über *M* in Erfahrung gebracht hatte. Es war nicht viel. Nur belanglose Kleinigkeiten, die ihnen vermutlich nicht weiterhalfen.

Aus seinem Rucksack holte er die dicke Mappe, die alle Papiere enthielt, die er bisher aus zeitlichen Gründen noch nicht durchgesehen hatte. Er ordnete sie nach dem Datum und legte sie jahrweise zusammen. Es waren Zeitungsausschnitte, mit Schreibmaschine beschriebene Seiten und ein Brief von Oberst Vicente Sanchís an Gregorio Guerrero. Aber alles schien aus den Jahren 1980 und Anfang 1981 zu stammen, sodass Carlos sich entschied, sich diese Unterlagen erst später vorzunehmen.

Als Nächstes holte er ein Notizbuch mit geblümtem Einband in psychedelischen Farben heraus und schlug es auf. *Alicia Guerrero* stand auf der ersten Seite. Viele andere Seiten waren herausgerissen. Er legte es kurz aus der Hand, wollte es aber als Erstes lesen. Als er die Mappe, mit der er sich später beschäftigen wollte, zur Seite schob, fiel ihm auf, dass eine Visitenkarte auf den Boden gefallen war. Er bückte sich, hob sie auf und erstarrte.

Am rechten oberen Rand war das runde Logo des *blauen Fleischklopses* zu sehen, das Pan-Am-Symbol. Eilig griff er danach, als ob er fürchtete, die Karte könnte davonfliegen.

Michael O'Hennesey
197, Breckenridge Row
Halifax. Canada

Da war er, der mysteriöse *M*: Michael. Ein Kanadier, der offenbar für Pan Am gearbeitet hatte, die im Jahr 1969 modernste Fluglinie der Welt.

In Carlos' Gehirn machte es *klick*, und plötzlich hatte er ein Foto vor Augen, das er am Vortag im Internet gesehen hatte. Erneut gab er *PAN AM Bilder* in die Suchmaschine ein, und wenige Augenblicke später sah er wieder vor sich, was ihm im Gedächtnis geblieben war: ein Foto von zwei Piloten und mehreren Stewardessen, die alle sehr jung waren und in ihren attraktiven Uniformen lächelnd Werbung für die Fluggesellschaft machten. Die Frauen in blauen Uniformen, die Männer in schwarzen Uniformen mit weißen Schirmmützen.

Suad hatte recht gehabt – die Uniform ihres Mannes Karim, der

1969 ein einfacher Polizist in Rabat gewesen war, konnte dieser schicken Ausstattung nicht im Mindesten standhalten.

Der mysteriöse Michael O'Hennesey war also weder beim Militär noch bei der Polizei gewesen sondern Pilot bei Pan Am.

Und nun waren die Aussichten, ihn zu finden, gar nicht mehr so schlecht.

Die Kiste

10. Foto

Zwei Ehepaare mittleren Alters und ihre halbwüchsigen Kinder sitzen an einem Mittag im Sommer unter der weiß-blau gestreiften Markise an einem langen Tisch auf der Terrasse im Garten. Die beiden Männer an den Kopfenden, die Frauen in der Mitte des Tisches einander gegenüber, links und rechts die Kinder des einen und des anderes Paares. Auf der einen Seite zwei Mädchen, die eine blond, die andere dunkelhaarig, von etwa siebzehn und dreizehn Jahren. Auf der anderen Seite eine bereits erwachsene junge Frau von vielleicht zwanzig oder einundzwanzig Jahren sowie zwei etwa neunzehn- und sechzehnjährige Jungen, unverkennbar Brüder, mit den gleichen runden Gesichtern und identischen Frisuren – das Haar vorn hoch toupiert und mit viel Lack und Spray fixiert –, die man in Spanien damals *Arriba España* nannte und die zwanzig Jahre zuvor in den USA unter dem Namen *Ducktails* erfunden worden waren. Die älteren Mädchen tragen das Haar halblang mit nach außen geföhnten Spitzen. Die Jüngste hat lockiges Haar, das ihr, von einem roten Band zurückgehalten, offen auf die Schultern fällt. Sie hat genau das Alter, in dem ein Mädchen zur Frau wird, es aber noch nicht ist.

Die Eltern der Kinder könnten unterschiedlicher nicht sein. Das eine Paar ist schlank und modern gekleidet, er hat kurzes Haar und einen Schnurrbart, ein gebräuntes Gesicht und einen muskulösen Körper. Sie ist diskret geschminkt, trägt eine Hose und das Haar zu einem hohen Knoten à la Audrey Hepburn hochgesteckt, was ihre schmalen grünen Augen betont. Die anderen beiden sind recht übergewichtig, wirken ein wenig gewöhnlich, er mit stattlichem Bauchumfang, über dem sich das Nylonhemd spannt, und sie trägt ein Mieder, um die Speckrollen unter dem eng am Körper anliegenden blassrosafarbenen Sommerkleid zu kaschieren. Die Frauen sehen nicht aus wie Schwestern, sind es aber. Pilar mit ihren zweiundfünfzig Jahren ist sichtlich früh gealtert. Vicente hat inzwischen Hängebacken wie eine alte Bulldogge, in seinen Augen steht jedoch kein milder Hundeblick, sondern ein gewisses Misstrauen, mit dem er in die Kamera blickt. Er hält den Kopf leicht gesenkt und bietet der Kamera vor allem seinen breiten Franquisten-Schnurrbart und die Falten auf seiner Stirnglatze dar. Die Frauen lächeln. Die Männer nicht. Der Betrachter bekommt den Eindruck, dass sich am liebsten alle sofort vom Tisch erheben und weggehen würden. Allerdings macht die Torte auf dem Tisch deutlich, dass sie wohl noch eine Weile ausharren müssen.

Auf der Rückseite des Fotos ist zu lesen: *La Mora, 1961. Besuch von Pilar und Vicente mit ihren Kindern Amparito, Vicente und Alberto.*

Als Helena mit einem Tablett voll köstlicher Kleinigkeiten ins Zimmer kam, nahm Carlos eilig die Papiere vom Tisch. Er brannte darauf, ihr zu erzählen, was er entdeckt hatte. Ihr Gesichtsausdruck riet ihm aber, damit noch zu warten. Es sah ganz so aus, als ob auch sie etwas zu berichten hätte.

»Was ist?«, fragte er, während er die Teller, das Besteck und die Schalen mit dem Essen auf dem Tisch anordnete.

»Ich kann einfach nicht glauben, dass ich das alles nicht gewusst habe.«

»Was zum Beispiel?«

»Das, was Suad mir gerade erzählt hat. Dass meine Mutter an dem Morgen, als wir die Nachricht von Alicias Tod erhalten hatten, mit dem gut aussehenden großen jungen Mann redete, dessen Identität wir nicht kennen. Danach ging sie zu Alicias Zimmer hinauf, zog einen Koffer unter dem Bett hervor, packte ihn aus und räumte Alicias Kleidung wieder in den Schrank.«

Carlos sah sie überrascht an.

»Mach den Mund wieder zu! Ich verstehe es auch nicht.«

»Du meinst, sie hat den Koffer ausgepackt?«

»Das hat Suad mir so erzählt.« Helena setzte sich Carlos gegenüber, nahm sich eine schwarze Olive und zermalmte sie zwischen den Zähnen.

»Und du? Wo warst du?«

»Was weiß ich? Wie soll ich mich erinnern? Ich war davon überzeugt, dass meine Mutter und ich den ganzen Morgen über weinend auf dem Sofa gesessen haben, bis…«

»Bis was?« Carlos meinte einen Moment der Erkenntnis in Helenas Augen wahrgenommen zu haben.

»Nichts. Bis die Polizei kam, nehme ich an, und hinaufging, um das Zimmer meiner Schwester zu durchsuchen.«

»Helena…« Zärtlich ergriff Carlos ihre Hand und küsste die Handfläche. »Das Versteckspiel ist vorbei, denkst du nicht? Es bringt doch nichts. Erzähl mir, woran du dich erinnerst!«

Sie schüttelte den Kopf, hob die Schultern und starrte aus dem Fenster, obwohl es dort nichts Besonderes zu sehen gab. Carlos wartete ruhig ab und aß eine Handvoll gerösteter Mandeln.

»Es ist mir nicht gerade erst wieder eingefallen, Charlie. Es hat mich mein Leben lang verfolgt. So etwas vergisst man nicht.«

»Manchmal hilft es, darüber zu sprechen, weißt du? Es in Worte zu fassen, um sich davon zu befreien.«

»Ich glaube nicht, dass es so einfach ist.«

»Versuch es, Liebling! Ich höre dir zu.«

Helena atmete tief durch, öffnete den Mund und schloss ihn wieder. Sie hatte es noch nie jemandem erzählt, und obwohl Carlos ihr das Gegenteil versprach, hatte sie noch nie daran geglaubt, dass Worte Monster beschwören und Schmerzen lindern konnten.

Carlos wartete geduldig.

»An jenem furchtbaren Morgen, als die Polizei kam und uns mitteilte, dass Alicias Leiche gefunden worden war, fuhren Papa und Jean Paul in die Stadt, meine Mutter und ich blieben zu Hause. Meine Mutter ...«, begann Helena, räusperte sich, schluckte und sprach dann weiter. »Meine Mutter umarmte mich, wir weinten heftig und sagten dabei dieses dumme Zeug, das man unter solchen Umständen von sich gibt. Dass es nicht möglich sei ... warum es ausgerechnet sie getroffen habe ... wie jemand so etwas tun könne ... Und plötzlich löste sich Mama aus meiner Umarmung, als sei ihr plötzlich etwas bewusst geworden, und blickte mir in die Augen. ›Warum musste es Alicia sein? Warum?‹ Das stieß sie hervor und schien plötzlich verrückt geworden zu sein, bleich, mit dunklen Augenringen. Das verschwitzte Haar klebte ihr an der Stirn. ›Dabei hätte es dich treffen müssen.‹

Sie meinte es ernst, Charlie. Todernst. Und als sie es ausgesprochen hatte, heulte sie auf und trommelte mit den Fäusten auf das Sofa. Ich stand auf, ging in mein Zimmer und kam erst wieder herunter, als ich hörte, wie die Haustür geöffnet wurde. Seitdem habe ich immer wieder darüber nachgedacht. Irgendwann kam wohl der Moment, an dem ich verzeihen konnte, an dem ich zu verstehen glaubte, dass sich ein Mensch in einer solchen Situation aus irgendeinem Grund auf eigenartige Weise äußert. Doch ich habe ihre Worte niemals vergessen. Oft, wenn ich sie entspannt lächelnd beim Spiel mit Álvaro vor mir sah, fiel mir dieser verdammte Satz wieder ein, und ich musste für eine Weile weggehen. Sonst hätte ich sie angeschrien, hätte ihr den ganzen Schmerz vorgeworfen, den sie mir zugefügt hatte. Dabei konnte sie sich vermutlich nicht einmal daran erinnern.«

»Manchmal lässt man sich in bestimmten Momenten zu gewissen Aussagen hinreißen, ohne darüber nachzudenken«, versuchte Carlos es mit einem Einwand, um Helena zu helfen.

»Ja, wenn die Worte von Herzen kommen. Wenn es Wahrheiten sind, die man sonst nicht auszusprechen wagt, die bis ins Mark treffen. Aber es gibt Momente, in denen ein Mensch die Kontrolle verliert, und schon ist es gesagt. Und das Dumme ist nur, dass man diese Worte nicht wieder zurücknehmen kann. Es ist genauso, als ob man ein Glas Wasser umstößt – es ist nicht möglich, das Wasser wieder einzusammeln und es unverschmutzt ins Glas zurückzugießen.«

Es folgte eine Stille, in der Helena einfach nur auf das Sofa starrte, auf dem sie sich einst an ihre Mutter geklammert hatte, bis diese … Vielleicht war es inzwischen aber auch ein anderes Sofa, auf dem Blanca nie mit ihrer Tochter gesessen hatte.

»Das heißt …«, begann Carlos, der zum ursprünglichen Thema zurückkommen und Helena von den schmerzhaften Gedanken ablenken wollte. »Das heißt, vielleicht warst du in deinem Zimmer, während deine Mutter tatsächlich in Alicias Zimmer den Koffer auspackte, wie Suad berichtet.«

»Ja, davon gehe ich aus. Ich kann mir tatsächlich vorstellen, dass meine Mutter das alles getan hat. Nur – aus welchem Grund? Keine Ahnung. Vorausgesetzt, Suad irrt sich nicht im Tag und Mama hat den Koffer tatsächlich ausgepackt. Vielleicht hat sie ihn ja auch gepackt, weil sie selbst das Haus verlassen wollte.«

»Aber das hätte sie nicht bei Alicia, sondern in ihrem eigenen Zimmer getan.«

»Das stimmt.«

»Komm, lass uns etwas essen! Dieses Limettenhuhn sieht appetitlich aus.«

»Ich habe keinen Hunger.«

»Egal. Man muss essen, damit man denken kann. Und dann erzähle ich dir etwas. Warte ab, was ich alles herausgefunden habe, während du in der Küche warst!«

Das Zuhören regte Helenas Appetit an, und sie probierte dies und jenes, während Carlos berichtete, was er sowohl über den Kanadier als auch über den Amerikaner in Erfahrung gebracht hatte.

»Dann hat sich meine Schwester also in einen Piloten verliebt. Den besagten gut aussehenden Mann in Uniform. Aber warum hat sie mir gegenüber nichts erwähnt?«

»Vielleicht hatte sie Angst, dass du sie nicht unterstützen würdest. Oder dass du alles ihrem Mann erzählen könntest.«

Helena schüttelte den Kopf und konnte es einfach nicht verstehen. Also wechselte sie das Thema und ließ die Angelegenheit erst einmal auf sich beruhen.

»Wieso bist du darauf gekommen, Johns Namen zu recherchieren?«, fragte sie.

»Aus zwei Gründen. Erstens war er der Einzige, von dem ich den vollen Namen kannte, was die Suche bedeutend erleichtert hat. Zweitens, weil dein Vater ihn verdächtigte, wie die roten Kreise und die Pfeile in dem Album verraten.«

»Und wie hast du herausgefunden, dass er Fotograf war?«

»Das hast du mir erzählt.«

Helena schüttelte den Kopf.

»Der Fotograf war Sasha.«

»Oh! Dann war es ein Zufallstreffer. Aber wenn ich mich nicht täusche, trägt er auf dem Foto, auf dem man ihn im Leinenanzug zum Fest kommen sieht, eine Kamera um den Hals, oder?«

»Keine Ahnung. Obwohl jetzt, da du es sagst … Stimmt, er hatte immer eine Kamera in Reichweite, wenn er nicht gerade seinen Rausch ausschlief oder von irgendeinem Zeug völlig stoned war. Ich glaube, er wollte, dass Alicia und Jean Paul ihn als Fotografen für eine ihrer Kollektionen engagieren. Er ging Jean Paul ständig auf die Nerven und wollte sich bei ihm einschleimen. Alicia konnte ihn absolut nicht ausstehen, fällt mir ein, wenn ich jetzt darüber nachdenke. Sie wäre ihn nur zu gern losgeworden. Aber der Kerl hat sie dauernd angestarrt und ihr gesagt, wie hübsch sie sei. Sicher wollte er sich bei Jean Paul lieb Kind machen.«

»Was haben diese Typen hier gemacht? Sich durchgeschnorrt?«

»Ja, so in etwa. Sie sind nach Europa gekommen und haben ihre Reise mit einem Besuch bei mir begonnen, hauptsächlich weil ich Einfaltspinsel ihnen angeboten hatte, dass sie hier umsonst wohnen könnten. Das sagt man ja manchmal so daher, und irgendwer nimmt es für bare Münze. Meine Eltern haben jeden herzlich aufgenommen, den wir mitgebracht haben. Unglaublich, wie offen sie waren, fällt mir im Nachhinein auf, wenn ich bedenke, dass sie beide Anfang des Jahrhunderts geboren wurden. Papa neunzehnhundertfünf und Mama neunzehnhundertzwölf. Die Amerikaner kamen hierher, es hat ihnen gefallen, klar, und sie haben sich auf La Mora eingenistet. John hat sich darauf konzentriert, Jean Paul um den Finger zu wickeln, und die anderen beiden lagen die meiste Zeit über im Bett, haben geraucht und geschlafen. Ich erinnere mich nicht mehr genau daran, aber sie wussten, dass sie Ende Juli abreisen mussten. Deswegen war das Fest für sie so etwas wie eine Abschiedsparty. Ich hatte ehrlich gesagt inzwischen auch genug von ihnen und war erleichtert, dass sie eine Woche früher abgezogen sind als geplant. Nachdem das mit Alicia passiert war, war es nämlich logischerweise mit der Gastfreundschaft vorbei. Danach habe ich nie wieder von ihnen gehört.«

»Und sie waren alle drei drogenabhängig?«

Helena lachte.

»Ich hätte es nie so genannt, aber vermutlich war es so. Zu jener Zeit haben wir alle irgendwas genommen.«

»Du auch? Damals, im Haus deiner Eltern?«

»Nicht viel. Hin und wieder einen Joint, ein paar Amphetamine, wenn ich müde wurde … Später, in Asien, habe ich noch anderes Zeug ausprobiert, bis ich keine Lust mehr darauf hatte. Da hatte ich auch schon meine Lieblingsdroge entdeckt – die Malerei, die Arbeit.«

»Und dieser John? Im Internet steht, dass er an einer Überdosis Heroin gestorben ist.«

»Das mit dem Heroin muss später gewesen sein. Ganz sicher

nicht, während sie hier waren. Das hätte mein Vater nicht geduldet. Rauchen ja, in Marokko ist schon immer Kif geraucht worden, das war nichts Außergewöhnliches. Ich glaube, dass John hin und wieder auch mal zu LSD gegriffen hat, aber nicht zu Heroin. Er hat weder seine Arme unter der Kleidung versteckt, noch beim Fotografieren gezittert. Was hast du denn in dieser Zeit so getrieben, Charlie?«

»Ich habe in England studiert, meinen Doktor gemacht und bin mit ernsthaften jungen Frauen ausgegangen«, scherzte er. »Und Marathon gelaufen, als es noch nicht in Mode war.«

»Wie anständig du immer warst!«

»Stimmt, aber was ich alles verpasst habe! Nun ja … Sollen wir uns wieder an die Arbeit machen?«

Carlos stellte das Geschirr und die Reste der Mahlzeit auf das Tablett und brachte alles in die Küche. Draußen am Pool beschnitt Karim gerade einen Rosenstrauch, wie Carlos durchs Fenster sehen konnte. Sollte er zu ihm gehen und ihn zu dem Selbstmord des Verdächtigen befragen, nachdem sie beide gerade allein waren? Dann beschloss er aber, sich damit etwas Zeit zu lassen und nach und nach erst einmal Karims Vertrauen zu gewinnen. Denn was auch immer in jenem Gefängnis geschehen war, würde Karim nicht einfach so herumerzählen.

Rabat, 1961

Nach dem Verzehr der Torte hatten sich die Jugendlichen zurückgezogen, während die Erwachsenen auf der Terrasse noch einen Kaffee tranken. Goyo hatte den Gästen gerade sowohl französischen Cognac als auch schottischen Whisky angeboten. Bevor sie sich entschieden hatten, war er jedoch schon ins Haus gegangen, um beide Flaschen zu holen.

»Wie international dein Mann geworden ist, Blanquita!«, spottete Vicente und strich sich mit der Hand über den vollen Bauch. »Wie es aussieht, sind die spanischen Liköre nicht mehr gut genug für euch, wie?«

»Ehrlich gesagt, Vicente, kannst du einen Veterano vergessen, wenn du einen Courvoisier haben kannst. Und das Gleiche gilt für das Zeug namens Dic, das ihr in Spanien als Whisky trinkt.«

»Also, ich bin mit einem Gläschen Mistela oder einem Malagawein vollauf zufrieden«, meinte Pilar versöhnlich. »Habt ihr vielleicht etwas davon da?«

»Sicher. Goyo hat alles.«

»Ja, wie man sieht.« Demonstrativ ließ Vicente den Blick über das Haus und den Garten schweifen. »Er war schlau genug, bei der ersten Gelegenheit das Heer zu verlassen, und musste sich nicht wie wir anderen Stufe für Stufe hocharbeiten und dabei von einer Provinzstadt in die nächste ziehen. Und es sieht ganz so aus, als hätte er die Zeit genutzt. Ich weiß zwar nicht, was er macht, aber auf jeden Fall wird er gut dafür bezahlt.«

»Dieses Haus hat uns der marokkanische König geschenkt, als er noch Sultan war«, sagte Blanca bereits leicht angespannt.

»Da habt ihr mit dem liberalen Mohammed wirklich Glück gehabt! Mit seinem Sohn Hassan, dem neuen König, werdet ihr euch sicher nicht so gut verstehen. Dafür versteht er sich mit dem Generalísimo immer besser. Sicher hast du davon gehört, oder?« Vicente hatte die Frage an Goyo gerichtet, der gerade mit mehreren Flaschen auf einem Tablett aus dem Haus kam. »Ich warte täglich darauf, dass der König das Parlament auflöst. Wie es aussieht, hat er sich sogar hilfesuchend an Spanien gewandt, um störende Elemente der Opposition zu beseitigen. Du weißt schon, diese typischen Schmeißfliegen, die es in allen Ländern gibt. Von dieser Istilal oder wie die heißt. Diese Scheißnationalisten, die nicht aufhören, allen auf den Geist zu gehen!«

»Da bin ich nicht auf dem Laufenden, Vicente. Ich bin Geschäftsmann.«

»Ich weiß. Ich habe nur eben mit Blanquita darüber gesprochen, wie gut ihr es euch gehen lasst.«

»Ja, wir können uns nicht beklagen. Whisky oder Cognac?«

»Cognac pur, wie er aus der Flasche kommt. Und sei nicht so zurückhaltend! Ich will nicht nur ein Schlückchen zum Probieren«, fügte er hinzu, als er sah, dass Goyo den Cognac nur fingerhoch einschenkte.

»Pilar?«

»Etwas Süßes, wenn es dir nichts ausmacht.«

»Hier, bitte, das wird dir schmecken! Ein *Lacrima Christi* original aus Neapel. Die Tränen Christi«, sagte er und zwinkerte seiner Schwägerin zu, deren Kirchentreue kein Geheimnis war.

»Blanca?«

»*Whisky on the rocks.*«

Goyo füllte zwei Gläser und reichte eins davon seiner Frau.

»Um es mal offen auszusprechen, widert ihr mich an«, erregte sich Vicente. »Immer dieses vornehme Getue! Dabei lebt ihr in einem schmutzigen Land voller Scheiße und Ziegen, wo die Leute nicht mal Christen sind.« Er kippte den Cognac in einem Zug hinunter und machte mit heftigen Gesten deutlich, dass Goyo ihm nachschenken sollte. Dabei war er nach dem Wein während des Essens und dem Wermut zum Aperitif bereits mehr als angetrunken. »Und … ich weiß nicht, ob es stimmt«, fuhr er mit leiser Stimme und lüsternem Gesichtsausdruck fort. »Aber es heißt, dass die Frauen hier sich die Mösen rasieren. Du weißt doch sicher, ob das stimmt, Hauptmann.« Er lachte hemmungslos, während die Frauen sich ansahen und das Gesicht abwandten. »Als du noch Hauptmann bei den Regulären Truppen warst, hast du sicher viele gesehen, hm?«

»Vicente, tu mir den Gefallen! Es sind Damen anwesend.«

»Damen? Die? Unsere Frauen? Die sind doch alles gewöhnt. Meine zumindest. Wenn deine dafür zu vornehm ist, soll sie in die Küche gehen. Dort gehören beide eigentlich hin, damit sie den Abwasch machen.«

Mit geröteten Wangen und Tränen in den Augen erhob sich Pilar, schob ihren Stuhl zurück und lief ins Haus. Blanca folgte ihr, nachdem sie einen Blick mit ihrem Mann gewechselt hatte. Goyo lehnte sich auf seinem Stuhl zurück, blickte zum Himmel hinauf und ließ seinen Whisky im Glas so heftig kreisen, dass die Eiswürfel klirrten.

»So, du Held, jetzt hast du es geschafft, uns den Tag zu verderben. Und nun?«

Vicente goss sich einen weiteren Cognac ein, klopfte sich an die Hemdtasche und nahm zwei Havannas heraus.

»Jetzt rauchen wir zwei diese Zigarren, und du erzählst mir von Mann zu Mann, was, zum Teufel, du treibst, um so gut leben zu können. Und ganz nebenbei kannst du mir erklären, warum du, nachdem du in der Schlacht in der Ciudad Universitaria zum Helden geworden bist, das Heer verlassen hast. Schließlich hast du den zweiten Tabor der Regulären Truppen befohlen, die Alhucemas, oder?«

Goyo nickte schweigend.

»Sie haben euch mit dem Cruz Laureada de San Fernando ausgezeichnet und dich zum Major befördert.«

»Das ist lange her, Vicente, lassen wir es gut sein.«

»Ich lasse es gut sein, wenn es mir passt! Schließlich bin ich dein Vorgesetzter!« Vicente stand auf und stieß dabei gegen den Stuhl, sodass er umkippte. Er lallte, hatte ein hochrotes Gesicht, und seine Schläfenadern traten hervor, als stehe er kurz vor einem Herzinfarkt.

»Hör auf mit dem Blödsinn, Vicente! Es reicht! Du bist hier in meinem Haus, und ich bin nicht mehr beim Militär. Du hast mir gar nichts zu befehlen, du Witzfigur. Lass mich in Ruhe! Und wenn du, solange du hier bist, noch einmal meine oder deine Frau beleidigst, schlage ich dir den Schädel ein. Hast du verstanden? Wenn alle unsere Kameraden so geworden sind wie du, dann scheiße ich auf das glorreiche spanische Heer.«

Goyo leerte sein Whiskyglas in einem Zug, und ließ Vicente stehen. Der öffnete und schloss lediglich den Mund und hielt sich an dem Tisch mit dem schmutzigen Geschirr fest. Goyo indessen ging mit entschiedenen Schritten durch den Garten davon.

La Mora. Rabat. Gegenwart

Als Carlos mit dem Kaffee ins Wohnzimmer zurückkam, hatte Helena Skype auf laut gestellt und sprach mit Almudena über Paloma und deren Kleider. Er setzte sich in einen Sessel, hörte mit halbem Ohr zu und dachte gleichzeitig über das Ergebnis seiner Recherchen nach.

»He!«, war plötzlich Chavis Stimme zu hören. »Wollt ihr wissen, was wir zutage gefördert haben?«

»Ach, du bist auch an der Sache dran, du Ärmster?«

»Ja, Almudena und Felipe haben mich mit eingespannt. Und zu dritt haben wir jede Menge herausgefunden. Bereit?«

Helena gab ihre Zustimmung, und Chavi sprach weiter.

»Hört zu, ihr beiden! Gregorio Guerrero Vázquez, neunzehnhundertfünf in Orihuela geboren. Neunzehnhundertachtundzwanzig kommt er dreiundzwanzigjährig als Kadett-Offizier in Saragossa auf die Academia General Militar, die Offiziersschule des Heeres. Vorher hat er als Freiwilliger in Melilla seinen Militärdienst abgeleistet und sich bei den Regulären Truppen weiterverpflichtet. Und wisst ihr, wer zu dieser Zeit die Akademie leitete? Niemand Geringeres als Francisco Franco persönlich, der spätere Caudillo Spaniens.

Goyo verlässt die Akademie als Leutnant und wird wieder in Marokko eingesetzt, wo er in verschiedenen militärischen Verbänden dient und Aufträge ausführt, die, soweit wir verstanden haben, mit dem Geheimdienst oder etwas Ähnlichem zusammenhängen. Zu jener Zeit ist Franco, wenn auch nur für drei Monate im Jahr neunzehnhundertfünfunddreißig, zufälligerweise Oberbefehlshaber über das Heer in Marokko.«

»Moment!«, unterbrach ihn Almudena. »Kurz zuvor, im Jahr neunzehnhundertvierunddreißig, kämpft Gregorio in Asturien, um den Aufstand der Minenarbeiter niederzuschlagen. Dabei geht die Armee selbst für diese Zeit mit ungewöhnlicher Härte vor.«

Nun schaltete sich wieder Chavi ein.

»Während der Zeit in Marokko zeichnet Goyo sich durch besondere Tapferkeit aus und wird zum Hauptmann befördert, noch bevor er dreißig ist. Dank seiner Eloquenz darf er Unteroffiziere und Offiziere unterrichten. Diese Periode bringt ihm den Spitznamen *Tiger* ein. Hast du das nicht gewusst, Helena?«

»Ich habe es gewusst, hatte aber keine Ahnung, dass es mit seinem Militärdienst zu tun hatte. Zu Hause haben wir alle gedacht, dass er wegen seiner Geschäftstüchtigkeit so genannt wurde.«

»Warte, es geht noch weiter! Kurz vor dem Putsch der Generäle wird dein Vater dringend nach Teneriffa beordert, wo Franco gerade zum Militärgouverneur der Kanarischen Inseln ernannt wurde. Welch ein Zufall! Wobei niemand weiß, was dein Vater dort will, welchen Auftrag er auszuführen hat und welche Position er innehat. Nur wenige Wochen später kommt es zum Staatsstreich. Franco fliegt nach Spanisch-Marokko und marschiert von dort aus mit seinen Männern, zu denen zweifellos auch Goyo zählt, nach Spanien. So muss es gewesen sein, da er neunzehnhundertsechsunddreißig ein Tabor der Regulären Truppen befehligt…«

»Ein was?«, unterbrach Carlos.

»Ein Regiment. Aber bei den Regulären Truppen heißt es *Tabor* und in der Spanischen Legion *Bandera* – wie bei den Fallschirmspringern.«

»Okay. Wie es aussieht, habt ihr euch gründlich informiert. Entschuldigt bitte und fahrt fort!«

»Also, bereits Major, nimmt Goyo mit seinen Regulären, dem Tabor Alhucemas, an einem der heftigsten, längsten und blutigsten Kämpfe im Bürgerkrieg teil, der Schlacht in der Ciudad Universitaria in Madrid, die sich erst neunzehnhundertneununddreißig den Putschisten ergibt.«

»Über die Zeit nach dem Ende des Bürgerkrieges bis neunzehnhundertdreiundvierzig haben wir nichts gefunden. Was seine Militärzugehörigkeit angeht, scheint er wie vom Erdboden verschluckt zu sein, meine ich. Du weißt da vielleicht mehr, Großmutter.«

»Ja«, meinte Helena unsicher. »Ich weiß, dass meine Eltern neunzehnhundertvierzig nach Marokko gezogen sind und dass mein Vater im Konsulat in Casablanca irgendeinen diplomatischen Posten innehatte. Es hatte mit Handel, Geschäften und solchen Dingen zu tun.«

»Dann… haltet euch fest… taucht er wieder auf, und zwar als Angehöriger des militärischen Spionagedienstes in Marokko im Rang eines Obersts. Ab neunzehnhundertdreiundvierzig. Über diese Zeit gibt es, wie ihr euch vorstellen könnt, keine Unterlagen, die einfach so einzusehen wären. Alles Weitere können wir nur noch vermuten, aber eins ist klar, liebe Helena – dein Vater war ein

Spion. Wie James Bond«, beendete Chavi seinen Vortrag mit einem Lachen.

»Ach, du Scheiße!«, fiel Helena als erste Reaktion dazu ein. »Seid ihr sicher? Könnte es nicht ein anderer Gregorio Guerrero gewesen sein?«

»Gregorio Guerrero Vázquez? Neunzehnhundertfünf in Orihuela geboren, Beiname *der Tiger*? Das wären verdammt viele Zufälle auf einmal, findest du nicht?«

Helena nagte an ihrer Unterlippe, während Almudena und Chavi ihr und Carlos erklärten, wie sie an die Informationen gekommen waren und wie sehr Felipe ihnen dabei geholfen hatte. Der war gerade mit einer Arbeit zur Militärgeschichte beschäftigt und wusste genau, welche Archive dafür konsultiert werden mussten.

»Bezahlt ihm dafür, was ihr für richtig haltet! Der junge Mann ist arbeitslos, habt ihr gesagt?«

»Er ist ein Freund, er hat es uns zuliebe getan.«

»Nein! Wer arbeitet, muss bezahlt werden. Vor allem, wenn er gute Arbeit leistet. Und richtet ihm unseren Dank aus. Wir laden ihn zum Essen ein, wenn wir zurück sind.«

»Apropos – wann kommt ihr wieder? Die Hochzeit findet schon in einer Woche statt. Nicht dass ihr sie wegen der ganzen Aufregung verpasst.«

»Nun hör aber mal, Almudena! Wie könnten wir eure Hochzeit verpassen?«

»Was habt ihr herausgefunden?«

»Ich lasse euch mit Carlos allein. Dann kann er euch alles erzählen. Ich mache in der Zwischenzeit einen Tee.«

Mit schwerem Kopf verließ Helena das Wohnzimmer. Die vielen Informationen, die sie gerade erhalten hatte, belasteten mit großem Gewicht einen bestimmten Bereich ihres Gehirns. So ähnlich wie sich ihr Magen nach einem Festtag anfühlte, wenn sie mehr gegessen hatte, als ihr guttat.

Es war bereits dunkel geworden, und der Garten hinter den Fensterscheiben wirkte wie ein bedrohlicher Schatten. Früher hatte immer jemand die Kerzen in den Laternen angezündet, die Alicia so liebte und überall aufgehängt hatte. In paradiesischen Farben hatten sie dann zwischen dem Laubwerk geleuchtet. Nun herrschte draußen und drinnen nichts als Dunkelheit. Auch die Küche war dunkel und leer. Sie machte das Licht an und setzte Wasser auf. Ihr Blick wanderte langsam über die Schränke aus dunklem Holz, die noch dieselben waren wie damals, über die große Arbeitsfläche aus weißem Marmor, wo im Lauf des Jahres so viel Salat und Gemüse geschnitten worden war und wo sie und Alicia vor dem Schlafengehen oft einen letzten Becher Kakao getrunken hatten.

Es war lange her, dass sie die Anwesenheit ihrer Schwester so intensiv gespürt hatte wie in diesem Moment an diesem Ort. Alicia schien tatsächlich hier zu sein, hinter der Tür, um einzutreten und ihr etwas zu sagen, ihr einen Artikel aus einer Zeitschrift vorzulesen. Sie schien sich all die Jahre über in La Mora versteckt und darauf gewartet zu haben, dass Helena zurückkehrte, um ihr flüsternd zu erzählen, was sie damals nicht erfahren hatte. Sie konnte beinahe das Lieblingsparfüm ihrer Schwester riechen, das nach Maiglöckchen duftete, jenen kleinen weißen Blüten, die in ihrer Jugendzeit in Frankreich und der Schweiz alle Mädchen am ersten Mai geschenkt bekamen, um sie an ihren Jackenaufschlägen zu befestigen. Später, als Alicia eleganter und anspruchsvoller wurde, hatte sie zu Shalimar gewechselt, was Helena selbst nie besonders gemocht hatte.

Für einen Augenblick meinte Helena, ihre Schwester vor sich zu sehen, lächelnd in ihrem weißen Flanellpyjama mit den roten Punkten, den Ellbogen auf den Tisch gestützt, die Hand in der blonden Mähne, die sie absichtlich durcheinanderbrachte, während sie sich die Kopfhaut massierte. Das stimuliere die Kreativität, meinte sie dann, um über sich selbst und ihr öffentliches Auftreten als *Couturière parisienne* zu lachen. Doch Alicia war nicht da. Helena blinzelte. Sie würde nie wieder da sein.

All das war vorbei. Für immer verloren.

Und es gab so viel zu erfahren, was sie nie gewusst hatte!

Sie lehnte die Stirn gegen einen Küchenschrank und biss sich auf die Lippen, um nicht zu weinen.

15. Kapitel

La Mora. Rabat. Gegenwart

Nach dem Frühstück beschloss Carlos, ein Stück zu gehen und den Garten zu erkunden, bevor er sich wieder an die Unterlagen setzte. Helena blieb währenddessen im Haus, kramte in Kisten, frischte Erinnerungen auf und genoss eine Weile das Alleinsein in dem Heim ihrer Kindheit. Dort war sie so viele Jahre lang die kleine Helenita gewesen, und niemand hatte geahnt, dass sie eines Tages Malerin werden und auf der anderen Seite der Erde leben würde.

Seltsamerweise wunderte sie sich nicht, auf Dinge zu stoßen, die Jean Paul oder seiner Familie gehörten. Es verblüffte sie eher, dass sie nicht mehr fand. So als seien im Lauf der Zeit so gut wie keine neuen Dekorationsstücke, Möbel, nicht einmal Bücher dazugekommen. Vielleicht hatte Yannick versucht, die Vergangenheit zu bewahren, um ihr aus reinem Schuldgefühl eines Tages das Erbe vollkommen und unbeschädigt zu hinterlassen, wie er es in der Klinik bereits angedeutet hatte. »Nimm das weg, Luc!«, hörte sie ihn zu seinem Sohn sagen. »Dort hat nie etwas anderes als diese Vase gestanden, und das ist gut so. Die hat Blanca aus Marrakesch mitgebracht.« Es überraschte sie nicht, dass Luc sie hasste. Möglicherweise hasste er die ganze Familie Guerrero Santacruz. Sie fragte sich, wie ihre Eltern sich wohl gefühlt hatten, wenn sie hin und wieder noch einmal hergekommen und in ihrem eigenen Haus zu Besuch gewesen waren. Da hatten sie bereits wieder in Spanien gelebt, waren sozusagen ins Exil gegangen. Doch das würde sie nie erfahren, da es niemanden gab, den sie danach fragen konnte. Es sei denn, Yannick war bereit, mit ihr darüber zu reden.

Die Antwort darauf erhielt sie, zumindest zum Teil, als sie das

Zimmer ihrer Schwester und ihres Schwagers betrat. In dem kleinen Regal, in dem Yannick seine Lieblingsbücher aufbewahrte, die er immer bei sich haben wollte, stand auch ein Foto von ihm und seinem Schwiegervater. Darauf saßen die beiden auf einer der gefliesten Bänke neben einem der kleinen Brunnen im Garten von La Mora. Ihrem Aussehen nach war das Bild etwa Ende der Siebzigerjahre aufgenommen worden. Beide lächelten mit entspanntem, zufriedenem Ausdruck in die Kamera, in dem Helena außerdem so etwas wie Erleichterung zu erkennen glaubte. Erleichterung worüber? Welches Problem hatten sie im Garten wohl gerade aus der Welt geschafft? Welches Rätsel gelöst? Sie würde Karim danach fragen, der das Foto höchstwahrscheinlich aufgenommen hatte und sich vielleicht daran erinnerte, was vorher gewesen war. Dann konnte sie sich bei ihm auch gleich nach der Sache mit dem Wasser erkundigen. Wenn in der Nähe tatsächlich ein so großer Golfplatz angelegt wurde, konnte das zu Problemen mit der Wasserversorgung führen. Aber vielleicht plante man ja auch, eine Anlage zur Umwandlung von Meerwasser in Trinkwasser zu installieren. Wie furchtbar! Achtzehn Löcher!

Das letzte Wort hallte auf seltsame Art in ihren Erinnerungen wider, klopfte an die Türen ihres Gedächtnisses, schallte bis in die dunkelsten Kammern ihres Bewusstseins.

Loch. Goyo.

Wie erstarrt blieb sie mitten auf der Terrasse stehen, die zu den außerhalb des Hauses gelegenen Gästezimmern führte.

Loch. Goyo.

Wie konnte sie das vergessen?

Das Loch. Das kleine Versteck Goyitos. Wie sehr hatten sie als Kinder darüber gelacht! Wie nützlich war es ihnen immer gewesen! Wie war es möglich, dass sie daran nicht mehr gedacht hatte?

Sie drehte sich um und rannte beinahe, so eilig hatte sie es, um nachzusehen, ob es noch vorhanden war. Es musste noch dort sein! Soweit sie wusste, waren im Haus keine Maurerarbeiten vorgenommen worden, und ihr Zimmer war auf Jean Pauls Anweisung hin stets geschlossen gewesen, immer bezugsbereit, falls sie eines Tages zurückkehrte. Das Versteck musste noch da sein!

Sie stürzte in ihr Zimmer, lief gleich zum Fenster hinüber und untersuchte die gemauerte kleine Bank darunter, auf der ein Polster und mehrere Kissen lagen. Hierher hatte sie sich oft zum Lesen zurückgezogen, wenn sie ihre Ruhe haben wollte, und hatte das Gefühl genossen, dass nur sie und Alicia das Geheimnis der Bank kannten.

Es war ein Einfall der Maurer gewesen, die sein Vater mit der Herrichtung der Räume beauftragt hatte, als die Kinder noch klein gewesen waren. Dieses Zimmer hatte einmal Goyito gehört. Während der Arbeit an der Bank hatte der Maurer wohl gedacht, der Junge könne sicher einen Platz gebrauchen, wo er bestimmte Dinge vor seiner Mutter und seinen Schwestern verstecken konnte. Daher hatte er angeboten, in der Bank ein ausreichend großes Loch zu lassen und es an der Seite mit einem Schmuckgitter zu verschließen.

Helena war immer davon ausgegangen, dass ihr Vater von der Existenz des Loches wusste, sich jedoch nichts anmerken ließ, um Goyito die Freude an seinem Versteck nicht zu nehmen. Blanca allerdings hatte nie davon erfahren.

Nur sie und Alicia waren von ihrem Bruder eingeweiht worden, weil der Sechsjährige das Geheimnis nicht auf die Dauer für sich behalten konnte. Er hatte sich seinen Schwestern anvertraut, und sie hatten das Versteck dann ebenfalls benutzt. Um sich vor allem gegenseitig Dinge zukommen zu lassen, von denen die Mutter nichts wissen durfte. Das war dann später, als sie älter waren und Goyito bereits nicht mehr lebte. Mit klopfendem Herzen ging Helena vor dem Loch auf die Knie. Wahrscheinlich war es leer. Schließlich hatte Alicia nicht gewusst, dass sie ermordet werden würde. Daher konnte sie Helena zum Abschied schwerlich etwas hinterlassen haben, obwohl … Sie musste auf jeden Fall nachsehen. Sie hatte keine andere Wahl, als das Gitter zu öffnen, die Hand in das staubige, verdreckte, von Spinnen bewohnte dunkle Loch zu stecken und darin herumzutasten, ob sich noch etwas darin befand, was in jenem Sommer vergessen worden war. Vielleicht irgendeine blöde Nichtigkeit, mit der sie nun, fünfzig Jahre später, nichts mehr anfangen konnte.

Ohne sich dessen bewusst zu sein und aus einem Reflex von damals heraus blickte sie unruhig zur Tür, ob auch wirklich niemand kam. Das Haus lag in vollkommener Stille, und aus dem Garten waren nur das Gurren der Tauben und das Zirpen der Grillen zu hören.

Helena hatte einige Mühe mit dem Holzrahmen, der sich im Lauf der Zeit verzogen hatte und nicht so leicht zu bewegen war. Doch schließlich gelang es ihr, ihn zu lösen und abzunehmen, und die Öffnung lag vor ihr.

Kaum hatte sie die Hand hineingesteckt, stießen ihre Finger gegen etwas Festes, und sie zog sie reflexartig zurück, als hätte sie sich verbrannt. Dort drinnen lag etwas!

Sie griff wieder in das Loch und ertastete etwas gleichzeitig Weiches und Knisterndes – ein in buntes Papier eingewickeltes Paket mit einer breiten roten Schleife. Darauf stand mit der ausladenden, geschwungenen Schrift ihrer Schwester das Wort *Helena* geschrieben. Nein. Es waren ein Päckchen und ein Umschlag. Beides wurde durch das rote Band zusammengehalten, das am Ende zu einer Schleife gebunden war. Eine brüchig dicke Staubschicht, die einer Miniaturwüste ähnelte, zerbröselte zwischen ihren Fingern.

Mit zitternden Händen und klopfendem Herzen drückte sie das Päckchen an die Brust, als müsste sie es vor einem Gewitter schützen. Dann setzte sie sich auf das Bett, das Suad bereits gemacht hatte, während sie beim Frühstück saßen, lehnte sich an den Kissenberg am Kopfende und starrte auf die beiden zusammengebundenen Umschläge.

Eine innere Stimme drängte sie, die Nachricht aus der Vergangenheit zu öffnen und die Nähe ihrer Schwester noch einmal zu spüren. Andererseits hatte sie aber auch Panik, ahnte sie doch, welche Schmerzen ihr das bereiten würde. Doch welche andere Möglichkeit blieb ihr? Sie hätte alles wieder in das Loch stecken können, um es aus ihrem Bewusstsein zu löschen, wie sie es mit vielem anderen getan hatte. Doch kaum war ihr der Gedanke gekommen, merkte sie, dass dies keine Lösung war. Irgendwo hatte sie einmal gelesen, im Zweifelsfall solle man eine Münze werfen. Es komme aber nicht darauf an, dass die Münze die Entscheidung herbeiführe. Vielmehr werde im Augenblick des Werfens klar, welches Ergebnis man sich wünsche. Und das stimmte.

Sie wusste, dass sie das Geschenk öffnen musste. Es war doch ein Geschenk, oder? Warum sollte es sonst in dieses Papier mit den aufgedruckten bunten Luftballons, Sternen und Kerzen eingepackt sein?

Plötzlich blieb ihr für ein paar Sekunden der Atem weg. Natürlich war es ein Geschenk! Alicas Geschenk zu ihrem Geburtstag! So hatten sie es immer gehalten. Wenn eine von ihnen wusste, dass sie am Geburtstag der anderen nicht in La Mora war, wurde es an dieser Stelle aufbewahrt. Und das Geburtstagskind öffnete es an seinem großen Tag.

Im Jahr 1969 hatte sie ihren Geburtstag in keiner Weise gefeiert, denn am 5. August war Alicia noch nicht lange tot gewesen. Sie waren nach der Beerdigung in Spanien geblieben und in jenem Sommer nicht mehr nach Rabat zurückgekehrt. Deshalb war das Geschenk noch hier und hatte in der Dunkelheit auf sie gewartet, genau wie Alicia, die auch in der Dunkelheit gewartet hatte.

Helena erschauerte, als sie über ihre Worte nachdachte, die ihr einfach so eingefallen waren. Warum war sie auf den Gedanken gekommen, dass ihre Schwester in der Dunkelheit gewartet hatte? Worauf? Oder auf wen? Sie schüttelte sich wie ein nasser Hund und versuchte die seltsame Angst zu verscheuchen, die von ihr Besitz ergriffen hatte.

Vorsichtig zog sie an der Schleife und betastete gleichzeitig das Geschenk. Etwas Weiches verbarg sich in der Verpackung und gab unter ihrem Griff nach. Gegen ihre Gewohnheit löste sie die Klebestreifen, die das Papier zusammenhielten, äußerst sorgsam.

Bis ihr mit großen schwarzen Augen ein Plüschtier entgegensah. Ein Äffchen mit überaus langen Armen, einem freundlichen Lächeln und seidenweichem kastanienbraunen Fell. Um den Hals trug es eine dünne Goldkette mit einem kleinen herzförmigen Anhänger, der ebenfalls aus Gold und auf einer Seite mit einem winzigen Brillanten verziert war.

Sie nahm das Tierchen aus dem Papier, und ohne darüber nachzudenken, drückte sie es an die Brust und legte sich die langen Arme wie einen Schal um den Hals. Für einen Moment ging von dem Stofftier ein schwacher Duft nach Maiglöckchen aus, der gleich wieder verschwand, während Helena mit geschlossenen Augen ihre Wange an das unechte Tier schmiegte. Es war beinahe so, als umarmte sie Alicia. Tränen liefen ihr über die Wangen bis hinunter auf die lächelnden Lippen.

»Du bist eine richtige Heulsuse geworden, Helena«, sagte sie zu sich selbst. »Fast siebzig Jahre alt und hält heulend ein Stofftier im Arm. Vollkommen senil.«

Doch es tat gut, in ihrem ehemaligen Kinderzimmer wie ein Schlosshund heulend einen Stoffaffen im Arm zu halten, der nach dem Parfüm ihrer Schwester roch. Daher ließ sie sich auf die Matratze gleiten, legte sich auf die Seite, mit dem Rücken zum Fenster, durch das das Licht hereinfiel, schloss die Augen und spürte den Arm des kleinen Affen um den Hals und die Schultern, bis sie nicht länger weinte und ihr Atem sich beruhigte.

Erst dann richtete sie sich wieder auf und öffnete mit fliegenden Fingern den Umschlag.

Herzlichen Glückwunsch zum Geburtstag, kleine Schwester! Wobei ich Dich mit Deinen zweiundzwanzig Jahren – eine Schnapszahl! Wahnsinn, wie alt Du schon bist! – und dem Studienabschluss in Wirtschaftswissenschaften wohl eher Doña Helena nennen und Dich siezen müsste.

Da ich am Tag Deines Geburtstages nicht in La Mora sein kann, hinterlasse ich Dir noch einen anderen Brief mit einer Erklärung, die wahrscheinlich ziemlich konfus und übereilt klingt. Und ich schenke Dir diesen Affen mit all meiner Liebe.

Ich habe ihn gesehen und sofort an Dich gedacht! Auf diese Weise kann ich Dich umarmen, auch wenn ich weit weg bin. Weil ich weiß, dass Du Shalimar nicht magst, habe ich ihn mit Maiglöckchenduft eingesprüht, damit Du an mich denkst. Das andere Geschenk bedarf keiner Erklärung. Ein Herz aus Gold erklärt sich selbst, und Du bist ja nicht dumm.

Mit all meiner Liebe und für immer und immer und immer, Deine Schwester Alicia

Darunter war ein rotes Herz gemalt, eine Blume und zwei kleine gelbe Entchen, daneben ein Kussmund aus Lippenstiftfarbe. Und das Datum ihres Geburtstages: *5. August 1969*

Im Garten plauderte Carlos unterdessen schon eine ganze Weile mit Karim, der ihm zunächst das ganze Gelände gezeigt und erklärt hatte, was alles zu tun war und welche Schwierigkeiten es mit sich brachte, einen so großen Garten zu pflegen. Dann hatte er dem Gast von den alten Zeiten erzählt, als er jungverheiratet gewesen war und stolz darauf, bei der Polizei aufgenommen worden zu sein. Obwohl er eine gute Aufnahmeprüfung abgelegt hatte, war er davon überzeugt, dass Goyos Empfehlung gegenüber den richtigen Leuten mehr dazu beigetragen hatte als alle körperlichen und psychologischen Tests, so gut sie auch ausgefallen waren.

»Er war ein großartiger Mensch, Don Carlos, durch und durch aufrichtig, wenn Sie mich fragen. Er konnte hart sein, wenn es nötig war, aber seine Familie hat er geliebt. Und er war großzügig, so großzügig! Wenn wir ihn nicht gehabt hätten … Ich weiß nicht, was aus uns geworden wäre.«

»Das mit seiner Tochter muss ein furchtbarer Schlag gewesen sein«, meinte Carlos wie nebenbei, in der Hoffnung, das Gespräch auf das Thema zu bringen, das ihn interessierte.

»Es war schrecklich, ja! Die arme Mademoiselle Alice, so hübsch und so jung! Und das alles, weil es um dieses blöde Armband ging. Es war sicher sehr wertvoll, aber nicht so sehr, dass es einen Mord aufwiegt. Als wäre es nicht genug gewesen, sie zu bestehlen und zu vergewaltigen, hat dieser Widerling sie auch noch umgebracht.«

»Sie glauben, dass der Verdächtige, der festgenommen wurde, sie tatsächlich getötet hat?«

Karim strich sich mit der Hand über die Stirn, über das Haar, drehte sich zu einer Kletterpflanze um, schnitt einige Sprösslinge ab, während er andere stehen ließ, ohne Carlos anzusehen.

»Nein«, sagte er schließlich. »Die Wahrheit lautet – nein. Aber das ist uns erst später klar geworden. Am Anfang waren wir alle so wütend, dass wir ihn sofort verhaftet haben, als er Alicias Kette verkaufen wollte und dabei erwischt wurde. Jeder von uns hätte ihn am liebsten auf der Stelle umgebracht, aber das kam natürlich nicht infrage. Wir haben ihn ins Gefängnis gesperrt, und dann … Ich war heilfroh, nicht in seiner Haut zu stecken.«

»Wurde er geschlagen?«

»Würden Sie sich darüber wundern?«

»Nein. Ehrlich gesagt, nein.«

»Ich weiß, dass das nicht sein darf. Polizeiliche Gewalt und so. Ich weiß, dass wir es hätten lassen müssen, aber … Sie wissen ja, wie es ist, wenn das Blut kocht.«

Carlos hatte keine Ahnung, wie es war, wenn das Blut kochte, da er in seinem ganzen Leben noch nie Gewalt hatte anwenden müssen. Dennoch nickte er und hoffte, dass Karim weitersprach.

»Als Don Gregorio die Zelle betrat, hatte der arme Teufel schon einiges einstecken müssen, aber seiner Ansicht nach noch nicht genug. Schließlich war er der Vater des Opfers.« Karim wandte sich einer anderen Pflanze zu und band einige Ranken mit Schnüren fest, die er nach und nach abschnitt. »Wir haben ihn eine Weile mit dem Verdächtigen allein gelassen, damit er sich ein wenig Erleichterung verschaffen konnte. Ich habe vor der Tür Wache gehalten und erinnere mich heute noch an die Schläge und die Schreie. Don Goyo hörte sich eher an wie ein Tier als wie ein Mensch. Es hätte mich nicht gewundert, wenn er ihn gebissen hätte.«

Sie gingen den Weg entlang, bis sie zu einem Garten kamen, der im Stil des Generalife geometrisch angelegt war, mit schmalen Wasserbecken und einem Springbrunnen, der voll in der Sonne lag. Um Karims Gedanken nicht zu unterbrechen, folgte ihm Carlos schweigend.

»Plötzlich knallte es, ein Schuss aus einer Pistole. Als wir zu dritt die Zelle betraten, lag die Pistole bereits auf dem Boden, zu Füßen des Verdächtigen, der sich den Schädel weggepustet hatte. Don Goyo sah uns eindringlich an, und wir wussten gleich, was geschehen war. Er nickte mehrmals, ohne den Blick abzuwenden. ›Ich habe keine Ahnung, wie das passieren konnte. Er hat mir einfach die Pistole aus der Tasche gezogen‹, sagte er, als er sicher war, dass wir verstanden hatten. Und genau so steht es im Protokoll.«

»Aber nicht in dem Dokument, das ich gelesen habe«, sagte Carlos leise. »Dort wird Don Gregorio mit keinem Wort erwähnt.«

Karim zuckte mit den Achseln.

»Diesen Teil des Gartens haben er und sein Schwiegersohn geplant. Das ist einer der Bereiche, die am meisten Arbeit machen und viele Helfer erfordern. Wenn Sie das Haus behalten und den Garten im jetzigen Zustand belassen wollen, dürfte das für Sie ein Fass ohne Boden werden.«

»Kann ich mir gut vorstellen. Sagen Sie, Karim ... Damals ... nach diesem ... Selbstmord ... ist Ihnen allen allmählich klar geworden, dass Sie nicht den wahren Mörder gefasst hatten, richtig?«

Der Mann nickte traurig.

»Er war ein armer Teufel, ein Gelegenheitsdieb, ein kleiner Gauner. Doch als uns bewusst wurde, dass er es nicht gewesen sein konnte, war es bereits zu spät. Wir wollten den Fall wieder aufnehmen, doch es gab keine Spuren mehr. Einige Jahre später kam Don Goyo noch einmal ins Kommissariat. Da war ich bereits befördert worden, und deshalb weiß ich Bescheid. Er wollte, dass wir einigen Spuren nachgingen, die er herausgefunden hatte. Kleinigkeiten, seltsame Sachen ... Er hat sich an jeden Strohhalm geklammert, der Arme. Angeblich soll seine Tochter zur Festung hinaufgegangen sein, um sich mit einem Freund oder einem möglichen Liebhaber zu treffen. Einer ihrer Gäste in jenem Sommer soll drogenabhängig gewesen sein, sodass er sich das Heroin beschafft haben könnte, an dem sie starb. Möglicherweise sei seine Tochter ermordet worden, weil sich jemand an ihm rächen wollte. Wegen irgendwelcher politischen Angelegenheiten, in die er verwickelt gewesen war ... Ich hab's ja schon gesagt, er hat Gespenster gesehen, sich allerhand eingebildet ... Wir haben Ermittlungen angestellt, ohne auf etwas Brauchbares zu stoßen, und das Ganze dann einfach auf sich beruhen lassen. Offiziell war der Mörder gefasst worden und hatte Selbstmord begangen. Damit war der Fall abgeschlossen. Der Kommissar gab ihm eine Kopie des Berichtes mit, und das war's.«

»Erinnern Sie sich an einen Fall, der sich viel später ereignet hat? Ein Amerikaner, der nach einer Überdosis Heroin tot in seinem Hotelzimmer aufgefunden wurde?«

»Nein. Das sagt mir nichts. Aber wenn es in den Siebzigerjahren passiert ist, so um jene Zeit herum, dann war er nicht der Einzige. Viele Spinner sind nach Marokko gekommen, um Drogen zu nehmen. Wir hatten viele Fälle dieser Art. Manchmal hat die Botschaft sich darum gekümmert, den Leichnam ins Heimatland zu überführen, wenn es einen Ausweis gab. Bei anderen mussten wir sogar noch die Beerdigungen bezahlen. Nur gut, dass das inzwischen offenbar nicht mehr in Mode ist, und schon gar nicht hier in Rabat. Inzwischen können sich die Kollegen in Marrakesch mit solchen Problemen herumschlagen.« Er lachte leise mit einem seltsamen Unterton, so als freue es ihn besonders, dass die Polizei in Marrakesch mehr Arbeit hatte als die in anderen marokkanischen Städten. Er erklärte jedoch nicht, was daran so witzig war, und Carlos fragte auch nicht danach.

Langsam kehrten sie zum Haus zurück und blieben dabei in den schönsten Ecken, an allen Brunnen, Pergolen und Statuen stehen, damit Karim gewisse Einzelheiten erklären konnte.

»Welcher der Brunnen ist der, der vor Kurzem repariert wurde?«, fragte Carlos. Plötzlich hatte er den Wunsch, einen Blick auf den Brunnen zu werfen, an dem das Armband gefunden worden war.

»Vor Kurzem? Keiner, soweit ich weiß.«

»Monsieur Luc muss mit einigen Handwerkern einen Brunnen repariert haben, weil das Rohr verstopft war und kein Wasser mehr floss.« Carlos wollte schon erwähnen, dass dabei doch Alicias Armband gefunden worden sei, das ihr am Tag des Verbrechens angeblich gestohlen worden war. Dann beschloss er aber, dies vorerst für sich zu behalten.

»Also, ich weiß nicht, was ich Ihnen sagen soll. Vielleicht war es an einem Tag, an dem ich nicht hier war, aber das würde mich wundern. Ich werde Suad danach fragen. Und jetzt gehen wir besser hinein. Heute ist Freitag, und der Couscous müsste so gut wie fertig sein. Meine Frau macht den besten Couscous von ganz Marokko, Sie werden sehen.«

»Mademoiselle Helena …« Suad hatte an die Tür geklopft, jedoch so leise, dass Helena nicht wusste, ob sie das Klopfen wirklich vernommen hatte oder ob es zu ihrem Traum gehörte. Zu einem Traum, aus dem sie gerade erwacht war, der bereits verblasste und in dem Alicia sie im Morgengrauen durch den Garten führte. Dabei legte sie einen Finger auf die Lippen und lächelte erwartungsvoll. Sie schien ihrer Schwester etwas zeigen wollen, das ihr gefallen und sie angenehm überraschen würde. »Mademoiselle, das Essen ist fertig. Es ist so schönes Wetter, dass ich draußen am Schwimmbad gedeckt habe. Was meinen Sie?«

Mühsam setzte Helena sich auf und versuchte zu erkennen, wo sie sich befand. Dann nickte sie, ohne wirklich zu wissen, was sie damit bejahen wollte. Suad zog sich von der Tür zurück wie ein Gespenst. Helena blinzelte, und schon war sie weg. Oder war sie gar nicht dort gewesen? Der Affe hing ihr noch immer um den Hals.

Sie nahm ihn ab, öffnete den Verschluss der Kette, legte sie um und spürte die Kühle auf ihrem Dekolleté. Dann stolperte sie ins Bad, um sich kaltes Wasser ins Gesicht zu spritzen. Allmählich wurde sie wieder munter und erinnerte sich schließlich daran, wo sie sich befand, was geschehen war und warum sie hier war.

Sie richtete sich das Haar, schminkte sich die Augen und die Lippen und lächelte ihrem Spiegelbild zu. Wenn sie auch keine zweiundzwanzig mehr war, sah sie für ihr Alter doch gar nicht so schlecht aus. Sie hatte schon schlimmere Zeiten erlebt.

Auf dem Bett lagen neben dem Affen – er sollte Ali heißen, entschied sie spontan – die beiden Briefe, der eine geöffnet, der andere noch geschlossen. Sie griff danach und wollte ihn Carlos zeigen. Doch dann hielt sie dies doch für recht gewagt, bevor sie selbst den zweiten Brief gelesen hatte. Was, wenn Alicia ihr darin eine Mitteilung machte, von der niemand sonst erfahren sollte? Allerdings wollte sie die Briefe auch nicht einfach auf dem Bett liegen lassen, wo sie jeder gleich sah. Und sie konnte auch nicht einen mitnehmen und den anderen nicht, denn dann würde Carlos sie danach fragen.

Sie nagte an der Unterlippe und zögerte eine Weile. Dann ging sie zum Fenster hinüber, bückte sich und schob den Umschlag wieder in das Loch. So konnte sie immer noch behaupten, dass sie nicht gemerkt hatte, dass noch etwas in dem Versteck lag. Sie würde den Brief bei nächster Gelegenheit lesen und anschließend Carlos zeigen. Und wenn nicht, brauchte er erst gar nicht zu erfahren, dass sie ihn gefunden hatte.

Mit entschlossenen Schritten überquerte sie die Terrasse und stieg die Außentreppe hinunter, die zum Schwimmbad führte. Carlos saß bereits am Tisch und hatte ein Bierglas in der Hand. Neben ihm standen eine dampfende Schüssel mit Brühe und eine Platte mit Couscous.

»Ich wollte gerade ohne dich anfangen. Denn ich sterbe vor Hunger. Zum Glück habe ich, obwohl wir uns in einem muslimischen Land befinden, eine Flasche Bier gefunden.«

»Entschuldige die Verspätung! Du wirst nicht glauben, was ich entdeckt habe.«

Sie aßen langsam und mit Appetit, bis sie satt waren, und tauschten dabei Neuigkeiten und sonstige Informationen aus. Als sie fertig waren, dachten beide so intensiv nach, dass sie eine Weile verloren auf das grünlich schimmernde Wasser blickten.

Helena fühlte sich einmal mehr mit neuem Wissen völlig überfüttert. Sie hatte längst noch nicht die Tatsache verarbeitet, dass ihr Vater sein Leben lang beim Militär gewesen war, dass er für den Geheimdienst gearbeitet und sie Tag für Tag belogen hatte. Vielleicht war er sogar ein Doppelagent gewesen, der mit den marokkanischen Nationalisten kollaboriert hatte, um das Land von der spanischen Herrschaft zu befreien. Ob seine Frau Blanca gewusst hatte, womit er sich beschäftigte? Und nun hatte Carlos ihr auch noch erzählt, was er von Karim erfahren hatte: dass ihr Vater einen armen Teufel erschossen hatte, der fälschlicherweise des Mordes an Alicia beschuldigt worden war. Konnte das alles möglich sein? Dabei hatten sie nicht einmal Waffen im Haus gehabt …

Nun ja, gut, zwei Jagdgewehre … Sie waren immer in dem kleinen Zimmer im ersten Stock eingeschlossen gewesen, das Goyo sein Büro genannt hatte. Dorthin hatte er sich zurückgezogen, wenn er scherzhaft meinte, sich von den vielen Frauen im Haus erholen zu müssen.

Hatte ihr Vater wirklich an der Niederschlagung des Aufstandes der asturischen Minenarbeiter und am Kampf in der Ciudad

Universitaria teilgenommen? Wobei dies im Krieg geschehen war, und ihr Vater war nun einmal Soldat gewesen. Das mit dem Dieb, der Alicias Kette gestohlen hatte, war allerdings etwas anderes. Das war kaltblütiger Mord gewesen. Rache, *vendetta*, so wie bei der Mafia. Sicher konnte man es auch als eine Form von *Auge um Auge, Zahn um Zahn* sehen oder als ein vorübergehendes Ausrasten aufgrund des erlittenen Schmerzes. Aber die Vorstellung, dass ihr Vater in einem Gefängnis aus nächster Nähe einen an einen Stuhl gefesselten Mann erschossen hatte, gefiel ihr ganz und gar nicht, wie viele Gründe es zu seiner Verteidigung auch geben mochte. Und dennoch – als Goyo Tage später erzählt hatte, dass der Verdächtige sich in seiner Zelle eine Kugel in den Kopf gejagt habe, hatten sowohl ihre Mutter als auch sie selbst Genugtuung empfunden, wie sie sich ganz deutlich erinnerte. Jean Paul hingegen hatte anders reagiert. Das hatte sie nicht vergessen, denn seine Worte hatten damals völlig unverständlich geklungen. »Was soll es? Was nutzt uns das? Das bringt uns Alicia nicht zurück«, hatte er gemurmelt, während er deprimiert im Sessel gesessen und das Teppichmuster angestarrt hatte. Goyo hatte ihm eine Hand auf die Schulter gelegt, und dabei hatte sie gesehen, dass seine Fingerknöchel verletzt waren. Sie hatte gedacht, dass er sicher mit den Fäusten gegen die Wand geschlagen hatte wie im Lauf der Jahre schon bei anderen Gelegenheiten.

Wie er wohl später darüber dachte, als seine Wut verraucht war und ihm bewusst wurde, dass er nicht den wahren Mörder seiner Tochter getötet hatte? Der Fall ließ ihm keine Ruhe. Das wussten sie von Karim und durch das Album mit den vielen Hinweisen und Notizen. Letztendlich war er anscheinend zu keinem Schluss gelangt.

Wie war es ihm also gelungen, mit sich selbst Frieden zu schließen, die Sache ruhen zu lassen und sie vielleicht sogar zu vergessen?

»Helena…«, begann Carlos von dem Liegestuhl aus, in den er sich nach dem Kaffee gelegt hatte.

»Ja?«

»Da ist noch etwas.«

»Nein, bitte! Ich fühle mich wie ein vollgesogener Schwamm und bin nicht in der Lage, noch irgendetwas aufzunehmen.«

»Dann sage ich es dir später. Ist nicht wichtig. Komm, ruh dich ein wenig aus! Es ist sehr angenehm hier im Halbschatten.«

»Nein. Ich friere leicht und gehe schon mal ins Zimmer.«

»Soll ich mitkommen?«

»Nein, nicht nötig. Genieß du ruhig noch eine Weile die Zeit hier im Freien!«

Sie schlang die Arme um den Körper, ging zur Treppe hinüber, stieg zur Terrasse hinauf und trat durch die offenen Terrassentüren ins Wohnzimmer. Es war nicht wirklich kalt, doch der Wind vom Meer her blies heftig, und sie hatte keine Lust, noch länger draußen zu bleiben. Außerdem wollte sie entgegen ihrer Äußerung, nichts mehr aufnehmen zu können, den Moment des Alleinseins nutzen und den Brief lesen, den sie wie ein Eichhörnchen seine Wintervorräte wieder versteckt hatte.

Sie schloss die Tür hinter sich, zog den Umschlag aus dem Loch und nahm ihn mit zum Bett hinüber, wo der Affe Ali lag und sie erwartete. Erneut an die Kissen gelehnt, deckte sie sich mit der Tagesdecke zu, atmete tief durch, drehte den Umschlag um und brach das violette Siegel auf.

Sobald sie Alicias Schrift sah, wusste sie, dass diese Zeilen überstürzt niedergeschrieben worden waren, und stellte sich auf einen zusammenhanglosen Brief ein, der mehr Fragen aufwerfen als Antworten geben würde. Sie nahm die beschriebenen Seiten sowie einen weiteren kleineren geschlossenen Umschlag heraus, den sie erst einmal zur Seite legte.

Ach, Helena, es ist so schwer! Stell Dir vor, dass ich eine ganze Weile darüber nachgedacht habe, ob ich Liebe Helena *oder* Meine liebe Schwester *oder irgendeinen Blödsinn wie* Meine liebe kleine Schwester, Kleine Hexe, Meine liebe Kleine *oder eine andere Anrede aus unserer Kindheit wählen soll. Dann jedoch habe ich mir gesagt, dass es viel wichtiger ist, endlich anzufangen, und das habe ich nun getan.*

Ich hätte gern mehr Zeit gehabt, um das Ganze in Ruhe anzuge-

hen, in einem entspannten Moment, allein mit Dir und den Eltern und ohne diese Horde fremder Menschen, denen ich ständig auf dem Flur begegne und die sich, um angeblich die Mondlandung zu feiern, um unser Schwimmbad scharen. Ich weiß, dass ich selbst mit schuld daran bin, JP und ich … Übrigens ist mir gerade zum ersten Mal aufgefallen, dass JP auch die Abkürzung der Zigarettenmarke ist, die ich am liebsten mag. John Player Special, *die Zigaretten in den hübschen schwarzen Schachteln, die so schön glänzen wie das Holz eines Klaviers. Vergiss es! Ich bin einfach mit den Nerven am Ende. Ich erzähle es Dir jetzt, schnell, bevor ich es bereue.*

Übermorgen um diese Zeit bin ich nicht mehr hier. Morgen, wenn das Fest vorbei ist, wenn alle schlafen gegangen sind. Es heißt, dass die Mondlandung etwa um drei Uhr morgens hiesiger Zeit stattfindet, und danach werden sicher alle noch mal in den Pool springen und etwas essen, bevor sie zu Bett gehen. Gleich nach dem Sonnenaufgang, im ersten Morgenlicht, wird Michael kommen, und wir werden zusammen fortgehen. Mein Koffer ist bereits gepackt und liegt unter dem Bett, als ob er leer wäre. Übermorgen früh muss ich ihn nur noch vorsichtig hervorziehen, um JP nicht zu wecken, die Treppe hinuntergehen, Michael die Tür öffnen und ins Taxi steigen.

Dann auf zum Flughafen! Paris. Zwischenstopp in London und von dort nach Toronto. Ich schreibe Dir, wenn ich an unserem endgültigen Ziel angekommen bin: Halifax, Nova Scotia. Von da an weiß ich nicht, wie es weitergehen wird, und habe auch keine Pläne. Ich habe monatelang darüber nachgedacht, Helena. Vor mehr als einem Jahr habe ich Michael kennengelernt, und wir haben uns ineinander verliebt. Wir haben uns nicht oft gesehen, zuerst an Flughäfen, dann in Hotels, mal an diesem, mal an jenem Ort. Und dann ist uns bewusst geworden, dass es ernst ist, dass wir uns wirklich lieben und zusammen sein wollen. Ich habe tausendmal darüber nachgedacht, ob es richtig ist, JP so etwas anzutun. Der Arme hat keine Ahnung. Allerdings hatte er auch kaum die Gelegenheit, etwas zu erfahren, weil er in letzter Zeit kaum hier war. Manchmal tröste ich mich mit dem Gedanken, dass auch er sich vielleicht neu verliebt hat. Etwas Besseres könnte uns nicht passieren. Dann könnten wir uns in Freundschaft trennen, sogar weiterhin gemeinsam die Ferien hier in La

Mora verbringen. Aber ich glaube nicht, dass wir so viel Glück haben werden.

Wie ich Dich kenne, wirst Du eine Weile darüber nachdenken, warum ich Dir das alles nicht persönlich gesagt habe, warum ich nicht mit Dir darüber gesprochen habe.

Zunächst, weil ich mich am Anfang furchtbar geschämt habe, dass ich mich als verheiratete Frau verliebt habe und eine Ehebrecherin bin. Anfangs wollte ich es vor mir selbst nicht eingestehen. Und dann, weil ich die naive Hoffnung hatte, dass es vorbeiginge, dass mir ein Licht aufginge, wie Micaela immer sagt. Vielleicht würde ich auch endlich schwanger werden ... Nun bin ich schon so lange verheiratet, und nichts ist passiert, regelmäßige Blutungen, ob es regnet oder schneit. Dann wäre auf einmal alles ganz klar oder für immer unmöglich. Und am Ende, als ich bereits wusste, dass es eine ernste Sache ist, schwieg ich, weil ich Angst hatte, es Dir zu erzählen, weil ich Deine Achtung, Deinen Respekt und Deine Liebe nicht verlieren wollte. Ich war immer Deine ältere Schwester, die Ernsthafte, die Verantwortungsvolle, die Verheiratete, die Geschäftsfrau. So konntest Du die Kleine sein, die Verrückte, das Hippiemädchen, das in Schwierigkeiten geriet und alles wagte. In Wirklichkeit war es aber nicht immer so, sondern die eine von uns beiden übernahm gelegentlich auch die Rolle der anderen. Aber grundsätzlich war es so, und ich hatte einfach Angst, es Dir zu erzählen, Angst davor, was Du denken könntest. Alicia ist eine Nutte oder einfach dämlich, naiv ... Du kannst an dieser Stelle einsetzen, was Du willst, aber alles ist schrecklich.

Ich habe versucht, wieder so zu sein, wie ich war, das ruhige, brave Mädchen, dem man immer vertrauen konnte, so wie ihr mich kanntet, aber es war nicht möglich. Auf einmal erschienen mir unsere Kollektionen so übertrieben, die Opulenz der Stoffe und die Intensität der Farben waren mir zuwider. Ich überlege, in Kanada ein kleines Atelier zu eröffnen, um Kleidung für junge Leute wie uns zu entwerfen, einfache Sachen, die sich jeder leisten kann, ohne ein halbes Jahr darauf zu sparen. Ich würde gern mit geometrischen Mustern experimentieren, in Schwarz und Weiß oder mit wenig Farbe im Stil von Mondrian oder ganz bunt in der Art von Vasarely. Du wirst es ja sehen. Denn Du sollst das Versuchskaninchen sein, an dem meine ersten Entwürfe zu bewundern sind.

In dem kleinen Umschlag, der in diesem Brief steckt, findest Du ein Foto von Michael. Sieh ihn Dir an! Er sieht gut aus, stimmt's? Er ist nur ein Jahr älter als ich, nicht fünf wie JP, und er ist … Ach, Helena, wie soll ich ihn Dir beschreiben? Er wollte, dass ich ihn nach La Mora mitnehme, damit er Euch alle kennenlernt. Er möchte zur Familie gehören, aber das ist erst möglich, wenn ich die Trennung von JP geregelt habe, und das kann ich im Moment nicht. Ich weiß, dass JP mich nicht einfach so gehen ließe. Er würde wochen- und monatelang darauf bestehen, dass wir darüber reden. Er würde mir Fragen stellen, eine Paartherapie machen wollen, wie es in Paris gerade Mode ist … Und dazu fühle ich mich derzeit nicht in der Lage. Ich will nicht die ersten Monate mit Michael verlieren, die die schönsten sind, und stattdessen mit JP herumdiskutieren. Ich will mit Michael leben, jeden Tag mit ihm verbringen, an seiner Seite aufwachen, Hand in Hand mit ihm spazieren gehen und mir von ihm sein Land zeigen lassen. Ich weiß, dass ich feige und egoistisch bin, aber ich kann nicht anders.

Außerdem erschreckt mich der Gedanke, mit JP um die Firma zu streiten – das Gründungskapital hat Papa uns gegeben, wie Du weißt. Oder um La Mora – JP könnte ohne das Haus und den Garten nicht leben, aber es gehört uns, uns vieren. Vielleicht käme es sogar zu einem Kampf um Mama, Papa und um Dich, denn ihr seid seine einzige Familie. Wenn ich aber einfach so fortgehe, verliert er das alles zumindest nicht sofort, und mein Weggang wird ihn nicht ganz so verletzen.

Wünsch mir Glück, kleine Schwester! Denk nicht schlecht von mir! Ich schreibe Dir, wenn ich in Kanada angekommen bin, und dann sehen wir weiter.

Bitte hilf JP, so gut Du kannst! Er liebt Dich wie eine Schwester und wird Dich in der nächsten Zeit sehr brauchen. Entschuldige mich bei unseren Eltern! Ich glaube, dass Mama etwas ahnt. Ich wollte ihr nicht erzählen, was ich noch nicht einmal Dir gesagt habe. Aber sie weiß, dass mich irgendetwas glücklich macht. Ich glaube, dass sie mich erst einmal decken wird, obwohl sie nicht genau weiß, was los ist. Nun kannst Du es ihr erzählen, wenn Du willst. Ihnen beiden. Ich liebe Euch so sehr! Aber ich muss versuchen, mein Glück zu finden. Du verstehst mich, oder?

Tausend Küsse und bis sehr bald!

Deine Schwester

Alicia

Ohne sich Zeit zu nehmen und darüber nachzudenken, was Alicia ihr aus der Vergangenheit anvertraut hatte, öffnete Helena den kleinen Umschlag und nahm das Foto von Michael heraus. Ja. Er war gut aussehend, wie Suad gesagt hatte, und sein Gesicht wirkte sympathisch. Er trug die Uniform mit dem schwarzen Jackett und der schmalen Krawatte und war sorgfältig gekämmt, bis auf eine rebellische Strähne, die ihm in die grauen Augen fiel. Der junge Mann, der ihr Schwager hätte sein können und nun ein Unbekannter war, ein betagter Mann in ihrem Alter, dreiundsiebzig oder vierundsiebzig Jahre alt. Auf der Rückseite des Fotos standen sein voller Name, seine Adresse und seine Telefonnummer.

Ob es möglich wäre, ihn nach der langen Zeit ausfindig zu machen? Aber wozu? Um ihm zu sagen, dass ihre Schwester ihn ihr gerade vorgestellt hatte?

Sie ließ das Foto auf die Tagesdecke fallen und umarmte Ali. Dann las sie Alicias Brief noch einmal von Anfang an.

Als Helena wieder hinunterging, verschwand die Sonne gerade hinter dem Horizont. Die Silhouetten der Palmen hoben sich tiefschwarz vor dem glühenden Himmel ab. Im Erdgeschoss des Hauses brannte kein Licht, und die Stille hing im Raum wie ein feuchtes Tuch, das alles bedeckte. Wo mochte Carlos geblieben sein?

Sie ging in die Küche, machte das Licht an und sah, dass Suad für den späteren Abend etwas zu essen vorbereitet hatte. Neugierig nahm sie den Deckel vom Topf: *carchouf*, eines ihrer liebsten Gerichte, mit Artischocken und ihren Stängel. In einem weiteren Topf entdeckte sie geschmortes Lamm mit Honig und Mandeln. Obwohl sie noch vor gar nicht langer Zeit gegessen hatte, lief ihr das Wasser im Mund zusammen.

Sie verließ die Küche, ohne das Licht wieder auszumachen, und suchte nach Carlos. Ein Knistern im Wohnzimmer führte sie zu ihm. Da stand er, fast im vollkommenen Dunkel, am Kamin und legte mehrere Scheite hinein, um ein Feuer anzuzünden.

»Wir haben Juni, um Gottes willen!«

»Mir ist draußen kalt geworden. Ich habe mindestens zwei Stunden im Liegestuhl geschlafen. Kochst du uns einen Tee, während ich das Feuer anzünde?«

Zehn Minuten später kehrte Helena mit dem Tee zurück, dem sie einen Schuss Whisky hinzugefügt hatte. Im Kamin knisterte das Feuer, und Carlos sah ihr, auf einem Lederkissen sitzend, eindringlich entgegen. Sie setzte sich neben ihm auf den Teppich.

»Ist irgendetwas, Charlie? Bist du traurig?«

Er zuckte mit den Schultern und hielt die Teetasse mit beiden Händen umfasst.

»Das tut gut«, sagte er nur. Schatten spielten mit seinen Zügen und verliehen ihm eine Mimik, die über sein Gesicht huschte wie Wolken über eine Landschaft.

Eine ganze Weile schwiegen sie. Eigentlich wollte Helena ihm Alicias Brief zeigen, aber Carlos verhielt sich so seltsam, dass sie lieber auf einen geeigneteren Moment warten wollte.

»Mir scheint, die Geschichte nimmt mich immer mehr mit«, sagte er schließlich und fuhr sich mit der Hand über das Gesicht. »Ich wusste nie etwas über deine Familie, und das war auch nicht wichtig, weil es dir nicht wichtig war. Dann ist mir klar geworden, wie sehr du gelitten hast und unter den vielen offenen Fragen noch leidest. Von da an beflügelte mich der Gedanke, dir bei der Überwindung des Traumas helfen zu können, damit du wieder glücklich wirst. Und inzwischen … ich weiß nicht, Helena. Alles, was wir herausfinden, ist … Wie soll ich es sagen? Es belastet mich, es beunruhigt mich. Am liebsten hätte ich gar nichts erfahren.«

»Was meinst du? Den Mord an meiner Schwester? Die Tat meines Vaters? Dass es Michael gab? Sieh her! Ich zeige dir noch etwas.«

»Im Moment habe ich wirklich genug, Liebling.«

»Aber es ist etwas Erfreuliches. Äh … ich meine, nichts Unangenehmes. Hier!« Sie nahm das Foto aus der Tasche ihrer Strickjacke und hielt es ihm hin. »Darf ich dir Michael vorstellen, der fast unser Schwager geworden wäre? Vielleicht können wir ihn ausfindig machen.«

Carlos schüttelte den Kopf und legte das Bild mit der Vorderseite nach unten neben sich auf den Boden.

»Warum nicht?«

»Weil er nicht mehr lebt, Helena.«

»Aber er ist nur fünf Jahre älter als ich.«

»Das habe ich nicht einfach so dahergesagt. Er ist tot, verstehst du?« Sein Blick verriet, dass er genau wusste, wovon er sprach.

»Wie hast du das herausgefunden?«

»Nachdem ich seinen Namen hatte und wusste, dass er für Pan Am gearbeitet hat, habe ich im Internet nachgesehen und ihn gefunden.«

»Im Ernst? Das ist genial!«

Carlos griff in die hintere Tasche seiner Jeans und nahm das kleine Notizbuch heraus, das er immer bei sich trug.

»Am siebzehnten Dezember neunzehnhundertdreiundsiebzig wurde Flug Einhundertzehn der Pan Am, der gerade auf dem Flughafen Leonardo da Vinci-Fiumicino in Rom in Richtung Teheran mit Zwischenstopp in Beirut starten wollte, von einem palästinensischen Kommando überfallen. Dabei starben dreißig Personen, darunter vier marokkanische Politiker, die auf dem Weg zu Gesprächen mit der iranischen Regierung waren, der Pilot und der Copilot«, las Carlos aus seinen Aufzeichnungen vor. »Das Flugzeug fing Feuer, und die Terroristen sprengten es in die Luft. Anschließend entführten sie eine Lufthansa-Maschine, mit der sie davonflogen. Es war einer der größten internationalen Zwischenfälle in den Siebzigerjahren, als der weltweite Terrorismus ernste Formen annahm. Michael O'Hennesey war der Copilot.«

Schweigend legte Helena den Kopf an Carlos' Schulter und schloss die Augen. Auch sie hatte allmählich genug von allen diesen Katastrophen. Was brachte es, wenn sie immer mehr Einzelheiten erfuhr? Ihre Schwester hatte sich also in einen anderen Mann verliebt und wollte alles für ihn aufgeben. Am Tag vor ihrem Weggang und dem Beginn eines neuen Lebens war sie ermordet worden. Für Helena wurde dies alles noch schmerzhafter, wenn sie daran dachte, dass ihr Leben völlig anders verlaufen wäre, hätten sie beide nur miteinander geredet.

Allerdings … Wäre es ein besseres Leben gewesen? Anstatt Malerin zu sein, würde sie inzwischen seit vierzig Jahren die Firma *Alice&Laroche* leiten, die nun vielleicht *Helène&Laroche* hieße, obwohl eine Umbenennung aus marketing- und werbestrategischen Gründen nicht ratsam gewesen wäre. Sie hätten sich jeden Sommer mit Alicia, Michael und ihren Kindern in La Mora getroffen oder gemeinsame Reisen unternommen. Vielleicht hätte sie mit Jean Paul Kinder gehabt, statt mit Iñigo, diesem Idioten, Álvaro zu zeugen. Wahrscheinlich hätte es dann weder Luc noch Almudena gegeben. Ihre Kinder und Enkel wären andere, und vielleicht ständen sie Helena näher, weil sie ständig mit ihnen zusammengelebt hätte. Vielleicht wären ihre Eltern im Schoß einer harmonischen Familie glücklicher gestorben. Vielleicht hätte ihr Vater einen anderen Ausweg gefunden, als Selbstmord zu begehen. Ob ihre Mutter auch unter anderen Umständen dement geworden wäre, konnte sie nicht wissen. Carlos gäbe es in ihrem Leben nicht, denn wie hätte sie, deren Leben sich in Paris, Rabat und Madrid abspielte, einen Verleger aus Adelaide kennenlernen sollen? Und jetzt gerade säße Madame Laroche, wie sie dann wahrscheinlich geheißen hätte, jeden Tag in der Klinik in Madrid an der Seite ihres Mannes, wo dieser die letzten Monate seines Lebens verbrachte.

War das eine reizvolle Perspektive? Nein. Es war einfach nur ein anderes Leben einer anderen Frau, die nicht sie war – mit anderen Leiden, anderen Narben, anderer Reue und anderen Schuldgefühlen.

»Und wenn wir es dabei belassen?«, fragte sie leise, ohne den Blick vom Kaminfeuer abzuwenden. »Letztendlich – was bringt es? Es ist so lange her … Es ist völliger Schwachsinn, dass wir uns darin festgebissen haben. Jeder Tag könnte unser letzter sein. Was haben wir davon, wenn wir auf viele Fragen wenige Antworten gefunden haben? Morgen ist unser letzter Tag in Rabat. Wir sollten uns ein paar Sehenswürdigkeiten vornehmen und am Strand ein Fischrestaurant suchen. Wir könnten die Chellah besichtigen, die römischen Überreste, durch die Medina bummeln und im *Dinarjat* zu Abend essen. Lass uns alle diese schrecklichen Ereignisse vergessen! Jetzt siehst du auch sicher ein, wie gut es war, meine Familie zu verlassen«, schloss sie und strich ihm über die unrasierte Wange. »Dabei habe ich wahrscheinlich nicht mal die Hälfte von allem erfahren, was man vor mir verborgen hat.«

Carlos lächelte und nahm ihre Hand.

»Immerhin weißt du nun, dass du das Richtige getan hast, und fühlst dich nicht länger ständig schuldig.«

»Ich war immer davon überzeugt, das Richtige getan zu haben«, entgegnete Helena leicht überheblich.

»Und das mit der Schuld bei der Familienaufstellung?«

»Der Vorschlag kam von Maggie, nicht von mir.«

»Aber nachdem du deine Geschichte erzählt hattest, spürte sie offenbar, dass Schuld darin eine wichtige Rolle spielte. Wenn du dich inzwischen also nicht mehr schuldig fühlst, sind wir ein großes Stück vorangekommen, findest du nicht?«

Sie war im Begriff, ihm eine patzige Antwort zu geben, nahm dann aber lieber einen Schluck von ihrem Tee, der inzwischen nur noch lauwarm war und leicht bitter schmeckte. Sie musste erst darüber nachdenken, was sie ihm antworten sollte. Fühlte sie sich wirklich weniger schuldig? Oder hatte sich ihre Schuld nur auf andere Schwerpunkte verlagert? Dass sie beispielsweise von den Problemen ihrer Schwester und deren Notlage nichts bemerkt hatte. Dass sie total auf Jean Paul fixiert gewesen war und nichts mehr wahrgenommen, nicht mehr gemerkt hatte, wie es ringsum allen anderen ging. Dass sie sich nie gefragt hatte, wer ihr Vater wirklich war und woher das viele Geld stammte, über das sie verfügten. Dass sie ihre Mutter niemals gefragt hatte, ob sie sie tatsächlich weniger liebte als ihre Geschwister und was der Grund dafür war.

Andererseits hatte Carlos recht – sie fühlte sich besser als vorher. Sich in der Dunkelheit voranzutasten hatte ihr etwas gebracht, und es hielt an. Vielleicht wäre es doch nicht so schlecht, die Sache bis zum Ende durchzuziehen und alle Fragen zu klären. Oder zumindest jene Geheimnisse zu lüften, die sich offenlegen ließen, einen Schlusspunkt zu setzen, die Tatsachen hinzunehmen und für immer zu vergessen.

»Was wolltest du mir vorhin am Schwimmbad erzählen? Die Sache mit Michael?«

Carlos schüttelte den Kopf und beugte sich zu dem niedrigen Tisch vor, um die Tassen wieder zu füllen.

»Nein, viel schlimmer. Es hat mit deinem Vater zu tun.«

La Mora, 1969

Jean Paul zog an dem Joint, den Jimmy ihm gerade gegeben hatte, sog den Rauch tief ein und streckte sich mit dem Blick auf den zunehmenden Mond im Liegestuhl aus. Unglaublich, wenn er daran dachte, dass in vierundzwanzig Stunden die ersten Menschen über seine Oberfläche spazieren würden!

Mit der Zeit, in der er sein Leben verbrachte, hatte er wirklich Glück. Es war eine Zeit voller Wunder, in der das Leben immer besser wurde und mehr Freude, mehr Freiheit brachte.

Das Dumme war nur, dass ihm das erst jetzt auffiel. Mit seinen fast zweiunddreißig Jahren war er bereits mit Händen und Füßen an ein Unternehmen und eine Ehefrau gefesselt, die er zwar liebte, die jedoch nicht die Frau war, die ihn wirklich glücklich machte. Manchmal beobachtete er Jimmy und Barbie voller Neid. Sie hatten sich von allem Ballast befreit, konnten ziellos umherreisen, tun und lassen, wozu sie Lust hatten, und mussten nicht an die nächste Saison denken. Daran, ob ihre Entwürfe so gut ankommen würden, dass sie die Ausgaben deckten und sie sich unter den großen Modehäusern etablieren konnten. Wobei die beiden natürlich auch nicht besonders viel hatten aufgeben müssen. Sie hatten einfach nur ihr Studium abgebrochen, das war alles.

Bei John war das anders. Er hatte es geschafft, das perfekte Gleichgewicht zwischen vollkommener Freiheit und finanzieller Unabhängigkeit herzustellen, ohne sich ständig durchschnorren zu müssen. Er hatte ihm erzählt, dass er einige Fotos verkauft hatte und hoffte, sich als freier Fotograf einen Namen zu machen. Vielleicht sogar seinen Traum zu verwirklichen – für den *Playboy* zu fotografieren. Wenn Blanca und Goyo nicht im Haus waren, hatte er die Zeit genutzt, um Barbie, Valentina und jede Frau, die es zuließ, am Pool zu fotografieren. Die Bilder waren wirklich großartig geworden, so gut, dass Jean Paul mit dem Gedanken spielte, John als Fotograf für die Frühjahr-Sommer-Kollektion zu engagieren, wie John es ihm auch angeboten hatte. Doch Alicia hatte sich strikt geweigert. Sie hielt John für einen schmierigen Proleten und ertrug ihn nur, weil sie ihm nicht ausweichen konnte und er mit seinen Freunden bald abreisen würde.

John hatte sie inständig gebeten, ein Foto von ihr machen zu dürfen, um sie von seinem Talent zu überzeugen. Alicia war natürlich nicht darauf eingegangen, obwohl er ihr so zugesetzt hatte, dass es kaum noch zu ertragen gewesen war. Er hatte ihr sogar in allen Einzelheiten erklärt, wie er sich das Foto vorstellte: Alicia, breitbeinig auf einem umgedrehten Stuhl vor dem Schwimmbad sitzend, von hinten auf gleicher Höhe fotografiert, sodass der Betrachter sie auf Kopfhöhe zu sehen bekam. Das blonde Haar zu einer Banane hochgesteckt und eine dünne Goldkette, die ihr an der Wirbelsäule entlang über den Rücken fiel. Links und rechts das strahlend azurblaue Wasser und die hohen Palmen verschwommen im Hintergrund.

Mit glänzenden Augen hatte er ihr seine Vorstellungen erläutert, und es juckte ihn sichtlich in den Fingern, nach der Kamera zu greifen. Alicia aber hatte nur gelächelt – dieses eisige Lächeln, bei dem ihrem Gegenüber das Herz gefrieren konnte. Sie hatte gesagt, sie sei kein Playboy-Häschen und wolle auch keins werden.

Ihn hätte es nicht gestört, ein solches Foto von seiner Frau zu haben, aber natürlich war sie diejenige, die die Entscheidung traf.

Auch Helena hatte sich nicht von ihm fotografieren lassen. Ihr Foto wäre laut John ganz anders gewesen – im roten Bikini seitlich auf einem Liegestuhl, damit die Rundung ihrer Hüfte und ihre wohlgeformten weichen Brüste betont wurden. Ihre langen Locken, eine große Sonnenbrille und die Lippen knallrot im Fokus. Der

Hintergrund einheitlich dunkelgrün im Kontrast zu dem weißen Liegestuhl, glänzende goldbraune Haut, die Fingernägel rot lackiert und ein Glas Campari mit einer Orangenscheibe vor sich auf dem Boden. Eine Nahaufnahme in simplen Farben, wie ein gemaltes Werbeplakat.

Vor einigen Tagen war Helena dann kurz vor dem Abendessen mit einem kleinen Gemälde, das noch nicht trocken war, zu ihnen gekommen und hatte es ihm und John gezeigt.

»So in etwa?«, hatte sie gefragt.

John war völlig verblüfft gewesen. Es war exakt sein Foto, in Öl gemalt. *Selbstporträt mit Schwimmbad*, hatte sie auf die Rückseite geschrieben. *Helena Guerrero.*

»Komm, lass mich das Foto machen! Du musst dich nicht mal ganz ausziehen, wie du siehst.«

»Ich habe kein Problem damit, mich auszuziehen, aber ich will keine Fotos. Und schon gar nicht solche Fotos. Da können die Zeitschriften und die Kritiker schreiben, was sie wollen, aber Fotografie ist keine Kunst. Vor allem das nicht, was du machst«, hatte sie lächelnd zu John gesagt, provokativ wie immer.

Seltsamerweise wirkte diese Haltung bei Alicia geheuchelt, bei Helena jedoch selbstbewusst und entschieden.

Wenn nur alles so bleiben könnte, wie es war, nur mit Helena statt mit Alicia!

Jetzt lag Helena gerade auf der anderen Seite des Pools, lachte über Luigis Scherze und ließ die Eiswürfel in ihrem Glas klingeln. Alicia hatte sich wie immer bereits zurückgezogen, jeden Tag ein bisschen früher, als ob sie seine Gesellschaft und die der anderen nicht mehr ertrug.

Manchmal dachte er, dass er sich ein Herz fassen und es ihr sagen sollte, um sich anschließend scheiden zu lassen. Aber was würde dann aus dem Unternehmen werden? Noch hatte sich die Investition nicht rentiert. Das Gründungskapital für *Alice&Laroche* war offiziell ein Geschenk von Goyo und Blanca gewesen, und er besaß nicht so viel Geld, um es ihnen zurückzuzahlen und das Unternehmen weiterzuführen. Abgesehen davon, dass Alicia von allem die Hälfte zustand.

Und La Mora ... Das war überhaupt das Wichtigste. Ohne jederzeit hierher zurückkehren zu können, vermochte er sich sein Leben nicht vorzustellen. Ohne diesen Garten, ohne dieses Haus.

Seine Kindheit hatte er in Armut verbracht, war in Paris geboren, dann jedoch bei seinen Großeltern in der Bretagne aufgewachsen, nachdem sowohl sein Vater als auch seine Mutter im Krieg gestorben waren. Daran konnte er sich kaum noch erinnern. Als es passierte, war er erst sieben Jahre alt gewesen. Er hatte nur noch die amerikanischen Panzer mit den lächelnden Soldaten vor Augen, die ihm Kaugummi und eine Tafel Schokolade geschenkt hatten. Und das war es dann auch schon.

Als seine Großeltern starben, hatte er das Haus verkauft und war nach Paris zurückgekehrt. Dort hatte er Alicia kennengelernt, und das war der Beginn seines wahren Lebens gewesen. Er war ihr zutiefst dankbar, denn sie war die beste Freundin und die beste Geschäftspartnerin, die er sich vorstellen konnte. Sie hatte ihm Zärtlichkeit gegeben, Sicherheit, eine Familie, ein traumhaftes Haus. Und durch sie hatte er die Frau seines Lebens kennengelernt, die dummerweise nicht sie war, sondern ihre kleine Schwester.

Jedes Mal, wenn er daran dachte, wie er sich nun bei Alicia für das alles revanchierte, kam er sich niederträchtig und gemein vor. Den ganzen Sommer über hatte er immer wieder darüber nachgedacht, wie er aus der Sache herauskommen könnte. Er wusste, dass es Helena genauso erging, doch sie hatten nur wenig Zeit für sich allein. Und wenn es dann doch einmal dazu kam, sprachen sie natürlich nicht darüber, was sie am meisten fürchteten. Hier in Rabat flüchteten sie sich in ein Hotel, wann immer sich die Gelegenheit ergab, fast immer ins *Firdaous* an der Plage des Nations, einem beinahe naturbelassenen Ort am Meer. Dort konnten sie am Strand spazieren gehen, ohne beobachtet zu werden. Sie kamen getrennt, mieteten zwei Zimmer und nutzten die Zeit, so gut es möglich war.

Manchmal hatte er das Gefühl, die geheime Liebschaft nicht länger für sich behalten zu können. Das hatte dazu geführt, dass er sie vor einigen Tagen John gegenüber erwähnt hatte, nur andeutungsweise. Da hatten sich alle anderen bereits in ihre Zimmer zurückgezogen, und sie beide hatten noch ein letztes Glas im oberen Garten getrunken und in der dunklen, nach Jasmin duftenden Nacht dem Plätschern des Brunnens gelauscht.

»Habt ihr noch nie von freier Liebe gehört? Ihr kommt mir vor wie aus dem letzten Jahrhundert! Das Beste wäre, wenn Alicia auch einen anderen fände«, hatte John mit alkoholschwerer Zunge gesagt. »Niemandem tut es gut, immer mit demselben Partner zu vögeln. Wenn sie erst entdeckt hat, dass es auch noch andere Männer gibt, ist sie an dir nicht mehr interessiert. Und dann könnt ihr immer noch gemeinsam das Unternehmen leiten und sogar verheiratet bleiben. Was soll's? Wichtig ist nur, sich seine Freiheit zu bewahren, auch wenn man irgend so ein Papier unterschrieben hat. Wenn ihr beiden euch einig seid ... Was interessieren euch dann die anderen?«

Von Helena hatte er ihm nichts erzählt. Er wollte die Sache nicht noch komplizierter machen.

John war bereits mit Valentina und Monique im Bett gewesen, und alle wirkten zufrieden, so als wäre ein Beischlaf nichts anderes als ein gemeinsames Essen oder als brächte man jemanden zum Flughafen. Vielleicht hatte er recht. Aber er konnte sich nicht vorstellen, Helena mit jemandem zu teilen, obwohl er wusste, dass sie schon mit vielen Männern geschlafen hatte. Er konnte sich nicht einmal Alicia mit einem anderen Mann vorstellen. Auch wenn es nicht so schien, hatte John es richtig erkannt – er war ein Mann der alten Schule.

Er würde noch viel lernen müssen in der nächsten Zeit, um zu einem modernen Mann zu werden, so wie es anscheinend alle anderen waren, abgesehen von seinem Schwiegervater, der ein echter Kerl war und sein Vorbild. So wie Goyo wollte er selbst als älterer Mann einmal werden.

An ihrem letzten Tag in Rabat standen Helena und Carlos früh auf, damit sie genügend Zeit für den Besuch von Sehenswürdigkeiten hatten. Gemeinsam hatten sie beschlossen, eine Pause zu machen und die Gegenwart zu genießen, statt wie bisher durch den Sumpf der Vergangenheit zu waten. Sie besichtigten die Chellah, den Hassanturm und das Mausoleum der marokkanischen Könige, gingen am Bou-Regreg spazieren und sahen sich das Bauprojekt im Flusstal an, wo ein neuer Jachthafen und Restaurants entstanden. Als ihnen schließlich vom vielen Laufen die Füße wehtaten, hatte Helena einen Vorschlag. Für sie war es eine Rückkehr in die Vergangenheit, aber das brauchte Carlos nicht zu wissen. Wenn sie erst dort wären, würde sie überlegen, ob sie es ihm sagen sollte oder nicht.

»Ich weiß schon, wo wir heute essen gehen. Natürlich nur, wenn es noch existiert.«

»Wir können im Internet nachsehen und anrufen.«

»Nein. Selbst wenn es das Restaurant nicht mehr gibt, ist es ein wunderschöner Spaziergang, und zum Essen finden wir sicher eine andere Einkehrmöglichkeit. Es ist nicht weit.«

Sie nahmen den Wagen, fuhren über die moderne Brücke, die es zur Zeit von Helenas früheren Aufenthalten noch nicht gegeben hatte, erreichten Salé, ließen die Nachbarstadt hinter sich und fuhren weiter Richtung Norden, den Ozean unsichtbar zu ihrer Linken. Im strahlenden Sonnenschein glänzten die kleinen wilden Blumen, die die Felder bedeckten, durch die die schmale Landstraße führte. Am Hinweisschild *Plage des Nations* fuhr Helena links in Richtung Meer.

»Sieh nur, wie furchtbar! Hier wird alles zerstört, genau wie in Spanien an der Mittelmeerküste. So viele neue Gebäude, teure Häuser, direkt am Strand! Wenn wir früher herkamen, gab es hier nichts, gar nichts, außer dem Hotel, zu dem wir auf dem Weg sind.« Helena verlieh ihrer Stimme einen möglichst gelassenen Klang. Carlos sollte davon ausgehen, dass das Wörtchen *wir* die beiden

Schwestern und ihre Eltern meinte, die sonntags zum Essen herkamen oder einen Ausflug an den Strand machten.

Sie parkten neben einem weißen Gebäude, das an der Grenze zum Sandstrand stand, jedoch von dort aus zwischen den Felsen und den hohen Oleanderbüschen kaum zu sehen war.

»Es ist tatsächlich noch da!«, rief Helena glücklich, beinahe bewundernd.

Carlos lächelte. Er liebte es, sie so voller Begeisterung zu erleben und gänzlich ohne das grundsätzliche Misstrauen, das zu ihrem Markenzeichen geworden war.

Er ließ sie zwei Schritte vorausgehen, damit sie allein den ersten Eindruck und die Erinnerungen genießen konnte, die sie mit diesem Ort verband.

Sie hatte das Gefühl, einen Zeittunnel zu beschreiten.

Die Theke an der Rezeption, die einem Film aus den Sechzigerjahren zu entstammen schien, war leer. Helena warf ihr einen zärtlichen Blick zu und ging dann durch den teppichbelegten Flur. Als sie die Tür zum Speisesaal erreichte, schlug sie beide Hände vor den Mund und blieb wie erstarrt auf der Stelle stehen. Was sie sah, konnte sie kaum glauben. Es war ein großer Raum mit ausladenden Fenstern zum menschenleeren Strand hin, mit gegenüberliegenden Spiegeln, die den Ausblick verdoppelten, und einer Glaskonstruktion in der Mitte des Saales. Sie ähnelte einem breiten Aufzug und enthielt auf mehreren Ebenen angeordnete Pflanzen sowie einen Etagenbrunnen, bei dem das Wasser von einer Plattform zur anderen sprudelte. Die Decke wurde von weißen Säulen gestützt, die sich nach oben hin öffneten wie große Pilze. Alles andere, die Wände und die Polster auf den Stühlen, die um die weiß gedeckten Tische standen, war in Violetttönen gehalten, an einigen Stellen pastellfarbig, an anderen in einem psychedelischen Muster, das an Alicias Notizbuch erinnerte, in dem sie die Begegnung mit Michael festgehalten hatte. Zur Dekoration waren riesige Paradiesblumensträuße aufgestellt, und auf jedem Tisch standen eine Vase mit Rosen und ein Windlicht mit einer Kerze. Nur zwei Tische waren besetzt.

»Es ist alles noch genauso wie vor fünfzig Jahren, Carlos!«, stieß

Helena mit erstickter Stimme hervor. »Das habe ich nun wirklich nicht erwartet.«

»Es ist wunderschön, ja. Als wären wir in einem James-Bond-Film aus den späten Sechzigerjahren gelandet.«

Der Oberkellner im schwarzen Anzug mit weißer Weste geleitete sie zu dem von ihnen ausgewählten Tisch mit Meerblick. Als sie Platz genommen hatten, konnten sie unten, beinahe auf Höhe des Strandes, den mit weißen Sonnenschirmen umstandenen Hotelpool sehen.

»Unsere Terrasse im Untergeschoss ist ebenfalls geöffnet, wenn Sie lieber dort sitzen möchten. Allerdings ist es etwas windig …«

»Danke, hier ist es wunderbar«, sagte Carlos und setzte sich die Brille auf, um die Speisekarte zu studieren.

»Ich kann es nicht glauben!«, schwärmte Helena mit Begeisterung in der Stimme. »Es ist wirklich unfassbar! Mich würde es nicht wundern, wenn plötzlich meine Mutter und meine Schwester aus dem Schminkraum kämen. Der Schminkraum!« Sie sprang auf. »Bestell irgendwas für mich! Ich muss mir unbedingt etwas ansehen.«

Es war lange her, dass Carlos sie so aufgeregt erlebt hatte. Daher lächelte er und vertiefte sich wieder in die Karte, während sie aus dem Speisesaal eilte.

Wie sie sich erinnerte, befand sich die Damengarderobe auf der rechten Seite. Als sie sie betrat, schien die Zeit zurückgedreht worden zu sein. Ein beinahe kreisförmiger Raum mit verspiegelten Wänden, ringsum mit einem schmalen Tisch umgeben, etwa ein Dutzend mit rosafarbenem Stoff bezogene Hocker davor, die Blumentapete – rosa-, malven- und goldfarben –, die sich ins Unendliche spiegelte. Und Helena mittendrin, von vorn, von der Seite, von hinten, immer wieder, jedes Mal kleiner, weiter weg, dunkler in der eisigen Tiefe des Spiegelglases. Für einen Moment meinte sie, dass die weiter entfernten Helenas immer jünger wurden. Nach einem kurzen Blinzeln verschwand der Eindruck jedoch.

In diesem kleinen Raum hatte sie viele Frauen gesehen, die älter waren als sie. Sie hatten ihre Taschen auf den Tisch gelegt, frischten ihr Make-up auf, zogen sich die Lippen nach, parfümierten sich und rauchten dabei in Ruhe eine Zigarette. Sie waren allein oder plauderten mit einer Freundin, während die Männer jenseits der Schwelle dieses rosafarbene Königreich der Weiblichkeit nicht betreten durften. Nun war hier niemand zu sehen, obwohl alle Gespenster der Vergangenheit anwesend waren. Sie hörte ihr Echo von allen Seiten, spürte die Schatten, die sie umgaben, sich näherten und die fleischlosen langen Hände nach ihr ausstreckten.

Helena setzte sich auf einen Hocker in der Mitte des Raumes und betrachtete schweigend ihr Spiegelbild, suchte in den Zügen, die ihr entgegenblickten, das Gesicht von damals, von vor so vielen Jahren, das zwischen Verlangen und Scham hin- und hergerissen war, während Yannick draußen am Tisch auf sie gewartet hatte. Wenn sie die Augen schloss, sah sie ihn ganz deutlich vor sich. Wie er den Kopf hob, wenn sie aus der Garderobe kam, und die Serviette neben die brennende Kerze und die beiden Gläser mit dem Malbec auf das weiße Tischtuch legte. Wie er aufstand, um ihre Rückkehr zu begrüßen, und ihr gegenüber wieder Platz nahm, während seine Augen vor Bewunderung und Verlangen glänzten.

Auf einmal sah sie auch Alicia vor sich, wie sie neben ihr saß und sich eine Zigarette anzündete. Mit einer Kopfbewegung, die vollkommen natürlich war, auch wenn sie einstudiert wirkte, brachte sie ihr Haar vor dem brennenden Feuerzeug in Sicherheit. Ob Alicia mit Michael auch in diesem Hotel gewesen war? Zu einem geheimen Rendezvous? Das hätte für die Beteiligten alles noch reizvoller gemacht, so wie bei ihr und Jean Paul.

Plötzlich musste sie über die Vorstellung lachen, dass sie sich zufällig hätten begegnen können, jede mit einem Mann an der Seite, der eigentlich nicht zu ihr gehörte.

Als sie die Garderobe wieder verließ, hob Carlos den Kopf von seinem Notizbuch, schob die Brille auf die Stirn und lächelte sie an, ohne den Blick von ihr abzuwenden, während sie näher kam. Nun war es ein älterer Mann, der sie erwartete, genau wie sie eine ältere Frau war, doch das Glänzen in seinen Augen war genauso schmeichelhaft wie das in vergangenen Zeiten.

»Was haben wir bestellt?«, fragte sie, als sie sich setzte. »Ich bin sehr hungrig.«

»Du wirst schon sehen. Bist du vielen Gespenstern begegnet?«

Sie lächelte.

»Einer ganzen Legion. Weißt du, dass wir hier einmal Silvester gefeiert haben? Mit Abendessen und Tanz. Damals muss ich achtzehn oder neunzehn Jahre alt gewesen sein. Ich war die ganze Zeit über damit beschäftigt, mir den Sohn irgendeines Botschafters vom Hals zu schaffen. Schließlich rettete mich Papa vor der furchtbaren Nervensäge, indem er dem jungen Mann klarmachte, dass eine Dame Nein meint, wenn sie Nein sagt. Das habe man als Gentleman zu respektieren. Seltsam. Nachdem ich inzwischen weiß, dass Papa beim Militär war, sehe ich vieles mit anderen Augen. Wolltest du mir nicht etwas über ihn erzählen?«

»Das hat keine Eile. Es ist etwas aus der Zeit, als er noch offiziell beim Militär war, hat also nichts mit dem Tod deiner Schwester zu tun. Lass uns in Ruhe essen und heute Abend zu Hause darüber reden.«

Ein Kellner stellte ein riesiges Tablett voller Fisch und Meeresfrüchte vor sie auf den Tisch, sein Kollege eine Flasche Pinot gris in einem Weinkühler.

»Ach, Charlie, wie gut du mich kennst!«

»Das liegt an meiner schnellen Auffassungsgabe, meine Liebe. In achtzehn Jahren konnte ich ausreichend lernen, dich zufriedenzustellen … hin und wieder«, entgegnete Carlos fröhlich, während er den Wein einschenkte. Es war lange her, dass Helena so liebevoll mit ihm umgegangen war, und er wollte das Glück des Augenblicks auf keinen Fall zerstören. Für die Geheimnisse der Vergangenheit blieb ihnen noch genug Zeit.

Sie unternahmen einen Spaziergang durch die Medina, wo sie Mitbringsel für die Familie kauften. Carlos kam es unglaublich vor, dass Helena in bester Laune nicht nur an ihre Enkelin dachte, sondern auch ein silbernes Armband für ihre Schwiegertochter und lederne Brieftaschen für die männlichen Familienmitglieder erwarb. »Damit sie sehen, dass ich gar nicht so bärbeißig bin, wie sie immer glauben«, sagte sie lächelnd und nötigte ihn beinahe dazu, sich eine schwarze Jacke aus Nappaleder zu kaufen, während sie sich eine rote Jacke aus so weichem Leder gönnte, dass man daraus auch Handschuhe hätte machen können.

Dann beschlossen sie, zum Haus zurückzukehren, einen letzten Spaziergang durch den Garten zu machen, sämtliche Köstlichkeiten aufzuessen, die Suad für sie noch im Kühlschrank hinterlassen hatte, ihre Siebensachen zu packen und sich von der marokkanischen Familie im Haus zu verabschieden.

»Ich drehe eine letzte Runde hier draußen, solange es noch hell ist«, sagte Helena, als sie ankamen.

»Mir ist gerade noch eine Kleinigkeit eingefallen, die ich Suad fragen will. Ich komme nach.«

Carlos ging rasch ins Wohnzimmer, sah in den Mappen mit den Unterlagen nach, bis er das Foto fand, und begab sich auf der Suche nach Suad in die Küche. Er hatte Glück. Gerade trat sie aus der draußen gelegenen Küche herein, begleitet von einem Jungen, der in seinen in riesigen Küchenhandschuhen steckenden Händen eine Tajine trug, die er auf der steinernen Arbeitsfläche abstellte.

»Mein Enkel Ahmed«, erklärte sie.

Sie gaben sich die Hand, und dann verschwand der Junge, so schnell er konnte, mit einem entschuldigenden Lächeln.

»Er spricht kein Spanisch. Aixa wollte es ihm beibringen, aber ihr Mann hielt es für besser, dass er Englisch lernt.«

»Nun ja, ich bin Australier. Wir hätten uns sicher problemlos verständigen können. Was ist das?«, fragte er, auf die Tajine deutend.

»Auch ein Lieblingsgericht von Señorita Helena. Eine Sardinentajine.«

»Nach einer Woche bei Ihnen könnten wir uns kugeln, so sehr verwöhnen Sie uns.«

Suad lächelte zufrieden.

»Es ist wie in den alten Zeiten. Es war die glücklichste Zeit meines Lebens, als noch alle hier waren und wir wie eine große Familie zusammengelebt haben. Und danach ... zuerst nur Monsieur Jean Paul. Mein Gott, wie hat dieser Mann gelitten! Dann hat ihn manchmal ein Freund begleitet, doch eher selten. Später hat der Monsieur dann Madame Betty geheiratet. Na ja, ich weiß nicht, ob sie wirklich verheiratet waren, ich glaube nicht. Dann wurde Luc geboren. Aber es war nie wieder so wie früher. Im Haus fehlte die Freude, und es kamen kaum noch Gäste. Gefeiert wurde gar nicht mehr. Als Madame dann starb, vor etwa zwölf Jahren, sind nur noch Vater und Sohn übrig geblieben.«

»Und Monsieur Luc hat keine eigenen Kinder? Ist er nicht verheiratet?«

Suad beugte sich leicht vor, schlug den Blick nieder und flüsterte beinahe.

»Monsieur Luc hat es nicht mit Frauen … Sie verstehen schon, Don Carlos.«

Er nickte eilig.

»Ja, meine Liebe, natürlich.« Da sie sich gerade ein wenig unbehaglich fühlten, nahm Carlos zur Ablenkung das Foto aus der Tasche, das er ihr zeigen wollte. »Sehen Sie mal, Suad! Das ist ein Foto von vor vielen Jahren, vom Abend, als die Mondlandung gefeiert wurde. Erinnern Sie sich?«

»Jeden Tag. Es war die letzte Nacht, in der hier im Haus gelacht wurde.«

»Könnten Sie mir sagen, ob eine der Personen auf dem Foto später noch einmal hergekommen ist?«

Suad hielt das Foto dicht vor die Augen und ging dann einige Schritte, um es ins Licht zu halten. Sie betrachtete es eingehend und bewegte dabei die Lippen, als ob sie läse.

»Wie jung Don Goyo und Doña Blanca auf dem Bild sind, und wie gut sie aussehen! Mal sehen … nein. An die kann ich mich nicht erinnern. Die Italiener waren mehrmals hier, aber später nicht mehr. Der schon! Der ist in den nächsten Jahren noch ein paarmal hier gewesen. Dabei hat er mir gar nicht gefallen.« Suads Finger wies auf das Gesicht von John Fleming, dem amerikanischen Fotografen. »Sie müssen eng befreundet gewesen sein. Ehrlich gesagt kann ich das nicht verstehen, denn er war ein unangenehmer Mensch ohne Manieren. Aber ich weiß, dass er Fotos von Monsieurs Kleidern und seinen Mannequins gemacht hat.«

»War er oft hier?«

»Nein, zum Glück nicht. Einmal im Jahr höchstens. Er blieb

dann zwei oder drei Tage. Die meiste Zeit hat er am Schwimmbad verbracht, meistens betrunken, und dann ist er wieder abgereist. Manchmal haben sie gestritten und sich angeschrien, ein andermal gar nicht miteinander geredet. Aber auch Monsieur Jean Paul ist nach dem Tod seiner Frau sehr seltsam geworden. Das hat sich dann nach und nach zum Glück wieder gebessert.«

»Können Sie sich erinnern, ab wann der Amerikaner nicht mehr kam?«

»Es tut mir leid. Ich habe mich gefreut, als er nicht mehr kam. Aber wann das war …«

»Das macht nichts. Vielen Dank. Helena ist im Garten und möchte sich dann von Ihnen und Ihrer Tochter verabschieden.«

»Ich gehe zu ihr. Wenn Sie keine Wünsche mehr haben …«

Sie verließ das Haus durch die Hintertür, und als Carlos das Foto bereits wieder in die Tasche gesteckt hatte, streckte sie noch einmal den Kopf herein.

»Ich weiß nicht, ob es Ihnen weiterhilft, aber der Amerikaner kam nicht mehr her, nachdem Don Goyo zurückgekehrt war.«

»Ah. Er war noch mal hier?«

»Viele Jahre später ist er plötzlich aufgetaucht, so wie Sie jetzt, und für ein paar Tage geblieben. Er ist dann eine Weile öfter gekommen, während das Schwimmbad renoviert wurde. Mal sehen, das müsste etwa neunzehnhundertneunundsiebzig oder -achtzig gewesen sein. Das weiß ich, weil der arme Señor neunzehnhunderteinundachtzig gestorben ist, nur ein, zwei Jahre später. Doña Blanca dagegen habe ich nie wiedergesehen.«

»Vielen Dank, Suad! Sie haben wirklich ein unglaubliches Gedächtnis.«

Die Frau lächelte stolz und ging, um Helena zu suchen.

16. Kapitel

Madrid. Gegenwart

Chavi und Almudena hatten sie vom Flughafen abgeholt und parkten den Wagen nun in einer Tiefgarage ganz in der Nähe der Wohnung, die Helena und Carlos gemietet hatten.

Die Männer nahmen das Gepäck aus dem Auto, während die Frauen plaudernd und gestikulierend vor ihnen hergingen.

»Wir könnten hier irgendwo etwas essen«, schlug Almudena vor. »Dann könnt ihr uns erzählen, was ihr herausgefunden habt.«

»Nein«, sagte Carlos. »Es gibt Einzelheiten, über die ich in der Öffentlichkeit nicht reden möchte. Gehen wir lieber in die Wohnung hinauf!«

»Aber wir haben nichts zu essen da«, wandte Helena ein.

»Wir können uns eine Pizza bestellen oder etwas vom Chinesen.« Chavi gehörte eindeutig zur Generation des *Take-away* und des *Coffee-to-go.*«

»Ein guter Vorschlag, Liebling«, lobte ihn seine Braut.

Helena musterte Carlos mit misstrauischem Blick. Sie konnte sich nicht vorstellen, was, um Himmels willen, er den beiden erzählen wollte. Und es kam ihr höchst verdächtig vor, dass er es an einem Ort tun wollte, wo sie unter sich waren. Wie sie fürchtete, war das, was in Rabat *nicht so eilig* gewesen war und mit ihrem Vater zu tun hatte, doch wesentlich ernster, als sie gedacht hatte. Ob es etwas mit Goyos Selbstmord zu tun hatte? Hoffentlich nicht. Die Reise nach Marokko hatte sie in eine äußerst positive Stimmung versetzt, und die wollte sie sich ungern verderben lassen.

»Ach ja, Großmutter, um sechs hast du einen Termin bei Paloma, und wir dürfen uns nicht verspäten. Dein armes Kleid hängt schon seit Dienstag zur Anprobe bereit, und es soll ja noch rechtzeitig fertig werden.«

»Keine Sorge! Ich bin pünktlich dort. Kommst du mit?«

»Die Gelegenheit lasse ich mir doch nicht entgehen!« Almudena lächelte herzlich, und Helena dachte erneut daran, wie jung sie war, wie viele Jahre noch vor ihr lagen, wie viel Glück und wie viel Leid ihr noch bevorstanden.

Sie beschloss, nicht länger über solche Dummheiten nachzugrübeln. So war das Leben nun einmal, und es gab keinen Grund, irgendjemanden zu bedauern. Almudena sollte aus ihrem Leben machen, was sie wollte, wie sie es alle getan hatten. Und wenn sie Hilfe brauchte, konnte sie ihre Großmutter darum bitten.

Eine Viertelstunde später war der Tisch gedeckt, und der Lieferservice des chinesischen Restaurants hatte ihnen einen ganzen Berg an durchsichtigen Plastikschachteln voll essbarer Köstlichkeiten übergeben, die sie binnen einer halben Stunde vertilgten. Dann setzten sie sich zufrieden mit einer Flasche Orujo, die Carlos am Flughafen gekauft hatte, in das kleine Wohnzimmer und widmeten sich der Verdauung.

»Ich erzähle euch die Geschichte erst jetzt, weil sie mir immer noch höchst seltsam vorkommt. Ich wollte noch eine Weile darüber nachdenken, bevor ich mit euch darüber spreche. Schließlich habt ihr ja in diversen Archiven über Helenas Vater recherchiert.«

»Wie schade, dass Felipe das verpasst!«, rief Almudena. »Soll ich ihn anrufen? Er ist sicher entweder in der Nationalbibliothek oder im Historischen Militärarchiv. Beides ist nicht weit entfernt. In einer halben Stunde könnte er hier sein, und ihr habt ja sicher noch über andere Erlebnisse zu berichten.«

»Dann los, ruf ihn an! Aber um sechs müssen wir fertig sein«, drängte Helena.

Felipe war offenbar höchst gespannt auf die Neuigkeiten, denn bereits zwanzig Minuten später klingelte es.

»Ich habe ihm gesagt, dass ich ein Taxi bezahle«, vertraute Almudena Helena und Carlos leise an, während Chavi die Tür öffnete. »Der Arme ist total pleite.«

Sie begrüßten sich, und obwohl noch genug Platz auf dem Sofa war, setzte Felipe sich lieber mit einem kleinen Glas Orujo in der Hand auf den Teppich.

»Also …«, begann Carlos und ließ den Blick über seine Zuhörer schweifen. »Als Erstes muss ich euch sagen, dass meine Informationen aus einer Mappe mit der Aufschrift *Privat* stammen, die in der zweiten von Helenas Kisten lag. Die Mappe enthält maschinenbeschriebene Blätter, bei denen es sich offenbar um Goyos Erinnerungen oder Memoiren handelt, mit deren Niederschrift er begonnen hatte. Es müssen etwa hundertfünfzig Seiten sein. Ich habe sie noch nicht alle aufmerksam gelesen, was ich aber noch vorhabe. Das Ganze beginnt neunzehnhundertvierunddreißig mit dem Aufstand der Minenarbeiter in Asturien und der Niederschlagung durch das Heer und endet neunzehnhundertachtunddreißig hier in Madrid. Wobei auch der Mord an Durruti neunzehnhundertsechsunddreißig eine Rolle spielt.«

»An wem?«, fragte Helena, woraufhin Felipe sie verblüfft ansah. Sie bemerkte es sofort und hatte bereits wie üblich eine bissige Bemerkung auf der Zunge. Im letzten Moment fiel ihr auf, dass er nicht einmal den Mund geöffnet hatte, um etwas zu entgegnen. Deshalb milderte sie ihre Reaktion ab. »Entschuldigt meine Unwissenheit! Ich nehme an, er war ein bedeutender Mann. Aber ich hatte nie Geschichtsunterricht in Spanien.«

»Buenaventura Durruti war ein führender Anarchist und Syndikalist, Helena. Für viele ein Held, eine Legende. Er wurde hier in Madrid erschossen, am zwanzigsten November neunzehnhundertsechsunddreißig, wenige Monate nach Ausbruch des Bürgerkrieges. Man weiß nicht, wer ihn getötet hat, und das gab Anlass zu vielen Spekulationen.«

»Und hatte mein Vater irgendetwas mit ihm zu tun?«

»Nein«, fuhr Carlos fort. »Nun ja, zumindest gehe ich nicht davon aus. Dein Vater muss ihn zwangsläufig gehasst haben. Er wurde in der Ciudad Universitaria ermordet, gleich neben dem Klinikgebäude, das von den marokkanischen Truppen eingenommen worden war. Vielleicht sogar von dem Tabor, das Goyo befehligte. Allerdings gibt es keinerlei Hinweise, dass er irgendwie an der Sache beteiligt war. Wie es aussieht, wurde Durruti von einer der vielen Kugeln getroffen, die im gleichen Augenblick dort abgegeben wurden.«

Eigenartigerweise fühlte Helena sich irgendwie erleichtert, dass man Goyo mit diesem Todesfall nicht in Verbindung bringen konnte.

»Du meinst also, dass es sich um so etwas wie Goyos Memoiren handelt«, meinte Chavi. »Könnte es nicht auch ein Roman sein?«

Carlos hob die Augenbrauen und schüttelte entschieden den Kopf.

»Darum genau geht es. Ganz hinten in der Mappe liegt das Schreiben eines Verlagshauses. Dort hat man die Textteile gelesen und abgewogen, ob sich das Manuskript für eine Veröffentlichung eignen würde. Doch die Entscheidung fiel negativ aus – es sei denn, Goyo hätte einen Roman daraus gemacht. Laut Verlag hätte es dazu allerdings einer wesentlich leichter zu lesenden Erzählstimme bedurft. Nur damit, so der Verlag, könne man eine Leserschaft erreichen, die an derartigen historischen Skandalen interessiert sei.«

»Was für Skandale?«, fragte Felipe.

»Von wann ist der Brief?«, erkundigte sich Almudena beinahe gleichzeitig.

»Der Brief ist von neunzehnhundertachtzig. Das heißt, Franco war damals bereits tot, und Spanien befand sich mitten in der *Transición*, also auf dem Weg zur parlamentarischen Monarchie. Der Skandal, von dem die Rede ist, betrifft vor allem den Tod von General Balmes – abgesehen von einigen nicht sonderlich ruhmreichen Episoden während der Niederschlagung des Aufstandes in Asturien.«

Der Einzige, der auf diese Erwähnung reagierte, war Felipe.

»Balmes? Amado Balmes, der aus Las Palmas im Juli sechsunddreißig?«

»Genau der«, entgegnete Carlos und blickte ihm in die Augen.

»Jetzt sag nicht, dass er erzählt, wer es war!«

»Genau das.«

»Aber hallo! Das ist heftig. Hat er Beweise?«

»Ich lese es euch vor.«

»Moment mal eben!«, mischte sich Helena ein und wandte sich an Carlos und die anderen. »Erzähl uns doch bitte vorher, worum es geht! Und dann liest du uns vor, was du möchtest. Was meint ihr?«

Chavi und Almudena nickten, und Chavi füllte noch einmal die Gläser.

»Ich überlege, wie ich den Sachverhalt in wenigen Worten zusammenfasse. Du korrigierst mich, wenn ich mich irre, Felipe«, begann Carlos. »Ihr wisst alle, dass im Lauf der ersten Monate neunzehnhundertsechsunddreißig – nach dem Sieg der Volksfront bei den Wahlen im Februar und der Einführung der Republik – die Lage in Spanien recht chaotisch war. Das Land war komplett in links und rechts gespalten. Und auch das Militär spaltete sich in zwei Lager auf. Es gab jene, die die Republik und die rechtmäßig gebildete Regierung unterstützten. Die anderen hatten zwar der demokratisch gewählten Regierung die Treue geschworen, befürchteten aber, dass ihr Vaterland vollkommen in Chaos und Anarchie versinken und – weit schlimmer noch – zur Marionette der Kommunisten in Moskau werden könne.«

»Eine kleine Ergänzung«, wandte Felipe ein, »wenn du erlaubst, Carlos! In Deutschland und Italien waren gerade die Nazis und die Faschisten an die Macht gekommen, und viele rechtsgerichtete Spanier, darunter zahlreiche Militärs, blickten voller Neid auf diese Länder und wünschten sich ein ähnliches Schicksal für ihr Vaterland. Genauso wie es in Deutschland die Braunhemden und in Italien die Schwarzhemden gab, entstanden hier die Falange und damit die Blauhemden. Erinnert ihr euch an die Parteihymne *Cara al Sol – Gesicht zur Sonne?* Darin wird das *neue Hemd* ja erwähnt. Genau darum geht es.«

Carlos gab Felipe ein Zeichen, dass er weitersprechen solle.

»Die Kirche zitterte vor Angst, und die Katholiken befürchteten, nach einem Sieg der Linken entmachtet und enteignet zu werden. Deshalb waren sie bereit, jeden zu unterstützen, der ihnen Schutz versprach. Dabei darf nicht vergessen werden, dass die linken Regierungsparteien sich gegenseitig aufs Äußerste bekriegten. Die einen stellten den anderen ständig ein Bein. Das sorgte in der

Bevölkerung und noch mehr in der Armee für die Überzeugung, dass Spanien vor die Hunde ging.

Mehrere Generäle führten geheime Gespräche über die Zukunft des Vaterlandes. Der gescheiterte Staatsstreich durch General Sanjurjo, der sich nun im Exil befand, war noch nicht lange her. Alle wussten, dass die Sache, wenn sie es noch einmal wagen sollten, endgültig sein müsse. Mola war unter den Verschwörern so etwas wie der Chef, wobei auch Franco sich hervortat. Eigenartigerweise war Franco in dieser Zeit derjenige, der am heftigsten auf die Bremse trat, während die anderen es ziemlich eilig hatten. Über Monate war sich niemand sicher, ob im Fall einer Erhebung mit ihm zu rechnen war oder nicht.

Im März sechsunddreißig wurde Franco dann zum Militärkommandeur auf den Kanarischen Inseln ernannt. Bevor er sich in Richtung seines neuen Zieles aufmachte, traf er hier in Madrid mit anderen Generälen wie Mola, Varela, Fanjul und Orgaz zusammen. Diese Namen habt ihr sicher schon mal gehört, weil beinahe in allen Städten und Dörfern dieses gesegneten Landes Straßen nach diesen Männern benannt wurden und zum Teil heute noch so heißen. Nach diesem Treffen war allerdings noch nichts entschieden.«
Felipe fiel auf, dass er schon eine ganze Weile sprach, und errötete.
»Entschuldige, Carlos! Ich wollte dich nicht so lange unterbrechen.«

»Mach weiter, Junge! Du bist der geborene Lehrer, du machst das ganz wunderbar.«

Alle forderten Felipe mit Gesten und Worten zum Weitersprechen auf. Er nahm noch einen Schluck Orujo, und Helena zog ein Paket mit Keksen aus der Tasche und legte es auf den Tisch.

Felipe fühlte sich ermutigt und fuhr fort.

»Franco und seine Familie fuhren mit dem Schiff nach Las Palmas, wo sie von General Amado Balmes empfangen wurden, der damals Militärgouverneur auf der Insel und somit Francos Vorgesetzter war. Am nächsten Tag ging es weiter nach Teneriffa, wo Franco von Streikenden der Volksfront ausgebuht und *Schlächter von Asturien* genannt wurde. Es ist bekannt, dass Franco in jenem Frühjahr von der Regierung und den linken Parteien der Inseln genau überwacht wurde. Aus Furcht vor ihm fing man seine schriftlichen Nachrichten ab und hörte vermutlich auch sein Telefon ab. Es heißt, seine Anhänger hatten Angst, es könne ein Attentat auf ihn verübt werden. Also bewachten und beschützten ihn die Offiziere unter seinem Befehl rund um die Uhr.«

»Und nun kommt Goyo Guerrero ins Spiel, der dringend auf die Kanaren berufen wird, zuerst nach Teneriffa und später nach Las Palmas. Ich erkläre euch auch gleich den Grund dafür«, fügte Carlos hinzu.

»Tatsache ist, dass Franco ein Vieraugengespräch mit General Balmes führte«, setzte Felipe seinen Vortrag fort. »Vermutlich erzählte er ihm bei dieser Gelegenheit von dem geplanten Putsch und bat ihn um seine Unterstützung. Dem Gesicht nach zu urteilen, das Balmes laut Zeugenaussagen nach dem Gespräch machte, weigerte er sich. Wenige Monate später, zwei Tage vor dem Aufstand, hatte er beim Entladen einer Waffe einen tödlichen Unfall.«

Vonseiten der Zuhörer waren Pfiffe und unterdrückte Ausrufe zu hören.

»Es war eine Zeit, in der solche Unfälle von hohen Offizieren an der Tagesordnung waren«, schloss Felipe sarkastisch.

»Gut, meine Damen und Herren«, erklärte Carlos. »Dank Felipes Ausführungen sind wir nun bestens vorbereitet und können loslegen. Ich werde euch jetzt ein Kapitel aus Goyos Memoiren vorlesen. Macht es euch bequem!«

Schon am frühen Morgen war der Himmel klar und wolkenlos wie beinahe immer auf Teneriffa. Bis zum Mittag würde es sehr heiß werden, doch dann sollte, wenn alles wie geplant ablief, die Sache bereits vorbei sein.

Soweit ich mich erinnere, war ich nicht besonders nervös, wenn ich daran dachte, was ich wenig später tun sollte. Es war unvermeidlich, und nachdem ich mit Franco darüber gesprochen hatte, war ich davon überzeugt, dass es keinen anderen Ausweg gab. Balmes würde sich uns nicht anschließen. Das hatte das Gespräch ergeben, das die beiden im Mai in Las Palmas geführt hatten. Allerdings hegte Franco damals noch die Hoffnung, Balmes – wenn er sich auch nicht am Auf-

stand beteiligte – zumindest das Versprechen abringen zu können, dass die kanarischen Truppen sich nicht gegen uns wenden würden. Doch wie es schien, war Balmes hart geblieben und hatte Franco sogar verärgert, indem er ihm gegenüber in Bezug auf den Eid, den beide auf die Verteidigung der Republik geleistet hatten, von Untreue *gesprochen hatte.*

Ich hatte mich bereits Anfang Mai an meinem neuen Zielort eingefunden und in Las Palmas erfahren, dass ich auch als Waffenmeister tätig sein sollte. Noch hatte mich niemand darüber informiert, was von mir erwartet wurde. Wenn wir aber im Lauf unserer Offiziersausbildung an der Akademie in Saragossa unter dem leitenden Befehl von General Francisco Franco eines gelernt hatten, dann war das Disziplin. Und Disziplin bedeutete vor allem, auch Befehle auszuführen, die man nicht verstand oder sogar missbilligte. Denn darin zeigt sich die Ehrfurcht vor der Hierarchie. Darin besteht die Ehre eines Soldaten.

Allerdings muss ich dabei zur Entlastung meines Generals in jedem Fall erwähnen, dass der Auftrag, den er mir erteilte, kein Befehl war. Ich hätte mich also weigern können, ihn auszuführen. Dass ich es nicht getan habe, lag nicht daran, dass ich Angst vor möglichen Repressalien gehabt hätte. Vielmehr war mir als Patriot, Soldat und durchaus intelligentem Menschen – man verzeihe mir diese Unbescheidenheit – völlig bewusst, dass die Beseitigung der Gefahr, die Balmes' Existenz bei der Durchführung unserer Pläne darstellte, unabdingbar war. Es war eine Kriegshandlung, obwohl der Krieg offiziell erst zwei Tage später begann.

Meinen Auftrag erhielt ich von Franco persönlich in einer möglichst inoffiziellen Umgebung, nämlich auf dem Golfplatz.

Ich und einige andere kürzlich auf den Kanaren eingetroffene Offiziere wurden zu einem gesellschaftlichen Ereignis auf Teneriffa eingeladen. Dabei handelte es sich um die Hochzeit Hauptmann Varelas, mit dem ich gemeinsam auf der Militärakademie gewesen war und den ich seitdem aus den Augen verloren hatte. Die Teilnahme an der Feierlichkeit wurde uns gestattet, sodass wir am 25. Mai in Richtung der Nachbarinsel aufbrachen. Am Tag nach der Hochzeit bestellte Franco mich zu sich, um mich persönlich zu begrüßen, und wir gin-

gen zusammen zum Golfspielen, einem Sport, den ich bis dahin noch nie ausgeübt hatte.

Nachdem ich meinen Befehl erhalten hatte, brachte ich das Problem meiner eigenen Hochzeit zur Sprache, die am 14. Juni in Valencia stattfinden sollte. Franco beruhigte mich jedoch damit, dass sich der geeignete Zeitpunkt, meinen Auftrag auszuführen, wohl erst Mitte des Sommers bieten werde.

Von da an bestand meine einzige Aufgabe darin, auf den richtigen Zeitpunkt zu warten und zu entscheiden, wie ich meinen Auftrag in die Tat umsetzen konnte.

Am 16. Juli wollte General Balmes das Kanonenboot Canalejas *besuchen, das im Hafen von Las Palmas lag. Außerdem hatte er seinem Adjutanten mitgeteilt, dass er anschließend auf dem Schießfeld der Kaserne der Militäringenieure einige Pistolen testen wolle. Das hätte er mir mitteilen müssen, weil es in meinen Zuständigkeitsbereich fiel, doch trotz meiner diversen Vorsichtsmaßnahmen vertraute er mir offensichtlich nicht. In den Kasernen kursierten zahlreiche Gerüchte, und sicher hatte ihm jemand erzählt, dass ich einer von Francos Männern war.*

In jedem Fall kamen mir Balmes' Pläne sehr entgegen. Bevor er auf dem Schießfeld anlangte, war ich bereits mit einer Auswahl an Waffen dort, die ich ihm neben jenen, die er selbst mitbrachte, für seine Schießübungen zur Verfügung stellen wollte.

Ich bin sicher, dass ich nicht der Einzige war, den Franco in den Plan eingeweiht hatte, obwohl mir niemand bekannt war beziehungsweise sich mir niemand zu erkennen gab, der mich unterstützen sollte. Meine Überzeugung rührt daher, dass Balmes an jenem Tag, wie um es mir leichter zu machen, weder von seinem Adjutanten noch von seinem Stabschef begleitet wurde, wie es üblich gewesen wäre.

Vielleicht war der Grund dafür aber auch, dass Balmes selbst andere Pläne hatte und sich mit jemandem treffen wollte, den seine engsten Vertrauten nicht sehen durften.

Jedenfalls kam er allein mit seinem Chauffeur, der im Auto blieb und Zeitung las, während der General mit dem Ausprobieren der Waffen begann.

Es war ganz einfach. Nachdem er die ersten Schüsse abgegeben hatte, musste ich nur mit der Astra Kaliber 9 mm in der Hand auf ihn zugehen und ihm aus nächster Nähe in den Bauch schießen, genau in dem Winkel zwischen Bauch und Leiste, was beinahe immer eine heftige Blutung verursacht sowie einen schnellen, wenn auch schmerzhaften Tod. Franco hatte mir zu verstehen gegeben, dass ich Balmes wenn möglich ein wenig Zeit geben sollte, sich bewusst zu werden, dass er uns besser unterstützt hätte. Deshalb hatte ich diesen Ort ausgewählt. Und aus Gründen, die man als poetische Gerechtigkeit bezeichnen könnte und die hier nichts zur Sache tun.

Ich ließ die Waffe zu seinen Füßen fallen und beugte mich sofort über ihn, laut um Hilfe rufend. Ich behauptete, dass der General einen Unfall gehabt habe, dass seine Waffe eine Ladehemmung gehabt und er versucht habe, diese zu beheben, während ich meine Hände auf die Wunde presste. Das Ganze war völliger Blödsinn. Als ich den Gesichtsausdruck derjenigen sah, die ihm zu Hilfe kamen, merkte ich jedoch gleich, dass ich damit Erfolg hatte. Denn sie gehörten zu uns. Und daher schluckten sie meine Version des Geschehens, ohne irgendwelche Fragen zu stellen.

Wir legten Balmes in den Wagen, während er blutete wie ein abgestochenes Schwein und irgendwelche unzusammenhängenden Worte vor sich hin murmelte, von denen ich nur Julia verstand – das war der Name seiner Frau. Dann wurde er so schnell wie möglich zur Unfallstation gebracht, sodass mir genügend Zeit blieb, umsichtig die Waffen einzusammeln – schließlich war dies meine Pflicht – und eine von ihnen auszusondern, die ich später wenn nötig dem Untersuchungsrichter vorlegen konnte.

Wenige Stunden später war Balmes tot.

Die Beerdigung fand am nächsten Tag statt, dem 17. Juli, unter Teilnahme Francos, der dafür eigens nach Las Palmas gekommen war, wo ihn die Dragon Rapide *erwartete, mit der er am 18. Juli nach Tetuán fliegen sollte. Der Rest ist Geschichte.*

Es liegt nicht in meiner Absicht, mögliche Leser um Verzeihung zu bitten. Denn ich bereue meine Tat nicht, und wenn ich in jene Zeiten zurückkehren könnte, als ich vom Idealismus geleitet wurde, würde ich genauso handeln wie damals. Ich war davon überzeugt, es für mein Vaterland zu tun. Allerdings erscheint es mir in der jetzigen Zeit angeraten, dass das Geschehene ans Licht kommt. Damit es keine Lügen mehr gibt.

Kurz bevor die Ereignisse begannen, die man später als Kreuzzug *oder* glorreiche nationale Erhebung *bezeichnen würde, ordnete General Franco den Mord an einem Kameraden an. Jeder Soldat tötet, wenn es sein muss. Ein Soldat ist ein moderner Krieger, und das Leben eines Kriegers ist der Tod anderer. Doch der Tod von General Balmes war Mord. Den ich begangen habe, das streite ich nicht ab, der jedoch von oben geplant wurde, wobei ich mich inzwischen frage, ob es dafür noch andere, weniger altruistische Gründe als die Rettung Spaniens gab.*

Jetzt, in meinen letzten Jahren, ist mir bewusst geworden, dass dies nicht die Art und Weise ist, wie man einen Kampf gewinnen sollte. Und weil es das Letzte ist, was ich in meinem Leben gelernt habe, möchte ich es niederschreiben. Disziplin ist wichtig, aber sie sollte keinen Soldaten dazu zwingen, gegen sein Gewissen zu handeln.

Damals war ich der Meinung, dass das Leben eines einzelnen Menschen ein angemessener Preis ist, um das Vaterland zu retten. Jetzt sehe ich das anders. Nun, da Spanien nach Francos Tod abermals ins Chaos abzugleiten droht, weiß ich, wie wichtig es ist, einer legal gebildeten Regierung die Treue zu halten. Die wieder eingesetzte Monarchie muss verteidigt werden. Nur wenn der König es anordnet, werden wir wieder kämpfen. Obwohl ich inzwischen ein alter Mann bin, stehe ich Seiner Majestät dafür zur Verfügung.

Carlos legte die maschinenbeschriebenen Blätter auf den Tisch, stand auf, um sich ein Glas Wasser einzuschenken, und setzte sich wieder.

»Die Lektorin, die das Buchprojekt abgelehnt hat, hatte vollkommen recht«, sagte Chavi. »Dem Text fehlt es an Tempo, das Ganze ist viel zu trocken erzählt. Im Grunde bleibt der Leser vom Text unbeeindruckt, weil er sich nicht mit dem Erzähler identifiziert.«

»Ich bleibe ganz und gar nicht unbeeindruckt«, seufzte Helena und fuhr sich mit beiden Händen durchs Haar.

»Weil er dein Vater war.«

»Ein Mörder. Mein Vater war ein Mörder. Er hat ihn kaltblütig umgebracht, einfach so. Weil Balmes sich nicht an dem Putsch beteiligen wollte.«

»Er wollte damit Spanien retten«, sagte Carlos leise und nahm ihre Hand.

»Er hatte erst kurz zuvor meine Mutter geheiratet, um Gottes willen! War gerade von der Hochzeitsreise zurückgekehrt«, meinte Helena kopfschüttelnd. Sie stand auf, sah die auf der Sitzbank in der Küche ausgebreiteten Fotos und Dokumente durch und kam mit dem Hochzeitsfoto ihrer Eltern zurück, auf dem auch Pilar und Vicente zu sehen waren. Goyo hatte sein typisches triumphierendes Lächeln auf den Lippen. Blanca konnte nicht ahnen, mit welchen Plänen ihr frisch angetrauter Ehemann befasst war. Sie wusste nicht, dass der gut aussehende junge Offizier nur einen Monat später kaltblütig einen Vorgesetzten ermorden würde, um damit den Weg zu einem Militärputsch frei zu machen und einen Bürgerkrieg auszulösen, der drei Jahre dauern sollte.

Felipe hatte die Seiten an sich genommen und las sie noch einmal durch.

»Das ist beeindruckendes Material, Helena. Wenn ihr euch entschieden habt, was ihr damit anfangen wollt … Falls ihr es nicht gebrauchen könnt, würde ich es gern veröffentlichen.«

»Ihr Akademiker seid allesamt Aasgeier«, zeterte Almudena und zauste ihm das Haar.

»Das schlägt wie eine Bombe ein! Ihr denkt noch darüber nach, ja?«

Carlos nickte. Er konnte den Enthusiasmus des jungen Mannes gut verstehen. Für Helena war es etwas Persönliches, ein Teil ihrer Familiengeschichte. Für ihn war es eine Möglichkeit, sich beruflich einen Namen zu machen.

Ein Handy klingelte nachdrücklich.

»Großmutter, wir müssen los!«

Die beiden Frauen erhoben sich, während die Männer am Tisch sitzen blieben und sich in ein Gespräch über das gerade Gehörte vertieften.

»Gehen wir zu Fuß?«, fragte Almudena.

Helena sah sie nur ausdruckslos an, und die beiden Frauen machten sich schweigend auf den Weg. Almudena versuchte sich vorzustellen, etwas ähnlich Dramatisches über ihren Vater Álvaro erfahren zu haben. Da es sich in diesem Fall jedoch um ihren Urgroßvater handelte, ließ sie die Geschichte relativ kalt. Schließlich hatte sie ihn nie kennengelernt und nur hin und wieder ein Foto von ihm gesehen. Sie hatte immer gewusst, dass Goyo ein überzeugter Franquist gewesen war, wäre allerdings nie auf den Gedanken gekommen, Recherchen über ihn anzustellen. Zumindest konnte sie verstehen, dass Helena aufgewühlt war.

»Hast du nichts davon geahnt?«, fragte sie in der Hoffnung, Helenas Schweigen brechen zu können.

»Wie sollte ich? Er war ein guter Vater, der sich stets um unsere Gesundheit, unsere Erziehung und wirklich alles kümmerte, was die Familie betraf. Ein großartiger Vater, im Ernst. Wir Schwestern wussten aber auch, dass er jeden umgebracht hätte, der uns Schaden zufügen wollte. Oje! Das ist nicht gerade witzig, wenn ich das so sage, stimmt's?« Schon wollte Helena ihrer Enkelin erzählen, dass Goyo tatsächlich eigenhändig den Mann getötet hatte, der seiner Meinung nach seine Tochter Alicia vergewaltigt und ermordet hatte. Doch dann entschied sie sich dagegen. Dass die junge Frau vom Mord an General Balmes erfahren hatte, reichte vorerst. »Daher steht mir gerade nicht der Sinn nach der Anprobe eines Kleides und harmlosem Geplauder.«

»Das verstehe ich, aber du wirst sehen – deine Laune bessert sich gleich, wenn du das Kleid anziehst. Es ist wundervoll!«

Sie lächelten sich an, und Helena bemühte sich nach Kräften, ihre trüben Gedanken zu verscheuchen. Sie musste sich jetzt mit angenehmeren Themen beschäftigen.

Paloma empfing sie so herzlich wie immer, wirkte jedoch leicht ungeduldig, was sie kurz darauf erklärte.

»Entschuldigt bitte! Aber ich muss gleich an einer vorverlegten Sitzung teilnehmen, die sehr wichtig für mich ist. Deshalb kann ich nicht lange bei euch bleiben, doch keine Sorge! Ich habe vollstes Vertrauen in meine Mitarbeiterinnen.«

Mithilfe einer der Schneiderinnen zog Helena das Kleid an, und Paloma ging einige Male um sie herum, während Helena sich in den Spiegeln betrachtete, die rings um das Ankleidepodest angebracht waren. Das Kleid war wirklich wunderschön und saß wie angegossen. Außerdem wirkte sie darin jünger und irgendwie geheimnisvoll.

»Perfekt«, urteilte Paloma nach wenigen Minuten. »Im Grunde muss nichts mehr geändert werden. Vielleicht ... höchstens ...« Sie trat näher, nahm ein winziges Stück Stoff zwischen die Finger und brachte es wenige Millimeter weiter rechts an. »Was meinst du, Paqui?«

Die Angesprochene nickte und steckte den Stoff mit einer der vielen Stecknadeln fest, die sie zwischen den Lippen hielt.

»So, das wär's. Und nun muss ich euch leider verlassen.«

»Und wann bezahle ich das Kleid?«

»Wenn du es abholst. Wie wäre es morgen?«

»Am Nachmittag hätte ich Zeit.«

»Also abgemacht. Nach fünf Uhr jederzeit. Vorher bin ich nicht im Haus.«

»Paloma, könnte ich in deinem Büro kurz einen Anruf tätigen?« Mit einem Blick gab sie Paloma zu verstehen, dass sie nicht mehr dazu sagen wollte, ihr aber später, wenn sie unter sich wären, alles erklären würde.

»Sicher, meine Liebe, nur zu!« Sie verabschiedeten sich mit einem Wangenkuss. »Wir sehen uns morgen ... und dann natürlich am Samstag! Am großen Tag!«

Almudenas Blick leuchtete auf.

»Ich bin gleich zurück!«, rief Helena, zog sich wieder an und ging zum Büro hinüber, das hinter dem Anprobezimmer lag.

Sie trat ein, machte das Licht an und wandte sich nach rechts zu dem Regal, das Carlos ihr beschrieben hatte. Tatsächlich stand dort das von ihm erwähnte Foto: eine Gruppe junger Leute um die fünfundzwanzig, die offenbar paarweise zusammengehörten, abgesehen von einer jungen Frau, die sicher die Freundin des Fotografen war. Und die Dritte von links war eindeutig Alicia mit ihrem maliziösen Lächeln. Hinter ihr stand, die Hände auf ihre Schultern gelegt, ein junger Mann mit dunklem Haar, der etwas älter zu sein schien als sie und mit seiner Brille ziemlich intellektuell aussah. Ein Mann, der nicht Jean Paul war, wie Carlos bereits festgestellt hatte.

Aber auch nicht Michael.

Was für ein Leben hatte ihre Schwester geführt? Ob es noch mehr Geheimnisse zu entdecken gab?

Auf jeden Fall würde sie am nächsten Tag Paloma fragen und sicher erfahren, wer der Mann mit der Brille war, auch wenn sie vielleicht nicht mehr wusste.

Nachdem Helena und Almudena das Modeatelier verlassen hatten, trennten sich ihre Wege. Helena kehrte in die Wohnung zurück und hing ihren schweren Gedanken nach, die sich, wie sie ironisch feststellte, zur Abwechslung einmal mit ihrer Schwester beschäftigten. Siebenundvierzig Jahre war Alicia nun schon tot, und es war Helena noch immer nicht gelungen, sich von ihrem Schatten zu befreien. Aber, so schwor sie sich, nun sollte endlich Ruhe einkehren!

Was für eine Frau war ihre Schwester gewesen? Sie hatte sich eingebildet, alles über sie zu wissen, zumindest fast alles, und nun fand sie heraus, dass Alicias Leben ungeahnte Geheimnisse barg. Dagegen glich sie selbst einem offenen Buch, denn lediglich ihre Beziehung zu Jean Paul hatte sie allen verheimlicht.

Und ihr Vater hatte noch viel mehr geheim gehalten. Was war wohl mit ihrer Mutter? Ob sie auch eine Schuld auf sich geladen und nichts davon erzählt hatte?

Kaum hatte Helena den Schlüssel ins Schloss gesteckt, hörte sie Carlos' Stimme aus dem Wohnzimmer.

»Das musst du dir ansehen, Schatz!«

»Nein, Carlos, bitte hab Gnade! Ich kann kein Papier mehr sehen.«

»Es ist kein Papier. Es gehört zu deinem Spezialgebiet. Ein Bild. Ich habe es, umsichtig in Packpapier eingeschlagen, in einer der Kisten gefunden.«

»Lass sehen!« Helena betrachtete das kleine Gemälde, das in ihr eine Welle an Gefühlen auslöste, und wieder wurde sie von der Vergangenheit überrollt.

»Nicht schlecht, oder?«, stichelte Carlos. »Kein einziger Schatten. Nur strahlender Sonnenschein. Etwas zwischen Plakatkunst und Expressionismus, wenn ich mich nicht irre. Du bist sehr hübsch darauf.«

»Da war ich zweiundzwanzig Jahre alt.«

»Und hast schon gemalt.«

»Nicht viel, wie du siehst. *Selbstporträt mit Schwimmbad.*«

»Also, ich finde es zauberhaft. Die Sonnenbrille, der rote Bikini …«

»Es war eine Idee von John, *the boss,* dem Amerikaner. Er wollte unbedingt ein Foto im *Playboy*-Stil von mir machen, wenn auch etwas zurückhaltender, und hat einfach nicht nachgegeben. Er sah gut aus, aber ehrlich gesagt war er ziemlich schleimig. Er fand es überhaupt nicht witzig, dass ich genau dieses Bild gemalt habe und er es dann nicht bekam.«

»Darf ich es behalten?«

»Wozu?«

»Ich besitze kein Selbstporträt von dir, und außerdem dürfte ein signiertes Werk von Helena Guerrero aus der Zeit vor ihrer Schattenperiode ein Vermögen wert sein. Findest du nicht, dass ich es für meine Detektivarbeit verdient habe?«

»Es ist eine Ewigkeit her, seit ich es zuletzt gesehen habe, und ich bin völlig verblüfft. Wie ist es möglich, dass Mama es hatte, obwohl ich es damals doch Jean Paul geschenkt habe?«

»Frag ihn doch, wenn du ihn das nächste Mal siehst! Wirst du ihn morgen besuchen?«

Es gefiel ihr, dass er seine Frage im Singular gestellt hatte und nicht voraussetzte, dass er sie begleiten würde.

»Ja, ich denke schon. Jean Paul wartet sicher ungeduldig auf meinen Bericht über La Mora.«

»Wirst du ihm verraten, was wir entdeckt haben?«

»Das mit Michael? Nein. Wozu? Es hat keinen Sinn, ihm in seinem Zustand noch weitere Schmerzen zuzufügen. Wie schrecklich für ihn, wenn er plötzlich erführe, dass seine Frau ihn damals wegen eines anderen Mannes verlassen wollte!«

Sie schüttelte den Kopf.

»Du hast recht. Und du kannst deine Schuhe gleich anbehalten. Ich lade dich zum Essen ein.«

»Hast du ihm den Gefallen getan, um den er dich gebeten hat?«

»Jean Paul? Natürlich. Was hältst du für heute von mexikanischer Küche?«

»Du wirst es mir nicht sagen, stimmt's?«

»Nein«, sagte er lächelnd. »Sei nicht so neugierig! Du wirst es schon noch erfahren.«

Diesmal klopfte sie an. Nachdem sie jedoch allein kam, hätte Yannick sicher nichts dagegen gehabt, wenn sie einfach eingetreten wäre. Allerdings war auf ihr Klopfen hin nichts zu hören. Sie wartete einige Sekunden lang und öffnete dann vorsichtig die Tür.

Die Jalousie war heruntergelassen, und es dauerte eine Weile, bis sich ihre Augen an das Halbdunkel gewöhnt hatten. Jean Paul, der nur noch aus Haut und Knochen bestand, schlief mit halb offenem Mund. Aus seiner Kehle drang ein seltsames gurgelndes Geräusch, so als wäre er im Begriff zu ertrinken.

Sie betrachtete ihn eine Weile und wusste nicht, ob sie sich setzen und darauf warten sollte, bis er aufwachte. Oder sollte sie gehen und ein andermal wiederkommen?

Das Eintreten einer Krankenschwester, die mit berufsbedingter Entschiedenheit durch die Tür stürmte, nahm ihr die Entscheidung ab. Erschrocken öffnete Yannick die Augen, sah sie, und für einen Moment nahm sein Gesicht einen ängstlichen Ausdruck an.

»Ich bin es, Yannick. Helena. Wenn du möchtest, warte ich draußen.«

»Ja«, entgegnete die Krankenschwester, ohne sich umzudrehen, während sie sich an dem Tropfschlauch zu schaffen machte. »Bitte seien Sie so nett und verlassen Sie kurz das Zimmer!«

Helena folgte der Aufforderung, und als sie wieder auf dem Flur stand, wäre sie am liebsten gegangen. Schließlich war dies nur ein Höflichkeitsbesuch, da sie ihrem Schwager nichts Bestimmtes zu sagen hatte. Und sicher wollte er auch nicht, dass sie ihn so sah. Mit Sicherheit wollte niemand in diesem Zustand gesehen werden, nicht einmal dann, wenn es sich um einen geliebten Menschen handelte – vor allem dann, wenn es sich um einen geliebten Menschen handelte. Voller Wehmut dachte Helena an den jungen Mann, der Jean Paul einmal gewesen war. Wie hatten ihn seine Models angehimmelt – ja, eigentlich alle Frauen, die ihm begegnet waren!

»Sie können wieder eintreten«, sagte die Krankenschwester, als sie aus dem Zimmer kam. »Aber bitte bleiben Sie nicht zu lange! Er sollte sich nicht zu sehr anstrengen. Er ist sehr erschöpft.«

Helena nickte und ging wieder ins Zimmer, in dem es jetzt heller war. Durch das Fenster war die Krone einer Palme zu sehen, die sich wie eine karibische Tänzerin im Wind bog. Sie zog sich einen Stuhl ans Bett.

»Hast du es dir angesehen?«, fragte Jean Paul. Seiner rauen Stimme war anzumerken, dass er nicht mehr viel sprach.

»Was?«

»La Mora«, flüsterte er.

»Es ist ein Juwel, Yannick. Schöner denn je.«

»Das neue Schwimmbad.«

»Wunderbar.«

Er schenkte ihr ein bleiches Lächeln.

»Ich wusste, dass es dir gefällt. Wie schade, dass wir nie gemeinsam nachts im Mondschein dort schwimmen werden!«

»Du warst immer ein Romantiker, Yannick!«

»Ja.« Mit großer Anstrengung richtete er sich ein wenig auf. »Manchmal bin ich in dein Zimmer gegangen und habe mich dort ins Bett gelegt. Nicht oft, damit es nicht zur Gewohnheit wurde. Und nur dann, wenn ich allein war.«

Sie wusste nicht, was sie darauf antworten sollte. Nach wie vor konnte sie nicht nachvollziehen, warum er nicht nach ihr gesucht hatte, wenn sie ihm so wichtig war. Oder warum er sie nicht einfach vergessen hatte, so wie sie es ihrerseits getan hatte. Niemals hatte sie an die dritte Möglichkeit gedacht, die er offenbar gewählt hatte – nicht zuzulassen, dass die Wunde sich schloss. Unnötig zu leiden.

»Soll ich dir etwas sagen, Helena? Als ich wusste, dass ich diese Krankheit nicht überlebe, dachte ich wieder an die Vergangenheit.«

Er bekam einen Lachanfall, der wie ein mürbes Husten klang. »Gut, ich habe immer an die Vergangenheit gedacht, du hast recht«, fügte er hinzu, obwohl sie gar nichts gesagt hatte. »Ich habe mich gefragt, ob du das alles hinter dir gelassen hast, ob das Vergangene für dich keine Bedeutung mehr hat. Auf deinen Bildern sind immer noch Schatten zu sehen. Aber das könnte inzwischen auch ein simpler Tick sein, ein Markenzeichen, das sich vor allem an die Sammler und die Museen richtet und dir selbst kein Bedürfnis mehr ist.«

Er machte eine Pause, schloss die Augen und konzentrierte sich darauf, wieder zu Atem zu kommen.

»Und dann habe ich im Internet das Interview aus New York entdeckt. Weißt du, welches ich meine?«

Sie nickte.

»Darin habe ich gelesen, dass dir das Vergangene nach wie vor etwas bedeutet, dass du noch immer auf der Suche nach Antworten bist. Ich werde dich nicht belügen – ich habe mich gefreut, so viel über dich zu erfahren. Deshalb habe ich beschlossen, dir etwas zu erzählen, wovon bisher nur dein Vater und ich wussten. Da er nicht mehr lebt, also nur noch ich. Und wenn ich demnächst sterbe, dann nur noch du. Möchtest du es erfahren?«

Helena musterte ihn nachdenklich. Nein. Ja. Beide Antworten sprachen ihr aus dem Herzen, doch sie hatte sich noch nicht vernehmlich geäußert. Jean Paul schob die Hand unter das Kissen, und als er sie wieder hervorzog, hielt er einen Umschlag zwischen den Fingern.

»Für den Fall, dass ich es nicht mehr schaffe, dir alles mündlich mitzuteilen. Hier habe ich es aufgeschrieben. Die Schwestern wissen, dass der Umschlag für dich bestimmt ist, sollte er nach meinem Tod noch hier liegen. Möchtest du ihn haben?«

»Steht darin, wer Alicia getötet hat?«

»Ja.«

Sie streckte die Hand nach dem Umschlag aus, und Yannick gab ihn ihr.

»Lies es jetzt, falls du danach noch eine Frage hast! Dann kannst du ihn mitnehmen, aufbewahren, verbrennen … was immer du willst. Er gehört dir.«

Meine schöne Helena, teure Schwägerin, meine Liebste,
ich habe beschlossen, Dir dies als Erbe zu hinterlassen. Wenn alles nach meinen Wünschen ausgeht, liest Du diese Zeilen nach Deiner Rückkehr aus Marokko in meiner Gegenwart – in Gegenwart jener Vogelscheuche, zu der ich geworden bin.

Was Du nun erfahren wirst, hat mir Dein Vater erzählt, als er eines Nachmittags im Frühjahr 1979 überraschend in La Mora auftauchte. Wir hatten uns sehr lange nicht gesehen, allerdings hin und wieder geschrieben. Als er plötzlich vor der Tür stand, erschrak ich zugegebenermaßen fast zu Tode. Er war noch immer kräftig und schlank, sogar muskulös, doch sein Schnurrbart war weiß geworden, er hatte dunkle Ringe unter den Augen, und in seinem Blick glomm ein Anflug von Wahnsinn, den ich vorher noch nie bei ihm beobachtet hatte. Er wirkte wie ein Mensch aus Stahl, doch er lächelte mich voller Zuneigung an, erfreut, beinahe mit väterlicher Milde.

Ich komme gleich zur Sache. Während wir auf der Terrasse saßen und einen Pfefferminztee tranken, sagte er mir ohne Umschweife, dass er wisse, wer Alicia umgebracht habe. Er habe jahrelang recherchiert und sei letztendlich zu einem eindeutigen Schluss gekommen.

Alicias Mörder war John Fleming, der amerikanische Fotograf, erinnerst Du Dich? Einer der drei Hippies, die Du in den Vereinigten Staaten kennengelernt hast und die Dich in Marokko besucht haben. The boss. *Der, der von Euch diese Fotos am Pool machen wollte und den ich – dämlich, wie ich bin – später als Fotograf für mehrere meiner Kollektionen engagiert habe. Der Typ ist sogar noch mehrfach im Sommer in La Mora gewesen, für zwei oder drei Tage, um mich zu trösten und mir Gesellschaft zu leisten, wie er sagte.*

Goyo erzählte mir, er sei nach Rabat gekommen, um mit der Polizei zu reden, damit die Ermittlungen in dem Fall wieder aufgenommen würden. Er glaubte, genügend Beweise zu haben, dass sich der Versuch lohne, um Interpol einzuschalten. Am Morgen desselben Tages hatte er mit dem Kommissar gesprochen, doch bevor er die Sache darlegen und die gesammelten Fakten vorstellen konnte, hatte ihm Suads Ehemann Karim, der zu jener Zeit zum Unterkommissar aufgestiegen war, Folgendes erzählt. Zwei Tage vorher hatte man in einem Hotel in der Stadt die Leiche eines Amerikaners gefunden, dessen Pass auf den Namen John Fleming ausgestellt war. Er war an einer Überdosis Heroin gestorben und hatte nur wenig Geld bei sich.

Goyo war die Erleichterung anzumerken, auch wenn sich in seinem Blick eine gewisse Enttäuschung zeigte. Ich glaube, er hätte Fleming lieber im Gefängnis gesehen, rechtmäßig zum Tode verurteilt. Er war einer jener echten Männer, die bei einer Hinrichtung zugesehen hätten, ohne mit der Wimper zu zucken.

»Nun ist Alicia zumindest gerächt. Sein Blut für ihr Blut«, sagte er mir.

So hatte ich Goyo noch nie reden hören. Er schien aus einer Tragödie von Shakespeare oder Calderón zu zitieren.

»Die Polizisten fragten mich, ob ich den Toten identifizieren könne. Ich erwähnte, dass du ihn auch gekannt hast, sogar fast mit ihm befreundet warst. Also könne die Identifizierung sehr unangenehm für dich sein. Aber wenn du die Sache übernehmen willst, habe ich natürlich nichts dagegen.«

Wie du dir vorstellen kannst, hat Goyo den Toten schließlich identifiziert. Ich habe mich am nächsten Tag richtig krank gefühlt und bin im Bett geblieben. Zumindest soweit ich mich noch erinnere.

Tage später, als es mir wieder besser ging, haben wir überlegt, wie man den Garten verschönern könnte, und dabei kamen wir darauf, das Schwimmbad zu renovieren. Du weißt ja, dass dein Vater und ich den Garten immer sehr geliebt haben. Das neue Schwimmbad mit den weißen Rosen und dem tiefgründigen grünen Wasser, das sich in einen Teich in einem Zauberwald verwandelt, der zum Dornröschenschloss führt ... es sollte eine Hommage an Mutter und Tochter sein, an Blanca und Alicia, kurioserweise an die beiden Frauen, die das Schwimmbad niemals zu Gesicht bekommen sollten.

Du hast es ja nun gesehen. Hast Du dort wenigstens für einen Augenblick Alicias Atem gespürt? Hast Du Dich an Deine verstorbene Mutter erinnert? Bald werde ich auch dort sein, bei ihnen. Dann bist Du diejenige, die sich um unsere Geister kümmert.

Ein Trost bleibt mir – dass ich beim Verjagen der Schatten helfen konnte, Helena. Möge Deine Zukunft von nun an von dem Licht Marokkos erfüllt sein, das wir beide so geliebt haben!

Mit all meiner Liebe und der Sehnsucht danach, was hätte sein können,

Dein

Yannick

Sie hob den Blick von dem Brief und schloss die Augen. Der Verdacht ihres Vaters stimmte mit den Fakten überein, die Carlos und sie herausgefunden hatten. Nach siebenundvierzig Jahren war das Rätsel endlich gelöst. John Fleming hatte die Fahne freier Liebe vor sich hergetragen und Frauen wie Wegwerftücher benutzt. Bei Alicia aber war er auf Widerstand gestoßen – sie hatte für kein einziges seiner Fotos posieren wollen. Helena erinnerte sich genau, wie der Amerikaner sie an jenen langen Sommernachmittagen angesehen hatte. Mit der Kamera vor dem Auge hatte er durch das Teleobjektiv die jungen Frauen beobachtet, die sich gesonnt oder im Schatten geruht hatten. Nie war sie sich sicher gewesen, ob er wirklich fotografiert oder lediglich ihre Körper von oben bis unten betrachtet hatte. Inzwischen verstand sie auch, was es mit der Vergewaltigung auf sich hatte. Das musste der Hauptgrund für den Überfall gewesen sein, und als Alicia sich wehrte, hatte er sie getötet. Er hatte ihr das Armband abgenommen, damit die Polizei von einem Raubmord ausging. Dann hatte er ihre Leiche aus dem Fenster geworfen und sich vom Tatort entfernt, diskret als gut situierter Tourist mit der Kamera um den Hals getarnt. Später, in La Mora, war ihm bewusst geworden, dass das Armband ein allzu gefährlicher Besitz war, und er hatte es am Haus versteckt, um es sich beim nächsten Aufenthalt zurückzuholen. Doch warum hatte er das nicht getan? Das würden sie wahrscheinlich nie erfahren.

Nun hatte sie die Befriedigung, dass endlich alles vorbei war, dass der Amerikaner schon seit vielen Jahren tot war und ihr Vater in diesem Fall nichts damit zu tun hatte. Es war ein beruhigendes Gefühl, dass der Mörder ihrer Schwester nicht einfach so davongekommen war.

Alicia würde nicht zurückkehren, aber wenigstens war der Mörder bestraft worden.

Sie sah zu ihrem Schwager hinüber und lächelte.

»Danke, Yannick, vielen Dank.«

Helena ging, so schnell es die Menschenmassen auf dem Gehsteig zuließen, die Gran Vía entlang. Sie hatte den Tagesablauf der Spanier nicht mehr so genau im Kopf, konnte sich jedoch des Gefühls nicht erwehren, dass am frühen Abend um sechs Uhr jeder den Ort verließ, an dem er sich gerade befand, und auf die Straße hinaustrat. Dabei wollte sie nur so schnell wie möglich Palomas Atelier erreichen, ohne dauernd gegen irgendwelche Passanten zu stoßen. Außerdem wollte sie herausbekommen, wer der Mann auf dem Foto in Palomas Büro war, der die Hände auf Alicias Schultern gelegt hatte, wie es Carlos aufgefallen war.

Sie würde Paloma nicht offen nach ihrer Schwester fragen. Denn seit ihrem ersten Gespräch stand fest, dass Paloma entweder nicht mehr wusste, dass sie Alicia einmal gekannt hatte, oder keine Ahnung hatte, dass sie die zweite Teilhaberin von *Alice&Laroche* gewesen war. Vielleicht sollte Helena aus unerfindlichen Gründen auch nichts von der Freundschaft zwischen Paloma und Alicia erfahren. Es war schon seltsam, dass Paloma Alicias lächelndes Gesicht jeden Tag in ihrem Büro vor Augen hatte und behauptete, ihre Schwester nicht gekannt zu haben. Wobei es natürlich möglich war, dass Alicia damals ein Doppelleben geführt hatte, so wie sie selbst und ihr Schwager es getan hatten. Möglicherweise hatte ihre Schwester sich dafür auch einen anderen Namen und einen anderen Beruf zugelegt. Oder, wenn man Yannick, Michael und den Mann auf dem Foto zusammenzählte, sogar eine dreifache Existenz! Unglaublich!

Es war unfassbar, sich ihre Schwester als Femme fatale und ihren Vater als Spion und Mörder vorzustellen. Ob das der Grund dafür war, dass in dem Brief ihrer Mutter von Schuld und Sünde die Rede war? Weil sie über gewisse Kenntnisse verfügte, auf die sie nicht eingehen wollte?

Während der Familienaufstellung war die Schuld allgegenwärtig gewesen, eine Figur wie die anderen. Wenn sie sich richtig erinnerte, hatte die Schuld sich fast immer in Blancas Nähe aufgehalten, um sich dann Jean Paul und ihr selbst zuzuwenden. Alicia und ihrem Vater hatte sie sich jedoch nie angenähert.

Ihr Vater. Immer wieder musste sie an ihn denken. Was sie über ihn herausgefunden hatte, ging ihr nicht aus dem Kopf, und sie konnte es nicht fassen. Goyo Guerrero mit seinem natürlichen Stilgefühl, seiner Eleganz, seinem Händchen für Geschäfte, seinem Geschick im Umgang mit anderen Menschen hatte sich auf einmal als Mitglied des franquistischen Heeres, als Mörder und notorischer Lügner erwiesen. Wenn er wirklich ein Spion gewesen war, konnte sie ihn natürlich nicht einfach einen Lügner nennen wie einen Mann, der seine Frau betrog oder seinen Kindern etwas verheimlichte. Im Geheimdienst war das Lügen schließlich berufsbedingt an der Tagesordnung. Ob Blanca etwas gewusst hatte?

Von so vielem in ihrer unmittelbaren Umgebung hatte sie nie etwas geahnt. So vieles hatte sie einfach so hingenommen, ohne sich in all den Jahren auch nur einmal näher damit zu beschäftigen. Nie hatte sie sich gefragt, woher das Geld stammte, das ihrer Familie immer in Hülle und Fülle zur Verfügung stand. Warum hatte ihr Vater so seltsame Arbeitszeiten? Was hatte Alicia vor, wenn sie auf Reisen ging oder allein in Paris zurückblieb, nachdem sie und Jean Paul in Mailand, Madrid oder sonstwo gewesen waren? Nicht einmal die Tatsache, dass Goyo eines Tages einen Teil seines Eigentums auf seine inzwischen erwachsenen Töchter übertragen hatte, war ihr seltsam vorgekommen.

Jeder von ihnen glaubte, als Einziger Geheimnisse mit sich herumzutragen, während alle anderen unschuldige Seelen, simple Geister waren, die an der Oberfläche einfach so vor sich hin lebten. Jeder von ihnen glaubte, als Einziger den anderen etwas vorzuspielen, tiefgründig zu sein, etwas vor den Mitmenschen verstecken zu müssen.

Wie seltsam, dass sie selbst damals bei dem Gedanken in Panik geraten war, was ihre Eltern und ihre Schwester zu ihrer Liebschaft mit Jean Paul gesagt hätten, falls sie ihr auf die Schliche gekommen wären. Dabei waren sie es gewesen, die Geheimnisse vor ihr verborgen hatten, deren Aufdeckung sie entsetzt hätte, damals wie heute!

Seinerzeit hatte sie nichts über die anderen wissen wollen und auch nicht gewollt, dass die anderen etwas über sie wussten. Nun, da sie alles wusste, fühlte sie sich besser. Jetzt musste sie das Ganze nur noch verinnerlichen, aber es war eindeutig besser, über vieles informiert zu sein. Vielleicht war es sogar möglich, dass alles ans Licht kam und die Schatten verschwanden, die sie ihr ganzes Leben über verfolgt hatten.

Mit einem Seufzer der Erleichterung betrat Helena Palomas Atelier und ging gleich zu ihrem Büro, wo die Designerin hinter ihrem Schreibtisch aufstand und die Besucherin mit zwei Wangenküssen begrüßte.

»Möchtest du das Kleid noch einmal anprobieren? Das ist eigentlich nicht mehr nötig, aber wenn du dich noch einmal darin begutachten möchtest, ist das natürlich kein Problem.«

»Nein, auf keinen Fall. Danke für das Angebot, aber das ist nicht nötig. Ich gehöre wohl zu den wenigen Frauen, die nicht gern Kleider anprobieren. Wenn ich etwas brauche, freue ich mich immer, wenn ich das Passende schon habe. Eigentlich bin ich gar nicht so aufs Einkaufen erpicht. In dieser Hinsicht bin ich also nicht besonders weiblich«, erklärte Helena, strich sich das Haar nach hinten und entlockte Paloma damit ein Lächeln.

»Nun ja, wenn ich dich so ansehe, kann ich das kaum glauben. Du färbst dir das Haar, schminkst dich und bist das, was mein Großvater immer *ein echtes Weib* genannt hat.«

Helena lachte.

»Was für ein Spruch! Ich denke da eher an die *rassige Spanierin.* Aber das ist vielleicht zu patriotisch.«

Seit Helena Palomas Büro betreten hatte, versuchte sie, zwischen den Büchern, den anderen Fotos und sonstigen Kleinigkeiten auf dem Regal hinter dem Schreibtisch das Bild zu entdecken, auf das es ihr ankam. Leider ohne Erfolg. Wie sollte sie nun, da das Foto offensichtlich nicht da war, das Gespräch darauf bringen?

In diesem Moment wurde an die Tür geklopft, und eine von Palomas Mitarbeiterinnen trat mit einer höchst eleganten Tragetasche ins Zimmer.

»Señora, hier ist Ihr Kleid«, sagte sie und ging wieder.

»Ich bin schon gespannt, wie du auf der Hochzeit darin aussiehst. Hast du schon die Accessoires ausgewählt?« Als Paloma Helenas unbewegtes Gesicht sah, fügte sie eine Erklärung hinzu. »Ich meine die Armreifen, über die wir gesprochen haben – an jedem Handgelenk einer oder nur einer am Oberarm. Das wäre das Beste. Du hast so schöne, feste Arme, daher würde dir so etwas hervorragend stehen.«

»Ich schwimme viel. Wenn ich zu Hause bin, meine ich.«

»Gut.« Paloma stand auf, um Helena zu verabschieden. »Dann sehen wir uns am Samstag.«

Sie musste etwas sagen, und zwar sofort, bevor Paloma den Raum verließ. Offensichtlich hatte sie es eilig.

»Ja. Hör mal, ich habe eine dumme Frage. Als Carlos letztens hier war, um zu telefonieren, hat er zufällig ein altes Foto entdeckt, auf dem er meine Schwester Alicia in jungen Jahren erkannt haben will.«

»Hier?«

»Ja. Dort in dem Regal.« Helena wollte nicht zugeben, dass sie selbst es am Vortag auch gesehen hatte und es ihr äußerst seltsam vorkam, dass es nicht mehr da war.

Paloma drehte sich um und wandte ihr den Rücken zu.

»Also ehrlich gesagt kann ich mir das nicht vorstellen«, sagte sie, während sie den Blick über die Fotos schweifen ließ. »Ich erinnere mich überhaupt nicht daran, sie gekannt zu haben. Was war das für ein Foto? Hat Carlos dir Näheres gesagt? Komm her und sieh nach, ob du es findest!«

»Es war ein Gruppenfoto, auf dem junge Leute zu sehen waren, eine Clique junger Frauen und junger Männer.«

»Ah, jetzt weiß ich, welches Bild Carlos meint. Es ist mir gestern Abend hinuntergefallen, und das Glas ist zerbrochen. Deswegen habe ich es gleich heute weggebracht, um es neu rahmen zu lassen. Ich hänge sehr daran. Mal sehen, ob ich mich erinnere, wer darauf zu sehen ist…« Sie runzelte die Brauen, als sie sich konzentrierte. »Wir Mädchen waren alle auf der Modeschule… Mhm… Unglaublich, ich habe dieses Foto seit einem halben Jahrhundert hier stehen und kann nicht genau sagen, wer darauf zu sehen ist und wer nicht.

Ich würde sagen Dora, Ana, Elena und ich. Und unsere damaligen Freunde.«

»Du bewahrst in deinem Büro ein Foto von deinem früheren Freund auf?«

»Das ist eine ungewöhnliche Geschichte.« Paloma lächelte, sah auf die Uhr, zögerte kurz und schien dann zu entscheiden, dass sie noch genug Zeit zum Erzählen hatte. »Er hieß Martin und war halber Engländer, also seine Mutter war Engländerin. Er studierte Wirtschaftswissenschaften, und wir waren ziemlich lange zusammen, bis er sich in eine andere verliebte und mich verließ.«

»Nun ja …!«

Die Designerin lächelte.

»Aber es war kein Ende mit Schrecken. Die andere ließ ihn dann bereits nach ein paar Monaten wieder sitzen. Poetische Gerechtigkeit also. Ich hatte inzwischen einen anderen Freund, doch dann war Martin wieder da, und wir haben kurz darauf geheiratet. Er ist vor zehn Jahren gestorben, an einem Herzinfarkt. In unserem Haus in Frankreich.«

»Und der Name Alicia sagt dir wirklich gar nichts?«

»Nein, ganz ehrlich. Hast du ein Foto von ihr?«

»Nicht hier.«

»Dann bring es doch zur Hochzeit mit, und wir sehen, ob ich mich an sie erinnere. Was meinst du?«

»Perfekt. Könntest du mir vielleicht auch einen Abzug dieses berühmten Gruppenfotos mitbringen?«

»Sicher. Wäre es in Ordnung, wenn ich es einfach mit dem Handy abfotografiere?«

Wieder wurde an die Tür geklopft.

»Paloma, entschuldige!« Eine andere von Palomas Mitarbeiterinnen streckte den Kopf durch die Tür. »Emma ist im Anprobezimmer und sagt, wenn du dich nicht selbst um sie kümmerst, kommt sie ein andermal wieder.«

»Ach, Helena, es tut mir leid. Ja, Mari, sag ihr, dass ich schon zu ihr unterwegs bin. Helena, wir reden auf der Hochzeit weiter. Du ahnst gar nicht, wie sehr ich mich auf meinen Ruhestand freue! Ständig will irgendjemand etwas von mir.«

Gemeinsam verließen sie das Büro.

»Aber ich habe das Kleid noch gar nicht bezahlt«, protestierte Helena.

Paloma winkte ab.

»Mach dir darum keine Sorgen! Ich weiß ja, wo ich dich finde. Du kannst später bezahlen.«

Helena machte sich mit ihrem Kleid auf den Weg und dachte ununterbrochen darüber nach, ob es in Alicias Leben möglicherweise einen weiteren Mann gegeben hatte, dessen Name mit *M* begann und dessen Muttersprache Englisch war. Eine der jungen Frauen auf dem Foto hieß Elena. War es möglich, dass ihre Schwester diesen Namen für ihr zweites kurzes Leben angenommen hatte? Oder war alles viel einfacher? Hatten sich Carlos und sie geirrt und eine andere junge Frau, die Alicia ähnlich sah, mit ihr verwechselt?

Um das zu erfahren, musste sie wohl bis zur Hochzeit warten.

Carlos hatte die Wohnung für einen kurzen Spaziergang verlassen, nachdem er den ganzen Nachmittag Schriftstücke studiert hatte. Obwohl er daran gewöhnt war, hatte er Lust, für eine Weile das bunte Treiben in der spanischen Stadt zu genießen. Er ging bis zur Plaza del Sol, zur Plaza Mayor hinunter und dann weiter bis zur Almudena-Kathedrale und zum Palacio de Oriente, die beide von den letzten Sonnenstrahlen des späten Nachmittags wunderschön beleuchtet wurden. Schließlich erreichte er die Plaza de la Ópera und setzte sich dort auf eine Terrasse, um ein Glas Bier zu trinken und ein Stück Tortilla zu essen.

Unterdessen plauderte Helena sicher noch mit Paloma und entschloss sich dann vielleicht doch noch, ein Designerstück anzuprobieren. Schließlich bestand kein Grund zur Eile.

Die Kisten waren mittlerweile zum größten Teil geleert, doch immer noch stieß Carlos auf Überraschungen. Blanca schien sich vorgenommen zu haben, ihrer Tochter nicht einfach nur verschiedene Erinnerungsstücke an die Familie zu hinterlassen, sondern eine Fülle von Mosaiksteinen, die sie zusammensetzen sollte. Oder ein Rätsel, das es zu lösen galt. Und wie bei jedem guten Rätsel hatten er und Helena genau jene Teile zur Verfügung, die sie brauchten – weder eins zu viel noch eins zu wenig. Vielleicht war es nur sein Eindruck, aber kein Stück in den Kisten schien ohne Grund hineingelegt worden zu sein. Blanca hatte sich ganz genau überlegt, was sie enthalten sollten und was nicht. Ihre Tochter sollte sich ein konkretes Bild machen und auf jede Frage eine Antwort erhalten. Allerdings ergaben sich viele weitere Fragen erst, nachdem gewisse Dokumente und Fotos aus den Tiefen der Kisten zum Vorschein gekommen waren.

An diesem Nachmittag hatte er sich mit Zeitungsausschnitten befasst, in denen über den gescheiterten Putsch vom 23. Februar 1981 berichtet wurde. Außerdem mit einem kurzen Brief, den Goyo von seinem Schwager Oberst Vicente Sanchís erhalten hatte, mit dem er laut Helena nicht gerade ein Herz und eine Seele gewesen war. Der Brief war auf den 27. Februar datiert, und darin hatte Sanchís in furchtbar geschwollener Ausdrucksweise und mit zahlreichen Syntax- und Rechtschreibfehlern mitgeteilt, dass er Goyo für einen Nichtsnutz halte, einen lächerlichen Alten, der nach dem Krieg nicht mehr genügend Mumm für eine militärische Karriere aufgebracht habe. Und nun sei er beleidigt, weil keiner seiner ehemaligen Kameraden, mit denen er selbst sich hin und wieder treffe, ihn in das Vorhaben eingeweiht habe, auf das sich das Heer vorbereitete.

Der Brief war wohl die Antwort auf einen vorangegangenen Brief Goyos oder eher noch ein Telefongespräch, in dem Goyo Sanchís gefragt hatte, ob er auf dem Laufenden sei, dass ein Teil des Heeres einen Staatsstreich plane, bei dem möglicherweise der König selbst die treibende Kraft sei. Angesichts des Giftes, das Sanchís in seinem Brief verspritzte, musste er ihm geantwortet haben, dass *echte* Militärangehörige wie er natürlich darüber informiert seien und dass man Goyo natürlich außen vor gelassen habe, da er kein Mitglied des Heeres mehr sei. Logischerweise konnte Sanchís – aus der Natur der Sache heraus – nicht wissen, dass Goyo, wenn auch im Geheimen, die ganze Zeit über dem Heer gedient hatte.

Carlos ahnte, wie schmerzhaft es für Goyo gewesen war, dass

sein widerlicher Schwager ihn in einem für die Geschichte seines Vaterlandes so wichtigen Moment auf diese Art beschimpfte.

War das der Anlass gewesen, der zu Goyos Selbstmord geführt hatte? Hatte Blanca den Brief aufbewahrt, damit Helena ihre eigenen Schlüsse daraus zog? Goyo hatte sich am 5. März mit einem Schuss in den Mund getötet. Anscheinend ohne einen Abschiedsbrief zu hinterlassen. Vielleicht hatte er selbst nicht genau gewusst, worauf sein Todeswunsch zurückzuführen war. Oder er hatte keinen Anlass gesehen, den Grund für sein Tun zu benennen, nicht einmal seiner Frau gegenüber.

Hatte er sich aus Verbitterung umgebracht, weil sich in einem für die politische Zukunft Spaniens entscheidenden Moment keiner seiner Kameraden an ihn erinnert und ihn gefragt hatte, ob er sich an dem Putsch beteiligen wolle, der zum Glück gescheitert war? Konnte das ausreichen, dass ein Mann von Goyos Format sich eine Kugel in den Kopf jagte? Sie würden es nie erfahren. In den Kisten befand sich jedenfalls kein Dokument, das Carlos nicht schon mehrfach gelesen hatte. Weitere Hinweise gab es nicht. Er musste wohl hinnehmen, dass es noch einige lose Enden gab. Vieles ließ sich wahrscheinlich niemals klären.

In diesem Moment klingelte sein Handy.

»Carlos«, meldete er sich, ohne auf das Display zu blicken.

»Wo steckst du? Ich bin gerade mit dem Kleid in die Wohnung gekommen und hätte jetzt Zeit, dir einiges zu erzählen.«

Er erklärte ihr, wo er saß, und wenige Minuten später hielt ein Taxi an der Terrasse, dem Helena entstieg. Kaum hatte sie Platz genommen, bestellte sie sich ein Bier und nahm Jean Pauls Brief aus der Tasche.

»Den hat Jean Paul mir vorhin gegeben. Er hat den Brief geschrieben, falls er meine Rückkehr aus Marokko nicht mehr erleben sollte. Anscheinend sollten die Krankenschwestern ihn mir aushändigen, falls ich nicht rechtzeitig zurückgekommen wäre. Hör zu! Ich lese dir das Wichtigste vor.«

Helena beugte sich nach vorn, damit die Gäste an den Nebentischen nicht zuhören konnten. Dann las sie Jean Pauls Brief vor, ließ aber den Anfang und den Schluss weg. Die Anrede *Meine*

Liebste hätte sie erklären müssen, und dazu hatte sie derzeit keine Lust. Wichtig war nur, Carlos in die Sache mit Alicias Tod einzuweihen, alles andere ergab sich mit Sicherheit später.

Er hörte Helena bis zum Ende aufmerksam zu, ohne sie zu unterbrechen, und als sie fertig war, sahen sie sich eine Weile schweigend an.

»Seltsam«, meinte Carlos schließlich.

»Seltsam? Mehr fällt dir dazu nicht ein? Warum *seltsam*?«

»Vielleicht hat es nichts zu bedeuten, aber in La Mora habe ich mit Karim gesprochen, während er mir den oberen Garten zeigte. Er erzählte mir, dein Vater sei einige Jahre später nach Rabat zurückgekehrt und habe die Polizei gebeten, gewissen Hinweisen nachzugehen, die er gesammelt hatte. Weil er es war, nahm man sich der Sache an, allerdings mit dem Gedanken, dass das Ganze weder Hand noch Fuß hatte und der Arme sich an einen Strohhalm klammerte. Schließlich wurden die Untersuchungen eingestellt. Als ich Karim fragte, ob er sich an einen Amerikaner erinnere, der in einem Hotelzimmer in Rabat an einer Überdosis Heroin gestorben sei, fiel ihm konkret nichts dazu ein. Zu einer bestimmten Zeit habe es jedoch einige solcher Fälle gegeben. Was Jean Paul in dem Brief erzählt, stimmt nicht mit Karims Aussage überein. Laut Jean Paul war der Amerikaner bereits seit Tagen tot, als Goyo auftauchte und den Fall noch einmal aufrollen wollte. Deshalb hat die Polizei nichts mehr unternommen. Und er schreibt auch, dass Goyo den Toten identifizierte, um festzustellen, ob es sich tatsächlich um den verdächtigen Amerikaner handelte. Karim wusste davon nichts, und ich glaube nicht, dass er so etwas vergessen hätte.«

»Mhm ... Da Karim dich gerade erst kennengelernt hat, vertraut er dir vielleicht noch nicht genügend und wollte dir eine so persönliche Angelegenheit nicht erzählen.«

»Nun ja, Karim hat mir immerhin anvertraut, dass dein Vater den verdächtigen Marokkaner erschossen hat und sie sich dann darauf verständigten, das Ganze als Selbstmord darzustellen. Warum sollte er mir dann nicht auch erzählen, dass Goyo die Leiche des Mannes identifiziert hat, den er für den Täter hielt? Wäre die Sache so eindeutig gewesen, hätte Karim gewusst, dass der Fall aufgeklärt wurde. Er hätte gewusst, dass der amerikanische Fotograf Alicias Mörder war, und hätte es mir gesagt. Oder dir. Doch das hat er nicht getan, obwohl er wusste, wie wichtig es für dich gewesen wäre. Oder er wusste es tatsächlich nicht.«

»Du glaubst also, dass Karim etwas vor uns verbergen wollte?«

»Nein, meine Liebe. Ich glaube, dass Jean Paul etwas zu verbergen hat. Ich habe aber keine Ahnung, was das sein könnte.«

Rabat, 1969

»Mademoiselle Alice.« Suad öffnete die Tür einen Spaltbreit, nachdem sie angeklopft hatte. »Telefon.«

Alicia saß auf dem Bett und lackierte sich die Zehennägel in einem dunklen Rotton, den sie vor Kurzem in Paris entdeckt hatte und der ihr bei jedem neuerlichen Betrachten noch schöner vorkam. Sie spürte ein herrliches Kribbeln, wenn sie daran dachte, dass in wenigen Tagen diese Füße mit den roten Nägeln in einem unbekannten Bett in einem unbekannten Land liegen würden, neben dem Mann, den sie liebte. »Wer ist es?«

»Ein Mann mit englischem Akzent und einem sehr seltsamen Namen. Ich kann auch nach Monsieur Jean Paul suchen, damit er mit ihm spricht, wenn Sie zu beschäftigt sind.«

»Nein, nein! Ich bin schon unterwegs.« Sie sprang vom Bett auf und eilte die Treppe zum Eingangsbereich hinunter, wo sich das Telefon befand.

»*Allô?*«

»Alice? Bist du das?«

Michael, es war Michael.

»Ja, warte einen Moment, ich gehe ins Büro.« Sie nahm das Telefon und zog das Kabel mit sich in den kleinen Raum neben dem Eingang. »Aber was ist denn, dass du mich hier anrufst? Haben wir nicht vereinbart, dass ich mich melde?«

»Alice, ich muss mit dir sprechen. Ich werde immer nervöser und fühle mich so einsam ohne dich, während ich hier warte. Ich wollte nur wissen, was du gerade tust, und deine Stimme hören.«

»Hab noch ein wenig Geduld, Liebling! Es dauert nicht mehr lange.«

»Aber es hat sich nichts geändert, oder? Du hast es dir nicht anders überlegt?«

»Es ist alles vorbereitet. Morgen findet das Fest statt. Und übermorgen machen wir uns ganz früh auf den Weg.«

»Ich kann es kaum noch erwarten.«

Alicia hatte die Stirn an die Wand gelehnt, presste den Telefonhörer ans Ohr und errötete. Durch das Fenster sah sie Jean Paul, der mit einem Arm voller Zweige draußen vorbeiging. Unversehens zog sich ihr Magen schmerzhaft zusammen. Der Arme hatte keine Ahnung. Und sie hatte noch nicht einmal entschieden, ob sie eine Nachricht hinterlassen oder sich erst melden sollte, wenn sie in Kanada angekommen war und die Entscheidung nicht mehr rückgängig machen konnte. Wenn sie keine Nachricht hinterließ, glaubte ihre Familie bestimmt, dass sie einen Unfall gehabt hatte oder entführt worden war. Alle würden noch mehr leiden.

»Ach, Liebling, könnten wir uns nicht heute kurz sehen? Selbst wenn es nur für einen Moment ist?«

»Nein, Schatz, unmöglich. Ich habe heute noch jede Menge zu erledigen, und morgen früh muss ich in der Küche und bei der Dekoration des Gartens helfen.«

»Kann ich nicht einfach auch zu dem Fest kommen?«

»Darüber haben wir doch schon gesprochen. Das ist nicht möglich. Niemand kennt dich, und du kennst auch niemanden. Das wäre zu auffällig.«

»Du könntest mir deine Schwester vorstellen, und ich tue dann so, als ob ich mich für sie interessiere.«

Alicia lachte.

»Lass uns die Sache nicht noch komplizierter machen, als sie sowieso schon ist! Ich muss jetzt auflegen.«

»Ich liebe dich, Alice. Bitte ruf mich hin und wieder an!«

»Ich liebe dich auch, Michael. Bald ist es so weit.«

Sie legte auf, trug das Telefon zu seinem Platz und kehrte in ihr Zimmer zurück, um ihre Nägel fertig zu lackieren. Die Freude daran war ihr inzwischen zwar vergangen, aber sie konnte schlecht einen Fuß lackieren und den anderen nicht. Sie war völlig fertig mit den Nerven und hasste sich dafür, dass sie ihre Familie verlassen wollte. Seit mehreren Nächten lag sie wach und dachte ununterbrochen über ihr Vorhaben nach. Wenn Jean Paul dann gegen drei oder vier Uhr nachts ins Bett kam, stellte sie sich schlafend, damit er nicht mit ihr redete oder sie gar berührte. Obwohl sie ihren Mann noch immer sehr gern mochte und ihn nach wie vor höchst attraktiv fand, war sie nicht fähig, mit zwei Männern zu schlafen.

Ihre Entscheidung zu gehen ließ ihr keine Ruhe. Sie hatte diesen Ausweg gewählt, weil sie feige war, weil sie Jean Paul nicht ins Gesicht sagen wollte, dass sie sich in einen anderen Mann verliebt hatte, weil sie Angst hatte, was ihre Eltern und ihre Schwester von ihr denken würden. Sie wollte ihrer Familie weder den Sommer noch das ganze Leben verderben, aber ihr fiel keine andere Lösung ein. Und sie wollte auf jeden Fall mit Michael zusammen sein, der nun schon so lange auf sie wartete und allmählich verrückt wurde, weil sie dauernd ihre Zweifel hatte und den Entschluss vor sich herschob.

Die Glocke läutete und kündigte an, dass es Essen gab. Mit einem Seufzer stand sie auf, kämmte sich, wusch sich die Hände und ging hinunter, um sich mit ihrer Familie und den Freunden auf der Terrasse einzufinden. Auf einem langen Tisch hatten die Frauen Salate, Taboulés, verschiedene Quiches und Schüsseln mit Obstsalat angerichtet.

Alle schienen hervorragend gelaunt zu sein und unterhielten sich über die Astronauten und darüber, dass der Mond nun von der Menschheit erobert würde. Man fragte sich ob es in der nächsten Saison mehr Stoffe mit weltrauminspirierten Mustern geben würde und ob man tatsächlich nicht an den Entwürfen von Courrèges vorbeikam, die zwar nicht jedem standen, aber sehr futuristisch wirkten.

Ihre Mutter sah sie hin und wieder mit einem rätselhaften Lächeln an, und Alicia fragte sich, ob Blanca vielleicht etwas von ihren Plänen ahnte. Ihr Vater, der ihr schräg gegenübersaß, sprach mit Luigi über die Möglichkeit, dass bald Nachwuchs in La Mora herumtoben werde. Als Goyo merkte, dass seine Tochter ihn ansah, zwinkerte er ihr verschwörerisch zu. Sie hatten sich immer gut verstanden. Schon als kleines Kind hatte sie sich vor allem ihrem Vater verbunden gefühlt. Sie hatten lange Spaziergänge unternommen und über alles Mögliche geredet: über seine Geschäfte, ihre großen und kleinen Probleme, ihre Wünsche für die Zukunft, die Jungen, die sie mochte, die Entscheidungen, die er manchmal zu treffen hatte und gern mit seiner Tochter besprach, weil er meinte, dass er danach alles viel klarer sah.

Und er verstand sich so gut mit Jean Paul! Er war für ihn fast wie der Sohn, den er verloren hatte, ein Mann, der auch mit beiden Beinen im Leben stand, der als Kind gelitten hatte, als er seine Eltern im Krieg verlor, und nun dankbar war, wieder eine Familie zu haben. Sie hatten sich wirklich gern, und nun würde sie alle verlassen, weil sie sich plötzlich in Michael verliebt hatte. Er gehörte nicht hierher, und wenn sie mehr Zeit mit ihm verbrachte als während der kurzen heimlichen Treffen, würde sich vielleicht herausstellen, dass er doch nicht der Mann war, mit dem sie ein ganzes Leben lang glücklich sein konnte.

Helena reichte ihr die Schüssel mit dem Salat, und plötzlich hatte Alicia das Bedürfnis, ihr alles zu erzählen. Bemerkte ihre Schwester vielleicht sogar die Tränen, die ihr in die Augen stiegen? Sie täuschte einen Hustenanfall vor und erhob sich eilig von ihrem Stuhl, um eine Zeit lang allein zu sein.

Sie war im Begriff, alle zu verraten.

Dazu war sie nicht in der Lage.

Aber sie konnte auch Michael nicht aufgeben.

Vor dem Telefon stehend, rang sie die Hände und wählte dann die Nummer des Hotel *Firdaous*. Wenige Minuten später hatte sie Michael am Apparat.

»Alice? Wie schön, noch einmal deine Stimme zu hören! Ist etwas, mein Schatz?«

Sie atmete tief durch und nahm ihren ganzen Mut zusammen.

»Liebling, ich denke ständig über unseren Plan nach und merke, dass ich es nicht kann.«

»Bitte?«

»Ich kann nicht einfach so fortgehen. Lass mich mit ihnen reden, ihnen alles erklären! Sie sollen mich verstehen und die Gründe für meinen Weggang erfahren. Und sie sollen mir verzeihen. Ich muss zumindest so lange bleiben, bis sie mir verzeihen.«

Michael schwieg, und Alice fürchtete, verrückt zu werden. Würde er sie beschimpfen, anschreien, dass sie ihn hintergangen habe?

Seine Stimme klang angespannt, aber zärtlich. Sie hörte deutlich, dass er um Fassung rang.

»Alice, lass mich zu dir kommen! Alles wird einfacher, wenn ich bei dir bin. So können sie mich kennenlernen. Sie werden sehen, dass sie nichts zu befürchten haben, dass wir uns wirklich lieben, dass ich ein anständiger Mensch bin, dass sie dich nicht verlieren werden.«

Schweigend schüttelte sie den Kopf, während ihr die Tränen auf die Sommerbluse tropften.

»Nein, Michael, das muss ich allein durchstehen. Noch gehörst du nicht zur Familie. Ich kann dich ihnen nicht aufzwingen. Ich weiß nicht, wie ich auf den dummen Gedanken kommen konnte, einfach zu gehen, ohne es ihnen zu sagen. So geht es nicht. Sie lieben mich alle so sehr, waren immer so gut zu mir ... Ich bin einfach nicht in der Lage, sie so zu hintergehen.«

Sie begann zu weinen, und eine halbe Minute lang hörte Michael nichts als ihr Schluchzen durch das Telefon.

»Alice, Liebste, wir müssen uns sehen, miteinander reden. Ich verstehe dich, und du hast recht. Aber wir können das nicht einfach so am Telefon besprechen. Komm heute Nachmittag zu mir ins Hotel!«

»Das ist nicht möglich! Morgen findet das Fest statt, und ich kann nicht allen den Tag verderben, nur weil wir uns lieben. Wir haben doch Zeit. Lass uns noch warten!«

»Danach muss ich wieder arbeiten, Alice, das weißt du doch.«

»Dann eben das nächste Mal! Ich rede mit ihnen, und dann stelle ich dich vor.«

»Vor allem müssen wir uns sehen. Wenn du nicht zu mir kommst, dann komme ich zu dir nach Hause.«

»Nein!«

»Dann sag mir, wann und wo!«

»Morgen Nachmittag um fünf oben auf der Festung, im maurischen Café. Ich kann nicht lange bleiben, aber ich überlege mir eine Ausrede und komme bestimmt. Bitte, komm du nicht her! Noch nicht. Was auch geschieht. Bis morgen oben auf der Kasbah des Oudaïa!«

Alicia legte auf, wischte sich mit dem Handrücken die Tränen ab und verließ das kleine Büro. John beobachtete sie ausdruckslos vom Eingang aus. Ob er gelauscht hatte? Welch ein Pech, dass ausgerechnet er sie am Telefon in seiner Muttersprache Englisch hatte sprechen hören! Hoffentlich hatte er nichts mitbekommen, zumindest nicht genug, um sie zu verraten. Sie lächelte ihn an, als ob alles in Ordnung wäre, und statt in ihr Zimmer hinaufzugehen, wie sie es vorgehabt hatte, trat sie wieder auf die Terrasse hinaus, um sich in den Schutz ihrer Familie zu begeben.

17. Kapitel

Madrid. Gegenwart

Ein wirklich schöner Ort«, meinte Carlos und ließ den Blick durch das Restaurant schweifen, das Almudena und Chavi für ihre Hochzeitsfeier ausgesucht hatten.

»Álvaro hätte es gern gesehen, wenn sie sich für den Reitklub oder ein Restaurant entschieden hätten, in dem die Familie häufig zu Gast ist. Aber die jungen Leute haben lieber dieses Lokal gewählt, das einem Freund von ihnen gehört und gerade mal ein halbes Jahr besteht«, erklärte Amparo.

Das Lokal hieß *Mirador de la Luna, Ausblick zum Mond,* und befand sich etwa eine halbe Stunde nördlich von Madrid mitten in einem großen, naturbelassenen, baumbestandenen Garten. Der Gastraum bot viel Platz, und durch die großen Fenster waren die Berge zu sehen. Die Dekoration war schlicht und praktisch, in Weiß- und Brauntönen gehalten, mit wenigen Silberelementen und Antiquitäten sowie mit üppigem Blumenschmuck ausgestattet.

Für spanische Verhältnisse war es mit etwa zweihundert elegant gekleideten Gästen keine allzu große Hochzeit.

Carlos und Helena studierten den Sitzplan, um den Tisch zu finden, der ihnen zugewiesen worden war. Erleichtert stellte Helena fest, dass Almudena so weitblickend gewesen war, sie nicht an einem Tisch mit Iñigo, ihrem nervigen Exmann, und dessen derzeitiger Ehefrau zu platzieren. Schlaues Mädchen!

An ihrem Tisch ganz in der Nähe der Brautleute saßen außerdem ihre Cousine Amparo, die Modedesignerin Paloma Contreras sowie Fernando und Emilio, zwei gute Freunde Álvaros, der eine Arzt, der anderen Architekt, die ein Paar waren und sonst keinen der Anwesenden kannten.

»Ihr Armen!«, sagte Amparo lächelnd, die den beiden bereits auf mehreren Familienfesten begegnet war. »Hier gibt es so viele junge Leute, und euch hat das Schicksal getroffen, ausgerechnet an dem Tisch mit den älteren Herrschaften zu landen, sozusagen am Fossilientisch.«

»Hör mal, hör mal! Vielen Dank! Ich nehme an, dass du mit *Fossilien* dich selbst meinst, oder?« Helena lächelte ebenfalls, aber ihr war deutlich anzumerken, dass sie die Bemerkung nicht sonderlich witzig fand.

»Ich würde eher sagen, wir haben großes Glück«, entgegnete Emilio höflich. »Wir dürfen den Tisch mit dir, Amparo, der besten Modedesignerin Madrids und einer weltbekannten Künstlerin teilen.«

»Und einem völlig unbekannten Australier«, schloss Carlos und zwinkerte ihm zu. »Der aber zumindest Spanisch spricht. Und im Herzen sind wir alle so jung wie Almudena, würde ich sagen.«

Alle lachten herzlich und widmeten sich dann den warmen Kanapees, die gerade von einem Kellner auf den Tisch gestellt worden waren.

»Hast du die Zeit gefunden, einen Blick in die Kisten zu werfen, die deine Mutter dir hinterlassen hat, Helena?«, fragte Amparo, darum bemüht, möglichst natürlich zu klingen, ohne jeden Vorwurf in der Stimme.

»Allerdings, liebe Cousine. Und es stellt sich heraus, dass uns das Wühlen in der Vergangenheit großen Spaß bereitet. Vor allem Carlos ist sehr angetan, denn im Grunde ist das ja sein Beruf.«

»Das freut mich. Blanca wäre sicher sehr glücklich. Bitte erinnere mich daran, dass ich dir noch eine Kleinigkeit gebe, bevor ihr geht. Ich habe sie in meiner Tasche.«

»Dann gib sie mir doch gleich!«

»Das hat keine Eile. Lasst uns erst das Essen genießen. Wenn uns wirklich alle diese Köstlichkeiten serviert werden, die hier aufgeführt sind, wird es ein wahres Festmahl«, schwärmte Amparo und deutete auf den kleinen Speiseplan, der auf jedem Teller lag.

»Von welchen Kisten sprecht ihr?«, fragte Paloma.

»Helenas Mutter hat Fotos und Familiendokumente ausgewählt, die Helena nach ihrem Tod bekommen sollte.«

»Ah, Doña Blanca! Sie war eine so elegante, schöne Frau!«

»In meiner Familie waren alle davon überzeugt, dass die Vergangenheit mich nicht interessiert. Also hat niemand daran geglaubt, dass ich mir den Inhalt wirklich ansehe«, fügte Helena hinzu und nahm eine mit Gemüse gefüllte kleine Frühlingsrolle von der Platte mit den köstlichen asiatischen Häppchen.

»Die Vergangenheit ist unerlässlich, um die Gegenwart zu verstehen und anzunehmen«, meinte Paloma. »Vielleicht hört es sich naiv an, aber seit einigen Monaten nehme ich regelmäßig an den Treffen eines Forums teil. Wir befassen uns mit den Kindern, die während des Franco-Regimes geraubt wurden. Wenn ich auch noch nicht viel erreicht habe, hilft es doch bereits, mich mit dem Thema zu beschäftigen und darüber zu sprechen.«

»Wieso das?«, fragte Carlos. »Bist du betroffen? Ist dir mal ein Kind geraubt worden?«

Paloma schüttelte den Kopf.

»Nein, zum Glück nicht. Aber ich versichere dir, dass ich bei meinen Entbindungen größten Wert darauf gelegt habe, meinen Mann und meine Mutter die ganze Zeit dabeizuhaben. Nur für den Fall, dass ...«

»Das Thema ist in letzter Zeit sehr aktuell geworden«, führte Fernando aus. »Wie es aussieht, wurden zur Francozeit und sogar noch danach, bis in die Sechzigerjahre hinein, in vielen spanischen Krankenhäusern tatsächlich neugeborene Kinder ihren Müttern gestohlen. Es war ein großer Skandal, doch die Sache wurde so schnell wie möglich unter den Teppich gekehrt. Es sind wohl zu viele Personen in die Fälle verwickelt. Niemand möchte, dass das Thema allzu breitgetreten wird.«

Erneut ergriff Paloma das Wort.

»In den meisten Fällen ging es darum, dass gewisse gut betuchte, regimetreue kinderlose Ehepaare sich an ein gewisses Krankenhaus wenden konnten, wo gewisse Ärzte, Krankenschwestern oder Nonnen ihnen ein neugeborenes Kind *besorgten*. Der leiblichen Mutter wurde dann gesagt, das Kind wäre tot zur Welt gekommen, und das war's. Und wenn die Mutter keine Ruhe gab und den Leichnam des Kindes unbedingt sehen wollte, zeigte man ihr einen toten Säugling, der für diese Fälle im Kühlraum aufbewahrt wurde. Es wurden immer wieder Kinder tatsächlich tot geboren, und die kleinen Leichen blieben gekühlt eine Zeit lang unversehrt und konnten den Müttern vorgeführt werden.«

»Aber wie haben sie es angestellt, die ganze Sache geheim zu halten?«, fragte Carlos. »Hatte denn niemand einen Verdacht oder hat Anzeige erstattet?«

Die Spanier wechselten einen Blick.

»Wie du sicher weißt, war Spanien damals in zwei Lager gespalten«, entgegnete Emilio. »In die Leute, die den Krieg gewonnen, und die anderen, die ihn verloren hatten. Alle waren Spanier, aber Spanier erster Klasse und Spanier zweiter oder dritter Klasse. Wenn die Mutter, die das Kind geboren hatte, eine Rote war, eine Republikanerin, brauchte sie erst gar keine Anzeige zu erstatten. Es war aussichtslos. In manchen Fällen, wenn es sich um sehr junge, ledige und arme Frauen handelte, gaben sie ihr Kind freiwillig zur Adoption frei. In anderen Fällen wurde die Mutter belogen und ihr Kind an eine Familie verkauft, die es sich leisten konnte.«

»Und du glaubst, dass so etwas in deiner Familie vorgekommen ist, Paloma?«, fragte Helena.

»Ich weiß es nicht sicher, aber ich hatte viele Jahre lang ständig so ein komisches Gefühl. Schon als kleines Mädchen habe ich immer gespürt, dass mir etwas fehlte, dass von mir noch eine andere Hälfte existierte, dass es noch jemanden auf der Welt gab, der so war wie ich. Ich weiß, es klingt verrückt. Aber ich schwöre, das ist die Wahrheit.«

Alle nickten und erklärten, dass sie etwas Ähnliches schon gehört oder gelesen hatten.

»Ich habe meiner Mutter immer wieder in den Ohren gelegen, und schließlich hat sie mir erzählt, dass sie damals Zwillinge geboren hatte und dass mein Bruder bei der Geburt gestorben war. Das war neunzehnhundertdreiundvierzig, also in der Nachkriegszeit. Ich war das Kind einer Witwe, die nie über jene Zeit reden wollte.«

Zwei Kellner füllten die Gläser nach und tauschten die leeren Platten gegen eine Auswahl kalter Vorspeisen.

»Danach fühlte ich mich schon besser, aber ich hatte immer noch das Gefühl, dass es jemanden gab, der so ist wie ich. Und zwar ein Mädchen und kein Junge. Meine Mutter hat darauf bestanden, dass ich mir das nur einbilde, dass das nicht sein könne. Mein Bruder sei tot geboren worden und eben ein Junge gewesen. Sie hatte ihn mit eigenen Augen gesehen, einen dunkelhaarigen Neugeborenen, etwas kleiner und schwächer als ich. Ich habe die Geschichte dann eine Weile auf sich beruhen lassen und mich ratlos gefühlt. Schließlich glaubte ich, in besonders ausgeprägter Form unter dem Phänomen einer imaginären Freundin zu leiden. Ich habe sogar einen Psychologen aufgesucht, der mir jedoch nicht helfen konnte. Dann verspürte ich plötzlich irgendwann einen großen Schmerz, eine unendliche Traurigkeit, und das Echo, das stets in mir gegenwärtig gewesen war, verstummte für immer. Ich wusste sofort, dass ich von nun an allein auf der Welt war, dass mein anderes Ich nicht mehr lebte.«

Sie schwieg eine Weile, trank einen Schluck Sekt und sprach dann weiter.

»Vor Kurzem dann, als die Sache mit den geraubten Kindern zur Sprache kam, habe ich mich genauer informiert, die Leute aus dem Forum kontaktiert und ernsthaft recherchiert. Dabei habe ich erfahren, dass es ganz furchtbare Fälle gab, zum Beispiel wurden häufig die neugeborenen Kinder von Eltern geraubt, die man verdächtigte, einer linken Ideologie anzugehören. Das passierte vor allem in den Siebzigerjahren, stellt euch vor – in den Siebzigern! Die Kinder wurden dann an extrem rechte Paare gegeben. Auf diese Weise sollte wissenschaftlich untersucht werden, ob ein Kind eher durch die genetische Veranlagung oder durch die Erziehung und seine Umgebung beeinflusst wird.«

»Und konntest du etwas über deinen speziellen Fall herausfinden?«, fragte Carlos.

Paloma schüttelte den Kopf.

»Noch nicht. Das Problem ist die Tatsache, dass ich in Tanger geboren wurde. Mein Vater war Offizier im republikanischen Heer und kam für drei Jahre ins Gefängnis, wurde dann zur Zwangsarbeit eingeteilt und war bei seiner Entlassung sehr krank. Er kehrte nach Hause zurück, meine Mutter wurde schwanger, und sie beschlossen, nach Tanger zu ziehen, wo die Republikaner angeblich nicht ganz so schlimm zu leiden hatten. Er ist dann kurz nach ihrer Ankunft in Afrika gestorben. Meine Mutter blieb allein zurück und erwartete Zwillinge. Zur Entbindung kam sie im Spanischen Hospital auf die Wohlfahrtsstation, da sie kein Geld hatte, um den Klinikaufenthalt zu bezahlen. Ihr wurde angeboten, die Kinder zur Adoption freizugeben, doch sie weigerte sich. Schließlich hatte sie nach dem Tod ihres Mannes nur noch uns. Inzwischen ist es dem Forum gelungen, die damaligen Geburtenlisten einzusehen, aber es gibt viele Lücken, viele fehlende Dokumente. Die typischen Brandschäden, die immer eine willkommene Erklärung sind. Am Tag meiner Geburt kamen noch drei weitere Kinder zur Welt. Zwei Mädchen und ein Junge, der die Geburt nicht überlebte und wohl mein Bruder war. Das ist alles.«

»Was war der Grund für seinen Tod?«, fragte Fernando.

Paloma verzog den Mund zu einem bitteren Lächeln.

»Das Gleiche wie in fast allen diesen Fällen. Da waren sie nicht besonders einfallsreich: Mittelohrentzündung.«

»Mittelohrentzündung? Tödlich? Das ist ja übel! Wie konnten diese Leute denn so blöd sein?« Fernando war entsetzt.

»Ja, ein sicheres Zeichen, dass die Sache nicht sauber war. Mittelohrentzündung ist die am häufigsten angegebene Todesursache im Fall von Kindesraub. Vielleicht war das sogar beabsichtigt, damit die Beteiligten wussten, dass es sich um einen jener *Adoptionsfälle* handelte. Meine Mutter glaubte immer, ihr Kind wäre tot geboren worden. Schließlich hatte sie seinen Leichnam gesehen. Doch als ich mich intensiver mit dem Thema beschäftigt hatte, bekam ich heraus, dass in vielen Fällen mehreren Müttern dasselbe tote Kind gezeigt wurde.«

»Meine Schwester wurde neunzehnhundertdreiundvierzig auch in Tanger geboren«, meldete sich Helena plötzlich, nachdem sie die ganze Zeit über geschwiegen hatte. Was Paloma gerade erzählt hatte, kam ihr bekannt vor. Das Thema hatte Almudena erwähnt, als sie kürzlich im Restaurant zusammengesessen hatten. Sie erinnerte sich allerdings nicht mehr daran, wer ihrer Enkelin gegenüber davon gesprochen hatte. »Am siebten Mai neunzehnhundertdreiundvierzig.«

Paloma schlug eine Hand vor den Mund.

»Welch ein Zufall! Genau wie ich. Das heißt also, dass unsere Mütter gleichzeitig im selben Hospital zur Entbindung waren – dass deine Schwester eins von den beiden neugeborenen Mädchen gewesen sein muss. Unglaublich!«

»Zu jener Zeit lebten meine Eltern entweder in Casablanca oder schon in Rabat, aber anscheinend war das Krankenhaus in Tanger das beste.«

»Für zahlende Patienten auf jeden Fall«, stellte Paloma leicht verbittert fest. Dann fiel ihr auf, dass die anderen sie ansahen, und sie lächelte wieder. »Reden wir über ein erfreulicheres Thema, wenn es euch recht ist! Schließlich feiern wir hier eine Hochzeit.«

»Ach, bevor wir das Thema wechseln, Paloma – hast du an das Foto gedacht?«, fragte Helena.

Paloma nickte, griff nach ihrer Tasche und nahm ihr Handy heraus.

»Sieh nur, hier sind sie! Und ich habe mich richtig erinnert: Dora, Ana, Elena und ich. Und Martin, natürlich. Und die Freunde meiner Freundinnen.«

Mit leicht zittrigen Fingern nahm Helena das Telefon entgegen. Ihr Blick fiel sofort auf die blonde junge Frau und den unbekannten Mann, der ihr die Hände auf die Schultern gelegt hatte.

»War das Martin?«

Paloma nickte.

»Und wer war sie? Seine Freundin?«

»Klar.«

Paloma wartete einen Moment, ob weitere Fragen folgten, bis sie merkte, dass dies nicht der Fall war. Ihre Antwort hatte Helena sprachlos gemacht.

»Jetzt sag nur, du hast sie nicht erkannt!«

Carlos hing genauso an Palomas Lippen wie Helena. Beide hätten gern Alicias Namen ausgesprochen, wollten jedoch abwarten, dass Paloma ihn zuerst nannte, um dann zu fragen, wie sich die zwei Frauen kennengelernt hatten. Und natürlich waren sie fassungslos, dass Alicia einen Freund namens Martin hatte, gleichzeitig mit Jean Paul verheiratet war und sich in Michael verliebt hatte.

»Was ist denn los? Was zieht ihr für Gesichter? Die junge Frau auf dem Foto bin ich mit Anfang zwanzig. Danke, dass ihr mir auf diese Art deutlich macht, wie alt ich geworden bin! Ich meine, indem ihr mich einfach nicht erkennt. Und welches von den Mädels könnte eurer Ansicht nach Alicia sein?«

»Du und alt? Im Leben nicht, Paloma!«, wandte Fernando ein, ohne zu merken, dass Paloma eine Frage gestellt hatte und auf Antwort wartete. »Kommt, ihr lieben alten Säcke, lasst uns auf die ewige Jugend anstoßen! Auf die Liebe und das gute Essen!«

Helena war leichenblass geworden, stand ohne Entschuldigung auf und ging eilig in Richtung Garten.

Die anderen blieben völlig perplex mit erhobenen Gläsern zurück, sahen ihr nach und prosteten sich schweigend zu.

»Was ist denn mit Helena?«, frage Amparo und wandte sich an Carlos.

»Es ist wohl besser, wenn ich nach ihr sehe. Wir sind gleich wieder da.«

Die Zurückgebliebenen folgten ihm mit ihren Blicken, Paloma verständnislos und Amparo voller Besorgnis.

Rabat, 1969

Alicia parkte um zwanzig vor fünf beinahe direkt gegenüber der Festung des Oudaïa. Es war noch recht früh, und sicher würde Michael erst nach ihr eintreffen. Sie zögerte eine Weile. Wenn sie zuerst die Stoffe abholte und sie ins Auto brachte, käme sie dennoch zu spät zu ihrer Verabredung. Wenn sie sich zuerst mit Michael traf, musste sie sich auf dem Rückweg beeilen, doch dann konnte er ihr beim Tragen helfen.

Sie schloss den Wagen ab und stieg mit entschlossenen Schritten zur Festung hinauf. Zuerst das, sagte sie sich. Im schlimmsten Fall käme sie ohne die Stoffe zurück, und dann feierten sie eben so.

Schnellen Schrittes gelangte sie zum Innenhof und wollte gerade die Terrasse des Cafés betreten, als sich ein Mann vom Türrahmen löste und ihr in den Weg trat. Ein Tourist, der offenbar ein Foto von der schmalen Gasse mit den weiß-blauen Mauern gemacht hatte.

»Hallo, Alicia!«, begrüßte er sie auf Englisch. »Was tust du denn hier?«

Sie biss sich auf die Unterlippe. Damit war die Frage beantwortet, ob John ihr Telefongespräch mit Michael belauscht hatte. Sicher war er hergekommen, um herauszufinden, mit wem und warum sie verabredet war.

»Ich hole die Dekorationsstoffe für das Fest ab und will hier noch eine Tüte maurisches Gebäck kaufen«, improvisierte sie. »Entschuldige, aber ich habe es ziemlich eilig.«

»Könntest du mir einen Gefallen tun? Mir gefällt es sehr gut hier in Rabat, aber ich möchte eure Gastfreundschaft nicht länger ausnutzen. Deshalb will ich mir für ein paar Wochen ein Zimmer mieten. Und gerade hat man mir eins angeboten, direkt hier, hinter dieser Tür. Kommst du kurz mit hinein und siehst es dir an? Ich weiß nicht so genau, worauf ich achten muss, ob der Preis okay ist und so weiter. Außerdem spricht der Vermieter kein Englisch, und wie du weißt, kann ich weder Französisch noch Arabisch.«

»Ich habe doch gesagt, dass ich es eilig habe, John. Ein andermal vielleicht.«

»Wir sind für fünf Uhr verabredet. Nur einen Moment. Bitte.«

Alicia trat von einem Fuß auf den anderen. Sie wollte endlich weiter, doch er blockierte ihr noch immer den Weg zum Café.

»Außerdem …«, fuhr John fort und näherte sich ihrem Ohr. »Wenn du mir hilfst, erfährt keiner, dass du dich hier mit einem gewissen Michael treffen willst, den du mit *My love* ansprichst. Nicht einmal Jean Paul. Komm, nur für einen Augenblick! Du übersetzt mir, wie teuer das Zimmer ist und welche anderen Bedingungen es gibt. Dann kannst du gehen.«

Er öffnete die blaue Tür des Hauses.

Alicia dachte nach. Sie war nervös und wollte sich den lästigen Amerikaner endlich vom Hals schaffen. Er war widerlich, und er durfte Jean Paul ausgerechnet jetzt keine verfänglichen Hinweise geben. Am nächsten Tag, nach dem Fest, war es sowieso egal, aber jetzt nicht. Noch nicht. Nicht, bevor sie ihrer Familie ihre Gefühle eingestand und ihre persönliche Lage schilderte.

Sie betrat das Haus und stieg die Treppe hinauf. Hinter ihr schloss John die Tür.

Keine hundert Meter entfernt setzte sich Michael an einen Tisch, der im Schatten und dicht an der Brüstung zum Fluss stand. Er bestellte einen Pfefferminztee, warf einen Blick auf die Uhr und wartete auf Alicia.

Madrid. Gegenwart

Als Carlos zu Helena auf die Terrasse trat, hatte sie die Arme um den Körper geschlungen. Schon auf den ersten Blick erkannte er, dass sie zitterte. Er umarmte sie von hinten, und beide sahen mit verlorenem Blick zu den Gipfeln der Berge hinüber.

»Ist dir bewusst, was das heißt, Charlie?« Helenas Stimme klang rau und brüchig.

»Dass Alicia und Paloma Schwestern waren. Zwillingsschwestern.«

»Aber wie kann das sein?«

»Das ist doch eindeutig, oder nicht?«

»Ja«, entgegnete sie sehr leise. »Eine andere Antwort darauf gibt es nicht. Meine Eltern haben sie gekauft, geraubt.«

Es folgte eine Stille, die Carlos endlos lang erschien. Aber er wusste, dass er ihr Zeit lassen musste. Helena verarbeitete derartige Schläge schneller als alle anderen Menschen, die er kannte. Es war jedoch wichtig, dass er sie dabei nicht unterbrach. Wenn er ihr Zeit gab, darüber nachzudenken und das Gehörte zu verinnerlichen, setzte sich bei ihr jener Automatismus in Gang, der ihm jedes Mal geradezu unheimlich vorkam. Von einem Moment zum anderen schien nichts geschehen zu sein, schien sich der sprichwörtliche undurchsichtige Schleier über die Ereignisse gelegt zu haben. Später, viel später, kam dann alles wieder hoch und musste von Neuem besprochen werden, bis sie entschied, dass sie die Sache von allen möglichen Seiten aus betrachtet hatte und zu einem endgültigen Schluss gelangt war. Dann entfernte sie das Problem aus ihrem Leben, zumindest schien es so, und litt nicht länger. Wenn es sich um einen Menschen handelte, der sie verletzt oder verraten hatte, war es möglich, dass er ihr nach einer Weile tatsächlich nichts mehr bedeutete. Und mithilfe dieser konzentrierten Gefühlskälte in ihrem tiefsten Innern hatte sie bisher alle Tragödien ihres Lebens überstanden. Wer sich gegen sie gestellt hatte, war *für sie gestorben*, wie sie es ausdrückte, war aus ihren Gedanken verbannt, konnte ihr nicht mehr wehtun. Es sei denn, die Wunde war so tief, dass sie zu einem Schatten auf ihren Bildern wurde, zu einem jener namenlosen, formlosen Schatten, die ihr auflauerten.

»Was hast du jetzt vor?«, fragte Carlos, nachdem einige Minuten verstrichen waren und Helena sich ein wenig beruhigt hatte.

»Ich muss es Paloma sagen. Nach der Hochzeit erst, natürlich. Das ist jetzt nicht der richtige Zeitpunkt.«

»Ja. So sehe ich das auch.«

»Erinnerst du dich an die drei Fotos von meiner Mutter, die in den Kisten lagen? Auf zwei Bildern war sie schwanger, mit Goyito und mit mir. Aus der Zeit vor Alicias Geburt gibt es kein Foto. Vermutlich wollte sie es uns damit sagen, aber wir konnten den Hinweis nicht verstehen.«

»Warum hat sie keinen Brief geschrieben? Dann wäre es eindeutig gewesen.«

»Wer weiß? Vielleicht hat sie es ja aufgeschrieben und dann wieder verbrannt. Jetzt wissen wir, warum sie sich schuldig fühlte. Erinnerst du dich daran, dass sich die Frau, die bei der Familienaufstellung meine Mutter dargestellt hat, gleich zu Anfang den Bauch hielt? Wir haben kurz erwogen, ob meine Mutter eine Abtreibung hatte vornehmen lassen … Jetzt wissen wir, worauf es sich bezog. Allerdings kennen wir die Gründe nicht.«

»Welche Gründe?«, fragte Carlos, der Helena nicht folgen konnte.

»Warum haben sie ein Neugeborenes gekauft, wenn sie eigene Kinder haben konnten?«

»Das werden wir wahrscheinlich niemals erfahren.« Die ersten Takte des Imperial March aus *Krieg der Sterne* schallte in den Garten heraus und entlockten Carlos ein Lächeln. »Komm! Offenbar wird der Tanz eröffnet. Sollen wir uns zu den anderen gesellen? Oder fühlst du dich dazu noch nicht imstande?«

Helena löste sich von Carlos, straffte sich und strich sich durch das Haar.

»Ja. Lass uns später weiter darüber nachdenken. Heute findet die Hochzeit von Almudena und Chavi statt. Alles andere kann warten. So wie die letzten fünfzig Jahre.«

Nachdem der letzte Teil der Hochzeitsfeier auf diese nicht gerade klassische Weise eingeläutet worden war, hatten sich die Brautleute im krassen Gegensatz dazu entschieden, den Tanz auf gute alte Weise mit dem Donauwalzer zu eröffnen.

Helena und Carlos hatten bis zum Schluss mitgetanzt und sich etwas außer Atem gerade wieder hingesetzt, als Marc plötzlich neben ihrem Tisch stand, um Helena zum Tanz aufzufordern.

»Aber Junge! Wie kommst du denn darauf? Bei den vielen hübschen jungen Damen hier!«

»Das ist nicht ganz uneigennützig, Helena.« Er lächelte und hielt ihr die Hand hin. »Wenn du erlaubst, Carlos?«

»Carlos ist nicht mein Eigentümer, und ich bin schon volljährig, mein Junge.«

»Es ist wirklich unmöglich, dir irgendetwas recht zu machen! Du bist unglaublich. Dabei habe ich mich so um einen eleganten Auftritt bemüht. Jetzt komm schon mit auf die Tanzfläche! Ich muss dir etwas erzählen.«

»In diesem Fall versuche ich mein Glück bei meiner Tischnachbarin«, sagte Carlos gut gelaunt und wandte sich an Paloma, die gerade an Emilios Arm an den Tisch zurückgekommen war. »Erweist du mir die Ehre, Paloma?«

Die Designerin lächelte, stand wieder auf, und gemeinsam gingen sie zur Tanzfläche. Helena fand, dass sie ein schönes Paar waren, und verspürte einen Stich, der unter anderen Umständen ein Zeichen von Eifersucht hätte sein können. Paloma trug ein seidiges Kleid in graublauem Ton, der die Farbe ihrer Augen und ihr helles Haar betonte. Sie sah aus wie Grace Kelly in einem Hitchcock-Film. Sie sah aus wie Alicia, eine siebzigjährige Alicia, die sie nie kennengelernt hatte. Auf einmal machte ihr die Vorstellung Angst, der Designerin alles zu erzählen, zu beobachten, wie sie reagierte, und eine Beziehung zu ihr aufzubauen. Oder auch nicht. Warum sollte sie zu einer Unbekannten, die zufällig ihrer Schwester ähnlich sah, eine Beziehung aufbauen? Sie schüttelte den Kopf, angespannt, ungehalten, weil sie sich selbst zu belügen begann. Nichts war zufällig, und sie sah ihrer Schwester nicht *ähnlich*, sie war ihre Zwillingsschwester!

Alicia war nie ihre Schwester gewesen – sie war Palomas Schwester, die sie jedoch nie kennengelernt hatte.

»Also, Helena, tanzt du jetzt mit mir, oder willst du mir einen Korb geben?«, unterbrach Marc sie in ihren Gedanken.

Sie gingen zur Tanzfläche und versuchten, einen gemeinsamen Rhythmus zu finden.

»Ich weiß, ich bin eine Nervensäge, aber ich muss dir etwas zeigen. Weil ich dich jetzt aber schlecht mit in mein Atelier nehmen kann, habe ich es auf dem Handy. Siehst du es dir an?«

»Ja, mein Junge, natürlich. Komm, wir gehen kurz nach draußen. Holst du mir einen Whisky auf Eis?«

»Ach, ich dachte, du trinkst Whisky nur nach Mitternacht.« Er lächelte frech.

»Heute ist ein besonderer Tag. Deine Schwester heiratet.«

»Halleluja! Mal sehen, ob das Leben jetzt endlich wieder in ruhigeren Bahnen verläuft! Warte hier, ich bin gleich zurück und bringe dir deine Droge.«

Helena setzte sich in einen breiten Sessel mit Blick auf die hohen Pappeln im Garten, die im Wind schaukelten. In dem intensiven Grün hinter ihren Kronen war das Gebirge zu erahnen. Plötzlich musste sie daran denken, dass Alicias Hochzeit, die für sie selbst ihre erste Hochzeit gewesen war, bereits vor über einem halbem Jahrhundert stattgefunden hatte. Sie konnte sich noch an ihr Kleid erinnern, das eng anliegend und aus blauer und schwarzer Seide gewesen war, an den koketten Hut mit Schleier, ihre Schuhe mit den hohen Absätzen und die Blicke, die Jean Pauls Freunde ihr zugeworfen hatten. »Das ist die Schwester der Braut.« – »Süße Achtzehn.« – »Sie ist umwerfend.« Ein wunderschönes Brautpaar, so jung, so voller Pläne. Die Feier im Garten wie in *Tausendundeiner Nacht*. Sechs Jahre später war Alicia gestorben, hatte sie Jean Paul nicht mehr geliebt, und sie selbst hatte ihr Herz an ihren Schwager verloren.

Diese verdammten Erinnerungen! Die verdammten Geheimnisse, die Lügen, die unbeantworteten Fragen, die Antworten, die die anderen mit ins Grab genommen hatten!

Und die Zukunft, die immer gleich wieder begann, die es nicht erwarten konnte und jedem einfach so ins Gesicht sprang.

Sie fragte sich, was mit Almudena und Chavi geschehen würde, wie lange sie zusammenbleiben würden, ob sie Kinder haben und ihre Silberhochzeit feiern würden.

Carlos und sie hatten dem Brautpaar einen Flug nach Australien geschenkt. Die beiden sollten sie besuchen, wann immer sie wollten. Die Beziehung, die sie gerade aufgebaut hatten, sollte nicht gleich wieder verloren gehen. Eine Beziehung, die seltsamerweise aus der Erkundung der Vergangenheit entstanden war.

»Ihr Whisky, Madame!« Marc hielt ihr ein Glas entgegen, das mit Eis und bernsteinfarbener Flüssigkeit gefüllt war.

»Was trinkst du?«

»Gin Tonic natürlich.«

»So, jetzt zeig es mir!«

Marc stellte sein Glas auf einer dunklen Kommode im Toledostil ab, die so hässlich war, dass sie tatsächlich ein Original sein konnte. Dann nahm er sein Handy heraus und öffnete ein Foto für Helena.

»Sieh's dir an! Seit unserem letzten Treffen habe ich daran gearbeitet, Tag und Nacht und voller Leidenschaft. Was sagst du dazu?«

Das Foto zeigte ein recht großes, noch unvollendetes Gemälde, das einen verfallenen Kinosaal zeigte. Die Perspektive ermöglichte es dem Betrachter, von der Leinwand aus auf die Sitze zu blicken. Diese waren rot, und viele waren zerrissen und wurden von Insekten oder anderem Ungeziefer bevölkert. Die Logen waren zerstört, und der Stuck bröckelte. Vergoldete florale Schmuckelemente und sonstige Verzierungen lagen auf den Sesseln. Und inmitten der Verwüstung war eine schwarz gekleidete weibliche Gestalt zu sehen. Sie blickte den Betrachter an wie seine Nemesis, mit lodernden Augen und leicht geöffnetem Mund, in dem bedrohliche Zähne zu erahnen waren. Ihr verhaltenes Lächeln verhieß nichts Gutes.

Helena sah sich das Bild auf dem Handy lange an.

»Herzlichen Glückwunsch! Du bist dabei, deine Stimme und deinen Blick zu entdecken, Marc.«

»Gefällt es dir?«

»Nein. Natürlich nicht. Und es muss mir auch nicht gefallen. Kunst darf nicht gefällig sein. Kunst sollte die Menschen bewegen, aufrütteln, beunruhigen. Sie soll Angst machen, Schauder erzeugen, Sehnsucht nach Verlorenem wecken. Sie muss wie ein Schlag in den Magen sein. Oder zumindest den Verstand zum Erbeben bringen. Kunst muss Fragen aufwerfen, Schemata aufbrechen, den Wunsch wecken, nicht länger auf das Gemälde zu starren. Oder der Betrachter sollte sich fragen, warum er sich das Bild ansieht. Du bist auf dem richtigen Weg, Marc. Kein Vergleich mehr mit den Bildern, die du mir davor gezeigt hast.«

»Es ist reine Wut.«

»Das merkt man.«

»Die Frau bist du.«

»Ach ja? Wie schmeichelhaft!«

»Glaub das nicht! Ich habe dich gehasst.«

»Natürlich. Deswegen habe ich es getan.«

»Und wenn ich zu denen gehört hätte, die daran zerbrechen?«

»Dann wärst du daran zerbrochen, und die Welt hätte nichts verloren. So werden wir mit etwas Glück bald einen neuen Künstler haben. Nimm dich nicht zu wichtig, Marc! Es gibt viele Künstler. Mehr, als man glaubt. Aber es überleben nur solche, die ihre Kunst mehr als alles andere brauchen. Das ist eine Frage der Egozentrik. Die Kunst braucht weder dich noch alle anderen. Du bist derjenige, der sie braucht, mehr als ein normales Leben mit Kindern, einer Familie, einer unverbrüchlichen Liebe. Bist du bereit, das alles dafür zu opfern, ein Künstler zu sein? Es ist weder gut noch schlecht. Nur – du kannst nicht anders. Willkommen im Klub der Besessenen!« Helena ließ ihr Glas gegen das von Marc klingen. »Noch eins ... Wenn du mit den Kinosesseln fertig bist, denk daran, dass jeder von ihnen einzigartig, individuell ist. Du musst jeden Sitz malen, als ob er das Zentrum des Bildes wäre. Du musst allem die gleiche Aufmerksamkeit schenken. Aber du bist auf einem guten Weg, wirklich.« Sie legte eine weitere Pause ein, sah ihm schweigend ein paar Sekunden lang in die Augen und genoss seine Nervosität. »Mach weiter so!«, sagte sie schließlich. »Und wenn ich in anderthalb Jahren wieder nach Madrid komme, um meine Retrospektive vorzubereiten, und du dieses Niveau halten kannst, stellen wir deine Werke dem Publikum vor. Aber denk dran, dass du mindestens zwanzig Bilder brauchst. Kannst du das schaffen?«

»Da bin ich mir sicher.«

»Gut.« Sie kramte in ihrer Handtasche. »Hier hast du meine privaten Kontaktdaten. Erzähl mir, wie die Sache weitergeht!«, sagte sie und hielt ihm eine Visitenkarte hin. »Halt mich auf dem Laufenden!«

»Was willst du dafür?«

»Jetzt sei kein Idiot!«

»Willst du nicht mehr wissen, was mein Körper kostet?«

»Das weiß ich, du hast es mir ja gleich in der ersten Nacht verraten. Ich bin an dem Geschäft aber nicht mehr interessiert. Jetzt bin ich deine Adoptivoma und, wenn alles gut läuft, deine Entdeckerin. Sex wird absolut überbewertet. Mach dich an die Arbeit!« Sie strich ihm über die Wange und stand auf, um in den Saal zurückzukehren. »Mein hübscher Junge!«

Auf dem Weg zu ihrem Tisch entdeckte Helena ihre Cousine Amparo, die mit Álvaro tanzte, dem Vater der Braut, der im Cut äußerst gut aussah.

»Mama, du schuldest mir einen Tanz!«, rief er ihr im Vorbeigehen zu.

»Versprochen. Du findest mich an meinem Tisch.«

»Helena, warte einen Moment!« Amparo blieb mitten auf der Tanzfläche stehen, nahm einen Umschlag aus ihrer Tasche und überreichte ihn ihr. »Wann immer du ihn lesen willst. Es sind Blancas letzte Zeilen.«

»Danke, Cousine. Hast du das Schreiben gelesen?«

»Nein. Es ist nur für dich.«

Amparo und Álvaro drehten sich weiter durch den Saal, während Helena zu ihrem Tisch zurückkehrte, an dem niemand saß. Sie nahm sich ein Bonbon aus der kleinen Dose, die in der Mitte des Tisches stand, und ging wieder in einen der kleineren Räume hinaus. Sie wollte in Ruhe und ohne Unterbrechung die Worte lesen, die ihre Mutter ihr aus längst vergangener Zeit zu sagen hatte. Zwar war sie sich nicht sicher, ob der Zeitpunkt der richtige war, aber sie hatte plötzlich das Gefühl, dass sie nach all den dramatischen Entdeckungen nun nichts mehr ernsthaft treffen konnte. Sie musste sich nur auf weitere sentimentale Lügen einstellen, die ihrer Mutter die letzten Lebensjahre möglicherweise jedoch erleichtert hatten. Daher würde sie den Brief mit einer gewissen Distanz neugierig lesen, so wie man einen Roman las, der einen durchaus interessierte, das eigene Leben indessen in keiner Weise beeinflusste.

Sie setzte sich in einen Sessel, der von üppigen Palmen in großen Töpfen halb verdeckt wurde, und öffnete den Umschlag.

Meine liebe Tochter, allerliebste Helena,
dies sind die letzten Zeilen von mir, die Du jemals lesen wirst. Ich hoffe, Du bist bis hierher gekommen und es sind wirklich Deine Augen, die diese Zeilen überfliegen.

Wenn Du den Brief liest und nicht Helena bist, dann hab bitte den Anstand, ihn wieder in den Umschlag zu stecken und nicht weiterzulesen. Das, was ich im Folgenden erzählen werde, geht nur Helena und mich etwas an und vielleicht noch den einen oder anderen aus den folgenden Generationen der Familie, aber keinen Fremden. Verflucht sei der, der dies liest, ohne dazu berechtigt zu sein.

Helena, liebste Tochter, in diesem Brief möchte ich Dir alles enthüllen, was ich weiß, das Alpha und das Omega, wobei ich Dir jetzt schon versichere, dass ich wesentlich mehr über das Alpha sagen kann.

Ich beginne mit den Ereignissen, die Dich wahrscheinlich am meisten interessieren, nachdem Du alles gelesen hast, was die Kisten enthalten. Daher müssen wir leider noch einmal in jenen Sommer 1969 zurückkehren, den letzten, den wir gemeinsam als Familie in La Mora erlebten.

Nach und nach ahnte ich, dass etwas nicht stimmte. An scheinbar unbedeutenden Kleinigkeiten merkte ich, dass Alicia und Jean Paul sehr wenig Zeit miteinander verbrachten. Andererseits wart Du und er immer gemeinsam mit anderen zusammen und habt das Gleiche unternommen. Alicia und Jean Paul gingen getrennt zu Bett und standen auch nicht mehr zur selben Zeit auf. Alicia, die bis vor wenigen Monaten ständig erwähnt hatte, wie sehr sie sich darüber wundere, dass sie noch nicht schwanger sei, verlor kein Wort mehr über dieses Thema. Dafür interessierte sie sich plötzlich auffällig für Fluglinien und für Kanada. Hin und wieder schloss sie sich in dem kleinen Raum neben dem Eingang ein und sprach leise mit jemandem auf Englisch, wenn sie meinte, dass alle anderen, vor allem ihr Mann, außer Haus seien. Und eines Tages, kurz vor dem verdammten Fest anlässlich der Mondlandung, entdeckte ich unter ihrem Bett den bereits halb gepackten Koffer, als ich eine Katze hervorlocken wollte, die sich darunter versteckt hatte. Ich gebe zu, dass ich neugierig war und hineingesehen habe. Jedenfalls war mir klar, dass Alicia uns verlassen wollte, ohne vorher mit uns darüber zu sprechen. Ich musste nur eins und eins zusammenzählen, um mir denken zu können, dass es einen anderen Mann in ihrem Leben gab.

Daraufhin wollte ich sie dazu bewegen, sich mir anzuvertrauen, mir zu erzählen, was los war, ohne Erfolg. Ich weiß nicht, ob sie Angst hatte oder sich schämte, doch ich erfuhr nichts Konkretes, außer dass es ihr alles andere als gut ging und sie sich vor irgendetwas fürchtete. Den Grund dafür wollte sie mir aber nicht nennen.

An jenem 21. Juli, nachdem die Polizei uns benachrichtigt hatte, dass ihr Leichnam gefunden worden war, nutzte ich die Zeit, als Papa und Jean Paul nach Rabat fuhren, um Alicia zu identifizieren. Unter dem Vorwand, zu erschüttert zu sein, um sie zu begleiten, blieb ich zu Hause und packte den Koffer aus. Ich habe alles, was ich darin fand, wieder in den Schrank geräumt. Dann habe ich nach allem Ausschau gehalten, was auf den Ehebruch hätte hinweisen können und damit den guten Ruf meiner Tochter in Gefahr gebracht hätte. Ich sammelte alle Briefe ein, die ich finden konnte, sogar einzelne Fetzen von Notizen oder Briefen, die sie selbst zerrissen hatte. Dann suchte ich nach ihrem Tagebuch und nahm es mit in mein Zimmer. Später habe ich dann viele Seiten herausgerissen und vernichtet. Was sie geschrieben hatte, war nur für ihre Augen bestimmt. Alles andere versteckte ich, da ich ja mit dem Auftauchen der Polizei rechnen musste, die die Geheimnisse im Leben meiner Tochter lüften wollte. Und tatsächlich hat die Polizei, als sie Alicias Zimmer durchsuchte, nichts gefunden, und Jean Paul hat es niemals erfahren.

Am selben Tag klingelte in aller Frühe ein junger Mann in Uniform an der Tür, und ich begriff sofort, dass es sich um Alicias Liebhaber handelte, um den Mann, an den sie ihr Herz verloren hatte und für den sie alles aufgeben wollte. Er stellte sich als Michael vor. Ich teilte ihm das Furchtbare mit und bat ihn im Namen Deiner Schwester und der ganzen Familie, dass er niemals zurückkehren und niemandem etwas erzählen möge.

Erst viel später wurde mir bewusst, dass dieser gut aussehende junge Mann Alicias Mörder hätte sein können, was ich jedoch nie wirklich geglaubt habe.

Ich habe Deinem Vater von ihm erzählt, der alle möglichen Erkundigungen über ihn einzog und zu dem Schluss kam, dass er unmöglich der Mörder gewesen sein konnte. Deshalb suchte er weiter, bis es ihm gelang, die Wahrheit herauszufinden und den Fall aufzuklären.

Von 1979 an hat sich, wie Du Dich sicher erinnerst, alles verändert. Papa und ich hatten wieder Freude am Leben, Du bist jeden Sommer für einige Wochen nach Spanien zurückgekehrt, und Iñigo erlaubte sogar, dass Álvaro eine Zeit lang bei uns in Santa Pola blieb. Wir waren beinahe wieder so etwas wie eine normale Familie, solange wir nicht daran dachten, was wir verloren hatten.

Das, meine liebe Tochter, ist das Omega. Und nun können wir uns, wenn Du möchtest, dem Alpha zuwenden, dem eigentlichen Anfang unserer Geschichte.

Helena legte den Kopf an die Lehne des Sessels und schloss die Augen. Sie war sich nicht sicher, ob sie wirklich weiterlesen wollte. Irgendetwas aber drängte sie dazu, eine bohrende Neugier, die man beinahe als krankhaft bezeichnen konnte. Das Alpha. Ob ihre Mutter es gewagt hatte, in dem Brief die Wahrheit über Alicia zu erzählen? Ob er eine Erklärung enthielt, damit sie verstand, wie sie in diese Lage geraten konnten? Oder fände sie wieder nur Lügen vor?

Sie blickte in den großen Saal hinüber. Durch die Glastüren sah sie, wie die Gäste tanzten und lachten. Die Musik ertönte in voller Lautstärke, alle amüsierten sich prächtig. Sie sollte wieder hineingehen, den Brief in die Tasche stecken und ihn später zu Ende lesen. Schließlich war die Hochzeit ihrer Enkelin das aktuelle Geschehen der Gegenwart, das Erlebnis dieses Augenblicks. Die Vergangenheit hingegen war auch Stunden später, wenn sie Lust und Zeit hatte, sich wieder den Zeilen ihrer Mutter zu widmen, noch genauso tot und vorbei wie gerade eben. In ihren Briefen nannte ihre Mutter sie *meine liebste Tochter.* Dabei wusste Helena doch, dass ihre Mutter sie nie so geliebt hatte wie Alicia. Wenn Blanca ihre Tochter Helena je geliebt hatte, dann zu der Zeit in Santa Pola. Da hatte es erstens Álvaro gegeben, und zweitens war sie als einziges Kind übrig geblieben. Nachdem Goyito und Alicia gestorben waren, hatte es sonst keine Nachkommen mehr gegeben, die sie noch lieben konnte.

Nun komme ich zu dem Teil, der mich am meisten schmerzt, meine Tochter, dem Alpha, wie ich ihn genannt habe. Es geht mir hauptsächlich darum, dass ich diese Welt mit reinem Gewissen verlassen möchte und mir daher keine andere Wahl bleibt, als es Dir zu gestehen. Mach damit, was Du willst, was Du kannst, und verzeih mir. Nur das zählt.

Es war mir immer eine Freude, wie gut Ihr Euch verstanden habt, Alicia und Du. Erinnerst Du Dich, dass ich immer wieder gesagt habe, wie schön es sei, Euch so zusammen zu sehen, wenn Ihr Euch über Vorkommnisse aus dem Internat unterhalten habt, über die Jungen, über Kleidung oder worüber auch immer? Mir ging jedes Mal das Herz auf, wenn ich beobachten konnte, wie nahe Ihr Euch gestan-

den habt, wie liebevoll Ihr miteinander umgegangen seid. Die eine dunkelhaarig, die andere blond.

Hast Du Dich nie gefragt, warum Ihr Euch gar nicht ähnlich gesehen habt? Ist Dir nie die Frage durch den Kopf gegangen, dass Alicia oder Du adoptiert sein könntet?

Helena hob den Blick von dem Brief und spürte, dass ihr die Brust eng wurde. Natürlich nicht, Mama!, dachte sie und bereute schon, den Brief weitergelesen zu haben. Welch ein Schwachsinn! Wie hätte ich je auf diesen Gedanken kommen sollen? Wäre sie allerdings selbst ein Adoptivkind gewesen, hätte das vielleicht erklärt, warum die Mutter sie weniger geliebt hatte als die leibliche Tochter. Aber Blanca hatte nie etwas in dieser Richtung angedeutet. Es war offensichtlich nicht vorgesehen, dass die Kinder es erfuhren.

Dein Vater und ich haben 1936 geheiratet. Wir waren sehr glücklich, sehr verliebt und haben uns in Marokko ein neues Leben aufgebaut, nachdem Dein Vater auf einen diplomatischen Posten im Konsulat von Casablanca versetzt worden war. Doch die Jahre vergingen, und ich bekam keine Kinder, während meine Schwester Pilar bereits Amparo und dann Vicente hatte.

Vielleicht klingt das seltsam für Dich, da Du ja nie besonders mütterlich warst. Dir sind Kinder eher im Weg, wie ich Dich oft habe sagen hören. Ich hingegen bin damals fast verrückt geworden. Mein Leben war leer, alle Frauen, die ich kannte, hatten Kinder und sprachen über nichts anderes als ihre Schwangerschaften, Entbindungen, Stillzeiten und Kindererziehung … alle außer mir.

In seiner Verzweiflung und weil er mir meinen sehnlichsten Wunsch erfüllen wollte, schlug Dein Vater mir schließlich etwas Beschämendes vor, und ich ging sofort darauf ein. Mit Micaelas Hilfe sollte ich eine Schwangerschaft vortäuschen. Erinnerst Du Dich an Micaela? Sie sollte mir helfen, einen falschen Bauch anzulegen, der jeden Monat dicker wurde. Wenn es dann so weit wäre, würden wir nach Tanger ins Spanische Hospital fahren und das Kind einer ledigen Mutter adoptieren, die es nicht behalten wollte.

Eigentlich wollten wir einen Jungen, aber in der Woche, die wir in

Tanger verbrachten, wurden nur Mädchen geboren, und schließlich entschieden wir uns für eins von ihnen. Als die Nonne ins Zimmer kam und mir die neugeborene Alicia in die Arme legte, empfand ich sofort, wie durch einen Blitzschlag, eine unglaubliche Liebe für sie. Ich verbrachte noch drei furchtbare Tage in dem Krankenhaus und tat so, als müsse ich mich von einer Entbindung erholen, die gar nicht stattgefunden hatte. Ständig fürchtete ich, die leibliche Mutter könne ihren Entschluss bereuen und mir meine Tochter wieder wegnehmen.

Denn sie war bereits meine Tochter, verstehst Du, Helena? Als hätte ich sie selbst geboren.

Kaum hatten wir das Krankenhaus verlassen, unternahm Dein Vater erste Schritte, um zu wiederholen, was wir getan hatten, und diesmal einen Jungen zu adoptieren. Alle Männer wollen einen Sohn, und ich habe mir gewünscht, dass Dein Vater genauso glücklich würde wie ich, dass er einen Stammhalter hätte, der seinen Namen fortführen würde und dem er Reiten, Jagen und alle anderen Fertigkeiten beibringen könnte, durch die sich Männer auszeichnen.

Doch dann kam alles ganz anders, meine Tochter. Anderthalb Jahre später wurde ich auf natürliche Weise schwanger und brachte im Sanatorium von Casablanca Goyito zur Welt. Und weitere zwei Jahre später kamst Du, ohne Täuschungen und Lügen, meine und Papas eigene Tochter, unser Fleisch und Blut.

Ich erinnere mich noch, wie glücklich ich in dem Krankenhaus war, wie ich Dich stillte und mit Deinem Händchen spielte, das meinen kleinen Finger umklammert hielt. Doch plötzlich erzählte die Frau im Nebenbett völlig grundlos von Fällen, in denen Neugeborene ihren Müttern geraubt würden. Sie erklärte mir, dass es Frauen gebe, die ihre Kinder nicht behalten wollten und sie deshalb zur Adoption freigaben. Es komme jedoch auch vor, dass Frauen, die das nicht wollten, die Lüge zu hören bekämen, ihr Kind wäre bei der Geburt gestorben. Der Grund dafür sei die Absicht, es an ein kinderloses Ehepaar zu verkaufen. Das gebe dem Säugling seinen Namen und verlasse die Klinik glücklich mit allen gültigen Papieren. Die leibliche Mutter hingegen sei am Boden zerstört, kehre nach Hause zurück und beweine ihr totes Kind.

Du ahnst nicht, wie schmerzhaft diese Äußerungen für mich

waren, Helena! Papa tat alles, um mich davon zu überzeugen, dass in unserem Fall alles legal verlaufen sei. Ich aber dachte immer wieder: Und wenn es nicht so war? Denn dann hätten wir uns eines Raubes schuldig gemacht, des Menschenhandels, einer Sünde vor Gott, den Menschen und der Natur.

Schließlich lernte ich, mit der Situation zurechtzukommen, mich selbst davon zu überzeugen, was ich glauben wollte. Und dann, keine acht Jahre nach seiner Geburt, erkrankte Goyito an Meningitis, und sein Leben konnte nicht gerettet werden.

Verstehst Du nun meinen Schmerz? Er war noch schlimmer als der Schmerz, wenn man einen Sohn im Kindesalter verliert. Viel schlimmer, weil ich wusste, dass Gott uns für unseren Hochmut, unseren Unglauben bestraft hatte.

Und als ich diesen Schmerz viele Jahre später endlich überwunden hatte und glaubte, dass Gott mir verziehen hatte, passierte das mit Alicia. Daran bin ich zerbrochen. Ich musste immer daran denken, wie ungerecht es war, dass es sie getroffen hatte, weil nur ich die Strafe verdient hatte und nicht meine arme Tochter. Sie traf doch keine Schuld, sie hätte bis ins hohe Alter ein glückliches Leben führen können, wenn sie bei ihrer leiblichen Mutter geblieben wäre.

Wenn Gott entschieden hatte, mich zu bestrafen, hätte die wahre Strafe doch darin bestehen müssen, Dich zu verlieren, da Du doch mein leibliches Kind warst. Stattdessen musste ich mit der Schuld leben, in dem Bewusstsein, dass ich eine furchtbare Sünde begangen hatte, der Herr mir jedoch erlaubt hatte, Dich zu behalten, statt mich mit Deinem Tod zu bestrafen.

Und dann, als ich schon glaubte, dass Gott mir, nachdem ich zwei Kinder verloren hatte, endlich verzeihen könnte, strafte er mich mit Deinem Weggang. Du gingst weit fort, und wir verloren auch Dich. Du ahnst nicht, wie sehr ich darunter gelitten habe, obwohl ich wusste, dass ich es verdient hatte.

Viel später kam die Zeit der gemeinsamen Sommer in Santa Pola. Auch wenn Du und ich uns nicht mehr viel zu sagen hatten, war ich dankbar, Dich wiederzuhaben, denn mehr wollte ich gar nicht. Verzeih, dass ich es niemals gewagt habe, Dir alles zu erzählen, aber ich habe mich zu sehr geschämt.

Später haben wir hier in Madrid in einer Wohnung in der Calle Castellana gewohnt. Papa wollte nicht in eine der beiden Wohnung ziehen, die Franco uns dafür geschenkt hatte, dass er Goyo fallen gelassen hatte, und für sein Schweigen in einer Angelegenheit, die er mir nie erzählt hatte, die ich aber den Papieren entnommen habe, die er hinterließ. Wie ich annehme, hast auch Du verstanden, worum es ging. Durch puren Zufall nahm mich dann eine Freundin mit zu der bekannten Designerin Paloma Contreras in die Calle Fuencarral.

Du kannst Dir nicht vorstellen, wie ich mich fühlte, Helena, als ich ihr Atelier betrat, sie kennenlernte und plötzlich meine verstorbene Tochter vor mir sah, wie diese mit Mitte vierzig hätte aussehen können. Du musst Paloma einfach kennenlernen. Du musst sie aufsuchen, dann wird Dir auch auffallen, dass sie genauso aussieht wie eine in die Jahre gekommene Alicia, genauso zauberhaft.

Von da an zog es mich immer wieder zu ihr hin. Es war für mich wie eine Droge. Ich konnte nicht anders. Natürlich habe ich Deinem Vater davon erzählt, doch er wollte sie nicht kennenlernen. Vielleicht hätte das, was mich tröstete, bei ihm alte Wunden aufgerissen. Er hat immer so sehr an Alicia gehangen.

Ich habe diskrete Erkundigungen eingezogen und herausgefunden, dass Palomas Mutter in Tanger entbunden hat, genau in der Woche, die ich dort verbracht habe. Wie es schien, hatte man ihr gesagt, dass sie Zwillinge bekommen hätte, einen Jungen und ein Mädchen, und dass der Junge bei der Geburt gestorben wäre. Doch ich bin mir sicher, dass sie zwei Mädchen geboren hat, wovon sie eines behalten durfte, während man das andere mir gab.

Und dies war meine neue Strafe, die in dem Wissen bestand, dass diese Frau ihr Kind nicht freiwillig abgegeben hatte, sondern dass sie betrogen und ihr eines ihrer beiden Kinder geraubt wurde. Ist es nicht eigenartig, dass Paloma den gleichen Beruf gewählt hat wie Alicia? Beide wurden Designerinnen in der Modebranche, und beide haben etwa zur gleichen Zeit einen jungen Mann aus einem anderen Land geheiratet.

Ich habe nie den Mut aufgebracht, Paloma die Wahrheit zu sagen. Ich gehe zu ihr, um sie lächeln zu sehen, um mit den Augen ihre

Gegenwart zu genießen, um meine auferstandene Tochter zu besuchen. Aber ich wollte ihr niemals den Schmerz zumuten und die Wahrheit eingestehen. Verfüge über das Wissen, wie Du es für angebracht hältst.

Das ist das Alpha, das ich erwähnt habe.

Ich weiß, dass Du immer erfahren wolltest, wer Deine Schwester getötet hat. Ich hoffe, dass sich die Zeit gelohnt hat, die Du mit der Lektüre jener Papiere verbracht hast, die ich für Dich hinterlegt habe, und dass Du verstanden hast, was damals geschehen ist. Allerdings hast Du nie gewusst, dass das wahre Geheimnis im Anfang liegt, in Alicias Geburt. Nun weißt Du es. Kannst Du mir verzeihen?

In jedem Fall war Alicia unsere Tochter und Deine Schwester. Und ich glaube nicht, dass jemals ein anderes Mädchen so sehr von ihrer Familie geliebt wurde wie sie. Du, meine wunderbare geliebte Helena, bist meine einzige wahre Tochter, die ich geboren und an meiner Brust genährt habe, Blut von meinem Blut. Ich möchte, dass Du das weißt, auch wenn ich Dich nicht mehr in die Arme schließen kann, nachdem Du diesen Brief gelesen hast.

Deine Mutter, die Dich in alle Ewigkeit liebt,

Blanca

Helena merkte, dass ihre Hände zitterten, und sie legte den Brief in den Schoß. Durch tiefe Atemzüge versuchte sie wieder zur Ruhe zu kommen. Ihre Mutter hatte sie geliebt. Hatte sie immer geliebt. Ja, damals hatte sie jene furchtbaren Worte ausgesprochen, die sich in ihr Gedächtnis eingebrannt und sie über Jahrzehnte tief verletzt hatten – *Warum musste es Alicia sein? Warum? Dabei hätte es dich treffen müssen!* Damit wollte sie nicht sagen, dass sie Helenas Tod bevorzugt hätte, sondern dass dies eine noch schlimmere Strafe gewesen wäre. Aber wie hätte Helena das verstehen sollen, nachdem sie doch keine Ahnung hatte, dass Alicia nicht ihre leibliche Schwester gewesen war?

Plötzlich wünschte sich Helena, dass Paloma ihr Bilder aus der Kindheit zeigte, um sie dann mit Fotos von Alicia im gleichen Alter zu vergleichen. Sie musste mit ihr reden, ihr erzählen, was sie wusste. Paloma hatte ein Recht darauf, alles zu erfahren, obwohl dies bedeutete, dass Helena ihre eigenen Eltern eines Verbrechens bezichtigte. Paloma wollte die Wahrheit wissen, besuchte deshalb sogar das Forum der geraubten Kinder.

Helena steckte den Brief in ihre Tasche und kehrte in den Festsaal zurück, auch wenn ihr noch immer der Kopf schwirrte. Die Kellner hatten die Tanzfläche geräumt, was wohl bedeutete, dass nun die Hochzeitstorte angeschnitten wurde oder dass die Freunde des Brautpaares etwas aufführten. Helena nahm wieder Platz, fühlte sich aber irgendwie zwiegespalten. Ein Teil von ihr befand sich in der Gegenwart, in diesem Saal, wo die Hochzeit ihrer Enkelin gefeiert wurde. Der andere Teil irrte irgendwo in der Vergangenheit umher, die ihr in diesem Augenblick fast greifbarer vorkam als die Realität, die sie hier erlebte. Seit jeher war sie von Gespenstern umgeben gewesen, die auch jetzt realer zu sein schienen als die Festgäste aus Fleisch und Blut, die ringsum lachten und sich zuprosteten.

Sie kehrte zu ihrem Tisch zurück und ließ sich seufzend auf ihrem Stuhl nieder. Dabei wusste sie selbst nicht, ob es ein sorgenvolles oder ein zufriedenes Seufzen war.

»Alles gut?«, fragte Amparo und beugte sich zu ihr herüber.

»Ja. Sehr gut, Amparo. Endlich. Ich habe gerade sehr vieles verstanden.«

Carlos drückte ihre Hand und war im Begriff, ihr eine Frage zu stellen. Im selben Augenblick traten die Brautleute auf die Tanzfläche, jeder von ihnen mit einem Mikrofon in der Hand. Also begnügte sich Carlos damit, Helena zuzulächeln und den Druck auf ihre Hand leicht zu verstärken.

Helena konnte den Blick nicht von Paloma wenden, sie war völlig fasziniert. Nun, da sie Bescheid wusste, fragte sie sich, wieso ihr die frappierende Ähnlichkeit mit Alicia nicht gleich aufgefallen war. Allerdings hatte sie beim Kennenlernen der Gedanke gestreift, dass ihre Schwester der Designerin äußerst ähnlich gesehen hätte, wenn Alicia noch am Leben gewesen wäre. Und ja, genau so hatte sie ausgesehen – groß, zart, blond, elegant, anmutig, ohne gekünstelt zu wirken. Und deshalb hatten Alicia und Helena, die beiden Schwestern, sich niemals ähnlich gesehen.

Einer plötzlichen Eingebung folgend, beugte sie sich zu Paloma hinüber.

»Wir müssen uns so bald wie möglich treffen«, sagte sie, bevor die Brautleute das Wort ergriffen. »Ich habe Informationen über deine Geburt und die Vorkommnisse in dem Krankenhaus in Tanger für dich.«

Überrascht hob Paloma den Kopf. Helena nahm ihre Hand und drückte sie. Dann ertönte eine Fanfare, und sie mussten ihr Gespräch erst einmal unterbrechen.

La Mora, 1979

Als Goyo den Wagen am Gartentor parkte, spürte er einen Stich in der Brust, der vielleicht der Sehnsucht nach vergangenen Zeiten entsprang, vielleicht aber auch der Freude, wieder an diesem Ort zu sein. Vielleicht war es aber auch eine Mischung aus beidem, die er nicht eindeutig zuordnen konnte. Zehn Jahre. Zehn Jahre waren vergangen, seit er das letzte Mal dieses Tor durchschritten hatte und auf das Haus zugegangen war, das damals das seine gewesen war. La Mora, das Paradies auf Erden, wo er mit Blanca so glücklich gewesen war, wo seine drei Kinder aufgewachsen waren, wo er beim Tod seines kleinen Sohnes und der Ermordung seiner älteren Tochter so schrecklich gelitten hatte, wo Alicias und Jean Pauls Hochzeit gefeiert worden war. Die Rosensträucher waren gewachsen, und ihre Blüten ergossen sich wie bunte Wasserfälle über Gitter und Pergolen. Die Palmen wiegten sich leicht in der Meeresbrise, wie sie es schon seit Jahrhunderten taten. Alles nahm seinen Lauf, und er konnte sich endlich ausruhen, so wie Blanca neue Reisen unternehmen, ins Leben zurückfinden.

Seinem Schwiegersohn hatte er sein Kommen nicht angekündigt. Schließlich hatte er nicht gewusst, wie lange er für sein Vorhaben benötigte. Zum Glück war alles schneller zu erledigen gewesen als gedacht, sodass ihm nun viel Zeit blieb. Er musste so bald wie möglich mit Jean Paul reden. Dann würde er sich einige Urlaubstage in La Mora gönnen, an die Vergangenheit denken, seinen Frieden machen und mit den Gefühlen der Wut, der Angst und der Unfähigkeit abschließen, die ihn viele Jahre lang so gequält hatten.

Er genoss den kurzen Spaziergang zum Haus. Früher war dieser Weg für ihn alltäglich und kaum eines Blickes würdig gewesen, nun aber etwas ganz Besonderes, was ihn zum Vergleich mit der Vergangenheit herausforderte. Jean Paul hatte offensichtlich dafür gesorgt, dass alles in bestem Zustand war. Goyo merkte, wie sehr sein Schwiegersohn den Garten liebte, mit wie viel Mühe er ihn gepflegt und sogar noch verschönert hatte.

Goyo hatte die Schlüssel in der Tasche, zögerte jedoch kurz. Obwohl das Haus letztendlich noch immer ihm gehörte, hatte Jean Paul doch seit Alicias Tod das Wohnrecht inne.

Vor Jahren hatte er keine andere Wahl gehabt, als gewisses Eigentum, das er behalten wollte, auf die Namen seiner Töchter umschreiben zu lassen. Der Notar hatte Blanca und ihm damals empfohlen, so bald wie möglich ihr Testament zu machen, damit im Fall ihres Todes das Eigentum in der Familie blieb. Alicia hatte es auch so gemacht, ihrem Mann jedoch das Wohnrecht eingeräumt, solange er nicht wieder heiraten würde. Natürlich konnte sich zu dem Zeitpunkt niemand vorstellen, dass Alicia mit siebenundzwanzig Jahren sterben würde. In jedem Fall hatten weder er noch Blanca das Testament ihrer Tochter anfechten wollen, das ihren Letzten Willen enthielt, zumal sie beide auch nicht länger in Marokko leben wollten.

Inzwischen hatten sie sich wieder an das Leben in Spanien gewöhnt. Das Mittelmeerklima tat ihnen gut, und der Bau ihres neuen Hauses hatte Freude gemacht. Sie hatten es eingerichtet und den Bedürfnissen eines älteren Ehepaares angepasst. Schließlich lebte ihre Tochter weit entfernt in Asien, und ihren Enkel bekamen sie kaum zu Gesicht.

Bevor Goyo den Schlüssel ins Schloss steckte, hörte er ein Geräusch vom Schwimmbad her. Dort schien etwas umgefallen zu sein, was nun über den Boden rollte. Er trat näher und wollte nachsehen.

Jean Paul saß mit dem Rücken zu ihm rauchend an dem schmiedeeisernen Tisch und blickte auf die ruhige Wasseroberfläche.

Offensichtlich erwartete er niemanden und schien nichts zu befürchten.

»Wenn Sie erlauben, Hauptmann?«, sagte Goyo scherzhaft, um seinen Schwiegersohn aus seinen Gedanken zu reißen.

Jean Paul vollführte fast einen Salto vom Stuhl und drehte sich leichenblass zu Goyo um.

»Oje, mein Junge! Ich wollte dich nicht erschrecken. Entschuldige! Ich hätte wohl besser dezent husten oder mich räuspern sollen.«

Goyo stellte die Tasche ab, die er über der Schulter trug, und ging auf Jean Paul zu. Sie schüttelten sich die Hände, umarmten sich herzlich und klopften sich freudig auf den Rücken.

»Aber ... Was führt dich hierher? Wieso hast du vorher nicht angerufen? Ich hätte dich vom Flughafen abgeholt. Wir haben uns so lange nicht mehr gesehen. Welche Freude!«

»Ich hatte einiges zu erledigen, und da ich nicht wusste, wie lange es dauern würde, wollte ich dich lieber überraschen. Oder, wie ich gerade gesehen habe, zu Tode erschrecken.«

»Nun ja, ich bin hier immer allein, Goyo. Und da ich dich nicht erwartet habe ...«

»Keine verrückten Feste mehr wie früher?«

Jean Paul schüttelte den Kopf.

»Hast du Suad schon begrüßt? Sie ist sicher außer sich vor Freude. Ich werde ihr sagen, sie soll eins der Gästezimmer vorbereiten, ohne zu erwähnen, dass du der Gast bist. Und dann überraschst du sie.«

»Warte, mein Junge! Einen Moment noch. Ich muss dir erst etwas erzählen.«

»Wie wäre es mit einem Getränk? Vielleicht ein Tee?«

»Wie ich sagte, möchte ich dir erst etwas erzählen. Alles andere später.«

Sie setzten sich einander gegenüber. Goyos Gesicht war wie eine Maske, völlig ausdruckslos, als wäre es aus Holz geschnitzt.

»Dann leg los!«

»Ich habe eine schlechte Nachricht für dich.« Goyo machte eine kleine Pause, nur ein paar Sekunden, die Jean Paul jedoch ewig vorkamen. »Ich gehe davon aus, dass du noch vor Kurzem diesen amerikanischen Fotografen gesehen hast, dass er hier war … dieser Fleming.«

»John?«

»Ja, John Fleming, der vor Jahren zusammen mit einem Hippiepärchen auf Einladung von Helena hier zu Besuch war. Du hast dich wohl mit ihm angefreundet. Ich weiß, dass er dich einmal oder zweimal im Jahr hier besucht hat.«

»Ja.« Dass Goyo konsequent in der Vergangenheit sprach, beunruhigte Jean Paul zutiefst. »John kann manchmal eine ziemliche Nervensäge sein. Es ist nichts zu machen – wie Falschgeld taucht er immer wieder auf. Nur gut, dass er ständig Hummeln im Hintern hat und nie lange bleibt.«

»Er wird nicht mehr kommen.«

»Was ist passiert? Hatte er einen Unfall?«

»So kann man es auch nennen, ja. Ich habe ihn vorgestern getötet.«

»Waaas?« Jean Paul umklammerte die Armlehnen seines Stuhles und starrte seinen Schwiegervater an. Sicher würde er in Goyos Gesicht ein Zwinkern entdecken, ein Anzeichen dafür, dass es sich um einen Scherz handelte. Und dann würden beide schallend lachen.

»Dieser Hurensohn war Alicias Mörder«, sagte Goyo stattdessen wie nebenbei.

Jean Paul schlug die Hände vors Gesicht und schüttelte hilflos den Kopf.

»Ich bin mir sicher. Absolut sicher. Er hat es mir gestanden.« Goyo beugte sich zu seinem Schwiegersohn vor, der die Hände wieder vom Gesicht genommen hatte und ihn verblüfft ansah.

»Wie – er hat es dir gestanden?«

»Nun ja … sagen wir, er hat es nicht ganz freiwillig getan. Ich erzähle dir alles von Anfang an, wenn du möchtest. Aber erst lass uns hineingehen und etwas trinken, wie du es mir gerade angeboten hast. Wahrscheinlich brauchst vor allem du das jetzt.«

Sie setzten sich ins Wohnzimmer, Goyo auf das Sofa neben dem Kamin, Jean Paul mit dem Rücken zur Fensterseite in den Ohrensessel, nachdem sich beide einen Whisky eingeschenkt und die Flasche in Reichweite abgestellt hatten.

»Seit Jahren habe ich mich mit diesem Dreckskerl beschäftigt und Erkundigungen über ihn eingezogen. Mir war vieles aufgefallen, aber davon später. Im Moment reicht es, wenn du weißt, dass ich mir seiner Schuld absolut sicher bin. Ich wusste, dass er nach Rabat kommen würde, bin ihm gefolgt und habe gesehen, dass er im Hotel *Balima* eingecheckt hat, bevor er sich zu dir auf den Weg gemacht hat. Im Hotel habe ich erfahren, dass er noch einmal wiederkommen würde, um zumindest eine weitere Nacht dort zu verbringen, bevor er zum Flughafen fahren würde. Wahrscheinlich hatte er noch etwas anderes in Marokko zu erledigen, als nur dich zu besuchen. Lukrativere Geschäfte, wie du gleich hören wirst.

Also habe ich mir in einem anderen Hotel im Zentrum ein Zimmer genommen, bin ihm bis hier in der Nähe gefolgt und habe darauf gewartet, dass er nach Rabat zurückkehrt. Diesmal hat er nur für ein paar Stunden bei dir vorbeigeschaut und sich dann länger in der Medina aufgehalten. Zurück im Hotel, ging er in die Bar, um etwas zu trinken. Bevor er anschließend sein Zimmer aufgesucht hat, habe ich mich dort eingeschlichen und auf ihn gewartet. Kurz nachdem er eingetreten war, habe ich ihm eine großzügige Dosis Burundanga injiziert. Einige Minuten später habe ich ihn aufs Bett befördert und ihn nach allem gefragt, was ich wissen wollte.«

»Was ist das?«, fragte Jean Paul flüsternd.

»Burundanga? Im Grunde nichts anderes als Scopolamin. Eine interessante chemische Mischung, die man auch zur Anästhesie benutzt. Wer sie im Blut hat, beantwortet rückhaltlos jede Frage, ohne etwas zu verbergen. Deshalb wird das Zeug auch *Wahrheitsserum* genannt. Es ist außerdem so praktisch, weil das Opfer für eine Weile willenlos ist und das Geschehene nicht im Gedächtnis behält, wenn die Wirkung nachlässt.«

»So etwas gibt es tatsächlich?«

»Ich schwöre es dir. Und es ist nicht einmal gefährlich. Ich habe es angewendet, um ein Geständnis zu hören, obwohl ich mir meiner Sache sicher war. Im Fall eines Irrtums hätte ich den Kerl einfach in seinem Zimmer schlafen lassen, und beim Aufwachen hätte er sich an nichts erinnert.«

»Also dann … Er hat dir gestanden, dass er es war?«

Goyo nickte und nahm einen großzügigen Schluck von seinem Whisky.

»Er hat mir sogar erzählt, dass er eigentlich Burundanga nehmen wollte, um Alicia zu vergewaltigen, das Mittel aber nicht bekommen hat. Deswegen hat er ihr Heroin gespritzt.«

»Warum hat er sie getötet, Goyo?« Jean Pauls verzerrtes Gesicht war schweißüberströmt, und das Haar klebte ihm an der Stirn.

»Das hat er nicht so genau gesagt. Er habe zunächst nicht vorgehabt, sie zu töten, stammelte er. Dann hat er noch etwas von *einen Gefallen tun* und *sie ficken* gemurmelt. Ehrlich gesagt wollte ich gar nicht mehr hören. Ich hatte eine Dosis Heroin vorbereitet, die ein Pferd getötet hätte. Genauso wie er es mit meinem Mädchen gemacht hat. Poetische Gerechtigkeit, meinst du nicht? Ich musste mich zurückhalten, sonst hätte ich ihn totgeschlagen. Aber es war äußerst wichtig, dass alles auf eine versehentliche Überdosis hindeutete. Daher durfte er keine körperlichen Verletzungen aufweisen. Früher oder später würde die Polizei ihn finden, und dann musste es aussehen wie ein Unfall.«

»Und warum hast du mir vorher nichts davon gesagt?«

Für einen Moment schien Goyo seinen Schwiegersohn mit einer gewissen Verachtung anzusehen. Der Ausdruck verschwand jedoch sofort wieder, und Jean Paul hatte ihn kaum wahrgenommen.

»Wozu? Hättest du ihn selbst getötet?« Wie erwartet senkte sein Schwiegersohn den Kopf.

Goyo sprach weiter.

»Es war mir wichtig, Alicia zu rächen. Dir nicht. Du bist anders als ich. Nun kann sie in Frieden ruhen, und ihre Mutter und ich können ins Leben zurückkehren. Genau wie du, wenn du dazu in der Lage bist.«

»Ich hätte nicht gedacht, dass du zu so etwas fähig bist.«

»Ich trage einiges mit mir herum, wovon niemand etwas weiß, mein Sohn.«

Es folgte eine längere Stille, während beide ihre Gläser leerten und wieder füllten.

»Außerdem hat das Arschloch dir etwas gestohlen.« Goyo bückte sich, öffnete den Reißverschluss seiner Tasche und entnahm ihr ein kleines Bild – Helenas *Selbstporträt am Schwimmbad.* »Oder hast du es ihm gegeben?«

»Nein. Wieso hätte ich es ihm geben sollen? Ich finde das Bild wunderhübsch. Wahrscheinlich hat er es in einem unbeobachteten Moment aus meinem Zimmer gestohlen. Ständig ging er mir auf den Geist und wollte es kaufen. Nachdem er es nicht bekam, hat er es wohl einfach mitgenommen.«

»Kann ich es für Blanca haben? Ich möchte ihr die Neuigkeiten berichten und ihr gern Helenas Bild überreichen, damit sie endlich ihre Ruhe findet. Aber ich werde schriftlich festhalten, dass es nach unserem Tod dir gehört. In Ordnung?«

»Sicher, Goyo. Nimm es Blanca mit! Du willst ihr alles erzählen? Wirklich?«

»Sie ist meine Frau, Junge. Wir haben keine Geheimnisse voreinander. Nun ja…« Er lächelte. »Kaum Geheimnisse… Und sie muss es wissen, damit sie ins Leben zurückkehren kann. Was ich leider nicht gefunden habe, ist Großmutters Armband. Dieser Hurensohn muss es schon vor einer Weile verkauft haben.«

Nach und nach war das Licht aus dem Zimmer gewichen. Inzwischen saßen sie beinahe im Halbdunkel. Lediglich der bernsteinfarbene Whisky sorgte für etwas Wärme zwischen den Schatten.

»Ach ja! Als der Amerikaner aus der Medina zurückkam, hatte er dies bei sich.« Goyo bückte sich wieder zu seiner Tasche hinunter und entnahm ihr zwei Bündel französischer Francscheine. »Ich habe gedacht, da er sie jetzt nicht mehr braucht, lasse ich ihm nur eine Handvoll da und nehme den Rest mit. Niemand weiß, dass er das Geld bei sich hatte, also wird es auch niemand vermissen. Hier in La Mora muss schließlich immer etwas repariert und erneuert werden.«

Jean Paul musste lachen. Es war ein hysterisches Lachen, das beinahe wie ein Flüstern begann und am Ende in voller Lautstärke tief aus seiner Kehle drang.

»Ich habe mir gedacht, dass wir das Schwimmbad verändern könnten, damit es weniger amerikanisch und dafür romantischer, eleganter wirkt. Hast du Lust?«

Jean Paul nickte. Vor lauter Lachen konnte er noch immer nicht sprechen.

Madrid. Gegenwart

Sie hatten fast drei Stunden lang ununterbrochen geredet. Manchmal hatten Carlos und Helena abwechselnd einfach nur erzählt. Dann wieder hatten sie Palomas Fragen beantwortet, bis sie irgendwann an den Punkt gelangten, an dem sie beide nicht mehr konnten und Palomas Erschöpfung nicht mehr zu übersehen war. Dann schwiegen sie für eine Weile und tranken mit kleinen Schlucken ihren lauwarmen Tee.

Inzwischen war es später Abend, und die kleine Wohnung lag im bläulichen Halbdunkel, das der Nacht vorausging. Carlos stand auf, um Kerzen zu holen, und stellte sie stumm auf den Tisch. Dann schaltete er eine Stehlampe an, die ein weiches Licht verbreitete, und nahm wieder Platz.

Paloma betrachtete ein Foto von Alicia, auf dem sie etwa zwanzig oder einundzwanzig Jahre alt war und sich auf einer Brücke über die Brüstung beugte, während im Hintergrund links die Kathedrale Notre-Dame zu sehen war. Immer wieder strich sie mit der Fingerkuppe über Alicias Gesicht.

»Meine Schwester«, sagte sie leise. »Meine Zwillingsschwester. Von der ich mein Leben lang wusste, aber niemand wollte mir glauben. Alicia. Ist es ihr niemals so ergangen? Hat sie nie gespürt, dass es irgendwo noch eine andere Hälfte von ihr geben musste?«

»Meine Mutter hat manchmal erzählt, dass sie als kleines Mädchen eine imaginäre Freundin namens Pamela hatte. Nachdem ich geboren wurde, hat sie sie wohl nie mehr erwähnt. Mir gegenüber hat sie nie davon gesprochen.«

»Natürlich, nachdem sie eine echte Schwester hatte, dachte sie nicht länger darüber nach. Das ist ganz normal«, sagte Paloma traurig. Sie sah, wie Carlos und Helena sie anblickten, und bemühte sich, zumindest nach außen hin wieder heiterer zu erscheinen. »Wie gern wäre ich mit ihr aufgewachsen! War sie eine gute Schwester?«

Helena nickte.

»Für mich war sie die beste. Ich bedaure so sehr, dass du sie nie erlebt hast. Dass du sie nicht einmal in heutiger Zeit kennenlernen kannst, auch wenn es erst nach so langer Zeit wäre.«

Paloma hob den Blick von dem Foto und lächelte.

»Immerhin habe ich dich kennengelernt. Weißt du, was mich freuen würde? Wenn meine Mutter sie sehen könnte.«

»Es wäre sicher schrecklich für deine Mutter, wenn sie erführe, dass ihre Tochter bei der Geburt nicht gestorben ist, aber vor ihrem dreißigsten Lebensjahr ermordet wurde. Sie hat genug gelitten, nachdem eins ihrer Kinder damals angeblich tot geboren wurde. Das reicht für ein ganzes Leben«, sagte Carlos leise.

»Wie seltsam, dass alles mit dieser Familienaufstellung begonnen hat! Findet ihr nicht? Ich glaube, ich werde so etwas auch mal ausprobieren. Ob dabei das Gleiche herauskommt, wenn ich zur Sprache bringe, dass ich mich mein ganzes Leben lang als ein Teil von zwei Hälften gefühlt habe?«, murmelte Paloma.

»Wahrscheinlich. Die Tatsache, sich wie ein Teil von zwei Hälften zu fühlen, ist ein Klassiker bei Zwillingen, die bei der Geburt getrennt wurden. Darüber gibt es zahlreiche Studien, und ich habe das schon bei mehreren Familienaufstellungen mitbekommen, an denen ich teilgenommen habe.«

»Wobei ich mir vorstellen kann, dass sich die Geschwister nicht in allen Fällen wiederfinden und dass die Sache nicht immer so eindeutig ist wie bei uns.«

»Nein, aber wenn Zweifel bestehen, zum Beispiel wegen nicht vorhandener Ähnlichkeit, bleibt immer noch die Möglichkeit einer DNA-Analyse.«

Bewundernd hörte Helena zu, wie viel Carlos über das Thema wusste. Offenbar hatte er in den letzten Jahren mehrere Familienaufstellungen miterlebt und wusste über viele kuriose Situationen Bescheid.

»Ich weiß, es klingt dumm angesichts der extremen Ähnlichkeit zwischen uns beiden. Aber seid ihr wirklich sicher, dass Alicia meine Zwillingsschwester war?«, fragte Paloma beinahe schüchtern.

»Wenn du völlige Gewissheit haben willst, gib doch beim Nationalen Institut für Toxikologie eine DNA-Analyse in Auftrag. Dort ist man auf solche Fälle spezialisiert.«

»Aber welche Proben könnten wir dort abgeben, Carlos?«, frage Helena. »Wir wissen lediglich, dass Paloma und ich keine Schwestern sind. Aber es geht ja um den Beweis, dass Paloma und Alicia Zwillingsschwestern waren. Alicia wurde jedoch vor fünfzig Jahren beerdigt, und bei dem Gedanken an eine Exhumierung fühle ich mich ehrlich gesagt nicht sonderlich wohl.«

»Das ist auch gar nicht nötig.« Carlos erhob sich, ging ins Schlafzimmer und kam mit einer Hand in der Tasche seines Jacketts zurück. Er entnahm der Tasche etwas und legte es vorsichtig auf den Tisch: das Medaillon, das Blanca in eine der Kisten gelegt hatte. »Darin befindet sich eine Locke von Alicias Haar. Mit etwas Glück eignet sie sich zum Vergleich des Genmaterials von euch beiden.«

Paloma nahm das Medaillon, schloss die Augen und küsste es.

»Vielen Dank, meine Lieben«, sagte sie. »Ihr habt mir das schönste Geschenk meines Lebens gemacht.«

»Meine Damen, ich sterbe vor Hunger. Kommt ihr mit nach draußen? Ich lade euch zum Essen ein.«

Madrid, 1981

Mit ruhigen Schritten ging Goyo die Gran Vía entlang und näherte sich der Plaza del Callao. Er kam aus dem Círculo de Bellas Artes, wo er mit Pacheco verabredet gewesen war, einem ehemaligen Kameraden von der Militärakademie, der bereits genauso lange im Ruhestand war wie er selbst. Doch er hatte vergeblich auf ihn gewartet. Goyo war ziemlich schlechter Laune, denn immer öfter kam es vor, dass man Freunde und Bekannte versetzte und sich anschließend leichthin entschuldigte. *Tut mir leid, mein Lieber, mir ist im letzten Moment etwas dazwischengekommen*, hieß es dann etwa. Mit Pacheco würde er sich jedenfalls nie wieder verabreden.

Tatsächlich hatte Goyo zunehmend zu vielem keine Lust mehr. Offensichtlich wurde er alt. Er fand immer weniger Gefallen an der Veränderung der Welt und der Entwicklung der Gesellschaft. Er litt an der mangelnden Zuvorkommenheit anderen Menschen gegenüber, am bewussten Außerachtlassen der Höflichkeit, am fehlenden Verantwortungsbewusstsein, an der Vernachlässigung von so vielem, was in seiner Jugend als unerlässlich für ein zivilisiertes Leben gegolten hatte. Ganz zu schweigen von dem Verlust jeder Art von Werten. Von Disziplin, Hierarchie und Opferbereitschaft war keine Rede mehr. Das Wort *Vaterland* galt als antiquierter Begriff. *Ehre* war beinahe ein Fremdwort.

Die letzten Jahre des Franco-Regimes waren ziemlich beschämend gewesen, doch was sich stattdessen etabliert hatte, war beinahe noch schlimmer. Inzwischen war sogar die Kommunistische Partei für legal erklärt worden, und das bereits vor vier Jahren, noch dazu mitten in der Osterwoche. Er war zwar noch nie ein großer Kirchgänger gewesen, genau wie Franco in seinen Anfangszeiten, dieser Beschluss jedoch war in voller Absicht geschehen und stank zum Himmel!

Sie hatten einen Krieg geführt, der Frieden hatte unendliche Opfer gefordert, Tausende von Spaniern waren gestorben, um das rote Debakel zu verhindern. Und nun war das Land wieder in die alten Gewohnheiten verfallen. Kommunisten, Sozialisten, Trotzkisten, sogar Maoisten, die Junge Rote Garde und alle möglichen anderen Abweichler konnten ungestraft ihre Plakate in ganz Spanien aufhängen und zu Versammlungen, Demonstrationen, Sitzstreiks und Aufmärschen aufrufen. Für Katalonien und das Baskenland gab es mittlerweile ein Autonomiestatut, wie es genannt wurde. Das würde in wenigen Jahren zum Wunsch nach Unabhängigkeit oder zum erneuten Kampf für die Abtrennung derart wichtiger Regionen führen. Wo blieb dann die Einheit des Vaterlandes? Wie konnte man zulassen, dass Spanien immer kleiner wurde und seinen Status in der Welt verlor?

Die Terroristen von der ETA machten in ihrem Kampf um Anerkennung vor nichts halt und hatten bereits unzählige Morde verübt, ohne dass die jeweiligen Regierungen oder das Militär sie irgendwie aufzuhalten vermochten.

Wenn er sich an die Ereignisse in Asturien vor fünfzig Jahren erinnerte, waren die Schlappschwänze, die derzeit die militärische Gewalt repräsentierten, ein Grund zum Fremdschämen. Hätte man es ihm überlassen, eine militärische Notoperation durchzuführen, wären ausschließlich Terrorristen zu beklagen gewesen.

Und dann diese neue Regierung der UCD! Gerade vor einer Woche war der Schönling Suárez als Regierungspräsident zurückgetreten, weil ihn nicht einmal mehr die eigenen Leute unterstützten.

Er hatte sich mit Pacheco verabredet, weil er noch über gewisse Kontakte verfügte und es Gerüchte gab, dass in einigen Kasernen durchaus Patrioten stationiert waren. Diese Männer waren es offenkundig leid, sich dumm zu stellen, und wollten dem *demokratischen* Gesindel, das ihr Land zerstörte, die Zähne zeigen.

Seit seiner Rückkehr nach Spanien war Goyo in Bezug auf Politik immer gereizter geworden. Das fiel sogar ihm selbst auf. In Marokko hatte er lange unter dem Verrat des Mannes an der Spitze und der Regierung gelitten, auf die er stets vertraut und für die er sich bis zum Letzten geopfert hatte. Er hatte die franquistische Politik für leicht antiquiert, lächerlich und beschämend angesehen, jedoch nicht so sehr, dass es ihm den Schlaf geraubt hätte. Diese Einstellung hatte er zum Teil überwunden. Später hingegen, seit er wieder in Spanien war und vor allem, seitdem er in Madrid lebte, hatten die Degeneration des alten Regimes und die desorientierten Versuche dieser Rotznasen von links und rechts abermals seine Aggression geweckt. Sein Vaterland gefiel ihm nicht mehr, ebenso wenig wie die Zeit, in der er nun die letzten Jahre seines Lebens verbringen musste. Genauso wenig gefiel ihm die Zukunft, die sich für das Land abzeichnete. Und wenn er auch manchmal gedacht hatte, dass der König möglicherweise an die guten Zeiten anknüpfen würde, machte er sich doch nach und nach bewusst, dass auch diese Staatsform nicht das war, was Spanien brauchte. Seiner Haltung nach zu schließen, würde der Monarch sich nicht so mutig wie Sultan Mohammed einer siegreichen Macht entgegenstellen, wie Goyo die Situation in Marokko während der Besatzungszeit der Nazis in Frankreich erlebt hatte. Mit Stolz und Sehnsucht erinnerte er sich dabei an den Sultan.

Als die Kollaborateure des Vichy-Regimes Marokko den Befehl erteilt hatten, eine Liste aller im Land lebenden Juden anzufertigen und sie über Frankreich den Deutschen auszuhändigen, hatte der Sultan geantwortet, dass es in Marokko keine Juden gebe, sondern nur marokkanische Untertanen. Und er habe nicht vor, den Deutschen irgendjemanden auszuhändigen.

Hätte Goyo Anlass zu dem Glauben gehabt, dass der spanische König über genauso viel Mut verfügte, wäre sein Optimismus durchaus gestärkt worden, aber er hielt ihn in dieser Hinsicht für unfähig. Der König war unter Francos Einfluss und dem der Opportunistenriege aufgewachsen, hatte gelernt zu intrigieren, zu schweigen, sich gegebenenfalls mit den Militärs, den Bischöfen und Millionären gut zu stellen. Was war da zu erwarten? Was war von einem Mann zu erwarten, der offiziell Generalhauptmann der spanischen Streitkräfte war, bisher aber nur auf Hirsche in Guadarrama geschossen oder während irgendeiner Safari in Afrika den einen oder anderen Schuss abgegeben hatte?

Im Vorbeigehen betrachtete Goyo sein Spiegelbild in einem Schaufenster. Trotz seiner schlanken Statur war sein Rücken inzwischen leicht gebeugt, ohne dass er sich dagegen wehren konnte. Mit seinen fünfundsiebzig Jahren hatte er den Militärdienst bereits seit langer Zeit quittiert. Nun war er lediglich ein pensionierter Bauherr, ein alter Millionär, ein Mann, der nur noch wegen seines Geldes geachtet wurde. *Und wegen meiner schlechten Laune,* dachte er mit einem stillen Lächeln.

Er bog in die Calle Fuencarral ein. Hier musste es irgendwo dieses Geschäft geben, von dem Blanca gesprochen hatte. In der langen Straße arbeitete eine Frau von etwa vierzig Jahren, die in Tanger zur gleichen Zeit wie Alicia geboren war. Zugegeben, er war neugierig, aber er würde sie nicht aufsuchen. Bestimmt übertrieb Blanca mit ihrer Behauptung, dass diese Frau Alicia ähnlich sah. Wie sollte sie das wissen, nachdem Alicia vor zwölf Jahren gestorben war, bevor sie dreißig wurde, und diese Modedesignerin, wenn sie wirklich die Schwester war, nun so viel älter aussehen musste?

Wind war aufgekommen, und ihm wurde allmählich kalt. Er beschloss, ein Café aufzusuchen und etwas Warmes zu trinken, einen Milchkaffee und ein Glas guten Cognac, um dem Winter zu trotzen.

Er wählte einen gut gelegenen Tisch am Fenster, an dem es so hell war, dass er bei Bedarf einen Blick in die Zeitung werfen konnte, und bestellte einen Cognac. Als er sich ausreichend aufgewärmt hatte, zog er den Mantel aus.

Und dann sah er sie. Auf der Straße, die sie gerade in Richtung des Cafés kreuzte. Zwei Frauen begleiteten sie, mit denen sie redete und lachte. Alicia. Seine Alicia. Sein wunderbares Mädchen.

Sie sahen sich nicht nur ähnlich. Tatsächlich glichen sie sich vollkommen. Es war, als wäre Alicia wiedergeboren.

Plötzlich wurde ihm die Kehle eng, und Tränen stiegen ihm in die Augen. Der Schmerz über den Verlust, die Sehnsucht nach seiner Kleinen überfluteten ihn wie eine riesige Welle, die ihn durchnässt und angsterfüllt zurückließ.

Er hatte es nie so gesehen, doch nun wurde ihm bewusst, was es für die Mutter bedeutete, bedeutet hatte, ihre neugeborene Tochter zu verlieren. Wobei … Sie später zu verlieren, mit siebenundzwanzig Jahren, war noch viel schlimmer gewesen. Es bedeutete, alles zu verlieren, was sie die ganze Zeit über verbunden hatte, sie für immer zu verlieren und ohne sie weiterleben zu müssen, ohne ihr Lächeln, ohne ihre Zärtlichkeit, ohne ihre Launen und ihre Ratschläge, ohne die Zukunft, die ihrer Meinung nach noch vor ihnen gelegen hatte.

Wenigstens hatte er sie gerächt, doch wenn er sie damals, 1943, in Tanger nicht ihrer Mutter und ihrer Zwillingsschwester weggenommen hätte, könnte sie jetzt Teilhaberin dieses Modegeschäftes sein und mit den anderen jungen Frauen in der Pause einen Kaffee trinken, scherzen und lachen. Am Leben sein. Glücklich.

Er trank den Cognac mit einem Zug aus, ging zur Theke, um zu bezahlen, und trat, ein am Boden zerstörter alter Mann, in die Februarkälte hinaus.

Epilog

Madrid. Gegenwart. Zwei Jahre später

Carlos ging hinaus auf den Platz, um frische Luft zu schnappen. Da er ein regelmäßiger Gast auf Vernissagen und sonstigen Eröffnungsfeiern war, wusste er, dass ihn niemand vermissen würde. Die Künstlerin war ständig von Menschen umlagert. Umso mehr, seit es Mode geworden war, zusammen mit der Malerin ein Selfie zu machen. Dem Museumsdirektor und seinen Adlaten war es sicher lästig, sich um ihn kümmern zu müssen, damit er sich nicht allzu allein fühlte. Er fand das Publikum generell langweilig, weil man immer das Gleiche sagte, die gleichen Fragen stellte und Einzelheiten aus seinem Privatleben mit Helena Guerrero wissen wollte, der großen Künstlerin. Man unterstellte ihm gleichsam, dass er mit einem Fabelwesen zusammenlebte, mit einem Drachen oder einem Einhorn statt mit einer ganz normalen Frau, die im Übrigen auch sehr gut malen konnte.

Drei Tage zuvor hatte die Vernissage von Marcs Ausstellung stattgefunden und nun die von Helenas Retrospektive. Er hatte das Gefühl, seit einer Ewigkeit mit Vorbereitungen und Festlichkeiten beschäftigt zu sein. Zum Glück gab es in der Familie keinen weiteren Künstler oder jemanden, der aus einem anderen Grund in der Öffentlichkeit stand. Denn für die Lebenspartner und die enge Familie war das purer Stress. Doch bald wäre alles vorbei, und sie konnten sich eine Weile mit sich selbst beschäftigen, ausruhen, gemeinsam irgendetwas Schönes erleben. Vielleicht noch einmal nach La Mora reisen und das Haus endgültig für sie beide zurückerobern.

Helenas Zustand hatte sich seit Almudenas Hochzeit deutlich gebessert, sowohl psychisch als auch physisch. Nachts wurde sie nicht mehr von Schlaflosigkeit oder Albträumen gequält. Und es gab in ihren Werken keine Schatten mehr, was Museumsdirektor und Kurator sehr begrüßt hatten.

Er erinnerte sich noch genau an ihre strahlenden Gesichter, als Helena ihnen ihr letztes Werk gezeigt hatte: einen marokkanischen Platz – beinahe genau wie auf ihrem ersten bekannten Gemälde *Das Licht von Marokko* – an einem Markttag mit Obst- und Saftständen, Gauklern, Geschichtenerzählern, Schlangenbeschwörern … und im Zentrum drei junge Frauen, die, in die Mode der Sechzigerjahre gekleidet, einander untergehakt, dem Betrachter entgegengehen und sich offensichtlich gerade über etwas Interessantes und sehr Lustiges unterhalten. In der Mitte Helena, die genauso aussieht wie auf ihrem *Selbstporträt mit Schwimmbad,* nur ohne Sonnenbrille. Links und rechts wird sie von zwei eleganten, leicht unnahbar wirkenden blonden jungen Frauen flankiert, die sich zum Verwechseln ähnlich sehen. Eine von ihnen trägt eine Kurzhaarfrisur, die andere einen hohen Knoten mit kurzem Pony. Alle drei lächeln glücklich, als hätten sie gerade ein schmeichelhaftes Kompliment gehört und seien stolz, sie selbst zu sein, so jung und so hübsch. Und alle drei zusammen.

Der Schatten des Trios liegt kaum sichtbar hinter ihnen. Sie schreiten mitten durch das Sonnenlicht, das sämtliche Farben – flimmernd und intensiv – zum Strahlen bringt, die Farben ihrer Augen, ihrer Kleidung und des lebhaften Treibens ringsum. Das Gemälde trägt den Titel *Mittag in Marokko. 1969.*

Die beiden Bilder waren in einem Raum mit dunklen Wänden einander gegenüber aufgehängt worden, und der Dialog, der ihnen entsprang, war großartig und sehr erhellend.

Alle waren sich sicher, dass die Ausstellung ein großer Erfolg würde.

Carlos sah auf die Uhr und schätzte, dass ihm noch etwa zehn Minuten blieben, bis jemand nach ihm suchen würde. Er setzte sich an einen Tisch auf der Terrasse der am nächsten gelegenen Bar und bestellte ein Bier.

In aller Ruhe nahm er einen Brief heraus, den er seit zwei Jahren bei sich trug und der ihn überallhin begleitete. Er hatte ihn so oft gelesen, dass er ihn fast auswendig kannte. Einmal mehr faltete er ihn auseinander, um ihn zu lesen.

Wunderbare Helena, meine Liebe, die ich gefunden und für immer verloren habe, nun sind wir tatsächlich am Ende dieser langen Reise angelangt. Es wird keine Ortswechsel oder Besuche mehr geben, denn wenn Du diese Zeilen liest, bin ich bereits tot und daher sicher vor Deinen Fragen, Deiner Kritik und Deinem Entsetzen.

Ich habe nicht mehr die Kraft, allzu viel zu schreiben, und beschränke mich daher auf die wichtigsten Tatsachen. Du sollst sie erfahren und Dir ein überzeugendes Bild von dem machen können, was Dir etwas bedeutet oder Dir zumindest einmal sehr viel bedeutet hat.

Wenn alles so abgelaufen ist, wie ich es geplant habe, wirst Du in meiner Anwesenheit einen Brief gelesen haben, in dem ich Dir erkläre, was an jenem Tag geschah, an dem Dein Vater zu mir kam und mir sagte, dass seinen Ermittlungen nach John Fleming Alicias Mörder war und er von der Polizei in Rabat tot in einem Hotel aufgefunden wurde. Erinnerst Du Dich, Liebste?

Damals wollte ich Dir nicht die Wahrheit sagen. Ich wollte Dir nicht sagen, dass Dein Vater John eigenhändig umbrachte, indem er ihm eine Überdosis Heroin injizierte, so wie John es mit Alicia gemacht hatte. Ich wusste nicht, ob Du, nachdem Du das erfahren hast, Deinen Vater vielleicht hassen oder missachten würdest, diesen wunderbaren Mann, den ich so sehr geliebt habe und den ich glücklicherweise meinen Schwiegervater nennen durfte. Deshalb habe ich beschlossen, erst einmal darüber zu schweigen. Du wolltest eine Auflösung, die Dich beruhigen sollte, und ich habe sie Dir geliefert.

Doch nach langem Nachdenken habe ich nun beschlossen, Dir doch die Wahrheit zu erzählen, meine Liebste. Für mich ist die Zeit zum Sterben gekommen, und ich halte es für angebracht, dies mit reinem Gewissen zu tun.

Es stimmt, dass John Deine Schwester, meine Frau, ermordet hat. Es war seine Hand, die die Tat ausführte.

Doch eigentlich habe ich sie getötet.

Es tut mir leid, meine Liebe. Ich wollte es nicht tun. Es war ein

Unfall. Ich schwöre Dir hoch und heilig, dass ich niemals geglaubt habe, dass es tatsächlich so weit käme.

Du weißt, wie sehr wir uns damals geliebt haben, Du und ich, und dass wir uns immer wieder den Kopf zerbrochen haben, wie wohl die beste Lösung für ein gemeinsames Leben aussehen könnte. Wir wünschten es uns, ohne Alicia und Deinen Eltern Schmerz zufügen zu müssen. Andererseits hatte ich, wie ich beschämenderweise zugeben muss, Angst davor, das Unternehmen zu verlieren, das wir mit so viel Mühe aufgebaut hatten und das endlich Früchte trug. Auch La Mora wollte ich nicht verlieren, ebenso wenig wie Dich.

In jenem Sommer war Alicia seltsam, kalt, distanziert. Wenn ich mich abends neben sie ins Bett legte und wusste, dass Du auf der anderen Seite der Wand schliefst, stellte ich mir vor, wie wunderbar es wäre, wenn Alicia einfach verschwände. Ich stellte mir einen Verkehrsunfall vor, ein Attentat in dem Flugzeug, mit dem sie nach Paris flog, einen Krampf beim Schwimmen im Meer.

Und anscheinend muss ich eines Tages, nachdem ich viel getrunken und geraucht hatte, in einer unserer Nächte am Pool, als ich mit John allein war, etwas von meinen Fantasien preisgegeben haben. Ehrlich gesagt kann ich mich kaum noch daran erinnern. Jedenfalls habe ich nicht von Dir, von uns gesprochen. Das schwöre ich Dir.

Genauso sicher bin ich mir, dass ich John nicht zum Mord an meiner Frau angestiftet habe. Allerdings kann ich als einzigen Grund dafür nur anführen, dass ich mich nicht in die Hände eines Mannes begeben wollte, der zu so etwas Furchtbarem tatsächlich fähig war.

Daher hielt ich Alicia an jenem 20. Juli nicht für gefährdet, als sie mir mitteilte, dass sie in Rabat die Stoffe abholen wolle. John war am Morgen bereits aufgebrochen, um in der Medina Fotos zu machen. Dabei kam ich nicht auf den Gedanken, dass das eine mit dem anderen zu tun haben könne.

Am Abend des 22. Juli, als die Bombe von Alicias Tod bereits geplatzt und unsere wunderbare Familie dem Untergang geweiht war, kam John in mein Schlafzimmer, wo ich mithilfe von Schlafmitteln Ruhe finden wollte, und zeigte mir das Armband Eurer Großmutter. Du kannst Dir vorstellen, dass ich sofort wieder hellwach war.

Er setzte sich neben mich auf den Rand des Bettes und erzählte mir, als wäre es das Selbstverständlichste der Welt, er habe beschlossen, mir einen Gefallen zu tun und mir meinen Wunsch zu erfüllen. Und weil er ein rücksichtsvoller Mensch sei, verlange er dafür nicht allzu viel.

Ich erspare Dir die schmutzigen Einzelheiten, geliebte Schwägerin. Von dem Moment an bekam ich regelmäßig einmal im Jahr Besuch von John Fleming, der dem steigenden Ansehen der Marke Alice& Laroche *entsprechend, wie er beiläufig erwähnte, jedes Mal einen höheren Geldbetrag forderte. Er erzählte mir, er habe das Armband an einer Stelle versteckt, an der ich es niemals fände. Sollte es jedoch der Polizei in die Hände fallen, werde man mich sofort des Mordes an Alicia beschuldigen.*

Zehn Jahre lang erpresste er mich. Dabei war mir durchaus bewusst, dass die Sache für mich als Ehemann des Opfers nicht gut ausginge, falls die Polizei in meine Richtung ermitteln würde. Schließlich war ich derjenige, der von Alicias Tod am meisten profitiert hatte. Noch dazu hatte ich mich des Ehebruchs mit meiner Schwägerin schuldig gemacht.

Außerdem hatte ich zugegebenermaßen so schwere Schuldgefühle, dass es mich beinahe freute, einen Preis für mein Verbrechen zu bezahlen. Für meine Schuld an Alicias Tod, aber auch dafür, dass mir La Mora und das Unternehmen geblieben waren. Nur Dich habe ich verloren.

Nur. Ein läppisches Wort, um auszudrücken, was das für mich bedeutete!

Ich habe niemals so richtig verstanden, warum Du nicht mehr zurückgekehrt bist. Dass ich mich von Dir ferngehalten habe, hatte zwei Gründe. Ich fühlte mich furchtbar schuldig und hatte Angst, Goyo und die Polizei könnten zu gewissen Schlussfolgerungen gelangen und mich zur Verantwortung ziehen. Wenn sie erst einen Verdacht hätten, mit einem Durchsuchungsbefehl nach La Mora kämen und das verdammte Armband fänden, dessen Versteck ich nicht kannte, wäre mein Schicksal besiegelt gewesen.

Ich habe sehnsüchtig auf Deine Rückkehr gewartet. Bis ich eines Tages hinnehmen musste, dass es niemals dazu kommen würde.

So habe ich Dich also für immer verloren, bis wir uns fünfzig Jahre später in einer Krebsklinik wiedersahen. Das war meine wahre Strafe.

Wie ich in dem anderen Brief bereits erklärte, hat Goyo mich im Jahr 1979 in La Mora besucht. Er erzählte mir jedoch nicht das, was ich in dem anderen Brief geschrieben habe. Das war eine Lüge, um Dich zu beruhigen. Vielmehr teilte er mir damals mit, seine Ermittlungen hätten ergeben, dass John Fleming Alicias Mörder gewesen sei. Und er habe ihn bestraft.

Merkwürdigerweise war Dein Vater der Meinung, John und ich wären Freunde gewesen. Er hätte mich einmal im Jahr besucht, um mich aufzumuntern. Das war meine Rettung, denn so kam er nicht auf den Gedanken, dass ich etwas mit dem Mord an Alicia zu tun haben könnte und von John erpresst würde.

Ich erschrak zu Tode, als Goyo mir beschrieb, wie er John das Wahrheitsserum gespritzt hatte. Nach einer einzigen Frage in die entsprechende Richtung wäre ich verloren gewesen. Doch zum Glück fragte er John nur, ob er Alicia getötet habe. Und die Antwort war Ja. Anscheinend murmelte er etwas vor sich hin, was wie einen Gefallen tun *klang. Zu meinem Glück verstand Dein Vater diese Worte jedoch falsch und wurde so wütend, dass er nicht weiterfragte.*

Bevor Goyo ging und die Leiche im Hotelzimmer zurückließ, fand er dort noch ein Bündel Geldscheine und dachte, es stammte aus Drogengeschäften, die der Amerikaner vor seiner Rückkehr ins Hotel in der Medina abgewickelt hätte.

Dein Vater brachte das Geld mit nach La Mora – mein Geld, das ich dem Erpresser kurz zuvor ausgehändigt hatte, genau wie dein Selbstbildnis, das John ebenfalls verlangt hatte. Goyo schlug vor, dass wir die Summe zur Renovierung des Schwimmbades verwenden sollten. Ich glaube, Dir ist die Ironie der Situation bewusst. In diesem Moment überfiel mich der heftigste hysterische Lachanfall meines ganzen Lebens.

Von da an war ich einigermaßen beruhigt, aber nicht gänzlich, da ich immer noch nicht wusste, wo das Armband abgeblieben war. Das wurde für mich zu einem immer wiederkehrenden Albtraum. Beinahe jede Nacht träumte ich davon, in einem Labyrinth danach zu suchen, das jedes Mal anders aussah. Manchmal fand ich es in mei-

nen Träumen im Schlamm eines Teiches, dann wieder in einem Vogelnest hoch oben in einem verkrüppelten Feigenbaum. Oder ich suchte und suchte, ohne es zu finden, und plötzlich stürzten die Münzen des Armbandes wie wütende Vögel oder Schwärme von goldfarbenen tödlichen Insekten auf mich nieder. Oder mir tropfte das Blut von den Händen, und der Brunnen färbte sich rot. Ja. Das Blut. Immer wieder das Blut …

Bis ich es eines Tages, als ich den kleinen Brunnen reparieren wollte, gefunden habe. Was das angeht, habe ich Dir die Wahrheit gesagt. Allerdings habe ich gelogen, als ich Dir mitgeteilt habe, wann es wieder aufgetaucht sei. Es war viele, viele Jahre in dem Brunnen versteckt, aber es ist auch schon lange her, dass ich es fand. Und seitdem hielt ich es nachts in La Mora wie einen makabren Rosenkranz in den Händen.

Auch was Luc angeht, habe ich gelogen. Nicht er fand das Armband, denn er wusste nie etwas von der Sache. Wenn ich Dich von jenseits des Todes um einen letzten Gefallen bitten darf – sag von alldem kein Wort zu meinem Sohn!

Ich habe mir oft vorgestellt, wie es wäre, wenn wir miteinander über alles sprechen und das Ganze aufklären könnten. Deshalb habe ich Dich gebeten, zu mir zu kommen, denn ich wusste, dass die Zeit drängt. Deshalb habe ich Dir zugeredet, nach Rabat zu reisen, um La Mora wiederzubekommen. Ich dachte, dass uns das verbinden könnte, obwohl Du nun einen anderen liebst, obwohl nun ein anderer Mann an Deiner Seite ist.

Es hat uns doch ein bisschen verbunden, nicht wahr, mon amour? *Eins jener Abenteuer, wie sie früher üblich waren. Ich habe Dich nach und nach geleitet, bis Du es selbst gesehen hast, wie in einem dieser Romane, die Du früher so gern gelesen hast und in dem der Erzähler der Mörder war.*

Ich habe mit mir gerungen, ob ich es Dir sagen soll oder nicht. Schließlich bin ich zu dem Schluss gelangt, dass Du es wohl erfahren solltest, auch wenn es Dir die Erleichterung nehmen würde, dass Du es endlich geschafft hast, mit dem Todesfall Deiner Schwester abzuschließen – dank einer frommen Lüge, die ich Dir im vorherigen Brief geboten habe.

Ich weiß nicht, ob ich richtig gehandelt habe, aber ich bereue es nicht. Diesen Weg zu gehen war schön, und ich habe Dir geholfen, das zurückzubekommen, was einmal das Deine war, das Unsere.

Kümmere Dich um La Mora! Dort ist mein Herz, und dort sind unsere schönsten Erinnerungen.

Und nun lasse ich Dich für immer, meine Liebste,

Yannick

Carlos beendete zum x-ten Mal die Lektüre des Briefes und dachte: Was für ein Arschloch! Jean Paul hatte ihm den Brief für Helena zwei Jahre zuvor gegeben, kurz bevor sie nach Rabat gereist waren. Nachdem er lange darüber nachgedacht hatte, war er sich inzwischen sicher, dass der Mistkerl dies mit Absicht getan hatte, damit Carlos derjenige war, der die Last der Entscheidung trug: Helena den Brief zu zeigen und ihr wieder weh zu tun, oder ihn zu vernichten im Wissen, dass er sie dadurch hinterging, dass er Dinge wusste, die sie nie erfahren würde.

Carlos war sich ebenfalls sicher, dass Jean Paul auch ihm Schaden zufügen wollte, indem er ihm auf diese Weise mitteilte, dass Helena und ihr Schwager zu Alicias Lebzeiten ein Liebespaar gewesen waren. Als wolle er ihn im Nachhinein eifersüchtig machen. Möglicherweise hatte Jean Paul seinerseits Eifersucht empfunden, als er ihn zusammen mit Helena sah und wusste, dass sie ein Paar waren. Jean Paul hatte allerdings nicht ahnen können, dass Charles Saint Cyr ein gelassener Mensch war, der sich von derartigen Dummheiten wie aus einem schlechten Film nicht beeindrucken ließ.

Deshalb hatte er den Brief gelesen und danach überlegt, ob er ihn Helena geben sollte oder nicht. Weil er Jean Paul misstraute – und er hatte recht getan.

Helena hatte ihre Lebensfreude wiedergefunden und wusste nun, dass ihre Mutter sie immer geliebt hatte. Sie hatte erfahren, wer ihre Schwester getötet hatte und dass der Mörder nicht mehr lebte. Sie hatte sogar eine vorsichtige Beziehung zu Paloma aufgebaut, wenn auch verständlicherweise noch keine wahre Freundschaft daraus entstanden war. Paloma war Alicias Zwillingsschwester, aber eben nicht Alicia selbst. Der Gedanke, dass Helena ihre Schwester zurückerhalten könnte, war absurd. Und zum Glück war sie eine äußerst pragmatische Frau – sie hatte immer gewusst, dass dies nur ein schöner, leicht kitschiger und unmöglicher Traum war.

Das Wichtigste war in jedem Fall, dass Helena ihren Frieden gefunden hatte.

Carlos zerriss den Brief in immer kleinere Fetzen und ließ sie in den Aschenbecher auf dem Tisch rieseln. Dann zündete er das Papier mit einem Feuerzeug an und sah zu, wie es verbrannte, bis schließlich nur noch Asche übrig war. *Wie schade, dass es nicht mehr Briefe waren!*, dachte Carlos. *Mit einem ganzen Bündel hätte ich die Herstellung eines Diamanten in Auftrag geben können, um ihn in einen Ring fassen zu lassen und Helena noch einmal zu bitten, meine Frau zu werden.*

Als Álvaro kam, um nach Carlos zu sehen, lachte er immer noch.

Dem lauen Wind an diesem Nachmittag war es fast gelungen, die gesamte Asche aus dem Aschenbecher fortzuwehen.

Danksagung

Auch wenn dieser Roman einige durchaus reale Themen behandelt und einige Personen darin vorkommen, die wirklich existiert haben, sind die Handlung dieses Buches sowie die Protagonisten und das, was sie tun, das Produkt meiner Fantasie und spiegeln lediglich die narrative Wirklichkeit wider.

Was alles Übrige angeht, habe ich mich bemüht, die historische Wahrheit so exakt wie möglich wiederzugeben, wobei ich mich besonders bei Professor Ángel Viñas für dessen Buch *La conspiración del general Franco* bedanken möchte, das ich mit großem Interesse gelesen habe und das mir eine große Hilfe war. Ebenso möchte ich den Professoren Paul Preston und Juan Pablo Fusi meinen Dank aussprechen, deren jeweilige Werke, die beide den Titel *Franco* tragen, mir so viele angenehme Lesestunden bereitet und nützliche Informationen geliefert haben.

Wegen meiner Liebe für Marokko – insbesondere für die Stadt Rabat – habe ich einen Teil der Geschichte dort angesiedelt. Auch was diese Teile des Romans betrifft, habe ich mich bemüht, die Beschreibungen und historischen Gegebenheiten möglichst wirklichkeitsgetreu zu gestalten.

Mein ganz besonderer Dank gilt meinen ersten Lesern: meinem Mann Klaus, meinen Kindern Ian und Nina, meiner Schwester Concha, meiner Mutter Elia, meinen Freunden Charo Cálix, Ruth und Mario Soto, die dazu beigetragen haben, dass dieser Roman nun viel besser ist als in der ersten Version. Danke, dass ihr zu meinem Leben gehört und lest, was ich schreibe!

Und zuletzt danke ich meinen Lesern und Leserinnen, die dafür sorgen werden, dass dieser Roman, der ohne sie nur ein seltsames Rätsel in einer Kiste wäre, sich entfaltet, sich aufrichtet und zu leben beginnt.

La Quinta del Pino (Elche)
29. Februar 2016

Die Familie Guerrero-Santacruz

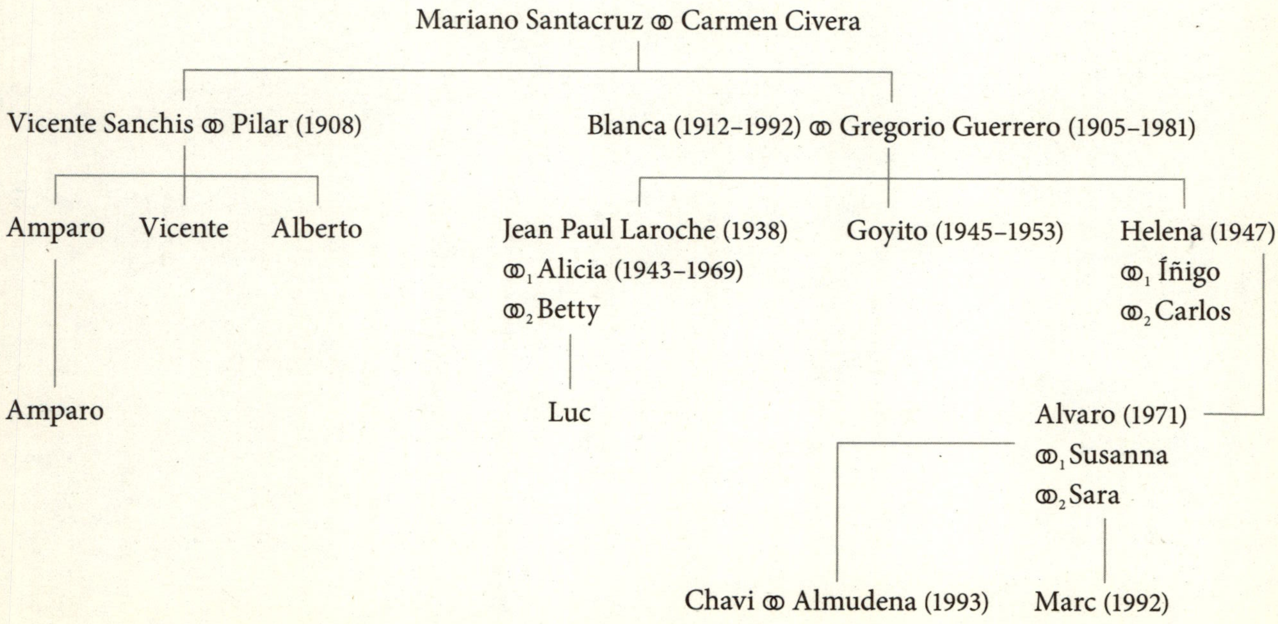

Bis dass der Tod uns scheidet ...

* Cover- und Preisänderungen vorbehalten

Elia Barceló

Das Rätsel der Masken

Roman

Aus dem Spanischen von
Stefanie Gerhold
Piper Taschenbuch, 528 Seiten
€ 12,00 [D], € 12,40 [A]*
ISBN 978-3-492-31127-4

Was Amelia und Raúl verband, scheint unzerstörbar und hinter einer Mauer des Schweigens verborgen. Bis ein anderer Mann in Amelias Leben tritt und die Schatten der Vergangenheit heraufbeschwört. Ein Roman wie ein tödlicher Maskenball mit wechselnden Verkleidungen und unvorhersehbarem Ausgang – die Geschichte eines diabolischen Spiels namens Liebe.

»Ein eleganter Gesellschaftskrimi über die Grenzen zwischen Liebe und Besessenheit und über die Kunst, sein wahres Gesicht zu verbergen.« *Woman*

Leseproben, E-Books und mehr unter **www.piper.de**